DINA EL-NAWAB & MARKUS STROMIEDEL

Zusammen stirbt man weniger allein

GOLDMANN

Dina El-Nawab &
Markus Stromiedel

Zusammen stirbt man weniger allein

Kriminalroman

GOLDMANN

Sollte diese Publikation Links auf Webseiten Dritter enthalten, so übernehmen wir für deren Inhalte keine Haftung, da wir uns diese nicht zu eigen machen, sondern lediglich auf deren Stand zum Zeitpunkt der Erstveröffentlichung verweisen.

FSC
www.fsc.org
MIX
Papier aus verantwortungsvollen Quellen
FSC® C014496

Penguin Random House Verlagsgruppe FSC® N001967

1. Auflage
Originalausgabe Juni 2022

Umschlaggestaltung: UNO Werbeagentur, München
Umschlagmotive: FinePic®, München
Redaktion: Lisa Caroline Wolf
KS · Herstellung: ik
Satz: KCFG – Medienagentur, Neuss
Druck und Bindung: GGP Media GmbH, Pößneck
Printed in Germany
ISBN: 978-3-442-49156-8

www.goldmann-verlag.de

1

»Sind Sie eigentlich gerne Anwältin, Frau Bergmann?«

Die Frage ihres Chefs irritierte Lizzi mehr als die Tatsache, dass er sie nach der Besprechung in sein Büro zitiert hatte. Denn ihr war durchaus bewusst, dass er aufgebracht war, weil sie gegenüber ihrer Mandantin mal wieder eine zu große Klappe riskiert hatte, obwohl Möcklenberg stets predigte, dass der Kunde König sei – oder, wie in diesem Fall, Königin. Lizzi hatte sich den Wunsch ihres Chefs wirklich zu Herzen genommen, sie hatte den Satz sogar mit einem Filzschreiber auf eine Karteikarte geschrieben und in ihrer Handtasche neben dem Kosmetikspiegel verstaut, um ihn nicht zu vergessen. Doch während der Besprechung im Konferenzraum der altehrwürdigen Kanzlei hatte sich ihre Zunge wieder einmal selbstständig gemacht.

Lizzi lächelte breit. »Ist das eine Fangfrage, Herr Möcklenberg?«

»Bitte«, seufzte Möcklenberg, »tun Sie mir den Gefallen und antworten Sie mir ausnahmsweise ohne Gegenfrage. Bekommen Sie das hin?«

»Natürlich«, erwiderte Lizzi und legte die Stirn in Falten als Zeichen, dass sie ihren Chef ernst nahm, was zugegebenermaßen nicht immer der Fall war. »In Anbetracht der Tatsache, dass man sich seine Mandanten nicht immer aussuchen kann, werde ich meine Antwort differenzieren«, begann sie vorsichtig. Als sie den gequälten Blick ihres Chefs sah, kürzte Lizzi schwungvoll ihre Rede ab. »Ach was. Ich weiß, was Sie hören wollen: Ich liebe meinen Beruf. Das stimmt sogar, meistens jedenfalls, aber wenn so eine Schnepfe wie Frau von Luckstein vor sich hin schnattert, dann würde ich sie am liebsten entweder erwürgen oder erstechen, und da beides weder gesellschaftskonform ist noch von Ihnen begrüßt würde, bin ich geplatzt. Es kam einfach über mich wie ein Gewittersturm, zack, und der Blitz hat eingeschlagen. Es tut mir leid, nicht für die Schnepfe, denn sie hat es verdient, sondern für Sie.«

Lizzi hatte in einem Atemzug geredet, jetzt holte sie tief Luft.

Herr Möcklenberg hatte ihre Rede mit offenem Mund verfolgt. Obwohl er Lizzi schon seit fünf Jahren kannte, wurde er offenbar noch immer von ihren Ausbrüchen und Wortfluten überrascht.

Missbilligend schüttelte er den Kopf. »Wenn wir immer nur die Mandanten vertreten würden, die Ihnen genehm sind, könnte ich die Kanzlei in zwei Monaten schließen. Man sägt nicht die Beine des Stuhls ab, auf dem man sitzt.«

»Selbst wenn das Holz morsch ist?«

»Hauptsache ist doch, man kann darauf sitzen!«, entfuhr es Herrn Möcklenberg lauter als beabsichtigt.

»Verstanden«, sagte Lizzi und schürzte missbilligend die Lippen. »Sie sind der Chef.«

»Schön, das aus Ihrem Mund zu hören, Frau Bergmann«, antwortete Möcklenberg sarkastisch. Seine Finger trommelten auf der Schreibtischplatte. »Sie sind doch sonst so einfallsreich. Also, wie wäre es, wenn Sie es einmal mit einem psychologischen Trick versuchen: Lassen Sie Ihren Ärger heraus. Und zwar bevor Sie platzen. Reagieren Sie sich ab. Danach, werden Sie sehen, läuft alles wie von selbst.«

»Aha. Und wie soll das gehen: den Ärger loswerden? Soll ich Mandanten wie Frau von Luckstein vor dem Gespräch umbringen?«

Möcklenberg zog die Augen zu Schlitzen. »Sie wollen mich provozieren, aber darauf falle ich nicht herein. Sie wissen genau, was ich meine: Suchen Sie sich etwas Stellvertretendes für die Person, die Sie aufregt. Ein Gedanke, ein Foto, ein Gegenstand – was auch immer. Nur lassen Sie bitte unsere Mandanten in Ruhe!«

»Ist das eine Anweisung?«

»Wenn Sie so wollen.«

Lizzi nickte nachdenklich, während ihr Blick durch Herrn Möcklenbergs Büro wanderte. Plötzlich hellte sich ihre Miene auf. »Darf ich?«, fragte sie, auf seinen Bogart-Hut deutend, der am Garderobenständer hing. »Dauert auch keine Minute.« Ohne die Antwort ihres Chefs abzuwarten, nahm Lizzi den Hut mit beiden Händen und rammte mit einem Schrei ihr Knie dagegen, sodass er sich auf links stülpte.

»Wow! Funktioniert tatsächlich«, strahlte sie Möcklenberg an. »Sie sind genial, Chef! Danke für den Tipp.«

Möcklenberg, der die Aktion sprachlos verfolgt hatte, beäugte seine malträtierte Kopfbedeckung fassungslos.

Vorsichtig stülpte Lizzi den Hut wieder in seine Ausgangsposition zurück und hängte ihn an den Garderobenständer. »Kann ich sonst noch etwas für Sie tun, Herr Möcklenberg?«

Resigniert schüttelte ihr Chef den Kopf und wedelte mit der Hand zum Zeichen, dass Lizzi gehen konnte. Lizzi tat es erhobenen Hauptes, im Wissen, dass sie als Siegerin nach Punkten aus dem Gespräch herausging. Zumindest auf ihrer Bewertungsskala. Ihrem Chef hatte sie höchstwahrscheinlich mal wieder den letzten Nerv geraubt. Sie beruhigte ihr schlechtes Gewissen mit dem Gedanken, dass ihr Erfindungsreichtum und ihre Beharrlichkeit für die Kanzlei ein Segen waren. Hoffentlich hatte sie es mit ihrer Provokation nicht übertrieben, sie wollte nicht riskieren, dass Möcklenberg überprüfte, ob die Waage, mit der Nutzen gegen Nervenraub ausgewogen wurde, noch austariert war. Der Zeiger könnte auf die falsche Seite ausschlagen.

Eine knappe Stunde nach dem Gespräch mit ihrem Chef verließ Lizzi die Kanzlei. Anders als ihre Kolleginnen und Kollegen verspürte sie keine Hochstimmung, wenn sie an das vor ihr liegende Wochenende dachte. Entweder würde sie die Tage mit irgendeiner zeitraubenden Streaming-Serie vor dem Fernseher abhängen oder sich alternativ für den Abend aufbrezeln und in die *Housebar* stöckeln, nur um dann festzustellen, dass sie sich komplett umsonst mit dem spitzenbesetzten BH die Luft zum Atmen abgepresst hatte, weil die Männer, auf die sie traf, noch langweiliger waren als die Kollegen in der Kanzlei.

Lizzi entschied sich für die dritte Möglichkeit: ein Abstecher zu *Gabi pur*, eine im schönsten Sinne altmodische Kneipe mitten in ihrem Frankfurter Viertel, in der statt cooler Glasoptik viel Plüsch den Raum schmückte und in der man als Frau auch nachts noch unbehelligt an der Theke sitzen konnte. Gabi sorgte dafür, dass man vor Anmachsprüchen sicher war und trotzdem seinen Spaß hatte. Ihr mit rauchiger Stimme vorgetragener, trockener Humor wirkte selbst zu später Nachtstunde belebend.

Gabi winkte ihr zu, als Lizzi die Kneipe betrat, und stellte ein frisch gezapftes Bier auf die Theke. Lizzi nahm es dankbar und trank einen Schluck. Das war ein guter Start ins Wochenende, fand sie und lobte sich für ihre Entscheidung, ein kleines Päuschen auf dem Heimweg einzulegen. Sie konnte später immer noch entscheiden, wie sie die kommenden beiden Tage verbringen würde.

Lizzi verschob ihre Entscheidung mehrfach. Erst wollte sie nur eine halbe Stunde bleiben, dann eine ganze. Als Gabi sie fragte, warum sie unbedingt pünktlich ins Bett wollte, stellte Lizzi fest, dass es keinen Grund gab, vernünftig zu sein. War es nicht völlig egal, wie lange sie blieb? Es war Freitagabend, und außer einem Ficus benjamina und einer vertrockneten Dattelpalme wartete niemand auf sie. Sie war unabhängig und frei, sagte sich Lizzi, sie konnte das Leben genießen. Außerdem lag ihre Wohnung keine zweihundert Meter entfernt auf der anderen Seite der Straße. Also blieb sie.

Drei Stunden später flutete die Vernunft in sie zurück. Morgen war auch noch ein Tag, und der würde angenehmer sein, wenn sie jetzt bald ins Bett ging. Außerdem war da noch ihr *Kuriose-Paragrafen*-Blog, um den sie sich mal wieder kümmern sollte. Lizzi verteilte Wangenküsschen, schlüpfte in ihren eleganten, schmal geschnittenen Kurzmantel und griff sich ihre Aktentasche, die sie immer noch mit sich herumtrug und die nur deshalb so leicht war, weil sie ihren Laptop im Büro stehen gelassen hatte. Gut gelaunt stieß sie die Kneipentür auf und trat vor das Haus.

Die nächtliche Straße glänzte wie frisch geputzt, ein kurzer Regenschauer hatte das Frankfurter Gutleutviertel, in das sie im vergangenen Jahr gezogen war, wunderbar aufpoliert. Lizzi sog zufrieden die Luft durch die Nase und genoss die Frühlingsluft, bis ein vorbeiknatternder Motorroller seine Abgase zwischen den Häusern verteilte.

Ihre Tasche wie ein Schulkind hin und her schlenkernd ging Lizzi die Straße hinunter. Sie mochte ihr Quartier nahe dem alten Westhafen, diese eigenartige Mischung aus abgasgrauen Mietshäusern und cool designten Neubauten. Hier traf der gezwirnte Banker auf die praktisch gekleidete Verkäuferin, wenn sich beide vor der Arbeit beim Bäcker einen Kaffee und ein belegtes Brötchen schnappten und anschließend zur Arbeit hetzten. Auch Lizzi gehörte zur Kaffeebecherfraktion, denn die Stunden morgens nach dem Aufstehen waren eindeutig kürzer als die während der Arbeit. Zeit zum Frühstücken blieb da nicht.

Schon an der nächsten Kreuzung bog Lizzi in die Stichstraße ein, die hinab zum Main führte. Mr Döner vom Imbiss an der Ecke sah zu ihr und hob die Hand zum Gruß, in der Hand seinen Falafellöffel und auf dem Gesicht ein fröhliches Grinsen. Lizzi wusste nicht, ob sie sich geschmeichelt oder gestört fühlen sollte, und bevor sie eine Entscheidung getroffen hatte, war sie schon vorbei. Nach einigen Schritten konnte sie ihr Haus sehen. Belustigt bemerkte sie, dass sie anscheinend schon wieder vergessen hatte, das Licht im Wohnzimmer auszuschalten, sie sah es aus der Entfernung rötlich durch die Vorhänge hindurchschimmern. Ihre Schusseligkeit, fand Lizzi, hatte einen wunderbaren Nebeneffekt: Sie würde immer den sicheren Weg in ihren Hafen zurückfinden, auch wenn sie kein Schiff war und ihr Deckenfluter kein Leuchtturm.

Auf einmal war da dieses Hupen. Augenblicklich blieb Lizzi mitten auf der Straße stehen, statt schnell auf die andere Seite zu wechseln. Eine Meisterleistung angesichts der Tatsache, dass sie nach zwei Gläsern Bier noch einen Caipirinha getrunken hatte. Die Fahrerin des herannahenden Wagens ließ sich davon nicht beeindrucken. Sie quittierte Lizzis hervorragendes Reaktionsvermögen mit einer wütenden Hupfanfare, während sie mit ihrem schwarzen SUV gleichzeitig abbremste und keine dreißig Zentimeter entfernt an Lizzi vorbeischlitterte. Den Stinkefinger, den die Fahrerin ihr zum Abschied zeigte, konnte Lizzi selbst in der nächtlichen Dunkelheit noch erkennen. Sie erwiderte den Gruß beidhändig als Zeichen ihres guten Willens, bevor sie kichernd die Fahrbahn überquerte, sich an der Baustelle vor ihrem Haus vorbeiquetschte und den Schlüssel aus ihrer Jackentasche zog, um ihn ins Schloss der Eingangstür zu stecken.

»Willst du wohl endlich!«, fuhr sie das Stück Metall in ihrer Hand an, als es auch beim dritten Ansatz nicht klappen wollte. Lizzi seufzte. Jede andere an ihrer Stelle würde nach einem lustigen Mädelsabend wie ihrem kurzerhand den Mann oder Freund aus dem Bett klingeln oder, wenn es nicht ganz so gut lief, die Eltern. Da war Lizzi sich sicher. Aber nein, ausgerechnet jetzt, wo sie ganz dringend jemanden gebraucht hätte, der ihr half, die Tür zu öffnen, war sie Single, und ihr Vater wohnte gefühlt am anderen Ende der Stadt.

Lizzi ging in die Knie, um bessere Sicht auf das Schlüsselloch zu haben. Sie visierte es an und rammte den Schlüssel mit einem Ruck hinein.

»Na also, geht doch!«

Schwerfällig kam sie wieder auf die Beine und wankte die Treppen hoch. Es war einer der Momente, in denen sie es bereute, in eine Wohnung im Dachgeschoss gezogen zu sein. Dass eine Parterrewohnung durchaus ihre Vorteile haben konnte, war ihr damals, als sie den Mietvertrag unterschrieben hatte, nicht in den Sinn gekommen. Lizzi widerstand der Verlockung, auf den Treppenstufen im ersten Stockwerk eine Pause einzulegen und über die Entscheidungen der Vergangenheit nachzusinnen. Stattdessen kämpfte sie sich hinauf bis in das oberste Stockwerk. Wenigstens bewirkte die körperliche Anstrengung, dass Lizzis benebelter Kopf ein wenig aufklarte und sich ihr Wohnungsschloss gleich beim ersten Versuch öffnen ließ.

Kaum war sie in der Wohnung, schleuderte sie ihre Tasche und die Pumps von sich und ging ins Bad, wo sie sich bis auf den Slip auszog und stattdessen ihren alten, kuscheligen Bademantel überwarf, den sie mindestens so sehr liebte wie Peanuts-Linus seine Schmusedecke. Dann stöpselte sich Lizzi ihre Ohrhörer ein und startete auf dem Handy den Mediaplayer. Gegen zu viel Promille, fand Lizzi, gab es nur ein Gegengift: »Smells Like Teen Spirit« von Nirvana. Laut und beherzt sang sie mit, während sie ihre Mascara mit einem Pad von den Wimpern entfernte.

Plötzlich stutzte sie. Hatte sie da gerade etwas gehört? Es war ihr vorgekommen, als hätte ein Klopfen Kurt Cobains Gitarrensolo gestört. Rammte der Nachbar unter ihr den Besenstiel an die Decke, weil sie zu schräg sang? Das konnte nicht sein. Erstens war der Mieter unter ihr ohne sein Hörgerät so taub wie eine Nuss. Und zweitens, sagte sich Lizzi selbstbewusst, war ihr Gesang so hinreißend, dass Cobain und seine Band sie sofort als Leadsängerin engagiert hätten. Zu schade, dass sie erst zwei Jahre alt gewesen war, als der Song die Charts gestürmt hatte.

Sie musste über sich selbst grinsen, als sie mit Cobain in

den Refrain einsetzte, diesmal ungewollt zweistimmig, aber irgendwie klang es gut.

Da! Das war doch ein Klopfen, und noch dazu ihr Name, den jemand rief.

Angestrengt lauschte sie. Doch bis auf das Jammern der E-Gitarren in ihren Ohrstöpseln war nichts mehr zu hören. Behutsam legte sie die Hand auf die Türklinke, dann entriegelte sie das Schloss. Es war eine spleenige Angewohnheit, sich im eigenen Badezimmer einzuschließen, aber irgendwie fühlte sie sich so wohler.

In der gleichen Sekunde, in der der Riegel aus der Falle glitt, wurde die Tür aufgestoßen. Lizzi taumelte zurück und schrie auf, als sie plötzlich einem wildfremden Mann gegenüberstand. Instinktiv riss sie die Arme hoch und ging, ohne nachzudenken, zum Angriff über. Das Trommelfeuer aus Handkantenschlägen schien den Fremden nicht weiter zu beeindrucken. Mit nur einer Hand packte er ihre beiden in der Luft herumwirbelnden Arme und hielt sie fest. Lizzi fühlte sich wie in einem Schraubstock, doch sie gab nicht auf und begann nun damit gegen die Beine des Eindringlings zu treten. Mit grimmigem Gesicht drückte der Mann seinen Körper gegen ihren, sodass sie sich kaum noch bewegen konnte, dann riss er Lizzis Ohrstöpsel heraus und beendete Kurt Cobains Gesang. Jetzt erst merkte Lizzi, dass sie schrie. Aus Wut, nicht aus Angst.

»Stopp! Ich will doch nur mit Ihnen reden«, brüllte der Mann.

Statt einer Antwort ließ Lizzi ihren Ärger heraus, ein Schwall von Worten, den sie über dem Fremden ausschüttete. Fassungslos starrte der Mann sie an. Dann hob er seine freie Hand und verschloss ihren Mund.

Lizzi quiekte wütend und protestierte noch ein paarmal, dann konzentrierte sie sich darauf, durch die Nasenlöcher Luft zu bekommen.

Stumm sahen sich die beiden an. Lizzis Augen funkelten, und ihr Schnaufen füllte den Raum.

»Sind Sie jetzt fertig?« Die Stimme des Fremden klang tief und angenehm. Fast beruhigend. Und sein Blick schien nicht gierig oder lüstern zu sein, sondern ehrlich an ihr und ihrer Antwort interessiert.

Lizzi grunzte, mehr ging nicht mit verschlossenem Mund. Sie würde sich nicht von solchen Äußerlichkeiten einlullen lassen! Der Typ war in ihr Badezimmer eingedrungen und hielt sie fest, da gab es nichts dran herumzudeuten.

Er sah sie nun eindringlich an. »Ich nehme jetzt meine Hand von Ihrem Mund. Und Sie bleiben ruhig, okay? Ich will nur mit Ihnen reden. Meinen Sie, das klappt?«

Lizzi zappelte, dann nickte sie, was blieb ihr auch anderes übrig. Doch kaum hatte die Hand des Mannes ihren Mund freigegeben, fauchte sie los. »Sie überfallen mich und wollen nur reden? Lassen Sie sich gefälligst am Montag einen Termin geben«, schrie sie, während sie zur Abwechslung versuchte, auf die Füße des Mannes zu treten. Barfuß war die Wirkung überschaubar.

»Sie sind auf mich losgegangen, nicht umgekehrt!«

Lizzi quittierte die Antwort mit einem neuen Tritt.

»Das ist immer noch meine Wohnung! Sie haben hier nichts zu suchen.«

Der Mann fluchte, während er vor ihr zurückwich, ohne den Stahlklammergriff um ihre Arme zu lösen.

»Ihr Vater hat mich vor Ihnen gewarnt.«

»Mein Vater?« Lizzi knurrte gefährlich. »Was hat er damit zu tun?«

»Ich lasse Sie los, Sie beruhigen sich, und dann erkläre ich es Ihnen. Okay?

Ohne eine Antwort abzuwarten, ließ der Mann Lizzi frei, dabei nahm er seine Arme als Zeichen seiner friedlichen Absicht hoch und trat drei Schritte zurück. Lizzi war bereit, sich auf ihn zu stürzen und ihm das Leben zur Hölle zu machen. Doch etwas in seinem Gesichtsausdruck ließ sie zögern. Da war Sorge.

Misstrauisch musterte sie ihn. Er war ein Stück älter als sie, wirkte aber durchtrainierter als ihre Altersgenossen und alle Juristen, die sie kannte. Wie ein Einbrecher sah er nicht aus, zumindest nicht wie die, die sie während ihres Praktikums in einer Strafanstalt kennengelernt hatte. Vor allem war ihm keine Spur von Angst anzumerken, ganz im Gegenteil, der Mann wirkte selbstbewusst, auf eine lässige Art, die ihr gefiel. Warum floh er nicht? Ihre Abwehrtaktik hatte bisher jeden Mann, der ihr zu nahe gekommen war, in die Flucht geschlagen.

»Ich warne Sie. Wenn das ein Trick sein soll …«, drohte Lizzi.

»Kein Trick! Ihr Vater hat mich gebeten herzukommen. Um auf Sie aufzupassen.«

Entgeistert starrte Lizzi ihn an. »Erstens kann ich wunderbar selbst auf mich aufpassen. Und zweitens ist das mit Sicherheit die größte Lüge, die ich je gehört habe. Für wie doof halten Sie mich?«

»Es ist die Wahrheit. Ich habe es ihm versprochen. Da wusste ich noch nicht, dass Sie Gefahrengut sind.«

»Na dann: Wie heißt mein Vater?«

»Bergmann.«

»Gut geraten. Der Name steht auf meinem Klingelschild.«

»Aber nicht, dass Ihr Vater zwischenzeitlich Martin Henderson hieß. Er war verheiratet mit Ellen Henderson aus England bis zu ihrem Tod vor sechsundzwanzig Jahren.«

Lizzi verengte die Augen zu Schlitzen. »Das kann jeder mit ein bisschen Grips herausfinden.«

»Sie trauen mir Grips zu. Immerhin.«

»Vielleicht auch nur gute Kontakte«, relativierte Lizzi.

»Okay. Ihre Eltern haben sich im Urlaub kennengelernt, waren mindestens sechs Jahre verheiratet und haben in England gelebt. Nach dem Tod Ihrer Mutter hat Ihr Vater wieder seinen Geburtsnamen angenommen und ist mit Ihnen zurück nach Deutschland gezogen. Als Kind wollten Sie englische Königin werden, als Pubertierende sollen Sie sozial unverträglich gewesen sein, und Ihr erster Freund war eine Knalltüte. Ihren gemeinsamen Urlaub am Gardasee haben Sie abgebrochen, weil Sie das dann selbst herausgefunden haben …«

»Wieso wissen Sie so viel von mir?«, unterbrach Lizzi den Mann verblüfft. »Und ich habe noch nie etwas von Ihnen gehört.«

»Fragen Sie Ihren Vater. Wenn Sie das noch können.«

»Natürlich kann ich!« Lizzi griff zum Telefon und wählte die Nummer seiner Wohnung im Westend. Als sich schon beim ersten Klingeln der Anrufbeantworter meldete, legte sie auf und rief stattdessen auf dem Mobiltelefon ihres Vaters an. Eine weibliche Computerstimme verriet ihr, dass die Rufnummer zurzeit nicht erreichbar sei. Lizzi stutzte, ihr Vater war sonst immer erreichbar, selbst wenn er auf dem Klo saß oder unter der Dusche stand. Wie konnte das sein?

»Mein Name ist Erik«, unterbrach der Mann ihre Gedanken.

»Erik, aha. Erik Einbrecher?«

»Ich bin nicht eingebrochen.«

»Tatsächlich?« Lizzi lachte spöttisch. »Und wie sind Sie dann hier reingekommen?«

Statt einer Antwort holte Erik einen Schlüssel hervor und hielt ihn hoch.

Lizzi blickte ihn entgeistert an.

»Wo haben Sie den her? Nein, sagen Sie nichts, ich kann es mir denken.«

»Von Ihrem Vater, genau. Es ist eine Kopie von seinem Schlüssel. Für den Notfall.«

Lizzi war kurz davor, erneut zu explodieren. »Ja, genau, für den Notfall. Falls ich mich aussperre oder die Wasserrohre platzen, während ich irgendwo unter einer Palme einen Cocktail trinke. Ich habe den Schlüssel meinem Vater anvertraut, und er verteilt ihn an wildfremde Menschen weiter. Ist das in Ordnung? Nein, das ist es NICHT! Denn dann passiert so etwas wie das hier: dass irgendwelche Typen einfach rein- und rausspazieren, wie es ihnen passt!«

»Können Sie ausnahmsweise mal den Mund halten und zuhören!«, brach es aus Erik heraus. »Es geht nicht um einen Wasserrohrbruch, sondern um Ihre Sicherheit! Ihr Vater hat Angst um Sie! Ich bin hier, weil ich Personenschützer bin. Keine Ahnung, warum Ihr Vater Ihnen nichts erzählt hat. Vielleicht haben Sie ihn ja nicht zu Wort kommen lassen.«

Dieser Vorwurf traf Lizzi – sie hörte ihn nicht zum ersten Mal. Mit ihrem losen Mundwerk hatte sie schon den Lehrern in der Schule das Leben schwer gemacht und so manche ihrer Freunde in die Flucht geschlagen. Darunter befanden sich leider auch einige, bei denen sie gar nicht die Absicht gehabt hatte, so wie zuletzt Bernd, ihr Ex. Doch Lizzi hatte nicht vor, sich ihre Fehler von einem Fremden unter die Nase reiben zu lassen, der unangemeldet in ihrer Wohnung aufgetaucht war. Auch wenn er noch so gut aussah.

Um sich nicht die Blöße zu geben, beschloss sie, für einen kleinen Moment zu schweigen – auch wenn es ihr schwerfiel bei all den Fragen und Kommentaren, die ihr durch das Gehirn schossen. Stumm begann sie damit bis zehn zu zählen.

Erik stieß erleichtert die Luft aus. Offenbar tat dem Schwächling die Stille gut.

Bei acht gab sie auf. »Können Sie mir das erklären? Wieso hetzt mir mein Vater einen Einbrecher auf den Hals und stellt sich tot, wenn ich ihn deswegen zur Rede stellen will?«

»Das ist es ja. Ihr Vater ist seit heute Morgen verschwunden. Deshalb soll ich jetzt auf Sie aufpassen.«

Lizzi lächelte mitleidig. »Wie kann mein Vater Sie darum gebeten haben, wenn er nicht da ist?«

»Indem er einen ganzen Tag lang nichts auf seinem Instagram-Account postet.«

Lizzi verschluckte sich, als sie seine Worte hörte. »Mein Vater hat einen Instagram-Account?« Sie lachte auf, ein wenig zu schrill, aber die Vorstellung war einfach zu absurd. »Mein Vater weiß ja noch nicht einmal, wie man auf dem Handy eine App installiert.«

Wortlos holte Erik sein Mobiltelefon hervor und tippte auf den Startbildschirm. Ein Instagram-Konto öffnete sich, gefüllt mit zahlreichen Fotos, die Tag für Tag kommentarlos gepostet worden waren: gefüllte Kaffeetassen, leere Kaffeetassen, Kugelschreiber auf dem Schreibtisch, der dem Schreibtisch ihres

Vaters verdammt ähnlich sah, dann ein Glas mit seinem Whiskey und ab und zu ein gefüllter Teller mit Essen, das tatsächlich dem Geschmack ihres Vaters entsprach.

Was war das hier für ein Spiel? Misstrauisch scrollte sich Lizzi durch die Bilder, dann sah sie sich vorsichtig um. Standen hier irgendwo versteckte Kameras herum, während ihre Kollegen in der Kanzlei sich schenkelklopfend über sie amüsierten?

Plötzlich stutzte sie, sah genauer hin: Auf dem jüngsten der Fotos war im Hintergrund auf einer Glasscheibe eine Spiegelung zu sehen, eine Gestalt, die ein Smartphone in der Hand hielt und gerade eine Blumenvase fotografierte.

Ihr Vater.

Das konnte nicht sein!

Sprachlos scrollte Lizzi zurück auf die Startseite und las den unbekannten Namen, unter dem ihr Vater Tag für Tag ein nichtssagendes Foto der Nachwelt und insbesondere Erik hinterlassen hatte.

»Karlheinz Pillgrim. Was soll das Ganze?«

»Das fragen Sie mich? Hat Ihr Vater Ihnen nichts davon erzählt?«

»Mein Vater ist Anwalt. Er hat seine Reputation zu bewahren, er postet nichts auf Instagram.« Entschlossen gab Lizzi ihm das Handy zurück. »Das muss ein Fake sein.« Sie war zufrieden, eine Lösung gefunden zu haben. Auch wenn sie sich noch nicht erklären konnte, wer für diesen Fake verantwortlich war.

»Ihr Vater arbeitet nicht als Anwalt.«

»Bitte?«

Geduldig wiederholte Erik seinen absurden Satz.

»Das ist doch Blödsinn.« Langsam verlor Lizzi die Geduld. »Mein Vater arbeitet als Anwalt, solange ich zurückdenken kann. Er war immer schon mein Vorbild. Warum, glauben Sie, habe ich denselben Beruf wie er gewählt?«

»Tja. *Shit happens*. Schätze, da haben Sie danebengegriffen.«

»Es reicht jetzt.« Auffordernd streckte Lizzi ihre Hand aus. Sie war jetzt ehrlich wütend. »Sie geben mir auf der Stelle den Schlüssel, und dann verschwinden Sie.«

Erik schüttelte den Kopf. »Das kann ich nicht. Ich habe es Ihrem Vater versprochen.«

»Nachts bei mir einzubrechen und mich zu belästigen?« Lizzi fauchte ärgerlich. »Los, den Schlüssel! Oder ich rufe die Polizei.«

Erik schien die Drohung nicht zu beeindrucken. Doch als er ihren Blick sah, legte er den Schlüssel auf ihre Handfläche. »Sie machen einen Fehler.«

»Das ist meine Wohnung und mein Leben«, antwortete Lizzi, während sie zur Wohnungstür ging und sie für ihn öffnete.

»Genau darum geht es: um Ihr Leben.« Erik zögerte. »Sie glauben mir nicht, oder?«

»Ist die Frage ernst gemeint?« Es war immer wieder unglaublich, wie begriffsstutzig Männer sein konnten. »War nett mit Ihnen, Erik, aber jetzt bin ich müde. Grüßen Sie meinen Vater. Und sagen Sie ihm, er soll ans Telefon gehen, wenn ich ihn anrufe, anstatt zu kneifen.«

Erik musterte sie stumm. Dann griff er in seine Tasche, holte einen Stift und eine benutzte Fahrkarte hervor und kritzelte eine Telefonnummer darauf. Er reichte Lizzi den Papierfetzen.

»Nur falls Sie es sich anders überlegen.«

Lizzi nahm die beschriebene Fahrkarte desinteressiert und lächelte ihn gespielt freundlich an. »Und tschüss.«

Auf der Schwelle drehte Erik sich noch einmal um. »Haben Sie eigentlich Ihren Vater je zusammen mit einem Mandanten gesehen?«

Lizzi lachte spöttisch auf. Was für eine Frage, ihr Vater war schließlich Anwalt, und da hatte man Mandanten und stritt sich für sie vor Gericht. Sie tippte sich zum Abschied mit zwei Fingern an die Stirn, dann schloss sie wortlos die Tür und lehnte erleichtert den Kopf gegen das kühle Holz.

Was für eine Nacht!

Doch der Keim des Zweifels war gesetzt. Auf einmal überlegte Lizzi, wann sie ihren Vater tatsächlich als Verteidiger in einem Prozess erlebt hatte. Sosehr sie ihr Hirn marterte, es fiel ihr keine Situation ein.

Unwillig schüttelte sie den Gedanken ab. Sie würde sich nicht von irgendeinem Fremden irgendwelchen Blödsinn einflüstern lassen. Ihr Vater war so gut, dass er Vergleiche aushandelte, ohne seine Zeit in einem Gerichtssaal verplempern zu müssen. Ihr Chef tat das auch, also war das nichts, worüber man sich wundern musste.

Wie um es sich selbst zu beweisen, ging Lizzi ins Bad und warf die Fahrkarte mit Eriks Telefonnummer in den Mülleimer.

Und Mandanten, dachte sie, hatte sie in der Kanzlei ihres Vaters auch noch nie gesehen.

Ärgerlich stopfte sich Lizzi ihre Stöpsel zurück in die Ohren. Jetzt half nur noch Kurt Cobain. Er vertrieb alle weiteren Gedanken. Wenigstens für den Moment.

2

Als Lizzi am nächsten Morgen vom Gezirpe ihres Weckers aus dem Tiefschlaf gerissen wurde, brauchte sie eine Weile, bis sie bemerkte, dass Samstag war und es keinen Grund gab, so früh aufzustehen. Stöhnend warf sie sich wieder in das Kissen zurück. Die Nacht war unruhig gewesen, sie hatte von ihrer Mutter geträumt, die mit ihr am Fenster gestanden hatte, bevor sie ins Meer gestürzt war und Lizzi sie nicht retten konnte.

Es war nicht das erste Mal, dass Lizzi diesen Albtraum erlebte, er hatte sie ihre gesamte Schulzeit hindurch begleitet. Sie gab einer abenteuerlichen Geschichte von einer Klippenwanderung die Schuld, ihre Mutter hatte sie ihr vorgelesen – früher, als sie noch gelebt hatte. Warum der Albtraum plötzlich wieder in ihr aufbrach, war Lizzi ein Rätsel. Sie hatte das Buch seit Jahren nicht mehr in der Hand gehabt – zuletzt, als sie es aus ihrem Bücherregal in eine Kiste im Keller verbannt hatte, in der auch ihr stark ramponierter Stoffeisbär Ruby lagerte.

Lizzi fingerte nach ihrem Smartphone und wählte die Handynummer ihres Vaters. Wenn sie ihn mit ihrem Anruf aus dem Bett holen sollte, wäre das nur gerecht – hätte er eben am Abend vorher rangehen sollen. Doch die Computerstimme, die sich meldete, behauptete ein zweites Mal, dass die Nummer nicht erreichbar sei. Unmöglich! Verärgert würgte Lizzi die ignorante Computerbraut ab und versuchte es stattdessen auf dem Festnetzanschluss ihres Vaters. Aber auch hier blieb sie mit dem Anrufbeantworter alleine. Diesmal hinterließ Lizzi eine Nachricht, und ihr Ton ließ keinen Zweifel daran, dass sich ihr Vater bitte schön unverzüglich bei seiner einzigen Tochter melden sollte, weil sie ihn sonst offiziell vorladen würde.

Es war nicht in Ordnung, fand Lizzi, dass sie sich als Tochter Sorgen machen musste, wo sich ihr Vater herumtrieb. Wieso hatte er ihr nicht Bescheid gesagt? Vertauschte Rollen. Auch wenn sie davon überzeugt war, dass es eine banale Erklärung für alles gab, verfluchte sie Erik, der ihr den Sorgenfloh ins Ohr gesetzt hatte.

Nachdem Lizzi mit Duschen, Anziehen und Frühstück fertig war, ihre komplette Wohnung auf Vordermann gebracht hatte und ihr Handy immer noch nicht klingeln wollte, hatte sie keine Lust mehr abzuwarten. Kurzentschlossen schlüpfte sie in ihre Schuhe und machte sich auf den Weg, um ins Westend zu fahren. Der Samstag war sowieso im Eimer, da konnte sie den Weg nutzen, um sich die Sätze zurechtzulegen, die sie ihrem Vater an den Kopf werfen würde, sobald er ihr die Tür öffnete. Sie war gespannt, was er zu seiner Verteidigung vorzubringen hatte.

Seit vielen Jahren schon lebte ihr Vater in einem zurückhaltend verzierten Gründerzeithaus direkt am Palmengarten. Lizzi mochte die Wohnung mit ihren knarzenden Parkettböden und dem traumhaften Ausblick auf die Parkanlage, auch wenn ihr das Wohnviertel viel zu aufgeräumt und ordentlich war. Aber es war perfekt für ihren Vater, der Lizzi ähnlich aufgeräumt und durchorganisiert vorkam. Umso mehr zermarterte sie sich während der Fahrt mit der Straßenbahn das Hirn, wie all die Dinge, die Erik Einbrecher zu ihr gesagt hatte, zu ihrem Vater passen könnten. Es gab nur eine Antwort: unmöglich. Lizzis Gedanken beruhigte diese Antwort nicht.

Eine halbe Grübelstunde später erreichte sie die Wohnstraße, in der ihr Vater lebte und die direkt an den Park grenzte. Die Frühlingsidylle, die sich vor ihr ausbreitete, war unverschämt schön, mit aufknospendem Grün an den Alleebäumen und langsam verblühenden Spaziergängern darunter. Die Grauköpfe, die sich die edle Lage leisten konnten, flanierten zufrieden in der Sonne. Lizzi hatte kein Auge für die Umgebung, ihre Aufmerksamkeit galt dem Wohnhaus ihres Vaters. Während sie sich dem Eingang näherte, scannten ihre Augen die Fenster im zweiten Stock. Sah alles ganz normal aus, beruhigte sie sich und ging einen Schritt schneller.

Plötzlich stoppte etwas ihren Lauf: Es war ein Männerkörper, groß und athletisch, mit einem roten Haarschopf an der Spitze über einem ziemlich blassen Gesicht. Fluchend taumelte Lizzi zurück, ihre Handtasche rutschte von der Schulter und fiel auf den Boden. Der Inhalt ergoss sich in einem Schwall auf das Pflaster.

Verärgert stemmte Lizzi ihre Arme in die Seite. »Das kann doch wohl nicht wahr sein!«, beschwerte sie sich empört. »Für euch Männer sind Frauen nichts als Gegenstände, die man hin und her schubst, wie es einem passt, nicht wahr? Wie's mir dabei geht, interessiert euch nicht. Und wenn's euch zu blöd wird, haut ihr einfach ab, ohne was zu sagen. Noch nicht mal ans Telefon geht ihr!« Lizzi erdolchte den sprachlosen Rothaarigen mit ihren Blicken, bevor sie in die Knie ging, um die aus ihrer Tasche gepurzelten Utensilien einzusammeln.

Der Mann, der sie angerempelt hatte, sah sie stumm und

blassgesichtig an, offenbar fehlten ihm die Worte für eine angemessene Erwiderung. Sein Begleiter, ein Mann mit durchdringendem Blick über der schwarzen Lederjacke, bückte sich, um Lizzi zu helfen.

»Sorry«, entschuldigte er sich mit einem zarten englischen Akzent, »mein Kollege spricht nicht gut Deutsch.« Mit einem Lächeln reichte er ihr eine Puderdose.

Lizzi schnappte sie sich gereizt. »Das erklärt alles. Ich dachte schon, er hat keine Augen im Kopf.«

Das Lächeln des Lederjacken-Mannes fror ein.

Ohne die beiden weiter zu beachten, quetschte sich Lizzi an den ungehobelten Rammböcken vorbei und eilte auf den Eingang des Wohngebäudes zu. Genau vor ihr fiel leise klickend die Haustür ins Schloss, die zwei Männer mussten das Gebäude gerade erst verlassen haben. Wenigstens die Tür hätten sie ihr aufhalten können! Seufzend holte Lizzi ihren Schlüssel hervor und entriegelte das Türschloss. Die Begegnung, dachte sie beim Treppensteigen mit kämpferischem Optimismus, war das perfekte Warm-up für ihr Vorhaben, ihrem Vater den Kopf zu waschen. Er sollte sich besser warm anziehen!

Im zweiten Stock angekommen klingelte sie, ohne abzusetzen, dreimal hintereinander an seiner Wohnungstür. Lizzi wartete eine Weile, klingelte erneut, schloss dann mit ihrem Schlüssel die Tür auf und trat ein. »Ich bin's, Paps«, rief sie, »und ich bin nicht gut gelaunt!«

In der Wohnung blieb es still. Keine Bodendiele knarrte, keine Tür öffnete sich. Der Flur lag im Dunkeln, obwohl draußen die Sonne schien und die meisten Türen große Glaseinsätze besaßen. Irritiert schaltete Lizzi das Licht an und betrat das Wohnzimmer. Es war verlassen, wie alle anderen Zimmer auch, ihr Vater war nicht da. Und aus irgendeinem Grund hatte er alle Vorhänge zugezogen, bevor er gegangen war.

Stirnrunzelnd sah sich Lizzi um. Irgendetwas war anders als sonst, die Wohnung wirkte seelenlos und unpersönlich. Lizzi brauchte einen Moment, bis sie den Grund herausfand: Zwar standen die Möbel ihres Vaters an ihren Plätzen, aber es lag nichts herum – keine Bücher, keine Zeitungen und auch keine handschriftlichen Notizen, die ihr Vater sonst gern in der ganzen Wohnung verteilte. Im Wohnzimmerregal fehlten die Bücher, im Schlafzimmer alle Kleidung, und der Schreibtisch im Arbeitszimmer war bis auf eine einsame Lakritztüte komplett leergeräumt. Selbst die Fotos von Lizzi und ihrer Mutter, die sonst über dem Sessel im Wohnzimmer hingen, hatte ihr Vater entfernt. Nur die Staubränder, die die Rahmen an der Wand zurückgelassen hatten, zeugten von ihrer Existenz.

Lizzi, die so leicht nichts umwarf, musste sich aufs Sofa setzen. Was war hier passiert? Zwar war ihr Vater immer für eine Überraschung gut, aber das hier war anders. So etwas hatte sie noch nie zuvor erlebt. Fast schien es, als sei ihr Vater heimlich ausgezogen.

Bedrückt blickte sie sich in der verlassenen Wohnung um. Ein kleiner gemeiner Gedanke schlich sich in ihr Hirn, und der gefiel ihr überhaupt nicht. Würde ihr Vater es tatsächlich fertigbringen, alle Brücken zu ihr abzubrechen, heimlich, ohne ihr etwas zu sagen? Eine scheußliche Vorstellung, Lizzi schob sie schnell wieder zur Seite. Nein, es musste für all das einen triftigen Grund geben. Einen längeren Auslandsaufenthalt zum Beispiel, das wäre eine Möglichkeit. Aber warum hatte er ihr nichts davon erzählt, als sie sich vor zwei Wochen in einem Café getroffen hatten? Vielleicht wollte er die Wohnung verkaufen und sie damit überraschen. Doch auch diesen Gedanken verwarf sie sofort wieder. Ihr Vater liebte diesen Ort und würde niemals freiwillig weggehen. Aber warum sonst war die Wohnung bis auf den letzten Bleistift ausgeräumt? So etwas machte man doch nur, wenn man wirklich alles hinter sich lassen wollte.

Lizzis Blick fiel auf die Schreibtischplatte, auf der noch das Telefon stand. Obwohl es kaum zwei Stunden her war, dass sie den Anrufbeantworter besprochen hatte, war das Display dunkel, und das rote Lämpchen blinkte nicht. Ihre Nachricht wurde nicht angezeigt. Wie elektrisiert sprang Lizzi auf und eilte zum Schreibtisch: Ihr Vater musste ihren Anruf abgehört haben. Warum hatte er nicht zurückgerufen? Ganz sicher war die Aufnahme unverständlich gewesen. Aufgeregt und angespannt zugleich drückte Lizzi die Wiedergabetaste und lauschte ihrer eigenen Stimme auf der technisch einwandfreien Aufnahme.

Was ging hier vor sich?

Ihre aus dem Lautsprecher scheppernde Stimme verstummte, es war wieder still in der Wohnung, bis auf das leise Rauschen einer Wasserleitung irgendwo im Haus. Nachdenklich ließ sich Lizzi auf den Schreibtischstuhl fallen. Der fiese kleine Gedanke kroch wieder in ihr Hirn. Konnte es sein, dass ihr Vater sie im Stich gelassen hatte? Es war unglaublich, aber das, was sie gestern Abend von diesem Erik erfahren hatte, und das, was sie gerade selbst erlebte, deckte sich. *Ihr Vater ist seit heute Morgen verschwunden*, erinnerte sie sich an Eriks Worte.

Lizzi schaltete in den Anwaltsmodus und versuchte, die Situation aus der Distanz heraus zu analysieren – eine Herausforderung, wenn man selber die Mandantin war. Was, fragte sie sich, sprach für die These, dass ihr Vater sie im Stich gelassen hatte? Drei Dinge: Er hatte es nicht für nötig gehalten, ihr von Erik zu erzählen, er hatte sie nicht in seine Pläne eingeweiht, und er hatte sie nicht zurückgerufen, obwohl sie ihn darum gebeten hatte. Müsste sie alles auf einen Nenner herunterbrechen, dann auf die Erkenntnis, dass sie ihrem Vater nicht wichtig genug war. Punkt.

Aber, wandte die Anwältin in ihr ein, ihr Vater hatte ihr Erik geschickt. Die Mandantin fuhr der Anwältin sofort über den Mund: Dass Erik ohne ihr Wissen einen Schlüssel von ihrer Wohnung bekommen hatte, empfand sie als großen Vertrauensmissbrauch. Ohne Vorwarnung war er in ihrem Badezimmer aufgetaucht, um sie zu erschrecken und zu beleidigen, er wusste peinliche Details von ihr und ihren Exfreunden, und er kannte den Instagram-Account ihres Vaters, dem sie ganz sicher auch gerne gefolgt wäre, trotz des fremden Namens und der idiotischen Fotos.

Eines stand fest: Ihr Vater hatte sie jahrelang angelogen.

Wut stieg in ihr hoch. Oder war es Verletztheit? Ständig behauptete ihr Vater, dass er sie liebte. Aber was bedeuteten schon schöne Worte? Da war es wieder, das bedrückende Gefühl der Einsamkeit, das ihr aus Kindheitstagen noch so vertraut war. Die Verzweiflung, als ihre Mutter von einem Moment auf den anderen nicht mehr da war und ihr Vater sich plötzlich nicht mehr für sie interessierte. Wie sonst konnte man die Einweisung in das Internat, in das er sie abgeschoben hatte, deuten? Ohne Lizzi zu fragen, was sie davon hielt, hatten sie England Hals über Kopf verlassen, immerhin ihre Heimat, zumindest damals. Und wenn er sie in den Ferien zu sich holte, war er immer in Gedanken gewesen oder hatte anderes zu tun, als sich mit ihr zu beschäftigen. Um seine Aufmerksamkeit zu erringen, hatte sich Lizzi immer etwas Neues einfallen lassen müssen – meistens hatte sie einfach so lange auf ihn eingeredet, bis er sich endlich um sie kümmerte.

Lizzi schob all die unliebsamen Gedanken beiseite. Warum sollte sie sich längst überwundenen Gefühlen hingeben, nur weil ihr Erzeuger sich idiotisch und unsozial verhielt? Kurzentschlossen griff sie nach ihrem Handy und wählte die Festnetznummer ihres Vaters, dann wartete sie ab, bis das Klingeln des Telefons vor ihrer Nase endete und der Anrufbeantworter ansprang. Mit grimmigem Gesichtsausdruck lehnte sie sich im Schreibtischstuhl zurück und sprach ihrem Vater eine Nachricht aufs Band.

»Hallo, Papa. Bin gerade bei dir zu Hause. Gemütlich und kuschlig hast du es hier. Falls du mir etwas zu sagen hast, melde dich bitte noch vor Weihnachten … Ach ja, an Weihnachten bin ich diesmal übrigens nicht hier, ich reise mit Brad nach Venedig!«

Brad? Der letzte Satz war Lizzi ungewollt herausgerutscht, schnell legte sie auf. Sie kannte keinen Brad (abgesehen von Angelina Jolies zwar nicht mehr taufrischem, aber immer noch höllisch gut aussehendem Ex). Auch hatte sie weder einen blassen Schimmer, was sie an Weihnachten ohne ihren Vater anstellen sollte, nachdem sie ihr gesamtes Leben lang Heiligabend mit ihm zusammen verbracht hatte, noch würde sie es sich antun, sich mit einem Schwarm verrückt gewordener Touristen durch die Lagunenstadt zu schieben. Bei so vielen Notlügen in einem einzigen Satz war es nur eine Formsache, dass es noch ganze sieben Monate bis Weihnachten dauerte.

Doch das Einzige, was für Lizzi zählte, war die Botschaft an ihren Vater: Sie wusste über seine Geheimniskrämerei Bescheid und kam sehr gut ohne ihn zurecht. Irgendwann würde er wieder auftauchen, um sich um die Möbel und den Verkauf der Wohnung zu kümmern, und dann würde er seinen Anrufbeantworter abhören, mit schlechtem Gewissen, wie Lizzi hoffte. Ob sie sich so lange gedulden könnte, wusste sie nicht, aber wenigstens hatte sie etwas Dampf abgelassen.

Weil sie nicht wusste, was sie sonst tun sollte, durchsuchte Lizzi noch einmal die Wohnung. Eine Antwort darauf, warum sich ihr Vater so seltsam benahm, fand sie jedoch nicht.

Normalerweise hatte Lizzi bei ihren Fällen immer eine Idee, was zu tun war und wie es weiterging. Warum diesmal nicht? Weil es sich um ihren Vater handelte und sie emotional zu nah dran war? Lizzi seufzte. Womöglich würde nur ein Psychologe das Verhalten ihres Vaters deuten können. War das die Lösung? Lizzi zögerte: vermutlich nicht. In ihrer Studienzeit hatte sie ihre Wohnung mit einer Psychologiestudentin geteilt. Schnell hatte sie herausgefunden, dass ihre Mitbewohnerin einen an der Waffel hatte und ihr Studium mit einem Gruppentherapieplatz verwechselte. Darüber hinaus verfügte sie über eine erstaunliche Bandbreite an Verschwörungstheorien und hielt, nachdem sie ihre Tabletten abgesetzt hatte, Lizzi für eine außerirdische Geheimagentin, die den Kühlschrank in eine Abhörstation umfunktioniert hatte. Obwohl die Wohngemeinschaft nicht lange hielt, hatte Lizzi seitdem Schwierigkeiten, Psychologen für voll zu nehmen. Bedauerliche Sippenhaft nannte sie das. Lizzi war klar: Ein Psychologe würde ihr auch nicht weiterhelfen.

Was sie jetzt bräuchte, dachte Lizzi, wäre ein lässiger Detektiv, der sich, ohne eine Miene zu verziehen, ihres Falles annahm und drei Tage später mit Schwarz-Weiß-Fotos zurückkam, die ihren Vater mit seiner neuen Geliebten zeigten. Bei dieser Vorstellung musste Lizzi grinsen. Eine ihrer schönsten Kindheitserinnerungen war die an jenen Abend, an dem ihre Mutter einen uralten Philip-Marlowe-Film angesehen hatte, mit dem unsterblichen Humphrey Bogart als megacoolem Privatdetektiv, während sie selbst Nägel kauend hinter dem Sofa kauerte. Sie hatte gedacht, dass sie unbemerkt ins Wohnzimmer geschlichen war, bis ihre Mutter bei einer wirklich unheimlichen Szene hinter die Sofalehne gelangt und ihr die Augen zugehalten hatte.

Lizzi merkte auf: Warum nicht selbst mit kriminalistischem Spürsinn vorgehen? Einer Eingebung folgend sprang Lizzi auf und verließ die Wohnung. Hier gab es nichts mehr für sie zu tun, sie hatte eine bessere Idee: Briefkästen verrieten manchmal mehr Dinge über ihre Besitzer, als ihnen lieb war.

Eilig lief sie die Treppenstufen hinab bis zum Hausflur, in dem die Briefkästen in einer langen Reihe an der Wand angebracht waren. Erstaunt stellte sie fest, dass das Namensschild ihres Vaters schon entfernt worden war. Ihr Vater schien es ja sehr eilig gehabt zu haben wegzukommen. Lizzi holte ihren Schlüsselbund hervor, an dem der Zweitbriefkastenschlüssel ihres Vaters hing, und entriegelte den namenlosen Briefkasten. Doch zu ihrer Enttäuschung lag nichts darin als eine Infopost einer Bank und ein Pizzabringdienst-Flyer.

Vielleicht war es doch gut, dass sie Anwältin und nicht Detektivin geworden war.

Gerade als Lizzi den Briefkasten wieder schloss, hörte sie in den oberen Stockwerken eine Tür zufallen, kurz darauf kam jemand mit schleppenden Schritten die Treppe herunter. Es war Frau Kirschner, die nette alte Nachbarin ihres Vaters, wie praktisch. Die Gespräche mit ihr konnten sich zwar in die Länge ziehen, weil sie gern und ausdauernd plauderte, doch sie war hilfsbereit und wusste womöglich mehr über ihren Vater. Immerhin wohnte sie im selben Stockwerk wie er.

Lizzi fiel gleich mit der Tür ins Haus.

»Wissen Sie, wann mein Vater wiederkommt? Ich wollte ihn überraschen«, log sie.

Frau Kirschner holte tief Luft, um sich auf den in ihr aufsteigenden Redefluss optimal vorzubereiten. »Sie auch? Hat Ihr Vater Geburtstag? Wie schön, dass sich in Ihrer Familie alle untereinander kümmern«, sagte sie, »aber ich muss Sie leider enttäuschen, Kindchen, ich habe Ihren Vater länger nicht gesehen. Ich bin erst gestern aus der Kur gekommen, weil meine Beine so …«

»Was meinen Sie damit?«, unterbrach Lizzi sie erbarmungslos. Sie hatte keine Zeit für Nettigkeiten, sie musste sich für das Schlimmste wappnen. Nach allem, was seit dem gestrigen Tag passiert war, hätte sie nicht mit der Wimper gezuckt, wenn sie von Frau Kirschner erfahren würde, dass ihr Vater einen Harem von Frauen besaß und sie kein Einzelkind war, sondern mit ihren Halbgeschwistern eine Fußballmannschaft zusammenstellen könnte.

»Wissen Sie nicht, was eine Kur ist, Kindchen, da kann man …«

»Ich weiß, was eine Kur ist, ich meine das andere, was Sie gesagt haben, das über unsere Familie.« Lizzi zwang sich zu einem Lächeln. Immerhin konnte die arme Frau nichts dafür, dass Lizzis Leben in Scherben lag.

»Über Ihre Familie?«, überlegte Frau Kirschner konzentriert. »Was habe ich denn da gerade gesagt?«

»Dass wir uns umeinander kümmern.«

»Ach ja. Jetzt hab ich's wieder. Ich meine Ihre beiden älteren Brüder! Zwei so höfliche Männer. Das muss ich sagen.«

Lizzis Wimpern zuckten merklich, und sie grinste schief. »Meine … Brüder, sind Sie sicher?«

Frau Kirschner nickte strahlend.

»Was … was wollten die denn hier?«

»Ihren Vater überraschen. So wie Sie. Habe ich das nicht schon gesagt? Ach Gott, jetzt werde ich doch dement. Ich glaube, ich muss dringend zum Arzt.«

»Haben die beiden erzählt, was sie vorhaben?«, bohrte Lizzi. »Nicht dass wir die gleiche Überraschung planen und alles für die Katz ist.«

»Nein. Nur dass sie in die Wohnung Ihres Vaters müssten und ob ich ihnen aufschließen könnte. Das habe ich natürlich gern gemacht. Seit dem Wasserrohrbruch vor fünf Jahren habe ich einen Schlüssel von Ihrem Vater.« Erneut holte sie Luft, um nachzutanken. »War aber schon ein bisschen naiv von Ihren Brüdern, ohne Schlüssel zu kommen. Das muss ich sagen. Wenn ich nicht da gewesen wäre, wären sie völlig umsonst hier gewesen. Tagsüber sind die meisten doch unterwegs, sie sind ja nicht alle so alt wie ich, wobei …«

Beherzt ging Lizzi dazwischen. »Aber Sie haben doch bestimmt mal kurz einen Blick auf die Überraschung geworfen, oder?« Lizzis Ton klang schärfer als beabsichtigt.

»Also, Kindchen, ich geh doch nicht einfach in eine fremde Wohnung«, antwortete Frau Kirschner entrüstet. »Alt bin ich vielleicht, aber nicht neugierig!«

Leider, seufzte Lizzi innerlich.

»Warum fragen Sie Ihre Brüder nicht selbst?«

»Ich sehe sie so selten …«

»Ach, wie schade. Sie müssen sie vorhin ganz knapp verpasst haben. Es ist höchstens eine halbe Stunde her, dass sie wieder gegangen sind.«

Lizzi horchte auf. »Warten Sie: Beide sind kräftig gebaut, der eine rothaarig und etwa so groß und der andere einen Kopf größer?« Sie hielt ihre Hände in die Luft, um die Größen anzuzeigen.

»Ja. Haben Sie denn noch andere Brüder?«, fragte Frau Kirschner erstaunt.

»Nein. Die sind nur so schnell gewachsen, man weiß ja nie.« Lizzi lächelte verlegen. »Ich sag ja, wir sehen uns so selten, und der eine spricht nicht gut Deutsch.«

Zu spät bemerkte Lizzi, wie verrückt das klingen musste. Frau Kirschner runzelte die Stirn, ihre Gehirnzellen arbeiteten garantiert auf Hochtouren.

»Ich dachte, er ist schüchtern«, sagte sie verwirrt. »Kein Deutsch – das ist aber sehr selten … wir leben ja hier in Deutschland.«

»Ich meinte natürlich Hochdeutsch.«

Frau Kirschner schlug sich lachend die Hand gegen ihre Stirn.

»Ach Gott, da bin ich aber beruhigt! Dass es so was noch gibt, nur Dialekt zu sprechen … Ist wie bei mir zu Hause, früher. Ich find das schön, das können ja gar nicht mehr so viele, und ich habe das auch fast verlernt. Aber wenn ich mich bemühe, dann geht das noch, warten Sie …«

Lizzi nickte freundlich und beeilte sich wegzukommen,

bevor Frau Kirschner ihre gesammelten Dialektkünste zum Besten geben konnte. Nicht auszudenken, was passieren würde, wenn sie in letzter Sekunde doch noch neugierig werden sollte und Lizzi zu ihrer Familiengeschichte befragen würde. Einen dringenden Termin vorheuchelnd verabschiedete sie sich eilig und verließ das Haus.

In Lizzis Kopf schwirrte es. Ihr Vater, der ehrenwerte und angesehene Jurist, begann sich vor ihr in Luft aufzulösen. Sollte sie tatsächlich zwei Brüder haben, dann war die erste Begegnung mit ihnen jedenfalls gründlich in die Hose gegangen. Lizzi hoffte darauf, dass die gute Frau Kirschner nur durcheinander war und die Brüder in Wirklichkeit Paketboten waren, die ein Überraschungspäckchen zu überbringen hatten. Alles würde sich als ein riesengroßes Missverständnis herausstellen, und hinterher würden sie und ihr Vater sich vor Lachen auf der Couch kugeln.

Doch seit wann kamen Paketboten zu zweit?

Ein spezieller Lieferservice, beruhigte sie sich.

Und wo war das Päckchen geblieben, dass sie in die Wohnung gebracht hatten?

Mit gerunzelter Stirn klemmte Lizzi ihre Tasche unter den Arm und schritt zügig weiter. Sie hatte keine Ahnung.

Lizzi war schon auf halben Weg zurück nach Hause und damit beschäftigt, die vielen Fragen in ihrem Kopf zu sortieren, als ihr die Idee kam, kurz in der Kanzlei ihres Vaters vorbeizuschauen. Vielleicht, überlegte sie, hielt er sich dort auf. Zwar war es Samstag, und ihr Vater arbeitete nicht gerne am Wochenende, aber als Jurist konnte man sich das nicht immer aussuchen.

Lizzi atmete tief durch. Falls es sich herausstellen sollte, dass ein wichtiger Prozess oder ein prominenter Mandant der Anlass für das sang- und klanglose Verschwinden ihres Vaters war, könnte sie das eher tolerieren als jeden anderen Grund, über den sie in den vergangenen Stunden nachgedacht hatte.

Für einen kurzen Moment beschwingt verließ sie an der nächsten Haltestelle die Straßenbahn. Doch während sie ihrem Ziel entgegenging, verflüchtigte sich die Hoffnung auf eine einfache Lösung. Denn wenn sie ehrlich zu sich war, fiel ihr kein Anlass ein, warum man als Anwalt wegen eines Mandanten untertauchen sollte. Andersherum schon eher: Dass ein Mandant die Anwaltskosten nicht zahlen wollte oder konnte und die Rechnungen mit dem Stempel *unbekannt verzogen* zurückkamen, passierte leider immer wieder.

Ein Gedanke schoss ihr in den Kopf und gesellte sich zu den vielen anderen, die sich dort schon tummelten. Was, wenn ihr Vater auf der Flucht vor einer Frau war? Das könnte vieles erklären, auch die Brüder. Aber hätte sie nicht all die Jahre davon etwas mitbekommen müssen? Ihr rutschte, wurde Lizzi klar, gerade der Boden unter den Füßen weg. Alles war möglich, weil sie offenbar nicht wusste, wer ihr Vater wirklich war – nach nur zwölf Stunden Grübeln traute sie ihm alles zu, sogar ein Zweitleben mit erwachsenen Kindern. Eriks Hinweis, ihr Vater habe noch nie einen Prozess geführt, war als vertrauensbildende Maßnahme nicht gerade förderlich.

Die Straße, in der sich die Kanzlei befand, lag am Rand des Bankenviertels, in dem so viel Leben herrschte wie in ihrem Schlafzimmer während der vergangenen Monate: Die Straßen waren wie leergefegt. Lizzi wusste, mit Beginn der neuen Arbeitswoche würde sich das Viertel wieder füllen, anders als ihr Schlafzimmer, so viel war klar. Ungehalten schob sie den Gedanken beiseite und eilte weiter.

Eine streunende Katze beobachtete neugierig, was die einsame Fußgängerin vorhatte. Lizzi interessierte sich nicht für sie, genauso wenig wie für all die ausgestorbenen Büros, an denen sie vorbeikam. Zielstrebig lief sie auf den Eingang der Kanzlei zu. Nichts rührte sich hinter den Fenstern, im Inneren des Büros war es dunkel, die Jalousien waren heruntergelassen. Lizzi ging die Stufen zum Eingang hinauf und stellte sich auf die Zehenspitzen, um durch die abgetönte Frontscheibe nach innen zu linsen. Sie musste die Hände gegen das Glas legen, um ihre Augen vor der Reflexion der Sonne zu schützen.

Knarrend gab der Türflügel nach.

Erstaunt drückte Lizzi die Tür auf. »Hallo? Ist jemand hier?«

Niemand antwortete.

Zögernd trat Lizzi ein und sah sich im Eingangsbereich um, der zugleich als Sekretariat und Wartezimmer diente. Die Sekretärin war nicht da. Wieso sollte sie auch? Schließlich war Samstag, erinnerte sich Lizzi. Wochenende! Sie war die Einzige, die so dumm war, ihre wertvolle Freizeit damit zu verbringen, kreuz und quer durch Frankfurt zu laufen und nach ihrem Vater zu suchen, statt es sich zu Hause vor dem Fernseher gemütlich zu machen.

»Papa? Ich bin's«, rief Lizzi angespannt, während sie durch den Flur zum Büro ihres Vaters ging und kurz an die Tür klopfte, bevor sie sie öffnete. Bis auf ein paar Möbel war das Büro leer. Es gab keine Akten, die Schränke und Regale waren ausgeräumt, und wie in der Wohnung ihres Vaters fehlten auch hier die Bilder an der Wand. Auch der Laptop auf dem Schreibtisch war fort. Lizzi fröstelte.

Unschlüssig blieb sie auf der Schwelle stehen, dann zog sie leise die Tür wieder zu und ging zur Kaffeeküche, die jedoch genauso verwaist war wie die Toilette, die Lizzi als Letztes inspizierte. Sogar in die Toilettenkabinen warf sie einen Blick, obwohl sie im gleichen Moment wusste, wie idiotisch das war. Niemand war hier.

Ratlos ging Lizzi zurück zum Eingang und setzte sich auf den Schreibtischstuhl der Sekretärin.

Es gab keinen Zweifel: Ihr Vater war weg. Nicht nur seine Wohnung hatte er aufgelöst, auch aus seinem Büro war er verschwunden. Und nichts, wirklich nichts deutete darauf hin, dass er so bald wieder zurückkehren würde.

Lizzis Blick fiel auf einen geöffneten Karton, der auf dem Boden neben dem Schreibtisch stand: Die Sekretärin war ganz offensichtlich noch dabei, ihre Sachen zu packen. Etwas musste sie gestört haben. Aber warum hatte sie die Kanzlei verlassen, ohne die Tür hinter sich abzuschließen? Lizzi kannte Frau Nellen als gewissenhafte, zuverlässige Person, die so etwas niemals tun würde.

Genervt atmete Lizzi aus: Sie hatte genug von den Fragen, die sie sich den ganzen Morgen schon stellte und zu denen sie keine Antwort fand. Besser, sie blieb bei den Fakten. Und die sagten ihr eindeutig: Sie hatte den ganzen Weg hierher umsonst gemacht. Sie versaute sich das Wochenende, weil sie sich Sorgen machte, anstatt einfach sauer zu sein und danach alles zu vergessen. Sie war schließlich eine erwachsene Frau und nicht mehr das kleine Mädchen, das ohne ihren Papa nicht leben konnte. Sollte er doch tun, was er für richtig hielt, solange er sie aus allem raushielt.

Wobei, dachte sie: Genau das tat ihr Vater ja.

So richtig gut fühlte sich das auch nicht an.

Lizzi schob den Stuhl zurück an seinen Platz, dann durchsuchte sie die Schubladen des Schreibtisches nach dem Ersatzschlüssel, um die Eingangstür beim Verlassen der Kanzlei abschließen zu können. Mit dem Schlüssel in der Hand warf sie einen letzten Blick in den verlassenen Raum, dann zog sie die Tür hinter sich zu, verriegelte das Schloss, warf den Schlüssel in den Briefkasten und trat hinaus in die Sonne.

Ab sofort, nahm sich Lizzi vor, würde sie keinen Gedanken mehr an ihren Vater verschwenden, solange er der Einzige war, der zur Aufklärung beitragen konnte. Mit diesem Vorsatz stieg sie die Stufen hinab und machte sich auf den Heimweg.

Nach wie vor war sie der einzige Mensch, der durch die Schluchten aus gesichtslosen Bürobauten spazierte. Lizzi versuchte, die bedrückende Stimmung zu ignorieren und sich zumindest an einem in einer Pflasterritze aufblühenden Löwenzahn zu erfreuen. Die Katze strolchte immer noch auf der Straße herum, diesmal kam sie auf Lizzi zugelaufen und schmiegte sich schnurrend an ihre Beine – sie hatte wohl beschlossen, dass Lizzi an diesem Tag in diesem Stadtviertel ihre letzte Chance auf eine Krauleinheit sein könnte. Lizzi blieb stehen und bückte sich, um dem zerzausten Tier über das Fell zu streichen. Doch die Katze buckelte und lief davon, bevor Lizzi sie berühren konnte.

Lizzi erhob sich bedrückt. Wenn selbst Katzen nicht mehr wissen, was sie wollen, dachte sie, wer sollte das dann überhaupt können? Sie, Lizzi, wusste jedenfalls nicht mehr, was sie mit dem Rest ihres verkorksten Wochenendes anstellen sollte.

Ablenkung schien ihr das beste Mittel zu sein.

Sie könnte, überlegte Lizzi, eisern die Disziplinkarte ziehen und sich über ihren Lohnsteuerjahresausgleich hermachen. Immerhin wartete der schon länger auf sie als jeder Mann, den sie kennengelernt hatte. Doch nach dem misslungenen Start ins Wochenende hatte Lizzi das Bedürfnis, sich etwas Gutes zu tun. Und da Papier geduldig war und ein Formular nicht nachtragend, sprach nichts dagegen, es fürs Erste dabei zu belassen.

Besser, entschied Lizzi, war ein Saunaabend mit Doro. Falls ihre Freundin nicht wieder Wochenenddienst im Krankenhaus schob. Sie holte ihr Smartphone hervor und schickte Doro eine Nachricht: *Suche nette, humorvolle Sie für spontane Schwitzkur zu zweit.*

Beschwingt warf Lizzi ihr Telefon zurück in die Handtasche. Die Entscheidung für Doro und gegen das Grübeln fühlte sich gut an. Mit jedem Schritt kehrte die gute Laune wieder zu ihr zurück.

Sie hatte sich noch nie unterkriegen lassen, sagte sie sich, und sie würde auch jetzt nicht damit anfangen.

Außerdem: Solange nicht alle Fakten auf dem Tisch lagen, galt die Unschuldsvermutung. Selbst für ihren Vater.

3

Lizzi pfiff fröhlich vor sich hin, als sie ihr Haus erreichte. Noch immer war der Gehweg aufgerissen, und wie immer war weit und breit kein Arbeiter zu sehen. Offenbar hatte jemand in der Stadtverwaltung beschlossen, dass die rot-weißen Absperrungen, die flachgetretenen Erdbrocken und die in der Nacht stoisch blinkenden Warnlampen eine Bereicherung des Stadtbildes darstellten.

Lizzi balancierte über die Behelfsbrücke und ging zum Eingang. Die Haustür war nur angelehnt. Schwungvoll stieg Lizzi die Treppen hinauf, in der Hand ihren Schlüsselbund. Doch als sie das oberste Stockwerk erreicht hatte, hielt sie überrascht inne: Ihre Tür stand einen Spalt weit offen. Anscheinend hatte sie so wie die Sekretärin in der Kanzlei ihres Vaters vergessen, die Tür ins Schloss zu ziehen und abzuschließen. Lizzi schüttelte grinsend den Kopf: Tag der offenen Tür bei den Bergmanns! Nur gut, dass sie oben im Haus wohnte und so niemand etwas davon mitbekam.

Doch als sie die Tür aus der Nähe betrachtete, verging ihr das Lachen. Jemand hatte das Schloss aufgebrochen. Selbst für Ungeübte keine große Sache, hatte ein Polizist bei einer Hausbegehung gewarnt, erinnerte sich Lizzi. Ein Stemmeisen und ein bisschen Kraft würden ausreichen. Tja, was sollte sie sagen? Der Mann hatte gewusst, wovon er redete.

Lizzi strich mit dem Zeigefinger über das abgesplitterte Holz, dann horchte sie ein paar Sekunden in die Stille hinein. Wer auch immer hier gewesen war, er schien inzwischen das Weite gesucht zu haben.

Ohne zu zögern, drückte Lizzi die Tür auf und betrat ihre Wohnung.

Auf jedes Geräusch lauschend schlich sie voran und blickte durch die geöffnete Tür ins Wohnzimmer. Was sie sah, ließ sie blass werden. Jemand hatte den Raum gründlich auf den Kopf gestellt und alle Schränke und Regale durchwühlt. Wie gut, dass sie nicht aufgeräumt hatte, schoss es Lizzi absurderweise durch den Kopf, sonst wäre die ganze Arbeit für die Katz gewesen. Dann wurde ihr flau im Magen, eilig lehnte sie sich an den Türrahmen und atmete tief durch.

Sekunden später flutete Adrenalin ihre Adern: Was, wenn der Einbrecher noch hier war? Vielleicht stand er hinter der nächsten Tür und wartete auf sie. Kurzerhand griff sie sich den kupfernen Schuhlöffel, den sie auf dem letzten Flohmarkt erstanden hatte, und hielt ihn wie ein Schwert vor ihren Körper. Entschlossen, den Eindringling zur Strecke zu bringen, schlich sie weiter hinüber zum Schlafzimmer, in dem es nicht sehr viel anders aussah. Vor den offen stehenden Türen ihres alten Kleiderschrankes lagen verstreut die Kleidungsstücke, als wären sie von einem Sturm aus ihren Fächern gefegt worden. Dem Inhalt ihrer Kommode war es nicht besser ergangen.

Mit schnellen Blicken scannte Lizzi den Raum und sah erleichtert, dass ihr überschaubarer Bestand an Schmuck offensichtlich vollständig war. Anscheinend hatte der Einbrecher Modeschmuck nicht von echtem Schmuck unterscheiden können.

Lizzi schlich weiter und warf einen Blick in die Küche, die ebenfalls durchwühlt worden war. Sie beendete ihren Rundgang im Bad, zog vorsichtig die Tür einen Spalt weit auf und spähte durch die Ritze. Auch hier war niemand. Zu ihrem Erstaunen sah es im Bad genau so aus, wie sie es am Morgen hinterlassen hatte. Drogerieartikel, Parfum und ihr 3000-Watt-Profi-Föhn hatten definitiv nicht auf der Wunschliste des Eindringlings gestanden.

Nachdem sie sicher war, dass sich niemand mehr in der Wohnung aufhielt, hängte Lizzi erleichtert den Schuhlöffel zurück an seinen Haken. Noch immer pochte ihr Herz, und ihr Atem ging schnell, als wäre sie die Treppe zu ihrer Wohnung im Laufschritt hinaufgestürmt. Der Einbrecher konnte von Glück reden, sagte sie sich, rechtzeitig das Weite gesucht zu haben. Sie war stinksauer, dass jemand die Frechheit besessen hatte, ihre Wohnung zu durchwühlen. Zu gerne wäre sie hier gewesen, um dem Fremden ihre Meinung zu geigen.

Doch in ihrem tiefsten Inneren war Lizzi klar, dass eine Begegnung mit dem Eindringling nicht zwingend so ausgegangen wäre, wie sie es sich gerade ausmalte.

Ihre Knie wurden weich, sie musste sich setzen, das letzte Adrenalinhormon in ihrem Körper war abgebaut. Lizzi füllte die Lücke mit einem Schokoriegel, den sie auf dem Schlüsselbrett im Flur fand und mit zitternden Fingern vertilgte. Langsam kam sie wieder zu Kräften, der Zucker half gegen den Schock, dass jemand in ihren intimsten Privatbereich eingedrungen war, ohne Rücksicht auf sie und ihre Gefühle zu nehmen.

Lizzi schluckte den letzten Bissen des Schokoriegels hinunter und stand auf, um noch einmal durch die Wohnung zu gehen und den Schaden zu begutachten. Was hatte der Fremde gestohlen? Sie hatte nicht den Eindruck, dass irgendetwas fehlte, sie hatte es anscheinend mit einem sehr wählerischen Einbrecher zu tun gehabt. Was auch immer er gesucht hatte, es waren keine Wertsachen gewesen: Ihr Portemonnaie mit dreihundertfünfzig Euro Notgeld lag unberührt in der Kommodenschublade, und sämtliche technischen Geräte, von der Kaffeemaschine bis zu den Hi-Fi-Boxen, standen auf ihrem Platz. Vom Schmuck fehlte tatsächlich nichts, und auch ihre Slips waren alle da, soweit sie das erkennen konnte – also auch kein Lüstling mit perversen Fantasien. Lizzi merkte, dass der Gedanke sie erleichterte.

Ihr Blick blieb am Boden vor dem Nachttisch hängen. Ein spitzenbesetzter BH lag dort, Lizzi hob ihn erfreut auf: Sie hatte ihn seit über einem Jahr vermisst und ihre Nachbarin aus dem Erdgeschoss verdächtigt, ihn aus dem Waschkeller mitgenommen zu haben. Vielleicht sollte sie der Nachbarin eine Tafel Schokolade als Wiedergutmachung vorbeibringen.

Plötzlich verengte sich Lizzis Blick, als er auf ihren Schreibtisch fiel. Wo war ihr Laptop? Sie konnte sich nicht erinnern, wo sie ihn abgestellt hatte, als sie gestern Abend nach Hause gekommen war. Nervös suchte sie die Wohnung ab. Möcklenberg würde ihr den Kopf abreißen, wenn wegen ihr sensible Daten ihrer Mandanten an die Öffentlichkeit gelangten! Dass ein gewisser Erik und ihr Vater ihre Nerven und damit ihr Gedächtnis bis zum Äußersten strapaziert hatten, würde als Entschuldigung nicht helfen.

Lizzi runzelte die Stirn: Hatte sie den Laptop überhaupt ausgepackt, als sie gestern Abend nach Hause gekommen war? Doch noch bevor sie die Aktentasche im Flur geöffnet hatte, spürte sie an deren geringem Gewicht, dass sie auch hier nicht fündig werden würde. Abgesehen von der Mappe mit dem Briefing der freitäglichen Morgenkonferenz enthielt die Tasche nur ein paar Stifte sowie die Kneipenquittung von Gabi.

Während Lizzi nachdenklich die Quittung zusammenknüllte, sickerte ihre Erinnerung an den vergangenen Abend in sie zurück: Sie hatte ihren Laptop am Freitag im Büro gelassen. Und wenn Herr Möcklenberg seine Kanzlei nicht in der Zwischenzeit aus Verzweiflung über sie angezündet hatte, wie er es ihr beim Meeting angedroht hatte, dann würde ihr Laptop dort auch noch am Montag auf sie warten.

Lizzi musste über sich selbst lachen. Ihre Schusseligkeit gehörte unter die Top Ten der versehentlichen Meisterleistungen. Sie hatte an diesem Tag allen Grund, mit den Nerven am Ende zu sein, doch jetzt spürte sie beim Anblick des ganzen Durcheinanders fast so etwas wie Belustigung. Ein Einbrecher, der nichts mitgehen lässt, erschien ihr so absurd, dass er ihr keine Angst mehr einflößte. Sie kicherte überdreht. Es war reine Vernunft, die ihr riet, den Einbruch nicht auf die leichte Schulter zu nehmen und die Polizei zu informieren.

Als Lizzi das Handy hervorholte, um den Notruf zu wählen, sah sie enttäuscht Doros Absage in ihrem Postfach. Ihre Freundin musste einen erkrankten Kollegen vertreten und hoffte auf einen anderen gemeinsamen Abend.

Verräterin!, schrieb Lizzi zurück, im sicheren Wissen, dass Doro ihr das nicht übel nehmen würde.

Postwendend kam Doros Antwort.

Heul doch, mit doppeltem Tränensmiley.

Lizzi musste grinsen. Heulen, das war das richtige Stichwort! Jetzt wusste sie, wie sie den verrückten Tag auch ohne

Doro retten konnte. Mithilfe von Leonardo, Kate und großen Gefühlen, kurz: *Titanic*, eine Geschichte zum Abtauchen im wahrsten Sinne des Wortes. Ihr Vater hatte ihr den Film auf einen USB-Stick kopiert und letzte Ostern geschenkt, versteckt in einem Ei. Obwohl sie den Film seitdem bereits dreimal gesehen hatte, musste sie jedes Mal aufs Neue Rotz und Wasser heulen, so sehr nahm sie die tragische Liebesgeschichte mit. Wenn am Ende der drei Stunden Kate ihrem Leonardo doch nur ein bisschen Platz auf ihrem schwimmenden Stück Treibholz gemacht hätte, wäre alles gut gewesen.

Ein Volldröhnung *Titanic*, und ihre Welt wäre wieder in Ordnung, da war sich Lizzi sicher.

Lizzi tippte die Notrufnummer ins Handy, während sie gleichzeitig zu ihrem Schreibtisch ging und in dem Durcheinander nach der offenen Schale suchte, in dem sie den Stick aufbewahrte. Die Schale war da, doch in dem Krimskrams darin fehlte der Stick. Auch auf dem Fußboden lag er nicht.

»Polizeinotruf«, meldete sich eine weibliche Stimme aus dem Handy. »Wie kann ich Ihnen helfen?«

»Das gibt's doch nicht!«, rief Lizzi abgelenkt. »Der Stick ist weg.«

»Bitte?« Die Stimme im Handy war irritiert.

»Mein USB-Stick. Er ist weg.«

»Sie sind beraubt worden?«

»Das weiß ich nicht«, antwortete Lizzi. »Ich finde ihn jedenfalls nicht mehr auf meinem Schreibtisch.«

»Und deshalb rufen Sie hier an?« Die Stimme der Polizistin klang, als müsse sie sich beherrschen. »Diese Leitung ist ausschließlich für Notfälle reserviert. Jeder Missbrauch ist strafbar.«

»Das ist kein Missbrauch«, entgegnete Lizzi pikiert und beschloss, dass der Stick tatsächlich gestohlen worden war. »Wenn ich ihn verlegt hätte, wüsste ich das doch.«

Lizzi wartete vergeblich auf eine Antwort, die Polizistin hatte die Verbindung unterbrochen.

Wutschnaubend warf Lizzi ihr Handy zur Seite und durchwühlte die Schale erneut, ohne den USB-Stick zu entdecken. War es glaubhaft, dass jemand wegen eines Speichersticks bei ihr einbrach? So etwas taten nur Geheimagenten, die auf der Jagd nach geheimen Codes oder Dokumenten waren. Aber nicht nach einer Filmkopie von *Titanic*. Jeder Polizist würde sich auf den Arm genommen fühlen, wenn sie den Film als gestohlen meldete, das hatte sie ja gerade eben erst gemerkt. Das konnte nur ein Scherz sein.

Lizzi erstarrte.

Was, wenn sich jemand einen Spaß mit ihr machte? Einen bösen Spaß. Was, wenn jemand ihr vorgaukeln wollte, dass sie in Gefahr sei?

Erik.

Schon am Abend zuvor war er ungefragt in ihre Wohnung eingedrungen. Konnte es sein, dass er den Einbruch nur inszeniert hatte? Schließlich hatte er ihr weismachen wollen, dass sie seinen Schutz brauchte – erfolglos. Lizzi ballte unbewusst die Hand zur Faust. War das seine Masche, um sie vom Gegenteil zu überzeugen?

Auf einmal machte dieser sinnlose Einbruch doch Sinn.

»Na warte!«, knurrte Lizzi, während sie ins Bad lief. Sie klappte den Deckel des Mülleimers auf, aus dem die üblichen unappetitlichen und halb feuchten Dinge hervorschauten, die sich dort üblicherweise tummelten. Lizzi ärgerte sich über sich selbst. Hätte sie Eriks Fahrkarte mit seiner Handynummer nicht in den Papierkorb werfen können? Nachdem sie den Müll aus der Vogelperspektive inspiziert und ihr Zielobjekt geortet hatte, angelte sie mit spitzen Fingern nach dem kleinen Fetzen Papier und zog ihn heraus. Eilig tippte sie die darauf gekritzelte Nummer in ihr Handy ein. Es dauerte nur wenige Sekunden, bis Erik abnahm.

»Ich hoffe, Sie haben eine gute Erklärung parat!«, warf sie ihm ohne Gruß an den Kopf.

»Sind Sie es Lizzi? Ist etwas passiert?«

»Nein, ich ruf Sie nur aus Langeweile an.«

Am anderen Ende war ein Schnaufen zu hören.

»Rufen Sie mich wieder an, wenn Sie wirklich mit mir reden wollen.«

Und schon war die Verbindung weg. Lizzi konnte es nicht glauben, dass dieser Mann einfach das Gespräch unterbrochen hatte. Dieser Schnösel! Dieser Elefantenlurch!

Verärgert wählte Lizzi die Nummer ein zweites Mal. Erneut nahm Erik ab.

»Haben Sie sich wieder beruhigt?«, fragte er.

»Das war gar nicht nötig.«

»Gut. Was ist passiert?«

»Nichts. Abgesehen von dem Einbruch in meine Wohnung, den Sie fingiert haben.«

»Das ist absurd. Wie kommen Sie auf so eine Idee?«

»Dreimal dürfen Sie raten. Sie wollten mir doch Angst einjagen, oder nicht?«

»Nein, Lizzi, ganz bestimmt nicht.«

»Würde ich an Ihrer Stelle auch bchaupten.«

»Sie sind doch Juristin. Gilt hier nicht die Unschuldsvermutung?«

»Wir sind nicht vor Gericht.«

Erik machte eine Pause, bevor er weitersprach.

»Wo sind Sie?«

»In meiner Wohnung. Wo sonst?«

»Dann warten Sie dort auf mich. In einer halben Stunde bin ich da.«

»Wenn das ein Date werden soll, muss ich sie leider enttäuschen«, sagte Lizzi spitz. »Ich bin nicht in der Stimmung für Nettigkeiten.«

»Alles andere hätte mich gewundert.«

»Nehmen Sie es bitte persönlich«, konterte Lizzi sauer, bevor sie die Verbindung mit einem Fingerdruck aufs Telefonhörerzeichen beendete. Das war einer dieser Momente, in denen sie sich diese alten Telefone zurückwünschte, bei denen man den Hörer auf die Gabel knallen konnte. Was für ein wunderbares, kathartisches Gefühl musste das sein, wenn man es mit Leuten wie diesem Erik zu tun hatte.

4

»Eins sage ich Ihnen gleich: Wenn Sie mich anlügen, mache ich Smoothie aus Ihnen«, warf Lizzi Erik an den Kopf, als er eine halbe Stunde später vor ihrer Tür stand.

»Begrüßen Sie Ihre Besucher immer so freundlich?«

»Das hebe ich mir für besonders nette Menschen auf«, lächelte Lizzi ihn an und ließ ihn an sich vorbei in die Wohnung.

»Schöner Zug von Ihnen«, antwortete Erik, während er den Flur betrat und Lizzi ins Wohnzimmer folgte. Mit konzentriertem Blick sah er sich um. Lizzi lehnte mit überkreuzten Armen an der Wand und betrachtete ihn argwöhnisch.

Nach einer Weile drehte sich Erik zu ihr um. »Wissen Sie, ob was fehlt?«

»Oh, ich dachte, Sie sagen es mir. Sie müssten meine Wohnung doch in- und auswendig kennen, Sie haben gestern den halben Abend darin verbracht.«

»Wie soll ich Ihnen helfen, wenn Sie mich nicht lassen?«, fragte Erik genervt.

»Jetzt kommt die Tränendrüsennummer. Soll ich auch noch Mitleid mit Ihnen haben?« Lizzi beugte den Oberkörper vor. »Ihre soziale Ader können Sie gerne bei der Caritas ausleben. Ich will Ihre Hilfe nicht.«

»Tut mir leid für Sie, ich habe es Ihrem Vater versprochen.«

»Ich verrate Ihnen ein Geheimnis«, antwortete Lizzi. »Ich bin erwachsen. Und auf meinen Vater bin ich gerade überhaupt nicht gut zu sprechen. Er kommt auf der Liste der Personen, die mir im Augenblick gehörig auf den Keks gehen, gleich nach Ihnen. Also bitte erwähnen Sie ihn lieber nicht.«

»Verdammt!«, platzte es aus Erik heraus. »Können Sie sich nicht einmal wie ein normaler Mensch benehmen?«

Lizzi stieß sich von der Wand ab und klatschte in die Hände. »Da sind wir ja endlich beim Thema. Wenn Sie es normal finden, fremde Menschen abends in Ihrer Wohnung zu erschrecken, dann finde ich es mehr als normal, Ihnen einen Einbruch zuzutrauen. Sie scheinen es ja darauf anzulegen, mich einzuschüchtern, koste es, was es wolle. Aber ich sage Ihnen, das gelingt Ihnen nicht!«

»Glauben Sie das wirklich? Dass ich bei Ihnen einbreche, um Ihnen Angst einzujagen?«

»Ist das so abwegig?!«

»Was für eine Frage. Ich bin hier, um Sie zu beschützen. Wie oft muss ich das noch sagen?«

»Bis ich es glauben kann.«

Erik machte eine Pause und atmete hörbar aus, dann sprach er in ruhigerem Tonfall weiter.

»Okay. Es war falsch von mir, gestern ungefragt Ihre Wohnung zu betreten. Ich hätte draußen auf Sie warten sollen, egal, wie lange es gedauert hätte. Aber was für einen Plan soll ich gehabt haben? Dass Sie nach dem Einbruch Angst bekommen und nicht mehr alleine bleiben wollen? Dass ich Sie von da an nicht mehr loswerde und Sie wie eine Klette an mir kleben? Glauben Sie mir: Das macht mir sehr viel mehr Angst als Ihnen, der Einbruch.«

Lizzi wollte gerade zum Konter ansetzen, doch sie hielt inne und musterte Erik prüfend. Seine Worte waren verletzend in ihrer Ehrlichkeit, und gerade deshalb so überzeugend.

»Okay. Sie sind es nicht gewesen«, sagte sie kurz.

Erik wirkte verblüfft über Lizzis Kehrtwende. Erleichtert stieß er die Luft aus.

»Gut. Dann lassen Sie uns von vorne anfangen. Was wurde gestohlen?«

»Nur ein USB-Stick, auf dem ein Film gespeichert war. *Titanic*, wenn Sie es genau wissen wollen«, antwortete Lizzi in sicherer Erwartung eines spöttischen Kommentars.

»Sonst nichts?«, fragte Erik erstaunt.

Lizzi schüttelte den Kopf.

»Wahrscheinlich haben Sie ihn verlegt.«

»Ach ja? Und wie kommen Sie darauf?«

»Wer stiehlt einen USB-Stick mit einer Filmkopie? Bei einem unveröffentlichten *James Bond* könnte ich das noch glauben, aber nicht bei einem alten Schinken«, entgegnete Erik.

»Alter Schinken? Höre ich da etwa Arroganz heraus?«

»Eher Logik.«

»Ich wette, Sie haben *Titanic* noch nie gesehen, sonst würden Sie das nicht sagen!«, entrüstete sich Lizzi. »Der Film ist ein Meisterwerk! Elf Oscars hat er bekommen! Glauben Sie, die Jury stand unter Drogen? Nein. Sie hat all diese Oscars vergeben, weil der Film es verdient. Er zieht die Zuschauer in den Bann, immer wieder.« Dass sie das aus eigener Anschauung wusste, behielt Lizzi für sich, ebenso, dass sie bei den dramatischen Schlussszenen jedes Mal eine Packung Taschentücher verbrauchte.

»Interessant, wie Sie sich ins Zeug legen, wenn Sie an etwas glauben. Aber wir können die Diskussion abkürzen: Der Film hat nichts mit Ihrem Vater zu tun.«

»Vielleicht sollten Sie erst mich fragen, bevor Sie solche Vermutungen anstellen«, widersprach Lizzi.

»Dann frage ich Sie jetzt. Hat er einen Bezug?«

Lizzi kreuzte ihre Arme vor der Brust. »Es war ein Geschenk meines Vaters.«

»Wusste das irgendjemand außer Ihnen?«

Lizzi hörte heraus, dass Erik noch nicht überzeugt war. Sie schürzte die Lippen. »Muss keiner wissen. Es reicht, wenn man lesen kann. An dem Stick hängt ein Geschenkanhänger, den mein Vater geschrieben hat. GEHEIM! VON DADDY – FÜR MEINE STARANWÄLTIN. So ist er, der Humor meines Vaters.«

Erik glaubte zu verstehen, was Lizzi ihm sagen wollte. »Dann haben die Einbrecher gedacht, dass der Stick geheime Informationen über Ihren Vater enthält.«

»Wie klug Sie sind. Wie kommen Sie darauf, dass es mehrere waren?«

»Zwei. Kommen Sie. Ich zeige Ihnen etwas.«

Lizzi folgte Erik neugierig vor die Tür, wo Erik auf den Treppenabsatz zeigte. »Neben den Abdrücken Ihrer Schuhe sind noch zwei andere, größere zu sehen. Wahrscheinlich handelt es sich um Männerschuhe. Grobes Profil, eventuell Arbeits- oder Outdoorschuhe. Sehen Sie?« Er wies auf das Muster, das die Erdbrocken auf dem glänzenden Stein formten.

Lizzi nickte.

»Sie müssen es eilig gehabt haben«, folgerte Erik, »sonst hätten sie keine Spuren hinterlassen.«

»Oder es waren keine Profis.«

»Unwahrscheinlich. Sie haben Handschuhe getragen.«

»Und woran wollen Sie das sehen?«

Er ging mit ihr zurück ins Wohnzimmer. »Die Schubladen dort kann man nur mit beiden Händen herausziehen. Ohne Handschuhe hätten sie Fingerabdrücke auf den Glaseinsätzen hinterlassen. Es sind aber keine zu sehen.«

»Wenn Sie so gut darin sind, Spuren zu lesen, dann können Sie bestimmt etwas über Größe und Gewicht der Täter sagen«, spöttelte Lizzi. »Oder über die Haarfarbe.«

Erik sah Lizzi missbilligend von der Seite an.

»Sie sollten die Sache ernster nehmen. Wenn die Einbrecher merken, dass der Stick wertlos für sie ist, kommen sie wieder. So wie es aussieht, suchen sie nach Daten oder Informationen über Ihren Vater. Das nächste Mal werden sie sich an Sie halten.«

»Sollen sie nur. Das beunruhigt mich nicht im Geringsten. Ich glaube nicht an die Existenz irgendwelcher ominöser Unbekannten. Für mich ist das nichts als eine unschöne Familiengeschichte.«

»Wie kommen Sie darauf?«

»Mein Vater scheint seine Gene breiter gestreut zu haben, als mir bekannt war.«

»Geht's auch genauer?«

Lizzi zögerte, Erik einzuweihen. Doch dann entschied sie sich, dass ein paar Andeutungen nichts schaden könnten.

»Heute Morgen bin ich in seiner Wohnung gewesen, sie war ziemlich leer, anscheinend wohnt mein Vater im Moment nicht dort. Vor dem Haus bin ich zwei Männern begegnet, die meine Brüder sein sollen, zumindest wenn ich der Nachbarin glauben darf. Also: Wenn mein Vater in der Vergangenheit heimliche Frauengeschichten hatte und in Panik geraten ist, weil sie ihn jetzt einholen, dann ergibt alles einen Sinn: dass er abgetaucht ist, dass er mir nichts davon erzählt hat, dass er jemanden wie Sie vorschickt. Mein Vater ist ziemlich feige, wenn es um Konfrontationen geht. Rückzug ist sein bewährtestes Mittel.«

»So kenne ich Ihren Vater nicht.«

»Das habe ich oft erlebt, wenn ich mit ihm reden wollte.«

»Das wiederum kann ich gut verstehen«, antwortete Erik trocken.

»Ach ja?« Lizzi verzog beleidigt die Mundwinkel. »Sie und mein Vater müssen sich ja blendend verstehen.«

»Gemeinsames Leid schweißt zusammen.«

»Davon bemerke ich nichts. Mein Vater ist abgehauen und hat Sie hier mit mir alleine zurückgelassen. Weil er gekniffen hat vor seiner Verantwortung.«

»Wenn das hier nur eine Familienangelegenheit ist, warum sollte er sich um Sie sorgen?«, widersprach Erik. »Wozu der Deal mit mir und der ganze Aufwand mit den täglichen Postings? Haben Sie darauf eine Antwort?«

Lizzi hatte nur mit einem Ohr zugehört, ihre Aufmerksamkeit galt dem Boden des Flurs, auf dem sie etwas entdeckt hatte. Irritiert sah Erik zu, wie sie sich bückte, um etwas aufzuheben. Es war ein kurzes rötliches Haar, das sie ins Licht hielt, damit auch Erik es sehen konnte. »Anders als Sie kenne ich die Haarfarbe der Einbrecher. Einer meiner beiden Brüder ist rothaarig.«

Erik schüttelte nachdenklich den Kopf, während er das Haar betrachtete.

»Und wenn dieser Rothaarige nicht Ihr Bruder ist?«

»Sie können in Ruhe darüber nachdenken, während Sie nach Hause gehen. Ich möchte hier jetzt gerne aufräumen«, beendete Lizzi das Thema und griff zur Klinke der Wohnungstür, um Erik hinauszulassen.

Erik hielt sie am Arm zurück.

»Solange wir nicht wissen, wer von uns beiden recht hat, ist es für Sie zu riskant hierzubleiben.«

Lizzi blickte regungslos auf ihren Arm, bis Erik ihn losließ. Dann lächelte sie ihn an.

»Ich mache Ihnen ein Angebot: Sie bleiben an meiner Stelle hier, räumen hübsch auf und öffnen dem Schlosser, der die Tür repariert – obwohl der auch ohne sie hereinkommt«, witzelte sie. »Ich gehe so lange in die Sauna. Und wenn der Rothaarige hier auftaucht, bestellen Sie ihm einen Gruß von mir.«

»Gegenangebot«, antwortete Erik. »Wir warten den Schlosser zusammen ab, und danach kommen Sie für ein paar Tage mit zu mir. Bei mir im Dorf wird Sie niemand besuchen.«

»Das ist genau das Problem«, antwortete Lizzi und lächelte süßlich. »Morgen bin ich verabredet und übermorgen ist Montag – Wochenanfang, ein Berg Arbeit wartet auf mich. Sowie mein Chef, die Kollegen, die Mandanten …«

»Für ein paar Tage verzichten die bestimmt alle gerne auf Sie.«

Lizzi zog ihr Lächeln in die Breite, während sie den Türgriff hinabdrückte. »Danke, danke für die vielen Tipps. Ich werd es mir überlegen«, antwortete sie freundlich, aber bestimmt. »Ihre Nummer habe ich ja, falls ich Sie brauche.«

»Sie machen einen Fehler«, hörte sie Erik noch sagen, bevor sie ihn nach draußen schob und die Tür vor seiner Nase zudrückte. Sie war froh, den überängstlichen Bodyguard endlich wieder los zu sein.

Lizzi seufzte tief, als sie sich das Chaos in ihrer Wohnung ansah, und beschloss, dass ein bisschen Musik für bessere Stimmung sorgen würde. Nachdem sie ihr Handy per Bluetooth mit den Zimmerlautsprechern gekoppelt und die Lautstärke hochgeregelt hatte, machte sie sich in der Küche einen Kaffee, um sich so gerüstet in die Aufräumaktion zu stürzen.

Wenn sie schon dabei war, dachte sich Lizzi, könnte sie sich vom Ballast befreien, der sich bei ihr über die Jahre angesammelt hatte. Denn auf mysteriöse Weise hatten sich die Dinge in ihren Schränken und Kommoden wie die Karnickel vermehrt. Wäre doch gelacht, wenn sie nicht binnen einer Stunde fertig wäre.

Im Schneidersitz hockte sie sich mitten in das Durcheinander auf dem Boden, stellte den Kaffeebecher griffbereit neben sich ab und begann damit alles Stück für Stück in die Hand zu nehmen.

Doch ganz so schnell, wie sich Lizzi das vorgestellt hatte, ging es nicht. Bei vielen Gegenständen konnte sie sich nicht entscheiden, ob sie auf den Stapel mit Bleiberecht oder den mit sofortiger Kündigung gehörten. Die blinkende Herz-Stirnlampe zum Beispiel hatte sie zwar noch nie benutzt, doch sie konnte sich durchaus Einsatzgebiete vorstellen: auf dem Fahrrad oder beim Fastnachtfeiern oder als Warnlampe für die Kollegen, wenn sie schlechte Laune hatte. Zwar fuhr sie weder Fahrrad, noch stand sie darauf, als Piratin oder Meerjungfrau verkleidet mit wildfremden Menschen eigenartige Lieder zu singen. Und ein rotes Herz als Zeichen für schlechte Laune war auch nicht wirklich passend. Doch die Gedanken reichten aus, um die Entscheidungsprozesse drastisch in die Länge zu ziehen. Einfacher war es bei den Tischläufern, dem Wackeldackel und den Kunststoffhanteln in Form von Hundeknochen, die sie zu ihrem dreißigsten Geburtstag geschenkt bekommen hatte. Schwieriger dagegen war die Frage, wie viele Vasen der Mensch tatsächlich zum Überleben brauchte. Fünf? Lizzi seufzte: Warum bloß gab es keine Gesetzesbücher, die so etwas regelten?

Lizzi entschied sich, Tischläufer, Hanteln, den Wackeldackel und drei Vasen auszusortieren, im sicheren Wissen, sie dann doch irgendwann zu benötigen. Ihrer Erfahrung nach passierte das leider immer erst, nachdem ihre Mülltonne geleert oder der Sperrmüll abgeholt wurde. Dann würde sie einen akuten Wackeldackelbedarf haben oder acht Blumenvasen benötigen und alles neu einkaufen, was zwar die Wirtschaft glücklich machte, aber keinesfalls die Umwelt.

Seufzend eröffnete Lizzi einen dritten Haufen: den Charity-Stapel. Wenn sie nichts mit den Sachen anfangen konnte, dann vielleicht jemand anders.

Zweieinhalb Stunden später hockte Lizzi noch immer auf dem Wohnzimmerboden zwischen ihren Stapeln, deren Schatten von dem einfallenden Licht der sinkenden Sonne immer länger wurden. Sahen sie nicht beinahe wie die Drei Zinnen aus, zu denen sie sich vor Jahren bei einem Urlaub in Südtirol aufgemacht hatte? Lizzis Motivation war nun genauso auf den Nullpunkt gesunken wie damals, als sie sich bei ihrer Wanderung in die Touristenkarawane einfädeln musste, als wäre sie eine Ameise.

Dann wurde ihr klar, dass das von den Einbrechern ebenfalls durchwühlte Schlafzimmer noch komplett unaufgeräumt vor ihr lag. Das war, dachte Lizzi, wie eine Bergbesteigung ohne Sauerstoffflasche.

Erlahmt schaltete sie das Deckenlicht an und begann damit die Sachen, die sie behalten wollte, wieder in den Schränken zu verstauen. Warum nur hatte sie Erik weggeschickt, statt ihn zur Mithilfe zu verdonnern? Obwohl er nichts mit dem Einbruch zu tun hatte, gab sie ihm insgeheim eine Teilschuld an dem ganzen Durcheinander. Schließlich hatte das ganze Desaster mit ihm begonnen.

Als es fünf Minuten später klingelte, sprang Lizzi erfreut auf und lief zur Tür. Jede Unterbrechung erschien ihr willkommen, auch wenn es nur der Schlosser war, den sie bestellt hatte. Der herbeigesehnte Handwerker brauchte eine halbe Ewigkeit, um die Treppen zu erklimmen – in der Zeit hätte sie sich dreimal duschen können, dachte Lizzi, während sie mit hochgezogenen Augenbrauen hinab ins Treppenhaus spähte. Sie konnte ihn nicht sehen, doch sie hörte den Mann schnaufen wie ein Walross. Daher war sie wenig erstaunt, als schließlich eine wohlbeleibte Gestalt um die Ecke des letzten Treppenabsatzes bog.

Der füllige Körper nahm beinahe die gesamte Breite des Aufgangs ein, sein Besitzer musste sich Mühe geben, mit seinem Werkzeugkoffer nicht die Wand des Treppenhauses zu verkratzen, was ihm erstaunlicherweise gelang. Auf der letzten Stufe hielt er schnaufend an. Der Schweiß rann von seiner Stirn und tropfte auf seinen Kragen. Seiner guten Laune schien das jedoch nichts anzuhaben, denn trotz der Anstrengung strahlte er über das ganze Gesicht.

»Wenn ich gewusst hätte, dass Sie im Himmel wohnen, hätte ich mit meinem Kollegen getauscht«, keuchte er. »Bergsteiger- und Wochenendtarif auf einmal, das wird teuer für Sie.«

»Ich hätte auch im siebten statt im fünften Stock wohnen können«, erwiderte Lizzi trocken. »Das müsste dann wohl eher einen Rabatt geben.«

»Ha!«, scherzte der Schlosser atemlos zurück. »Sie haben recht. Aber Rabatt gibt's nur mit Treppenlift.« Er drehte sich suchend um. »Ich sehe keinen.«

Lizzi machte eine Geste des Bedauerns. »Dann kommen Sie am besten in fünfzig Jahren wieder, da werde ich bestimmt einen haben – wenn ich dann noch hier oben wohne.«

Der Schlosser lachte dröhnend, sein ganzer Körper vibrierte mit.

»Okay, Angebot: Ich sehe mir Daisy erst mal an.«

»Daisy?«

Er zeigte an Lizzi vorbei auf das kaputte Türschloss. Lizzi folgte seinem Zeigefinger mit fragendem Blick. »Zart und filigran gebaut, das ist Daisy«, klärte der Schlosser sie auf.

»Und die kräftigen Sicherheitsschlösser heißen Donald?«

»Nein, Dagobert. Weil sie den Geizigen helfen, ihr Geld zusammenzuhalten.«

Wieder dröhnte sein Lachen durch den Hausflur. Als er damit fertig war und sich erneut den Schweiß abgetupft hatte, inspizierte er die aufgebrochene Wohnungstür von beiden Seiten und testete die Klinke. Lizzi war heilfroh, dass er nicht im Türrahmen stecken blieb. Das Letzte, was sie an diesem Tag noch gebrauchen konnte, war, aus ihrer Wohnung ausgesperrt zu werden.

»Hätte schlimmer kommen können«, beendete der Schlosser seine Prüfung.

»Dann bekommen Sie das wieder hin?«

»Klar!« Er klopfte grinsend auf seinen Werkzeugkoffer. »Nadel und Faden für die Not-OP – hab alles dabei. Kostet Sie dreihundert Euro, aber das erstattet Ihnen Ihre Versicherung. Haben Sie ein Foto gemacht?«

Lizzi schüttelte den Kopf. »Hab ich völlig vergessen.«

»Solange Sie Ihren Liebsten nicht vergessen«, lachte der Schlosser. »Dann mal ran, sonst bin ich vor Ihnen fertig.«

»Wenn Sie so schnell sind, wie Sie Treppen steigen, muss ich mir keine Sorge machen«, antwortete Lizzi trocken.

Der Schlosser drehte sich zu ihr um und sah sie verblüfft an, dann brach er erneut in Lachen aus. »Der ist gut, den merk ich mir!«

Während er noch immer vor sich hin kichernd sein Werkzeug aus seinem Koffer herausholte, fotografierte Lizzi mit dem Handy die aufgebrochene Tür von allen Seiten. Dann sah sie dem Schlosser interessiert zu, wie er das alte Schloss vom Türrahmen abschraubte und stattdessen ein größeres Exemplar an die entstandene Lücke hielt, um Maß zu nehmen.

»Ich lass Sie durch, wenn Sie wollen«, bot er an. »Das dauert hier noch ein Weilchen, und Sie haben bestimmt Besseres zu tun.«

»Sie glauben gar nicht, wie gern ich mit Ihnen tauschen würde.«

»Geritzt. Sie dürfen nachher meinen Werkzeugkoffer runterschleppen.«

»Für heute reicht es mir, Ihnen zuzugucken.«

»Solange Sie mir nichts weggucken«, grinste der Schlosser und setzte seine Arbeit fort. Lizzi verfolgte interessiert, wie er das zersplitterte Holz herausfräste, um es an das neue Schloss anzupassen, um anschließend den beschädigten Rahmen mit einer Metallplatte zu verstärken. Da in der zunehmenden Dämmerung nur noch wenig Licht von draußen durch das Flurfenster ins Innere des Treppenhauses fiel, musste sie immer wieder das Treppenhauslicht einschalten.

»So«, sagte der Schlosser, als er mit allem fertig war, und streckte Lizzi einen Flyer seiner Firma entgegen. »Das hält, aber Sie sollten sich überlegen, ob Sie Ihre Tür nicht lieber auf Widerstandsklasse RC 3 aufrüsten.«

Lizzi versprach es, und nachdem sie den Auftragszettel unterschrieben hatte, packte der Schlosser sein Werkzeug in den Koffer zurück und stand mühsam auf.

»Jetzt komm der schwere Teil«, verabschiedete er sich. »Die Treppe.«

»Runter geht es leichter«, munterte Lizzi ihn auf. »Gesetz der Schwerkraft.«

Ohne sich umzudrehen, winkte er mit seiner freien Hand zum Abschied und stiefelte die Treppen hinunter. Lizzi wusste auch so, dass er dabei grinste.

Nachdem der Schlosser weg war, gab es für Lizzi keinen Vorwand mehr, sich um ihre Arbeit zu drücken. Wenig enthusiastisch ging sie ins Schlafzimmer und beschloss, das Programm rasant abzukürzen, indem sie auf Stapel verzichtete und alles in den Schrank und in die Kommode zurückstopfte. Eine rekordverdächtige Dreiviertelstunde später lag Lizzi mit ausgebreiteten Armen auf ihrem Bett und beschloss, für den Rest des Jahres nicht mehr aufzustehen.

5

Sie musste eingeschlafen sein, denn als Lizzi die Augen aufschlug, war es um sie herum vollkommen dunkel. Nur der Halbmond am Nachthimmel vor ihrem Fenster spendete etwas Licht, das ihr Zimmer funzelig erhellte. Lizzi drehte sich zur Seite, um auf den Wecker zu schauen. Es war bereits kurz vor Mitternacht, und sie lag noch immer angezogen auf ihrem Bett. So etwas war ihr zuletzt mit siebzehn auf ihrer Schulabschlussfahrt passiert, und das auch nur, weil ihr damals jemand Wodka in die Cola gekippt hatte.

Schläfrig knipste Lizzi die Nachttischlampe an. Das Licht blendete sie, und mit zusammengekniffenen Augen versuchte sie, sich an die plötzliche Helligkeit zu gewöhnen. Während sie sich aus dem Bett wälzte, hörte sie aus der Entfernung Geräusche, die ihr ungewöhnlich für die Nachtzeit erschienen. Lizzi trat ans Fenster und horchte, um die Geräusche zu orten, bis sie merkte, dass sie nicht von draußen von der Straße zu ihr drangen, sondern durch die offen stehende Schlafzimmertür. Es war ein leises, unregelmäßiges Knacken, das sie nicht einordnen konnte, und zwischendurch klickte es, als ob jemand mit Metall hantierte.

Beunruhigt knipste Lizzi das Licht wieder aus. In der Stille der Nacht erschienen ihr die Geräusche so nah, als kämen sie direkt aus dem Nebenraum. Für einen Moment war Lizzi wie erstarrt. Endlich traute sie sich, zur Tür zu schleichen und nachzusehen. Auf Zehenspitzen folgte sie den beunruhigenden Klängen durch den Flur bis zur verschlossenen Eingangstür, legte dort vorsichtig ihre Ohrmuschel an das Holz, darauf bedacht, jedes Geräusch zu vermeiden.

Jetzt vernahm sie es deutlich: erst ein undeutliches Flüstern, dann klackte es, als hantierte jemand mit Werkzeug. Lizzi lief es kalt den Rücken herunter: Auf der anderen Seite der Tür war jemand! Gerne hätte sie geglaubt, dass sich nur betrunkene Nachbarn im Stockwerk verirrt hatten und vergeblich die falsche Tür aufzusperren versuchten, doch das konnte sie sich nicht vorstellen, nicht in diesem Haus, nicht nach diesem Tag. Was, wenn Erik recht hatte und die Einbrecher zurückgekehrt waren?

Bei dem Gedanken war Lizzi endgültig hellwach. Die Angst kroch an ihr hoch und nahm sie fest in ihren Klammergriff. Lizzi versuchte, sich gegen das Gefühl zu wehren, doch es war mitten in der Nacht, sie war allein, und sie konnte nicht fliehen. Was sollte sie nur tun? Aus dem Dachfenster zu steigen und aufs Nachbardach zu klettern wäre lebensmüde, also war die Wohnungstür der einzige Weg nach draußen. Fieberhaft überlegte Lizzi, ob sie sich lieber im Bad einschließen und Hilfe herbeitelefonieren oder sich stattdessen beherzt den Eindringlingen entgegenstellen sollte. Gab es in dieser Wohnung keine wirksamere Waffe als diesen dämlichen Schuhanzieher?

Während sie sich suchend nach einem Gegenstand umsah, den sie zu ihrer Verteidigung nutzen konnte, prallte plötzlich etwas von draußen so heftig gegen ihre Wohnungstür, als würde sich jemand mit seinem Körper dagegen werfen. Die Tür erzitterte auf der ganzen Fläche, doch sie hielt dem Aufprall stand. Lizzi war vor Schreck zusammengezuckt. Mit bis zum Hals klopfendem Herzen griff sie nach dem Schuhanzieher und umfasste ihn so fest, dass sich ihre Fingergelenke unter der Haut hell abzeichneten. Langsam, Schritt für Schritt, wich sie zurück. Obwohl der Lärm durch das ganze Haus gedröhnt sein musste, hatte sie keine Hoffnung, dass ihre Nachbarn ihn gehört hatten und die Polizei holen würden. Bis auf den alten Mann unter ihr, der sein Hörgerät nachts garantiert ablegte, wohnten ausschließlich junge Leute im Haus, die sich am Wochenende auf Partys herumtrieben, anstatt ihr zur Seite zu stehen.

Lizzi stutzte. Eigentlich hatte sie erwartet, dass die Eindringlinge draußen ein zweites Mal versuchen würden, die Tür mit roher Gewalt aufzubrechen. Stattdessen waren jetzt in kurzen Abständen dumpfe Schläge zu hören, dann ein Stöhnen, zwischendurch keuchte jemand, danach ertönte ein Fluch. Lizzi verfluchte den Hausbesitzer, der sich das Geld für die Türspione gespart hatte, und presste ihr Ohr ein zweites Mal an die Tür. Wenn sie nur wüsste, was da draußen passierte. Ein Ringkampf? Wenn man die Quelle der Geräusche nicht sah, war alles möglich, selbst wenn es unmöglich erschien.

Doch eines wusste Lizzi: Es war höchste Zeit, Hilfe zu holen, sie hatte schon viel zu lange gezögert. Mit etwas Glück hielt sich ein Streifenwagen in der Nähe auf, dann würden die Polizisten rechtzeitig eintreffen, bevor die ächzenden Männer draußen die Tür aufbrachen.

Auf zittrigen Beinen eilte Lizzi zurück in ihr Schlafzimmer und griff nach dem Handy, das auf dem Nachttisch lag. In der gleichen Sekunde klopfte es an ihre Wohnungstür. Lizzi erstarrte mitten in der Bewegung. Hatte man sie im Treppenhaus gehört? Bevor sie einen klaren Gedanken fassen konnte, klopfte es erneut, diesmal drängender. In ihrer Not flüchtete Lizzi hinter die Schlafzimmertür und entsperrte mit zittrigen Fingern das Display ihres Smartphones.

Gerade als sie die Notrufnummer auf dem Tastenfeld eingetippt hatte und die Verbindung herstellen wollte, klingelte das Smartphone in ihrer Hand. Lizzi hätte es vor Schreck beinahe fallen gelassen. Hastig versuchte sie, den Klingelton abzustellen, obwohl ihr klar war, dass es dafür zu spät war. Jetzt wussten die da draußen nicht nur, dass sie sich in ihrer Wohnung aufhielt, sondern auch, dass sie wach war – sie hatte soeben ihren einzigen Vorteil verschenkt.

Eilig schloss Lizzi die Schlafzimmertür, bevor sie aufs Handydisplay blickte. Die Nummer, die es anzeigte, kam ihr bekannt vor, auch wenn sie sie nicht als Kontakt abgespeichert hatte. Zögernd nahm sie den Anruf an und legte das Handy ans Ohr. Hoffentlich, betete sie, war der Anrufer kein Computer, der Werbebotschaften abnudelte, sondern ein menschliches Wesen, das sie um Hilfe bitten konnte.

»Ich bin's, Lizzi. Erik«, meldete sich eine Stimme am anderen Ende. »Machen Sie die Tür auf. Ich weiß, dass Sie da sind!«

Lizzi traute ihren Ohren nicht. Der Ärger schoss so raketenschnell in ihr hoch, dass sie nach Luft schnappen musste. War das zu fassen? Ungefragt drängelte sich dieser Mann in ihr Leben, und allem Anschein nach machte es ihm Spaß, sie mindestens einmal täglich in Angst und Schrecken zu versetzen. Ohne zu antworten, beendete Lizzi Eriks Anruf und stürmte zur Wohnungstür. Das Gefühl der Hilflosigkeit, das sie bis eben noch im Klammergriff gehalten hatte, war wie weggefegt, stattdessen hatte Lizzi das große Bedürfnis, Erik nach allen Regeln der Kunst zusammenzufalten. Schwungvoll riss sie die Tür auf.

Auf das, was sie dort erwartete, war sie nicht vorbereitet: Zwei Männer, die sich bei genauerem Hinsehen als die neugewonnenen Brüder entpuppten, lagen ohnmächtig auf dem Boden, auf der Stirn des Rotschopfes bildete sich gerade eine blutunterlaufene Beule. Erik stand hinter den beiden und zog sie nacheinander an ihren Beinen weg von der Tür.

»Endlich«, raunzte er, ohne innezuhalten. »Was haben Sie so lange da drin gemacht? Sie müssen hier weg, sofort.«

»Was ist passiert?«, fuhr Lizzi ihn an und hob ihr Handy zum Telefonieren hoch. »Wir müssen sofort einen Krankenwagen holen.«

Erik ließ die Beine eines der Männer los und legte seine Hand auf Lizzis Handytastatur.

»Nehmen Sie Ihre Hand da weg«, fauchte Lizzi, »sonst beiße ich.«

Eriks Hand zuckte zurück. Zu Lizzis Befriedigung traute er ihr zu, ihre Drohung wahrzumachen.

»Die sterben nicht«, antwortete er, während er sich wieder zu den Männern bückte und ihre Jackentaschen durchsuchte. »Ich habe sie nur kurz außer Gefecht gesetzt.«

»Machen Sie das immer so? Nachts durch die Häuser ziehen und harmlose Mitmenschen verprügeln?«

Erik hatte in der Zwischenzeit die Ausweise der Männer aus ihren Portemonnaies gezogen und sah sie sich an, bevor er sie Lizzi reichte. »Engländer«, stellte er erstaunt fest.

Neugierig nahm Lizzi sie ihm ab. »Norman Koons und Steven Cummings aus Newcastle«, las sie halblaut vor. »Dort in der Nähe haben meine Eltern eine Zeit lang gelebt. Das kann doch kein Zufall sein.«

»Sie halten die beiden immer noch für Verwandte? Obwohl sie zum zweiten Mal bei Ihnen einbrechen wollten?«

»Was weiß ich? Vielleicht wollten sie nur mit mir reden.«

»Um Mitternacht?«

»Warum nicht? Sie sind doch auch hier.« Lizzi sah ihn herausfordernd an, obwohl sie inzwischen genauso wenig wie Erik an die Brüder-These glaubte. Doch sie konnte nicht anders, als ihm zu widersprechen. Jedes Mal wenn sie Erik begegnete, provozierte er sie bis zur Haarspitze. Er gab ihr das Gefühl, nein, er wollte ihr das Gefühl geben, dass sie ohne ihn verloren war wie ein hilfloses Reh allein im Wald. Wenn sie eines nicht war, dann ein hilfloses Reh!

Erik blickte sie verständnislos an, dann beugte er sich zu den Männern hinunter, zog erst bei dem einen, dann bei dem anderen die Jacke im Rücken hoch. Beide trugen versteckt zwischen Gürtel und Körper eine Waffe. Erik zog die des Rotschopfes heraus und hielt sie Lizzi unter die Nase.

»Glauben Sie immer noch, dass die beiden nur mit Ihnen reden wollten?«

»Am besten, wir rufen die Polizei«, antwortete Lizzi ausweichend, nun ein wenig blass um die Nase.

Erik baute sich vor ihr auf: »Wenn die Polizei Ihnen helfen könnte, dann hätte Ihr Vater sich längst selbst an sie gewandt.«

»Kein Grund, es nicht trotzdem zu tun.«

»Wir wissen nichts über die Motive Ihrer freundlichen Besucher«, entgegnete Erik. »Aber eines weiß ich: Es ist völlig egal, was die Polizei mit den beiden macht, denn ein paar Tage später stehen die Nächsten vor Ihrer Tür.«

»Und das gibt Ihnen das Recht, selbst den Sheriff zu spielen? Sie haben zu viele amerikanische Krimis geguckt. Wir leben in Deutschland, hier gilt das Gesetz und nicht Ihre Faust.«

An Eriks Gesichtsausdruck sah Lizzi, dass sie zu weit gegangen war. Doch statt wie sonst mit ihr zu diskutieren, bückte sich Erik zum Ledermann hinunter, um auch ihm die Waffe abzunehmen. Er steckte sie ein, dann stand er auf und ging wortlos die Treppe hinunter. Lizzi sah es verblüfft.

»Sie können doch jetzt nicht einfach abhauen.«

Erik blieb auf halber Treppe stehen.

»Kann ich nicht?«

»Was, wenn die beiden aufwachen?«

»Sie wissen doch sonst immer alles. Bieten Sie ihnen eine Tasse Tee an«, antwortete Erik, während er weiterging. »Vielleicht plaudern die beiden mit Ihnen, bis die Polizei hier ist.«

Lizzi konnte es nicht glauben, dass Erik sie mit den Männern alleine lassen wollte. Wütend beugte sie sich über das Treppengeländer, um diesem arroganten Kerl ihre Meinung zu sagen, doch schon verschwand Erik hinter der Biegung. Kurze Zeit später hallte das Klacken der ins Schloss fallenden Haustür zu ihr hinauf.

Lizzi stieß sich vom Geländer ab, verärgert von Erik und auch ein wenig von sich selbst. Wenn sie kein hilfloses Reh sein wollte, dann durfte sie auch nicht so handeln. Sie hatte keine Ahnung, wie viel Zeit ihr blieb, bis die Männer wieder zu sich kommen würden. Und da sie nicht einmal Kabelbinder hatte, um sie zu fesseln, war die Option, ohne Erik hierzubleiben, tatsächlich zu riskant. Auch in ihrer Wohnung würde sie sich nicht sicher fühlen. Besser sie verschwand für ein paar

Tage von der Bildfläche. Die Polizei konnte sie auch von unterwegs informieren.

Entschlossen eilte Lizzi in die Wohnung und packte mit schnellen Handgriffen ihren Koffer, den sie für Dienstreisen griffbereit im Schlafzimmer deponiert hatte. Innerhalb von Minuten war sie fertig, warf zuletzt noch ihre Brieftasche auf den Kleiderstapel, darin ihr Reisepass und ihr Allergieausweis, auf dem Erik einen Ehrenplatz verdient hätte, dachte Lizzi grimmig, noch vor Penicillin, Erdnüssen und Krustentieren. Dann klappte sie den Kofferdeckel zu, warf ihre Lederjacke über und verließ die Wohnung. Sie war bereits auf der Treppe, als ihr etwas einfiel. Eilig kehrte sie um, dabei zog sie einen Zettel und einen Stift aus ihrer Handtasche und kritzelte eine Nachricht darauf: *Police is coming* ☺ Sie legte sie vor die beiden Männer auf den Boden. Sollten sie es ruhig auch mal mit der Angst zu tun bekommen!

Ein leises Stöhnen ließ sie zusammenfahren, der Rotschopf schien seine Lebensgeister wiederzufinden. So schnell es ihr Koffer zuließ, lief Lizzi die Treppen hinunter.

Es war ein eigenartiges Gefühl, um diese Zeit das eigene Zuhause verlassen zu müssen, weil es nicht länger den nötigen Schutz bot. Verunsichert trat Lizzi auf die Straße, dunkel und fast leer lag sie vor ihr. Nur in Gabis Kneipe brannte ein verheißungsvolles Licht. Für einen Moment verharrte Lizzi und dachte darüber nach, ob sie ihr Vorhaben über Bord werfen und fürs Erste lieber bei Gabi Unterschlupf suchen sollte. Dort würde sie sich nicht alleine fühlen und wäre zumindest so lange gut aufgehoben, bis Gabi die Lichter in ihrer Kneipe löschte. Aber dann? Lizzi warf einen Blick auf ihre Armbanduhr. Es ging inzwischen auf ein Uhr zu, und mit jeder Stunde, die verging, würde es schwerer werden, woanders unterzukommen.

Also setzte Lizzi ihren Weg Richtung Taxistand fort, schließlich lag der nur wenige Straßen entfernt von ihrem Haus. In spätestens zehn Minuten würde sie in einem sicheren Auto sitzen, und wenn sie die Abkürzung vorbei an dem Abbruchhaus nahm, würde sie den Weg bis zum Taxistand noch einmal um die Hälfte reduzieren.

Ihr fiel ein, dass sie die Polizei benachrichtigen wollte. Noch im Gehen rief sie an und meldete den Einbruchsversuch – hoffentlich waren die Beamten schnell genug da, um die Engländer abzufangen. Jetzt hatte sie wirklich alles getan, was sie im Augenblick tun konnte. Sie würde sich zu einem Hotel fahren lassen, dort übernachten und am Morgen Doro anrufen und sie fragen, ob sie für ein paar Tage bei ihr unterkommen könnte.

Zufrieden mit ihrem Plan, steckte Lizzi das Handy wieder ein. Dabei fiel ihr Blick über die Schulter auf die Straße. Aus dem Augenwinkel nahm sie ein dunkles Auto wahr, Typ Geländewagen, mit ein paar Metern Abstand schien er im Schritttempo hinter ihr herzufahren. Sehen konnte sie den Wagen nicht, doch jetzt nahm sie den leise brummenden Motor hinter sich wahr. Sein Tempo änderte sich nicht, obwohl die Straße so frei war, dass sie geradewegs dazu einlud, aufs Gaspedal zu drücken. Wurde sie verfolgt, oder bildete sie sich das nur ein?

Bloß nicht panisch werden, beschwor Lizzi sich, doch sie konnte nichts gegen die Unruhe tun, die sie überfiel. Alle Muskeln ihres Körpers spannten sich an bei dem Gedanken, dass die beiden Engländer nicht nur zu zweit gekommen waren, sondern dass ein paar tatkräftige Kollegen von ihnen auf der Straße auf sie gewartet hatten und nun hinter ihr herfuhren.

Unmerklich beschleunigte Lizzi ihren Schritt. Es war eine verrückte Idee gewesen, den Weg abzukürzen, warf sie sich vor. Ohne Not hatte sie sich in Bedrängnis gebracht, nur weil sie ein paar Meter sparen wollte. Um diese Zeit war die Straße hier menschenleer. Der endlos lange Bauzaun der Großbaustelle, die sie inzwischen erreicht hatte, verhinderte nicht nur, dass sie von den Wohnhäusern aus gesehen wurde, sondern versperrte ihr auch alle seitlichen Fluchtwege. Die Gegend war wie geschaffen, um unbehelligt jemanden zu überfallen.

Nur mit Mühe widerstand Lizzi dem Bedürfnis, sich umzudrehen. Sie durfte sich nichts anmerken lassen, der Verfolger sollte glauben, sie sei ahnungslos. Denn ihr war klar, dass sie Zeit gewinnen musste. Jeder Meter, den sie weiterlief, brachte sie weg von der dunklen Baustelle und näher an den Taxistand heran. Noch waren es schätzungsweise fünfhundert Meter bis dorthin, für einen Sprint zu weit, erst recht mit Koffer und Sieben-Zentimeter-Absätzen auf Pflastersteinen. Wie schon eine Stunde zuvor in ihrer Wohnung fühlte sich Lizzi in die Enge getrieben. Hörte das Hilflose-Reh-Gefühl an diesem Wochenende denn gar nicht mehr auf?

In einem Zeitraffer sah sie die letzten Stunden noch einmal vor ihrem inneren Auge ablaufen. Sie hörte das nächtliche Gepolter an der Tür, sah noch einmal die Engländer am Boden. Lizzi spürte die Angst, die sie die ganze Zeit gehabt hatte. Und in diesem Moment war ihre Entscheidung klar: Sie würde sich nicht länger einschüchtern lassen! Sie war nicht hilflos, verdammt noch mal! Sie würde zum Angriff übergehen!

Von einer Sekunde zur anderen änderte sie ihre Laufrichtung, stürmte auf den Wagen hinter ihr zu und nutzte ihren Schwung, um den Koffer mit aller Kraft, die sie aufbieten konnte, gegen die Windschutzscheibe zu werfen. Sie traf zwar nur halb, doch der Fahrer machte eine Vollbremsung, dass die Vorderachse des Wagens in die Knie ging. Lizzi zog ihren Koffer von der Haube und holte ein weiteres Mal aus, um ihn gegen ihren Verfolger zu schleudern, doch der Fahrer, der inzwischen aus dem Wagen gesprungen war, fing den Koffer in der Luft ab und hielt ihn fest. Lizzi konnte im Gegenlicht der Straßenlampe das Gesicht des Mannes nicht erkennen.

»Das ist meiner! Lassen Sie ihn los!«, schrie Lizzi, während sie an ihrem Koffer zerrte.

»Verdammt noch mal! Sind Sie verrückt geworden?«, schrie der Mann zurück.

Erst jetzt erkannte Lizzi die Stimme: Sie gehörte Erik. Doch das besänftigte sie nicht im Geringsten, das Gegenteil war der Fall. Wutentbrannt hielt sie ihren Koffer fest.

»Was MACHEN SIE hier?!«, fuhr Lizzi ihn an. Am liebsten hätte sie ihm den Koffer gegen sein Knie gehauen. »Ich bin fast gestorben vor Angst!«

Erik ließ den Koffer los. »Das hatte ich nicht beabsichtigt.«

»Natürlich. Sie sind nur zufällig hier, richtig? Den Satz können Sie sich auf Ihren Grabstein meißeln, aber mich beeindrucken Sie damit nicht.«

»Vielleicht aber damit: Ich wusste, dass Sie nicht zu Hause bleiben. Ich habe im Auto auf Sie gewartet.«

Lizzi wusste nicht, worüber sie sich mehr ärgern sollte: dass sie für ihn so leicht zu durchschauen war oder dass er sie dreist anlog.

»Na klar«, spottete sie, »deswegen haben Sie mich so lange von der Straße aus eskortiert und zugesehen, wie ich meinen Koffer schleppe. Sie haben sich einen Spaß daraus gemacht. Geben Sie's zu!«

»Das stimmt nicht.«

»Warum haben Sie mich dann nicht angehalten?«

Erik öffnete den Mund, als wollte er etwas sagen, überlegte es sich dann aber offensichtlich anders und schüttelte den Kopf.

»Wusste ich es doch!« Verärgert stellte Lizzi den Koffer wieder auf, um ihren Weg fortzusetzen.

Erik hielt sie am Arm zurück. »Warten Sie.«

Lizzi drehte sich genervt zu ihm um.

»Was noch?«

Erik zögerte, bevor er antwortete.

»Ich habe mich nicht getraut, Sie anzuhalten.«

»Bitte?« Lizzi war verblüfft. »Sie haben sich nicht getraut? Das soll wohl ein Witz sein.«

Lizzis bohrender Blick machte Erik verlegen. Er versuchte, es zu überspielen.

»Sie können ganz schön gefährlich sein.«

»Gefährlich«, wiederholte Lizzi ungläubig.

»Sie wissen schon, wie ich das meine. Wenn am Strand Quallen liegen, läuft man auch nicht barfuß im Sand.«

»Ich bin also wie eine Qualle?«

»Qualle, Seeigel … suchen Sie sich etwas aus. Am Ende tut's weh, und man muss zum Arzt. Sie sehen doch, was Sie mit meinem Wagen gemacht haben. Ich hoffe, Sie sind gut versichert.«

Lizzi inspizierte die Motorhaube genauer. Die Beule, die sie verursacht hatte, war bei Weitem nicht die einzige. Der Wagen wurde sichtlich nicht nur für Spazierfahrten genutzt.

»Dass die Beule von mir ist, müssen Sie erst einmal beweisen. Sie sollten Ihr Auto besser behandeln«, tadelte sie Erik.

»Leg dich nie mit Anwälten an, hat mich meine Mutter gewarnt.«

»Sie haben eine kluge Mutter.«

Lizzi bemerkte zufrieden, dass ihr belustigter Blick Erik missfiel. Er beendete das Thema, indem er ihr den Koffer abnahm und ihn auf dem Rücksitz des Wagens verstaute. Bevor er sich hinter das Steuer setzte, warf er einen Blick über seine Schulter, wohl um sicherzugehen, dass die Engländer ihnen nicht gefolgt waren. Doch abgesehen von zwei Betrunkenen, die über die Straße stolperten, war weit und breit niemand zu sehen.

»Brauchen Sie eine Extraeinladung? Wir müssen hier weg«, erinnerte er Lizzi, als er sah, dass sie sich nicht von der Stelle gerührt hatte.

»Wohin?«

»Erfahren Sie unterwegs. Versprochen.«

Ausnahmsweise fügte sich Lizzi und ohne weiteren Protest ging sie zur Beifahrerseite, um in den Wagen zu steigen.

»Nicht getraut«, kicherte sie vor sich hin. »Das wird mein neuer Hashtag.«

»Tun Sie, was Sie nicht lassen können«, knurrte Erik. Mit genervtem Blick setzte er den Blinker und fuhr los.

6

Eine Weile fuhren sie schweigend durch die nächtliche Stadt. Das Licht der Straßenlampen strich über sie, in einem steten Rhythmus, der sich mit dem sonoren Brummen des Motors zu einem beruhigenden Gleichklang verband. Lizzi rekelte sich in ihren Sitz. Sie spürte, dass sie sich zu entspannen begann. Im Wagen roch es nach Leder und feuchter Erde, eine Plastikwanne mit dunklem Mutterboden stand auf der Ladefläche. Und es roch auch ein bisschen nach Erik, ein herber Hauch, den Lizzi das erste Mal bewusst wahrnahm.

Unauffällig musterte sie ihn aus den Augenwinkeln. Seine Gesichtszüge waren erstaunlich weich, stellte sie fest, doch erste Falten verliehen ihm Kontur, was ihm gut stand. Seine am Tag leuchtend blauen Augen unter dem blonden Haarschopf wirkten jetzt in der Nacht viel dunkler und noch geheimnisvoller als sonst. Was ging in diesem Kopf vor sich? Nachdenklich betrachtete Lizzi seine kräftigen Hände, die das Lenkrad hielten und sie sicher durch die Stadt steuerten. Er machte den Eindruck zu wissen, was er tat. Mit seinen kräftigen Armen, die sich unter den halb aufgekrempelten Hemdärmeln abzeichneten, wirkte er zupackend, ganz anders als die Männer, denen sie im Büro begegnete und denen man ansah, dass ihre Körper nach Büroschluss in der Kneipe geformt wurden oder allenfalls ab und zu im Fitnessstudio, was aus Schreibtischhengsten aber noch lange keine rassigen Rennpferde machte.

»Und?« Erik sah sie von der Seite an.

»Was und?«

»Sie sagen nichts.«

»Sollte ich?«

»Nein. Ich bin es nur nicht gewohnt, dass Sie nicht reden.«

Lizzi ignorierte die kleine Spitze und schloss die Augen, ohne zu antworten. Obwohl sie fand, dass Erik es durchaus verdient hätte, weiter von ihr aufgezogen zu werden, gönnte sie ihm großzügig eine kleine Atempause. Immerhin hatte er ihr seine Achillesferse von sich aus entblößt. Gegen das zufriedene Lächeln auf ihren Lippen konnte sie allerdings nichts tun.

Lange hielt Lizzi ihr Schweigen nicht aus. »Können wir jetzt mit der Fragestunde beginnen?«

»Nein.«

Lizzi runzelte die Stirn. »Wie, nein?«

»Erst wird gegessen. Ist ein Versuch.«

»Was für ein Versuch?«

»Ob Sie leichter zu ertragen sind, wenn Sie keinen Hunger mehr haben.«

Zu Lizzis Erstaunen beugte sich Erik zum Handschuhfach auf ihrer Seite, zog eine gefüllte Tüte hervor und drückte sie Lizzi in die Hand.

»Was ist da drin?«, wollte sie wissen.

»Falafel.«

Beim Gedanken an die warmen, herzhaften Rollen spürte Lizzi tatsächlich Hunger. Seit dem Schokoriegel in ihrer Wohnung hatte sie nichts mehr gegessen. Begierig warf sie einen Blick in die Tüte.

»Sie wollen mich nur ablenken.«

»Nein. Bei Laune halten.«

»Wie nett von Ihnen. Leider vertrage ich keinen Weißkohl.«

»Weiß ich, die Rolle mit dem schwarzen Kreuz ist Ihre. Da ist keiner drin.«

Lizzi sah ihn erstaunt an. »Woher wissen Sie das mit dem Kohl?«

»Von Ahmed.«

»Wer ist Ahmed?«

Jetzt war es Erik, der Lizzi erstaunt anblickte. »Der Mann aus dem arabischen Imbiss bei Ihnen um die Ecke.«

»Woher weiß er das?«

»Sie kommen jede Woche zu ihm und bestellen Falafel ohne Weißkohl.«

So wie Erik das sagte, klang es, als hielte er es für eine Selbstverständlichkeit, so etwas zu wissen.

»Natürlich, ja, Ahmed«, log sie. »Der Mann mit den schwarzen Haaren.« Ihr Zeigefinger malte unbestimmte Kreise in der Luft.

»... langer Bart, Brille, scharfe lange Nase«, ergänzte Erik.

»Genau«, bestätigte Lizzi. Dann bemerkte sie Eriks spöttischen Blick. »Was grinsen Sie so?«

»Ahmed hat kein einziges Haar am Kopf, nicht mal am Kinn. Sie kennen den Mann nicht, obwohl Sie ihn ständig sehen.«

»Ich kann mir Gesichter nicht gut merken.«

Erik sah sie skeptisch an. »Wirklich? Sie machen sich etwas vor: Sie interessieren sich nicht für andere Menschen.«

»Das stimmt nicht«, protestierte Lizzi.

»Okay. Woher kommt Ahmed?«

»Aus Istanbul?«, riet Lizzi.

»Damaskus. Wie lange ist er schon in Deutschland?«

»Sieben Jahre.«

»Drei.«

»Dafür spricht er viel zu gut Deutsch.«

»Findet er nicht. Aber er hat vom ersten Tag an mit seiner kleinen Tochter Kinderbücher gelesen und die *Sendung mit der Maus* gesehen. Was für einen Beruf hat er in seiner Heimat ausgeübt?«

»Koch?«

»Lehrer, für Mathe und Sport. Womit will er seine Frau am Hochzeitstag überraschen?«

»Genug! Sie haben gewonnen. Keine Ahnung, woher Sie so viel wissen, Sie sind ihm doch heute zum ersten Mal begegnet.«

»Ich habe mit ihm geredet, während ich auf unsere Falafeln gewartet habe.«

Lizzi sah ihn mit großen Augen an. »Geredet … Das ist alles? Keine Zauberkunst? Wie langweilig.«

Verständnislos schüttelte Erik den Kopf. »Reden ist nicht dasselbe wie mit jemandem reden, man nennt es auch ›sich unterhalten‹ oder ›sich austauschen‹.«

»Das weiß ich. Was glauben Sie, was ich den ganzen Tag mache?«

»Sie reden in einer Tour. Aber es ist Ihnen egal, was die anderen sagen oder denken. Sie beschäftigen sich immer nur mit sich selbst.«

»Wenn wir schon bei der Kritik sind: Sie sind selbstgefällig bis zum Gehtnichtmehr! Sie wollen einen immer nur rumkommandieren und glauben, alles besser zu wissen.«

Erik bremste. Lizzi war so überrascht, dass ihr Oberkörper

vom Schwung nach vorne flog und durch den Gurt gebremst wurde. Mit knirschenden Rädern stoppte der Wagen am Straßenrand.

Erik drehte sich zu ihr. »Wir müssen hier etwas klarstellen: Ich helfe Ihnen. Nicht umgekehrt.«

»Genau das meine ich mit Selbstgefälligkeit! Nur zur Erinnerung: Der Einzige, dem Sie helfen wollen, ist mein Vater. Ich bin Ihnen völlig egal!«

Erik schwieg.

»Worauf warten Sie«, forderte Lizzi ihn böse auf, »jetzt sind Sie dran. Sie wissen doch: Reden ist eins, sich unterhalten was anderes. Darauf legen Sie doch so großen Wert.«

Erik nickte. »Ja, Sie haben recht. Sie sind mir egal!«

Mit einer so ehrlichen Antwort hatte Lizzi nicht gerechnet. Die meisten Menschen, die sie kannte, verteidigten ihre Unwahrheiten bis zum Schluss, aus Angst vor dem Zorn des so ehrlich Bedachten. Lizzi schluckte Eriks Antwort anstandslos, nur ihre hochgezogenen Augenbrauen zollten Tribut.

»Da das geklärt ist, schlage ich vor, Sie fahren weiter, damit wir heute Nacht noch irgendwo ankommen«, sagte sie zu ihm. »Ist das machbar? So wie ihr Wagen aussieht, wohnen Sie weit weg, in der tiefsten Wildnis Australiens.«

Erik legte den Gang ein, lenkte schweigend den Wagen auf die Ausfallstraße und von dort aus weiter bis zur Stadtgrenze. Der Wagen beschleunigte.

»Holfingen«, sagte Erik.

»Bitte?«

»Das ist der Ort, in dem ich lebe. Holfingen. Das wollten Sie doch wissen.«

»Geht's auch genauer?« Lizzi gab sich genervt. »Meine Kenntnisse in Erdkunde sind ziemlich gut, das heißt aber nicht, dass ich jedes Dorf mit gerade mal zwanzig Einwohnern kennen muss.«

»Es sind tausend. Etwa achtzig Kilometer von hier im Taunus.«

»Tausend Einwohner!?« Lizzi spielte, als würde sie vor lauter Aufregung hyperventilieren, und fächelte sich mit der Hand Luft zu. »Das ist ja schon fast ein Ort!«

»Vor allem ist er sicher für Sie, niemand wird Sie dort suchen. Alles andere kann Ihnen egal sein.«

So unrecht hatte Erik nicht, fand Lizzi, auch wenn sie es nicht zugeben würde. »Was halten Sie von einem Waffenstillstand?«, fragte sie stattdessen.

»Huh, hört sich toll an aus Ihrem Mund – halten Sie den durch?«

»Ich sage es Ihnen ungern«, antwortete Lizzi, »die letzten Schüsse kamen von Ihnen.«

Erik nickte und zeigte auf die Tüte auf Lizzis Schoß.

»Okay. Geben Sie mir meine Falafel, danach dürfen Sie mich löchern, soviel Sie wollen.«

Lizzi zeigte kopfschüttelnd auf die Landstraße, auf der sie durch die Dunkelheit fuhren. »Tempo einhundert und Falafel vertragen sich nicht.«

»Wir haben einen Waffenstillstand vereinbart.«

»Habe ich irgendetwas anderes behauptet? In der Kanzlei, in der ich arbeite, ist der Aktenkeller voll mit Autounfällen. Sind alle unter dem Aktenzeichen Falafel mit Todesfolge geführt. Also: Falls Sie mit dem Essen nicht warten können, dürfen Sie von mir aus gern anhalten. Ist Ihnen das Angebot friedlich genug?«

Seufzend gab Erik auf. »Also gut, wir fahren weiter.«

»Ihre Entscheidung«, antwortete Lizzi, während sie ihre Falafel auspackte und begierig hineinbiss. »Mmh«, stöhnte sie, während sie genüsslich mit den Augen rollte. »Dieser Ahmed hat sich selbst übertroffen.«

»Schon gut. Sie brauchen es mir nicht extra unter die Nase zu reiben, was ich verpasse. Fragen Sie einfach.«

»Ich dachte, Sie wollten ein bisschen teilhaben an meinem Essen, aber auch gut«, nuschelte sie zwischen zwei Bissen hervor. »Ich möchte wissen, woher Sie meinen Vater kennen, was Sie mit ihm zu tun haben und was Sie von ihm wissen. Einfach alles.«

»Wirklich alles?«

»Ich meine immer, was ich sage. Es sei denn, ich sage etwas Nettes über Sie. Und geben Sie sich keine Mühe, sich kurzzufassen. Irgendwie müssen wir die Fahrt in die Einöde ja überbrücken, ohne einzuschlafen.«

Mit einem neidischen Seitenblick zu Lizzis Falafel, die einen appetitanregenden Duft im Auto verströmte, ergab sich Erik seinem Schicksal und begann zu erzählen.

»Ich habe Ihren Vater vor ungefähr zehn Jahren kennengelernt. Damals war ich noch bei Jacoby & Schmidt angestellt, einer Agentur für Personenschutz. Mein Vorgänger wollte damals in Rente gehen und hat mich gefragt, ob ich seinen Klienten übernehme. Er hatte vorher für Ihren Vater gearbeitet, ziemlich genau seit er mit Ihnen von England zurück nach Deutschland gezogen ist.«

»Ich verstehe nicht, wozu mein Vater Personenschutz braucht. Wir leben nicht in Sizilien.«

»Das kann ich Ihnen nicht sagen. Es war auch kein Rundumschutz, er benötigte uns nur für Auswärtstermine oder auf Reisen. In der ganzen Zeit ist nie etwas Nennenswertes vorgefallen, trotzdem schien Ihr Vater immer auf der Hut zu sein.«

»Nichts Nennenswertes? Dann ist doch etwas passiert?«

»Vor einem halben Jahr etwa. Ihr Vater wurde auf dem Weg nach Hamburg auf einer Raststätte von einem Mann angesprochen. Danach war ihr Vater sehr einsilbig und nachdenklich. Eine halbe Stunde vorher hatten wir noch Witze gemacht. Nach dem Gespräch hat er seinen Termin in Hamburg abgesagt, und wir sind direkt nach Frankfurt zurückgekehrt.«

Lizzi hatte mit dem Kauen aufgehört, so gespannt hörte sie zu.

»Und Sie haben ihn nicht gefragt, was los war?«

»Das gehört nicht zu meiner Arbeitsphilosophie. Die meisten Kunden wollen einen Personenschützer, der sie begleitet, ohne Fragen zu stellen. Aber es muss mit Ihnen zu tun gehabt haben.«

Lizzi fing an zu husten, sie hatte sich verschluckt.

»Mit mir? Das ist absurd! Wie kommen Sie darauf?«

»Ein paar Tage nach der Reise kam Ihr Vater mit dem Ersatzschlüssel Ihrer Wohnung zu mir. Er war sehr ernst, und ich musste ihm das Versprechen geben, Sie zu beschützen, falls etwas passieren sollte. Von dem Tag an hat er täglich diese kleinen nichtssagenden Botschaften in seinem Instagram-Feed gepostet, als Hinweis für mich, dass alles in Ordnung ist.«

»Es wäre doch viel einfacher gewesen, Ihnen Bescheid zu sagen, wenn Sie aktiv werden sollten«, sagte Lizzi hilflos. »Das ergibt alles keinen Sinn.«

Als sie Eriks stummen Seitenblick sah, verstand Lizzi, warum sie falschlag: Ihr Vater musste Angst gehabt haben, dazu nicht mehr in der Lage zu sein. Weil er vielleicht … tot sein könnte? Der Gedanke versetzte ihr einen Stich, er war ihr unerträglich, genauso wie die Tatsache, dass ihr Vater die ganzen Jahre über mit einer Gefahr lebte, von der sie nichts wissen durfte. Vertraute er ihr so wenig?

»Das kommt ungefähr hin«, sagte Lizzi zu sich selbst.

Erik musterte sie fragend. »Was meinen Sie damit?«

»Sie sagen, das alles ist ein halbes Jahr her«, erklärte Lizzi. »Also letzten Dezember. Seit Ende letzten Jahres ist mein Vater immer mehr auf Tauchstation gegangen. Wir haben uns kaum noch gesehen, weil er immer zu tun hatte – zumindest hat er das behauptet.«

»Haben Sie daran gezweifelt?«

»Nein. Ich weiß, wie sehr mein Vater für seine Arbeit lebt. Das heißt …«

Sie brach den Satz ab und starrte vor sich hin.

»Das heißt was?«

Herausgerissen aus ihren Gedanken sah Lizzi zu ihm. »Was weiß ich schon von seiner Arbeit? So wie es aussieht, hat er mir nicht die Wahrheit gesagt über das, was er tut. Vielleicht hat er mir sein ganzes Leben etwas vorgespielt.«

Vielleicht, dachte sie, war sie ihm einfach egal.

»Ihr Vater liebt Sie.«

»Was soll das denn jetzt?« Lizzi fühlte sich ertappt. »Darum geht es hier doch gar nicht.«

Erik warf ihr einen kurzen Seitenblick zu, ohne zu antworten.

»Und selbst wenn«, setzte Lizzi nach, »würde ich bezweifeln, dass Sie recht haben. Nachdem wir England verlassen haben, habe ich nicht viel von ihm mitbekommen. Ich war sechs, meine Mutter noch nicht lange tot. Ich habe mich fremd in Deutschland gefühlt, und mein Vater hatte nichts Besseres zu tun gehabt, als mich sofort ins Internat zu stecken. Damals habe ich ihm das sehr übel genommen.« Lizzi verstummte und starrte hinaus in die Dunkelheit.

»Erst haben Sie Ihre Mutter verloren und dann Ihren Vater ...«

Lizzi zwang sich zu einem Lächeln. »Was soll's«, erwiderte sie betont locker, um den bitteren Anflug von Gefühlen im Keim zu ersticken. Sie hatte nicht vor, Erik etwas vorzuweinen. »Es gibt Töchter, die kennen ihre Eltern nicht einmal. Oder hassen sie. Ich hatte viel Spaß im Internat. Meistens. Na ja, oft.«

»Ich glaube, Sie irren sich. Ihr Vater hat Sie nicht ins Internat gesteckt, um Sie loszuwerden.«

»Haben Sie diese Erkenntnis von ihm?«

»Nicht wortwörtlich. Aber ich weiß, dass er keinen anderen Ausweg gesehen hat.«

»Klar, weil ich ihn von morgens bis abends genervt habe. Ich war, wie er Ihnen ja brühwarm aufgetischt hat, ein ziemlich anstrengendes Kind.«

»Oh, das kriegen Sie auch heute noch gut hin.«

Normalerweise hätte Lizzi zurückgepasst. Doch etwas sagte ihr, dass Erik sie bloß aufheitern wollte. Aus Mitleid. Vielleicht aber auch nur, weil er nicht drauf aus war, Lizzis ganze Lebensgeschichte anhören zu müssen. Die hätte sie sowieso nie mit ihm geteilt.

»Dieser Mann an der Raststätte«, lenkte sie ab, »Sie haben ihn doch gesehen ...«

»Nur von Weitem«, unterbrach Erik. »Als ich mit unseren Brötchen aus dem Imbiss kam, hat er sich verabschiedet und ist weggefahren. Mit einem Land Rover, ein altes Modell. Britisches Kennzeichen.«

»Sie sind ein toller Personenschützer. Wenn es darauf ankommt, sind Sie nicht da.«

»Der Mann muss den Moment abgepasst haben, Ihren Vater alleine zu treffen. Die Pause auf der Raststätte war die einzige Gelegenheit.«

»Das heißt, er hat meinen Vater verfolgt?«

Erik schüttelte den Kopf.

»Wäre mir aufgefallen. Nein, er wusste, wohin wir fahren.«

»Woher wollen Sie das wissen?«

»Ich weiß es einfach.«

»Okay, Sie Superdetektiv. Und was folgern Sie daraus?«

»Dass er mit Ihrem Vater Kontakt hatte. Nur von ihm konnte der Mann wissen, wo wir uns aufhielten. Im Übrigen war es die Idee Ihres Vaters, genau diese Raststätte anzufahren, und er hatte mich auch losgeschickt, etwas zum Essen zu besorgen. Das sind ein paar Zufälle zu viel.«

»Ihre Arbeitsphilosophie in allen Ehren, aber wenn Sie meinen Vater über den Mann ausgefragt hätten, würde das uns jetzt eine Menge Rätselraten ersparen.« In Lizzis Stimme schwang ein vorwurfsvoller Ton mit.

»Ich habe Ihren Vater gefragt, ob es etwas gibt, das ich wissen sollte.«

»Und? Gab es das?«

»Er hat geantwortet, er würde darüber nachdenken. Mehr hat er nicht gesagt.«

Mit gerunzelter Stirn blickte Lizzi durch ihr Seitenfenster auf die im Dunkeln vorüberhuschende Landschaft, die von den am Straßenrand stehenden Bäumen durchbrochen wurde.

Die nächtlichen Schatten des Mondes wirkten genauso unwirklich auf sie wie alles, was sie in den letzten Stunden über ihren Vater herausgefunden hatte. Wer war er? Auf jeden Fall nicht der Mann, den sie zu kennen geglaubt hatte.

Lizzi setzte sich auf. Sosehr sie sich wünschte, dass sich alles als böser Traum entpuppen würde, wusste sie doch, dass sich diese Hoffnung wohl kaum erfüllen würde. Sei's drum. Sie war kein Kind mehr, und die rosarote Brille hatte sie schon als Heranwachsende abgelegt.

»Lassen Sie das Grübeln, es hilft Ihnen nicht weiter«, unterbrach Erik Lizzis Gedanken.

»Woher wollen Sie wissen, woran ich denke.«

»Ihr Gesicht ist eine Leinwand.«

»Ach ja? Was sehen Sie denn gerade? Einen netten Familienfilm?«

»Eher ein Kriegsdrama. Hören Sie: Wenn Sie Ihrem Vater egal wären, würde er mich dann dafür bezahlen, Sie zu beschützen?«

Dieser Gedanke war Lizzi noch nicht in den Sinn gekommen. Da war sie wieder, die rosarote Brille – zu schön, um wahr zu sein.

»Vielleicht wollte er nur sein Gewissen reinwaschen.«

»Sie wollen es nicht glauben.«

»Ich will schon, ich kann nicht. Können Sie mir das verübeln? Andere Väter verschwinden nicht einfach von der Bildfläche.«

Dagegen konnte selbst Erik nichts einwenden.

Lizzi legte den Kopf schief. Während sie ihn betrachtet hatte, war ihr ein Gedanke gekommen. »Was bezahlt mein Vater Ihnen, damit mir nichts passiert?«

»Kein Kommentar.«

»Warum verheimlichen Sie das vor mir?« Lizzi verengte die Augen zu Schlitzen, die ihr Misstrauen ausdrückten.

Erik wies auf sie. »Gucken Sie sich an. Egal, was ich antworte, Sie werden mir die Haut vom Leib kratzen. Denn entweder Sie fühlen sich unter Wert verkauft, oder Sie finden, Ihr Vater gibt zu viel von Ihrem künftigen Erbe aus.«

»Und wenn ich mir vorher die Nägel stutze?«

»Antworte ich Ihnen dasselbe.«

»Sie könnten es mir schonend beibringen«, versuchte sie, ihn zu überzeugen.

»Netter Versuch.« Er lächelte sie an. »Übrigens: Wir sind gleich da.«

Überrascht drehte Lizzi sich um und blickte durch die Windschutzscheibe nach draußen. Erik war von der Straße abgebogen und fuhr nun über einen holprigen Feldweg zu einem abgelegenen kleinen Hof. Viel konnte sie nicht erkennen, der Weg wurde nur durch die Scheinwerferkegel des Wagens beleuchtet. Erik fuhr schneller, als die Sicht es zuließ, er schien den Verlauf der Strecke wie seine Westentasche zu kennen. Sein Seitenfenster hatte er herabgelassen, sodass die frische Nachtluft hereinströmte, vermengt mit dem durchdringenden Geruch von Dung. Lizzi kannte dieses explosive Gemisch, doch es war schon eine ganze Weile her, dass sie es in der Nase gehabt hatte. Sie konnte nicht mit Sicherheit sagen, ob sie es mochte oder nicht.

Die Wagenreifen knirschten auf sandigem Boden, als Erik auf den Hof fuhr und vor dem Haus stoppte. Kurz sah er sich um, dann stellte er den Motor ab. Jetzt war es totenstill.

»Willkommen zu Hause«, sagte er, während er die übriggebliebene Falafel auspackte und hungrig hineinbiss. Dann stieg er aus und ging zum Haus.

Lizzi war im Wagen sitzen geblieben, während sie sich gespannt umsah. In der Dunkelheit erahnte sie eine kleine Hofanlage mit einem hübschen Bauernhaus im Zentrum, das mit Rosen und wildem Efeu berankt war.

Als Erik an der Haustür bemerkte, dass Lizzi keine Anstalten machte auszusteigen, drehte er sich zu ihr um: »Hier ist Endstation.«

Ohne Eile kletterte Lizzi aus dem Fahrzeug und zog den Koffer vom Rücksitz. »Sie hätten mir ruhig mein Gepäck aus dem Wagen heben können. Gentlemen tun so etwas«, stellte sie vorwurfsvoll fest.

»Passen Sie auf, dass Sie mir nicht noch eine Beule in die Motorhaube hauen«, überging Erik ihre Kritik und schloss die Haustür auf. Lizzi war drauf und dran, ihm nicht diesen Gefallen zu tun, als Erik sie beim Hineingehen warnte: »An der Scheune ist übrigens eine Videokamera installiert, die die Einfahrt filmt. Die sieht alles.«

Matt ließ Lizzi von ihrem Vorhaben ab. Anwältinnen, die mutwillig fremde Autos beschädigen, standen leider nirgendwo in besonders guten Ruf. Sie seufzte tief, dann trug sie notgedrungen ihren Koffer alleine ins Haus. Ihre Lust auf Konfrontation war im Moment ohnehin minimal. Jetzt, da sie am Ziel waren, ließ sie sich von ihrer bisher verdrängten Müdigkeit widerstandslos überfallen. Lizzi wollte nur noch ins Bett fallen und schlafen. Hoffentlich musste Erik nicht erst einen Baum fällen, um ihr eine Schlafstatt zu zimmern, oder im zugemüllten Keller eine alte Matratze suchen, die von Spinnennetzen übersät war – Lizzi befürchtete das Schlimmste. Dass er ihr ritterlich sein Bett anbieten würde, während er Nachtwache vor ihrem Schlafzimmer schob, nein, das konnte sie sich auch mit sehr viel Fantasie nicht vorstellen.

Erik war schon im Haus verschwunden, als sie die Haustür erreichte. Lizzi zerrte den Koffer über die Schwelle und schob ihn in eine Ecke des Windfangs, der mit Arbeitsjacken und verdreckten Schuhen vollgestopft war und den Eingang des Hauses wie eine Schleuse von der eigentlichen Diele abtrennte. Von nebenan hörte sie Eriks Schritte. Neugierig folgte sie ihnen in einen Raum, der das Wohnzimmer sein musste, mit einem großen ledernen Sofa und einer erstaunlich geschmackvollen Kommode daneben. Gegenüber entdeckte sie einen modernen Kamin, der in der Wand verbaut war. Ein Art Wintergarten mit großformatigen Türen, an deren Seiten riesige, mit Oleander bepflanzte Kübel standen, schloss den Raum zur Außenseite ab. Lizzi fühlte sich sofort wohl.

Erik, der gerade einen Stapel mit Bettwäsche und Decken aufs Sofa gelegt hatte, blickte Lizzi an. »Brauchen Sie noch etwas?«

»Eine Nachttischlampe wäre schön.«

Mit einem Handgriff zog Erik eine Kommodenschublade auf, aus der er eine Stirnlampe mit LED-Lichtern hervorholte.

»Nicht dekorativ, aber überall einsetzbar«, sagte er und warf sie zu den anderen Sachen aufs Sofa. »Sonst noch was?«

Die verblüffte Lizzi schüttelte den Kopf, sie zog es vor, ohne weitere Extras auszukommen. Glücklicherweise hatte sie daran gedacht, ihre Zahnbürste einzupacken. Wer weiß, was Erik ihr sonst als Alternative angeboten hätte. Womöglich einen Handfeger oder eine gebrauchte Spülbürste … Lizzi wollte den Gedanken lieber nicht vertiefen.

»Danke, ich komme klar«, antwortete sie.

»Okay. Das Bad ist am Ende der Diele, Handtücher finden Sie im Regal, es ist nicht zu übersehen. Wenn Sie nichts dagegen haben, mache ich mich schnell fertig.«

»Wie haben Sie es geschafft, Ihre Falafel so schnell aufzuessen?«, fragte Lizzi erstaunt.

»Ich habe sie noch nicht aufgegessen, aber ich verrate Ihnen nicht, dass ich den Rest in den Kühlschrank gelegt habe, sonst essen Sie ihn auch noch auf.«

»Keine Sorge, ich bin satt. Dann … gute Nacht.«

»Gute Nacht.«

Erik wollte das Zimmer gerade verlassen, als Lizzi noch etwas einfiel. »Kann man nachts die Fenster öffnen?«, rief sie ihm hinterher. »Oder machen es sich dann Tiere hier gemütlich? Sie wissen doch: Im Warmen ist es am schönsten.«

Erik blieb im Türrahmen stehen und blickte Lizzi erstaunt an. »Offene Fenster? Ist kein Problem. Wenn Sie keine Angst vor Wölfen und Ratten haben.«

Dann ging er.

Wölfe. Ratten. Lizzi verzog angewidert das Gesicht bei der Vorstellung, sie müsste sich ihr Bett mit irgendwelchen Viechern teilen. Wenigstens war keine Rede von Schlangen gewesen. Vorsichtig schaute sie unter die Bettwäsche, die Erik für sie bereitgelegt hatte, dann begann sie damit ihr Bett zu beziehen.

Als Lizzi fertig war, holte sie ihre Kosmetiktasche aus dem Koffer und machte sich auf die Suche nach dem Badezimmer. Sie hätte es auch ohne Eriks Beschreibung gefunden, denn die Tür stand offen.

Erik hatte das Bad schon wieder verlassen, was sie nicht

wunderte. Auch ohne ihn besser zu kennen, konnte man ahnen, dass er kein Mann war, der sich unnötig mit Gesichtspflege aufhielt. Wer so entspannt wie er durchs Leben schlenderte, benötigte nun mal keine Antifaltencremes.

Das Bad war klein, aber wenigstens schien Erik Sinn für Sauberkeit zu haben. Nur einen Platz für ihre Kosmetiktasche konnte Lizzi nirgends entdecken, die wenigen Ablageflächen waren bereits vollgestellt. Also schob sie kurzerhand Eriks Sachen zusammen und besetzte den frei gewordenen Platz mit ihren Utensilien. Erik würde einen Teufel tun und sich über eine solche Nichtigkeit aufregen. Männer machen einem den Platz im Keller streitig, aber nicht im Bad, zumindest der Großteil der Männer. So war das schon zu Zeiten der Neandertaler gewesen, und so würde es bis zum Ende der Menschheitsgeschichte bleiben, hoffte sie.

Mehr Kopfzerbrechen machte Lizzi die Tatsache, dass kein Schlüssel in der Tür steckte, mit dem sie das Schloss verriegeln konnte. Wie sollte sie entspannt auf dem Klo sitzen, wenn sie ständig damit rechnen musste, dass Erik hereinkam?

Lizzi vertagte das Problem auf den Morgen und machte sich in Windeseile bettfertig. Im Moment war von Erik sowieso nichts zu befürchten, er schlief sicher längst, und sie hatte keine Lust, eine Minute länger als nötig auf ihren Schlaf zu verzichten.

Zehn Minuten später verließ sie das Bad und landete im stockdunklen Flur – das Flurlicht hatte sich automatisch ausgeschaltet. Da Lizzi den Schalter nicht finden konnte und die Stirnlampe immer noch dort lag, wo Erik sie hingeworfen hatte, musste sie sich durch den dunklen Flur zurücktasten, dabei stieß sie mit ihrem Fuß gegen einen metallischen Schirmständer. Mit lautem Getöse kippte er um. Fluchend rettete sie sich in ihr Zimmer.

Während sie sich umzog, schaute sie unschlüssig zur Terrassentür. Sie nahm Eriks Warnung vor den Tieren nicht wirklich ernst. Aber was, wenn es doch stimmte? Schließlich befanden sie sich irgendwo im Nirgendwo, und dass sich Wölfe wieder in Deutschland ansiedelten, davon hatte sie tatsächlich gelesen. Und dass sich die Ratten überall ausbreiteten, war auch keine Neuigkeit.

Da Lizzi keine Lust hatte, sich von ein paar Vierbeinern den Schlaf ruinieren zu lassen, sammelte sie im Flur die Schirme samt Schirmständer ein und brachte alles in ihr Zimmer. Dann öffnete sie die Terrassentür einen Spalt breit und stellte den gefüllten Schirmständer als Barriere davor. Welches Tier auch immer die Absicht hatte, es sich bei ihr gemütlich zu machen, würde einen solchen Lärm verursachen, dass es vor Schreck das Weite suchen würde. Sie wahrscheinlich auch, aber das nahm sie in Kauf.

Erschöpft legte sich Lizzi auf die Couch. Ein letztes Mal an diesem Tag griff sie zu ihrem Smartphone, um nachzusehen, ob ihr Vater sich nicht doch bei ihr gemeldet hatte. Ein Teil von ihr hatte die Hoffnung trotz allem noch immer nicht aufgegeben.

Ein Blick aufs Display verriet ihr, dass sie keinen Empfang hatte – jetzt ließ sie auch noch die Technik im Stich! Stöhnend gab Lizzi auf, sie war zu müde, um noch einmal aufzustehen und nach einem besseren Empfang zu suchen. Wahrscheinlich schalteten die Bürgermeister auf dem Land nachts die Mobilfunkmasten ab, dachte sie gehässig.

Schicksalsergeben kuschelte sie sich in die Decke. Sie roch

erstaunlich gut. Lizzi nahm noch den angenehm frischen Luftzug wahr, der durch die geöffnete Terrassentür strömte und ihr Gesicht streichelte, dann war sie weg.

7

Ein Sonnenstrahl, der von draußen hereinfiel und ihre Nase kitzelte, weckte Lizzi. Sie hatte keine Ahnung, wie spät es war, und brauchte eine Weile, bis sie realisierte, dass sie nicht zu Hause in ihrem Bett lag, sondern auf einem fremden Sofa.

Eriks Sofa.

Und jetzt wusste sie auch wieder, warum.

Unwillig blinzelte sie ins Licht. Der Helligkeit nach zu urteilen war es bereits später Vormittag. Sie fühlte sich ausgeruht, obwohl die Nacht sie nachweislich um ein paar Stunden Schlaf betrogen hatte.

Lizzi schlug die Decke zurück und stand auf. Der Steinboden unter ihren Fußsohlen fühlte sich angenehm kühl an. Neugierig trat sie an die Terrassentür. Sie wurde mit einem Blick in einen lauschigen Garten belohnt, der mit alten Obstbäumen und einem in die Jahre gekommenen, kleinen Gewächshaus bestückt war. Eine grün umrankte Sitzgruppe unter einer alten Kastanie und ein Wassertrog mit einer mechanischen Wasserpumpe aus Metall vervollständigten den urigen Eindruck. Eine Postkartenidylle wie gemacht als Werbung für Ferien auf dem Land. Nur dass sie nicht hier war, um Ferien zu machen, sondern um sich zu verstecken.

Seufzend schloss Lizzi die Terrassentür. Sie wollte gerade den Schirmständer zurück in den Flur bringen, als es klopfte.

Lizzi öffnete die Tür zum Flur, ohne nachzudenken. Erik stand mit einem Pfannenwender vor ihr und lächelte sie zur Begrüßung an. Lizzi starrte verblüfft zurück. Wie kann, fragte sie sich, ein Mann mit einem dämlichen Pfannenwender in der Hand nur so umwerfend gut aussehen?

»Guten Morgen. Gut geschlafen?«

»Guten Morgen«, antwortete Lizzi, als ihr bewusst wurde, dass sie halbnackt vor einem fremden Mann in einem fremden Haus stand. Und das Letzte, was sie wollte, war, ihn auf dumme Gedanken zu bringen. Mit dem Lächeln einer Sphinx auf den Lippen schob sie deshalb den Schirmständer schützend vor ihren Körper, sodass Erik zwischen den Schirmen hindurchgucken musste, um ihr Gesicht zu sehen. »Wie ein Murmeltier. Danke der Nachfrage.«

»Hatten Sie Angst, es könnte reinregnen?«

Lizzi folgte Eriks Blick zum Schirmständer in ihrem Arm. Er hatte eine Gabe, jeden Anflug von Wohlwollen bei ihr sofort wieder im Keim zu ersticken: mit diesem belustigten Unterton in seiner Stimme, der sie so reizte und von dem sie gern länger verschont gewesen wäre als bloß für eine verkürzte Nacht.

»Sie sind so fantasielos«, entgegnete sie. »Ich habe mein Kuscheltier zu Hause vergessen und keinen besseren Ersatz gefunden.«

»Das muss ja eine unvergessliche Nacht gewesen sein«, schmunzelte Erik und hob den Pfannenwender, um das Thema zu wechseln. »Ich mache Rührei zum Frühstück. Essen Sie mit?«

Unter diesen Umständen verzieh Lizzi ihm großzügig.

»Oh«, sagte sie freudig, »gern! Ich habe einen Bärenhunger.

Und auch noch einen Wolfshunger, wenn wir schon bei den Tieren sind. Geben Sie mir eine Viertelstunde?«

»Also eine Viertelstunde.« Mit dieser Zusage drehte sich Erik wieder um und ging.

Die Aussicht auf ein herzhaftes Frühstück verlieh Lizzi Flügel. Pünktlich kam sie fertig angezogen wieder aus dem Bad. Angelockt durch die verheißungsvollen Geräusche von klapperndem Kochgeschirr und dem Duft der bratenden Eier fand sie mühelos zur Küche.

Sie war geräumiger, als Lizzi vermutet hatte, und sah sehr gemütlich aus, mit viel Liebe zum Detail – als ob sich jemand oft und gern darin aufhielt. Die Möbel waren nicht aus dem Möbelkatalog, sondern individuell zusammengestellte Einzelstücke, mit einem großen, aufgearbeiteten Küchenschrank an der Seite und einem mit Steinen eingefassten Herd in der Mitte des Raumes, auf dessen Sims ein kleiner Kräutergarten aus Töpfen zusammengestellt war.

Erik stand am Herd und schaufelte das Rührei in der Bratpfanne herum, das Ende eines Geschirrhandtuchs lässig in seine Hosentasche gestopft. Er pfiff leise vor sich hin, während er mit einer Hand ein paar Kräuterblätter von den Stängeln zupfte und in die Pfanne warf. Brad Pitt würde das auch nicht besser hinbekommen, dachte Lizzi und rügte sich sofort für ihren Gedanken. Hier ging es ums Frühstück und nicht um irgendwelche Kinofantasien. Jemand, der *Titanic* einen alten Schinken nannte, verdiente einen solchen Vergleich nicht.

Als Erik Lizzi in der Küchentür stehen sah, ging er mit der Pfanne zum Esstisch und verteilte das dampfende Rührei auf zwei Teller, die gegenüber auf einem rustikalen Holztisch standen.

»Wollen Sie sich nicht setzen? Warm schmeckt es am besten.«

Lizzi ließ sich das nicht zweimal sagen und zog sich einen Stuhl heran. Erstaunt sah sie sich den reich mit Brot, Marmelade, Käse und Wurst gedeckten Tisch an.

»Wow. Essen Sie immer so viel zum Frühstück?«

»Vor allem gut«, antwortete Erik, während er sich sein Rührei auf eine dick geschnittene Scheibe Brot legte.

»Bei mir ist es andersherum«, sagte Lizzi, die es ihm gleichtat.

»Legen Sie keinen Wert auf gutes Essen?«

»Im Gegenteil. Ich bin nur meist zu faul, nach einem langen Tag auch noch zu kochen.«

»Um gut zu frühstücken, würde es reichen, den Tisch zu decken.«

»Die Sache hat einen Haken: Ich bin leider oft auch zu faul, um einzukaufen«, gab Lizzi zu, während sie eine Gabel mit Rührei zum Mund führte.

»Zum Essen sind Sie nicht zu faul, scheint es.«

»Alles hat seine Grenzen. Außerdem will ich Ihnen gegenüber nicht unhöflich sein«, erwiderte Lizzi gut gelaunt, während ihr Blick suchend über den Tisch ging.

Erik stellte ihr unaufgefordert den Salzstreuer vor die Nase. »Ich hätte nicht gedacht, so einen Satz aus Ihrem Mund zu hören.«

Lizzi nahm den Streuer und salzte nach. »Den mit den Grenzen?«

»Den anderen.«

Lizzi nickte verstehend. »Dass ich nicht unhöflich sein will, heißt nicht, dass ich es nicht doch manchmal bin. Das sind zwei Paar Schuhe – wie Ballerinas und Stiefel. Oder Pumps und Wanderschuhe. Oder Sandalen und …«

»Das mit den Schuhen habe ich begriffen«, unterbrach Erik. »Aber normalerweise sind Erwachsene in der Lage, Absicht und Handeln in Einklang zu bringen. Das unterscheidet sie von Kindern.«

Lizzi zeigte mit ihrer Gabel auf Erik, bis sie ihren Bissen heruntergeschluckt hatte. »Sie sind ganz schön hochmütig, was Ihre Meinung über Kinder angeht.«

»Sie drehen mir das Wort im Mund um, und ich werde das Gefühl nicht los, dass Ihnen das Spaß macht.«

Lizzi ließ Eriks Kritik an sich abperlen.

»Was sagen Sie, wenn ich Ihren Angriff einfach ignoriere und Sie stattdessen frage, ob ich statt Kaffee auch Tee zum Frühstück bekommen könnte?«

»Dass Sie sich Ihren Tee selbst machen können!«, gab Erik zurück. »Der Tee steht im Regal neben der Kanne.«

Ein Lächeln legte sich auf Lizzis Gesicht. Sie stützte ihre Ellbogen auf den Tisch und legte ihr Kinn auf den verschränkten Händen ab.

»Bei Ihnen funktioniert das mit dem Einklang von Absicht und Handeln ja geradezu vorbildhaft«, stichelte sie. »Oder haben Sie sich eben vorgenommen, unhöflich zu mir zu sein?« Ihr Lächeln zog sich dabei siegessicher in die Breite.

»Schon gut«, winkte Erik müde ab. »Sie haben gewonnen.«

»Das weiß ich. Dann machen Sie mir jetzt doch einen Tee?«

Überrumpelt starrte Erik sie an, dann stand er auf und füllte ungläubig lachend Wasser in den Kessel. »Ich glaube, ich weiß, vor wem Ihr Vater geflohen ist«, sagte er. »Sie sind unglaublich!«

»Da haben Sie recht. Das hat mein Vater auch immer über mich gesagt«, grinste sie. »Mir schmeckt es übrigens vorzüglich bei Ihnen!«

»Wenigstens etwas, das der Madame zusagt.«

»Ja, aber leider sind wir damit schon wieder am Ende«, sagte Lizzi gedehnt. Sie zog ihr Smartphone aus der Hosentasche, schaltete es ein und hielt es quer über den Tisch vor Eriks Nase.

Erik verstand nicht, was Lizzi von ihm wollte: »Ist das Smartphone nicht das neueste Modell?«

Ungeduldig zog Lizzi ihr Handy zurück. »Sehen Sie nicht? Ich habe keinen Handyempfang!« Sie schenkte Erik einen Blick, der die Ungeheuerlichkeit dieser Feststellung unterstrich.

Erik stand genervt auf und ging zum Gasherd.

»Entschuldigen Sie vielmals, dass ich Ihnen das beim Einchecken nicht gesagt habe. Sie können den fehlenden Service vom Zimmerpreis abziehen. Hoppla – Sie bezahlen ja gar nichts.«

»Sie machen sich lustig.«

»Weil Sie sich wie eine verwöhnte Großstadtgöre benehmen.«

»Ich habe ein Recht auf Empfang«, entrüstete sich Lizzi.

»Genau das meine ich. Dann nutzen Sie doch Ihr Können und beklagen sich beim Gericht statt bei mir.«

»Bin ich froh, wenn ich morgen wieder zu Hause bin und dies alles ein Ende hat«, stöhnte Lizzi.

Mit dem Wasserkessel in der Hand drehte sich Erik irritiert um. »Wie kommen Sie denn darauf?«

»Danke fürs Frühstück. Aber glauben Sie, ich bleibe hier,

bis mein Vater sich bequemt, wieder aufzutauchen? Ich wette, er sitzt irgendwo gemütlich in einer netten kleinen Höhle und wartet in Ruhe ab, bis sich der Sturm gelegt hat und er den Kopf wieder nach draußen strecken kann. Habe ich schon erwähnt, dass mein Vater eine geradezu übernatürliche Geduld besitzt? Er hätte keine Probleme, eine Schnecke für einen Dreihundertfünfundsechzig-Tage-Marathon zu trainieren.«

»So eine Fähigkeit ist bei einer Tochter wie Ihnen überlebenswichtig.«

»Das nehme ich als Kompliment.«

»Wie auch immer: Es ist zu früh, in Ihre Wohnung zurückzukehren. Sie bringen sich in Gefahr. Die warten darauf, dass Sie zurückkehren.«

»Ich muss!«

»Warum? Was ist so wichtig, dass Sie es nicht wenigstens ein paar Tage verschieben können?«

Lizzi legte den Kopf schief und sann nach einer Antwort.

»Morgen ist Montag, ich muss in die Kanzlei. Ist das Grund genug?«

»Ehrlich gesagt: Nein. Ich wette, Ihr Chef ist froh, sich mal von Ihnen zu erholen.«

Lizzi verstummte. Ihr war es ein Rätsel, woher Erik das wissen konnte. Sie öffnete den Mund, um schlagfertig zu antworten, doch sosehr sie nachdachte, ihr fiel kein zweites Argument ein, warum sie so dringend zurück nach Frankfurt musste.

»Okay, wir reden heute Abend noch einmal darüber«, lenkte sie ein. »In der Zwischenzeit würde es mir sehr helfen, wenn Sie mir den Vertrag zeigen, den Sie mit meinem Vater geschlossen haben. Sozusagen als vertrauensbildende Maßnahme.«

»Das kann ich nicht.«

»Sagen Sie nicht, Sie hätten ihn verlegt.«

»Es gibt keinen Vertrag. Wir haben eine mündliche Absprache, mit Handschlag besiegelt.«

»Das soll ich Ihnen glauben? Solche Geschichten höre ich von meinen Mandanten jeden Tag.« Lizzi beugte sich vor. »Mein Vater ist Jurist. Verträge gehören zu ihm wie die Luft zum Atmen!«

»Sie sind die misstrauischste Person, die mir je untergekommen ist. Ich dachte, wir sind über diesen Punkt längst hinaus. Warum sind Sie überhaupt mitgekommen, wenn Sie mir immer noch nicht glauben?«

»Vertrauen ist gut. Kontrolle ist besser. Und außerdem hatte ich nichts zum Frühstücken zu Hause.«

»Das ist natürlich ein Grund«, kommentierte Erik ironisch, während der Wasserkessel zu pfeifen anfing. Er nahm ihn vom Herd und füllte das Wasser in eine Teekanne. Dann signalisierte er Lizzi mit erhobenem Zeigefinger, dass sie warten solle, und verließ die Küche.

»Was ist?«, rief Lizzi ihm hinterher. »Sie fliehen doch nicht etwa vor mir? Kämpfen Sie gefälligst wie ein Mann!«

Erik antwortete nicht. Lizzi zuckte mit den Schultern, nahm sich seelenruhig eine Scheibe Brot aus dem Brotkorb und bestrich sie mit Butter und selbstgemachter Erdbeermarmelade. Als sie gerade abbiss, kam Erik zurück und legte ihr wortlos ein Foto neben den Teller. Neugierig sah Lizzi es sich an.

Ihr Vater und Erik waren darauf zusammen zu sehen, sie saßen am Rande einer Veranstaltung auf einer Bank, hielten die Köpfe nebeneinander und lauschten gleichzeitig an einem

Kopfhörer – jeder von ihnen hielt eine Muschel an sein Ohr. Beide wirkten sehr entspannt und vertraut. Freunde wäre die passende Überschrift für das Foto, dachte Lizzi.

Erik musterte sie aufmerksam. »Können Sie sich immer noch nicht vorstellen, dass wir einen mündlichen Vertrag miteinander haben?«

Verlegen sah Lizzi zu ihm hoch. »Ich dachte, Sie hätten eine reine Arbeitsbeziehung zu meinem Vater.«

»Als Bodyguard kommt man den Kunden sehr nah, man lernt sie ein bisschen kennen, manchmal mehr, als einem lieb ist. Bei Ihrem Vater war das nie ein Problem, ich kann ihn gut leiden und er mich auch.«

»Das sieht man.«

»So wie Sie das sagen, klingt es, als hätten Sie etwas dagegen.«

»Das stimmt nicht«, antwortete Lizzi, obwohl sie wusste, dass es nicht die volle Wahrheit war. Das Foto hatte ihr tatsächlich einen Stich versetzt. Ob es daran lag, dass Erik die Gunst ihres Vaters anscheinend mühelos gewonnen hatte? Sie dagegen hatte immer das Gefühl, alles geben müssen, um das Interesse ihres Vaters auf sich zu ziehen. Sogar Jura hatte sie studiert, um ihn zu beeindrucken, obwohl Rechtsnormen und Gesetzestexte sie nie besonders interessiert hatten. Doch ihre grandiose Idee, irgendwann in einer gemeinsamen Kanzlei zusammenzuarbeiten, hatte ihr Vater nie aufgegriffen. Er hatte eigene Pläne, und in denen kam sie nicht vor.

»Von wann ist das Bild?«

Erik sah sie einen Moment lang forschend an, bevor er antwortete.

»Das interessiert Sie doch gar nicht.«

»Stimmt«, antwortete sie ertappt. »Was schert mich, wen mein Vater mag und wem er vertraut.« Sie wandte den Kopf ab, fest entschlossen zu schweigen. Doch dann platzte es aus ihr heraus. »Ich wette, er hat mit Ihnen über seine Arbeit geredet.«

»Manchmal.«

»Und er hat Sie nach Ihrer Meinung gefragt, richtig?«

»Das kam vor, ja.«

Lizzi warf ärgerlich das Foto auf den Küchentisch. »Ich bin Juristin, genau wie er. Glauben Sie, er hätte je mit mir über einen seiner Fälle diskutiert oder mich um Rat gefragt?«

»Hätte er das tun sollen?«

»Unter Kollegen tut man das.«

»Er ist Ihr Vater.«

»Das ist es ja. Mir gibt er andauernd Ratschläge. Sie wissen schon: diese Ich-bin-dein-Vater-und-habe-jede-Menge-mehr-Erfahrung-Ratschläge.«

»Das heißt nicht, dass er Sie als Juristin nicht schätzt.«

»Was denn sonst?«

»Dass er Sie aus seinem Berufsleben heraushalten will. Aus einem Grund, den Sie nicht kennen und anscheinend auch nicht erfahren sollen.«

»Ist das nicht ein und dasselbe?«

Erik schüttelte den Kopf. »Ihr Vater hält große Stücke auf Sie.«

»Sie müssen mir nicht schmeicheln.«

»Dafür werde ich auch nicht bezahlt. Es ist trotzdem wahr, ob Sie es hören wollen oder nicht.«

Mit ernstem Blick fixierte Lizzi Erik. »Sagen Sie mir die Wahrheit: Wissen Sie etwas über sein Geheimnis und dürfen es mir nur nicht verraten?«

»Nein.« Erik hob die Hand wie zum Schwur, um seine Worte zu bekräftigen. »Können wir das Thema endlich abhaken?«

Lizzi nickte wenig begeistert.

»Gut«, Erik klatschte in die Hände, »dann bekommen Sie nach dem Frühstück eine exklusive Führung über den Hof von mir. Das wird Ihre Laune heben.«

»Wenn Sie da mal nicht schiefliegen.«

Erik grinste. »Sie werden sehen! Sie müssen einfach nur abschalten, den ganzen Sonntag lang mal nichts tun. Trauen Sie sich das zu?«

Statt einer Antwort rollte Lizzi mit den Augen. »Können wir es gleich hinter uns bringen?«

Eriks Antwort war die Teekanne, die er vor Lizzi hinstellte.

»Ich habe mir so viel Mühe mit dem Tee gemacht, jetzt trinken Sie erst einmal. Danach geht alles wie von selbst.«

Ergeben füllte Lizzi ihren Becher. Der vielversprechend heiße Dampf, der ihr aus dem Gefäß entgegenschlug, erinnerte sie daran, wie gut ihr Tee tat, nicht nur am Morgen, sondern in allen Lebenslagen. Wieso war sie nicht selbst darauf gekommen? Während sie andächtig einen Schluck nahm, beschloss sie, Erik für seine Beharrlichkeit einen Punkt gutzuschreiben, was ihre Meinung über ihn betraf. Er hatte es dringend nötig.

Und ausnahmsweise auch verdient.

8

»Sie leben hier tatsächlich?«

Entgeistert sah Erik sie an. »Ist die Frage ernst gemeint?«

Nachdem Lizzi ihren Tee und er seinen Kaffee getrunken und beide gemeinsam den Tisch abgeräumt hatten, waren sie nach draußen gegangen. Jetzt standen sie auf dem Hof der kleinen Anlage, auf dem Erik in der Nacht seinen Wagen abgestellt hatte. Neugierig sah Lizzi sich um. Das Fachwerkhäuschen mit den angrenzenden Gebäuden sah bei Tag kleiner aus als in der Nacht, aber zugleich auch freundlicher. Zur linken Hand schmiegte sich eine Scheune an die Fassade, von der wiederum eine Art Schuppen abging, sodass der Hof auf zwei Seiten begrenzt war. Ein dichtes Grün aus Hecken und Büschen umrandete die beiden anderen Seiten, mit Ausnahme der von steinernen Pfosten gesäumten Einfahrt. Ein gemauerter Brunnen stand malerisch in der Mitte des Hofes, und die Blüten der Rosensträucher, die sich am Hauptgebäude hochwanden, leuchteten märchenhaft üppig im Sonnenschein.

»Sagen wir so: Einen Personenschützer würde ich hier nicht vermuten.«

»Was würde denn besser zu meinem Beruf passen?«

»Cool und städtisch. Oder technisch und modern. Smarter. Nicht so …«

»… lauschig?«, half Erik ihr auf die Sprünge.

»Man könnte auch idyllisch sagen.«

»Sie haben mich erwischt«, antwortete Erik gespielt geknickt. »Ich habe mir das Haus heute Nacht von einem Freund geliehen, um Ihnen zu imponieren.«

»Sie sind doch hoffentlich nicht eingeschnappt, nur weil ich gerade Ihr ganzes Leben in Frage stelle?«

»Bei Ihnen bin ich das gewohnt. Das härtet ab.«

»Gut zu hören. Dann besteht ja noch Hoffnung.«

»Wofür?«

»Dass Sie einsehen, dass ich zurück nach Frankfurt muss.«

»Na klar. Sie halten die Idylle nicht aus. Und die Sicherheit. Sondern lassen sich lieber in Ihrer Wohnung überfallen.«

Lizzi beschloss, den vorwurfsvollen Unterton in seiner Stimme zu überhören.

»Nennen Sie mir einen Grund, warum ich hierbleiben soll.« Herausfordernd sah sie Erik an. »Außer Idylle und Sicherheit«, ergänzte sie eilig.

Erik blickte sie verdutzt an. Er dachte kurz nach, dann bedeutete er ihr, ihm zu folgen. »Hier entlang.« Er durchquerte mit Lizzi den Hof und führte sie um das Haupthaus herum zu einer langen Hecke, die er durch eine Öffnung passierte. Sie standen in dem Garten, der die gesamte Rückseite des Hauses einnahm und den sich Lizzi bereits am Morgen von ihrem Zimmer aus angesehen hatte, nur sah sie ihn dieses Mal von einer anderen, seitlichen Position.

»Das ist der Garten.«

»Den kenne ich schon.« Lizzi zeigte mit ausgestrecktem Arm auf das Haus. »Da hinten habe ich geschlafen.«

»Sie haben eine gute Orientierung.«

»Wieso auch nicht?«, wollte Lizzi wissen. »Sie gehören doch

hoffentlich nicht zu den Männern, die behaupten, Frauen würden immer im Kreis gehen.«

»Niemals!«

»Sie sind ein kluger Mann!«

Erik tat erstaunt. »Das aus Ihrem Mund zu hören! Ich bin überwältigt.«

Lizzi ersparte ihm großmütig eine Antwort. Stattdessen sah sie sich suchend um. »Was wollen Sie mir denn Großartiges zeigen?«

Erik ging weiter, ohne ihr zu antworten.

Lizzi folgte ihm in die Tiefe des Gartens, der von einem Dickicht aus Büschen und Bäumen umschlossen war. Erst als sie am Ende angelangt waren, sah Lizzi, dass sich das Gebüsch im hinteren Drittel des Gartens wieder öffnete. Nur durch ein paar auf dem Boden liegende Steine vom Garten getrennt schloss sich nahtlos eine große Weide an. Eine verwitterte Holzbank stand unter knorrigen Obstbäumen und war so platziert, dass man beim Sitzen über die leicht hügelige Ebene schauen konnte.

Erik wartete am Grundstücksrand, er blickte mit zusammengekniffenen Augen in die Ferne. »Wenn die Sonne untergeht, hat man von hier aus einen herrlichen Panoramablick.«

Lizzi setzte sich auf die Bank, schloss die Augen und atmete tief ein. Sie hörte Vögel zwitschern und aus der Ferne leise die Autos, die auf der Landstraße vorbeifuhren.

»Ich glaube, das mit dem Panoramablick haben Sie falsch verstanden«, hörte sie Erik sagen.

Lizzi öffnet die Augen wieder. »Ohne das innere Panorama ist für mich ein Bild nicht komplett. Töne und Geruch gehören dazu.«

Erik lächelte sie an.

Lizzi runzelte die Stirn. »Hätte ich ja wissen müssen, dass Sie sich darüber lustig machen«, beschwerte sie sich.

»Ich mach mich nicht lustig über Sie.«

»Warum haben Sie mich dann eben belächelt?«

»Tut mir leid, dass mein Lächeln bei Ihnen so falsch ankommt. Ihr Gedanke hat mir gefallen.«

Mit diesen Worten setzte sich Erik zu Lizzi auf die Bank, wandte sich der Weide zu und lehnte sich zurück. Lizzi zog die Augenbrauen misstrauisch hoch und beobachtete Erik dabei, wie er die Augen schloss. Ein paar Sekunden war es still, nur das Vogelgezwitscher war zu hören, diesmal von den entfernten Motorengeräuschen eines Flugzeugs untermalt, das Richtung Frankfurt flog, dann kläffte ein Hund. Plötzlich öffnete Erik die Augen wieder und ließ seinen Blick über die Ebene gleiten.

»Sie haben recht«, gab er beeindruckt zu. »Seit sieben Jahren ist das mein Lieblingsplatz, ich kenne die Aussicht, ich habe hier schon zu jeder Tageszeit gesessen und bei jedem Wetter, und da kommen Sie, und ich erlebe die Welt auf einmal neu.«

»Sie müssen sich nicht zurückhalten mit Ihrem Lob«, antwortete Lizzi grinsend.

»Wenn Sie weiter so bescheiden sind, nehme ich mein Lob noch zurück.«

»Wir kommen uns in der Mitte entgegen«, schlug Lizzi vor. »Nehmen Sie meine Inspiration als Anzahlung für Ihren Einsatz … Da fällt mir ein, mein Vater bezahlt Sie ja schon.«

Jetzt grinste Erik über beide Ohren. »Sie tricksen. Sie werden mir trotzdem kein Wort zu meinem Honorar entlocken.«

»Eine Zahl würde mir schon reichen. Kommen Sie schon, geben Sie sich einen Ruck!«

Freundlich, aber bestimmt schüttelte Erik den Kopf.

»Was soll's. Auf jeden Fall war es einen Versuch wert. Irgendwann habe ich Sie so weit, und Sie werden sehen, Sie merken es nicht einmal.«

»Wieso sind Sie so scharf darauf zu erfahren, wie hoch mein Honorar ist?«

»Als einzige Tochter möchte man gerne wissen, wie viele Kamele man dem Vater wert ist, wenn er einen an einen fremden Mann verscherbelt.«

»Ich soll Sie nur beschützen, nicht heiraten.«

»Kommt das nicht auf dasselbe heraus? Im Moment sitze ich an einem Ort, an dem ich nicht sein will, mit einem Mann, den ich mir nicht ausgesucht habe, der aber will, dass ich bei ihm bleibe. Habe ich das korrekt wiedergegeben?«

»Ich liebe Ihre Direktheit.«

»Da sind Sie aber der Einzige, den ich kenne, der das offen zugibt.«

»Mmh. Bei Ihnen weiß ich nie, ob in Ihrem Lob nicht doch nur eine mit Schleife verpackte Kritik steckt.«

»Na bitte, da hätten wir doch endlich eine Gemeinsamkeit. Mir geht es nämlich genauso bei Ihnen. Ein Hoch auf meinen weitblickenden Vater, der das schon vor uns geahnt hat!«

Erik musste lachen. »Und? Bleiben Sie hier?«

»Weil ich in die Ferne sehen kann?« Tatendurstig sprang Lizzi von der Bank auf. »Das kann doch nicht alles gewesen sein. Na los, es muss hier doch was Aufregendes geben. Eine Überraschung. Irgendwas, das mich umhaut.«

Erik seufzte, während er aufstand und zurück in den Garten ging.

»Hey, Sie werden doch jetzt keinen Rückzieher machen!«

Lizzi schloss rasch zu Erik auf, der schon an der Wasserpumpe vorbei durch den halben Garten hindurch zum anderen Ende des Hauses gegangen war. Als er am Gewächshaus vorbeischritt, drehte er sich im Gehen zu ihr um. »Dort drin ziehe ich Paprika, Tomaten, Salat und Auberginen. Die Erdbeeren, die Sie heute Morgen als Marmelade gegessen haben, wachsen auch hier. Wäre das ein Grund?«

»Mehr haben Sie nicht zu bieten?«, antwortete Lizzi mit Anflug eines schlechten Gewissens, denn das Frühstück war wirklich hervorragend gewesen.

»Wie wär's damit?«, entgegnete Erik statt einer Antwort und öffnete das Tor der Scheune.

Neugierig trat Lizzi ein. Es dauerte einen Moment, bis sie etwas erkennen konnte, ihre Augen mussten sich nach der hochstehenden Sonne erst an das schattige Dämmerlicht im Inneren des Schuppens gewöhnen. Sie hatte einen Stall mit Heu und Tieren erwartet, stattdessen standen eine große Tischlerwerkbank darin und einige alte Möbelstücke, die darauf warteten, restauriert zu werden. Hinter der Bank reckte sich ein verziertes Küchenregal in die Höhe, auf dem ein staubiges Röhrenradio stand und an dessen Seitenwand Werkzeuge hingen.

»Soll das die Überraschung sein?«, fragte Lizzi enttäuscht.

»Was hatten Sie erwartet?«

»Ein Geheimnis, das Sie für mich lüften, um mich bei Laune zu halten, irgendetwas Verbotenes. Ein SM-Studio wäre das Mindeste gewesen.«

Ratlos kratzte sich Erik am Kopf. »Puh, Sie sind eine harte Nuss. Was ist hiermit?« Er griff nach einem Schutzumhang, der auf der Werkbank lag, und breitete ihn in der Luft aus.

Pardon, ich bin ein Frosch, stand in grünen Lettern darauf. »Sieht der verboten genug aus?«

»Tut mir leid, geben Sie sich keine Mühe, Sie sind der bodenständigste Bodyguard, den ich kenne.« Sie blieb vor Erik stehen: »Jetzt verraten Sie schon: Wo sind die Tiere?«

»Welche Tiere?«, fragte Erik.

»Sie wissen schon, diese Vierbeiner, die Milch oder Wolle mit sich herumtragen und die man hauptsächlich auf dem Lande antrifft.«

Bedauernd hob Erik seine Arme. »Ich bin Bodyguard, kein Bauer.«

»Sie enttäuschen mich.« Lizzi verzog schmollend den Mund. »Wie wollen Sie mich jetzt noch an diesem Ort halten, wenn es hier nicht mal ein paar Tiere gibt?«

Erik lächelte nur und gab ihr mit den Fingern ein Zeichen mitzukommen. Erstaunt folgte ihm Lizzi nach draußen zu einem Verschlag rechts neben dem Schuppen, den sie vom Hof aus nicht wahrgenommen hatte. Als Lizzi das Gehege sah, das an der Stirnseite des Verschlags angebracht war und mit ihm durch eine kleine Öffnung verbunden war, wurde ihr klar, dass Erik doch Tiere hielt.

»Wieso haben Sie mich angeschwindelt?«

»Habe ich nicht.«

»Sie haben gesagt, Sie hätten keine Tiere auf Ihrem Hof.«

»Keine Milch oder Wolle spendenden Tiere«, widersprach Erik.

»Sie nehmen es wohl immer ganz genau.«

»Wer von uns beiden ist hier die Juristin?«

»Eins zu null für Sie. Aber nur weil ich nach Ihrem Frühstück äußerst gnädig mit Ihnen bin«, räumte Lizzi ein und wies mit dem Kopf zur Öffnung in dem Verschlag. »Dass hier keine Kühe oder Schafe durchpassen, sehe ich selbst. Aber ein Hahn? Enten? Katzen? Schildkröten?«

»Gehen Sie rein und finden Sie es heraus«, forderte Erik sie auf.

Lizzi ließ sich das nicht zweimal sagen, neugierig betrat sie den Verschlag durch die offen stehende Tür. Über ihr Gesicht zog ein Lächeln, als sie einen Blick in die beiden Gehege warf.

»Meerschweinchen!«

»Sie sehen nur so aus. Es sind Zwergkaninchen«, korrigierte Erik.

»Das ist tatsächlich eine Überraschung«, gab Lizzi zu und beugte sich über das Gehege, in dem einige junge Kaninchen spielten, während sich zwei größere Exemplare, die wahrscheinlich die Eltern waren, im anderen Teil aufhielten.

»Die sehen ja niedlich aus.«

»Welches gefällt Ihnen am besten?«

»Alle.«

»Gucken Sie genau hin, die sind ganz unterschiedlich.«

Lizzi sah sich die kleinen Tiere an. »Mmh. Das da ist besonders.« Sie zeigte auf das Kaninchen mit dem struppigsten Fell von allen.

»Hätte ich mir ja denken können«, grinste Erik. »Der ist eine tierische Ausgabe von Ihnen.«

»Äußerlich oder innerlich?«

»Ich schweige lieber. Selbstschutz.«

»Keine Angst, ich bin gerade ganz zahm«, antwortete Lizzi. »Darf ich den Kleinen mal auf den Arm nehmen?«

»Ja. Aber lassen Sie ihn vorher an Ihrer Hand schnuppern und streicheln Sie ihn, damit er sich an Sie gewöhnt.«

»Ich weiß. Ich habe als Kind viel Zeit mit Tieren verbracht«, antwortete Lizzi, während sie seine Anleitung befolgte und ihre Hand in das Gehege hielt. »Meine Mutter hatte eine Schaffarm, ich war in jeder freien Minute draußen bei den Tieren und habe die Kötel gezählt, weil sie mir gesagt hat, es seien unendlich viele. Ich wollte wissen, was unendlich heißt.«

»Klingt nach einer glücklichen Kindheit.«

Lizzi zögerte. »Ja«, antwortete sie verhalten lächelnd, ohne zu verraten, was sich hinter dem Schutz ihres Lächelns verbarg: nämlich das Wissen, dass diese glückliche Kindheit ein abruptes Ende gefunden hatte. Wäre es leichter zu ertragen gewesen, wenn sie vorher weniger glücklich gewesen wäre? Diese Frage hatte sie nie beantworten können, und sie hatte sich auch geweigert, mit dem Psychologen darüber zu sprechen, zu dem sie nach dem Tod ihrer Mutter hatte gehen müssen. Denn insgeheim hatte sie immer Angst davor gehabt, wie die Antwort wohl lautete.

Erik stützte sich mit den Unterarmen auf den Zaun des Geheges und sah Lizzi dabei zu, wie sie Kontakt mit dem Zwergkaninchen aufnahm. Was in ihr vorging, bemerkte er nicht.

»Und jetzt nehmen Sie das Kaninchen vorsichtig hoch, mit einer Hand unter der Brust und mit der anderen unter dem Hintern. Am besten legen Sie es in Ihre Armbeuge und halten es mit der anderen Hand fest, damit es nicht runterfällt.«

Lizzi tat es und schmolz augenblicklich dahin, als sie das kleine warme Knäuel auf ihrem Arm hielt. Aufgeregt beschnupperte das Kaninchen ihren Arm. Das zottelige Fell war so lang, dass Lizzi kaum die Augen sehen konnte. Sanft streichelte sie dem Tier über den Rücken, um es zu beruhigen.

»Was denkst du gerade, Kleiner?«, fragte sie ihn.

Erik schmunzelte. »Solange Sie nicht seine Sprache lernen, werden Sie wohl nie eine Antwort auf Ihre Frage bekommen.«

Lizzi lächelte abgründig, dann wandte sie dem Kaninchen ihr Ohr zu und tat so, als ob sie ihm lauschte.

»Das sagen Sie«, antwortet Lizzi, nachdem sie sich wieder aufgerichtet hatte. »Für mich war das eben sehr aufschlussreich. Er möchte unbedingt sehr viel mehr Aufmerksamkeit bekommen. Wie heißt er denn?«

»Er hat noch keinen Namen.«

»Was? Sie sind ein Rabenvater!«

Erik sah sie an, für einen Moment ernst. »Wenn man eine Bindung zu seinen Tieren eingeht, fällt es schwerer, Abschied zu nehmen.«

»Falls das auch Ihre private Lebenseinstellung ist: Herzliches Beileid für Ihre Freundin oder in was auch immer für einer Beziehung Sie leben.«

»Ich kann Sie beruhigen. Das gilt nur für die Zwergkaninchen.«

»Mein Geheimtipp: Behalten Sie einfach alle, dann haben Sie das Problem nicht.«

»Das ist unmöglich. Wissen Sie, wie viele Junge ein Muttertier in einem Jahr wirft?«

»Sie meinen, ob ich von dem regen Sexleben Ihrer Kuscheltierchen weiß? Ja, die frohe Botschaft ist bis nach Frankfurt gedrungen.« Lizzi versuchte, dem Kaninchen auf ihrem Arm in die Augen zu sehen, was nicht einfach war. »Ich nenne ihn Karotte.«

»Wegen seines Fells?«

»Weil er so frech aussieht.«

»Passt«, sagte Erik, als von draußen Motorengeräusche zu hören waren, die sich näherten, dann knirschten Autoreifen, ein Wagen fuhr auf den Hof. Kurz darauf klappte eine Autotür.

»Ich komme gleich wieder«, sagte Erik zu Lizzi und verließ den Verschlag.

Lizzi hörte Erik mit einem Mann reden, der ihm offensichtlich etwas vorbeibrachte. Sie duzten sich. Lizzi konnte sich nicht erinnern, wann sie zuletzt spontan Besuch bekommen hatte. In Frankfurt käme niemand auf die Idee, durch die halbe Stadt zu fahren, nur um am Ende Gefahr zu laufen, vor einer verschlossenen Tür zu stehen. So etwas gab es wohl nur auf dem Dorf.

Vorsichtig, ohne das schnuppernde Kaninchen aus den Augen zu lassen, zog Lizzi ihr Handy aus der Hosentasche und blickte kurz auf das Display. Genervt erkannte sie, dass sie noch immer keinen Empfang hatte.

Das Kaninchen begann unruhig zu werden, und versuchte, aus ihrer Armbeuge herauszuklettern. Behutsam hob Lizzi Karotte zurück ins Gehege, wo er sofort in einer Ecke verschwand. Lizzi zwinkerte den Tieren zu, bevor sie ebenfalls nach draußen ging.

Eriks Besucher war ein hemdsärmeliger Typ mit einer ausgeprägten Nase. Als er Lizzi herauskommen sah, unterbrach er das Gespräch.

»Du hast Besuch. Dann will ich euch nicht länger stören.«

»Das macht nichts«, sagte Erik und stellte beide mit einer Handbewegung einander vor: »Lizzi – Michael. Michael ist mein Nachbar, er ist Gemüsebauer und hat mir meine Wochenration Grünzeug gebracht.«

Erst jetzt fiel Lizzi die Kunststoffkiste auf, die neben Michael stand, gefüllt mit frischem Kohlrabi, einer Handvoll Zucchini, Lauchzwiebeln und einem großen Bündel Mangold, auf dessen Blättern Wassertröpfchen glitzerten.

»Lizzi kommt aus Frankfurt und bleibt für ein paar Tage hier, um in unserem wunderschönen Ort ein bisschen auszuspannen«, fuhr Erik fort.

»Ein paar Tage?« Lizzi warf Erik einen skeptischen Blick zu, bevor sie sich dem Besucher zuwandte. »Erik neigt zu Übertreibungen, Sie kennen ihn ja.«

»Nein, nein, wenn Sie sich erholen wollen, sind Sie hier genau richtig«, sagte der Gemüsebauer überzeugt, während er Lizzi die Hand reichte. »Holfingen ist der schönste Ort im ganzen Taunus und hat die nettesten Einwohner von ganz Hessen. Ein paar Deppen gibt es überall, aber die kann man an zwei Händen abzählen.«

»Sie meinen die Mutantenhände mit den besonders vielen Fingern.«

»Genau«, lachte Michael. »Sehen Sie, Sie gehören schon fast hierher.«

»Sagen Sie, Michael, haben Sie was dagegen, mich in die Stadt mitzunehmen … ich meine, ins Dorfzentrum? Oder ist das ein Umweg für Sie?«

Erik sah Lizzi überrumpelt von der Seite an. »Warum haben Sie nicht gesagt, dass Sie mehr von hier sehen wollen? Ich zeige Ihnen alles.«

»Keine Sorge, ich spann dir deine Dame schon nicht aus«, warf Michael ein und lächelte.

Lizzi wusste, dass das Eriks geringste Sorge war. »Ich meide alle dunklen und zwielichtigen Ecken«, versicherte sie.

»Zwielichtige Ecken? In Holfingen?« Michael war bestürzt. »Wir sind hier nicht im Frankfurter Bahnhofsviertel. Die Leute schließen nicht mal ihre Häuser ab, wenn sie einkaufen gehen.«

Erik nickte zögernd. »Okay. Aber bleiben Sie in der Nähe. Und machen Sie keinen Unsinn.«

»Versprochen.«

9

Lizzi kletterte auf den Beifahrersitz des Wagens, während Michael sich hinters Lenkrad setzte und zum Abschied die Hand hob, bevor er die Tür schloss. Lizzi sah im Rückspiegel, dass Erik ihnen hinterherblickte, als sie den Hof Richtung Straße verließen.

»Was haben Sie mit ihm angestellt?«, wollte Michael wissen, kaum dass sie losgefahren waren. »Erik ist doch nicht etwa eifersüchtig?«

Lizzi musste lachen.

»Er ist nicht mein Freund, wenn Sie das wissen wollen. Unsere Beziehung ist eher zweckmäßig.«

»Zweckmäßig, aha«, wiederholte Michael und runzelte die Stirn. »Ich verstehe kein Wort.«

»Sagen wir: Wir haben einen gemeinsamen Nenner. Meinen Vater.«

»Sie sind Halbgeschwister?«, rief Michael verblüfft und schlug mit der flachen Hand aufs Lenkrad. »Das gibt's doch nicht, der Kerl hat kein Wort davon erzählt. Warum in aller Welt siezen Sie sich dann?«

»Wir sind keine Geschwister!«, stellte Lizzi klar und entschied sich, nahe bei der Wahrheit zu bleiben. »Erik arbeitet ab und zu für meinen Vater und hat mich auf seinen Hof eingeladen.«

Michael grinste. »Dann ist ja noch alles möglich.« Er hob mahnend den Finger. »Also, wenn Sie mich fragen: Der Erik ist 'ne gute Partie. Wenn ich eine Frau wäre, würde ich mir den angeln, solange er noch zu haben ist.«

Lizzi musste lachen. »Wollen Sie uns verkuppeln?«

»Nein. Das meine ich ganz theoretisch.«

»Ich danke Ihnen für den Tipp. Theoretisch.«

»Gern geschehen. So, wir sind da.«

Michael hielt am Straßenrand, Lizzi sah ihn erstaunt an. »Schon? Wir sind doch gerade erst losgefahren.«

»Es waren ja auch nur eineinhalb Kilometer.«

»Da hätte ich ja auch zu Fuß gehen können.«

»Klar, aber dann hätten wir nicht so nett miteinander geplaudert. Da vorne«, er zeigte mit dem Finger in nördlicher Richtung durch die Windschutzscheibe, wo sich eine kleine Kirche über die Dächer erhob, »ist der Marktplatz. Mittiger geht's nicht mehr. Sie können sich nicht verlaufen.«

»Danke fürs Mitnehmen«, sagte Lizzi.

»Einen schönen Tag noch. Viel Spaß in unserem Dorf.«

Lizzi lächelte zum Abschied und wartete, bis Michael losfuhr, dann holte sie ihr Handy hervor. Das Display signalisierte noch immer keinen Empfang. Sie seufzte. Wenn es irgendwo in diesem Ort einen Funkmast geben sollte, dann hier im Zentrum, dachte sie und hob ihr Handy in die Höhe. Wie eine Wünschelrute trug sie es vor sich her, während sie kreuz und quer durch die Straßen lief, die Augen pausenlos aufs Display gerichtet.

»Was machen Sie da?«, hörte sie eine Stimme.

Lizzi blickte auf. Vor ihr stand ein schlaksiger Junge mit seinem Fahrrad, der ihr mit schiefgelegtem Kopf zuschaute.

Sie schätzte ihn auf zwölf oder dreizehn Jahre, doch so genau konnte sie das bei Jungen im Teenageralter nie sagen, solange sie nicht die Geburtsurkunde gesehen hatte. Sie war da schon einige Male ins Fettnäpfchen getreten.

»Ich suche Empfang für mein Handy. In diesem blöden Dorf scheint's keinen zu geben.«

»Doch. Im Eisladen, in den Toiletten im ersten Stock. Aber die haben Ferien.«

Lizzi spitzte die Ohren. »Aha. Noch eine andere Idee?«

»Auf der Terrasse im Garten vom italienischen Restaurant. Aber das hat nur abends auf.«

Lizzi atmete hörbar aus, ihr fiel es schwer, ruhig zu bleiben. »Gibt es irgendeinen Ort in diesem Kaff, der jetzt ausnahmsweise nicht geschlossen ist und an dem man telefonieren kann?«

Der Junge starrte sie an.

»War nicht so gemeint, das mit dem Kaff. Ist wirklich nett hier. Nur ein bisschen …« Lizzi stockte.

»… stinklangweilig«, ergänzte der Junge. »Das sagt mein Bruder immer.«

»Dann wollen wir ihm nicht widersprechen«, antwortete Lizzi. »Also, hast du eine Idee? Wo gibt es Handyempfang?«

Der Junge zögerte.

»Jetzt sag schon«, bohrte Lizzi nach. »Du weißt doch was.«

Der Junge sah sich um, als wolle er überprüfen, dass niemand sie belauschte. Dann beugte er sich etwas vor. »Auf dem Friedhof«, raunte er. »Wenn man den Hügel hochgeht und auf die hintere Friedhofsmauer klettert.« Er zeigte in die Richtung, in der das weiße Kirchenschiff zwischen den Bäumen hervorlugte. Der Turm daneben war von einem Baugerüst umgeben. »Da oben hat man oft Glück.«

Lizzis Gesicht hellte sich auf. »Das macht die Nähe zu Gott«, witzelte sie.

Der Junge guckte sie nervös an. »Aber verraten Sie meinen Eltern auf keinen Fall, dass ich da hochgeklettert bin.«

»Abgesehen davon, dass ich deine Eltern gar nicht kenne: Ich weiß von nichts!« Lizzi hielt ihre freie Hand zum Schwur hoch.

Erleichtert stieg der Junge in die Pedale, winkte ihr noch einmal zu und fuhr davon.

»Man muss nur die richtigen Leute kennenlernen«, sagte Lizzi grinsend zu sich selbst, dann steckte sie ihr Handy ein und ging in die Richtung, in die der Junge sie verwiesen hatte.

Nachdem ihr Handydisplay nicht mehr ihre Aufmerksamkeit forderte, bemerkte Lizzi erstaunt, wie verboten gemütlich das Dorf aussah. Sie hatte nicht geahnt, wie nett es in der Pampa sein konnte. Die Straßen am Fuß des Kirchhügels waren sanft geschwungen, mit liebevoll restaurierten Fachwerkhäusern, die sich eng aneinanderschmiegten und ab und zu schmale Durchgänge frei ließen, durch die Gärten mit Obstbäumen in der Sonne leuchteten. Ein Bach plätscherte unter einer mit einem schmiedeeisernen Gitter verzierten Brücke hindurch, üppig bepflanzte Blumenkübel vor den Eingängen der Häuser vervollständigten die Idylle.

Nur wenigen Menschen waren zu dieser Uhrzeit unterwegs, wahrscheinlich, dachte Lizzi, war gerade Mittagessen angesagt oder Mittagsschlaf. Ganz klar, hier tickten die Uhren anders als in Frankfurt, wo die Straßen in den angesagten Vierteln zu jeder Tageszeit knallvoll waren und man in den Cafés auch noch am Nachmittag ein Frühstück bekam. Ganz zu schweigen von dem stetigen Lärmpegel in der Großstadt, der lediglich nachts zwischen zwei und fünf Uhr etwas abnahm. Hier, in Holfingen, war das Vogelgezwitscher das Einzige, was zu hören war, abgesehen von ihren Schritten auf den Pflastersteinen der Straße.

Fünf Minuten später hatte Lizzi den Friedhof erreicht. Sie schob das knarrende Tor auf und lief zwischen den Gräbern den Hügel hinauf, den die schneeweiße Kirche wie ein Sahnehäubchen krönte.

Zielstrebig ging Lizzi zur Mauer, um nach der Stelle zu suchen, von der der Junge gesprochen hatte. Wie ein weißes Band schlängelte sich die etwa zwei Meter hohe Einfassung des Friedhofes um den Hügel herum. Da Lizzi wenig Lust verspürte, auf gut Glück den Aufstieg zu wagen und anschließend die Mauerkrone wie eine Katze abzulaufen, bis sie Handyempfang hatte, ging sie unten entlang und hielt dabei ihr Smartphone in die Höhe, stets so, dass sie einen Blick aufs Display werfen konnte. Tatsächlich erschien ein Balken, als sie sich direkt hinter der Kirche befand, aber nur um in der nächsten Sekunde wieder zu verschwinden. Es war die einzige Stelle, an der sich die Anzeige auf ihrem Display rührte.

Lizzi erkannte, dass sie keine Wahl hatte. Wenn sie herausfinden wollte, ob der Junge recht hatte, musste sie wohl oder übel das tun, was er verbotenerweise getan hatte. Sie musste hinauf.

Sie suchte nach Vorsprüngen, an denen sie sich nach oben hangeln konnte, wurde aber nicht fündig. Lizzi seufzte. Sie brauchte irgendeine Aufstiegshilfe: einen Stuhl, eine Gartenleiter, eine hydraulische Arbeitsbühne, die zufälligerweise bereitstand, um sie mit sanftem Surren hochzuheben, das wäre doch nicht zu viel verlangt.

Ein knirschendes Geräusch ließ sie aufhorchen. Ein junger Mann, der eine Palette mit Vergissmeinnicht trug, und eine alte Frau mit einer Gießkanne in der Hand näherten sich auf dem Kiesweg der Kirche, höchstwahrscheinlich Oma und Enkel auf Friedhofsbesuch. Lizzi ging beherzt auf die beiden zu.

»Schönen guten Tag! Haben Sie eine Idee, wie ich auf die Mauer komme?« Sie schenkte den beiden ein strahlendes Lächeln. »Ich habe gehört, da oben gibt es Handyempfang.«

Die beiden grinsten sich an, anscheinend war Lizzi nicht die Erste, die ihnen diese Frage gestellt hatte. Zumindest wirkten sie nicht verwundert über ihr Ansinnen.

»Ja, mit dem Empfang steht es schlecht hier im Dorf«, sagte der junge Mann. »Ich könnte eine Trittleiter von zu Hause holen. Dauert nur ein paar Minuten.«

»Ach geh!« Die alte Dame knuffte ihren Enkel in die Seite. »So etwas haben wir früher auch nicht gebraucht, wenn wir auf den Kirschbaum vom Nachbarn wollten. Da haben wir uns gegenseitig geholfen.« Sie verschränkte demonstrativ ihre Hände ineinander, die Handflächen nach oben gedreht.

»Du meinst, ich soll eine Räuberleiter machen?«

»Wenn ich es mache, kommt die junge Frau nicht sehr hoch«, antwortete die Oma trocken.

Lizzi beäugte misstrauisch die dünnen Ärmchen des jungen Mannes, doch sie lächelte tapfer weiter. »Das wäre klasse, wenn Sie das versuchen würden.«

Der Enkel beeilte sich, die Palette abzustellen, und ging mit Lizzi an ein freies Mauerstück, wo er seine Hände zum Steigeisen verschränkte.

»Danke, das ist sehr nett von Ihnen«, sagte Lizzi, während sie ihren Fuß in seine Hände setzte und sich an einem vorstehenden Stein hochzog. Der junge Mann gab Lizzi noch einen kleinen Schubser von unten, dann war sie oben.

»Ich revanchiere mich das nächste Mal, wenn Sie hier rauf wollen.«

»Danke. Ich gehe lieber zum Italiener. Da treffen sich abends alle.«

»Ist sicher netter als auf dem Klo im Eisladen«, entgegnete Lizzi.

Der junge Mann antwortete nicht, er klopfte sich nur irritiert lächelnd die Hände ab und nahm die Palette wieder auf.

»Dann viel Spaß da oben.« Die alte Dame winkte ihr noch einmal zu. »Ich muss in meinem Alter da nicht mehr rauf.« Sie zeigte mit dem Zeigefinger in den Himmel. »Für mich geht's nur noch dorthin.«

»Lassen Sie sich damit Zeit«, antwortete Lizzi. »Nicht dass es Ihnen da oben nicht gefällt.«

»Das weiß man immer erst hinterher«, antwortete die alte Dame und zog mit ihrem Enkel weiter Richtung Friedhof.

Lizzi schwang ein Bein rittlings über die Mauerkrone und suchte sich eine bequeme Stelle zwischen den Efeuranken. Zum wiederholten Mal an diesem Tag nahm sie ihr Telefon und schaute erwartungsvoll, ob sich die Mühe gelohnt hatte. Tatsächlich war der Empfang hier oben besser – nicht zu glauben, dass zwei schwarze kleine Balken so gute Laune bescheren konnten.

Doch kaum hatte Lizzi ihre Kontaktliste aufgerufen, verschwand die Anzeige schon wieder. Das Ganze wiederholte sich ein paarmal, bis Lizzis Geduld aufgebraucht war und nur ihre Vernunft sie daran hinderte, ihr Handy in weitem Bogen von sich zu schleudern.

Was tat sie hier? War das nicht alles total albern? Verärgert machte sich Lizzi an den Abstieg. Da saß sie in einem Tausend-Einwohner-Nest fest und kam sich vor wie die letzte Idiotin. Es musste doch – verdammt noch mal – eine Möglichkeit geben, hier irgendwo zu telefonieren oder wenigstens E-Mails abzurufen.

Suchend blickte Lizzi sich um. Der Glockenturm der Kirche stach ihr ins Auge, er stand an der höchsten Stelle des Hügels und überragte die Dächer des Dorfes. Dort oben würde sie sich ganz bestimmt ins Funknetz einloggen können! Lizzi war dem Baumeister der Kirche dankbar, der in die Zukunft gedacht hatte, ohne etwas von Funklöchern und miesem Handyempfang zu ahnen.

Entschlossen warf Lizzi die Haare zurück und ging auf den Turm zu. Doch zu ihrer Verblüffung war die Kirche verschlossen, offensichtlich hatte der Pfarrer nach seinem Sonntagsdienst den Laden dichtgemacht. Lizzi versuchte es an jeder Tür, vergeblich.

Als sie am Eingang der Sakristei rüttelte, wurde sie von einem Lichtreflex geblendet: An der Seitenwand der Kirche war ein Gerüst aufgebaut, es reichte bis zur Traufe des Kirchendaches. Was für ein Glück! Ein Baustellenschild blinkte in der Sonne. Lizzi las es lieber nicht, denn sie zweifelte daran, dass es erlaubt war, das Gerüst zu betreten. Doch nach so viel Ärger war sie der Meinung, dass sie ein Anrecht auf Empfang hatte, so wie jeder gute Christ ein Anrecht auf das Wort Gottes hatte.

Zum Glück waren die Arbeiter zu faul gewesen, vor dem Wochenende die Aufstiegsleiter zur ersten Ebene des Gerüsts einzuklappen, und so war es ein Leichtes für Lizzi, in das Labyrinth aus Stangen und Plattformen hineinzusteigen.

Hätte sie das früher gewusst, dachte sie grimmig, wäre ihr die unnötige Maueraktion erspart geblieben.

Gleich auf der ersten Ebene überprüfte Lizzi ihr Telefon, doch das Kirchengebäude schien alle Funkwellen abzuschotten. Sie musste bis zur obersten Etage klettern, bis der Empfangsbalken auf dem Display ihres Handys kurz zuckte. Eine Verbindung!

Euphorisiert durch die blinkende Anzeige hatte Lizzi keinen Blick für die wunderbare Aussicht, genauso wenig wie für die schwindelerregende Höhe, in der sie sich befand. Denn sobald sie ihren Arm über den Rand des Gerüsts zum Dach hin ausstreckte, sah sie die Balken, die eine Verbindung mit der Zivilisation verhießen. Das bedeutete allerdings auch, dass sie sich zum Telefonieren mit dem Oberkörper über das Geländer beugen musste, um den Empfang zu halten. Zugegeben, das würde etwas anstrengend werden, wenn sie daran dachte, wen sie – angefangen bei ihrem Chef – alles anrufen, mailen oder per Messenger kontaktieren wollte. Doch hatte sie eine Wahl? Es half alles nichts, resümierte Lizzi, sie musste da durch, wenn sie heute aus diesem Dorf noch irgendetwas anderes als Rauchzeichen in die Welt hinausschicken wollte.

Was Lizzi nicht eingeplant hatte: Dort oben, am Dach der Kirche, wehte ein unregelmäßig aufschwellendes Lüftchen, das ihre Haare durcheinanderwirbelte und ihr abwechselnd die Sicht des linken oder des rechten Auges versperrte. Ständig war sie damit beschäftigt, Haarsträhnen aus der Stirn zu streichen und hinter ihr Ohr zu klemmen, wo sie nach wenigen Sekunden wieder hervorrutschten.

Als Lizzi endlich Herrn Möcklenberg am Telefon hatte, fiel es ihr entsprechend schwer, die nötige Geduld für ihren Chef aufzubringen, der ihren ungewöhnlichen Anruf zur Sonntagszeit mit allerlei Fragen und Anmerkungen quittierte.

»Nein, ich liege nicht in der Notfallambulanz!«, rief sie ins Handy. »Es gibt auch keinen plötzlichen Todesfall in der Familie, ich möchte nur spontan einen Tag freinehmen, was ist daran seltsam?«

Noch während sie sprach, wurde ihr klar, dass es aus taktischen Gründen vielleicht besser gewesen wäre, ihrem Chef gegenüber weniger kurz angebunden zu sein. Immerhin war er mit einem weniger dicken Fell ausgestattet als sie und konnte sehr nachtragend sein, wenn sie auf seine beharrlichen Nachfragen hin beharrlich impulsiv reagierte.

»Sie haben noch nie sonntags bei mir angerufen«, beschwerte sich Herr Möcklenberg.

»Einmal ist immer das erste Mal.«

»Sie glauben gar nicht, wie viele erste Male ich mit Ihnen schon erlebt habe.«

Lizzi zog es vor, Herrn Möcklenbergs Bemerkung nicht zu kommentieren.

»Außerdem steckt bei Ihnen immer mehr dahinter als das, was Sie mir erzählen«, hörte sie ihren Chef weiter lamentieren, während sie gleichzeitig durch eine unbekannte zweite männliche Stimme abgelenkt wurde, die ihr etwas von unten zurief.

»Brauchen Sie Hilfe? Bitte kommen Sie herunter. Das ist gefährlich!«

Lizzi stellte das Lamento ihres Chefs auf den Handylautsprecher, damit sie zwischen Haaren und Gerüst nach unten linsen konnte, ohne ihr Telefon aus der Empfangszone nehmen zu müssen. Unten stand ein Mann mit schwarzem Talar. Jetzt hatte sie auch noch den Pfarrer am Hacken! Für Plaudereien mit einem ängstlichen Geistlichen fehlte ihr gerade wirklich die Geduld.

»Wenn es Ihnen nicht gefällt, dann kommen Sie doch und holen mich!«, schrie sie zurück.

»Langsam mache ich mir Sorgen um Sie«, hörte sie ihren Chef. »Sind Sie sich sicher, dass bei Ihnen alles in Ordnung ist?«

»Ja, sag ich doch!«, schrie Lizzi ihren Chef durch das Handy an. Zu spät fiel ihr ein, dass er im Gegensatz zum Pfarrer sein Ohr direkt an der Muschel hatte und dass sie nun wegen seines eben geplatzten Trommelfells wahrscheinlich nie wieder einen Tag freibekommen würde.

»Tut mir leid, Herr Möcklenb…«, fing sie an, doch in der Hektik rutschte ihr das Handy aus der Hand, fiel aufs Dach, rutschte ein Stück hinunter und blieb am oberen Rahmen eines kleinen Dachfensters hängen. Lizzi stöhnte auf.

»Warten Sie, Herr Möcklenberg, ich komme zu Ihnen!«

Ohne den Protest ihres Chefs zu beachten, ging sie auf die Knie, um mit dem ausgestreckten Arm nach dem quäkenden Handy zu angeln. Sie wusste sofort, sie hatte keine Chance: Das Mistding war mindestens zwei Armlängen weit entfernt.

Ihr lamentierender Chef bildete inzwischen mit der Stimme des Pfarrers unten vor dem Baugerüst ein Duett. Es war zum Schreien, dachte Lizzi. Konnten die Männer nicht einmal ihren Mund halten und sie in Ruhe nachdenken lassen?

Fluchend kletterte Lizzi unter dem Geländer des Gerüsts durch und setzte vorsichtig einen Fuß auf das Dach. Die Warnrufe von unten schwollen sofort an, nicht nur, was die Lautstärke anging: Der heraufschallende Chor war inzwischen mehrstimmig geworden, anscheinend hatte der Pfarrer mit seinem Geplärre das halbe Dorf angelockt. Lizzi wischte sich ärgerlich die Haare aus dem Gesicht. Wenn sie so weitermachte, gab sie garantiert das Dorfhighlight des Jahres ab. Glaubte irgendjemand allen Ernstes, dass sie das alles hier zum Spaß machte?! Wenigstens ihr Chef war mittlerweile verstummt: Entweder war die Verbindung wieder einmal unterbrochen, oder er hatte aufgelegt. Sie würde ihm einiges erklären müssen.

»Herr Möcklenberg? Hallo? Sind Sie noch da?«

Geheuer war es ihr nicht, als sie das andere Bein nachzog und auf der Dachschräge stand, eine Hand an das Geländer gekrallt. Erst jetzt begriff sie, dass das Gerüst mit einem Abstand zur Kirchenwand aufgebaut worden war – der Spalt zwischen Gerüst und Mauer reichte aus, einen Körper herabstürzen zu lassen. Lizzi spürte, dass sie zitterte. Sie hatte schon immer Respekt vor Dachdeckern gehabt, die in schwindelnder Höhe herumstiegen. Warum fiel ihr das erst jetzt ein?

Aber aufgeben? Unmöglich, nicht so dicht vor dem Ziel. Ohne ihren Griff um das Geländer zu lösen, ging sie in die Knie, um nach dem Handy zu greifen. »Herr Möcklenberg? Ich bin gleich bei Ihnen!«

Aus dem Handy kamen Geräusche, als würde jemand Jalousien herablassen und eine Tür versperren. Dann ertönte die abgehetzt klingende Stimme ihres Chefs aus dem Lautsprecher. »Ich bin nicht zu Hause. Machen Sie sich keine Mühe.«

»Nicht bei Ihnen, ich bin gleich beim Handy«, rief Lizzi, genervt von Möcklenbergs Begriffsstutzigkeit. »Es geht doch nur um einen Urlaubstag!«

Sie beugte ihren Oberkörper weiter vor, ihre gestreckten Finger tasteten nach dem am Fenster hängenden Telefon, als in der gleichen Sekunde einer ihrer Füße auf den Dachschindeln ausglitt. Ein vielstimmiger Aufschrei schallte von unten zu ihr hoch, offensichtlich war inzwischen der gesamte Kirchenchor angetreten, um ihre Aktion akustisch zu untermalen.

Bevor sie reagieren oder auch nur eine Sekunde lang über die Situation nachdenken konnte, verlor auch ihr zweiter Fuß den Halt. Sie glitt die Schräge hinab direkt auf den Spalt zu. Dann ging ein Ruck durch ihren Körper, durch ihre Schulter schoss ein glühender Schmerz, und im nächsten Moment baumelte sie direkt in Höhe des Handys in luftiger Höhe hin und her, während sie sich mit einer Hand am Geländer festkrallte.

»Was ist jetzt«, rief sie panisch. »Bekomme ich den Urlaubstag oder nicht?«

Verzweifelt ruderte sie mit der freien Hand in der Luft. Von unten hörte sie Schritte, jemand kletterte eilig das Gerüst hinauf. Natürlich hatte der Pfarrer inzwischen die Polizei angerufen. Oder die Feuerwehr. Oder den Heimatschutz. Was eben auf dem Land verfügbar war, sie hatte keine Ahnung, und es war ihr egal. Hauptsache, es ging schnell. Sie spürte, wie ihre schwitzige Hand an dem Geländer abzurutschen begann.

In der gleichen Sekunde packte sie jemand mit festem Griff am Arm und hielt sie fest. Lizzi spürte, wie ihr schlecht wurde.

»Verdammt, Lizzi, was machen Sie da?«, rief eine Stimme.

Lizzi erkannte sie sofort: Erik.

Sie sah zu ihm hinauf, dankbar und erleichtert, dass er sie hielt. »Ich messe das Dach aus«, gab sie zurück. »Fragen Sie doch nicht so blöd, helfen Sie mir lieber. Mein Handy liegt da unten.«

Überraschend mühelos zog er sie ein Stück hinauf, bis ihr Fuß auf dem Rand des Gerüsts Halt fand. Beifall und erleichtertes Johlen schallte zu ihnen hinauf.

»Alles in Ordnung mit Ihnen?«

»Ich brauche mein Handy«, sagte Lizzi. »Da ist alles drauf, was mir wichtig ist.«

»Wie traurig«, antwortete Erik, während er sie auf die Plattform des Gerüstes hochzuziehen versuchte.

»Ohne mein Handy klettere ich hier nicht runter«, entgegnete Lizzi trotzig. Wieso fühlte sie sich von ihm selbst hier oben zum Widerspruch herausgefordert? Sollte sie sich ihm nicht einfach an den Hals werfen, erleichtert, dass er sie gerettet hatte? Manchmal verstand Lizzi sich selbst nicht.

Eriks Blick suchte das Handy auf dem Dach, und er erkannte sofort, was zu tun war. Ohne zu zögern, ging er hinter Lizzi auf die Knie und griff durch das Geländer hindurch nach ihrem Handgelenk, sodass sie sich gleichzeitig an seinem festhalten konnte. Mit der anderen Hand griff er wie selbstverständlich ihren Gürtel.

»Okay, ich halte Sie. Jetzt holen Sie sich Ihr soziales Leben zurück.«

Sie vertraute sich Eriks festem Griff an und ließ das Geländer los. Ohne Furcht lehnte sie sich Richtung Dach, um dem Dachfenster näher zu kommen. Als Lizzi ihr Smartphone endlich zu fassen bekam, zog Erik sie zu sich. Erleichtert kletterte Lizzi durch das Geländer zurück auf die Planken des Gerüstes und lächelte ihn an.

Doch Erik lächelte nicht zurück. Jetzt, da sie in Sicherheit war, schien seine Hilfsbereitschaft mit einem Schlag aufgebraucht.

»Sie sind wahnsinnig! Verstehen Sie das, was Sie hier eben veranstaltet haben? Sie hätten herunterstürzen können! Sollte das etwa Ihr harmloser Bummel durch das Dorf sein?«

Eriks heftige Reaktion irritierte Lizzi. Fühlte er sich in seiner männlichen Ehre gekränkt, weil sie ihn vorhin abgewiesen hatte, als er mitkommen wollte? Für männliche Besitzansprüche konnte sie sich noch nie erwärmen.

»Was wollen Sie? Ihnen kann es doch egal sein, ob ich mir den Hals breche. Sie sind nicht mein Vater.«

»Er hat Sie mir anvertraut … Und ich habe Ihnen vertraut.«

»Wie pathetisch das klingt. Es ist doch alles gut gegangen! Aber von mir aus entschuldige ich mich bei Ihnen, dem Pfarrer und allen aus dem Dorf. Ist es das, was Sie wollen?«

»Sie kapieren es einfach nicht: Niemand weiß, dass Sie hier sind. Und das soll so bleiben. Jeder normale Mensch würde sich in so einer Situation unauffällig benehmen. Und Sie haben nichts Besseres zu tun, als sofort einen Riesenwirbel zu veranstalten und in die Welt hinauszubrüllen: Hier bin ich! Wie soll ich Sie schützen, wenn Sie sich zum Tagesgespräch der ganzen Gegend machen? Sagen Sie mir das!«

Die Sätze kamen aus Erik nur so herausgeschossen, so viel auf einmal hatte Lizzi noch nie aus seinem Mund vernommen. Sie musste Erik ganz schön provoziert haben.

»Das war so nicht geplant«, lenkte sie ein. »Ich war wütend, weil ich im ganzen Dorf keinen Ort gefunden habe, an dem ich so etwas Selbstverständliches machen kann wie telefonieren oder Nachrichten checken. Und Sie haben sich noch lustig über mich gemacht.«

»Deswegen sind Sie da hochgeklettert?!« Erik rieb sich angestrengt die Stirn, was Lizzi als Vorwurf empfand.

»Warum wohl sonst?«, verteidigte sie sich. »Die Hände in den Schoß zu legen bringt einen nicht weiter. Glauben Sie, nur weil Sie mich ans Ende der Welt verfrachtet haben, gebe ich mein Leben auf?«

Eriks Wut schien durch Lizzis Worte wie weggeblasen zu sein. »Das meinte ich nicht. Ich hätte nicht erwartet, dass ich Sie in diese Situation gebracht habe.«

Lizzi verstand Eriks Kehrtwende nicht. Bei jedem anderen hätte sie einen rhetorischen Trick vermutet, um sie weichzukochen, doch war Erik zu so etwas in der Lage? Was sie in seinem Gesicht las, war keine Boshaftigkeit, es kam einem schlechten Gewissen ziemlich nah, und das stimmte sie milde.

»Sie brauchen sich nicht einzuschmeicheln, ich reiße Ihnen schon nicht den Kopf ab.«

Erik kratzte sich am Nacken. »Die Sache ist: Ich habe zu Hause einen Internetanschluss. Über Messengerdienste können Sie problemlos bei mir telefonieren.«

Lizzi verengte kritisch die Augen. »Jetzt wollen Sie mich verarschen. Ihr Haus liegt in der größten Funkwüste, in der ich je gelandet bin.«

»Ich habe einen eigenen Accesspoint.«

»Dann hätte mein Handy ja wohl ein Signal gefunden.«

»Na ja … Ich schalte den Router aus, wenn ich ihn nicht brauche.«

Selten war Lizzi so sprachlos gewesen wie in diesem Moment, sie musste erst ihre Gedanken einfangen, die ihr durch den Kopf wirbelten. »Wollen Sie mir sagen, ich bin völlig umsonst hier hochgeklettert und habe mich zum Affen gemacht?«

»Tut mir leid. Dumm gelaufen.«

Ohne ein weiteres Wort drehte Lizzi sich um und kletterte wütend die Leiter hinunter. Seine Entschuldigung konnte er sich sonst wohin stecken – ohne ihn wäre sie nie in eine solche Situation geraten.

Als sie auf der untersten Ebene angekommen war, sah sie zu ihrem Ärger, dass der Priester auf sie wartete. Auch mehrere Dorfbewohner standen auf dem Platz und beäugten sie neugierig, es waren jedoch weniger, als Lizzi befürchtet hatte. Einige hielten Handys in der Hand und filmten die Szene. Eriks Worte im Ohr, bitte schön unerkannt zu bleiben, stülpte sie widerwillig ihre Kapuze über den Kopf, bevor sie die letzte Leiter in Angriff nahm.

Der Priester kam besorgt auf sie zu. »Geht es Ihnen gut?«

»Ja«, knurrte Lizzi und ging an ihm vorbei, in der Hoffnung, abweisend genug zu wirken, um in Ruhe gelassen zu werden.

Erik, der ihr folgte, warf dem Priester einen entschuldigenden Blick zu.

»Nicht persönlich nehmen. Sie ist immer so«, sagte er gedämpft.

Erik erhielt einen trostspendenden Blick des Priesters.

»Ich fühle mit Ihnen«, gab er zurück. »Selig sind die Sanftmütigen, denn sie werden das Erdreich besitzen.«

»Sanftmütig trifft es nicht ganz bei ihr.«

»Ich hatte dabei an Sie gedacht«, antwortete der Pfarrer. »Vielleicht wäre der Psalm mit dem finsteren Tal, das wir durchwandern, passender gewesen?« Die beiden Männer grinsten sich an.

Keiner der beiden bemerkte, dass Lizzi einen Blick zurückgeworfen und alles aus dem Schutz ihrer Kapuze mitbekommen hatte. Gerade noch hatte sie überlegt, umzukehren und sich beim Priester zu entschuldigen. Doch dazu hatte sie jetzt keine Lust mehr.

10

»Jetzt steigen Sie schon ein!«, rief Erik Lizzi genervt aus dem geöffneten Fenster seines Wagens zu. Ohne ihn eines Blickes zu würdigen, war sie bereits den halben Weg zurückmarschiert, während Erik im Schritttempo neben ihr herfuhr.

»Für diesen kurzen Weg?«

»Vorhin war das kein Problem für Sie.«

»Da wusste ich noch nicht, dass man von Ihnen bis ins Dorf spucken kann, und außerdem war da Michael mein Begleiter, der ist netter als Sie. Wussten Sie übrigens, dass Autos der Umwelt schaden?«

»Ich habe davon gehört. Ab und zu erreichen uns auch hier die neuesten Nachrichten.«

»Und trotzdem ist es Ihnen egal, dass diese Dinger unsere Luft verpesten? Sie wären auch prima zu Fuß ins Dorf gekommen.«

»Ich musste einem Freund ein paar schwere Sachen vorbeibringen.«

»Uh, was ganz Wichtiges, lassen Sie mich raten: einen Kasten Bier.«

»Pflastersteine.«

Lizzi zog die Augenbrauen zusammen, ihr fiel kein Argument mehr ein, dass sie ins Feld führen konnte, doch sie war zu sauer auf Erik, um zurückzustecken.

»Dafür gibt's auch Lastenfahrräder. Und überhaupt: Woher wussten Sie, dass ich auf dem Gerüst war? Hat Ihnen das die Dorfpolizei gesteckt?«

»Ich war auf dem Rückweg, Sie waren nicht zu übersehen.«

»Nur weil Ihr Pfarrer so einen Riesenwirbel veranstaltet hat.«

Erik schüttelte den Kopf. »Er hat sich Sorgen gemacht.«

»Wenn es so gewesen wäre, hätte er mir hinterherklettern können.«

»Das konnte er nicht.« Erik hielt merklich an sich, um nicht zu platzen, was Lizzi, die das bemerkte, noch weiter anstachelte.

»Weil er sich seinen schönen Talar schmutzig gemacht hätte?« Sie verzierte ihren sarkastischen Unterton mit einem Augenaufschlag.

»Er trägt eine Beinprothese!«, stieß Erik aus.

Bumm, der Schlag saß. Lizzi runzelte ertappt die Stirn. »Das wusste ich nicht.«

»Dafür reden Sie ziemlich viel«, entfuhr es Erik. »Wie immer, wenn Sie keine Ahnung haben! Sie sind eine Ignorantin.«

Lizzi verstummte betroffen, dann holte sie, ohne lange nachzudenken, zum Gegenschlag aus: »Wissen Sie was? Sie sind sowas von arrogant! Ständig zeigen Sie mit dem Finger auf mich. Reden wir doch mal von Ihnen: Ich wäre nie auf dieses dämliche Dach geklettert, wenn Sie mir von Ihrem WLAN erzählt hätten. Warum haben Sie es verschwiegen? Mir fällt nur eine Antwort ein. Sie wollten Ihren Spaß haben, haben sich gedacht: Lass sie mal ein bisschen zappeln. Sie wussten, dass ich hier nicht nur rumsitzen und Däumchen drehen würde – jeder Idiot hätte es gewusst. Also führen Sie sich nicht auf wie ein Heiliger.«

Einen Moment lang war es still bis auf das sonore Brummen unter der Motorhaube des Geländewagens. Erik sah zu Lizzi und seufzte: »Manchmal gehen Sie mir echt auf den Senkel.«

»Das ist zwar keine Antwort, beruht aber auf Gegenseitigkeit.«

»Wie schön, dann sind wir uns ja ausnahmsweise einig.«

»Darauf verzichte ich!«

Ohne Vorwarnung hielt Erik den Wagen an. Auch Lizzi blieb stehen. Vorwurfsvoll blickte sie ihn an.

»Klar, jetzt entziehen Sie sich auch noch der Diskussion, Sie Feigling.«

»Ich diskutiere nicht mit Ihnen, Sie wissen sowieso alles besser. Außerdem muss ich hier abbiegen.«

Überrascht sah Lizzi zur Seite und musste feststellen, dass er recht hatte – an dieser Stelle mündete Eriks Einfahrt, wenn man den Feldweg so nennen wollte, auf die Hauptstraße. Ohne zu überlegen, öffnete sie die Beifahrertür und stieg ins Auto. Verblüfft schaute Erik sie an.

»Was denn?«, gab Lizzi zurück. »Sie glauben doch nicht, ich laufe vor Ihrem Wagen her, damit Sie die ganze Einfahrt lang auf meinen Hintern glotzen können.«

»Ihr Hintern interessiert mich nicht im Geringsten. Wenn Sie mir nicht glauben, können Sie hinter meinem Wagen herlaufen.«

»Damit ich die Auspuffgase einatme und den ganzen Staub, den ihr Auto aufwirbelt?«

»Wie die Dame wünscht«, antwortete Erik gepresst und setzte den Wagen wieder in Bewegung, bevor Lizzi den Gurt angelegt hatte. Rasant bog er in den Feldweg ein.

Unbeeindruckt fuhr Lizzi fort. »Sie haben mir immer noch nicht geantwortet«, beharrte sie, »und es gibt nur eine Erklärung: Sie wollen nicht zugeben, dass ich recht habe.«

»Denken Sie, was Sie wollen.«

Lizzi lachte auf. »Wer von uns beiden ist hier der Ignorant?!«

Da sie inzwischen auf dem Hof angekommen waren, stellte Erik den Motor ab. Ohne Lizzi zu beachten, stieg er aus und lief zum Hauseingang. Von ihrem Sitz aus sah Lizzi zu, wie er die Tür aufschloss und ins Haus ging, erst dann stieg auch sie aus, demonstrativ knallte sie die Beifahrertür zu. Da sie keine Lust hatte, Erik wie ein Kind hinterherzulaufen, ging sie zum Kaninchenverschlag, in der Hoffnung, der Anblick der kleinen Fellknäuel würde sie auf andere Gedanken bringen. Das hatte sie dringend nötig.

Tief atmete Lizzi durch, dann stützte sie ihre Unterarme auf dem Zaun ab und legte ihr Kinn darauf, um die Tiere zu beobachten.

»Wisst ihr was? Wir sitzen im gleichen Boot«, grollte sie. »Ich bin hier genauso eingesperrt wie ihr. Auch wenn es für euch nicht so aussieht, weil ich auf der anderen Seite des Zauns stehe: Ich kann hier nicht weg, dabei könnte ich Erik mindestens dreimal täglich umbringen. Er mich wahrscheinlich auch.« Lizzi seufzte. »Das versteht ihr nicht? Ich ehrlich gesagt auch nicht. Es ist so richtig kompliziert. Hat was mit Gefühlen zu tun. Und meinem Vater. Aber sowas versteht ihr noch weniger. Ihr wisst ja nicht mal, wer euer Vater ist, oder? Erik ist es jedenfalls nicht, auch wenn er so tut. Er gibt euch noch nicht einmal Namen. Weil er sich nicht an euch binden will, sagt er. Habt ihr sowas schon mal gehört? Als ob man das beeinflussen könnte.«

Während sie mit den Tieren sprach, hatte Lizzi Ausschau nach Karotte gehalten, konnte ihn aber nirgends entdecken.

»Wisst ihr, wo Karotte steckt? Mmh? Draußen vielleicht?«

Das Außengehege war der einzige Ort, wo sich das Kaninchen noch aufhalten könnte. Doch als Lizzi den Verschlag verließ, um nachzusehen, war das Gehege leer. Hatte Karotte es geschafft, trotz aller Zäune auszubüxen? Nachdenklich blickte Lizzi über das Hofgelände. Konnte ein von Menschen aufgezogenes Kaninchen in der freien Natur überleben? Woher sollte Karotte wissen, wer seine Feinde waren? Oder dass Autos nicht für Kaninchen bremsten?

Für einen Moment vergaß Lizzi ihren Unmut über Erik und eilte zum Haus. Erik hatte die Tür für sie offen stehen lassen. Schon im Hauseingang begann Lizzi nach ihm zu rufen.

»Wo sind Sie, Erik?«

Als Erik aus der Tiefe der Küche auftauchte, sah Lizzi an seinem Gesicht, dass er noch immer nicht gut auf sie zu sprechen war. Das störte sie nicht.

»Karotte ist verschwunden!«

»Ja und?«, antwortete Erik kurz angebunden.

»Da fragen Sie? Vielleicht läuft er irgendwo hilflos durch die Gegend, wir müssen ihn suchen!«

»Müssen wir nicht«, sagte Erik und ging in die Küche zurück.

Lizzi folgte ihm aufgebracht. »Was soll das heißen?«

Erik ließ Lizzi abblitzen, seelenruhig häckselte er Kräuter, als wenn nichts wäre.

»Das soll heißen, ich weiß, wo er ist.«

»Ach ja, wo denn?«

Erik blickte die verärgerte Lizzi an. Statt einer Antwort ging er zum Herd, nahm den Deckel des Kochtopfes ab, in dem es köchelte, und zeigte mit der offenen Hand ins Innere. Lizzi brauchte ein paar Sekunden, bis sie begriff.

»Karotte ist da drin? Sie haben ihn … gekocht?«, fragte sie entsetzt. »Wie konnten Sie das tun, ausgerechnet Karotte?«

»Sie haben ihn heute Nachmittag selbst ausgesucht.«

Lizzi wurde heiß. »Weil er so süß war!« Lizzi schrie jetzt beinahe, so sehr nahm sie die Neuigkeit mit.

»Ich habe Sie gewarnt, keine Beziehung aufzubauen. Aber wann hören Sie schon auf mich?«

Erst jetzt nahm Lizzi den intensiven Essensgeruch wahr, der den Raum durchzog, augenblicklich stieg Übelkeit in ihr hoch. Sie schaffte es gerade noch rechtzeitig zum Bad, um sich über dem Klo zu übergeben. Danach ging sie in ihr Zimmer und schloss sich ein. Sie kam auch nicht heraus, als Erik, dieses Scheusal, an ihre Tür klopfte und zum Essen rief, als wenn nichts gewesen wäre. Stattdessen legte sie sich aufs Sofa, wo sie sich, so fest sie konnte, in ihre Decke wickelte und wartete, bis sie erschöpft einschlief.

Nach wilden Träumen, in denen sich ihre Schuldgefühle genauso wie ihre Wut auf Erik austobten, wachte sie mitten in der Nacht auf. Lizzi fühlte sich wie gerädert. Es war drei Uhr und ihr Hunger so groß, dass ihr quengelnder Magen sie nicht mehr einschlafen ließ. Ihr blieb nichts anderes übrig, als aufzustehen und nach etwas Essbarem zu suchen.

In der Küche schaltete sie das Licht an, doch sie traute sich nicht, in den Kühlschrank zu schauen, aus Angst, dem Kochtopf zu begegnen und sich erneut übergeben zu müssen. Nie wieder in ihrem Leben würde sie ein Kaninchen ansehen können, ohne an Karottes Tod zu denken, da war Lizzi sich ganz sicher. Und ob sie jemals wieder unbefangen eine Karotte verspeisen könnte, bezweifelte sie ebenfalls. Sie hatte gelesen, dass sich bei traumatischen Erkrankungen Bilder, Worte, Geräusche – praktisch jeder traumatisch beladene Sinnesreiz – zu einem Trigger entwickeln konnte, der einem das Leben zur Hölle machte und so überflüssige Sachen wie Panikattacken und Angstzustände auslöste.

Hungrig wanderte sie durch die Küche und behalf sich schließlich mit einer Avocado, die sie in einer Schale fand. In der Besteckschublade suchte sie nach einem Messer, um die Frucht zu zerteilen.

Ob sie zu müde, zu hungrig oder einfach zu unkonzentriert war, konnte Lizzi später nicht sagen. Vielleicht hatte sie sich auch, ohne es zu bemerken, an dem Gemüse abreagiert, jedenfalls rutschte das Messer wie durch Butter und traf auf der anderen Seite der Avocado ungebremst auf ihren linken Daumen. Lizzi hatte das Gefühl, neben sich zu stehen und den Unfall kommen zu sehen, ohne etwas dagegen tun zu können, was sie so sehr irritierte, dass sie erst sehr viel später den Schmerz spürte.

Schon lief das Blut aus der Schnittwunde. Eilig hielt Lizzi den Finger über die Spüle und ließ Wasser über die Wunde laufen, sodass sich im Spülbecken ein rotes Rinnsal bildete. Sie wusste nicht, wo sie Verbandsmaterial herbekommen sollte, aber abgesehen davon, dass sie nicht mit einer tropfenden Wunde durch das Haus laufen konnte, war sie zu stolz, Erik zu wecken und ihn um Hilfe zu bitten. Lieber würde sie verbluten, damit er am nächsten Morgen die Sauerei wegmachen und wegen seiner Schuldgefühle zur Therapie gehen konnte.

Lizzi musste über sich selbst lächeln, denn Erik war nicht der Typ Mann, der freiwillig zum Psychologen ging. Andererseits, schoss es ihr durch den Kopf, warum sollte sie diesen Mann schonen und weiterschlafen lassen?

Wie ein Geist stand plötzlich Erik neben ihr. »Wie tief ist der Schnitt?«, wollte er wissen.

Lizzi fuhr zusammen. Sie legte den Kopf schräg, musterte Erik misstrauisch. Träumte sie das alles nur? Lag sie schlafend im Bett, und nichts war geschehen?

»Kneifen Sie mich«, forderte sie Erik auf.

»Lieber nicht, ich würde Ihnen wehtun.«

»Machen Sie schon.«

»Sie sind verrückt«, antwortete Erik. Doch er tat, was Lizzi verlangte, und kniff sie in den Oberarm. Es tat tatsächlich sehr weh. Lizzi zog eine Grimasse und rieb sich mit ihrer unverletzten Hand die schmerzende Stelle.

»Zufrieden?«, fragte Erik, während er ihre verletzte Hand nahm und untersuchte.

»Überhaupt nicht, jetzt weiß ich, dass Sie real sind und ich wütend auf Sie bin. Außerdem hätten Sie nicht übertreiben müssen. Der Arm tut mehr weh als mein Daumen.«

Erik ging nicht darauf ein. »Die Wunde sieht schlimmer aus, als sie ist. Sie muss nicht genäht werden, ein Pflaster reicht. Vorher muss das Blut gestillt werden.«

Er verschwand und tauchte wenige Minuten später mit einem kleinen Verbandskasten wieder auf, dem er eine Kompresse entnahm und Lizzi auf den Daumen legte.

»Drücken Sie.«

Die Kompresse verfärbte sich rot, ein kleiner Fleck, der immer größer wurde, aber sich dann nicht weiter ausbreitete.

»Danke für Ihre Hilfe«, sagte Lizzi tonlos. »Sie sind trotzdem ein herzloses Monster.«

Eriks Blick verriet, dass er wusste, worauf sie anspielte.

»Der Eintopf, den ich gekocht habe, war übrigens vegetarisch.«

Er sah Lizzi geradewegs an.

»Und Karotte?

»War nicht im Topf. Sondern hat ein neues Zuhause. Es geht ihm gut.«

Lizzi spürte unendliche Erleichterung. Bis bei ihr die Erkenntnis durchsickerte, dass die Nachricht noch eine zweite Seite der Medaille hatte.

»Sie haben mich die ganze Zeit glauben lassen, sie hätten Karotte geschlachtet!«

»Ich weiß nicht, warum ich das gesagt habe. Ich schätze, ich wollte mich an Ihnen rächen, weil sie so unglaublich stur sind. Es tut mir leid.«

»Dann haben Sie Karotte weggegeben, weil ich ihn mochte?«

»Nein! Ich brauchte ein schönes Geschenk.«

»Ein Geschenk?«

»Ja. Sie hätten genauso gehandelt, da bin ich mir sicher.«

»Das bezweifele ich. Stellen Sie sich vor, ich würde mit Ihnen eine Spritztour in Ihrem Lieblingsauto machen und es dann Michael schenken.«

»Autos sind mir sehr viel weniger wichtig, als Sie denken«, sagte Erik und zeigte auf Lizzis Daumen. »Blutet es noch?«

Lizzi nahm die rot verfärbte Kompresse ab. »Nein.«

»Gut.« Erik holte ein Pflaster heraus und wickelte es um ihren verwundeten Daumen. Lizzi ließ es geschehen, sie war mit ihren Gedanken noch bei dem Kaninchen.

»Wer ist die glückliche Person, die Karotte bekommen hat?«, fragte sie und versuchte, den Anflug von Neid zu unterdrücken.

Erik sah zu ihr auf. »Sie heißt Lisa und ist neun Jahre. Sie hat Leukämie. Karotte soll ihr helfen, wieder gesund zu werden.«

Lizzi merkte, wie sie aus Scham errötete. Das wusste ich nicht, wollte sie sagen, konnte sich jedoch bremsen, bevor es heraus war. Das gelang ihr nur selten.

»Ist Lisa mit Ihnen verwandt?«

Erik schüttelte den Kopf. »Ich bin mit dem Chef der Kinderkrebsstation der Uniklinik in Frankfurt befreundet. Vor ein paar Jahren hat er mich darauf gebracht, Kaninchen für die kranken Kinder zu züchten. Seitdem mache ich das. Die Auswahl fällt mir jedes Mal schwer.«

»Kein Wunder. Woher sollen Sie wissen, welches Kaninchen ein Herz am schnellsten erobern kann, wenn Sie sich selbst alle Gefühle verbieten? Trauen Sie sich, ist ja für einen guten Zweck.«

»Kann es sein, dass ich Ihnen recht geben muss? Die Ignorantin nehme ich auf jeden Fall zurück.«

»Und ich das herzlose Monster.«

Erik lächelte schief. Lizzi spürte, dass da noch etwas war, etwas, das er loswerden wollte.

»Was ist? Habe ich etwas Falsches gesagt?«

»Nein«, begann er, »ich muss etwas mit Ihnen besprechen.«

»Wenn meine Gespräche mit meinem Chef so anfangen, kommt selten was Gutes dabei raus.«

»Ich bin nicht Ihr Chef. Nur Ihr Beschützer. Das heißt, ich versuche es zu sein.«

»Okay, dann legen Sie mal los.« Lizzi drehte sich zu ihm, um zuzuhören.

»Das ist es schon: Ich kann Sie nur beschützen, wenn Sie mich lassen.«

Erstaunt riss Lizzi die Augenbrauen hoch. »Tue ich das nicht? Ich bin immer noch hier. Glauben Sie mir, ich hätte Sie vorhin liebend gern mit Ihrem ganzen Gentlemen's Agreement allein gelassen.«

»Genau das ist das Problem: Sie machen nicht mit, weil sie überzeugt sind, dass es das Beste für Sie ist, sondern nur, weil ich Sie überredet habe«, erklärte Erik ruhig. »Ich weiß, es ist schwer: Wenn man die Gefahr nicht sehen kann, glaubt man, es gäbe keine.«

»Oh nein, mir ist die Gefahr durchaus bewusst: Wenn ich noch lange hierbleiben muss, ist das Risiko, dass ich vor Langeweile sterben könnte, sehr hoch. Oder ich könnte unter einem Trecker landen, der eine Tonne …«

»Können Sie Ihren Spott runterfahren, nur für einen Moment?«, unterbrach Erik sie.

»Von mir aus.« Lizzi seufzte tief. »Ich erteile Ihnen das Wort.«

»Lieber zeige ich Ihnen etwas.«

Erik nahm sein Smartphone, das auf dem Küchentisch lag, er tippte und wischte ein paarmal darauf herum, bevor er es Lizzi gab. Neugierig warf sie einen Blick darauf. Ein Video der Onlineausgabe der Lokalzeitung zeigte sie auf dem Dach der Kirche, es war schon fast dreihundert Mal angeklickt. Lizzi zog entsetzt die Augenbrauen hoch.

»Wie sehe ich denn darauf aus! Wie ein Clown mit einem dicken Hintern!«

»Mehr fällt Ihnen dazu nicht ein?«

»Hoffentlich bekommt das mein Chef nicht zu sehen. Er ist zwar nicht gerade ein Onlinejunkie, aber meiner Lieblingskollegin traue ich zu, dass sie jeden Tag das Netz durchforstet, um etwas zu finden, mit dem sie mich bei unserem Chef unbeliebt machen kann. Sie hasst mich, ich weiß nicht, warum. Ich habe sie schon lange nicht mehr geärgert.«

»Das sollte Ihre geringste Sorge sein«, sagte Erik.

»Ja?«, fragte Lizzi erstaunt. »Was gibt es denn noch?«

»Wenn die beiden Engländer Wind davon bekommen, wird es ungemütlich.«

Lizzi machte eine wegwerfende Handbewegung, »Wieso sollten die sich für eine winzige Lokalzeitung interessieren?«

»Das müssen sie nicht, wenn das Video viral geht.«

Lizzi wusste, Erik hatte recht. Nicht die Relevanz bestimmte, was im Netz geteilt wurde, ein jämmerlicher Ausflug hinauf auf ein Baugerüst konnte ausreichend sein. Dennoch sah sie keinen Grund für Pessimismus.

»Das wird nie passieren. Aber selbst wenn: Man sieht nichts als ein Gerüst und ein Kirchendach. Kein Mensch weiß, wo.«

Statt einer Antwort beugte sich Erik zu Lizzi vor und scrollte für sie auf dem Bildschirm nach unten. Der Redakteur hatte einen Kommentar unter das Video gepostet: *Heute Mittag in Holfingen, große Aufregung in luftiger Höhe.*

»Sie machen sich zu viele Gedanken«, beruhigte Lizzi ihn. »Das Video macht hier in der Pampa ein bisschen die Runde, fünfzig Kilometer weiter bekommt das niemand mehr mit. Ich bin weder vom Gerüst gefallen noch reich oder berühmt, höchstens für meine Redemarathons. Also bitte schön: Wen interessiert ein schlecht gefilmtes Video?«

Erik nahm sein Handy wieder an sich und steckte es weg. Überzeugt sah er nicht aus.

»Wenn es Sie beruhigt«, ergänzte Lizzi, »ich habe nicht vor, noch einmal auf Ihr Kirchendach zu klettern, um das nachzuholen. Das kann ich versprechen.«

»Klingt gut.«

»Unter einer Bedingung«, schob Lizzi hinterher. »Dass ich auf der Stelle etwas zu essen bekomme. Sonst kann ich vor Hunger nicht mehr einschlafen.«

»In Ordnung«, ging Erik auf ihr Angebot ein. »Solange Sie schlafen, stellen Sie wenigstens keinen Unsinn an.«

»Wie vorausschauend von Ihnen«, antwortete Lizzi.

Da es für Erik nichts mehr zu tun gab, holte er für Lizzi den Topf aus dem Kühlschrank und half ihr, eine Portion warm zu machen, dann legte er sich wieder schlafen. Jetzt, da Lizzi wusste, dass Karotte lebte, aß sie ihren Teller in Rekordzeit leer. Um genau 3.48 Uhr sank auch sie gesättigt und zufrieden wieder in ihr Bett, wohl wissend, dass Erik nicht das Scheusal war, für das sie ihn gehalten hatte.

Er besaß ein Herz. Und Gefühle. Auch wenn er versuchte, das nicht zu zeigen. Das änderte nicht alles, aber manches.

11

Lizzi schlief die restliche Nacht und den gesamten Vormittag durch, ohne auch nur einmal aufzuwachen. Ein Lichtstrahl, den die Sonne durch die Terrassentür schickte, weckte sie gegen Mittag, schimpfend zog sie das Kissen unter ihrem Kopf hervor und bedeckte damit die Augen. Doch es nutzte nichts, der Tag hatte sie bereits eingeholt.

Seufzend richtete Lizzi sich auf. Sie war zu faul, um aufzustehen, und zu neugierig zum Nichtstun. Mit ihrem Handy suchte sie Eriks WLAN-Netz, das diesmal tatsächlich offen war, und klickte das Video an, das sie auf dem Dach zeigte.

Der Tag schien kein guter zu werden, denn die Anzahl der Klicks hatte sich zu Lizzis Erstaunen über Nacht mehr als verzehnfacht. Ein überregionaler Nachrichtensender hatte das Video auf seine Onlineseite gestellt, und von dort aus hatte es sich im Nu verbreitet. Erik würde sich in seinen Sorgen bestätigt fühlen und Lizzi sich anstrengen müssen, ihn von neuen Vorsichtsmaßnahmen abzuhalten, die ihr Leben noch komplizierter machten.

Genervt scrollte sie auf der Zeitungsseite herum. Eine Schlagzeile ließ sie schlagartig hellwach werden. Bestürzt las sie den Inhalt der Nachricht, nahm nichts mehr um sich herum wahr, auch nicht Erik, der geklopft hatte und dann, nachdem sie nicht geantwortet hatte, ins Zimmer getreten war.

»Gut, dass Sie wach sind«, begann Erik auf die lesende Lizzi einzureden. »Es gibt schlechte Nachrichten. Ihr Video hat inzwischen dreitausendfünfhundert Klicks, und ich befürchte, dabei bleibt es nicht.«

»Was?«, fragte Lizzi mechanisch, ohne ihm zugehört zu haben.

Erik runzelte die Stirn. »Stimmt etwas nicht?«, fragte er. »Sie sind doch sonst nicht so wortkarg.«

Lizzi ließ ihr Smartphone sinken und schaute Erik an. Sie brauchte eine Weile, bis sie sich gefangen hatte. »Die Sekretärin meines Vaters ist ermordet worden«, sagte sie mit belegter Stimme. »Erwürgt! Sie wurde heute Morgen von der Putzfrau in seiner Kanzlei gefunden. In der Abstellkammer.«

Eriks Stirn verdüsterte sich. »Darf ich?«, fragte er und griff nach Lizzis Handy. Aufmerksam las er den Artikel. »Wir wissen beide, dass das kein Zufall ist.«

»Dann glauben Sie also auch, sie wurde nur deshalb umgebracht, weil sie bei meinem Vater gearbeitet hat?« Der Gedanke war Lizzi beim Lesen gekommen, doch sie hatte ihn nicht an sich heranlassen wollen, weil er ihr unerträglich erschien.

»Die Engländer werden sie gefragt haben, wo sich Ihr Vater aufhält. Und es hat ihr offenbar nichts genutzt, dass sie es nicht wusste.«

»Oder sie wollte ihn nicht verraten.«

»Ihr Vater hat weder Sie noch mich eingeweiht«, zweifelte Erik, »wieso hätte er seine Sekretärin mit hineinziehen sollen?«

»Ihre Logik ist unglaublich!«, erregte sich Lizzi. »Frau Nellen musste wegen meines Vaters sterben. Nennen Sie das nicht mit hineinziehen?«

»Ich bin mir sicher, Ihr Vater wollte sie genauso wie uns nur schützen.«

»Sie haben doch gesagt, er überlässt nichts dem Zufall«, widersprach Lizzi. »Er hätte das voraussehen können, er ist der Einzige, der weiß, warum die Leute hinter ihm her sind und zu was sie in der Lage sind. Ohne seine Heimlichtuerei würde es uns allen besser gehen.«

»Ich verstehe Ihre Wut, Lizzi.«

»Oh, dann sind Sie wohl Psychologe. Oder Hellseher. Und ich Dummerchen habe es vor lauter reden nicht bemerkt«, antwortete Lizzi spitz.

Erik schwieg.

»Ich hätte ihre Leiche genauso gut finden können«, sagte Lizzi plötzlich.

Irritiert sah Erik zu ihr. »Wie meinen Sie das?«

»Ich war am Samstag in der Kanzlei meines Vaters. Es war ganz merkwürdig: Die Eingangstür stand offen, obwohl kein Mensch da war. Ich hatte gedacht, er hätte vergessen, sie abzuschließen. Dann habe ich die ganze Kanzlei nach meinem Vater abgesucht, nur nicht diese Abstellkammer. Wie sollte ich auch auf die Idee kommen …« Lizzi sprach nicht weiter, sie musste sich bei dem Gedanken schütteln, dass die tote Sekretärin in der Kammer gewesen war. »Stellen Sie sich das mal vor: Sie wurde zwischen Putzmitteln und Staubsauger abgelegt. Wie ein Müllsack.«

Eriks Blick ruhte mitfühlend auf Lizzi, während er seine Hand auf ihre Schulter legte. »Sie hätten es nicht verhindern können«, tröstete er sie. Er musterte sie forschend. »Kommen Sie bloß nicht auf die Idee, Schuldgefühle zu entwickeln. Auch nicht stellvertretend für Ihren Vater.«

Lizzi schaute zu ihm hoch. »So wie die Dinge liegen, sollte ich wohl ziemliche Angst vor diesen Männern bekommen.« Sie zögerte, bevor sie weitersprach. »Ehrlich gesagt, ich glaube, ich habe sie schon.«

»Angst ist ein schlechter Berater.«

Obwohl ihr nicht danach war, musste Lizzi lachen. »Klingt nach Kalenderspruch.«

»Ist aber wahr.«

Für einen Moment schwieg Lizzi, und ihr Blick glitt in die Ferne, bevor sie mit fester Stimme antwortete. »Gut. Dann müssen wir zur Polizei.«

Erik schüttelte den Kopf. »Haben Sie es vergessen? Ihre Fingerabdrücke sind überall in der Kanzlei verteilt.«

»Das kann ich begründen.«

»Aber so schnell nicht beweisen. Ob Sie Zeugin oder Täterin sind, wird die Polizei untersuchen. Das dauert, und in dieser Zeit dürfen Sie Frankfurt nicht verlassen, und die Presse könnte darüber berichten.« Er schüttelte den Kopf. »Zu gefährlich.«

»Wenn wir der Polizei die ganze Geschichte erklären, wird sie die Engländer offiziell suchen«, wandte Lizzi ein.

»Glauben Sie wirklich? Haben wir irgendeinen Beweis gegen die Männer in der Hand? Und was passiert mit Ihrem Vater? Sie haben gesagt, es gab keine Einbruchspuren an der Tür zur Kanzlei. Gleichzeitig ist Ihr Vater verschwunden. Für die Polizei könnte es so aussehen, als ob er untergetaucht ist. Weil er selbst die Tat begangen hat.«

Dieser Gedanke war Lizzi noch nicht gekommen, er war ungeheuerlich.

»Wir müssen doch irgendetwas tun!«

»Ja, uns aus der Schusslinie ziehen«, antwortete Erik. »Und versuchen herauszufinden, was die Engländer von Ihrem Vater wollen.«

»Sie überraschen mich. Das gehört doch gar nicht zu Ihrem Auftrag. Wie eigenverantwortlich.«

Erik überhörte Lizzis ironischen Unterton.

»Ich habe bereits recherchiert, ein Freund von mir ist Polizist im LKA in Wiesbaden: Bei Interpol ist nichts von Koons und Cummings bekannt. Dafür habe ich im Internet ein Foto gefunden, das Koons bei einem Charity-Fest im letzten Jahr zeigt. In einem Kinderheim in Newcastle.«

Perplex schaute Lizzi ihn an. »Wie haben Sie das angestellt? Sich durch Milliarden Fotos gewühlt?«

»Geht ganz einfach, wenn man die richtige Software hat«, sagte Erik. »Gesichtserkennung. Glauben Sie, nur die Geheimdienste können so etwas?«

»Ich bin mir ziemlich sicher, dass das nach geltendem deutschem Recht nicht erlaubt ist.«

»Dann behalte ich den Namen des Kinderheims für mich. Ich möchte nicht von Ihnen verklagt werden.«

Nur kurz rang Lizzi mit sich. »Jetzt verraten Sie ihn schon.«

»Es ist das Mother Mary Children's Home.«

»Und wann hätten Sie mir davon erzählt?«

»Habe ich, gerade eben.«

»Erst nachdem ich Ihnen den Artikel gezeigt habe. Das wissen Sie doch bestimmt nicht alles erst seit heute Morgen.«

»Nicht alles, aber eine ganze Menge. Während Sie den halben Tag verschlafen, mache ich mich nützlich.«

»Nützlich, aha. Geschenkt. Woher hatten Sie die Fotovorlage, um die Gesichter im Internet abgleichen zu können?«

»Ich habe sie fotografiert, als die beiden Ihnen am Samstag einen zweiten Besuch abstatten wollten.«

»Sie haben mich heimlich beobachtet«, kritisierte Lizzi ihn, »wie ein Detektiv.«

»Eher wie ein Personenschützer.«

»Das macht es nicht wirklich besser.« Lizzi atmete tief ein. »Wir müssen rausbekommen, in welcher Verbindung zu dem Kinderheim unsere Engländer stehen. Wir könnten dort nachfragen.«

»Hab ich schon gemacht. Niemand dort kennt die beiden. Weder sind es Unterstützer des Kinderheims noch frühere Bewohner.«

»Also bringt uns das Foto nicht weiter.«

»Im Moment noch nicht. Aber bei einem Puzzle zählen alle Teile.«

In diesem Moment machte sich Eriks Smartphone bemerkbar, blechern erklang Nirwana. Unglaublich, dachte Lizzi, wie konnte es sein, dass dieser Mann, der doch so anders war als sie, dieselbe Musik hörte? Hatte sie sich so in ihm getäuscht?

Neugierig beobachtete sie ihn, während er mit dem Anrufer redete. Als er das Telefonat beendet hatte und Lizzi ansah, war sein Blick ernst.

»Das war Michael. Zwei Männer haben im Dorf nach Ihnen gefragt. Die Beschreibung passt auf Koons und Cummings.«

Lizzi wurde blass. »Hat er ihnen gesagt, dass ich hier bei Ihnen bin?«

»Im Gegenteil. Er hat behauptet, er hätte Sie nie gesehen und die beiden in den nächsten Ort geschickt.«

»Wieso hat er das gemacht?«

Verwundert sah Erik sie an. »Weil wir befreundet sind und er kein gutes Gefühl bei den Männern hatte.« Erik klang, als wäre es das Selbstverständlichste der Welt, unter diesen Umständen so zu handeln. Lizzi wusste nicht, ob sie ihren Freunden denselben Weitblick zutraute.

»Dann sind wir in der Sicherheitszone?«

»Darauf würde ich nicht wetten. Wenn sie herausfinden, dass Michael sie angelogen hat, dauert es nicht lange, bis sie hier auf der Matte stehen. Wir haben nur etwas Zeit gewonnen.«

Lizzi runzelte die Stirn. »Was nun, mein Herr und Beschützer? Sie wollen nicht zur Polizei, und sicher sind wir hier auch nicht. Irgendwelche Ideen im Gepäck?«

»Wir müssen weg.«

Entgeistert starrte Lizzi ihn an. »Wir können doch nicht andauernd davonlaufen!«

»Fällt Ihnen etwas Besseres ein?«

»Wer von uns beiden ist hier von Beruf Bodyguard?«

»Also dann, worauf warten Sie noch? Sobald Sie angezogen sind und Ihre Tasche gepackt haben, fahren wir los.«

Erik drehte sich um und verließ das Zimmer.

»Ohne Frühstück?!«, rief Lizzi ihm hinterher und ließ durch den Ton in ihrer Stimme keinen Zweifel, was sie davon hielt. Auch wenn die Aussicht auf eine erneute Flucht Lizzi missfiel, konnte sie kein einziges Argument vorbringen, das dagegensprach – abgesehen natürlich von ihrer Unlust. An Ort und Stelle zu warten, bis die Engländer hier auftauchten, würde selbst dem Dümmsten nicht einfallen. Erik hatte recht: Es blieb ihnen nur, sich an einem anderen Ort zu verstecken.

Lizzi seufzte einmal laut, bevor sie aufstand. Da sie die Fähigkeit besaß, eine Sache kompromisslos durchzuziehen, sobald sie ihr als vernünftig einleuchtete, fiel es ihr nicht schwer, sich zu beeilen. Eine Viertelstunde später stand sie mit geputzten Zähnen und ihrem ramponierten Koffer bei Erik auf dem Hof, der gerade Rucksack und Reisetasche ins Auto lud.

»Ich hoffe, sie haben etwas zum Essen dabei«, sagte Lizzi, die nicht vergessen hatte, dass Eriks Antwort auf ihren Frühstückswunsch vorhin ausgeblieben war.

Erik zeigte auf den vollen Rucksack. »Davon werden selbst Sie satt.«

Lizzi schenkte ihm ihr nettestes Lächeln. »Sie lernen schnell«, lobte sie ihn, während sie ihm ihren Koffer in die Hand drückte. »Ich würde ihn selbst einladen, aber dann wären Sie nicht gleichberechtigt.« Diesmal ließ Erik sich lächelnd darauf ein und verstaute ihren Koffer im Fond des Wagens.

»Was ist mit Ihrer Hand?« Erik sah sie fragend an. »Vielleicht ist es besser, wenn ich den Verbandskasten mitnehme.« Ohne ihre Antwort abzuwarten, verschwand er im Haus.

Lizzi betrachtete das Pflaster, das Erik in der Nacht auf die Schnittwunde geklebt hatte. Sie hatte nach dem Aufwachen vorsichtig die Abdeckung an einer Ecke angehoben, um einen Blick auf den blutverkrusteten Schnitt zu werfen, um dann, als es in ihrem Magen unangenehm grummelte, alle weiteren medizinischen Schritte auf die Zeit nach dem Frühstück zu verschieben.

Aus dem Haus war das Klappen einer Schranktür zu hören, etwas polterte, Erik fluchte leise. Lizzi musste lächeln. Warum machte es ihr Freude, fragte sie sich mit dem Anflug eines schlechten Gewissens, wenn Erik etwas misslang? Er bemühte sich um ihre Sicherheit, sorgte sich um ihr körperliches Wohl und hatte ganz offensichtlich die Hälfte seines Vorratsschrankes in seinen Rucksack gestopft, um ihren morgendlichen Hunger zu stillen. Wobei, ergänzte Lizzi ihren Gedanken, Letzteres vermutlich purer Eigennutz war, wusste Erik doch, wie unerträglich sie ohne Frühstück sein konnte.

Lizzi drehte sich um und ging ein paar Schritte über den Hof, um einen Blick Richtung Dorf zu werfen. Für einen Augenblick stellte sie sich vor, wie es wäre, hier zu leben, ohne das ewige Grundrauschen der Großstadt, ohne den Abgasgestank, ohne die Abende in Gabis Kneipe, ohne Falafel und einsame Fernsehabende. Das Gefühl, das sich in ihr ausbreitete, irritierte sie, und eilig stellte sie sich ihm entgegen: Stattdessen säße sie in der Einöde fest, in einem Kaff, in dem jeder jeden kannte und in dem es unmöglich war, in einer anonymen Masse zu verschwinden, wenn einem danach war. Hier draußen in der Pampa brauchte man nur einmal kurz auf einem Baugerüst herumzuturnen, schon zerrissen sich alle das Maul und starrten einen an, als hätte man zwei Nasen. Und als gäbe es nichts Wichtigeres zu tun, stellten sie unvorteilhafte Videos ins Netz. Wobei: Das mit dem Video hätte ihr auch in Frankfurt passieren können.

Ein Wagen näherte sich auf der Straße vom Dorf kommend, stoppte an der Einfahrt zu dem Weg, der zu Eriks Grundstück führte. Lizzi stutzte. Erwartete Erik jemanden? Auch gestern war schon jemand unangekündigt vorbeigekommen. Dennoch war sie unruhig. Sie eilte zurück zum Haus, rief seinen Namen, Momente später stand er in der Tür. Seine Stirn war gerunzelt, offenbar hatte ihre Stimme besorgt geklungen.

»Was ist los?«

Sie wies auf den Zufahrtsweg, auf dem sich in einer Staubwolke der unbekannte Wagen näherte.

Erik reagierte sofort. »Los! In die Scheune!« Eilig warf er die Türen des Wagens zu, ohne sie zu verriegeln, dann lief er zum Haus, schloss die Eingangstür ab und folgte Lizzi zum Scheuneneingang. Es gelang ihnen, die Torflügel zuzuziehen und den Riegel auf der Innenseite vorzuschieben, gerade als der Wagen mit knirschenden Reifen auf den Hof fuhr.

Lizzi linste durch eine Ritze im Holz und hielt die Luft an. Zwei Männer stiegen aus dem Wagen – es waren Koons und Cummings. Wie hatten die beiden sie so schnell gefunden? Auch Erik neben ihr hatte die Männer gesehen. Er bedeutete ihr, leise zu sein, ein dämlicher Hinweis, fand Lizzi und rieb sicherheitshalber ihre Nase, in der es verdächtig kitzelte, die Holzbalken des Tores vor ihr waren staubbedeckt.

»Am Ende der Scheune hinter dem alten Bauernschrank gibt es einen Hinterausgang«, wisperte Erik ihr ins Ohr. »Wenn ich Ihnen das Zeichen gebe, laufen Sie in den Garten und außen um das Haus herum.«

»Und warum?«

»Tun Sie einfach, was ich Ihnen sage!« Eriks Stimme klang genervt.

Lizzi ersparte ihm eine Antwort und nickte nur.

Die beiden Männer draußen hatten sich suchend umgesehen, jetzt gingen sie zum Haus. Während der eine an der Tür rüttelte, schaute der andere durch die Fenster in das Innere.

Mit großen Augen sah Lizzi, wie Erik leise den Riegel zurückschob und einen der Torflügel einen Spalt breit öffnete.

»Jetzt gehen Sie schon!«

Lizzi eilte durch die Scheune. Sie fand den Bauernschrank und entdeckte nach einer Weile auch die Tür, sie würde sich durch den Spalt zwischen Wand und Schrankrückwand quetschen müssen, um zu ihr zu gelangen. Was für ein bescheuerter Platz für so ein Möbelstück, dachte sie, bis ihr einen Lidschlag später klar wurde, dass Erik den Schrank möglicherweise bewusst an diesen Platz gestellt hatte, für genau so eine Situation wie diese.

Erik stand am Tor, sah durch den Spalt hinauf auf den Hof. Sein Körper war angespannt wie eine Raubkatze kurz vor dem Sprung. Unbewusst hielt Lizzi den Atem an. Er hob seine Hand, ohne zu ihr zu sehen, dann senkte er sie und wiederholte die Bewegung mehrfach, um sicherzugehen, dass sie sein Zeichen auch als solches verstand. Lizzi verzog den Mund: Sie lief zwar nicht ständig vor zwei Mördern davon, aber dämlich war sie nicht. So schnell sie konnte, quetschte sie sich durch den Spalt. Für einen Moment durchschoss sie der Gedanke, dass die Tür verschlossen sein könnte, doch der Hinterausgang ließ sich ohne Probleme öffnen. Leise huschte Lizzi in den Garten, dann schlich sie sich um das Haus herum und näherte sich dem Hof von der anderen Seite. In der Deckung eines Buschs kroch sie näher heran, bis sie durch die Blätter den Wagen der Engländer und auch Koons und Cummings sehen konnte.

Die beiden hatten Werkzeug aus ihrem Wagen geholt und wollten sich gerade daranmachen, die Eingangstür von Eriks Häuschen aufzubrechen, als plötzlich eine leise Stimme aus der Scheune drang. Lizzi lauschte verblüfft. War das noch ein Überraschungsbesucher? Erst als der Stimme Musik folgte, begriff Lizzi, dass Erik das alte Röhrenradio eingeschaltet hatte.

Auch die beiden Männer waren auf die Stimme aufmerksam geworden. Ihr Einbruchswerkzeug in der Hand, gingen sie zur Scheune hinüber. Lizzis Magen zog sich zusammen, als sie sah, dass der eine der beiden seinen Akkuschrauber in die Tasche steckte und stattdessen eine silbern glänzende Waffe hervorholte. Auch der zweite Mann tauschte den Schraubendreher in seiner Hand mit einer Pistole. Vorsichtig zogen die beiden das Tor auf, verschwanden im Inneren der Scheune.

Lizzi biss sich auf ihre Lippen. Die Vorstellung, dass Erik mit den beiden Männern in dem Schuppen war, gefiel ihr überhaupt nicht. Auf der anderen Seite, versuchte sie, sich zu beruhigen, hatte Erik die Engländer bewusst in die Scheune gelockt, er wusste also, was er tat. Erik war ein Profi, das hatte sie inzwischen verstanden. Und dennoch weigerte sich ihr Magen standhaft, sich zu beruhigen. Alles wäre besser als die Hände in den Schoß zu legen, doch was konnte sie tun? Den beiden Männern mit ihrem Schuhabsatz die Waffe aus der Hand schlagen?

In ihre Gedanken vertieft hätte sie fast übersehen, dass Erik aus der Scheune gehuscht war und leise die Torflügel in das Schloss drückte. Dann holte er einen langen Schlüssel aus seiner Hosentasche, schob ihn behutsam in das Schloss und drehte ihn. Es knirschte, dann hallte ein lautes Klacken über den Hof, als der Schließmechanismus im Innern das Tor verriegelte. Momente später war aus der Scheune ein Poltern zu hören, dann rüttelte jemand von innen an der Tür. Wütende Stimmen drangen durch das Holz der Torflügel.

»Lizzi!« Erik sah sich suchend um. Lizzi sprang auf, quetschte sich durch die Äste des Buschwerkes und rannte quer über den Hof auf Erik zu. Irritiert sah sie seinen erleichterten Gesichtsausdruck, offenbar hatte auch er sich um sie Sorgen gemacht. Dabei war sie nur ums Haus herumgelaufen, während er mit Koons und Cummings Verstecken gespielt hatte.

»In den Wagen, schnell!«

Das Geräusch eines Schusses war zu hören, dann ein zweites. Lizzi hatte das Gefühl, dass etwas dicht an ihr vorbeisirrte. Ihr blieb keine Zeit, länger darüber nachzudenken, denn Erik hatte sich schon über sie geworfen und stieß sie ohne Rücksicht durch die geöffnete Fahrertür ins Innere des Wagens. Der Ganghebel schabte schmerzhaft über ihren Unterschenkel, als sie weiter auf den Beifahrersitz krabbelte, und sie stieß sich den Kopf an der Tür, als Erik, der direkt nach ihr kam, sie nach vorne schob und sich anschließend hinter das Lenkrad warf.

»Festhalten!«

Der Motor des Geländewagens heulte auf, der Wagen machte einen Satz, und mit knirschenden Reifen schlitterten sie vom Hof. Lizzi glaubte noch, das Geräusch weiterer Schüsse zu hören, dann hatten sie Eriks Grundstück hinter sich gelassen und jagten den Weg hinunter zur Straße.

Besorgt sah Erik sie an. »Ist alles in Ordnung?«

Lizzi rieb sich die schmerzende Stirn. »Wenn ich von der Beule absehe, die Sie mir eben zugefügt haben, geht es mir blendend.«

Ein Lächeln umspielte Eriks Mundwinkel. »Solange Sie noch Witze machen, kann es nicht so schlimm sein.«

»Da sieht man es mal wieder: Kaum ist man tapfer, interessieren sich die Männer nicht mehr für einen.« Lizzi versuchte ein Lächeln, doch ihre zitternden Hände zeigten ihr, dass sie den Schock über die Ereignisse nicht so leicht wegsteckte. Für einen Moment legte Erik beruhigend seine Hand auf ihre. Dann griff er wieder zum Lenkrad und steuerte den Wagen, ohne abzubremsen, auf die Straße.

12

Lizzi hatte sich in der Kurve abstützen müssen, jetzt lehnte sie sich zurück, während Erik das Fahrzeug beschleunigte. Der sanfte Druck seiner Hand hatte sich gut angefühlt. Ihr Atem beruhigte sich langsam.

Endlich erreichten sie die ersten Ausläufer des Waldes, und, ohne den Fuß vom Gaspedal zu nehmen, bog Erik in eine schlecht geteerte Straße ein, die sich zwischen mächtigen Bäumen hindurchschlängelte. Erik schien genau zu wissen, wo er Schlaglöchern ausweichen musste, konzentriert lenkte er den Geländewagen um sie herum, nur selten misslang ihm ein Manöver. Lizzi musste sich festhalten, um nicht von links nach rechts geworfen zu werden. Erneut stieß sie sich den Kopf, Erik ließ ihren Fluch unkommentiert. Ohne Vorwarnung bog er ein weiteres Mal ab und scherte in einen der zahlreichen ungeteerten Seitenwege für Waldarbeiter aus. Lizzi wurde flau im Magen, als der Wagen ausbrach und seitwärts schlitterte. Gekonnt lenkte Erik gegen, um die gleitenden Räder wieder einzufangen. Lizzi, die den abrupten Richtungswechsel nicht hatte vorausahnen können, hatte Mühe, sich in ihrem Sitz zu halten.

»Geht es auch ein bisschen langsamer?«, beschwerte sie sich. »Mir wird noch schlecht.« Mit Schrecken sah sie, dass dieser Weg, soweit man ihn überhaupt als solchen bezeichnen konnte, noch mehr Löcher aufwies als der vorherige, und dennoch fuhr Erik mit unvermindertem Tempo weiter.

»Dann sollten Sie vorher denen hinter uns Bescheid sagen, dass sie sich Zeit lassen, damit wir unseren Vorsprung beibehalten.«

»Sie nehmen mich nicht ernst.«

»Ich erklär es Ihnen: Wir haben zwei Vorteile«, antwortete Erik, ohne seinen Blick vom Weg zu nehmen, »den Geländewagen und dass ich mich hier auskenne. Wenn wir beide Karten voll ausspielen, können wir sie abschütteln. Nehmen Sie dafür ein bisschen Übelkeit in Kauf?«

Lizzi blies Luft durch ihre Nase. »Dann warnen Sie mich bei der nächsten Kurve wenigstens vor, bevor Sie einen auf James Bond machen«, grummelte sie.

»Sie können gern das Steuer übernehmen, wenn Sie glauben, dass Sie es besser hinbekommen.«

»Erstens meinen Sie das sowieso nicht ernst, und zweitens habe ich keinen Führerschein.«

»Dann wäre das ja geklärt.«

Fast zeitgleich fuhr Erik ungebremst durch ein Schlagloch, das er übersehen hatte.

»Achtung, da war ein Schlagloch«, grinste Erik Lizzi in einem kurzen Seitenblick an, bevor er seine Augen wieder auf den Weg vor ihm heftete, der inzwischen über Stock und Stein ging.

Lizzi verdrehte die Augen und hielt sich mit beiden Händen fest. Insgeheim war sie froh, dass Erik einen gut gefederten Geländewagen besaß. Jetzt war ihr auch klar, woher die Schrammen und Beulen stammten. Die konzentrierte Ruhe, mit der Erik durch die immer holpriger werdende Landschaft heizte, ließ keinen Zweifel daran, dass es nicht das erste Mal war, dass er diese Strecke fuhr.

Abgelenkt durch ihre Gedanken hatte Lizzi eine Weile nicht nach vorne geguckt. Als sie den Blick wieder durch die Fensterscheibe richtete, tat sich in dreißig Metern Entfernung eine Wand aus Bäumen und Büschen auf. Lizzi konnte nicht fassen, dass Erik weiter darauf zuhielt, sie hob die Hände schützend vor das Gesicht und stemmte die Füße gegen den Boden.

»Achtung!«, schrie sie.

Erik reagierte nicht.

In ihrer Angst griff Lizzi mit ihrer Hand ins Lenkrad, um den Wagen umzulenken. Erik fluchte, und nur mit Mühe gelang es ihm, das ausbrechende Fahrzeug unter Kontrolle zu bringen. In letzter Sekunde riss er das Steuer herum und lenkte den Wagen kurz vor einem Baum wieder auf seine Spur, bog schlitternd in eine kaum sichtbare Öffnung im seitlichen Unterholz ab. Dabei überfuhr er mit dem linken Reifen ein Hindernis, der Wagen machte einen Satz, bevor er scheppernd wieder auf dem Boden aufkam. Lizzi schrie vor Schreck laut auf.

Erst hier, im Schutz des Dickichts, brachte Erik den Wagen zum Stehen. Wütend schlug er aufs Lenkrad. »Sind Sie verrückt geworden!? Was sollte das eben? Wir hätten uns den Hals brechen können«, schimpfte er. »Kein Wunder, dass Sie keinen Führerschein haben.«

Blass und schweißgebadet saß Lizzi auf ihrem Sitz und starrte durch die Windschutzscheibe. Die Haare hingen ihr verschwitzt in die Stirn, ihre Hände zitterten, und ihr Herz klopfte so stark, dass sie das Gefühl hatte, die Schläge wären von außen zu hören. In ihrem Kopf war ein Rauschen, durchzogen von einem Sirren, das sich wie ein Band durch beide Ohren zog. Eine unsichtbare Glocke umgab sie, die nichts von dem, was Erik ihr an den Kopf geschleudert hatte, zu ihr durchließ. Sie nahm seinen Wutausbruch als unartikulierten Schwall aus der Ferne wahr, dessen einzelne Worte keinen Sinn ergaben. In diesem Moment befand sich Lizzi nicht hier an diesem Ort, sie war woanders, ohne zu wissen, wo – abgeschnitten von der restlichen Welt. Dann musste sie weinen, die Tränen sprudelten aus einer tiefen Quelle an die Oberfläche und flossen wie ein Sturzbach über ihr Gesicht. Sie konnte nicht mehr aufhören zu schluchzen.

Ob es ein paar Sekunden dauerte oder ein paar Minuten, konnte Lizzi nicht sagen, denn die Tränen versiegten genauso plötzlich, wie sie gekommen waren. Lizzi landete wieder im Hier und Jetzt, erschöpft zwar und mit brennenden Augen, doch wenigstens hatte sich das Rauschen und Sirren verzogen, die Glocke um sie herum war fort, und sie hatte die Kontrolle über ihre Hände wiedergewonnen. Erst jetzt bemerkte sie Eriks Hand auf ihrer Schulter und, als sie kurz zu ihm herübersah, auch seinen bestürzten Blick.

»Geht es wieder?«, fragte er mit einer ungewohnten Sanftheit.

Lizzi nickte zögernd.

»Das sah nach einer Panikattacke aus. Haben Sie so etwas schon öfter erlebt?«

Lizzi schüttelte den Kopf. Sie hatte keine Erklärung, was mit ihr passiert war, nur eine leise Ahnung, die sich tief in ihr anschlich.

Sie sah auf zu ihm. »Wir müssen hier weg. Die Verfolger …«

»Keine Sorge, hier sind wir sicher«, beruhigte Erik sie. »Die

Lichtung ist von außen kaum zu sehen, das haben Sie ja selbst gemerkt.«

Lizzi schwieg.

»Es tut mir leid, dass ich Sie angeschrien habe. Sie konnten nicht wissen, was ich vorhabe, ich hätte Sie vorwarnen müssen.« Er verstummte.

Im Wagen war es so still, dass man durch die Scheiben hindurch das Rascheln der Blätter im Wind hören konnte.

Eriks Blick ruhte auf Lizzi. Sie wusste, warum er eine Pause machte. Er hoffte, sie würde ihm verraten, woher die Panik kam. Er wollte nicht bohren, sie sollte von sich aus erzählen.

Doch Lizzi wollte nicht darüber reden. Tief atmete sie ein, als könnte sie mit dem Sauerstoff Mut inhalieren. Sie spürte der Luft nach, die in ihren Körper floss, ihren Bauch weitete und dann wieder aus ihr herausströmte und sie ruhiger werden ließ. Doch ein Lächeln gelang ihr noch nicht besonders gut. »Ich dachte, Sie wollten mich umbringen«, sagte sie stattdessen, »weil ich Sie so nerve.«

»Sie müssen mir nichts vormachen.« Eriks Blick ließ keinen Zweifel daran, dass Lizzi sich keine Mühe zu geben brauchte, mit einem Witz der Situation ihren Ernst zu nehmen.

»Es ist wegen meiner Mutter …«, setzte sie an, um gleich wieder abzubrechen und erneut einen Anfang zu wagen. »Sie ist bei einem Autounfall gestorben.«

Jetzt war es raus. Nur ein paar Worte, wie Lizzi sie täglich tausendfach nutzte. Und doch hatte sie diesen Satz in den letzten sechsundzwanzig Jahren nicht über die Lippen gebracht, weder als sie mit ihrem Vater nach Deutschland zurückgezogen war noch als sie ins Internat wechseln musste und ihre neuen Mitschüler wissen wollten, mit wem sie es zu tun hatten. All die Jahre hatte sie die Furcht vor diesem Satz wie eine schwere dunkle Wolke begleitet. Immer hatte Lizzi befürchtet, dass irgendetwas Schreckliches passieren würde, wenn sie ihn laut aussprach. Doch es geschah nichts. Erik nickte, das war alles.

»Ich weiß. Sie waren erst sechs«, sagte er nach einer Pause, die Lizzi wie eine Ewigkeit vorkam. In seiner Stimme lag weder Erstaunen noch Neugier. Ausschließlich Interesse.

»Woher wissen Sie das?«, fragte Lizzi und wusste im nächsten Moment die Antwort, ohne dass Erik etwas sagen musste: Natürlich hatte ihr Vater ihm von dem Unfall erzählt.

»Jetzt wissen Sie, warum ich keinen Führerschein gemacht habe«, erklärte sie mit bemühtem Lächeln.

»Aus Angst, Sie könnten bei einem Unfall sterben?«

Lizzi schüttelte den Kopf.

»Was war es dann?«

»Ich weiß, wie grausam es sich anfühlt, jemanden zu verlieren. Ich könnte nicht mit der Schuld leben, wenn jemand wegen mir seine Angehörigen verliert.«

Während sie sprach, hatte Lizzi angespannt durch die Frontscheibe nach draußen gesehen und einen Ast im Dickicht anvisiert, um Erik nicht in die Augen blicken zu müssen. Jetzt wandte sie ihm ihr Gesicht zu und sah seinen verständnisvollen Blick auf ihr ruhen. In diesem Moment fiel alle Anspannung von ihr ab, erstaunt spürte sie, wie der Schutzpanzer, den sie um ihre Seele und die Ereignisse jener Nacht gelegt hatte, rissig und durchlässig wurde. Und doch hatte sie keine Angst, denn ihr wurde klar, Erik würde sich nicht lustig über sie machen, er würde nicht einmal daran denken.

»Das ist ein ziemlich guter Grund, um nicht Autofahren lernen zu wollen«, sagte er.

Lizzi nickte und wandte den Blick ab.

»Jetzt habe ich Ihnen mehr über mich verraten als meinem Daddy«, sagte sie dann. »Der denkt, ich halte Autos für Teufelszeug.«

»Meinen Sie nicht, Ihr Vater hat längst eins und eins zusammengezählt?«

Lizzi blies Luft in ihre Wangen. Natürlich hatte Erik recht, wie kindisch ihre Annahme doch war. »Schätze, es ist schwer, seinen Eltern etwas vorzumachen.«

»Was wäre so schlimm daran gewesen, Ihrem Vater die Wahrheit zu erzählen?«

»Er hätte versucht, mich zu überzeugen, dass es falsch ist, sich von der Vergangenheit unterkriegen zu lassen. Dass man ihr ins Auge blicken muss. Und ich wäre zu schwach gewesen, mich gegen ihn zu stellen.«

»Als schwache Tochter kann ich Sie mir wirklich nicht vorstellen. Ich glaube eher, dass Sie Ihren Vater ganz schön gefordert haben.«

Ein Lächeln huschte über Lizzis Gesicht, diesmal ein echtes. »Das könnte stimmen. Zumindest aus seiner Sicht.«

Erik lächelte, dann öffnete er seine Tür, um auszusteigen.

»Was haben Sie vor?«

»Ich will mir die Vorderachse anschauen. Es hat vorhin ziemlich geknallt. Wenn die Achse was abbekommen hat, haben wir ein Problem. Hier im Wald wird es schnell dunkel.«

»Sie fürchten sich im Dunkeln?«, fragte Lizzi erstaunt.

»Das ist nicht der Grund. Im Dunklen kann man weder einen Schaden reparieren, noch würde ein Abschleppwagen herfinden.«

»Sie sind so pessimistisch. Es ist doch noch hell.«

Erik sprang aus dem Sitz nach draußen und besah sich den Wagen von außen. »Sie kennen sich nicht aus mit dem Wald«, sagte er, als er den Wagen einmal umrundet hatte. »Sie kommen aus der Großstadt.«

»Sie glauben nicht, wie viel Licht die Hochhäuser im Bankenviertel schlucken.«

»Wir können uns gern ein anderes Mal über den Unterschied zwischen Häusern und Bäumen austauschen.«

»War ja klar, dass Sie das festlegen.«

»Haben Sie vergessen, warum wir hier sind?«

»Ganz bestimmt nicht«, seufzte Lizzi und stieß ebenfalls die Tür auf, die frische Waldluft tat ihr gut. »Die Namen Koons und Cummings kann ich im Schlaf rückwärts buchstabieren.«

»Dann wissen Sie auch, dass die beiden gefährlich sind: Wenn sie merken, dass wir sie an der Nase herumgeführt haben, machen sie kehrt und pflügen den Wald nach uns um.«

Lizzi antwortete nicht. Ein Schauer lief ihr den Rücken hinunter, als sie an die beiden Männer auf Eriks Hof dachte und an die Schüsse durch das Tor der Scheune, die sie vermutlich nur knapp verfehlt hatten.

Erik hockte sich auf den Waldboden, dann ging er in den Liegestütz, um den Unterboden seines Wagens zu inspizieren.

»Sie haben mich vorhin angelogen, als Sie gesagt haben, wir sind hier sicher«, stellte Lizzi ernüchtert fest.

Erik kam wieder hoch und klopfte sich Erdkrümel und trockene Blätter von den Händen. »Fürs Erste sind wir das ja auch, Sie müssen also keine Angst haben. Und sobald der Wagen fahrbereit ist, suche ich uns ein Versteck, das besser geeignet ist als mein Haus.«

Lizzi ließ Eriks Worte für einen Moment in ihrem Kopf

nachhallen, dann schüttelte sie den Kopf. »Nein«, erwiderte sie. »Sparen Sie sich die Mühe.«

Erik, der gerade die Reifen prüfte, hielt verwundert inne. »Wollen Sie sich für den Rest Ihres Lebens im Wald verstecken?«

»Ganz bestimmt nicht. Vor allem aber möchte ich nicht den Rest meines Lebens davonlaufen.«

»Was wollen Sie dann?«

»Das fragen Sie? Herausfinden, was mein Vater getan hat, dass er von zwei Mördern verfolgt wird.«

»Und wie wollen Sie das anstellen?«

»Weiß ich noch nicht. Aber alles ist besser, als nichts zu tun.«

»Ich kann Sie gut verstehen. Aber ich fürchte, was Sie vorhaben, ist gefährlich.«

»Dafür nehme ich mein Leben wieder selbst in die Hand.«

»Bei Ihnen klingt das so einfach wie Zähneputzen.«

»Sich dafür zu entscheiden ist so einfach.« Lizzi machte eine Pause, in der sie Erik unverwandt in die Augen blickte. »Was ist?«, fragte sie schließlich. »Kann ich auf Ihre Unterstützung zählen?«

»Es gibt da einen Haken«, wich Erik aus. »Der Deal mit Ihrem Vater. Ich bin sicher, er hätte etwas dagegen.«

Lizzi starrte Erik an, als hätte er beim Sprechen Ameisen ausgespuckt. »Meinen Sie das im Ernst?!«, fragte sie ungläubig, während sie spürte, wie in ihr die Wut hochkochte. »Mit mir hat mein Vater nichts abgesprochen. Soll ich wegen ihm von jetzt an mein Leben in einem Safe verbringen oder mich auf der Straße ständig umdrehen, ob jemand hinter mir her ist? Glauben Sie mir, am liebsten würde ich streiken und hier sitzen bleiben, aber das bringt nichts, weil die Engländer dann kurz darauf wie die Wespen um mich herumschwirren und mich erst wieder in Ruhe lassen, wenn sie mich verspeist haben. Schon vergessen? Ich bin es, um die es hier geht!« Ärgerlich stieß Lizzi den Atem aus. »Und was machen Sie? Sie denken nur an Ihr Geld! Sie haben doch nur Angst, dass mein Vater sein Honorar zurückverlangt, wenn er herausfindet, dass Sie nicht getan haben, was er von Ihnen verlangt hat. Können Sie nicht einmal Ihre supervernünftige vordere Stirnhirnrinde in Ihrem Schädel ausschalten und stattdessen Ihrem limbischen System eine Chance geben und mir helfen, weil Sie ein Personenschützer sind und kein Beamter …«

»Schon gut«, unterbrach Erik sie, »Sie können aufhören, ich habe verstanden. Trotzdem liegen Sie falsch. Ich habe keine Angst um mein Honorar …«

»Wenn Sie denken, dass ich Sie stattdessen bezahle, haben Sie sich geschnitten«, unterbrach Lizzi ihn.

»Das wäre das Letzte, was mir in den Sinn käme. Nein, Sie haben mich mit Ihrem Plädoyer überzeugt. Genau genommen waren es die Wespen.«

»Die Wespen?«

Erik ließ seinen Zeigefinger in der Luft kreisen. »Die man nicht loswird.«

Lizzi war irritiert. »Heißt das, Sie helfen mir?«

»Ja.« Erik nickte. »Aber vorher muss der rechte Vorderreifen ausgewechselt werden, er hat einen Riss im Gummi. Danach können wir über alles reden.«

»Kein Trick, damit ich schweige und Sie Ihre Ruhe haben?«

»Ich schwöre«, beteuerte Erik mit lässig erhobenen Fingern.

Lizzi war noch nicht ganz überzeugt. »Zeigen Sie mir erst Ihre andere Hand, die hinter Ihrem Rücken.«

Erik tat es. Erfreut schenkte Lizzi ihm ein Lächeln. »Okay. Ich glaube Ihnen. Also erst der Reifen, und dann überlegen wir gemeinsam, was wir tun werden?«

»Ja. Darf ich weitermachen?«

Lizzi nickte. »Ich esse so lange etwas.«

Mit diesen Worten drehte sie sich zum Rücksitz um, zog Eriks Proviantrucksack zu sich und schnürte ihn auf.

Erik zögerte. »Geht es Ihnen wieder besser?«, fragte er.

Für einen Moment hielt Lizzi inne und besann sich, bevor sie sich Erik zuwandte. In der Tat fühlte sie sich ausgeglichener als zuvor, beinahe euphorisch. So als hätte sich durch die Panikattacke und das Gespräch mit Erik ein Pfropfen gelöst. Oder war es, weil sie nach Tagen der Anspannung zum ersten Mal so etwas wie Hoffnung verspürte? Nicht alleine mit all dem Mist zu sein? Lizzi konnte die Frage nicht beantworten.

»Ich bin auf dem richtigen Weg«, wich sie aus, »nur mein Energiespeicher ist restlos leer.«

Sie erhielt ein verständnisvolles Lächeln, dann ging Erik zum Heck des Wagens und machte sich an die Arbeit.

13

Lizzi fokussierte sich auf den Inhalt des Rucksacks. Tatsächlich schien ihr Gefühlsausbruch alle Kraftreserven aufgebraucht zu haben, und der Anblick von Eriks üppigem Proviant hellte ihre Stimmung auf. »Sie haben nicht übertrieben, davon werde ich satt«, sagte sie und zog freudig ein in Papier eingewickeltes Sandwich hervor, betrachtete es neugierig wie ein Überraschungspaket.

Erik hob den Ersatzreifen aus seiner Befestigung an der rückwärtigen Tür und legte ihn neben dem defekten Vorderrad ab, bevor er die hintere Tür öffnete. »Wollen Sie lernen, wie man Reifen wechselt? Sie könnten anderen bei einer Panne helfen.«

Lizzi winkte ab, während sie aus dem Wagen kletterte und dabei in ein Käsesandwich biss. »Ich weiß, wie das geht.«

Erik glaubte ihr kein Wort. »Dann können Sie ja für mich übernehmen.«

»Mir vor dem Essen die Hände schmutzig machen? Nein danke.«

Schmunzelnd nahm Erik Wagenheber, Kurbel und Steckschlüssel aus einem eingebauten Kasten im Innern des Wagens und legte alles auf dem Waldboden ab. »Wie heißt noch diese Holzpuppe mit der langen Nase?«

»Pinocchio. Falls Sie mir damit auf die nette Art sagen wollen, dass Sie mir nicht glauben, ist das nicht mein Problem.«

»Keine Sorge, ich freu mich, dass Sie wieder die Alte sind.«

»Mmh, höre ich da eine Spitze heraus?«, fragte Lizzi, während sie genussvoll ein weiteres Mal von ihrem Sandwich abbiss.

»Was fragen Sie mich, Sie haben doch sonst auf alles immer die bessere Antwort«, grinste Erik.

»Das stimmt, aber meine Frage war auch nur rhetorisch gemeint. Natürlich war das eine Spitze.« Lizzi warf einen kurzen Blick in den von Baumkronen verdeckten Himmel. »Lassen Sie sich lieber nicht von mir ablenken, Sie wissen, es ist nicht mehr lange hell.«

Lizzi musste Erik nicht daran erinnern, er hatte den mit einem festen Stück Holz unterlegten Wagenheber bereits am Fahrzeugrahmen angesetzt, jetzt kurbelte er den Wagen vorsichtig hoch. Lizzi setzte sich auf einen moosüberwachsenen Baumstumpf und sah Erik zu, wie er schweigend und konzentriert arbeitete. Die gedämpfte Atmosphäre des Waldes schien ihm gut zu tun, und er strahlte dieses Wohlgefühl an seine Umgebung zurück, wie ein Stein in der Sonne, der am Abend seine gespeicherte Wärme wieder abgibt.

Für einen kurzen Moment tat Erik Lizzi leid, weil sie ihm mit ihrer Leidenschaft für viele Worte so zusetzte. Einen derart redseligen Menschen wie sie war er ganz bestimmt nicht gewohnt. Andererseits bekam er dafür Geld von ihrem Vater, nicht zu wenig, vermutete sie, denn immerhin hatte er eine exklusive Rund-um-die-Uhr-Betreuung übernommen. Sie kannte ihren Daddy als jemanden, der in Gelddingen zwar nicht unvernünftig handelte, aber genauso wenig knauserte und für seine elementaren Bedürfnisse wie schön zu wohnen oder gut zu essen gern viel ausgab. Sie sprachen zwar nie über

Geld, aber sie hatte den Eindruck, er konnte es sich leisten, auch mal großzügig zu sein. Auch sie hatte schon davon profitiert, als er die Dachwohnung gekauft hatte, um sie für Frankfurter Verhältnisse günstig an sie zu vermieten. Und jetzt profitierte Erik davon.

Doch eines musste sie insgeheim zugeben: Ihr Vater hatte mit Erik keine schlechte Wahl getroffen. Ihm fehlte glücklicherweise eine Reihe von männlichen Verhaltensauffälligkeiten, die Lizzi auf die Palme bringen konnten: Erik hielt sich nicht für den Größten des Universums und musste nicht bei allen Gelegenheiten seine Muskeln vorführen, obwohl Lizzi sie sehr wohl registriert hatte – zuletzt vor fünf Minuten, als er das Rad gewuchtet hatte. Sie sah Erik gerne zu, wie er mit festen Handgriffen die Schrauben aufdrehte. Seine unaufgeregte und zugleich zupackende Art gefiel ihr.

»Schmeckt es Ihnen nicht?«, hörte sie Eriks Stimme.

Lizzi tauchte aus ihren Gedanken wieder auf, sah ihn irritiert an. Er zeigte auf ihr Sandwich, das sie angebissen in ihrer Hand hielt. Sie hatte es ganz vergessen.

»Doch. Noch nie etwas von Slow Food gehört?«

»Wenn Sie nicht aufpassen, sind die Ameisen schneller satt als Sie.«

Lizzi folgte Eriks Blick und stippte zwei Ameisen von ihrem Ärmel, doch als sie an sich heruntersah, erkannte sie, dass die beiden nur die Vorhut einer Ameisenstraße bildeten, die sich bereits einen Weg über ihre Beine und ihren Oberkörper bahnte. Selbst auf ihrem Sandwich sichtete sie zwei Exemplare. Sofort warf Lizzi es weg und sprang wild an sich herumklopfend auf.

»Uäh, helfen Sie mir doch!«

»Nur die Ruhe, die fressen Sie schon nicht auf«, antwortete Erik. »Die stehen mehr auf Ihr Sandwich.«

»Was für ein Bodyguard sind Sie eigentlich?«, schimpfte Lizzi, während sie auf den Boden stampfte, um die Ameisen von ihren Schuhen abzuschütteln.

Erik ließ sich nicht aus der Ruhe bringen. »Sie wollen mir doch nicht erzählen, dass Sie mit ein paar Ameisen nicht alleine klarkommen.«

Statt einer Antwort fluchte Lizzi laut vor sich hin, während sie eine letzte Ameise von ihrem Knie wischte. Inzwischen hatten die anderen Tiere ihr Brot auf dem Boden entdeckt, aus dem Käse und Salat gequollen waren, und die Horde machte sich zu ihrem neuen Ziel auf. Im Nu war das Sandwich von krabbelnden Körpern bedeckt. Lizzi beobachtete es mit düsterer Neugier, immerhin hatten die Tierchen sie gerade um ihre wohlverdiente Mahlzeit gebracht.

Erik hatte nur kurz aufgeschaut und dann wieder weitergearbeitet. »Regel Nummer eins im Wald«, erklärte er grinsend, »erst gucken, dann setzen.«

»Mmh, danke für den Tipp, Herr Professor«, gab Lizzi zurück, die eben das Ameisennest neben ihrem Baumstamm entdeckte. Sie tat einen Schritt in die andere Richtung und schaute sich sichernd um, bevor sie sich entschied stehen zu bleiben.

»Ärgern Sie sich nicht«, sagte Erik, »nehmen Sie sich ein neues Sandwich. Es sind genug drin.«

»Danke, mir ist fürs Erste der Appetit vergangen«, klagte Lizzi.

»Ihre Entscheidung, Sie sind erwachsen«, antwortete Erik, dann schaute er in den größtenteils von Baumkronen verdeckten Himmel. »Es dämmert schon.«

»Tja«, gab Lizzi zurück. »Waldregel Nummer zwei: Pass auf, wo du hinfährst.« Im selben Moment, in dem sie die Worte aussprach, taten sie ihr leid, hatte sie doch einen Anteil daran, dass der Wagen nicht fahrtüchtig war. »Sorry, meine Klappe ist definitiv schneller, als Sie fahren können«, schob sie entschuldigend hinterher.

Erik, der den neu bereiften Wagen wieder zu Boden kurbelte, blickte kurz von der Arbeit zu ihr auf. »Kann man etwas dagegen machen?«

»Mein Daddy hat es aufgegeben.«

Erik grinste und verstaute den Wagenheber mitsamt dem Werkzeug wieder an seinem Platz. Lizzi hatte in der Zwischenzeit ein weißes Papiertaschentuch aus ihrer Handtasche gezogen und schwenkte es wie eine weiße Fahne in der Luft.

»Sie geben auch auf?«, wollte Erik wissen.

»Nein«, sagte sie, auf seine schmutzigen Hände zeigend. »Ich wollte ausnahmsweise nett sein.«

»Danke.« Erik nahm das Tuch, rieb damit seine Hände notdürftig ab, dann knüllte er es zusammen und warf es neben die Werkzeugkiste. »Also los!«

Nachdem Lizzi neben Erik auf den Beifahrersitz geklettert und angeschnallt war, ließ Erik den Motor an und setzte zurück. Doch etwas blockierte die Räder, so als würden sie von einer unsichtbaren Hand festgehalten. Mit gerunzelter Stirn sprang Erik vom Sitz, um nachzusehen. Lizzi reckte neugierig den Hals durchs offene Fenster. »Haben Sie den kaputten Reifen unter dem Auto vergessen?«, zog sie ihn auf.

Eriks Blick verriet nichts Gutes, als er wieder auf seinen Sitz kletterte. »Die Hinterachse hat sich in einer Baumwurzel verhakt«, klärte er Lizzi auf.

»Entspannen Sie sich«, antwortete Lizzi.

»Ich bin entspannt.«

Erik startete den Motor und schaltete in den ersten Gang, um vorwärts herauszufahren. Behutsam drückte er aufs Gaspedal, doch ein metallisches Knirschen am Unterboden ließ ihn den Fuß sofort herunternehmen. Der Wagen hatte sich festgefahren.

»Das kann nicht wahr sein«, fluchte Erik, während er ausstieg.

Lizzi folgte ihm. Mit verschränkten Armen sah sie Erik zu, wie er sich auf den Boden kniete und in den Liegestütz ging, um unter den Wagen schauen zu können. Da es bereits dämmerte, lag der Boden darunter im Schatten.

Lizzi wartete gespannt. »Was ist los?«, fragte sie, als Erik sich wieder aufrappelte und nachdenklich seine Hände abklopfte.

»Es gibt eine gute und eine schlechte Nachricht«, antwortete er. »Die Wurzel hat sich zwischen Auspuff und Wagenboden verkantet. Ich muss sie entfernen.«

Lizzi verzog das Gesicht. »Wenn das die gute Nachricht war, dann möchte ich nicht wissen, welche die schlechte ist. Oder doch, lassen Sie mich raten: Sie haben keine Säge.«

»Doch«, sagte Erik, während er in seiner Werkzeugkiste herumkramte.

Ungeduldig sah Lizzi ihm zu. »Jetzt sagen Sie es endlich: Was ist los?«

»Der Katalysator hängt herunter. Entweder er ist abgerissen oder verbogen. Um die Größe des Schadens zu erkennen, müssen die Wurzeln erst weg.«

»Das hört sich schon mal nach einem guten Plan an.«

Erik hatte gefunden, was er gesucht hatte, er zog eine kleine Säge heraus und nahm eine Gummimatte, die er unter dem Wagen ausrollte. Dann verschwand er bis zur Taille unter dem Wagen, um die Wurzel zu zersägen.

»So wie es aussieht, kommen wir heute nicht mehr weg«, tönte es unter dem Wagen hervor.

»Na toll. Sie haben gerade erst angefangen, und schon geben Sie auf«, stellte Lizzi verärgert fest. »Also gut, ich löse Sie ab.«

Eriks Kopf kam kurz zum Vorschein, er wirkte schlecht gelaunt. »Dann hoffe ich, dass Ihre Augen im Gegensatz zu meinen mit Superkräften ausgestattet sind. Gleich ist es hier unten nämlich stockfinster, ich bin froh, wenn ich bis dahin die Wurzel wegbekomme.«

»Sie müssen nicht laut werden, ich habe gute Ohren!«

Erik schob seinen Körper weiter unter den Wagen. »Dann hören Sie einfach mal zu! Kein Licht – keine Reparatur. Geht das in Ihren klugen Kopf?«, schnaufte er und begann über Kopf zu sägen.

»Also: Ich erkläre Ihnen kurz mal das ABC der Kommunikation«, wies Lizzi ihn zurecht. »Erst kommt der Sender, bevor der Empfänger ins Spiel kommt, auch Rezipient genannt. Bei einer fehlgeleiteten Kommunikation sollte der Sender seine Kommunikationsmittel überprüfen, bevor er sich an Schuldzuweisungen macht …«

»Schon gut, schon gut, Sie haben gewonnen.«

So leicht hatte Lizzi es sich nicht vorgestellt, ihn kleinzukriegen. Zufrieden machte sie ihm ein Friedensangebot: »Haben Sie keine Taschenlampen-App, mit der Sie leuchten können?«

»Wäre eine gute Sache, aber wenn die App meinen Akku ausgesaugt hat, ist mein Handy nutzlos hier draußen. Was ist mit Ihrem?«

Lizzi holte ihr Handy heraus, um es nach einem kurzen Blick auf die Anzeige sofort wieder wegzustecken. »Mein Akku ist nicht mal mehr halbvoll.«

Statt einer Antwort unterbrach Erik seine Arbeit.

»Was soll's«, sagte er, während er Lizzi sein Handy entgegenstreckte, auf dem er bereits die Taschenlampen-App herausgesucht hatte. »Ein paar Minuten werden nicht schaden. Leuchten Sie mir?«

Lizzi nahm das Handy und ging in die Knie, um es für Erik zu halten. »Wie stellen Sie sich das überhaupt vor: Wo sollen wir heute Nacht bleiben?«

»Hier.«

»Im Auto!?«

»Falls Sie in der Umgebung irgendwo ein Hotel finden, lassen Sie es mich wissen.«

»Sie sind gehässig. Irgendwo in der Nähe wird es doch einen Ort geben, wo wir unterkommen können. Oder wenigstens ein Dorf.«

Für einen Moment erstarb das Geräusch der Säge und Eriks Kopf lugte unter dem Wagen hervor. »Mit ›irgendwo‹ haben Sie es getroffen. Wenn Ihnen eine stundenlange Nachtwanderung durch den Taunus lieber ist, als hier den Morgen abzuwarten, meinetwegen.«

»Ich hab ganz vergessen, wir sind hier ja in der tiefsten Walachei von Kirgistan.« Lizzi runzelte die Stirn. Die Aussicht, durch die Dunkelheit zu stolpern, um am Ende womöglich auf eine geschlossene Pension zu treffen, missfiel ihr noch mehr als die, eine Nacht auf einem Autositz zu verbringen.

»Also gut«, seufzte sie.

Erik schien mit dieser Antwort gerechnet zu haben. »Okay«, kommentierte er Lizzis Entscheidung, ohne seine Arbeit zu unterbrechen.

Ein abgesägtes Wurzelstück tauchte unter dem Wagen auf. Lizzi sah zu, wie aus den Wurzelstücken, die Erik herausschob, nach und nach ein kleiner Haufen wurde, und lauschte dabei den vom leisen Schnaufen Eriks begleiteten Sägegeräuschen. Da ihr in der Hocke ungemütlich wurde und ihr Hunger sich nachdrücklich meldete, baute sie mit der freien Hand aus den Wurzelstücken eine Halterung für das Handy und stand auf. »Sie haben nur noch achtzig Prozent Ladung«, sagte sie.

»Die Wurzel schaffe ich noch.«

»Sobald Sie fertig sind, essen wir, also beeilen Sie sich.«

»Sie würden einen guten Coach für Boxer abgeben.«

Lizzi zog grinsend Eriks Rucksack vom Rücksitz, verschaffte sich diesmal einen genauen Überblick über den Inhalt, indem sie ihn auf dem Autositz ausbreitete und inspizierte, danach packte sie einen Teil des Proviants wieder ein, um ihn fürs Frühstück aufzuheben.

Kaum hatte sie nichts mehr zu tun, schwappten die Gedanken in sie zurück, die sie versucht hatte abzuschalten. War es nicht geradezu lachhaft, was ihr alles innerhalb so weniger Tage passierte? Jetzt saß sie auch noch in diesem Wald fest, in einer Gegend, die ihr nicht fremder sein könnte, und sie konnte nichts dagegen machen, außer zu warten, dabei kribbelte es ihr bis in die Zehenspitzen, etwas zu tun, um Antworten auf ihre Fragen zu finden. Obwohl sie nur ein Dutzend

Stunden vom nächsten Tag trennten, wusste sie, sie würde jede einzelne Stunde bis zum Morgen zählen. Und die Zeit bis dahin würde sie zum Planen nutzen.

Wenn doch wenigstens nicht dieser Hunger wäre. Ungeduldig wandte Lizzi ihren Kopf nach draußen.

»Wann sind Sie endlich fertig?«

»Fangen Sie ruhig an. Ihr Magen ist lauter als meine Säge.«

Das war Lizzi gar nicht aufgefallen, verblüfft legte sie die Hände auf ihren Bauch und spürte das Grummeln an den Handflächen. Dankbar nahm sie das Angebot an. Ein Sandwich und zwei Minigurken später robbte Erik unter dem Auto hervor und klopfte seine Kleidung ab.

»Sobald es morgen früh hell wird, kümmere ich mich um den Auspuff«, versprach er.

Lizzi streckte ihm ein Sandwich und eine Wasserflasche entgegen. »Sagen Sie das, um mich zu beruhigen? Ich brauche keinen Baldrian, sondern eine Idee, wo wir mit unserer Suche anfangen.«

»Was ist mit der Wohnung Ihres Vaters?«, fragte Erik, während er sein Brot aus der Papierhülle wickelte und hineinbiss. »Sie waren doch dort.«

»Ja, aber mir ist nichts aufgefallen, und ich habe in jede Ecke geschaut. Ich verspreche mir mehr von seiner Kanzlei. Sein Büro war zwar auch leer, aber sein PC stand noch auf dem Tisch. Vielleicht hilft uns sein Terminkalender weiter.«

»Die Polizei hat hundertprozentig die gleiche Idee gehabt und alle Geräte mitgenommen.«

»Und wenn Sie etwas übersehen haben?« Lizzi wusste, wie unwahrscheinlich das war, doch sie klammerte sich an jeden Strohhalm.

»Sie können dort sowieso nicht auftauchen, die Polizei sucht Sie, im besten Falle nur als Zeugin. Und das Öffnen einer von der Polizei versiegelten Tür ist eine Straftat, das wissen Sie selbst.«

»Puh, ich habe ganz vergessen, dass Sie der leibhaftige Pessimismus sind. Immer sagen Sie nur: Nein, niemals, geht nicht. Seien Sie doch mal für nur eine Sekunde bejahend und konstruktiv. Mir zuliebe.«

Erik, der gerade in sein Sandwich beißen wollte, hielt inne. »Gern, wenn es Sie glücklich macht: Sie könnten dafür ins Gefängnis gehen. Konstruktiv genug?«

»Sie sind ein hoffnungsloser Fall«, antwortete Lizzi, doch sie lächelte dabei, denn Erik hatte den Ton getroffen, den sie selbst so gern an den Tag legte. »Vielleicht haben die Nachbarn etwas gesehen oder die Ladenbesitzer im Viertel. Die kennen meinen Vater. Irgendwann muss er doch mit einem Koffer in der Hand aus seinem Haus gegangen und durch die Straßen spaziert sein.«

»Glauben Sie das wirklich?«

Nach kurzem Zögern schüttelte Lizzi den Kopf, Erik hatte recht. Jemand, der so sorgsam darauf bedacht war, seine Spuren zu verwischen, würde nicht im Viertel Schaulaufen gehen: Seht alle her, ich verreise! Sehr viel wahrscheinlicher war er still und heimlich in der Dunkelheit der Nacht verschwunden.

»Wir befragen sie trotzdem. Was für eine Möglichkeit haben wir denn sonst?«

Erik sah Lizzi an wie jemand, dem man schonend etwas beibringen muss. »Hören Sie, Lizzi: Sobald wir das machen, müssen Sie damit rechnen, dass die Polizei davon erfährt. Irgendjemand ist immer dabei, der das meldet. Immerhin steht

Ihr Vater mit einem ungeklärten Mord in Verbindung. Und wenn herauskommt, dass Sie am Samstag in der Kanzlei waren, dann trifft der Verdacht auch Sie.«

Lizzi biss missmutig in eine Minigurke. Es war zum Verzweifeln: Wer sonst konnte etwas wissen? Wer außer ihrem Vater selbst?

Auf einmal hellte sich Lizzis Gesicht auf. Einer Idee folgend, die ihr gerade gekommen war, holte sie ihr Handy heraus. »Ich habe sogar Empfang, zwei Balken!«

Erik hatte Lizzis Stimmungsumschwung irritiert verfolgt. »Alles in Ordnung mit Ihnen?«

»Ausgezeichnet, denn mir ist eben ein Gedanke gekommen, so banal wie grandios: Mein Vater hat seine Wohnung aufgelöst, und er hat seine Kanzlei leergeräumt, so als gäbe es ihn nicht mehr. Keine Aufzeichnungen, keine Dokumente, keine Fotos, nichts, woraus man Rückschlüsse ziehen könnte. Irgendwelche Einwände?«

Erik nahm einen Schluck aus seiner Wasserflasche. »Nein«, sagte er dann.

»Nur eine Sache hat mein Vater nicht bedacht«, fuhr Lizzi fort, »im Internet kann man seine Spuren nicht so einfach löschen.«

Lizzi machte eine Pause und sah Erik erwartungsvoll an.

»Das stimmt, aber mehr als seinen Instagram-Account haben wir nicht, da finden Sie nur nichtssagende Stillleben. Ich habe sie alle gesehen.«

»Vielleicht haben Sie nicht genau genug hingeguckt.«

»Was meinen Sie damit?«

»Erinnern Sie sich an die Spiegelung in dem letzten Bild, das er aufgenommen hat? Auf dem Bild mit der Vase? Das war der Tag, bevor er verschwunden ist, also Donnerstag. Er hat sich aus Versehen mit aufgenommen.«

»Sie meinen, man könnte seine Umgebung auf dem Foto erkennen.«

»Genau. Wenn wir wüssten, wo er sein letztes Foto gemacht hat, hilft uns das vielleicht weiter.«

Erik nickte anerkennend. »Sie sind echt gut.«

»Das weiß ich«, antwortete Lizzi. »Und zwar schon lange. Nur Sie merken es erst jetzt.«

Angesichts der Selbstverständlichkeit, mit der Lizzi das äußerte, musste Erik lachen. »Tiefstapeln ist nicht so Ihr Ding.«

»Wozu soll das gut sein?«, gab Lizzi zurück, während sie den Instagram-Account ihres Vaters aufrief. »Klein machen einen schon die anderen, darauf können Sie sich verlassen. Wenn es Sie überfordert, reiße ich mich am Riemen und denke mir Dinge aus, um mich schlechter zu machen.«

»Lassen Sie das lieber. Sonst weiß ich gar nicht mehr, woran ich bei Ihnen bin.«

Lizzi schenkte Erik ihr breitestes Lächeln als Antwort. Sie hatte gefunden, wonach sie gesucht hatte, und hielt ihm das Handy hin. »Hier ist es!«

Sie vergrößerte das Foto, um den Teil des Bildes genauer anzusehen, der die Reflexion ihres Vaters zeigte. Mit ihren Fingern schob sie den Ausschnitt hin und her, um sich Details anzusehen, dabei hielt sie das Display so, dass Erik alles mitverfolgen konnte. Doch je länger sie die körnigen Pixel untersuchte, desto sicherer war sie, nichts darauf zu erkennen. Weder die Vase, die ihr Vater fotografiert hatte, noch den Raum, in dem er sich befand.

»Das bringt nichts«, seufzte sie. Enttäuscht wollte sie das

Foto schließen, um sich das nächste vorzunehmen, doch Eriks Hand lag plötzlich auf ihrer. »Moment noch.«

Erstaunt sah Lizzi zu ihm hoch. »Haben Sie etwas erkannt?«

»Kann sein.« Erik nahm ihr das Handy ab und schaute sich das Foto genauer an. Schließlich nickte er. »Die quadratischen Linien im Hintergrund könnten von einem Sprossenfenster stammen. Sehen Sie?«

Erik gab Lizzi das Handy zurück, damit sie sich den Ausschnitt selbst anschauen konnte. Lizzi warf einen Blick darauf und zuckte dann mit den Schultern. »Keine Ahnung, wo das sein könnte. Sie?«

»Ja. In seinem Haus.«

»Welches Haus?«

»Das in Thüringen.«

Lizzi war sprachlos. »Bitte wiederholen Sie das noch einmal, sonst glaube ich das nicht. Er hat ein Haus in Thüringen?«

»Tut mir leid, dass Sie auch davon nichts wissen.« Eriks Mitgefühl schien echt. »Hören Sie, ich kenne es nur, weil ich Ihren Vater ein paarmal dorthin begleitet habe. Es war Teil meiner Arbeit.«

Lizzi steckte ihr Handy weg und wandte sich dabei ab, damit Erik nicht sehen konnte, wie getroffen sie war. Immer wenn sie glaubte, die Heimlichkeiten ihres Vaters weggesteckt zu haben, folgte ein neuer Hammerschlag.

»Dann wissen wir jetzt mit einiger Sicherheit, dass sich mein Vater am Donnerstag nicht in Frankfurt, sondern in Thüringen aufgehalten hat«, lenkte sie ab. »Und damit kennen wir auch unser morgiges Ziel, das ist doch schon mal was. Die Adresse haben Sie noch im Kopf?«

»Ich habe mein Navi damit programmiert. Warten Sie.«

Erik setzte sich auf den Beifahrersitz und schaltete sein Navigationssystem ein. Kurze Zeit später hatte er gefunden, was er suchte, und speicherte die Adresse als nächstes Ziel ab. Lizzi war inzwischen zur Fahrerseite gewechselt und sah ihm durch die offene Tür zu. Mit ihren Gedanken war sie jedoch immer noch bei der Tatsache, dass ihr Vater ein Haus besaß, von dem sie nichts wusste.

»Wie in aller Welt kommt mein Vater dazu, sich eine Immobilie zu kaufen, die mehr als zweihundert Kilometer von seinem Wohnort entfernt liegt?«

»Er hat es mir nicht gesagt.«

»Hat er dort jemanden getroffen? Vielleicht eine Frau?«

Erik schüttelte den Kopf. »Er war alleine dort.«

Ratlos lehnte sich Lizzi gegen Eriks Wagen. Inzwischen, stellte sie deprimiert fest, knüpfte sie ihre Hoffnung sogar schon an eine heimliche Liaison, so weit war sie schon. Es wäre für sie die einzig erträgliche Erklärung für sein Verhalten, auch wenn ihr Vater keinen Grund gehabt hätte, eine neue Frau in seinem Leben vor ihr zu verheimlichen. Er war erwachsen und verwitwet, sagte sie sich, und ganz bestimmt nicht der einzige Mann auf diesem Planeten, der nach neuen Partnerinnen Ausschau hielt. Aber wenn es keine neue Frau an seiner Seite gab, dann konnte sie sich nicht länger gegen die weitaus unangenehmere Wahrheit sperren: dass er in illegale Geschäfte verwickelt war, die ihn nun eingeholt hatten.

Ihre Gedanken wurden von Eriks Stimme unterbrochen. »Lizzi …« Ohne dass sie es bemerkt hatte, war er ausgestiegen und zu ihr gekommen. Mitfühlend sah er sie an. »Hören Sie auf, sich deswegen fertigzumachen. Wenn Sie Ihren Vater wiedersehen, dann werfen Sie ihm alles an den Kopf, was Sie mit sich herumtragen. Denn er ist es, dem Ihre Wut gelten sollte. Machen Sie nicht sich dafür verantwortlich.«

Dankbar für seinen Versuch, sie aufzumuntern, lächelte Lizzi Erik an. »Nur eine typische Vater-Tochter-Kiste meinen Sie?«

»Wenn Sie so wollen.«

»Sagen Sie das als Personenschützer? Sie haben doch bestimmt ein paar Workshops in Psychologie ablegen müssen: Resilient bis zum Tod.«

Erik lächelte. »Das ist tatsächlich auf meinem eigenen Mist gewachsen. Denn auch wenn es Ihnen womöglich noch nicht in den Sinn gekommen ist: Auch ich habe einen Vater.«

»Wow, gratuliere. Was für ein Verhältnis haben Sie denn zu Ihrem Daddy?«

Erik lehnte sich neben Lizzi ans Auto. »Ohne ihn wäre ich nicht da gelandet, wo ich jetzt bin.«

Dasselbe hätte Lizzi über ihr eigenes Leben sagen können, wenn sie ein Fazit ziehen wollte. »Dann war Ihr Vater Ihr Vorbild?«, fragte sie.

»Eher im Gegenteil. Er war Künstler, zumindest war das sein Bild von sich selbst. Für mich war er ein Totalausfall, grenzenlos selbstbezogen. Ich bin aus einem einzigen Grund nach dem Abi zur Polizei gegangen: um ihn auf die Palme zu bringen.«

Eriks Antwort verblüffte Lizzi so sehr, dass sie alles andere vergaß. Entgeistert sah sie ihn an. »Das glaube ich nicht.«

»Müssen Sie auch nicht. Ist für Außenstehende schwer zu verstehen. Und noch schwerer zu erklären.«

»Versuchen Sie es.«

»In Ordnung«, setzte er an. »Mein Vater benahm sich wie

ein alternder Hippie: Drogen, grenzenlose Freiheit, keine Regeln, keine Verpflichtungen. Auch von Treue hielt er nicht viel, meine Mutter hat darunter sehr gelitten. Ich habe ihn deswegen gehasst, aber geändert hat es nichts. Also habe ich mich durch meine Ausbildung an ihm gerächt. Polizist zu werden war das Schlimmste, was ich ihm antun konnte.«

Lizzi zog die Augenbrauen anerkennend nach oben. »Sie sind kreativer, als ich gedacht habe. Aber was für ein hoher Einsatz: Sie haben Ihre eigene Zukunft für Ihre Rache geopfert!«

»So verrückt war ich nicht. Mir ging es um den Effekt, ich hatte vorgehabt, die Ausbildung nach ein paar Monaten abzubrechen, aber dann hat es mir dort gefallen. Das Gefühl, was Gutes zu tun, mit Menschen aller Schichten zu tun zu haben, die körperliche Ausbildung … es passte.«

»Und was ist mit Ihrer Mutter? Hat sie von Ihrem Plan gewusst?«

»Natürlich nicht.«

»Wieso natürlich?«

Erik hob überfordert die Hände. »Das reicht für heute. Ich bin so viele Fragen zu meiner Person nicht gewohnt.«

»Schade. Gerade wurde es spannend.«

Erik stieß sich vom Auto ab. »Als ob Sie die letzten Tage in Sachen Spannung zu kurz gekommen wären«, gab er zurück.

»Das nicht, aber es ist doch schön zu hören, dass Ihr Leben nicht ganz so langweilig war, wie ich befürchtet habe. Und außerdem ist es eine Sache der Ausgewogenheit: Von Ihnen weiß ich fast nichts, obwohl ich inzwischen mehr Zeit mit Ihnen verbracht habe als mit meinem Ficus benjamina.«

»Ihrem was?«

»Meiner Birkenfeige. Dieses lebende Zimmergestrüpp mit den vielen Blättern, die man dauernd vom Boden kehren muss.«

Irritiert schüttelte Erik den Kopf. »Ich fühle mich durch Ihren Vergleich wirklich sehr geschmeichelt. Aber jetzt sollten wir schlafen, damit wir hier morgen früh wegkommen.«

Mit diesen Worten zog er eine Decke aus dem Fond und drückte sie Lizzi in die Hand, bevor er sich auf seinen Sitz schwang und die Rückenlehne in eine flache Liegeposition brachte. Dann kletterte er auf den Sitz und streckte sich aus, wobei er seine Beine unter das Lenkrad schieben musste.

Lizzi starrte ihn entgeistert an. »Was denn? Ich soll schlafen, ohne die Zähne zu putzen?«

»Tun Sie sich keinen Zwang an«, murmelte Erik unter geschlossenen Augenlidern. »Hauptsache, Sie sind leise.«

Lizzi zog eine Grimasse. Da war er wieder, dieser ungehobelte Kerl, der eine nette Unterhaltung wie einen Faden durchschnitt, um seine Ruhe zu haben.

Geräuschvoll durchsuchte sie ihren Koffer nach ihren Toilettensachen. Mit ihrer Zahnbürste und der Wasserflasche entfernte sie sich ein paar Schritte vom Wagen, um sich die Zähne zu putzen. Auf die Benutzung der Zahnseide, mit der sie ihren Zahnarzt immer zu Glücksseufzern brachte, verzichtete sie schweren Herzens. Als sie sich sicher war, dass Erik nicht zu ihr herübersah, verschwand sie hinter einem Busch, um sich zu erleichtern. Dann ging sie zurück zum Wagen. Ein letztes Mal sog sie die frische Waldluft ein, bevor sie es Erik nachmachte und sich auf den Beifahrersitz legte, nachdem sie ihn in eine Liegeposition gebracht hatte. Sorgfältig wickelte sie die Decke um sich. Dann zog sie die Tür zu.

Während Lizzi zusah, wie die nahende Nacht die letzten Reste des Abendlichts verschluckte und die Bäume zu düsteren Schatten wurden, wälzte sie sich in ihrem Sitz von einer Seite auf die andere. Die Dunkelheit und die eigentümliche Stille ließen sie nicht zur Ruhe kommen. Oder war es der Schrecken der Panikattacke, der in ihr nachhallte, jetzt, da Erik auf dem Sitz neben ihr schlief und sie alleine mit sich war?

Als Lizzis Erschöpfung so groß wurde, dass keine Gedanken mehr Platz hatten, fiel sie in einen unruhigen Schlaf, und es dauerte nicht lange, bis Bilder ihres Albtraumes sie einholten. Mit Herzklopfen fuhr Lizzi in ihrem Sitz auf, unsicher, ob sie wach war, denn sie konnte in der Finsternis nicht einmal die eigene Hand vor Augen erkennen.

Panik stieg in ihr auf. Hastig tastete sie zur Fahrerseite des Wagens. Wenn sie wach war, musste Erik dort liegen. Und wirklich, sie spürte seinen warmen Körper. Erleichtert zog Lizzi die Hand zurück, doch Erik war bereits aus dem Schlaf geschreckt. »Hm. Was?«, fragte er mit rauer Stimme.

»Es ist so dunkel«, flüsterte Lizzi.

Inzwischen war Erik wach und hielt seine Armbanduhr hoch, deren Ziffernblatt im Dunkeln leuchtete.

»Gibt es nicht mal nachts einen Ausschaltknopf für Sie?«, beklagte er sich.

Lizzi konnte die Welle des Ärgers, die von Erik zu ihr herüberrollte, förmlich spüren. »Ist ja gut«, versuchte sie, ihn zu beschwichtigen. »Haben Sie eine Lampe? Irgendetwas, das leuchtet? Ich kann in der Dunkelheit nicht schlafen.«

Erik stieß den Atem aus. »Nein, das wissen Sie doch. Fangen Sie ein paar Glühwürmchen ein. Oder nehmen Sie Ihre Taschenlampen-App.«

»Mein Akku ist leer«, schnaufte Lizzi.

Zu Lizzis Verdruss schwieg Erik. Sie hatte gehofft, er würde ihre Notsituation verstehen und ihr sein Handy samt Taschenlampen-App überlassen.

»In Frankfurt ist es nachts heller«, rechtfertigte sie sich.

»Großartig. Man nennt das Lichtverschmutzung. Das stört Sie nicht?«

»Nein, das ist beruhigend.«

»Jedenfalls kann ich Ihnen nicht helfen«, beendete Erik das Gespräch und zog sich seine Jacke über die Schulter, um weiterzuschlafen.

»Es tut mir leid, dass ich Sie geweckt habe.«

»Ihnen tut nie etwas leid. Die anderen sollen immer nach Ihrer Pfeife tanzen.«

»Das stimmt nicht. Ich hatte Angst ...« Lizzi brach den Satz ab.

»... alleine wach zu liegen«, beendete Erik ihn genervt.

»Nein. Dass der Albtraum wiederkommt.« So im Dunklen, ohne Erik in die Augen sehen zu müssen, fiel es ihr gar nicht einmal schwer, das zuzugeben.

»Sie kennen den Traum?«, fragte Erik.

Für einen Moment vergaß Lizzi, dass er ihr Nicken nicht sehen konnte. »Meine Mutter steht am Fenster«, antwortete sie leise. »Sie lächelt mich an. Und ich, ich schubse sie, und sie stürzt hinunter. Ich weiß nicht, warum ich das tue, ich mache es einfach ... und das ist schrecklich.«

Erik schwieg. In der Stille der Nacht vergingen die Sekunden des Wartens endlos langsam, bevor er endlich antwortete. »Sie können meine Armbanduhr umlegen. Die Leuchtziffern spenden zwar nicht viel Licht, aber sie geben Orientierung.«

Erik nestelte bereits hörbar an seiner Uhr, um das Band vom Handgelenk zu lösen.

»Bitte am Arm dranlassen«, flüsterte Lizzi.

Sie hörte Erik tief atmen, bevor er sich nach einer gefühlten Ewigkeit in seinem Sitz zu ihr umdrehte und seinen Arm so über ihre Decke legte, dass sie die winzig leuchtenden Ziffern der Uhr vor ihren Augen sehen konnte. Durch den Stoff der Decke hindurch spürte sie die Wärme seines Armes, der halb auf der Armlehne und halb auf ihrem Oberkörper lag.

»So besser?«, grummelte er.

Mit einem tiefen wohligen Lächeln nickte Lizzi und schloss die Augen.

»Viel besser«, sagte sie, dann schlief sie ein.

14

Als Lizzi am Morgen die Augen aufschlug, blitzten die ersten Sonnenstrahlen durch das Blätterdach über ihr und warfen unregelmäßig helle Lichtpunkte auf die Motorhaube. Die Vögel zwitscherten eifrig in einer Vielzahl von Stimmen, wie sie es noch nie zuvor vernommen hatte, was daran gelegen haben könnte, dass sie zum ersten Mal in ihrem Leben in einem Wald übernachtet hatte. Sie erinnerte sich an Nächte im Zelt auf einer Weide am Meer, aber dort hatte das unregelmäßige Rauschen der Wellen und des Windes alle anderen Geräusche übertönt. Nur die Möwenschreie waren dagegen angekommen.

Erik lag von ihr abgewandt auf der Seite und schlief tief und fest, seine Arme hatte er vor dem Körper verschränkt. Leise schälte Lizzi sich aus ihrer Decke und schlich aus dem Auto, um Erik nicht zu wecken. Doch die Mühe war überflüssig, nicht mal das Knacken der Tür beim Einrasten störte Erik in seinem Schlaf.

Nachdem ihre Nachtwärme verflogen war, fing Lizzi an zu frösteln. Unwillkürlich zog sie ihre Jacke zu und schlang die Arme um ihren Bauch, bevor sie sich an eine Sparversion ihrer Morgentoilette machte. Als sie fertig war, rollte sie die Gummimatte aus, die Erik auf das Autodach gelegt hatte, und schob sich unter das Auto. Unangenehm kroch die Kälte des

Gummis durch ihre Hose hindurch. Jetzt, im aufsteigenden Tageslicht, erkannte sie, warum der Katalysator herunterhing. Eine angerostete Stelle im zulaufenden Rohr hatte dem Druck der Wurzel nicht standgehalten. Um das Auto flott zu bekommen, musste die Rohrverbindung wiederhergestellt werden.

Lizzi krabbelte unter dem Auto hervor und öffnete leise die rückwärtige Tür, um einen Blick in Eriks Zauberkasten zu werfen. Leider war sein Zauber nahezu völlig aufgebraucht, einzig eine Metallschelle und ein kläglicher Rest Klebeband fanden Lizzis Interesse.

Ihr Blick fiel auf eine leere Bierdose, die in der Ecke der Ladefläche stand und mit Münzen gefüllt war. Sie nahm sie mit nach draußen und kippte den Inhalt in einen Lappen, damit es weniger schepperte. Dann griff sie sich Eriks Säge, wechselte nach einem prüfenden Blick das Blatt und begann ein paar Meter entfernt vom Auto erst Ober- und Unterseite der Dose abzusägen und danach die Längsseite der Dose mit einer Zange aufzuschlitzen. Durch den Druck, mit dem sie die Dose festhielt, begann ihre Wunde, die sie längst vergessen hatte, unter dem Pflaster wieder zu schmerzen, doch Lizzi versuchte, dem keine Beachtung zu schenken. Viel wichtiger war es für sie, hier so schnell wie möglich wegzukommen.

Von den Geräuschen geweckt kam Erik aus dem Auto. Verschlafen ging er zu Lizzi.

»Guten Morgen!«, begrüßte Lizzi ihn. Auf ihrem Gesicht breitete sich ein Strahlen aus. »Gut geschlafen?«

»Guten Morgen«, antwortete Erik irritiert. »Ich bin nicht gewohnt, dass Sie so nett zu mir sind. Wollen Sie irgendetwas von mir?«

»Nein.« Sie strahlte noch immer.

Erik zeigte auf das Blech in Lizzis Hand. »Was soll das werden?«

Lizzi hielt die aufgeschnittene Dose vors Auge und schaute hindurch. »Zur Überbrückung für den Zulauf zum Katalysator, eine Art Manschette.«

Erik nahm ihr die präparierte Dose aus der Hand und sah sie sich von allen Seiten an. Mit einem anerkennenden Nicken gab er sie Lizzi wieder zurück. »Gute Idee. Das könnte klappen.«

»Es wird klappen«, sagte Lizzi.

»Okay, ich übernehme gleich«, versprach Erik.

»Sie werden nicht gebraucht. Putzen Sie ruhig Ihre Zähnchen und machen Sie es sich gemütlich.«

»Sind Sie sich sicher?«

»Keine Sorge, Ihr Auto wird nicht gleich explodieren, nur weil ich Hand anlege.«

»Das war gar nicht meine Sorge. Trotzdem klingt das wenig beruhigend.«

»Sie Chauvi! Sie trauen Frauen wohl gar nichts zu.«

»Im Gegenteil. Und Ihnen traue ich alles zu.«

Mit ihrem Daumen zeigte Lizzi über ihre Schulter ins Gebüsch. »Nun hauen Sie schon ab!«, forderte sie Erik auf, aber sie lächelte dabei wohlwollend. Notgedrungen fügte sich Erik.

Zwanzig Minuten später hatte Lizzi das Dosenblech um die beiden offenen Rohrenden gewickelt, es auf der einen Seite mit der Schelle befestigt und auf der anderen mit dem Klebeband umwickelt. Zufrieden rieb sie sich ihre Hände an einem Lappen ab, als sie wieder unter dem Auto herauskrabbelte und Erik das Feld überließ, damit er Lizzis Arbeit inspizieren konnte.

»Was sagt der TÜV?«, wollte sie wissen.

Erik ließ sich Zeit, bis er wieder auftauchte. »Für eine Plakette reicht es nicht. Hätten Sie mich mal machen lassen.«

Lizzi warf ihm den Lappen an den Kopf. »Sie Schuft. Sie wissen, dass die Manschette perfekt hält.«

Erik duckte sich grinsend und fing den Lappen auf. »Ich würde es gern ausprobieren. Lassen Sie uns das Frühstück verschieben und losfahren, wir können uns unterwegs Kaffee und Tee besorgen.«

Das brauchte er Lizzi nicht zweimal zu sagen, sie saß bereits auf dem Beifahrersitz und wartete darauf, dass es losging.

Vorsichtig fuhr Erik aus ihrem Versteck heraus und auf den Weg zurück, auf dem sie hergekommen waren. Nachdem er den Hauptweg erreicht hatte, vermied er die besonders schlecht ausgebauten Nebenwege, dennoch konnte er nicht alle Stöße verhindern, denen der Wagen ausgesetzt war. Als sie nach einer halben Stunde den Wald hinter sich ließen, wussten beide, dass Lizzis provisorische Manschette halten würde.

»Wer hat Ihnen das beigebracht?«, fragte Erik, als er auf die Landstraße einbog. In seiner Stimme schwangen Staunen und Anerkennung mit.

»Niemand«, antwortete Lizzi.

»Sie nehmen mich auf den Arm.«

»Dass ich nicht Auto fahren kann, heißt noch lange nicht, dass ich eine Kupplung für ein Datingportal halte. Ich weiß, wie es unter einer Motorhaube aussieht, ich habe mich schon immer dafür interessiert, wie Dinge mechanisch funktionieren. Die Idee mit der Dose habe ich übrigens aus dem Internet. Glauben Sie mir immer noch nicht?«

»Doch. Aber Sie fallen durch jedes Raster. Jedes Mal wenn ich glaube, dass ich Sie kenne, zeigen Sie mir eine lange Nase.«

»Wenn Sie denken, mich reizen zu können, muss ich Sie enttäuschen. Ich bin die Ruhe selbst, und außerdem liebe ich es, das bunte Schaf der Familie zu sein.«

»Eigentlich wollte ich Sie loben.«

»Aha.«

Erik schien es ernst zu meinen, wie Lizzi mit einem kurzen Seitenblick feststellte. Zufrieden lehnte sie sich zurück. Die handwerkliche Arbeit, die sie erledigt hatte, gab ihr ein Gefühl tiefer Befriedigung, es wirkte bei ihr wie eine Dosis Serotonin.

Die Landstraße führte sie durch eine kleine Ortschaft nach der anderen, kaum waren sie drin, waren sie schon wieder auf dem Weg nach draußen. Bald hörte Lizzi auf, die Namen auf den Ortsschildern zu lesen, sie würde sie sowieso im nächsten Moment wieder vergessen haben. Stattdessen hielt sie Ausschau nach einem Café.

Als ihr Blick an den Häusern des kleinen Ortes entlangwanderte, den sie gerade durchquerten, sah sie ihn auf einmal: Koons, den rothaarigen Engländer. An seinen Wagen gelehnt stand er, eine Zigarette in der Hand, vor einer kleinen Pension. Erschrocken drehte sie sich zu Erik um.

»Das gibt's doch nicht, die sind hier!«, warnte sie ihn, doch Erik hatte Koons ebenfalls gesehen, und in einer schnittigen Kurve bog er in die nächste Seitenstraße ab und parkte hinter einem Lieferwagen, der direkt an der Einmündung stand.

»Was machen wir jetzt?« Lizzi ärgerte sich, als sie bemerkte, dass ihr Herz klopfte.

»Keine Panik. Damit habe ich gerechnet.«

»Das sagen Sie erst jetzt?«

»Sie hätten selbst darauf kommen können. Das ist die einzige Straße, die weg vom Wald und Richtung Autobahn führt.

Irgendwo mussten sie ja übernachten, nachdem sie uns verloren hatten.«

Lizzi öffnete die Wagentür.

»Was haben Sie vor?«, wollte Erik wissen.

»Ich gehe zu ihm hin und frage ihn, was sie wollen.«

»Zu riskant!«

»Wir leben nicht auf Sizilien. Am helllichten Tag in der Öffentlichkeit werden die sich nicht trauen, mir etwas anzutun.«

»Bitte sehr, probieren Sie es aus«, antwortete Erik genervt. »Wenn Ihnen nichts passiert, ist ja alles bestens, dann machen Sie mit den beiden im Schlepptau eine Sightseeing-Tour ins schöne Thüringen und zeigen ihnen das Haus Ihres Vaters. Das wird bombastisch.«

»Schon gut! Sparen Sie sich Ihre Ironie!« Lizzi, die ihre Hand noch am Türgriff hatte, zog die Tür wieder zu. »Dann warten wir eben, bis sie weg sind.«

»Und machen dann was?«, fragte Erik, der ahnte, dass Lizzi nicht kampflos aufgeben würde und etwas Neues im Schilde führte.

»Dann gehen wir in die Pension und fragen, wohin die beiden wollten, damit wir garantiert eine andere Route nehmen. Nicken Sie das wenigstens ab?«

Erik tat es. Gemeinsam stiegen sie aus und liefen zur Straßenecke, wo sie im Schutz der Hauswand eine gute Sicht auf die Straße hatten. Kurz darauf trat Cummings aus der Pension und gab seinem wartenden Kompagnon ein Zeichen einzusteigen. Koons drückte seine Zigarette am angrenzenden Parkautomaten aus und ließ den Stummel achtlos auf den Boden fallen. Cummings schüttelte missbilligend den Kopf, als er um den Wagen herumging und zu seinem Kollegen ins Auto stieg.

Lizzi und Erik warteten, bis der Wagen der beiden Engländer nicht mehr zu sehen war, dann überquerten sie die Straße und betraten die Pension. Ein Mann mittleren Alters, mit gestutztem Vollbart und Hornbrille, stand hinter dem Tresen der Rezeption und starrte auf einen Computerbildschirm. Er blickte erstaunt auf, als er sie eintreten sah.

»Guten Morgen. Sie sind sehr früh dran. Wollen Sie hier übernachten?«, fragte er freundlich. »Dann haben Sie Glück, dass heute Nacht nicht alle Zimmer belegt waren. Sie könnten sofort eines beziehen. Normalerweise geht das immer erst ab nachmittags.«

»Guten Morgen. Ein anderes Mal sehr gerne, aber mein Mann und ich sind hier nur verabredet, mit einem Gast von Ihnen: Steven Cummings, meinem Bruder. Er ist mit einem Freund hier.«

»Ähm, Ihrem Bruder sagen Sie?« Der Mann stutzte irritiert, während er sich am Kopf kratzte.

Lizzi nickte wie selbstverständlich.

»Er ist doch hier abgestiegen«, schaltete sich Erik ein.

»Ja schon, und er hat auch nach der Dame gefragt – er hat sie beschrieben, sehr genau sogar …« Erik warf Lizzi versteckt einen alarmierten Blick zu, während der Mann weiterredete. »Als Sie beide hier reingekommen sind, wusste ich sofort: Das ist sie.«

»Wo ist das Problem?«, fragte Erik.

»Er sagte, er sei der Schwager der Dame.«

»Sie haben sich verhört.«

»Ganz bestimmt nicht.«

»Aber …«

Mit einem Tritt gegen sein Bein brachte Lizzi Erik zum Schweigen, bevor er etwas Falsches sagen konnte. Der Rezeptionist bekam nichts davon mit, da Lizzi ihn zeitgleich mit einem lauten Lachen ablenkte: »Steven mal wieder, dieser Scherzkeks! Er nimmt jeden auf den Arm. Was glauben Sie, wie häufig ich schon auf ihn hereingefallen bin.« Sie setzte ein strahlendes Lächeln auf und hieb mit der flachen Hand auf die Platte des Tresens, dabei registrierte sie sehr wohl, dass sich der Rezeptionist von ihrer Show anstecken ließ. Auf seinem Gesicht zeichnete sich ein leises Lächeln ab. »Er hat diesen typisch britischen Humor, den keiner versteht. Außerdem liebt er Wortspiele!«, legte Lizzi nach. »Schwägerin heißt auf Englisch *sister-in-law*, also so etwa: ›Schwester dem Gesetz nach‹. Und jetzt passen Sie auf, Sie werden es nicht glauben!« Sie beugte sich verschwörerisch über den Tresen. »Ich bin das wortwörtlich, ich bin Anwältin! Ich bin die Schwester des Rechts, die *sister-in-law*, verstehen Sie? Wenn Sie genug Zeit haben, rezitiere ich Ihnen das ganze Bürgerliche Gesetzbuch rauf und runter. Sind nur fünf Bände. Binge-Listening macht nicht so viel Spaß wie Binge-Watching, aber es ist die bessere Einschlafhilfe.«

Der Rezeptionist legte sich die flache Hand auf die Stirn. »Das erklärt das Missverständnis«, warf er erleichtert ein. »Ich muss sagen, für so humorvoll hätte ich Ihren Bruder gar nicht gehalten. Er war ziemlich … na ja, schlecht gelaunt, ich hatte schon befürchtet, es hat ihm bei uns nicht gefallen.«

»Aber nein! Da sehen Sie es, er hat Sie an der Nase herumgeführt, der alte Gauner. In unserer Familie lieben wir ihn dafür. Immer wieder lässt er sich etwas Neues einfallen. Bei uns wird es nie langweilig. Verstehen Sie, was ich meine?«

Der Mann nickte wohlwollend. »Das kann ich mir vorstellen – bei solch einem Schauspieltalent. Aber leider muss ich Ihnen sagen, Sie haben ihn und seinen Freund gerade verpasst. Sie sind gegangen, kurz bevor Sie gekommen sind.«

»Ach wie dumm!«, log Lizzi. »Haben Sie eine Idee, wo er hinfahren wollte? Dann können wir sie noch einholen. Es wäre so traurig, wenn wir uns verpassen, er ist so selten in Deutschland.« Lizzi spielte ihre Verzweiflung so überzeugend, dass der Rezeptionist merklich weich wurde.

»Das wäre wirklich entsetzlich. Ihr Bruder hat mich nach einer Tankstelle gefragt auf dem Weg zur Autobahn. Ich habe ihm die in Idstein genannt. Wenn Sie sich beeilen, schaffen Sie es noch.«

»Vielen, vielen Dank! Es gibt noch nette Menschen auf der Welt! Wir empfehlen Sie und Ihr Haus gern weiter.« Lizzi strahlte den Mann an, bevor sie Erik am Arm zum Ausgang zog. Sie brauchte sich nicht umzudrehen, um zu wissen, dass sie einen zufriedenen Rezeptionisten zurückgelassen hatte.

»Wo haben Sie das denn gelernt?«, fragte Erik verblüfft, als sich die Tür der Pension hinter ihnen schloss.

»Was denn?«, antwortete Lizzi unschuldig.

»Sie wissen genau, was ich meine. Sie haben den armen Mann nach allen Regeln der Kunst um den Finger gewickelt.«

»Es war für einen guten Zweck. Hätte ich ihm lieber die Wahrheit erzählen sollen? ›Hallo, ich bin Lizzi Bergmann, und das ist mein Personenschützer Erik, wir möchten gern wissen, wo die beiden Engländer hinwollen, damit wir vor ihnen weglaufen können, denn sie sind höchstwahrscheinlich hinter meinem Vater her, der dummerweise gerade verschwunden ist und vergessen hat, mich zu informieren, wohin.‹ Die Wahrheit wäre fast so lang wie das BGB, nur leider nicht glaubhaft. Ich habe dem Mann stattdessen eine schöne Geschichte geliefert, von der er noch seinen Enkeln erzählen kann.«

»Das war nicht meine Frage.«

»Okay, sagen wir es so: Herausforderungen beflügeln meine Fantasie.«

Erik legte nachdenklich die Stirn in Falten. »Haben Sie Ihre Fantasie auch schon an mir ausgelassen, ohne dass ich es gemerkt habe?«

Irritiert sah ihn Lizzi an. »Was ist denn an Ihnen herausfordernd? Sie sind so einfach zu durchschauen wie Glas.«

Ohne Eriks Reaktion abzuwarten, zeigte sie auf eine Bäckerei auf der anderen Straßenseite. »Jetzt, da wir herausgefunden haben, welche Route wir nicht nehmen, haben wir uns ein kleines Frühstück verdient, finde ich. Danach können wir mit voller Kraft durchstarten.«

Erik hatte nichts dagegen einzuwenden, doch auf dem Weg dorthin, blieb er plötzlich neben dem Parkautomaten stehen und bückte sich. Mit einem Papiertaschentuch hob er den auf dem Boden liegenden Zigarettenstummel auf und wickelte ihn vorsichtig ein, ohne ihn zu berühren, anschließend verstaute er das kleine Päckchen in seiner Tasche.

Lizzi, die seine Aktion zunächst mit Befremden verfolgt hatte, ging ein Licht auf. Es war die Zigarette, die Koons zuvor weggeworfen hatte. Und es war die einzige, die dort weit und breit lag, also ganz sicher seine. »Hey, Sie Fuchs!«, sagte sie. »Jetzt haben Sie seine DNA. Was haben Sie vor?«

»Wer weiß, wozu es noch einmal gut sein wird«, antwortete Erik kryptisch, während er mit Lizzi die Straßenseite wechselte.

»Mmh«, überlegte Lizzi. »Wenn ich umgebracht werde, könnten Sie die Probe abgleichen und der Polizei den Mörder frei Haus liefern.«

»So weit kommt es hoffentlich nicht, obwohl Sie manchmal eine echte Nervensäge sind«, grinste Erik. »Aber Sie haben recht, wir könnten die Polizei in der Mordsache auf die richtige Spur führen. Zumindest wenn dieselbe DNA in der Kanzlei Ihres Vaters gefunden wurde.«

»Und wie wollen Sie das machen? Ein anonymes Päckchen an den Leiter des Frankfurter Kommissariats schicken, er solle den Zigarettenstummel vorsichtshalber mal untersuchen, weil man ja nie wissen könne, wozu das gut ist? Er wird bestimmt alles stehen und liegen lassen und sofort ins Labor hetzen«, zog Lizzi ihn auf.

Erik überhörte ihren ironischen Unterton. »Nicht anonym. Nur inoffiziell.«

»Ah, Ihr spezieller Freund beim LKA in Wiesbaden …«, folgerte Lizzi.

»Ja, genau der.«

»Es ist immer gut, einen Joker in der Hand zu haben.«

»Das sehe ich auch so.«

»Sie sind derselben Meinung wie ich? Unglaublich! Darauf genehmigen wir uns ein Frühstück.«

Mit diesen Worten zog Lizzi Erik am Arm über die Straße in die Bäckerei. Erik ließ es widerspruchslos geschehen.

15

Nachdem sie die Bäckerei, gestärkt mit knusprigen Brötchen und zwei Bechern Tee, wieder verlassen hatten, setzten sie ihren Weg in Eriks Wagen fort. Bald erreichten sie die Autobahn und folgten ihr bis hinter Eisenach, wo die freundliche Stimme des Navis sie aufforderte, die nächste Abfahrt zu nehmen und Richtung Süden zu fahren.

Eine sanft geschwungene Landschaft breitete sich vor ihnen aus, nicht spektakulär, sondern auf eine einnehmende Weise entspannend. Kleinere Dörfer kuschelten sich in Talsohlen, blühende Büsche streuten Farbflecke über die Landschaft. Das Grün der Bäume war satt und wirkte einladend. Wären sie unterwegs in den Urlaub und nicht zum Haus ihres Vaters, von dem sie gestern das erste Mal gehört hatte, hätte sie sich hier wohlfühlen können, stellte Lizzi fest, trotz des ungehobelten Kerls neben ihr, der die Fahrt durch die Idylle ebenfalls zu genießen schien.

Kilometer für Kilometer fuhren sie weiter, passierten Felder, durchquerten größere Waldstücke, ließen Dorf für Dorf hinter sich. Beide sprachen wenig, jeder hing seinen Gedanken nach, zumindest nahm Lizzi das auch von Erik an, denn er war genauso schweigsam wie sie.

»Ist bei Ihnen alles in Ordnung«, fragte Erik sie plötzlich.

»Ja, warum denn nicht?«

»Schweigen ist nicht Ihr Normalzustand. Eher reden.«

»Wollen Sie damit sagen, ich wäre eine Quasselstrippe?«

Erik tat, als ob er überlegte. »Ja, das trifft es ganz gut«, sagte er dann.

Verständnislos schüttelte Lizzi den Kopf. »Ich weiß nicht, was ihr alle habt. Mein Vater war früher genauso, der hat sofort das Fieberthermometer hervorgekramt und gedacht, ich sei krank, nur weil ich mal weniger geredet habe als sonst. Dabei ist das ab und zu völlig normal. Ich frage Sie doch auch nicht, was mit Ihnen los ist, obwohl Sie die ganze Zeit still vor sich hin fahren … Ist was mit Ihnen?«

»Nein. Ich mag es ruhig.«

»Sehen Sie, ich auch. Nicht immer, aber immer mal wieder, also zwischendurch, wenn mal Zeit ist. Ist das so schwer zu verstehen?«

»Nein.« Erik lächelte.

»Sie lachen wieder über mich.«

»Nein. Das hatten wir doch schon mal. Ist wohl besser, wir schweigen wieder.«

»Das hätten Sie wohl gern.«

»Ja«, seufzte Erik.

»Wie Sie wollen!«

Entschlossen kreuzte Lizzi die Arme vor der Brust und schaute durch ihr Seitenfenster nach draußen. Wenn Erik nicht mit ihr reden wollte, dann eben nicht. Lizzi schürzte die Lippen, fest entschlossen, kein Wort durchzulassen, nicht mal aus Versehen, denn sie wollte nicht, dass Erik auch nur im Ansatz glauben könnte, er hätte recht. Und überhaupt: Quasselstrippe! Was für ein albernes Wort! Das verwendeten doch nur Leute, die auf zu vielen Kaffeekränzchen gewesen und im letzten Jahrhundert geboren waren. Das war sie zwar auch, aber nur mit einem Bein. Nicht mit beiden wie Erik.

Wie alt war dieser Erik überhaupt?

»Bitte?« Als Lizzi Eriks irritierten Blick sah, war ihr klar, dass ihr die Frage laut herausgerutscht war. Mist!

»Ich wollte nur herausfinden, ob Sie noch zugänglich sind«, log sie und lehnte sich betont gelangweilt in ihrem Sitz zurück.

»Bin ich.«

»Dann antworten Sie doch.«

»Erik ist einundvierzig Jahre alt. Neugier befriedigt?«

»Ich bin nicht neugierig. Ich wollte es nur wissen.«

»So definiert man Neugier, oder? Etwas einfach nur wissen wollen, obwohl es einen nichts angeht.«

»Seien Sie nicht so kleinlich, das passt nicht zu Ihnen. Ich vertraue Ihnen schließlich mein Leben an, da muss ich ja wohl wissen dürfen, ob das Vertrauen berechtigt ist.«

»Und? Ist es?«

Lizzi war froh, dass sie nicht antworten musste, weil Erik in diesem Moment durch einen Autofahrer abgelenkt wurde, der ihn mit hohem Tempo überholte und dabei so gefährlich schnitt, dass Erik auf den schmalen Seitenstreifen ausweichen musste. Kaum war der Wagen davongebraust und die Gefahr vorüber, wandte er sich seelenruhig Lizzi zu. »Sie haben noch nicht geantwortet.«

»Was? Nein. Gleich.« Lizzi drückte ihren Finger fest in Eriks Oberarm. »Bemerkenswert!«, raunte sie dabei leise und in einem Ton, als würde sie gerade eine wissenschaftliche Entdeckung machen.

»Aua. Was soll das?«

»Ich wollte wissen, ob Sie echt sind. Sie sind der erste Mann, mit dem ich im Auto sitze, der in so einer Situation nicht zum Choleriker wird. Nicht mal gehupt haben Sie.«

»Was soll das hinterher noch bringen?«

»Sie gehen zu akademisch an die Sache heran. Aber wenn Sie wollen. Der Vorteil einer Hupe ist: Sie würden sofort Adrenalin abbauen, statt sich womöglich mit dem nächstbesten Fahrer wegen irgendeiner Nichtigkeit zu prügeln – eine der unangenehmen Nebenwirkungen aufgestauter Aggression.«

»Damit habe ich noch nie Probleme gehabt. Ich bleibe immer ruhig.«

»Kann nicht sein.«

»Wieso sind Sie sich da so sicher?«

»Weil das unnormal ist. Kein Mensch kann das. Was glauben Sie, wie viele Verkehrsteilnehmer jedes Jahr vor Gericht landen, weil sie nicht wussten, wohin mit dem Adrenalin?«

»Viele?«, riet Erik.

»Schon gut. Lassen wir das.«

»Gutes Timing, denn gleich sind wir da.«

Kurz darauf verließ Erik die Landstraße und folgte seinem Navi, das ihn durch einen langgestreckten Ort führte, größer als die meisten anderen, durch die sie die letzte halbe Stunde gefahren waren. Nachdem sie die üblichen uninspirierenden Gewerbegebiete durchquert hatten, stießen sie in den städtischen Kern des Ortes vor, der hauptsächlich aus sanierten Altbauten bestand – Stadthäuser ohne Vorgärten, dafür hier und da ein frisch gepflanztes Bäumchen am Straßenrand, das der ansonsten vegetationsarmen Steinlandschaft den Anstrich eines in die Zukunft ausgerichteten Städtchens gab. Sie ließen das Zentrum hinter sich, das Navi führte sie weiter in eine dünn besiedelte, dafür weitaus grünere Siedlung am Ortsrand, bevor es das nahende Ende ihrer Reise ankündigte.

Lizzi konnte es nicht verhindern, dass ihr Herz zu klopfen begann, je näher sie dem Ziel kamen. Gespannt sah sie sich um. Das Viertel wirkte aufgeräumt, aber unspektakulär, die Häuser am Straßenrand waren größtenteils unprätentiöse Doppelhaushälften. Was in aller Welt hatte ihren Vater dazu getrieben, sich gerade hier eine Immobilie zuzulegen? Die Aussichten auf Rendite ganz sicher nicht. Also was dann?

Sie musterte Erik, wissend, dass er im Gegensatz zu ihr bereits hier gewesen war, gemeinsam mit ihrem Vater, obwohl er nicht zur Familie gehörte. Ein Gefühl stieg in ihr auf, das ihr nicht behagte, weil sie spürte, dass es sich zusammen mit ihrer Anspannung zu einem explosiven Gemisch vermengte. War es das Gefühl, ungerecht behandelt worden zu sein? Oder war es der böse Bruder Neid, der sich dazugesellt hatte?

Ohne dass Erik etwas von ihren Gedanken ahnen konnte, schien er zu merken, dass Lizzi etwas bewegte. Er warf ihr einen prüfenden Blick zu, während er in eine Sackgasse bog, mehr Einmündung als Straße. Wie eine Serife hing sie an der Straße, von der sie gekommen waren. Zu beiden Seiten standen zwei Grundstücke zum Verkauf, wie die Schilder eines Maklerbüros bewiesen. Hinter den überwucherten Vorgärten verbargen sich schlichte kleine Einfamilienhäuser, wie sie in Frankfurt Mangelware waren. Dort wurde ein Haus auch ohne Schild schon lange vor dem Auszug der alten Bewohner weiterverkauft.

Nach ein paar Metern hielt Erik an, stellte den Motor ab und sah zu Lizzi hinüber. Er brauchte nichts zu sagen: Sie waren am Ziel angekommen. Lizzi, die einen Blick nach draußen zu den Häusern warf, riss sich zusammen. »Welche Hausnummer?«, fragte sie, während sie die Tür öffnete.

»Nummer eins.«

Schon war sie aus dem Wagen, um auf ihrer Straßenseite nach der Nummer zu suchen. Erik sah ihr eine Weile zu, dann klopfte er gegen die Scheibe und zeigte nach vorne durch die Windschutzscheibe. Lizzis Blick folgte seinem Finger an den Häusern vorbei zum Kopf der Sackgasse, wo sich ein nach außen durch eine hohe Mauer abgeschottetes Anwesen befand. Ein blickdichtes Tor versperrte die Auffahrt, dahinter ragte eine herrschaftliche Villa über die Mauerkrone. Das konnte nur ein Missverständnis sein, gab Lizzi Erik gestikulierend zu verstehen, doch Eriks Antwort war unmissverständlich: Das war das Haus, das ihrem Vater gehörte.

Einen Moment war Lizzi zu perplex, um etwas zu sagen. Ungläubig sah sie zu dem eingezäunten Grundstück, dann ging sie zur Fahrertür und öffnete sie schwungvoll. Vorwurfsvoll sah sie zu Erik. »Ein Haus, haben Sie gesagt.« Sie zeigte erst zur linken, dann zur rechten Straßenseite. »Das ist ein Haus. Und das auch. Aber das da«, sie wies zu dem riesigen Grundstück am Kopfende, »das ist eine Villa, ein herrschaftliches Anwesen! Warum haben Sie mir das verheimlicht?«

Erik, der sein Navi ausgeschaltet hatte und sein Handy herausholte, stieg aus dem Auto und versuchte, Lizzi zu besänftigen. »Ich wollte nicht, dass Sie sich unnötig Gedanken machen.«

»Den Einführungskurs in Psychologie haben Sie bei der Ausbildung wohl geschwänzt. *Jetzt* mache ich mir Gedanken, und zwar sehr viele. Nicht nur über meinen Vater, was schon schlimm genug ist, sondern auch über Sie. Wie soll ich Ihnen vertrauen, wenn ich mich nicht auf Sie verlassen kann?«

Ohne eine Antwort abzuwarten, drehte sich Lizzi um und marschierte zum Tor. Auf dem Klingelschild aus Messing stand tatsächlich der Name ihres Vaters: Bergmann. Als sie durch den Spalt zwischen Tor und Mauer linste, konnte sie den Ausschnitt einer Auffahrt aus Kies sehen, mit einem grünen Rondell in der Mitte, auf dem eine griechisch anmutende Skulptur aus grauem Stein stand. Fehlte nur noch der livrierte Hausangestellte, der die Gäste in Empfang nahm, dachte Lizzi grimmig und drückte ihren ganzen Ärger in den Klingelknopf – einmal, zweimal, dreimal. Wahrscheinlich wäre sie vor Schreck erstarrt, wenn tatsächlich jemand geöffnet hätte, doch sie war nicht in der Lage, mit dem Klingeln aufzuhören. Noch nicht.

»Das bringt doch nichts«, rief Erik. »Sie merken doch, dass niemand da ist.«

Lizzi ignorierte den Einwand. Abgesehen davon, dass Erik sie wie ein Kind behandelt hatte, nahm sie es ihm übel, dass er ihr auch jetzt, vor der verschlossenen Tür, nicht zur Seite stand. Lieber beschäftigte er sich mit seinem Handy. Nichts war Lizzi in diesem Moment so klar wie die Tatsache, dass sie hier nicht weggehen würde, solange sie nicht alle Möglichkeiten ausgeschöpft hatte, auf das Grundstück zu kommen, selbst wenn sie dafür schon wieder klettern musste. Lizzi kicherte grimmig: Sollte ihr Karma von ihren Kletterkünsten abhängen, hätte sie gute Chancen aufzusteigen, im doppelten Sinne des Wortes.

Um die Höhe der Mauer besser einschätzen zu können, trat sie ein paar Schritte zurück. Die steinerne Einfriedung war nicht so hoch wie das nach oben hin geschwungene Tor, doch zum Klettern waren die schmiedeeisernen Streben des Tores besser geeignet als die rau verputzen Mauersteine. Ohne lange zu überlegen, suchte sich Lizzi eine erste Strebe und zog sich daran hoch, es war anstrengend, natürlich, wie sollte es auch anders sein, aber die Aussicht auf ein gutes Karma beflügelte sie.

»Warten Sie doch, Lizzi!« Erik, der sich endlich dazu bemüßigte, zu ihr zu kommen, klang genervt, wie Lizzi mit Genugtuung feststellte, es stachelte sie sogar an.

»Auf was denn, Sie lahme Ente«, gab sie zurück, als sie oben ankam und rittlings auf dem Tor zu sitzen kam. Gespannt sah sie sich um.

Von hier oben konnte sie die ganze Dimension des Grundstückes überblicken. Die zweistöckige Villa war nicht so imposant, wie sie befürchtet hatte, und die Zeit hatte ihre Spuren an dem Gebäude hinterlassen. Aber es war und blieb eine Villa, mit einer kleinen Freitreppe, die zu einer Säulenveranda zu beiden Seiten des Eingangs führte und einem großen, mit alten Bäumen bewachsenen Garten. Ein Ort zum Neidischwerden, dachte Lizzi, wäre sie nicht viel zu sauer auf ihren Vater und auf Erik, die sie behandelten, als wäre sie aus Watte oder ein kleines Kind oder was auch immer.

Inzwischen war Erik bei Lizzi angekommen, kopfschüttelnd sah er zu ihr hinauf. »Sind Sie in den letzten Tagen noch nicht genug geklettert?«

»Im Unterschied zu Ihnen gehe ich jeden Weg zu Ende, egal, wie beschwerlich er ist«, antwortete Lizzi.

»Das stimmt nicht, ich nehme nur lieber den einfachen Weg«, antwortete Erik, während er sein Handy wegsteckte und einen zehnstelligen Code in das Tastenfeld neben der Klingel eintippte.«

»Was machen Sie da?«, fragte Lizzi.

»Ich öffne das Tor. Passen Sie auf, dass Sie nicht runterfallen.«

In diesem Moment zog ein Rucken durch das Gestänge, mit einem Sirren schwangen beide Torflügel gemächlich auseinander. Lizzi quiekte vor Schreck, sie musste sich festhalten, um sich auf ihrem wackeligen Sattel zu halten.

»Ooo!«, beschwerte sie sich grimmig. »Warum haben Sie das nicht vorher gesagt?«

»Ich wollte ja. Aber Sie haben darauf bestanden, Ihren eigenen Weg zu Ende zu gehen. Das ist wie bei Kindern, die müssen ihre Erfahrungen auch selbst machen.«

Fassungslos sah Lizzi Erik zu, wie er zum Wagen zurückging, ihn durch das Tor fuhr und hinter einer Art Kutscherhäuschen parkte, das auf der rechten Seite neben der Mauer stand. Anschließend spazierte er pfeifend zurück zum Tor und tippte erneut auf einem zweiten Tastenfeld auf der Rückseite der Mauer den Code ein. Augenblicklich setzten sich die beiden Torflügel wieder in Bewegung, diesmal schwangen sie in die entgegengesetzte Richtung. Lizzi konnte nichts tun, als sich weiterhin festzuhalten und abzuwarten, bis das Tor geschlossen war.

»Hey«, rief sie Erik nach, als der die Tür des Kutscherhäuschens aufschloss. »Was haben Sie vor?«

»Ich mache einen Tee.«

»Und was ist mit mir?«

»Wenn Sie herunterkommen, können Sie eine Tasse mittrinken«, antwortete Erik, bevor er im Häuschen verschwand.

Lizzi schoss mit ihrem Blick eine Salve kleiner giftiger Pfeile auf Erik ab. Wie konnte er nur jetzt, wo sie am Ziel waren, an Tee denken? Das kalte Eisen, das sich unnachgiebig und zunehmend unangenehm in ihren Hintern bohrte, ließ sie ihre Voodookünste vorzeitig beenden. Fluchend machte sie sich an den Abstieg, der sich – wie war es anders zu erwarten – schwieriger gestaltete als der Aufstieg. Beim Versuch, sich abzusichern, musste ein Zweig einer neben dem Tor stehenden Magnolie, an dem sie sich festgehalten hatte, daran glauben. Alles nur, weil Erik sich einen Spaß daraus machte, sie vorzuführen. Jedes Mal wenn Sie gerade so weit war, ihn zu akzeptieren, verhielt er sich wie ein schlecht erzogener Kleinstadtzombie. Er war schlimmer als alle ihre Verflossenen zusammen, und in den vergangenen zweiunddreißig Jahren waren da einige zusammengekommen, auch wenn sich ihre Erfahrungen mit dem männlichen Geschlecht hauptsächlich in ihrer zweiten Lebenshälfte abgespielt hatten. Benji, in den sie sich im Alter von dreizehn Jahren für ein paar Wochen verliebt hatte, stellte die einzige und unrühmliche Ausnahme dar, aber die zählte nicht, weil außer einem verrutschten Wangenkuss, der albtraumähnlich auf einem Pickel landete, nichts passiert war.

Noch während sie den letzten Meter hinuntersprang, nahm Lizzi sich vor, für den Rest des Jahres jeder Steigung aus dem Weg zu gehen und außerdem allen Männern, die viel versprachen, aber nichts hielten. Bei Erik musste sie gezwungenermaßen ein Auge zudrücken, aber in einer Zweckgemeinschaft galten andere Regeln, und Lizzi würde es ihm nicht leicht machen. Mit diesem Anspruch marschierte sie in das kleine, fast quadratische zweistöckige Häuschen, in dem Erik verschwunden war.

Die ebenerdige Scheune war zu einer loftähnlichen Suite umgebaut worden, modern im Großen, aber liebevoll restauriert im Detail. Die alte Holzbalkendecke mitsamt ihren Pfeilern spendete dem Raum einen Hauch von Rustikalität. Und mittendrin in dem wie ein Feriendomizil anmutenden Raum, mit einer dampfenden Tasse Tee in der Hand gemütlich vor einem Bildschirm sitzend, fand sie ihren Personenschützer vor. Durch Lizzis temperamentvollen Auftritt fühlte er sich wohl für einen kurzen Moment bemüßigt hochzuschauen.

»So schnell hatte ich Sie nicht erwartet«, empfing er sie. »Auf dem Tisch stehen Tee und ein Becher für Sie.« Er machte eine Kopfbewegung zum hinteren Teil des Raumes, in den eine offene Küche eingebaut war.

Lizzi konnte kaum an sich halten. »Es ist unglaublich! Wir kommen hier an, und Sie haben nichts Besseres zu tun, als es sich vor dem Fernseher mit einem Heißgetränk gemütlich zu machen.«

»Ein Tee würde Ihnen auch guttun. Er beruhigt.«

»Ich will mich aber nicht beruhigen.« Ihre Stimme bekam einen drohenden Klang, während sie die Augen zu kleinen Schlitzen verengte. »Was sehen Sie sich da überhaupt an?«

»Etwas überaus Unterhaltsames.«

Erik drehte den Bildschirm so, dass Lizzi ihn sehen konnte: Es lief ein Video, das sie bei ihrer Kletteraktion hinauf auf das Tor zeigte.

»Das finden Sie wohl witzig«, sagte Lizzi.

»Ja«, grinste Erik, »aber es war Ihre Entscheidung, da hochzuklettern.«

»Das gibt Ihnen noch lange nicht das Recht, mich zu filmen und vorzuführen. Bitte löschen Sie das Video. Sofort.«

»Wenn Sie genau hingucken würden, wüssten Sie, dass Sie sich über die Aufnahme mehr freuen als ärgern sollten.«

Mit gerunzelter Stirn betrachtete Lizzi das laufende Bild

genauer. Jetzt erkannte sie, dass die Perspektive viel zu steil für Erik war, er hätte fliegen müssen, um sie aus diesem Winkel aufzunehmen. Während das Video weiterlief, kam nun auch Erik ins Bild, es war zu sehen, wie er sein Smartphone studierte und dann eine Nummer in das Tastenfeld neben dem Tor tippte.

Lizzis Gesichtszüge entspannten sich. »Eine Überwachungskamera! Dass ich nicht gleich darauf gekommen bin!«

Obwohl Erik sich einen Kommentar verkniff, wusste Lizzi genau, was er dachte: Wie wäre es mit einer Entschuldigung?

»Okay«, räumte sie ein, »ich war ein klein wenig voreilig mit meinen Anschuldigungen … *nobody is perfect.*«

Gespannt zog sie einen Stuhl heran und setzte sich neben Erik. »Die Tatsache, dass wir gefilmt wurden, bedeutet dann wohl, dass die Kamera rund um die Uhr in Betrieb ist, unabhängig davon, ob mein Vater hier ist.«

»Ja, wir sehen alle, die hier waren. Ihren Vater eingeschlossen.«

»So hat er sich das bestimmt nicht gedacht, als er die Kamera installiert hat.« Lizzi grinste schief – der Gedanke, ihren Vater heimlich zu beobachten, war ihr unangenehm. »Wie lange reichen die Aufnahmen zurück?«

»Das Kamerasystem ist um die fünf Jahre alt.«

»Wollen Sie damit sagen, wir können sehen, was hier die letzten fünf Jahre am Tor passiert ist?«

»Schätze schon. Das sind moderne Chips. Der Speicher ist noch nicht einmal zur Hälfte voll.«

»Dann hoffe ich, das Gerät ist genauso modern und hat einen schnellen Vorlauf. Sonst sitzen wir hier die nächsten Jahre fest.«

»Keine Panik, Ihr Vater hat die Kamera mit einem lichtempfindlichen Bewegungssender koppeln lassen, das heißt, sie springt nur an, wenn sich jemand dem Tor nähert. Und netterweise versieht die Kamera jede Aufnahme digital mit Datum und Uhrzeit. Das spart uns viel Zeit und Recherchearbeit.«

Lizzi entwich ein Stoßseufzer. »Wissen Sie was? Endlich erkenne ich meinen Vater wieder, das ist seine Handschrift: effizient und nach vorne gedacht.« Sie runzelte die Stirn, während sie nachrechnete. »Das letzte Bild auf seinem Instagram-Account hat mein Vater vor fünf Tagen gepostet, am Donnerstag. Lassen Sie uns ein paar Tage vorher anfangen.«

»Bin schon dabei«, antwortete Erik und zog den Cursor auf der Zeitachse so weit zurück, dass das gesuchte Datum auftauchte. »Ich starte am Montag. Bereit?« Er sah sie fragend an.

Lizzi, die bis in die Fußspitzen gespannt war, nickte, ohne ihren Blick vom Bildschirm zu lösen. Erik klickte einmal, sodass die Aufnahme zu laufen begann. In der nur durch die Straßenlampe erhellten Nacht sprang eine streunende Katze auf die Mauer und präsentierte einen eleganten Catwalk, bevor sie heruntersprang und im Gebüsch verschwand. Am frühen Morgen drehte ein Laubbläser ausdauernd seine Runden, um Blüten und Pollen zusammenzutreiben, glücklicherweise ohne Ton. Eine Postbotin steckte Briefumschläge in den Briefkasten, der in die Mauer eingelassen war, ein Fahrradfahrer warf eine Werbezeitung durch den Schlitz zwischen Mauer und Tor auf das Grundstück. So ging es weiter, den ganzen Montag, den Dienstag und auch den Mittwoch. Als Lizzi müde zu werden begann, weil sie jede Hoffnung aufgegeben hatte, durch die Aufnahmen etwas Neues zu erfahren, sah sie ihn: Es war am Donnerstagvormittag, als ihr Vater mit seinem

Wagen ins Bild fuhr. Gespannt beobachteten sie, wie er eine Fernbedienung betätigte und sich die Torflügel öffneten, wie ihr Vater den Wagen auf das Grundstück steuerte, um anschließend auszusteigen und zurück zum Tor zu gehen. Langsam schlossen sich die Torflügel wieder. Lizzi war jetzt hellwach.

»Sie hatten recht. Mein Vater war in der letzten Woche hier«, raunte sie. Ihren Vater so zu sehen, wie sie ihn kannte, gesund und munter, gab ihr ein beruhigendes Gefühl der Normalität, das ihr in den letzten Tagen abhandengekommen war, obwohl natürlich noch immer nichts normal war. Die Juristin in ihr stellte sich die Frage, ob es das gleiche Gefühl war, das Angehörige von verschwundenen Familienmitgliedern oder Mordopfern umtreibt, die die näheren Umstände der Tat erfahren wollen, auch wenn es schreckliche Wahrheiten ans Tageslicht bringt. Lizzi hatte während ihres Studiums darüber gelesen, damals konnte sie dieses Bedürfnis nicht nachvollziehen.

Erik nickte nur, konzentriert vorgebeugt.

Ihr Vater machte sich gerade daran, den Briefkasten von der Innenseite der Mauer aus zu leeren, noch vor der geöffneten Tür des Kastens sah er die Post durch. Bei einem Umschlag stutzte er. Nach ungefähr zwei Minuten, der Timer der Aufnahme zeigte 11:31 Uhr, ging ihr Vater zum Haus und verschwand mit der Post in der Hand im Inneren der Villa. Keine halbe Stunde später, das wusste Lizzi genau, hatte er das Bild von der Vase gepostet.

Während sie ihren Gedanken folgte, lief die Aufnahme weiter, sprang von einer Nichtigkeit zur anderen. Doch dann, zwei Stunden später, tauchte Lizzis Vater erneut im Bild auf, er trug jetzt ein Jackett und einen Mantel über dem Arm und zog einen kleinen Koffer hinter sich her, den er in den Kofferraum seines Wagens lud. Sowohl Lizzi als auch Erik hatten sich gespannt aufgesetzt und verfolgten, wie Lizzis Vater mit seiner Fernbedienung das Tor öffnete. Nichts an ihm wirkte ungewöhnlich, er schien weder nervös noch gehetzt oder unter Druck. Nur ernst. Seelenruhig stieg er in den Wagen und fuhr auf die Straße, wo er für einen Moment stoppte, wahrscheinlich, um die Fernbedienung erneut zu benutzen. Kurz darauf war er aus dem Bild verschwunden, während sich das Tor langsam hinter ihm schloss.

Das Bild fror ein, irritiert erkannte Lizzi, dass Erik die Wiedergabe angehalten hatte und sie ansah.

»Ich denke dasselbe, Lizzi.«

»Dann sind Sie in Besitz einer dieser Dinger, die man Glaskugel nennt? Was denken Sie denn, was ich denke?«

»Dass Ihr Vater letzte Woche noch wohlauf war. Und außerdem, dass die Bilder bestätigen, was wir die ganze Zeit geahnt haben: Ihr Vater wusste zu jedem Zeitpunkt, was er tat. Die Ereignisse haben ihn nicht überrollt, er hat sie im Griff gehabt und vielleicht sogar gelenkt. Das erklärt auch, warum er sich mehr Sorgen um Sie gemacht hat als um sich selbst.«

Lizzi nickte wohlwollend. »Tja, wundern muss es Sie nicht, er war schon immer ein guter Schachspieler. Zug um Zug. Das ist seine Devise.«

Erik wollte die Aufnahme wieder starten, als Lizzi laut aussprach, was ihr gerade durch den Kopf ging. »Wenn mein Vater jeden Zug so akribisch geplant hat, dann müssen wir uns eines fragen.« Sie machte eine Pause: »Gehörte es zum Plan, dass wir die Aufnahmen seiner Überwachungskamera sehen?«

»Sie meinen, Ihr Vater hat damit gerechnet, dass wir hierherkommen?«, schloss er verblüfft. »Das wäre ein Ding! Dann war die Spiegelung im geposteten Foto gar kein Versehen, sondern ein verstecktes Zeichen für uns.«

Sieht ganz danach aus, gab Lizzis Blick zurück.

»Er muss Sie echt gut kennen«, gab Erik anerkennend zu. Ob sein Lob Lizzis Vater für dessen Schachzug galt oder Lizzi selbst, verriet er nicht.

16

Unruhig rutschte Lizzi auf ihrem Stuhl herum. Sie hatten eine gefühlte Ewigkeit zusammen vor dem Bildschirm gesessen und die nachfolgenden Aufnahmen bis zum aktuellen Zeitpunkt gesichtet, um nichts zu verpassen. Ihr Vater tauchte nicht mehr auf, und auch sonst brachte die Sichtung keine neuen Erkenntnisse außer die, dass alkoholisierte E-Rollerfahrer anscheinend die Bedeutung einer Sackgasse nicht verstehen, wie ein junges Pärchen bewies, als es zum Schrecken von Lizzi und Erik geradeaus und ungebremst in das Tor fuhr. Da nach einem Fußtritt des Mannes in die Eingeweide des Rollers beide ihren Weg fortsetzen konnten, schien nichts Schlimmeres passiert zu sein.

Währenddessen hatte Lizzi Erik ausgefragt und erfahren, dass er während seiner Zeit mit Lizzis Vater hier in der Villa im Kutscherhäuschen untergebracht war, das Abendessen aber meist zusammen mit ihrem Vater im Haupthaus eingenommen hatte. Bis auf einmal: An seinem Geburtstag hatte Erik ihn zu einem Drei-Gänge-Menü ins Kutscherhäuschen eingeladen, verriet er ihr. Wenn der Vater spazieren gehen wollte, war Erik stets mit dabei, doch wenn er zu Hause blieb, was gar nicht so selten der Fall war, dann konnte Erik tun, was er wollte.

Lizzi hatte Eriks Erzählungen aufmerksam gelauscht, doch jetzt begannen ihre Gedanken woandershin zu wandern. Sie hatte keine Ahnung, wohin ihr Vater gefahren war und ob es ihm gut ging. Was hatte es zu bedeuten, dass er nicht mehr zurückgekehrt war?

Erik, der Lizzis Unruhe bemerkte, verstummte. Aufmerksam sah er sie an. »Was ist mit Ihnen? Langweile ich Sie?«

»Oh nein! Wenn Sie mich langweilen, merken Sie das, versprochen. Ich glaube, wir verschwenden hier unsere Zeit vor dem Monitor.«

»Nicht unbedingt. Ich wüsste gern, ob der Unbekannte, den Ihr Vater auf der Raststätte getroffen hat, hier aufgetaucht ist. Es bleibt mir also nichts anderes übrig, als die Aufnahmen des letzten halben Jahres zu sichten.«

»Dabei kann ich sowieso nicht helfen, ich habe den Mann nie gesehen«, sagte Lizzi und stand auf. »Wir teilen uns auf. Sie machen hier weiter, und ich schaue mir das Haus an.«

Lizzi hielt Erik ihre geöffnete Hand hin.

Erik zog die Schultern hoch. »Ich würde Ihnen gern einen Schlüssel geben, wenn ich einen hätte«, entschuldigte er sich.

Erstaunt zog Lizzi ihre Hand zurück. »Sie wollen allen Ernstes sagen, Sie kommen hier durchs Tor und in dieses Häuschen, aber nicht ins Haupthaus?«

»Genauso ist es. Ich habe meinen Schlüssel vor der Abreise immer zurückgegeben, er war sowieso nur für den Notfall. Wenn ich ins Haus wollte, habe ich geklingelt.«

»Ich denke, mein Vater hat Ihnen vertraut?«

»Das hat doch damit nichts zu tun. Außerdem war das Haus so eine Art Refugium.«

Für einen Moment stand Lizzi unschlüssig im Raum herum. »Ich komme rein, und wenn ich einbrechen muss«, sagte sie dann entschlossen.

»Lieber nicht, im Haus ist eine Alarmanlage installiert. Wenn die losgeht, steht der Sicherheitsdienst auf der Matte. Ich will keinen Ärger, sonst verliere ich meine Zulassung.«

»Sie müssen mir nicht alles glauben, was ich sage«, antwortete Lizzi erschüttert. »Das war als Metapher gemeint. Glauben Sie, meine Zulassung als Anwältin wäre nicht gefährdet? Ich habe vor, ganz legal ins Haus zu kommen: mit einem Schlüssel.«

»Ah, dann können Sie zaubern?«

»Brauche ich gar nicht. Ich muss nur den Ersatzschlüssel finden.«

Erik lehnte sich im Stuhl zurück. »Jetzt bin aber gespannt.«

»Dann spitzen Sie mal die Ohren: Solange ich zurückdenken kann, hat mein Vater immer einen Zweitschlüssel außerhalb seiner Wohnung deponiert, entweder beim Nachbarn oder in einem Versteck. Aus Sorge, sich auszusperren, hat er immer behauptet. Keine Ahnung, ob das stimmt. Ich glaube, er hatte Spaß daran, ein Versteck zu finden, das perfekt war. Er war sehr gut darin. Aber ich war genauso gut darin, seine Verstecke zu finden.«

»Viel Spaß beim Suchen. Das Grundstück hat nur um die zweitausend Quadratmeter, das ist ein Klacks.«

Lizzi drehte sich im Gehen zu Erik um. »Ich werde Ihren mangelnden Ehrgeiz mit meinem Spürsinn ausgleichen«, versprach sie, während sie den Raum verließ. Eriks zweifelnder Blick war ihr nicht entgangen – dieser Mann wusste einfach nicht, mit wem er es zu tun hatte.

Also los, dachte Lizzi draußen, während sie sich daranmachte, einmal um die Villa herumzugehen. Es konnte nicht schaden, sich zunächst einen Überblick zu verschaffen und die

Seele der Umgebung einzuatmen, wie ihr Vater zu sagen pflegte, wenn er irgendwo neues Terrain betrat. Sie war unglaublich neugierig darauf, den Ort zu inspizieren, den ihr Vater vor ihr geheim hielt, vor allem wollte sie herausfinden, warum er ihr nichts von der Villa erzählt hatte. Welches Geheimnis verbarg sie?

Eine große steinerne Terrasse umgab das Haus auf der Rückseite und gewährte ihr einen Ausblick in den parkähnlichen Garten, der sich in einem sanften Gefälle vor ihr ausbreitete, mit großgewachsenen Ahornbäumen und mächtigen Kastanien. Wie gern hätte sie mit ihrem Vater im Sommer hier gesessen und bei einem Gläschen Wein den Sonnenuntergang genossen, dachte sie. Aber er hatte es ja nicht für nötig befunden, ihr zu vertrauen und ihr von seinem Refugium zu erzählen.

Eilig wandte sie den Blick ab, um die in ihr bohrenden Gedanken zu vertreiben. Stattdessen suchte sie die Rückseite des Hauses nach möglichen Verstecken ab, obwohl sie wusste, dass ihr Vater zu gewieft war, um offensichtliche Plätze für sein Schlüsselversteck auszusuchen. Sie hoffte, ihre Intuition würde ihr den geheimen Ort verraten, bis dahin musste sie ihrem Glück vertrauen.

Mindestens eine halbe Stunde verbrachte Lizzi damit, den Garten abzusuchen. Ziellos wanderte sie herum und schaute vergeblich in Astlöcher, hinter versteckte Mauervorsprünge und ins Innere der wenigen Tonfiguren, bis ihr klar wurde, welchen Fehler sie beging: Sie tat, als wäre sie auf der Suche nach Ostereiern, die noch am selben Tag gefunden werden sollten. Stattdessen musste sie sich in ihren Vater hineinversetzen: Der Schlüssel sollte unauffindbar sein, wie ein Schatz. Warum nur war ihr das nicht früher eingefallen?

Gedankenverloren nagte Lizzi an ihrer Unterlippe. Mit einem Mal wurde jeder Zentimeter des Gartens zum potentiellen Versteck und damit ihre Suche, genau wie von Erik vorhergesagt, zur Mammutaufgabe. Wo nur sollte sie anfangen? Ziellos wanderte sie über den Rasen, blickte die Bäume hinauf, die Mauern entlang, scannte den Boden nach Unebenheiten ab, die als Hinweis dienen könnten. Doch mit jedem Schritt wurde ihr klarer, dass sie erneut in die falsche Richtung dachte. Nie im Leben würde ihr Daddy wahllos ein Versteck wählen, bei dem man sich wie ein Maulwurf durch den Boden wühlen musste. Jemand, der immer wohlüberlegt und zielgerichtet handelte, änderte nicht mit einem Mal seine Methode.

Lizzi warf einen Blick zum Kutscherhäuschen, wo Erik immer noch mit den Aufnahmen der Videokamera beschäftigt war, wie sie durch das Fenster erkennen konnte. Zu gern würde sie sein Gesicht sehen, wenn sie die Tür zur Villa aufschloss. Leider sah es im Moment nicht danach aus, dass ihr dieser Triumph gegönnt war. Anscheinend fehlte ihr die Fantasie ihres Vaters. Als sie klein war, hatte er zu jedem ihrer Geburtstage Schnitzeljagden veranstaltet, zu Anfang noch spielerisch, doch mit jedem Jahr waren sie ausgetüftelter und schwieriger zu lösen. Er hörte erst damit auf, als sie sich an ihrem vierzehnten Geburtstag geweigert hatte, mit ihm zusammen draußen peinlichen Kinderkram zu veranstalten. Dass sie die Schnitzeljagd anschließend ohne ihn durchzog, weil sie es nicht ausgehalten hätte, darauf zu verzichten, hatte er nie erfahren. Heute hätte sie kein Problem mehr, gemeinsam mit ihrem Vater loszuziehen und einer Spur bis zu einem Schatz zu folgen, es war ihr egal, was andere über sie dachten. Vielleicht sollte sie das ihrem Vater gegenüber irgendwann erwähnen –

wenn das hier alles vorbei war, sie ihn sich zur Brust genommen und sich wieder mit ihm vertragen hatte.

Wie durch Zufall fiel Lizzis Blick auf einen kleinen Brunnen, der auf dem Kies vor der Treppe stand. Auf dem hinteren Beckenrand stand eine Storchskulptur, aus deren Schnabel das Wasser plätscherte. Sie musste lächeln, denn die Skulptur erinnerte sie an eines ihrer Lieblingsreimspiele aus der Zeit, als sie noch in der Grundschule war. Man benötigte dafür genügend Platz, weil man sich dabei nach einem bestimmten Schema im Raum bewegte wie die Tiere in den Reimen, darum hatten sie es immer draußen gespielt. An ihrem siebten oder achten Geburtstag wählte ihr Vater das Spiel sogar für die letzte Station der Schnitzeljagd aus, die zum Schatz führte – einem Schlüsselanhänger mit einem vierblättrigen Kleeblatt.

War der Storch ein Zeichen, dass das Spiel auch jetzt helfen würde, zum Schatz zu gelangen? Zuzutrauen war es ihrem Vater. Angefixt stellte sie sich vor dem Brunnen in Startposition, der Storchenschnabel gab die Richtung an, in der das Spiel beginnen würde.

»Der Storch macht einen großen Schritt«, murmelte sie und stakste wie ein Storch los. »Die Maus, die hält zwei kleine mit.« Sie trippelte zwei Schritte und freute sich, dass die Reime aus den hintersten Ecken ihres Gedächtnisses angespült wurden, ohne dass sie danach suchen musste. »Der Hase hüpft nun eins, zwei, drei. Der Frosch zieht viere rechts vorbei.« Während Lizzi in gebückter Haltung erst dreimal nach vorne an einer Blumenrabatte vorbeihopste und dann viermal nach rechts, hoffte sie, dass niemand der vielen Menschen, denen sie irgendwann einmal das Leben schwer gemacht hatte, die Aufnahmen der Überwachungskamera in die Hände bekommen würde, um sich mit bösen Videos im Internet zu rächen. Doch sie hatte keine Zeit, sich darüber den Kopf zu zerbrechen, denn jetzt folgten große Schwimmbewegungen, die sie mit den Armen in der Luft vollführte: »Der Goldfisch, er schwimmt stummelstumm, fünfmal im Kreis herum.«

»Ist alles in Ordnung mit Ihnen?«

Lizzi, die gerade bei einem buschig wachsenden Rhododendron angelangt war, stoppte mitten in der Bewegung. Sie hatte Erik nicht kommen gehört, so versunken war sie in ihrer Aufgabe. Unwillig nahm sie die Arme runter. »Natürlich. Sie wissen doch, ich suche den Schlüssel.«

»Aha.«

»Es geht um eine Art Schatzsuche. Sie fängt mit einem Storch an und hört mit einer Meise auf.« Sie zeigte erklärend auf den Brunnen.

»Ein Storch und eine Meise«, wiederholte Erik ungläubig.

Ungeduldig rollte Lizzi mit den Augen. »Wenn Sie es unbedingt verstehen wollen: Alle Tiere sind die ganze Zeit furchtbar in Aktion und strengen sich an, nur die Meise ist schlauer. *Nur eine hat keine Lust / sitzt nur da, zeigt die Brust / siehe da, es ist die Meise / sie zwitschert eine Weise*«, zitierte Lizzi. »Und genau dort, wo die Meise sitzt, ist der Schlüssel – hoffe ich jedenfalls. Hören Sie auf, so skeptisch zu gucken.«

Erik zeigte belustigt an Lizzi vorbei. »Da sitzt gerade eine Meise. Meinen Sie die?«

»Sie machen sich lustig«, grummelte Lizzi.

»Nein, ganz bestimmt nicht.«

Mit ihren Augen folgte Lizzi Eriks Finger, doch selbst wenn sie sich vorbeugte, konnte sie nicht um den Rhododendron herum sehen. Wie konnte sie Erik loswerden, bevor sie weitermachte? »Haben Sie nicht irgendetwas zu tun? Videos gucken zum Beispiel?«

»Ich bin durch, der Unbekannte ist leider nicht aufgetaucht. Hier ist mehr los«, antwortete Erik. Entweder wollte er ihre freundliche Aufforderung, sich zu entfernen, nicht verstehen, oder er konnte es nicht, weil er so unsensibel war wie ein Weißbrot.

Notgedrungen setzte Lizzi unter Eriks Beobachtung ihre Suche fort, sie begann wie ein Pinguin geradeaus zu watscheln, während sie die Reime so leise vor sich hin murmelte, dass Erik die Worte nicht hören konnte. Nach sechs Schritten wechselte sie die Richtung und galoppierte siebenmal nach rechts, stolzierte danach achtmal wie ein Pfau nach links und stieß dabei innerlich Verwünschungen gegen ihren uneingeladenen Zuschauer aus, der jede ihrer Bewegungen grinsend verfolgte. Sie war froh, als sie schließlich die neun Krebsseitwärtsschritte hinter sich hatte.

Schon auf dem Weg, der sie um den Rhododendron herumführte, wusste sie, was Erik gemeint hatte: das hölzerne Vogelhäuschen, auf das sie geradewegs zusteuerte und so eine Meise verschreckte, die davonflog. Zwar kam Lizzi nach ihrem neunten Schritt etwas mehr als einen Meter entfernt davon zum Stehen, aber da Schrittlängen nicht genormt sind, musste hier irgendwo der Ort sein, den sie suchte. Es war sicher kein Zufall, dass der Vogelfutterplatz genau hier postiert war, immerhin ging es um einen zwitschernden Vogel am Ende des Gedichtes.

Neugierig war Erik Lizzi gefolgt, jetzt stand er neben ihr. »Und? Wollen Sie nicht nachsehen, ob die Meise recht hatte? Oder darf ich Ihnen einen Vogel zeigen?«

Mit einem Seitenblick, der klarmachte, dass sie sich nicht

provozieren lassen würde, beugte sich Lizzi zum Häuschen hinab und schaute hinein. Da sie nichts erkennen konnte, was nur entfernt an einen Schlüssel erinnerte, steckte sie ihre Hand in das Innere des Kästchens und tastete zwischen Körnern und Nüssen nach Metall. Enttäuscht zog sie die leere Hand wieder heraus.

»Es war die Elster«, witzelte Erik.

»Ich denke die Lerche?«, schoss Lizzi zurück.

»Im Ernst, Lizzi, haben Sie wirklich geglaubt, dass Sie so den Schlüssel finden? Durch hopsen und watscheln?«

Statt einer Antwort zog Lizzi das Vogelhäuschen aus der Erde und drückte es Erik ungefragt in die Hand. »Halten Sie mal. Hier steht doch bestimmt irgendwo eine Schaufel herum.« Sie drehte sich suchend um.

»Im Schuppen hinter dem Kutscherhäuschen.«

»Brauche ich dafür einen Schlüssel?«, fragte sie genervt.

»Glücklicherweise nicht, sonst würden Sie wieder von vorne mit dem Storch anfangen.«

Lizzi quittierte Eriks Grinsen mit einem eisigen Lächeln und stapfte durch das Gras Richtung Schuppen davon. Zwei Minuten später kam sie mit einem Spaten in der Hand zu Erik zurück.

»Soll ich?«, fragte er.

»Das Glück ist nur mit den Gläubigen«, antwortete Lizzi und begann den Boden an der Stelle aufzugraben, in der das Vogelhäuschen gesteckt hatte. Erik hatte es inzwischen vor sich in den Boden gerammt und lehnte seine Arme aufs Dach, während er Lizzi zuschaute. »Wenn Sie den Schlüssel hier finden, gehe ich vor Ihnen auf die Knie und entschuldige mich in aller Form bei Ihnen.«

Statt einer Antwort stieß Lizzi mit Schwung den Spaten in die Erde. Bereits beim zweiten Spatenstich stieß sie auf einen harten Widerstand. Für einen Moment richtete sie sich auf und sah den aufmerksam gewordenen Erik grinsend an.

»Sie können schon mal üben«, freute sie sich.

Voller Elan schippte sie weiter. Verblüfft sah Erik zu, wie sie nach und nach eine Kiste aus Zinkblech freilegte, so groß wie eine Zigarrenbox. Kurz darauf hielt sie die Blechkiste in der Hand. Mit der Hand wischte sie die Erdkrumen vom Deckel.

»Voilà!«, sagte sie und hielt die Box vor Eriks Nase.

»Jetzt machen Sie schon auf«, drängelte Erik neugierig.

Auch Lizzi war gespannt. Sie musste Kraft anwenden, um den Deckel zu öffnen, der durch die Spatenstiche einige Dellen abbekommen und sich verzogen hatte. Wie erhofft lag ein Schlüsselbund darin, an dem zwei Schlüssel befestigt waren – einer für die Haustür und einer für den Briefkasten, vermutete Lizzi. Sie nahm beide heraus, sah Erik dabei herausfordernd an.

Erik zog eine Grimasse, bevor er wie versprochen vor ihr auf die Knie ging. »Ich weiß, Sie genießen das.«

»Wie kommen Sie darauf?«

»Das sehe ich Ihnen an Ihrer Nasenspitze an.«

»Sollte das Ihre feierlich angekündigte Entschuldigung sein?«

»Nur angekündigt, nicht feierlich. Aber gut: Ich entschuldige mich.«

»Das können Sie besser. Niemand würde Ihnen das abnehmen.«

Erik räusperte sich geräuschvoll. »Ich möchte mich bei Ihnen entschuldigen!«

»... von ganzem Herzen ...«

»Ich möchte mich von ganzem Herzen bei Ihnen entschuldigen«, wiederholte Erik mit einem Stöhnen in der Stimme.

Lizzi wiegte ihren Kopf hin und her. »Irgendetwas stimmt noch nicht.« Sie tat, als würde sie einen Moment überlegen. »Ah genau: von ganzem Herzen und in aller Form für meinen unverzeihlichen Fehler entschuldigen.«

»Das meinen Sie nicht im Ernst.«

»Doch. Haben Sie es im Kopf, oder soll ich es Ihnen noch einmal vorsagen?«, fragte Lizzi unschuldig.

»Nein«, grummelte Erik und atmete tief ein, bevor er noch einmal ansetzte. »Ich, Erik, möchte mich bei Ihnen, Lizzi, von ganzem Herzen … und in aller Form für meinen … wie war das noch mal?«

»Unverzeihlichen Fehler«, soufflierte Lizzi.

»… für meinen unverzeihlichen Fehler entschuldigen. Amen«, beendete Erik seinen Satz. »War's das jetzt? Oder muss ich noch Ihre Füße küssen?«

»Bringen Sie mich nicht auf Ideen. Übrigens: Sie waren gar nicht mal so schlecht, obwohl Ihnen merklich die Übung fehlt.«

»Ich treffe nicht alle Tage Frauen wie Sie«, rechtfertigte sich Erik, während er sich erhob. »Sie sind nicht nur speziell, Sie haben auch noch Haare auf den Zähnen.«

»Ich dachte, Krallen an den Fingern.«

»Das auch.«

»Vorsicht, was Sie sagen, könnte Konsequenzen haben.«

»Verstanden, Sir.« Erik hob gehorsam wie ein Soldat die Hand zum Gruß an seine Schläfe. »Keine weiteren Fragen, Sir.«

Lizzi stellte die Kiste lächelnd neben das Loch in der Erde

und hielt den Schlüssel mit Daumen und Zeigefinger hoch. »Wollen wir? Oder müssen Sie noch Ihr Gefühlsmanagement kontrollieren?«

»Was ist mit dem Loch?«

»Sie können das nachher alles wieder so herstellen, wie es ursprünglich war«, antwortete Lizzi, während sie zum Haus lief. »Damit es mein Vater wieder schön hat.«

Erik folgte schnellen Schrittes. »Wieso ich?«

»Als Zeichen des guten Willens.«

»Bitte? Vor einer Minute habe ich mich vor Ihnen in den Staub geworfen.«

»Das war Vergangenheitsbewältigung. Jetzt geht es um unser zukünftiges Vertrauensverhältnis. Unsere Basis.«

Erik blieb ungläubig in sich hineinlachend am Treppenabsatz stehen. »Mannomann. Sie hätten Anwältin werden sollen. Ach, ich vergaß, das sind Sie ja schon.«

Lizzi, die bereits oben vor dem Hauseingang stand und die Tür aufschloss, quittierte Eriks Erkenntnis mit einem breiten Lächeln. Zwei Stufen auf einmal nehmend sprang Erik die Treppe hoch. Er schaffte es, sie aufzuhalten, bevor die Tür hinter Lizzi wieder zuschlagen konnte.

»Und Sie haben es doch genossen!«, sagte er, als er das Haus betrat und die Tür hinter ihm ins Schloss fiel.

17

Lizzi platzte beinahe vor Neugier, als sie in den Flur der Villa trat. Gespannt sah sie sich um. Sie standen in einer hellen, freundlichen Eingangshalle, von der mehrere Türen abgingen und dazu eine Treppe direkt vor ihnen, sie führte hinauf in den ersten Stock. Ein kleiner Kamin mit einem Sims aus Sandstein dominierte die rechte Seite, während an der linken Wand der Halle ein Sessel und ein kleiner Tisch bereitstanden, vielleicht für Besucher oder ganz einfach, um sich auszuruhen, wenn man bei der Schlüsselsuche durch den Garten gehüpft war.

Vorsichtig öffnete Lizzi eine Tür auf der linken Seite und betrat den dahinterliegenden Raum. Es war eine kleine Bibliothek, durchaus freundlich eingerichtet, ihr Vater hatte alte Möbel mit modernen Designstücken kombiniert. Die Luft war ein wenig muffig, erfüllt vom dumpfen Geruch in die Jahre gekommener Bücher und dem schweren Duft alter, lackierter Eichendielen. Der Boden knarzte bei jedem ihrer Schritte, als wollte er Lizzi daran erinnern, wo sie sich gerade bewegte: auf fremdem Terrain, ohne Erlaubnis.

Lizzi beruhigte ihr schlechtes Gewissen damit, dass der gefundene Schlüssel wenn auch kein Beweis, doch zumindest ein Indiz dafür war, dass ihr Vater nicht abgeneigt sein konnte, sie in sein Haus zu lassen. Das widersprach zwar allem, was sie in den letzten Tagen über ihn erfahren hatte – oder sollte sie lieber sagen: nicht erfahren hatte? Doch an einen Zufallsfund wollte sie nicht glauben, genauso wenig an höhere Bestimmung. Dazu handelte ihr Vater viel zu wohlüberlegt. Es musste einen Grund dafür geben, dass er es ihr so leicht gemacht hatte, das Versteck zu finden.

Lizzi ging zurück in die Halle und ließ ihren Blick über die zartgelb getönten Wände des Foyers streichen. Aquarelle und Ölgemälde schmückten die freien Flächen, es waren Originale, wie sie erkannte. Zu jedem anderen Zeitpunkt hätte sie das fremde Reich ihres Vaters liebend gern erkundet, Zimmer für Zimmer. Doch in dieser Stunde zog es sie zu einem ganz bestimmten Ort: zu jenem, aus dem ihr Vater das Foto gepostet hatte. Ihr Gefühl sagte ihr, dass dort der Schlüssel zu allem liegen würde, diesmal kein realer Schlüssel, sondern einer im übertragenen Sinne. Wenn ihr Vater sie mit seinem Foto tatsächlich herlotsen wollte, dann würde sie dort die Antworten auf ihre Fragen finden – vielleicht nicht auf alle, aber doch wenigstens auf ein paar.

»Kennen Sie alle Räume hier drin?«, wollte sie von Erik wissen, der neben sie getreten war.

»Nur ein paar. Hier vorne«, er zeigte nach rechts, »ist die Küche mit dem Esszimmer. Daneben die Toilette und ein Abstellraum. Unter der Treppe geht es in den Keller. Auf der anderen Seite sind das Wohnzimmer, das Arbeitszimmer Ihres Vaters und die Bibliothek, in der Sie gerade gewesen sind. Oben war ich selbst noch nie, ich vermute, dort sind die Schlafzimmer und noch ein Bad.«

»Wo, glauben Sie, hat mein Vater das Foto aufgenommen?«

»Auf der Gartenseite des Hauses. Die Fenster dort sind so hoch wie die auf dem Foto.«

Erik ging voran und öffnete die zweite der beiden getäfelten Türen auf der linken Seite. Sie führte zu einem geräumigen Wohnzimmer, in dem zwei sich gegenüberstehende Sofas mittig im Raum platziert waren. Dazwischen befand sich ein Couchtisch mit einer eingesetzten Granitplatte, auf der eine große Vase stand, so wie Lizzis Vater sie für seinen Post fotografiert hatte.

Mit schnellen Schritten war Lizzi beim Sofa. Doch aus der Nähe und ohne das Gegenlicht der durch das Fenster einfallenden Sonnenstrahlen erkannte sie schon mit bloßem Auge, dass die Vase nur in der Form mit der auf dem Foto übereinstimmte.

Neben der Vase lag ein Buch über die Geschichte des Ortes, genau genommen war es mehr ein Heft aus einer Reihe, die vom Land Thüringen herausgegeben wurde. Lizzi nahm es in die Hand und blätterte darin herum, dabei rutschte ein geöffneter Brief heraus, den ihr Vater möglicherweise als Lesezeichen verwendet hatte. Neugierig sah Lizzi hinein. Es war nichts darin als ein Foto, das ein sommerlich gekleidetes und braun gebranntes älteres Paar vor einem Straßencafé in einem asiatischen Land zeigte, lächelnd blickte es in die Kamera.

Erik war an Lizzi herangetreten. »Kennen Sie die beiden?«

Obwohl Lizzi die Frage gehört hatte, reagierte sie nicht, irritiert starrte sie auf das Foto in ihren Händen.

»Sagen Sie schon«, insistierte Erik.

»Also, ich bin mir nicht sicher … ich würde sagen, das sind meine Großeltern. Väterlicherseits.«

Jetzt war es Erik, der irritiert aussah. »Sie kennen Ihre Großeltern nicht?«

»Natürlich kenne ich sie, na ja, irgendwie, es ist so lange

her. Ich muss ein kleines Kind gewesen sein, als ich sie das letzte Mal gesehen habe, jedenfalls kann ich mich nicht mehr an sie erinnern. Nur an ein Foto, das ich von ihnen habe, da sitze ich mit meinem Kuscheltier im Arm auf dem Schoß meiner Oma, und mein Großvater steht hinter uns. Die beiden leben schon lange nicht mehr.« Jetzt begriff Lizzi, was sie hatte stutzen lassen. »Moment mal! Das Bild kann noch nicht alt sein! Sehen Sie sich die Kleidung an. Und hier der Elektroroller im Hintergrund, sehen Sie die Ladestation?«

»Das heißt, Ihre Großeltern leben noch?«

Lizzi hob ratlos die Hände. »Ich verstehe das alles nicht.«

Eriks mitfühlender Blick traf sie. »In Ihrer Familie ist nichts stinknormal, oder?«

Lizzi zog die Augenbrauen zusammen, ohne zu antworten. Erik hatte recht, musste sie zugeben.

»Sieht nach einem Ferienbild aus.« Erik hatte das Foto kurz in die Hand genommen und betrachtet, jetzt gab er es ihr wieder zurück.

»Aus Thailand«, sagte Lizzi, nachdem sie einen Blick auf die Briefmarke geworfen hatte, die auf dem Umschlag klebte.

»Nichts Handschriftliches dabei?«

»Das ist ja das Merkwürdige: weder Brief noch Karte. Wer macht denn sowas, grußlos ein Foto zu schicken? Das bringe nicht mal ich fertig, selbst wenn ich sauer bin.«

»Vielleicht hat Ihr Vater den Brief herausgenommen.«

»Nein.« Einer spontanen Idee folgend hatte Lizzi das Foto umgedreht. »Auf der Rückseite steht etwas.«

Es fiel ihr nicht leicht, die verrutschte Schrift zu entziffern, sie sah aus, als wäre die Karte beim Schreiben auf den Knien balanciert worden. »Lieber Martin«, las sie vor, »wir hoffen, es geht dir und Lizzi gut, und wir sehen euch irgendwann wieder. Bis dahin lassen wir uns von der Sonne, dem Licht und der ansteckenden Herzlichkeit der Menschen hier verwöhnen.«

»Tja. Ein Roman ist das nicht gerade.«

Lizzi warf einen letzten Blick auf das Foto, dann steckte sie es wieder zurück in den Briefumschlag und legte beides mit dem Buch auf den Couchtisch.

Dass ihr Vater die Existenz ihrer Großeltern verschwiegen hatte, sorgte für einen weiteren Stich in ihrem Herzen.

Sie schob das Gefühl beiseite. »Egal, was das jetzt wieder bedeuten mag, es geht hier nicht um meine Großeltern«, sagte sie entschieden. »Lassen Sie uns weitersuchen.«

»Von mir aus.«

Forschend sah Lizzi sich um. Nachdem sie einen Blick in das einzig größere Möbelstück geworfen hatten, einen zweiflügeligen antiken Schrank, in dem ihr Vater außer Gläsern, Karaffen und ein paar Flaschen hochprozentigen Alkohol nichts Nennenswertes aufbewahrte, beschloss sie, dass sie in diesem Zimmer ihre Zeit verschwendeten.

»Dann bleibt nur noch das Arbeitszimmer«, sagte sie zu Erik, als sie wieder in der Halle standen und sie die Klinke der angrenzenden Tür hinunterdrückte.

Sie hatte einen Raum zum Lesen erwartet, mehr Wohlfühlort als Arbeitszimmer, in dem ihr Vater sich, wie er es liebte, stundenlang in eine Zeitung vertiefen konnte und auch einmal einen Brief schrieb. Umso verwunderter war sie, dass tatsächlich ein großer Schreibtisch den Raum dominierte, darauf ein vierundzwanzig Zoll großer Monitor, der mit einer leeren Dockingstation verbunden war. Ein Laserdrucker stand auf einem Beistelltisch.

Der Schreibtisch war schräg zum Fenster hin positioniert, sodass ihr Vater von seinem Platz aus in den Garten schauen konnte. Vor dem zweiten Fenster stand ein großer Ohrensessel, den die einfallenden Sonnenstrahlen mit einem hellen Überwurf schmückten. Ein riesiger Vitrinenschrank mit Büchern und Gesetzestexten stand an der zum Wohnzimmer angrenzenden Wand. Dieser Raum, da war sich Lizzi sicher, war kein Notbüro, hier wurde richtig gearbeitet.

»Wie oft waren Sie mit meinem Vater hier? Nein, sagen Sie nichts, ich weiß es schon. Ungefähr einmal im Monat für eine Woche. Richtig?«

»Stimmt.«

»Mir hat er immer vorgemacht, er wäre auf Dienstreise«, sagte Lizzi kopfschüttelnd.

»Das stimmte ja auch irgendwie. Wenn er hier war, hat er hauptsächlich gearbeitet.«

»Sie brauchen ihn nicht zu decken.«

»Tue ich nicht.«

»Ach ja? Hat er sich hier regelmäßig mit Klienten, Firmenpartnern oder anderen Menschen getroffen? Sie wissen selbst, wie die Antwort lautet: Nein. Das alles hier«, sie machte eine ausladende Bewegung mit den Armen, »das ist doch nichts anderes als ein Zweitwohnsitz.«

»Vielleicht hat Ihr Vater nichts gesagt, um die Zweitwohnsteuer zu umgehen.«

»Welcher normale Mensch würde deswegen vor der eigenen Tochter ein Staatsgeheimnis daraus machen?« Sie schnaubte durch die Nase. »Ich bin nicht vom Finanzamt.«

»Aber Juristin, die nehmen es doch genau. War nur ein Scherz. Um Sie aufzuheitern.«

»So fürsorglich kenne ich Sie gar nicht.«

»Aus Selbstschutz. Wenn Sie schlecht gelaunt sind, lebt man in Ihrem Umkreis gefährlich.«

»Wenn man dumme Witze macht, auch«, antwortete Lizzi, während sie sich im Zimmer umsah.

»Vielleicht bessert sich Ihre Stimmung, wenn ich Ihnen diese Vase zeige.«

Lizzis Blick folgte Eriks Zeigefinger, der an ihr vorbei auf eine Kommode neben der Tür wies. Dort stand sie tatsächlich, die Vase, die sie gesucht hatten. Ein ausladender Strauß aus getrocknetem Lampenputzergras ragte heraus. Beiden war klar, dass dies der Raum sein musste, in dem ihr Vater das letzte seiner Instagram-Fotos geschossen hatte. Die hohen Sprossenfenster, das Glas des Vitrinenschranks auf der anderen Seite, der für die Spiegelung verantwortlich gewesen sein musste – all das sprach mit großer Sicherheit dafür.

Lizzi rieb sich die Hände, dabei blies sie angespannt die Luft aus. Den Raum zu finden, in dem aus ihrer Sicht alles begonnen hatte, war ihr wichtigstes Ziel gewesen. Sie hatte darauf gezählt, dort die Lösung der drängendsten Fragen präsentiert zu bekommen, eine Offenbarung aller Rätsel. Nun, da Erik und sie am richtigen Ort standen, wurde ihr klar, wie einfältig dieser Gedanke gewesen war. So etwas gab es nur im Film, wenn die Polizei den Unterschlupf eines Serientäters aufgespürt hatte und die Wände zugepflastert waren mit Hinweisen über die Mordopfer. Ganz abgesehen davon, dass Lizzi inständig hoffte, dass ihr Vater kein Serientäter war, gab es nicht mal ein Whiteboard oder wenigstens eine altertümliche Pinnwand, wo er Hinweise für sie hätte hinterlassen können.

»Was nun?«, fragte Lizzi.

»Wenn Sie der Meinung sind, dass Ihr Vater eine Spur hinterlassen wollte, dann hier«, antwortete Erik.

»Sie sind wirklich eine große Hilfe.«

Unschlüssig sah Lizzi sich im Raum um. Ihr Vater hatte sich zum Arbeiten an diesen Ort zurückgezogen, also – so ihr Fazit – musste sie herausfinden, woran er arbeitete. Da der Schreibtisch so leergeräumt war wie eine Eisbahn im Sommer, blieben die Schubladen. Sie waren verschlossen, wie Lizzi sofort feststellte, als sie vor dem Schreibtisch stand.

»Natürlich, wie soll es auch anders sein«, grollte sie laut. »Diese Schlüssel treiben mich noch in den Wahnsinn. Was habe ich getan, dass sich mein Leben nur noch um aufgebrochene Schlösser und fehlende Schlüssel dreht?« Sie wandte sich zu Erik um. »Wissen Sie was? Sie können bei mir Bonuspunkte sammeln, wenn Sie jetzt zufälligerweise einen passenden Schlüssel zur Hand haben.«

Erik zog hilflos die Schultern hoch. »Das klingt sehr attraktiv, aber ich bedaure.«

Lizzi wusste, was das bedeutete: dass sie erneut auf einen Geistesblitz angewiesen war. Ob sie noch einmal so viel Glück haben würde wie vorhin im Garten?

Ein lautes Klingeln riss sie aus ihren Gedanken. Erik lief in den Flur und blickte auf den kleinen Bildschirm der Freisprechanlage.

»Das wird Ihnen nicht gefallen«, sagte er, zu Lizzi gewandt, die in der Tür des Wohnzimmers stehen geblieben war. »Zwei Polizisten sind am Tor. Besser, wir reagieren.«

Lizzi zögerte einen Moment, dann legte sie Handtasche und Mantel auf der Kommode ab, damit sie nicht wie eine Besucherin aussah. »Vielleicht haben sie meinen Wunsch erhört und bringen den Schreibtischschlüssel vorbei«, sagte sie, als sie Erik folgte.

»Halten Sie sich mit Ihrem Sarkasmus vor den Polizisten lieber zurück.«

»Warum?«

»Das wissen Sie genau.«

»Okay, ich bin so freundlich, wie ich kann.«

Erik drückte auf den Toröffner. Während das Tor aufschwang und die Polizisten auf das Grundstück traten, verließen Erik und Lizzi das Haus, um ihnen entgegenzugehen.

»Guten Tag«, begrüßte Erik die beiden Männer, die sich beim Gehen umsahen. »Können wir Ihnen helfen?«

»Ist hier alles in Ordnung? Zwei unbekannte Personen wurden vor dem Grundstück beobachtet, ein Mann und eine Frau. Die Frau soll versucht haben, sich unerlaubt Zugang über das Tor zu verschaffen. Sind Sie das gewesen?«

Erik und Lizzi sahen sich an.

»Ich bin die Tochter des Besitzers, Lizzi Bergmann. Mein Vater ist seit ein paar Tagen im Urlaub. Wir sind hier, um nach dem Rechten zu sehen – Blumen gießen, Briefkasten leeren, solche Dinge.«

»Können Sie sich ausweisen?«, fragte der andere Polizist, der bis dahin geschwiegen hatte.

»Sie haben vollkommen recht, das könnte ja jeder sagen. Vertrauen ist gut, Kontrolle ist besser«, antwortete Lizzi mit ihrem liebenswertesten Lächeln. »Ich hole den Ausweis schnell, dauert nur fünf Sekunden, also bitte nicht weglaufen.«

Weniger sicher, als es nach außen den Anschein hatte, eilte sie zurück ins Haus und ins Arbeitszimmer, um ihre Brieftasche nach dem gewünschten Dokument zu durchsuchen.

Schon einmal war es ihr passiert, dass sie ihren Ausweis vergessen hatte und die Zollbeamtin nicht mit sich reden lassen wollte. Damals konnte sie eine Überfahrt nach Oslo erst einen anstrengenden Tag später antreten, nachdem sie die gesamte Strecke nach Frankfurt zurückgefahren war und ihren Ausweis geholt hatte, der natürlich in einer anderen Tasche lag. Thüringen war zwar kein Ausland, aber die Vorstellung, zur Überprüfung ihrer Personalien auf die Wache fahren zu müssen, war nicht gerade verlockend. Abgesehen davon lauerte dort die Gefahr, dass ihr Name beim Computerabgleich in Zusammenhang mit der ermordeten Sekretärin gebracht werden könnte.

Mit dem Ausweis in der Hand eilte Lizzi zurück. Aus der Entfernung sah sie Erik im Gespräch mit den Polizisten, sie verstummten, als sie dazukam.

»Sie glauben nicht, was in meiner Handtasche los ist, da müsste dringend jemand Inventur machen«, sagte sie leutselig, als sie dem ersten der Beamten das Dokument reichte.

»Kein Problem«, entgegnete er, ohne eine Miene zu verziehen.

Er prüfte ihn, während er zum Klingelknopf ging und die Namen abglich. Auf dem Rückweg nickte er seinem Kollegen zu und reichte Lizzi dankend ihren Ausweis.

»Überprüfen Sie alle, die sich um die verwaisten Häuser ihrer Verwandten kümmern?«, wollte Lizzi wissen.

»Nein, nur die, die über Tore klettern.«

»Oh«, sagte Lizzi.

»Daran war ich schuld«, schaltete sich Erik ein, doch bevor er weiterreden konnte, übernahm Lizzi wieder das Ruder.

»Und wie er das war! Sehen Sie die Überwachungskamera dort?« Sie zeigte nach oben und winkte ihr zu. »Er hat behauptet, der Bewegungsmelder der Kamera würde oberhalb des Tores nicht anspringen und bei einem Einbruch würde die Versicherung nicht dafür haften. Ich habe ihm bewiesen, dass der Bewegungsmelder sehr wohl reagiert. Dazu musste ich allerdings aufs Tor klettern, weil er«, sie zeigte zu Erik, »dazu keine Lust hatte.«

»Ähm …«, begann der Polizist.

»Wenn Sie wollen, zeige ich es Ihnen auch noch mal.« Sie tat, als würde sie zum Tor gehen wollen, der Polizist hielt sie zurück.

»Einmal ist es gut gegangen, das nächste Mal könnten Sie herunterfallen.«

»Das wollen wir nicht«, bestätigte Erik.

»Was denken Sie, meint er das ernst?«, fragte Lizzi den Polizisten mit Unterton.

»Hier ist ja alles in Ordnung«, beeilte sich der Polizist zu sagen, er schien kein Interesse daran zu haben, Zeuge eines sich möglicherweise anbahnenden Ehekrachs zu werden. »Wir wollen nicht stören, also gehen wir mal wieder. Auf Wiedersehen.«

»Sehr nett von Ihnen, dass Sie die Zeit gefunden haben, so schnell vorbeizuschauen. Da fühlt man sich sicher.«

»Auf Wiedersehen«, sagte Erik.

»Und grüßen Sie die Nachbarin von uns!«, rief Lizzi hinterher, während die Polizisten ins Auto stiegen. »Es ist immer gut, wenn man in seiner Umgebung die Augen offen hält. Es laufen so viele Einbrecher herum.«

Der Polizist hob die Hand zum Gruß, bevor er im Innern des Wagens verschwand.

Erik schloss das Tor.

»Sie konnten es nicht lassen«, rügte er Lizzi, während sie zurück ins Haus gingen.

»Wieso beschweren Sie sich, ist doch gut gelaufen. Wer wagt, gewinnt.«

Ein Seufzer tiefer Resignation entfuhr Erik. »Woher wussten Sie, dass es eine Frau war, die die Polizei geholt hat?«

»Weiblicher Instinkt.« Lizzi hob die Nase in die Luft und schnüffelte wie ein Kaninchen. »Ich kann den Duft des Parfums riechen.«

Jetzt musste Erik lachen. »Sie spinnen.« Es klang freundlich.

»Womit haben Sie eigentlich die Polizisten bei Laune gehalten, als Sie alleine waren?«

»Männergespräche.«

»Lassen Sie mich raten: Thema Frauen?«

»Nein. Fußball.«

»Glauben Sie, Frauen reden nicht über Fußball?«

Erik stieß die Tür zum Arbeitszimmer auf, ließ aber Lizzi zuerst eintreten. »Mögen Sie denn Fußball?«

»Zur Weltmeisterschaft«, antwortete Lizzi. »Aber erst seitdem die Trikots wieder schön eng sitzen. Man will ja etwas davon haben.«

Lizzi begleitete ihre Antwort mit einem breiten Lächeln, während sie nach ihrer Handtasche griff, um ihren Ausweis wieder zu verstauen. Dabei passierte es: Die Tasche, die sich in Jacke und Vase verfangen hatte, riss beides mit sich von der Kommode. Entsetzt sah Lizzi, wie das Porzellangefäß auf dem Boden zerschellte, die Scherben verteilten sich zwischen dem getrockneten Lampenputzergras.

»Oh nein!«, rief Lizzi. Erschrocken sah sie, was sie angerichtet hatte. Ärgerlich über sich selbst, kniete sie sich hin, um die Scherben aufzusammeln.

»Das war die Lieblingsvase Ihres Vaters«, scherzte Erik und bückte sich, um ihr zu helfen.

»Ich würde mir mehr Sorgen machen, wenn das gute Stück aus einer chinesischen Dynastie des 12. Jahrhunderts stammen und den Ruhestand meines Vaters finanzieren sollte. Wahrscheinlich wird mein Vater es nicht mal merken, dass sie nicht mehr da steht.«

Sie nahm ihre Jacke und schüttelte sie, um sie von kleineren Scherben zu befreien, dann stand sie auf. »Ich suche nach einer Kehrschaufel.«

»Warten Sie.«

Verblüfft über den Ton in Eriks Stimme blieb Lizzi stehen und sah zu, wie er einen kleinen metallischen Gegenstand unter einer Scherbe herausfischte. Es war ein kleiner Schlüssel, Erik hielt ihn mit zwei Fingern in die Luft. »Was sagen Sie jetzt?«

Ungläubig erkannte Lizzi Eriks Fund, bevor sie ihn in die Hand nahm und mit ihren Fingern umschloss wie einen Schatz, den man nicht mehr hergibt. »Der Tag der Schlüssel«, kicherte sie ungläubig. Das kalte Metall in ihrer Hand löste ein wohliges Gefühl der Hoffnung bei ihr aus. »Die Vase als Versteck … darauf wäre ich niemals gekommen. Dabei lag es auf der Hand. Genau wie der Schlüssel hier.« Sie öffnete die Faust und betrachtete ihn auf ihrer Handfläche.

»Wollen Sie ihn nicht ausprobieren?«

»Bin schon dabei.« Mit schnellen Schritten war sie beim Schreibtisch und setzte sich auf den Stuhl, um den Schlüssel in das Schloss der obersten Schublade zu stecken.

»Passt er?«, fragte Erik neugierig.

»Und wie er passt!«, rief sie ihm zu, während sie die oberste Schublade öffnete und herauszog. »Sesam, öffne dich!« Gespannt beugte sie sich vor. Erik trat näher, um in das Innere des Fachs sehen zu können.

Die Schublade war leer.

»Zwei haben wir noch«, witzelte Lizzi, während sie versuchte, die Anspannung, die sie in sich spürte, wegzulächeln.

Auch die nächste Schublade war ohne Inhalt, noch nicht mal ein Staubkrümel oder eine vergessene Büroklammer wartete auf sie. Lizzi wechselte mit Erik einen Blick, bevor sie die unterste aufzog. Unbewusst hielt sie die Luft an.

Ein Briefbogen lag auf dem Boden des Fachs, Lizzi erkannte sofort die Handschrift ihres Vaters und ihren Namen, es war ein Brief, er war an sie gerichtet. Triumphierend blickte Lizzi zu Erik. Er hatte gewusst, dass sie seinen Spuren bis hierher folgen würde! Gespannt nahm sie das Papier in die Hand und las.

»Was steht dort?«, fragte Erik. »Ist der Brief von Ihrem Vater?«

Lizzi nickte stumm und reichte, als sie fertiggelesen hatte, den Bogen an Erik weiter.

Die anfängliche Freude, ein Lebenszeichen ihres Vaters zu finden, war Enttäuschung gewichen. Tief in ihrem Magen grummelte es, es war Wut, die sich sammelte und in ihr aufzusteigen begann. Warum nahm ihr Vater sie nicht ernst? Sie war eine erwachsene Frau, und sie hatte verdammt noch mal ein Recht drauf, auch so von ihm behandelt zu werden!

Erik gab ihr den Brief zurück. Noch einmal blickte Lizzi auf die Zeilen, die ihr Vater geschrieben hatte.

Liebste Lizzi, stand auf dem Papier, *wenn du diesen Brief liest, hast du die »Schnitzeljagd« mit Bravour gelöst. Darin warst du schon als Kind eine Meisterin. Ein Schatz wartet diesmal nicht auf dich, sondern lediglich eine dringende Bitte, denn leider ist das hier kein harmloses Kinderspiel, sondern bitterer Ernst. Ich weiß, du wärst niemals einfach so mit Erik mitgekommen, darum habe ich die Spur gelegt – bitte nicht böse sein! Bleib hier im Haus, gemeinsam mit Erik! Hier bist du sicher! Ich muss ein paar Dinge in Ordnung bringen und werde dir alles erklären, wenn ich wieder zurück bin. Ich freue mich schon jetzt, dich bald in die Arme zu schließen. Pass auf dich auf! Dein Papa*

Erik hatte Lizzi nicht aus den Augen gelassen, jetzt stand er auf. »Soll ich uns einen Tee kochen?«

Lizzi schnaubte durch die Nase. »Tee?«

»Tee beruhigt.«

»Ich bin die Ruhe selbst«, giftete Lizzi zurück und ballte die Fäuste so fest, dass sich ihre Fingernägel schmerzhaft in ihre Handballen bohrten.

Wortlos verließ Erik das Arbeitszimmer, bald darauf hörte Lizzi das Rauschen eines Wasserkochers und das Klappern von Geschirr, das durch das Haus hallte. Wenig später kam Erik zurück, ein Tablett mit einer Teekanne und zwei Bechern in der Hand.

Erik hatte recht: Der Kräutertee, den er ihnen einschenkte, hatte tatsächlich eine beruhigende Wirkung auf sie. Der Duft von Lavendel und Melisse, der aus der heißen Flüssigkeit aufstieg, ließ sie tiefer atmen, und die Wärme des Bechers in ihrer Hand tat ihr gut. Vorsichtig nahm sie einen Schluck.

Erik beobachtete sie aufmerksam. »Eines steht fest: Ihr Vater kennt Sie nicht wirklich gut.«

Lizzi sah auf. »Wie meinen Sie das?«

»Wenn er Sie kennen würde, dann müsste er wissen, dass er mit diesem Brief das Gegenteil von dem erreicht, was er erreichen will.«

Lizzi begegnete überrascht Eriks Blick. Konnte es sein, dass dieser ungehobelte Kerl, der sich ihr gegenüber in seinen Sessel fläzte und sie mit seinen strahlend blauen Augen ansah, sie besser kannte als ihr Vater?

»Vielleicht wollte mein Vater ja genau das. Er hat Sehnsucht nach mir.« Sie lachte ein wenig zu laut über ihren eigenen Witz. Denn tief in ihrem Inneren war es genau das, was sie sich erhoffte.

Erik blieb ernst. »Das hat er ganz bestimmt. Ihr Vater liebt Sie, da bin ich mir sicher. Sie glauben gar nicht, wie oft er von Ihnen gesprochen hat.«

»Er liebt das Kind, das ich nicht mehr bin. Und genauso behandelt er mich auch. Aber das lasse ich nicht zu!« Entschlossen hieb Lizzi mit der Faust auf die Lehne ihres Stuhls und dachte im gleichen Moment, wie lächerlich das aussehen musste. Doch sie ließ sich nichts anmerken, sondern stand entschlossen auf.

Erik seufzte. »Und jetzt?«

»Was jetzt?«

»Was haben Sie vor?« Erik sah sie prüfend an. »Ich denke nicht, dass ich Sie davon überzeugen könnte, dem Wunsch Ihres Vaters zu folgen und mit mir hier in seinem Haus zu bleiben?«

»Das klingt nach Einöde und ständiger Überwachung, und

am Ende streiten wir uns den ganzen Tag, bis einer von uns beiden es nicht mehr aushält und den anderen massakriert.«

»Ich habe es Ihnen schon einmal gesagt, mich bringt nichts so schnell aus der Ruhe«, stellte Erik klar.

»Genau«, antwortete Lizzi. »Wenn Ihnen also Ihr Leben lieb ist, dann sollten Sie mir helfen, meinen Vater zu finden und ihn zur Rede zu stellen.«

Erik seufzte erneut. »Na gut. Der Drucker.«

Lizzi verstand nicht, was er ihr damit sagen wollte.

»Welcher Drucker?«

Erik wies zum Beistelltisch, auf dem ein grauer Kasten aus Kunststoff thronte. »Der Computerdrucker Ihres Vaters. Die Lampe blinkt.«

Erst jetzt sah Lizzi, dass eine kleine gelbe Diode in regelmäßigem Takt ihr Signal in die Umwelt hinausstrahlte.

»Ein Druckauftrag hängt in der Warteschleife«, ergänzte Erik und stand auf. »Schätze, Ihr Vater hat ein Dokument vergessen, das er ausdrucken wollte.« Er beugte sich vor, um ein Fach des Druckers aufzuziehen. »Sehen Sie? Das Papier ist alle. Wenn wir neues Druckerpapier einlegen, dann müsste das Gerät die Seite ausdrucken.«

Lizzi war ärgerlich. »Und das haben Sie die ganze Zeit gewusst?«

»Ich habe es erst gesehen, als sie den Schreibtisch aufgeschlossen haben«, verteidigte sich Erik. »Und woher hätte ich wissen sollen, dass das wichtig ist?«

»Aber Sie hätten es mir nicht gesagt, wenn ich das getan hätte, was mein Vater von mir verlangt«, beharrte Lizzi.

Erik zögerte einen winzigen Moment – für Lizzi der Beweis, dass sie recht hatte. »Sie brauchen nichts weiter zu sagen. Sie finden auch, dass ich ein Kind bin, das man beschützen muss.« Ärgerlich stellte sie ihren Teebecher ab.

»Ich denke, dass Sie eine erwachsene Frau sind, die sich ständig und ohne nachzudenken in Gefahr begibt.«

»Soll ich wirklich Ihrer Meinung nach in einem Versteck hocken und warten, bis mich die Engländer holen?« Sie wedelte mit ihrer Hand in der Luft herum. »Die Wespen, schon vergessen?«

Statt einer Antwort legte Erik einen Stapel Papier, den er aus der Ablage des Beistelltisches nahm, in das Papierfach des Druckers ein. Kaum hatte er das Fach geschlossen, erwachte das Gerät zum Leben, es krächzte und räusperte sich wie ein erkälteter Tenor kurz vor der Gesangseinlage, dann summte und pfiff das Gerät eine Weile, bis ein bedruckter Papierbogen im Ausgabefach landete.

Gespannt griff Lizzi nach dem Blatt.

»Und? Was ist es?«

»Ein Reiseplan. Für eine Autofahrt von hier nach England. Zu einer Farm in Scarborough. Sagt Ihnen das was?«

Erik schüttelte den Kopf.

Der Drucker spuckte ein zweites Blatt aus, es war der gleiche Reiseplan, offenbar hatte ihr Vater Probleme mit seinem Computer gehabt. Dann folgte ein drittes Blatt, diesmal griff Erik zu. Mit gerunzelter Stirn sah er sich die Seite an. »Das ist eine Fährbuchung. Von Amsterdam nach Newcastle.« Er blickte auf das Datum, verglich es mit seinem Handy. Überrascht schaute er auf. »Die Fähre fährt heute Abend.«

Lizzi schnappte sich das Blatt und betrachtete es aufmerksam: Erik hatte recht, ihr Vater würde heute Abend mit seinem Wagen auf die Fähre fahren, um nach England überzusetzen.

Ein zufriedenes Lächeln breitete sich auf ihrem Gesicht aus. »Tja, Papa, dann schätze ich, wir haben dich …«

Erik runzelte die Stirn. »Verstehe ich Sie richtig? Sie wollen nach Amsterdam, um Ihren Vater abzupassen?«

»Klar! Haben Sie eine bessere Idee?«

»Ihr Vater hat alles darangesetzt, Sie von sich fernzuhalten«, erinnerte sie Erik. »Ich denke nicht, dass es sein Plan war, dass Sie ihm hinterherfahren.«

»Und genau deshalb werden wir es tun. Ich mache nie das, was man mir sagt.«

»Wie könnte ich das je vergessen«, seufzte Erik schicksalsergeben, während er nach seinem Handy griff.

Lizzis Stirn hatte sich in Falten gelegt, sie ging ein paar Schritte im Büro hin und her, während sie nachdachte. »Ich fasse zusammen: Nachdem mein Vater in Frankfurt alle Zelte abgebrochen hat, wollte er sich hier verstecken und hat Sie ins Spiel gebracht, damit Sie mich beschützen. Am Donnerstag ist er von hier abgereist, obwohl er wusste, dass ich nach ihm suchen würde.«

»Weil er Post bekommen hat«, griff Erik ihren Gedanken auf.

»Richtig. Post, die all seine Pläne durcheinandergeworfen hat. Er reist also kurz darauf ab, wir wissen nicht, wohin, aber dafür wissen wir, was er vorhat: heute Abend mit der Fähre nach England zu fahren, auf irgendeine Farm in einen Ort namens Scarborough, zu dem mir außer Simon & Garfunkel nichts einfällt.«

Erik, der in der Zwischenzeit den Ort gegoogelt hatte, sah von seinem Handy auf. »Scarborough liegt in North Yorkshire, direkt an der Küste. Ein kleiner Ort mit etwa fünfzigtausend Einwohnern. Über die Farm finde ich nichts, jedenfalls ist sie nicht als Touristenunterkunft aufgeführt, nicht mal als Bed and Breakfast.«

Lizzi hatte schon nach dem ersten Satz nicht mehr zugehört. »Yorkshire?« Erneut begann sie durch das Zimmer zu tigern, diesmal nicht nachdenklich, sondern mit Wut im Bauch. Erik sah ihr verwundert hinterher.

»Was ist so schlimm daran?«

Für einen Moment blieb Lizzi stehen und fuchtelte erregt mit den Händen in der Luft herum. »Gar nichts. Außer dass ich, bevor ich ins Internat gegangen bin, meinem Vater schwören musste, nie wieder nach Yorkshire zurückzukehren. Und er wollte das auch nicht, das hat er mir hoch und heilig versichert. Dabei bin ich dort geboren. Raten Sie mal wo.«

»In Scarborough?«

»Nein, aber in York, der Hauptstadt dieses entzückenden Landstrichs. Das ist kein Zufall! Er hat sein Wort gebrochen, schon wieder! Und Sie brauchen sich gar nicht erst irgendwelche absurden Begründungen auszudenken, um meinen Vater in Schutz zu nehmen.«

»Beruhigen Sie sich. Das habe ich gar nicht vor«, unterbrach Erik sie.

Verblüfft hielt Lizzi inne. »Oh!«

»Könnte es sein, dass Sie in der Ecke Verwandte haben? Und zwar welche, denen Sie nicht begegnen sollen?«

»Nach allem, was ich in den letzten Tagen erfahren habe: Natürlich kann das sein. Alles ist möglich. Vielleicht will er aber auch nur seine Marihuanaplantage besuchen, oder er betreibt dort ein Bordell mit angrenzendem Pub. Bestimmt äußerst lukrativ. Ich würde gern behaupten, dass mir das alles egal ist, aber das kann ich nicht. Er ist mein Vater! Obwohl … wenn ich so darüber nachdenke: Vielleicht ist er das ja gar nicht, und er hat Angst, dass ich es herausfinde, wenn ich an den Ort meiner Kindheit zurückkehre. Woher soll ich das wissen?«

Lizzi verstummte. Während ihrer Rede war sie immer lauter geworden. Jetzt, da sie spürte, wie ihr Tränen in die Augen schossen, drehte sie sich abrupt um und ging zum Fenster, sodass es für Erik so aussehen musste, als wäre ihr plötzlich eingefallen, einen Blick in den Garten zu werfen. In Wirklichkeit hatte sie nur nicht vor, in Gegenwart von Erik die Heulsuse abzugeben. Nachher würde er noch auf dumme Gedanken kommen und sie für emotional halten. So einen Stempel wurde man als Frau nur schwer wieder los. Noch dazu als Anwältin.

»Sie sind wütend auf ihn?« Es war mehr eine Feststellung als eine Frage.

»Natürlich bin ich das«, antwortete sie. »So wütend, dass ich am liebsten alle Vasen hier in hohem Bogen aus dem Fenster werfen würde.«

»Warum tun Sie es nicht?«

Eriks Frage überraschte Lizzi so sehr, dass ihr Zorn im Nu verflogen war. Kopfschüttelnd drehte sie sich zu ihrem Begleiter um. »Sie wollen mich wohl provozieren.«

»Nein, das ist mein Ernst. Das nennt man Aggressionsabbau.«

»So funktioniert das nicht. Das geht nur aus eigenem Antrieb, nicht auf Zuruf. Außerdem bin ich nicht mehr sechzehn.« Sie spitzte den Mund. »Und auch mit sechzehn habe ich so etwas nicht gemacht. Andere Sachen, ja. Unsere Haustür von innen mit Graffiti verschönert, weil mein Vater mich nicht auf eine Party lassen wollte, obwohl alle anderen es durften. Oder Kettenbriefe in Gang gesetzt, mit der Bitte, meinen Vater zu einem Taschengeldaufschlag zu überreden. Unser Briefkasten war noch Monate danach voll mit Post wildfremder Menschen. Hat trotzdem nichts genutzt. Egal. Aber Vasen im Garten zerschlagen? Niemals! Die Scherben bekommen Sie in fünf Jahren nicht aus dem Rasen heraus.«

Ihrem letzten Satz hatte Lizzi eine Prise Entrüstung beigemengt. Erik hob die Augenbrauen.

»Verstehe. Dann habe ich einen anderen Vorschlag: Wir sollten losfahren. Jetzt. Nicht nur nach Amsterdam, sondern nach England. Mit der Fähre, die Ihr Vater nimmt.«

»Was denn, Sie und ich … jetzt sofort?«

Erik nickte.

Lizzi verschränkte die Arme vor der Brust und betrachtete ihn misstrauisch. »Wieso sind Sie plötzlich dafür? Wollen Sie mich unterwegs in eine einsame Waldhütte entführen, damit Sie mich in Ruhe beschützen können, wie es mein Vater von Ihnen verlangt?«

»Erstens«, antworte Erik, »hätte ich das längst schon tun können, wenn ich das gewollt hätte. Und zweitens: Könnte es sein, dass ich Ihnen einfach helfen will?«

»Warum sollten Sie das tun?«

Erik zog die Stirn in Falten und tat, als würde er nachdenken. »Sie haben recht, mir fällt kein Grund ein, warum ich mich mit Ihnen auf den Weg machen sollte. Außer dass Sie mein Auto reparieren können.«

Lizzi grinste. »Das Argument lasse ich gelten.« Sie warf einen Blick durch das Fenster. Die Nasenflügel aufgebläht atmete sie tief ein, ließ die Luft in ihre Lunge strömen. Einen Atemzug nur, dann traf sie eine Entscheidung. »Ja, wir machen es. Wir fahren nach Scarborough. Mit derselben Fähre, die mein Vater gebucht hat. Ich möchte ihm in die Augen sehen, wenn ich ihn ins Kreuzverhör nehme. Das wird nicht lustig für ihn.«

Über Eriks Gesicht zog sich ein Lächeln. »Da ist die Lizzi wieder, die ich kenne.«

»Die Sie vermisst haben.«

»Die ich fürchte«, stellte Erik klar. Er warf einen Blick auf seine Armbanduhr. »Wir sind allerdings knapp dran. Allein bis nach Amsterdam brauchen wir mindestens fünf Stunden, Staus und Pausen nicht mitgerechnet. Und die Boarding-Zeit der Reederei müssen wir auch noch einplanen.«

Auch Lizzi sah auf ihr Zifferblatt. »Wenn Sie aufhören würden herumzureden und stattdessen ins Auto steigen, dann schaffen wir das. Während Sie fahren, buche ich uns zwei Kabinen.« Sie klatschte auffordernd in die Hände.

»Aye, aye, Sir!«, grinste Erik.

18

In Windeseile hatten die beiden aufgeräumt und alles bis auf die Vase so hinterlassen, wie sie es vorgefunden hatten. Den Schreibtischschlüssel warf Lizzi in die Vase auf dem Couchtisch im Wohnzimmer und ließ auf dem Schreibtisch ihres Vaters eine kryptische Nachricht zurück mit einem Hinweis auf das neue Versteck, von der sie hoffte, dass niemand außer ihm sie verstehen würde. Den Hausschlüssel behielt Lizzi bei sich, schon alleine, weil die Zeit fehlte, ihn wieder an Ort und Stelle zu vergraben. Nur in den Briefkasten warf sie einen Blick, bevor sie sich aufmachten, sicher war sicher. Doch er enthielt nichts als Werbung.

In weniger als einer halben Stunde gelang es ihnen, wieder auf der Autobahn zu sein. Während Erik mit der Tachonadel immer hart an der Grenze des Tempolimits kratzte, kümmerte sich Lizzi um die Fährtickets, doch ärgerlicherweise waren alle Kabinen bereits ausgebucht und auch ein Anruf bei der Reederei konnte daran nichts ändern, da die Dame vom Service sich auf keine Diskussion einließ. Knurrend reservierte Lizzi zwei Schlafsitze als Ersatz. Die Vorstellung, nach der Nacht im Auto eine weitere mehr oder weniger sitzend verbringen zu müssen, ohne die Möglichkeit einer Dusche, die sie schon jetzt vermisste, löste keine Freudensprünge bei ihr aus.

»Falls das Ihre Laune hebt: Sie können die Tickets auf

meine Kreditkarte buchen«, bot Erik an. Noch während er sprach, fingerte er eine farbige Plastikkarte aus der Jackentasche und reichte sie Lizzi.

»Sie haben Glück, dass ich die Bankdaten noch nicht eingegeben habe.«

Erik nickte ernsthaft. »Wahres Glück.«

Lizzi nahm die Kreditkarte und betrachtete sie.

»Glauben Sie nur nicht, ich hätte die Absicht hinter Ihrem gönnerhaften Vorschlag nicht durchschaut«, hielt sie ihm vor, während sie auf ihrem Smartphone die Ziffernfolge der Karte in das Internetformular der Reederei tippte.

»Stimmt, das war ein egoistisches Angebot.« Erik blickte in den Seitenspiegel und setzte zum Überholen an. »Es liegt mir sehr daran, Sie freundlich zu stimmen. Denn auf der Autobahn können Sie nicht einfach neben dem Wagen herlaufen, wenn Ihnen danach ist. Die Straßenverkehrsordnung gilt selbst für Sie.« Während er den Blinker setzte, um zurück auf die rechte Spur zu fahren, blinzelten seine Augen frech zu ihr hinüber.

»Danke für den Hinweis«, antwortete sie und schloss die Buchung ab. »Ich möchte Sie darauf hinweisen, dass dies eine dienstliche Fahrt ist, die Sie von meinem Vater bezahlt bekommen, also sehe ich keinen Grund, mich für die Kostenübernahme zu bedanken.«

»Wenigstens ein wohlmeinendes Grunzen wäre doch drin, finden Sie nicht?«

»Nein, denn es geht wie immer ums Prinzip.« Lizzi nahm die Kreditkarte und gab sie Erik zurück.

»Sie sind ein beinharter Knochen«, stöhnte Erik, während er die Karte in seine Jackentasche schob. »Vor Gericht möchte ich Sie nicht als Gegnerin haben.«

»Genau so habe ich es gern.«

»In Wirklichkeit schaffen Sie es nur nicht, sich zu bedanken«, bohrte Erik weiter.

»Natürlich könnte ich das«, gab Lizzi entrüstet zurück.

»Wann haben Sie zuletzt Danke schön gesagt? Und ich meine nicht an der Kasse, weil Sie zu viel Geld zurückbekommen haben.«

»Immer wieder … zum Beispiel …« Lizzi zögerte, denn sosehr sie auch nachdachte, es kam ihr keine Situation in den Sinn, sehr zu ihrem Ärger. »Mir fällt so schnell nur nichts ein.«

»Das wird auch später nicht passieren.« Erik grinste aufreizend.

»Schon gut. Sie können mit Ihrem Triumphgeheul aufhören. Fahren Sie einfach weiter, dann kommen wir schneller an.«

»Wie Sie wollen.«

Obwohl Erik Lizzis Wunsch nachkam und kein Wort mehr über ihre angeblichen Defizite verlor, grummelte Lizzi still vor sich hin. Erstens, weil sie ahnte, dass er den Nagel auf den Kopf getroffen hatte, und zweitens, weil sie befürchtete, dass er das wusste – was viel schlimmer war.

Sie kamen besser durch als gedacht. Aus unerfindlichen Gründen blieben ihnen auf der gesamten Strecke Staus erspart. Lizzi nutzte die Zeit, um ihr Handy aufzuräumen, Mails und Chats zu checken und überflüssige Fotos zu löschen. Das Einzige, was ihr nicht gelingen wollte, war ein letzter Versuch, Kontakt zu ihrem Vater aufzunehmen.

Als sie nach einer Weile aufsah, erkannte sie zu ihrem großen Erstaunen, dass sie sich bereits am Amsterdamer Fährhafen befanden und Erik ihren Wagen in die Warteschlange einreihte, die sich vor dem Check-in-Gebäude gebildet hatte und in der ihre Tickets und ihre Papiere geprüft werden würden.

»Wir sind doch gerade erst losgefahren. Sind Sie geflogen?«

»Das habe ich extra für Sie gemacht«, grinste Erik. »Damit Sie Ihren Vater früher sehen.«

»Ihre Logik hakt zwar, aber ich nehme es als rührenden Versuch, nett zu sein.«

»Immer zu Diensten.«

Das imposante Fährschiff lag schon am Anleger, aus seinem Schornstein wehte grauer Rauch über das Hafenbecken. Eine Kolonne von Autos kroch aus dem geöffneten Maul des Schiffes, ein Stück weiter rollten Lastwagen über die Laderampe und fuhren mit aufheulenden Motoren auf das Festland.

Erik tippte auf das Gaspedal, der Wagen fuhr ein Stück weiter. Langsam näherten sie sich dem Check-in-Gebäude. Lizzi biss sich nervös auf die Lippen: Bald würde sie ihren Vater sehen. Jetzt, kurz vor dem Ziel, schien ihr Hirn wie leergefegt, all die Sätze, die sie in endlosen inneren Dialogen einstudiert hatte, um sie ihm an den Kopf zu werfen, waren wie weggeblasen. Sie wäre froh, dachte sie, einfach nur Antworten zu bekommen.

Sie passierten die Kontrollen ohne Probleme. Lizzi gelang es, den sie kritisch musternden Grenzpolizisten einfach nur anzulächeln, obwohl ihr ein wirklich sehr passender Kommentar auf der Zunge lag. Vermutlich half Eriks strenger Blick, der das drohende Drama spürte und Lizzi im letzten Augenblick stoppte.

Erik steuerte den Wagen aus dem Check-in-Gebäude und fuhr zu der ihrem Wagen zugewiesenen Warteschlange, um gemeinsam mit den anderen Fährpassagieren auf das Boarding zu warten. Gespannt sah Lizzi zum Fenster hinaus, sie reckte den Hals, drehte sich zu allen Seiten um.

»Was ist?«

»In einem dieser Autos muss mein Vater sitzen.«

Ohne Vorwarnung öffnete sie die Tür und stieg aus, kaum hatte Erik den Wagen gestoppt.

»Es geht gleich los«, warnte Erik sie.

»Keine Sorge, bin gleich wieder zurück.«

Suchend lief sie durch die Autoreihen und hielt Ausschau. Ihr Vater gehörte zur Fraktion der Pünktlichen, also musste er im vorderen Feld der wartenden Autos stehen. Doch bevor sie am Beginn der Wartereihen ankam, gab einer der sicherheitsbehelmten Männer ein Zeichen, und sofort setzten sich die ersten Wagen in Bewegung.

Erik, der Lizzis ergebnislose Suche beobachtet hatte, sah sie aufmunternd an, als sie sich wieder neben ihn setzte. »Haben Sie ein bisschen Geduld. Gleich sind wir auf dem Schiff.«

»Ja. Ich habe so lange gewartet, da kommt es auf ein paar Minuten auch nicht mehr an«, pflichtete Lizzi ihm bei. Doch ihre Unruhe blieb, sie ließ sich nicht mit vernünftigen Argumenten besänftigen.

Nachdem der Wagen im Bauch des Schiffes verstaut war, reihten sich Erik und Lizzi mitsamt Gepäck in die Schlange von Menschen ein, die die Treppen zu den Decks hinaufstiegen. Auf dem Hauptdeck angekommen postierten sich die beiden so, dass sie die Neuankömmlinge im Blick hatten, in der Hoffnung, dass ihr Vater als Erstes seinen Kabinenschlüssel abholen würde. Pärchen wanderten an ihnen vorbei, ebenso Familien mit kleinen Kindern, doch sie hörten aus dem

Sprachgewirr nur wenige deutsche Stimmen heraus. Als die ankommenden Passagiere nur noch wie aus einem gerade zugedrehten Wasserhahn in das Schiff hineintröpfelten und das Röhren des Schiffsmotors das Ablegen der Fähre ankündigte, wurde Lizzi ungeduldig.

»Am besten, wir gehen über die Decks, und wer meinen Vater zuerst findet, gibt Rauchzeichen.«

»Das kann lange dauern. Ich habe eine andere Idee. Wir versuchen es über die Kabine, die er gebucht hat.«

»Sie sind ein Fuchs!« Lizzi nickte anerkennend. Wenn sie die Nummer der Kabine herausfanden, konnten sie ihren Vater dort abfangen. Nach einem letzten suchenden Blick über das Deck folgte sie Erik Richtung Schiffsrezeption.

Als sie endlich an der Reihe waren, schaute die freundliche Dame am Tresen erst auf ihren Monitor, dann blickte sie auf. »Ihr Vater steht zwar auf unserer Passagierliste, aber er hat seinen Schlüssel noch nicht abgeholt. Vielleicht warten Sie noch. Das Schiff hat ja gerade erst abgelegt.«

»Das passt nicht zu ihm. Sie müssen in der Zeile verrutscht sein. Können Sie das bitte noch einmal überprüfen?«

Mit einem Lächeln verschwand die Dame ein zweites Mal hinter ihrem Monitor. Man hörte das Klackern ihrer Finger auf der Tastatur, während sie immer wieder unterbrach, um in aller Ruhe geheimnisvolle Unterseiten und Pop-up-Fenster zu betrachten. Nicht ein einziges Mal verzog sie die Miene, um ihre wartenden Passagiere an ihren Erkenntnissen teilhaben zu lassen. Am liebsten hätte Lizzi den Monitor zu sich herumgerissen, um mitlesen zu können.

Als die Angestellte ihre Suche beendet hatte, blickte sie bedauernd auf. »Ihr Vater hat seine Kabine kurzfristig storniert.«

Genauso gut hätte sie Albanisch sprechen können, Lizzi hätte nicht weniger verstanden. »Könnten Sie das bitte wiederholen?«

Die Dame tat es professionell lächelnd, nur ein leichtes Zögern deutete ihr Bemühen an, freundlich zu bleiben. Lizzi hörte ihre Worte, doch es fiel ihr schwer, das Offensichtliche anzuerkennen: dass ihr Vater nicht auf diesem Schiff mitfuhr.

»Was heißt kurzfristig? Wann hat er die Kabine storniert?«

»Das kann ich Ihnen leider nicht sagen. Vielleicht rufen Sie Ihren Vater an und fragen ihn.«

Für die Dame an der Schiffsrezeption war die Sache damit abgeschlossen, sie bedachte Lizzi mit einem letzten Lächeln, das sofort wieder verschwand, als sie sich abwandte.

»Danke«, sagte Erik und wollte Lizzi mit sich ziehen, doch Lizzi hatte anderes im Sinn. »Wenn ich das richtig sehe, ist jetzt eine Kabine frei«, sprach sie die Rezeptionistin erneut an. »Ich möchte sie gern buchen.«

»Es ist leider eine Einzelkabine.«

»Kein Problem.«

Die Dame sah von Lizzi zu Erik. »Es ist nicht vorgesehen, zu zweit eine Einzelkabine zu buchen.«

»Es ist auch nicht vorgesehen, sie zu zweit zu nutzen«, entgegnete Lizzi.

Einen Moment lang zögerte die Rezeptionistin, dann beugte sie sich hinter ihren Schirm. Ein paar Minuten später verließ Lizzi den Tresen mit einer Schlüsselkarte.

Trotz der ergatterten Kabine war Lizzi nicht zum Jubeln zumute. »Ich muss an die Luft«, drängte sie. »Sonst platze ich noch.«

»Eine Sekunde lang habe ich gedacht, Sie hätten das Bett

für mich gebucht«, sagte Erik, während er auf die Tür zum Deck zusteuerte.

»Ein netter Versuch, mich aufzuheitern«, seufzte sie. »Aber aussichtslos. Er bringt meine Stimmungskurve leider auch nicht nach oben.«

Erik hielt Lizzi die schwere Metalltür auf und betrat das Deck nach ihr. Obwohl das Schiff gerade erst abgelegt hatte und noch im Schutz des Hafenbeckens seinen Weg suchte, wehte ihnen schlagartig eine steife Brise entgegen, sie fing sich in Lizzis Haaren und wirbelte sie durcheinander. Lizzi schloss für einen Moment die Augen und sog die Luft ein, bis sie merkte, dass die Abgase aus dem Schornstein zu ihnen herabwehten. Eilig ging sie weiter, folgte Erik auf die andere Seite des Decks.

Wie durch ein Wunder fanden sie eine freie Stelle an der Reling, denn beim Ablegen vom Kai zog es die meisten der Fährpassagiere nach draußen. Entnervt lehnte sich Lizzi an das Geländer und ließ sich den Wind ins Gesicht blasen.

Erik musterte sie forschend, versuchte, sie zu trösten. »Das muss nichts bedeuten. Vielleicht hat Ihr Vater nur eine Fähre früher genommen, oder er nimmt eine spätere.«

»Das weiß ich. Aber wir waren so kurz davor.« Lizzi zeigte mit Daumen und Zeigefinger einen Abstand, der so schmal war, dass nur ein Blatt dazwischenpasste. »Kann mein Vater nicht ein einziges Mal mit uns zusammenarbeiten? Stattdessen torpediert er all unsere Bemühungen, und wir laufen ihm wie die Idioten hinterher. Langsam habe ich es satt!«

»Sie meinen es nicht so.«

»Oh doch!«

Erik zuckte mit den Schultern. »Sie haben die Wahl. Entweder wir nehmen die nächste Fähre zurück, oder Sie geben unserer Suche eine Chance. Wir haben noch die Adresse der Farm.«

Genervt schnaufte Lizzi gegen den Wind an, bevor sie sich gefangen hatte. »Na gut. Wir fahren nach Scarborough, aber nur mit Grmbl.«

»Bitte?«

»Grmbl«, wiederholte Lizzi. »Haben Sie denn nie Comics gelesen?«

»Doch, natürlich. Ich bin nur nicht darauf gekommen, dass Sie sich auf einmal in Sprechblasen mit mir unterhalten.«

»In Ihrem Beruf sollten Sie immer auf alles gefasst sein.«

»Ich dachte, das wäre ich, bevor ich Ihnen begegnet bin.«

»Wenn Sie von meiner Anwesenheit derart profitieren, habe ich Anspruch auf einen Teil Ihres Honorars, schätze ich.«

»Das besprechen Sie am besten mit Ihrem Vater, sobald Sie ihn – hoffentlich – wieder in die Arme schließen«, sagte Erik. Er machte eine Kopfbewegung Richtung Schiffsinneres. »Was ist? Wollen Sie Ihr Gepäck in die Kabine bringen?«

»Ja. Und etwas essen, das beruhigt mich. Sonst knurrt mein Magen die ganze Nacht gegen die Schiffsturbinen an.«

»Keine Sorge. Ich werde dafür sorgen, dass Sie satt und entspannt ins Bett sinken.«

»Sie kümmern sich mehr um mich als mein Vater.«

»Pures Eigeninteresse. Wenn es Ihnen gut geht, sind Sie weniger kratzbürstig.«

»Ich versuche, mir das zu merken«, versprach Lizzi. »Geben Sie mir noch zwei Minuten.« Sie zog ihre Jacke vor der Brust zusammen, um sich vor dem Wind zu schützen, und streckte ihr Gesicht der einsetzenden Abenddämmerung entgegen.

Wie schön hätte die Überfahrt sein können, wenn sie einen Urlaub einläuten würde statt einer nervenaufreibenden Mission. Wenigstens ließen sich die letzten wärmenden Strahlen der Sonne nicht von Lizzis schlechter Stimmung beeindrucken, sanft streichelten sie ihr Gesicht und spendeten Trost. Für einen Moment gelang es Lizzi, alle Probleme über Bord zu werfen. Selbst die kreischenden Möwen, die das Schiff begleiteten, störten sie nicht.

Als sie das Innere des Schiffes betraten und sich suchend nach dem Decksplan der Fähre umsahen, blieb Lizzis Blick an einem Rotschopf hängen, der gerade hinter einem Treppenaufgang verschwand. Sein Hinterkopf glich dem von Koons. Nachdenklich sah sie den aufsteigenden Beinen hinterher, bis sie aus ihrem Blickfeld verschwunden waren. Hätte sie nicht gewusst, dass sie ihre Widersacher abgeschüttelt hatten, hätte sie Anlass zur Sorge gehabt. Doch die Wahrscheinlichkeit, dass die Engländer am selben Tag zur selben Zeit dasselbe Schiff *back home* nahmen, war so gering wie ein Sechser im Lotto plus Superzahl. So machte sie sich nur Gedanken, ob Erik sein Versprechen wirklich einhalten konnte. Wenigstens für eine Nacht wollte sie alles vergessen, was sie in den Nächten zuvor gequält hatte.

19

Nach einer großen Portion Fish and Chips, die nicht nur wegen ihrer Remoulade den Tagesbedarf an Fett für gleich vier erwachsene Personen gedeckt hätte, sank Lizzi schon kurz nach der Mahlzeit in ihrem Stuhl zurück und hielt sich den Bauch. Neidisch blickte sie auf Eriks Salatteller. »Möglicherweise habe ich die falsche Wahl getroffen.«

»Ich habe Sie gewarnt.«

»Das war der Fehler. Sonst hätte ich Salat bestellt.«

»Dann bin ich schuld, wenn es Ihnen jetzt schlecht geht?«

»Wundert Sie das?« Ein leiser Rülpser begleitete Lizzis Kommentar. »Außerdem haben Sie das Restaurant vorgeschlagen. Ich hätte lieber italienisch gegessen.«

»In der Pizzeria waren Ihnen doch zu viele Kinder.«

»Falsch. Zu viele Eltern. Aber da wusste ich noch nicht, wie viel Fett so ein Bierteig aufsaugen kann.«

»Jetzt wissen Sie es.«

Lizzi nickte bedauernd. »Ich versuche, es wegzuschlafen«, sagte sie und stand auf.

Auch Erik erhob sich.

»Sie können gerne bleiben«, sagte Lizzi.

»Ich lass Sie nicht alleine.«

»Glauben Sie ja nicht, Sie dürfen in meiner Kabine übernachten.«

»Soll ich Ihnen den Beruf des Personenschützers noch einmal erklären?«

»Sie denken zu konservativ. Versuchen Sie es doch mal mit Raum- statt Manndeckung. Zwei in einer Einzelkabine sind nicht erlaubt. Sie haben es selbst gehört.«

»Ob etwas erlaubt ist, hat Sie doch noch nie interessiert. Wie soll ich Sie schützen, wenn ich nicht in Ihrer Nähe bin?«

»Das ist nicht der Punkt. Das Bett ist meins, und ein Sofa gibt es nicht. Wollen Sie im Stehen schlafen?«

»Die Bank tut es auch. Nicht bequem, aber eine Nacht werde ich es dort aushalten. Und Sie können sich dem Traum hingeben, ich würde Ihnen zu Füßen liegen. Das müsste Ihnen doch gefallen.«

Bei dem Gedanken musste Lizzi erneut aufstoßen. »Die Raumluft ist nicht für die Sauerstoffzufuhr von zwei Personen ausreichend.«

»Bei ruhigem Puls verbrauche ich herzlich wenig«, konterte Erik lächelnd. »Sie müssen nur nett zu mir sein, damit er ruhig bleibt. Ihr Methanausstoß ist viel gefährlicher. Noch irgendeinen Einwand?«

Zu ihrem Bedauern musste Lizzi feststellen, dass ihr die Argumente ausgegangen waren. »Wenn Sie schnarchen, müssen Sie raus!«, war ihr letztes Machtwort.

»Gilt das auch für Sie?«, fragte Erik. »Schon gut, war nicht ernst gemeint.«

Auf dem Weg zum Schlaftrakt besorgte sich Lizzi noch eine Flasche Wasser für die Nacht. Es war früh am Abend und ruhig in den Gängen, die meisten Passagiere saßen noch beim Essen oder auf dem Deck und genossen den Anblick der untergehenden Sonne, den Lizzi sich unter anderen Umständen auch gern gegönnt hätte.

Die Kabine war klein. Nach Abzug der Stellflächen für das Gepäck war nicht viel Platz auf dem Boden, sie mussten sich aneinander vorbeischieben, um von der einen zur anderen Seite zu kommen. Glücklicherweise hatte Lizzis Vater eine Kabine mit Fenster geordert, das Einzige, was sie ihm im Moment zugutehalten konnte. Sie hoffte, der Blick auf den Horizont würde ihren Magen besänftigen, der stürmischer war als die See und permanent vor sich hin brodelte.

»Sie werden Ihrem Schlafsessel noch hinterherweinen«, prophezeite Lizzi Erik, als sie sah, wie er sich ein Handtuch als Kissen zusammenrollte und an ein Ende der Bank legte.

»Das tue ich schon jetzt«, antwortete Erik. »Aber ich will mich nicht beschweren, immerhin hat die Bank eine Polsterauflage.«

»Soso«, kommentierte Lizzi, die sich ganz darauf konzentrieren musste, nicht an ihren Magen zu denken. Keuchend zog sie ihre Schlafsachen aus dem Koffer und verzog sich ins Bad, um sich umzuziehen. Es war sehr klein, alles schien aus demselben Kunststoff gegossen zu sein – Wände, Boden, Dusche. Sehr praktisch, aber wenig einladend für lange Aufenthalte. Da es nicht genügend Haken gab und erst recht keinen größeren Ablageplatz, scheiterte sie bei dem Versuch, sich dort für die Nacht fertigzumachen.

Unverrichteter Dinge verließ sie das Bad wieder. »Ich muss mich hier umziehen«, sagte sie. »Versprechen Sie mir, woanders hinzugucken.«

Überrascht blickte Erik auf. »In welche Richtung wäre es Ihnen denn recht, gnädige Frau?«

»Nun machen Sie schon!«

Mit einem Grinsen im Gesicht nahm Erik eine Infobroschüre vom Nachttisch und hielt sie sich darin blätternd vor sein Gesicht.

»Frühstück ist zwischen sieben und neun«, las er vor.

»Lassen Sie mich damit in Ruhe«, stöhnte Lizzi, während sie mit dem Verschluss ihres BHs kämpfte. »Ich will nie wieder etwas von Essen hören.«

»Die rechte Hand etwas mehr nach unten«, riet Erik.

Lizzi fuhr herum. »Sie haben versprochen, nicht zu gucken«, beschwerte sie sich.

»Nein. Sie haben gewollt, dass ich es verspreche. Das ist ein Unterschied. Außerdem wollte ich Sie vom Thema Frühstück ablenken.«

»Sie machen das extra«, schimpfte Lizzi, der sich der Magen schon beim Gedanken an Eier oder Butter umdrehte. Ihre Lust, mit Erik zu streiten, war jedoch auf dem Tiefpunkt, deswegen unterließ sie jeden weiteren Kommentar und konzentrierte sich auf das anstrengende Unterfangen, sich umzuziehen.

»Wenn Sie nicht einmal mehr mit mir streiten wollen, muss es Ihnen wirklich schlecht gehen«, konstatierte Erik.

»Sie wären ein toller Diagnostiker geworden«, quetschte Lizzi zwischen ihren Lippen hervor, bevor sie erschöpft aufs Bett sank und sich der Länge nach hinlegte.

»Soll ich versuchen, ein paar Magentabletten für Sie aufzutreiben?«, fragte Erik.

»Lieber nicht. Nachher versteht man Sie falsch und drückt Ihnen ein Rohrputzmittel in die Hand.«

»Einen Rohrputzer? Ah, Sie meinen ein Abführmittel.«

»Sie machen das wirklich extra«, stöhnte Lizzi und drehte sich auf die andere Seite.

»Wie Sie wollen«, hörte sie Erik noch sagen, bevor er ins Bad ging. »Wenn etwas ist: Sie wissen, wo Sie mich finden.«

Ein letztes Mal strengte Lizzi sich an. »Ja, in meiner Kabine«, antwortete sie.

Trotz ihres Unwohlgefühls musste Lizzi eingeschlafen sein. Denn als das Gewitter in ihrem Bauch losging, war es schon weit nach Mitternacht, und sie hatte keine Ahnung, was sie die letzten Stunden sonst getan haben könnte. Es war halbwegs dunkel im Zimmer. Erik, der auf der für ihn viel zu kurzen Bank unter einer dünnen Zudecke schlief, hatte für Lizzi ein kleines Lämpchen angelassen. Lizzi war neidisch auf ihn, denn selbst seine unbequeme Unterlage schien seinem geradezu seligen Schlaf nichts anhaben zu können.

Da ihr Verdauungstrakt sie nicht in Ruhe ließ, entschied sie sich, an Deck zu gehen. Sie hoffte, dass ihr die frische, salzige Seeluft guttun würde. Einen Moment überlegte sie, Erik Bescheid zu sagen, doch sie tat den Gedanken schnell ab. Wer sollte sie um diese Uhrzeit schon gefährden? Sie warf sich ein dickes Sweatshirt über ihren Schlafanzug, schlüpfte barfuß in ihre Schuhe und zog leise die Tür hinter sich zu.

In den Gängen war es still, und man hatte die Lichter ein wenig heruntergedimmt. Obwohl sie noch nicht ganz wach war, fand sie schnell den richtigen Weg zum Außendeck, der Ausgang war eine Ebene höher als die, auf der sich ihre Kabine befand.

Sie drückte die schwere Tür auf und trat in die Nacht hinaus. Die Notbeleuchtung verlieh dem Außendeck die Wirkung einer geschickt ausgeleuchteten Bühne. Zusammen mit dem dunklen Meer, das sich mehr erahnen als erkennen ließ, war der Anblick unwirklich und die Atmosphäre ein wenig unheimlich.

Lizzi konnte den Moment nicht genießen, denn jetzt rumorte nicht nur ihr Magen, sondern sie fror auch noch an den Beinen. Zum Verrücktwerden, beschwerte sie sich angesichts des Mondes, der unschuldig hinter den Wolken hervorkam. Stöhnend stützte sie sich mit den Unterarmen auf der Reling ab und war sich sicher, dass der Weltuntergang nicht schlimmer sein konnte.

In ihrem Rücken meinte sie, das Klappen der Deckstür zu hören. Da jede schnelle Bewegung ihren Zustand verschlimmerte, drehte sie sich vorsichtig zu der Tür um, durch die sie gekommen war. Es war niemand zu sehen – der Wind, der um ihre Ohren toste, musste sie getäuscht haben. Erik lag in ihrer schönen, warmen Kabine und schlief den Schlaf der Glückseligen, während sie litt.

Plötzlich fasste eine Hand sie an der Schulter und drehte sie um. Die abrupte Drehung gefiel ihrem Magen überhaupt nicht.

»Ich hasse Sie, Erik«, stöhnte Lizzi wütend.

Doch sie irrte sich, es war nicht Erik. Es war ein böser Albtraum namens Cummings. »Wo ist dein Vater?«, fragte er in seinem nicht akzentfreien Deutsch. »Sag mir, sonst werfe ich dich ins Meer, und die Haie fressen dich.«

Lizzis Zustand ließ keinen Respekt vor der Gefahr zu. »In der Nordsee gibt es keine Haie«, stellte sie trotzig richtig.

Doch bei dem Gedanken an Fisch stiegen sofort ungute Gefühle in ihrem Magen auf. Die Erinnerung an die fettigen

Fish and Chips gab ihr den Rest. Ohne dass sie etwas dagegen tun konnte, musste sie sich übergeben.

Sie traf Cummings knapp unterhalb seiner Nase. Der Engländer schrie angewidert auf und sprang zur Seite. »*You fuckin' bastard …*«, fluchte er und starrte erst an sich herunter und dann sie entsetzt an. Während Lizzi dem Gefühl der Erleichterung in sich nachspürte, griff Cummings in die Tasche. »Koons! *Come on!*«, rief er wütend, ohne Lizzi aus den Augen zu lassen.

Schritte waren zu hören, sie näherten sich schnell – es war Erik. Mit einem Satz war er bei dem Engländer und versetzte ihm einen Kinnhaken, jedoch nicht an dessen unappetitlich anmutendes Kinn, sondern ans Jochbein, wie Lizzi mit Anerkennung registrierte.

Cummings ging sofort zu Boden. Doch noch bevor Erik sich um ihn kümmern konnte, war Koons aus dem Dunkel aufgetaucht, jetzt drückte er Erik den Lauf seiner Pistole in den Nacken. »*Hands up*«, stieß Koons zwischen seinen Zähnen hervor.

Lizzi hielt den Atem an. Plötzlich, mit einer blitzschnellen Bewegung, fuhr Erik herum, riss die Arme hoch und schlug seinem Widersacher die Waffe aus der Hand. In einem hohen Bogen flog sie durch die Luft und blieb direkt vor Lizzi liegen. So schnell es ihre wackeligen Beine erlaubten, versuchte sie, sich nach der Pistole zu bücken, doch Koons stürzte bereits mit demselben Ziel auf sie zu, gefolgt von Erik. Erschrocken wich Lizzi zurück. Bevor Koons die Waffe greifen konnte, hatte Erik sie mit seinem gestreckten Bein, das auf jedem Fußballfeld garantiert eine rote Karte bekommen hätte, erreicht und wegtreten. Dann warf er sich über den Engländer und riss ihn zu Boden. Stöhnend rollten die beiden quer über das Deck. Lizzi, die Erik zu Hilfe kommen und die unter ein Rettungsboot gerutschte Waffe holen wollte, wurde immer wieder von den rangelnden Körpern ausgebremst, die sich ihr in den Weg warfen. Im Zickzack lief sie über das Deck, und als es ihr endlich gelungen war, nach der Pistole zu greifen, richtete sie sie auf Koons.

Doch keiner der beiden Kämpfenden nahm sie wahr. Das konnte doch wohl nicht wahr sein! Ärgerlich hob Lizzi die Waffe in die Luft, um einen Warnschuss abzugeben, damit Koons wusste, dass mit ihr nicht zu spaßen war. Doch als sie den Abzug mit ihrem Finger durchdrückte, rang sie der Pistole nur ein leises metallisches Klicken ab. Lizzi fluchte. Im Film sah das doch immer so einfach aus!

»Geben Sie mir die Pistole«, rief Erik ihr zu, er war auf Lizzis Aktion aufmerksam geworden und reckte ihr seine Hand entgegen. Bevor Lizzi reagieren konnte, nutzte Koons den Moment und zog einen ausziehbaren Schlagstock hervor, um ihn unvermittelt gegen Eriks Hals zu drücken. Erik taumelte zurück und stemmte sich mit aller Kraft gegen den Schlagstock, der seine Luftröhre abzudrücken drohte.

Als Lizzi sah, dass Erik dem Druck von Koons nicht mehr lange standhalten konnte, zögerte sie keine Sekunde: Sie zog sich einen Schuh aus und holte aus.

Der Absatz traf Koons mitten auf dem Hinterkopf, und als sich Koons schmerzhaft überrascht zu seiner Angreiferin umdrehte, hämmerte sie ihren Schuh ein zweites Mal auf Koons' Schädel, traf seine Schläfe. Erik gab Koons den Rest: Er hatte sich aus dem Klammergriff gewunden und brachte seinen Widersacher mit einem gezielten Fausthieb aus dem Gleichgewicht. Koons stürzte zu Boden und stand nicht mehr auf, wie Lizzi beeindruckt feststellte.

Schnaufend drehte Erik den Engländer auf die Seite, um zu überprüfen, ob sein Gegner ihm noch gefährlich werden konnte. Doch Koons lag wie ein schlaffer Sack auf dem Deck, genau wie Cummings, der sich noch immer im Land der Träume befand.

»Geben Sie mir die Waffe«, forderte Erik Lizzi auf, und als sie tat, um was er sie gebeten hatte, schleuderte er sie in einem weiten Bogen hinaus aufs Meer, wo sie sofort von der Dunkelheit verschluckt wurde.

»Was machen Sie da?«, fragte Lizzi verwundert.

»Ihre Fingerabdrücke machen sich besonders gut auf der Pistole von Kriminellen. Außerdem sind mir die beiden sympathischer ohne Waffe.«

»Das ist bestimmt nicht die einzige, die sie bei sich haben«, sagte Lizzi. Sie verstummte, denn da hatte Erik schon Cummings' Pistole aus dessen Tasche gezogen und ebenfalls ins Meer geworfen. Dann nahm er ein Seil, das neben einem Rettungsring aufgerollt an der Wand hing, und schnitt mit seinem Taschenmesser zwei Stücke ab, mit denen er erst Koons und dann Cummings die Hände auf den Rücken zusammenband.

Lizzi half ihm dabei.

»Puh.« Erik rümpfte die Nase und wandte sich ab. »Ich möchte nicht ihr Gegner sein. Sie sind gnadenlos und kämpfen mit unfairen Mitteln«, hielt er Lizzi vor. Seine Augen verrieten, dass er seine Worte nicht ernst meinte.

»Das Ergebnis zählt«, antwortete Lizzi spitz, während sie ihren Schuh wieder anzog.

»Geht es Ihnen jetzt wenigstens besser?«

»Oh ja«, strahlte sie.

Als die Männer gefesselt vor ihnen lagen, blickte Erik sich suchend um. Dann sprang er auf und lief zu einem Kasten, der an der Wand des Schiffes angebracht war. Er enthielt einen Wasserschlauch, mit dem man das Deck abspritzen konnte. Mit dem herausgezogenen Schlauch ging Erik zurück zu Cummings, zog den Bewusstlosen von hinten an den Achseln hoch und lehnte ihn an die Reling. Dann zielte er mit dem Schlauch auf ihn und duschte Lizzis Hinterlassenschaften ab, ließ sie über das Deck und weiter ins Meer fließen. Kurz schien es, als würde das Wasser Cummings' Lebensgeister wecken, doch zu Lizzis Erleichterung blieb er bewusstlos.

»Was Sie mit dem Mann machen, ist nicht nett«, stellte sie dennoch fest.

Verblüfft drehte sich Erik zu ihr um. »Das hätten Sie mir vorher sagen müssen, dann hätte ich die beiden noch auf einen Drink eingeladen.«

Er zog sein Handy heraus, öffnete eine App und drückte Cummings' Fingerkuppen nacheinander auf das Display.

»Was wird das, wenn Sie fertig sind?«, wollte Lizzi wissen.

»Ich scanne seine Fingerabdrücke.«

»Wozu?«

»Ich schicke die Daten an meinen Freund. Er kann sie mit den Fingerabdrücken abgleichen, die in der Kanzlei Ihres Vaters gefunden wurden.«

»Die Idee ist ja nicht schlecht, auch wenn sie von Ihnen kommt, aber wieso rufen wir nicht einfach die Polizei an?«

»Jetzt?«

»Ja.«

»Weil die beiden hier nicht wie Täter aussehen, sondern wie

Opfer. Und außerdem sind sie Briten und wir nicht. Da wir inzwischen in britischen Hoheitsgewässern angelangt sein dürften, könnte die Polizei uns nach dem Anlegen festhalten.

»Hätten Sie nicht gerade die Waffen im Meer entsorgt, würden die beiden mehr nach Tätern aussehen«, warf Lizzi Erik vor. »Jetzt sind wir in der Beweispflicht.«

»Vorschlag«, sagte Erik, der inzwischen zu Koons gewechselt war, um ihm ebenfalls die Fingerabdrücke abzunehmen. »Sobald wir das Schiff verlassen haben, rufen wir die Polizei. Es sind nur wenige Stunden bis dahin.«

»Ah ja, wunderbare Idee«, sagte sie ironisch. »Anonym vermute ich. Nur eine Frage: Wo bewahren wir die zwei so lange auf? Sie haben doch hoffentlich nicht vor, die schmucken Kerlchen in meine Kabine zu bringen?«

»Wir suchen ihnen ein ruhiges Plätzchen. Sie hier liegen zu lassen wäre vermutlich keine gute Idee. Oder wollen Sie wirklich, dass ich jetzt die Polizei informiere?«

Lizzi schnaufte unschlüssig.

»Sie entscheiden«, ergänzte Erik. »Ich mache nichts gegen Ihren Willen.«

Lizzi fror, und sie war müde. Die Vorstellung, stundenlange Gespräche erst mit dem Kapitän und danach mit der Polizei über sich ergehen zu lassen, schreckte sie ab. »Okay, wir machen es so, wie Sie es sagen.«

»Dass ich das noch erleben darf …«

Erik machte unter Deck eine abgelegene Putzkammer ausfindig, in deren Schloss ein Schlüssel steckte, und gemeinsam schleppten sie einen Mann nach dem anderen dorthin. Anschließend fertigte Erik aus einem ungenutzten Putzlappen noch zwei Knebel, die er den beiden in den Mund schob.

»Damit sie nicht zu früh Alarm schlagen«, erklärte er, als er die Tür der Kammer hinter sich zuzog und abschloss. Danach beeilten sie sich, um wieder zurück zu Lizzis Kabine zu kommen.

Jetzt, da sie die aufregenden Ereignisse hinter sich gebracht hatte und das ausgeschüttete Adrenalin in ihrem Körper rotierte, war Lizzi merkwürdig aufgekratzt. »Ich wusste schon im Laden, dass diese Schuhe ihr Geld wert sind«, sagte sie euphorisiert.

»Wie … witzig«, bestätigte Erik trocken.

»Kommen Sie, wir haben dem Tod eben eine lange Nase gezeigt. Freut Sie das nicht?«

In ihrem Überschwang wollte sie einen Arm um ihn legen, doch Erik ging einen Schritt auf Abstand.

»Vielleicht sollten Sie sich erst einmal umziehen und duschen«, riet Erik ihr. »Sie haben bei Ihrem unfairen Angriff im Gegenwind gestanden.«

Lizzi sah an sich herunter. »Na gut«, stellte sie ernüchtert fest. »Aber während ich dusche, warten Sie draußen. Ich kann mich im Bad nicht umziehen.«

»Gut, ich mache so lange einen Rundgang. Schließen Sie von innen zu.«

Lizzi tat es, nachdem sie Erik erst seine Jacke rausgereicht und dann die Tür hinter sich zugezogen hatte. Schnell schlüpfte sie aus ihrem verschmutzten Sweatshirt, das sie anschließend mit Wasser und Seife auswusch. Dann stieg sie selbst unter den warmen Wasserstrahl. Die Dusche tat ihr gut, doch nachdem sie wieder sauber und trocken war, kehrte schlagartig ihre Müdigkeit zurück. Lizzi schaffte es gerade noch, sich ins Bett fallen zu lassen. Während sie innerlich das Licht ausknipste und in ferne Welten eintauchte, war es ihr, als hätte sie etwas vergessen. Wo war eigentlich Erik? Mit diesem Gedanken schlief sie ein.

20

Als Lizzi am nächsten Morgen die Tür zum Außendeck öffnete, wirbelte der Wind sofort ihre Haare durcheinander und verwandelte sie innerhalb von Sekunden in einen lebendigen Mob. Tiefhängende Wolken vor einem grauen Himmel empfingen sie. Während Lizzi überlegte, ob dies ein unguter Vorbote darauf war, was sie auf der Insel erwartete, hatte sie Erik schon zwischen den anderen Passagieren gesichtet. Er hatte dasselbe T-Shirt an, in dem er die Nacht verbracht hatte, trug darüber seine Jacke. Eine Hand hatte er in der Tasche vergraben, in der anderen hielt er einen Pappbecher. Auch er hatte sie entdeckt, jetzt kam er auf sie zu, streckte ihr den Becher entgegen. Lizzi schnupperte, es war heißer Tee, und er roch gut. Sie nahm einen vorsichtigen Schluck und horchte in sich hinein. Ihr Magen blieb ruhig – sie schien die Ereignisse der Nacht gut überstanden zu haben.

Erik sah sie prüfend an. »Gut geschlafen?«, fragte er.

»Wie ein Stein.« Sie warf einen vorsichtigen Blick um sich herum, dann rückte sie näher an Erik heran und senkte die Stimme gerade so weit, dass sie eine Chance gegen den Wind hatte. »Was ist mit den beiden … Sie wissen schon?«

»Alles ruhig. Und das bleibt auch so, bis wir das Schiff verlassen und die Polizei benachrichtigt haben. Keine Sorge, ich bin nicht wild auf eine Verfolgungsjagd bei Linksverkehr.«

Lizzi war erleichtert. »Tut mir übrigens leid – das mit gestern Nacht.« Sie gab sich Mühe, zerknirscht zu wirken.

»Meinen Sie Ihren Spezialangriff oder dass Sie mich ausgesperrt haben?«

»Das können Sie sich aussuchen.«

»Schon gut, alles halb so wild. Ihr Dackelblick ist nicht nötig.«

»Doch. Nicht dass Sie mir vorwerfen, ich könne mich nie entschuldigen.«

»Hey. Meine Kritik gestern scheint bei Ihnen Eindruck hinterlassen zu haben!«

»Weniger, als Sie denken.« Lizzis Augen blitzten frech zwischen den Lidern hervor. »Sie sehen müde aus. Sie sollten mehr schlafen.«

»Vielen Dank für den Tipp. Die Nacht vor Ihrer Kabine war sehr bequem.«

»Haben Sie lange an meiner Tür gekratzt? Ich meine nur wegen der Spurrillen im Holz«, fragte sie unschuldig. »Die waren gestern noch nicht da.«

»Die Kabinentüren sind nicht aus Holz«, stellte Erik fest.

Lizzi grinste, dann trat sie an die Reling und schaute ihrem Ziel entgegen, dem sie sich immer weiter näherten. Die Küstenlinie leuchtete in der Sonne, die Gebäude am Ufer wirkten inzwischen zum Greifen nah.

»Meine Rückkehr hatte ich mir anders vorgestellt. Irgendwie pompöser«, sagte Lizzi nach einer Weile.

»Dramatisch wie in der vergangenen Nacht reicht Ihnen wohl nicht.«

Lizzi warf Erik ein einnehmendes Lächeln zu, bevor sie die Augen schloss und ihr Gesicht in den frischen Wind hielt.

Lautstark pfiff er an ihren Ohren vorbei und übertönte fast jedes Geräusch, nur gegen das Geschrei der Möwen kam er nicht an. Der feine Nieselregen, den der Wind über ihnen zerstäubte, verscheuchte den letzten Rest Müdigkeit.

Als Lizzi ihre Augen wieder öffnete, lehnte Erik ebenfalls an der Reling, doch anders als sie stand er mit dem Rücken zum Meer. Sein Blick wanderte über das Deck, tastete Menschen wie Umgebung nach potentiellen Gefahren ab. Zunächst wollte Lizzi ihn aufziehen, weil er nicht einmal für fünf Minuten seine Arbeit vergessen konnte. Doch dann beobachtete sie ihn unbemerkt.

Er hatte diesen scharfen, konzentrierten Ausdruck in den Augen, der ihr das Gefühl vermittelte, ihm könne nichts entgehen. Mit ihm an ihrer Seite fühlte sie sich gegen alle Gefahren gewappnet. Es entspannte sie einerseits, andererseits spürte sie ein Unbehagen, und sie ahnte, warum. Er brachte sie in eine Abhängigkeit, die sie bisher nicht gekannt hatte und die ihr nicht gefiel.

»Wollen Sie sich nicht lieber das Anlegemanöver anschauen als mich?«

Lizzi wurde aus ihren Gedanken gerissen. »Wie kommen Sie darauf, dass ich Sie anschaue?«

Erik drehte sich kurz um. »Hinter mir ist niemand.«

»Ich … beobachte nur den Schlot hinter Ihnen. Aus dem Rauch, der da herauskommt, kann man Bilder ablesen. Haben Sie das noch nie getan?«

Erik glaubte ihr kein Wort, sie sah es seinen Mundwinkeln an.

»Sie haben keine Fantasie«, verteidigte sich Lizzi.

»Meine geht so weit, dass wir gleich unter Deck müssen.«

Lizzi runzelte die Stirn. Im gleichen Moment schaltete sich die Lautsprecheranlage ein, eine weibliche Stimme kündigte die bevorstehende Ankunft an und forderte die Passagiere freundlich dazu auf, ihre Kabinen zu verlassen und ihre Autos auf den unteren Parkdecks aufzusuchen.

Erik machte eine ausladende Handbewegung. »Habe ich zu viel versprochen?«

»Das war Zufall«, gab Lizzi zurück und löste sich von der Reling, um ihr Gepäck aus der Kabine zu holen.

Zwanzig Minuten später saßen sie in Eriks Wagen und warteten darauf, dass sie den Bauch des Schiffes verlassen und aufs Festland fahren konnten. Während sie von einem Mitarbeiter der Fähre auf die Landungsbrücke gelotst wurden, stellte Lizzi ihre Uhr um eine Stunde zurück, denn in England ticken die Uhren anders, wie sie Erik erklärte, als hätte er noch nie etwas von den unterschiedlichen Zeitzonen zwischen der EU und der britischen Insel gehört. Es war noch früh am Morgen, bis Scarborough würden sie nur etwa zwei Stunden benötigen, kündigte das Navigationsgerät an, und sie wollte bei der Ankunft an ihrem Ziel nicht in einer falschen Zeitzone feststecken.

Nachdem sie die Fähre verlassen hatten, stoppte Erik den Wagen und hielt sein Versprechen, das er Lizzi in der Nacht gegeben hatte: Er stellte sein Handy wieder auf Empfang, unterdrückte seine Rufnummer und hinterließ, ohne seinen Namen zu nennen, der lokalen Polizei eine knappe Nachricht über den nächtlichen Vorfall, damit sie Koons und Cummings aus ihrem Gefängnis befreien und in Gewahrsam nehmen konnten.

»Was ist, wenn die Polizei die beiden frei lässt?«, fragte Lizzi, nachdem Erik das Gespräch beendet hatte. »Kann ja jeder behaupten, er hätte aus Notwehr zwei Verbrecher eingesperrt.«

»Dann haben wir ein Problem.«

»Es würde uns glaubwürdiger machen, wenn wir persönlich zur nächsten Polizeistation gehen und offen mit den Polizisten reden.«

»Die Geschichte, die wir ihnen erzählen müssten, klingt nach einem schlechten Film. Ich würde sie uns nicht glauben.«

Erik startete den Motor und schloss sich den letzten Nachzüglern an, die, vom Schiff kommend, den Wegweisern Richtung Hafenausfahrt folgten. Der Linksverkehr schien ihm keine Probleme zu bereiten.

»Sie können mir helfen«, sagte er. »Wenn ich nach rechts ausschere, halten Sie mich davon ab.«

»Ich versuche es. Und wie genau soll ich das anstellen?«

»Vielleicht nicht unbedingt, indem Sie mir wieder ins Lenkrad greifen.«

»Also mit Worten. Das heißt, Sie tun, was ich Ihnen sage?«

»Muss ich mich festlegen?« Erik lächelte, als er ihr einen Blick zuwarf.

Lizzi hielt es nicht für nötig, darauf zu antworten.

Der Maschendrahtzaun, der den Hafen umfasste, war schon in Sichtweite. Kurz darauf verließen sie das Hafengelände und bogen auf die Landstraße.

»Halt!!«, rief Lizzi plötzlich.

Erik trat verwundert auf die Bremse. »Was ist los?«

»Ich wollte wissen, ob Sie schnell genug reagieren. Ein Test unter Realbedingungen.«

»Wenn ich Sie nicht hätte …«, stöhnte Erik, während er wieder anfuhr und auf die Straße bog.

Gespannt sah Lizzi durch das Seitenfenster des Wagens in der hoffnungsfrohen Erwartung, die vorüberziehende Landschaft würde etwas in ihr auslösen und schlummernde Erinnerungen wachrufen. Doch außer Neugier regte sich nichts bei ihr. Nicht mal das Gefühl des Altbekannten stellte sich ein, als sie das typisch englische Straßenbild sah: die schwarz, dunkelgrün oder rot gestrichenen Holzläden der Schaufenster, die noch aus dem vorherigen Jahrhundert zu stammen schienen, mit ihren Fassadenschildern und den Klapptafeln vor den Läden. Dabei hatte sie doch ihre Kindheit in diesem Land verbracht. Zumindest die schönen Jahre.

Erik war an einem Verkehrskreisel angekommen und fädelte sich ein, um Richtung Süden auf die A19 zu gelangen. »Alles klar mit Ihnen?«, fragte er. »Sie sind so still.«

»Alles in Ordnung. Keine Sorge.«

»Die habe ich bei Ihnen nicht.«

»Warum fragen Sie mich dann?«

»Weil Ihr Leben aus einer Vielzahl von Momentaufnahmen zu bestehen scheint.«

»Soll ich das mit ›launisch‹ übersetzen?«

Erik dachte einen Moment nach. »›Spontane Gefühle‹ trifft es besser.«

Lizzi warf ihm einen kurzen Blick zu. »Es steckt ja doch ein Funke Fantasie in Ihnen. Mal sehen, wie weit es mit Ihrer Logik ist: Ich denke nämlich die ganze Zeit darüber nach, woher Koons und Cummings wussten, dass wir auf der Fähre sind. Und ich komme zu dem Schluss, Sie müssen uns verfolgt haben. Eine andere Erklärung finde ich nicht.«

Erik schüttelte den Kopf. »Damit mir jemand unbemerkt folgen kann, muss er sich schon mit einem Team und einer

Flotte von Autos abwechseln. Ich mache so etwas nicht zum ersten Mal.«

»Dann bleibt nur mein Vater. Vom Himmel sind die beiden nicht gefallen.«

»Wenn Koons und Cummings Ihrem Vater gefolgt wären, hätten sie gewusst, dass er nicht aufs Schiff gegangen ist. Warum hätten sie also mitfahren sollen? Viel wahrscheinlicher ist, jemand hat sie über unsere Reise informiert.«

»Sie meinen, die Reederei steckt dahinter?«, fragte Lizzi erstaunt.

»Unsere Buchungsdaten sind nicht nur dort gelandet, sondern auch beim englischen Zoll: Passdaten, Fährverbindung, alles.«

»Wenn das stimmt, haben wir ein Problem«, sagte Lizzi. »Denn dann haben wir es nicht nur mit zwei brutalen Gangstern zu tun, sondern mit einem Netzwerk. Und irgendwo im Hintergrund gibt es einen Auftraggeber. Jemanden mit Geld und Macht. Kriminelle Netzwerke, die bis in die Behörden reichen, funktionieren über Bestechung. Und das bedeutet«, fuhr Lizzi fort, »wir müssen bei unserer Recherche vorsichtig sein. Es ist überaus wichtig, dass wir uns unauffällig verhalten.«

Eriks amüsierter Blick traf Lizzi. »Bekommen Sie das hin?«

»Wenn es notwendig ist, immer.« Die Selbstverständlichkeit, mit der sie das behauptete, war zugegebenermaßen gespielt.

»Wenn Sie meinen. Dann sind wir von jetzt an ein Ehepaar im Urlaub.«

»Klingt vernünftig«, antwortete Lizzi, »streiten können wir uns jedenfalls gut.«

»Ein frisch verliebtes Paar ist überzeugender.«

Lizzi zögerte. »In Ordnung. Aber damit wir uns klar verstehen: Antatschen ist nicht erlaubt, egal wo. Und Küsse auf den Mund schon gar nicht!«

»Auf so eine Idee käme ich nicht mal im Traum«, sagte Erik verblüfft.

Lizzi drehte sich im Sitz um: »Sie kämen noch nicht einmal auf die Idee?«, wiederholte sie. »Warum betonen Sie das so? Wollen Sie mich beleidigen?«

»Nein, Ihnen zustimmen. Sie haben das doch gerade selbst vorgeschlagen.«

»Aber nicht als Startrampe für einen sexistischen Kommentar.«

»Wäre es Ihnen lieber, dass ich mir nichts anderes wünsche, als Ihnen an den Hintern zu fassen?«

»Ja ... Nein! Sie wissen genau, wie ich das meine.«

»Okay. Es ist Ihr Hintern. Wir machen es so: Sie dürfen sich revanchieren. Verbal meine ich.«

»Natürlich verbal, was sonst. Wenn das geklärt wäre, können wir uns Gedanken um unseren Namen machen.«

»Schmidt«, schlug Erik, ohne zu überlegen, vor. Er fädelte sich in einen der vielen Kreisel ein, die sie bereits passiert hatten, um ihn an der gegenüberliegenden Abfahrt wieder zu verlassen.

»Schmidt? Wie langweilig. Aber meinetwegen. Für ein paar Tage halte ich das aus.«

»Ich dachte, ich tue Ihnen einen Gefallen, wo Sie doch Hollywoodfilme so lieben. Kennen Sie *Mr. and Mrs. Smith*?« Er sah beim Fahren kurz zu ihr hinüber. »Schmidt – Smith. Verstehen Sie?«

»Für wie blöd halten Sie mich? Aber Brad Pitt spielt in einer höheren Liga als Sie.«

»Mir wäre Angelina Jolie auch lieber.«

»Ich sehe, wir kommen hier nicht zusammen«, beendete Lizzi das Thema. »Lieber sollten wir uns Gedanken über unsere Geschichte machen, die wir erzählen wollen.«

»Was halten Sie davon: Wir sind seit zwei Jahren verlobt und seit einem Jahr verheiratet …«

»Verlobt? Wie altmodisch.«

»Also nur verheiratet«, lenkte Erik ein.

»Schon gut, wir nehmen die Verlobung wieder mit rein. Sonst haben wir nichts zu erzählen. Schmidts sind eben altmodisch. Noch was?«

»Wir wünschen uns Kinder …«

»Oh ja, einen ganzen Kindergarten voll! Dann brauchen wir uns nicht für einen Platz in der Kindertagesstätte bewerben, sondern machen eine eigene auf.«

»Können Sie ernst bleiben? Bitte.«

»Das ist ernst! Glauben Sie, man bekommt, ohne zu tricksen, einen Platz? Wenn Sie Ihr Kind nicht schon anmelden, bevor Sie miteinander ins Bett gestiegen sind, bleiben Sie auf der Warteliste, bis das Kind Abi macht. Aber meinetwegen, weil Sie so nett ›bitte‹ gesagt haben: Ein oder zwei Kinder dürften reichen. Und Ihnen ist hoffentlich klar, dass wir beide in Elternzeit gehen. Da sind selbst Schmidts modern. Also: Ich bin Architektin und habe schon als Kind ganze Städte mit Bauklötzen gebaut, das stimmt sogar, und wir haben uns in Frankfurt kennengelernt, wo wir auch leben.«

»Meinetwegen. Ich arbeite bei einer Sicherheitsfirma, dann müssen Sie nicht viel umdenken.«

Lizzis ungläubiger Blick traf Erik. »Was soll das heißen? Trauen Sie mir das nicht zu – umzudenken?«

»Umso einfacher man die Geschichte macht, umso leichter lässt sie sich durchhalten.«

»Was glauben Sie, wie viele Märchen ich mir täglich anhören muss? Von meinen Mandanten, von der Verteidigung und der Staatsanwaltschaft … von meinem Chef oder meinen Exfreunden will ich gar nicht reden. Dass die Juristensprache so dezidiert ist, heißt nicht, dass es vor Gericht nicht fantasievoll zugeht. Sie decken die Wahrheit stückchenweise auf, oder sie verbergen sie, je nachdem, ob sie anklagen oder verteidigen. Wir Anwälte können die größten Geschichtenerzähler sein, wenn es darauf ankommt. Also noch einmal: Sie glauben, ich würde darüber stolpern, wenn Sie sich als Bauer ausgeben?«

»Puh«, machte Erik, während er den Blinker setzte, um einen Transporter zu überholen, hinter dem sie festhingen, seitdem die Fahrbahn anstieg. »Dann bleiben wir einfach bei Bauer. Ich betreibe einen kleinen Biohof am Rande von Frankfurt, auf dem ich Gemüse anbaue. Können Sie damit leben?«

»Kann ich«, bestätigte Lizzi und sah neugierig aus dem Fenster.

Gerade hatten sie einen Ort namens Guisborough hinter sich gelassen und fuhren nun in Höhe einer noch kleineren Siedlung mit dem netten Namen Charltons durch ein naturgeschütztes Moorgebiet, das taubedeckt im Licht der Morgensonne glitzerte. Sie mochte den Anblick der kargen, dunkelgetönten Landschaft, ohne sagen zu können, warum. Normalerweise waren ihr allzu friedliche Orte suspekt, denn sie war sich sicher, dass sie unter ihrer freundlichen Oberfläche etwas zu verbergen hatten. Dieser Ort konnte ganz bestimmt auf eine jahrhundertealte Geschichte zurückblicken, die von Wikingern erzählte. Vielleicht sogar von ihren vergrabenen Erinnerungen – wer konnte das wissen. Lizzi versuchte, sich vorzustellen, wie es früher hier gewesen war, als das Gebiet noch nicht durch eine Autoroute zerschnitten wurde, sondern zu Fuß durchquert werden musste. Ob sie hier schon einmal gewesen war?

»Lizzi?«

Lizzi tauchte aus ihrer Gedankenwelt auf. »Mmh?«

»Sind Sie eingeschlafen? Wir sind schon kurz vor Whitby.«

Erstaunt setzte Lizzi sich auf. Sie hatten das Moor hinter sich gelassen, stellte sie fest, und in der Ferne konnte man auf einem Hügel eine Klosterruine erkennen, ein Steingerippe, das düster zu den grauen Wolken aufragte. Laut dem Schild an der Straße musste es sich um Whitby Abbey handeln.

Lizzi blickte auf ihre Armbanduhr. Fast eine halbe Stunde war vergangen, seit sie mit Erik gesprochen hatte. »Dann kommen wir gleich an.«

»Ja. Sie dürfen wach werden.«

»Ich habe nicht geschlafen. Meine Augen waren die ganze Zeit offen.«

»Wie bei den Fischen.«

»Ja, nur haben die keine Lider, die sie schließen können.«

»Eins zu null für Sie«, gab Erik zu. Er warf ihr einen kurzen Seitenblick zu. »Sind Sie gar nicht aufgeregt?«

»Wieso sollte ich?«

Lizzi wollte nicht zugeben, dass sich bei dem Gedanken, zum ersten Mal seit beinahe sechsundzwanzig Jahren wieder einen Fuß auf englischen Boden zu setzen, Anspannung in ihr breitmachte.

»Sie müssen mir nichts vormachen«, sagte Erik.

Lizzi legte den Kopf schräg und betrachtete ihn unschlüssig.

Konnte er sich tatsächlich in sie hineinfühlen? Oder hatte er nur ins Blaue geraten, weil er zu wissen glaubte, wie sie tickte?

»Wenn Sie es genau wissen wollen: Ich fühle mich wie bei meinem ersten Tag im Internat.«

»Und? Wie ist der Tag damals zu Ende gegangen?«

Als Antwort zog Lizzi ihren Mund in die Breite.

»Scheint gut gelaufen zu sein«, mutmaßte Erik, als er kurz zu Lizzi hinüberblickte.

»Kommt darauf an, aus welcher Perspektive man es betrachtet, aber am Ende war ich auf jeden Fall schlauer, und die Direktorin hat mich von da an nicht mehr aus den Augen gelassen. Es war der Beginn einer wunderbaren Freundschaft.«

»Dann kann der Tag heute auch nicht schlimmer werden.«

»Doch. Wenn wir nicht bald eine Toilette finden«, wandte Lizzi ein.

»In Whitby bestehen gute Chancen, die Katastrophe abzuwenden.«

Wenige Minuten später verließ Erik die Straße, die durch den Ort hindurch nach Scarborough führte, und bog Richtung Zentrum ab. Schon am Ortseingang hatte ein Schild verkündet, dass sie die Stadt Draculas besuchten. Es gab ein Dracula-Theater, Dracula-Shops, Dracula-Führungen und sogar ein Dracula-Museum.

»Wollen Sie da wirklich rein?«, witzelte Erik, als er vor einer öffentlichen Toilette hielt. »Nicht dass drinnen ein Vampir auf Sie wartet.«

Lizzi suchte ein paar Pence aus ihrer Tasche, die sie von der Fähre mitgebracht hatte, und stieg aus dem Auto. »Soll er nur. Er wird eine böse Überraschung erleben.«

»Hätten Sie vor hundertfünfzig Jahren gelebt, hätte Dracula

das Weite gesucht, und Whitby wäre heute um eine Attraktion ärmer.«

Lächelnd stieg Lizzi aus und schlug die Autotür zu.

»Warten Sie«, rief Erik. Er stieg ebenfalls aus und überreichte der verwunderten Lizzi seinen Autoschlüssel, nachdem er die Türen verriegelt hatte. »Ich besorge uns einen Adapter für die englischen Steckdosen zum Aufladen unserer Handys. Wenn Sie vor mir fertig sind, setzen Sie sich einfach ins Auto.«

»Wie vorausschauend von Ihnen«, antwortete Lizzi.

Sie hätte auch verantwortungsbewusst sagen können, denn es imponierte ihr, dass Erik selbst hier, weit weg von Koons und Cummings, keinen Moment seine Aufgabe vergaß und an alles dachte, was ihrer Sicherheit diente. Mit einem guten Gefühl verschwand sie hinter der Tür des Toilettenhäuschens, erstaunt darüber, dass sie ein mit Plastikblümchen und Bildern dekorierter Waschraum erwartete. Nachdem sie sich nach vollbrachter Tat gebührend Zeit genommen hatte, die in Reimen geschriebene Häuschenordnung zu bewundern, ging sie davon aus, draußen einen ungeduldig wartenden Erik vorzufinden. Doch er war noch nicht zurück.

Lizzi sah sich unschlüssig um, dann beschloss sie, die Umgebung zu erforschen, anstatt im Wagen auf Erik zu warten. Sie ging ein paar Schritte, sog dabei den Anblick der Stadt auf wie ein trockener Schwamm. Sie mochte die Häuser aus Backstein, die vom Hafenbecken den Hügel hinaufdrängten und nur schmalen Gassen Platz ließen. Sie mochte die Geschäfte mit ihren pittoresken, von Holz umrahmten Schaufenstern. Ihr gefielen die gemalten Werbetafeln, die knallroten Telefonhäuschen, die Briefkastensäulen, selbst die Mülleimer fand sie schön, genau wie so vieles andere, was sie sah, und sie fragte sich, ob es nur an ihrer Biografie lag, dass die Straßen dieser Stadt für sie ein so gemütlich-uriges Gefühl ausstrahlten. Es schien ihr, als wären die Läden und Pubs einer anderen Zeit entsprungen. Ein bisschen Holz, ein bisschen Farbe und auf den Schildern alte Lettern mit Serifen. Und so viel Wirkung. Lizzi beschloss, dass sie England mochte.

In diesem Moment fiel ihr Blick auf einen rot gerahmten Candyshop, der etwa hundert Meter entfernt lag. Das an einem schmiedeeisernen Haken hängende Schild mit dem gemalten Eis kam ihr bekannt vor, und noch während sie überlegte, ob sie schon einmal hier gewesen war, schoss ihr eine Erinnerung in den Kopf, so plötzlich wie die Cyberattacke, die vor ein paar Monaten ihr PC-System in der Kanzlei mit Bildern geflutet hatte.

Auf einmal stand sie wieder in dem Candyshop, direkt vor dem riesigen Tresen, über den sich die Verkäuferin zu ihr hinabbeugte, um ihr ein großes Eis in die Hand zu drücken. Ihre Mutter sah sie lächelnd an und ermunterte sie, die drei Kugeln schnell zu essen, bevor sie in ihrer Waffel schmelzen und ins Meer laufen würden. Doch sie reagierte nicht, stand wie angewurzelt da, während sie sich vorstellte, wie das geschmolzene Eis in drei verschiedenfarbigen Rinnsalen unter der Ladentür hindurch auf den Gehweg floss und weiter durch die Straßen bis zum Meer hinunter.

An dieser Stelle brach ihre Erinnerung ab.

Lizzi war aufgewühlt, die Bilder waren aus einem verstaubten Winkel ihres Gedächtnisses aufgetaucht. Sie spürte, das dort bestimmt noch mehr schlummerten. Sollte sie versuchen, sie hervorzuholen? Doch wie? Noch einmal versuchte Lizzi, in ihre Erinnerung zurückzukehren. Doch obwohl sie ihre Mutter noch vor wenigen Sekunden vor sich gesehen hatte, gelang es ihr nicht, sich an ihr Gesicht zu erinnern. Immer wenn sie versuchte, es sich vorzustellen, sah sie nur das Foto vor sich, das sie in Frankfurt auf der Kommode im Schlafzimmer stehen hatte.

Einem Drang folgend wechselte Lizzi die Straßenseite und betrat den Candyshop. Der Duft von Zuckrigem hing in der Luft. Hinter der Ladentheke waren moderne Schütten aus Plexiglas zu sehen, aus denen die Verkäuferin gerade Gummibärchen in eine spitze Papiertüte schaufelte. Vorne auf der Theke standen große Bonbongläser mit Glasdeckeln, sie waren mit bunten Süßigkeiten gefüllt und übten noch immer eine gewisse Faszination auf Lizzi aus. Fast wie früher, dachte sie, doch seinen magischen Reiz hatte der Laden mittlerweile verloren.

»*Hello, my dear*«, sagte die Verkäuferin, »was kann ich für Sie tun?«

Lizzi hatte nicht bemerkt, dass der vorherige Kunde den Candyshop bereits verlassen hatte. »Könnten Sie mir drei Kugeln Eis geben? Vanille, Schokolade und Erdbeere. In der Waffel, bitte.«

»Eine gute Wahl«, flötete die Frau, während sie den Eisportionierer durch die weiche Masse zog und eine Kugel nach der anderen auf die Waffel drückte.

»Die Kugeln sind ganz schön klein geworden!«, bemerkte Lizzi. »Oder kommt mir das nur so vor?«

Die Verkäuferin unterbrach ihre Arbeit so plötzlich, als hätte Lizzi eine Beleidigung gegen sie ausgestoßen. »Die Kugeln sind genauso wie immer.«

»Dann liegt es an mir, ich bin zu groß geworden«, lächelte Lizzi die aufkommende Verstimmung weg.

Da Lizzi keine Münzen mehr übrig hatte, musste sie mit einem Fünfzigpfundschein bezahlen, den sie auf der Fähre eingetauscht hatte. Die Verkäuferin war nicht begeistert. Mit schmalem Lächeln suchte sie das Wechselgeld zusammen und reichte es Lizzi. Dennoch ließ sie sich zu einem zuckersüßen *Have a lovely day!* zum Abschied hinreißen.

Mit dem Eis in der Hand verließ Lizzi den Laden. Schon als die Tür hinter ihr ins Schloss fiel und das Türglöckchen zu bimmeln aufhörte, wusste sie, dass es eine blöde Idee von ihr gewesen war, in diesem Laden nach Spuren ihrer Kindheit zu suchen. Seufzend überquerte sie die Straße.

Erik stand unruhig vor dem Wagen, als sie das Toilettenhäuschen erreichte. »Wo waren Sie?«, wollte er wissen. »Ich wollte gerade los, um Sie zu suchen. Wir hatten verabredet, Sie bleiben hier.«

Lizzi streckte ihm zur Wiedergutmachung ihr Eis hin. »Haben Sie Lust auf eine Abkühlung?«

Erstaunt sah Erik sie an. »Das ist doch Ihres.«

»Ich hab es mir gerade anders überlegt.«

Er nahm Lizzi das Eis ab. »Von mir aus können Sie es sich ruhig öfter anders überlegen.«

Lizzi ging zur Beifahrerseite, öffnete die Tür und setzte sich mit den Füßen zur Straße auf den Sitz. »Kennen Sie das: vergessene Erinnerungen, die plötzlich wieder da sind?«

»Eigentlich nicht«, sagte Erik, nachdem er eine Weile nachgedacht hatte. »Mir fällt zumindest keine ein.«

»Mir aber.« Lizzi wandte ihm ihren Kopf zu und lächelte. »Sie halten sie gerade in der Hand. Ich weiß jetzt, dass ich schon als Kind auf Schokoladen-, Vanille- und Erdbeereis gestanden habe.«

Erik lehnte sich Lizzi gegenüber an einen Poller. »Mit den Erinnerungen ist es wie mit einem Kellerarchiv. Man muss die Treppe hinuntersteigen und die Regale aufräumen, und auf einmal sind die verschollen geglaubten Akten alle wieder da.«

»Bei mir hat keiner aufgeräumt.«

»Doch, Sie selbst. Irgendwas hat Sie dazu gebracht, sich ein Regal genauer anzusehen, und schwups, habe ich ein Eis in der Hand. Assoziationen sind das Stichwort, die sind der Schlüssel zum Keller.«

Lizzi betrachtete ihn misstrauisch. »Sie denken sich das gerade aus, oder?«

Erik schüttelte dem Kopf. »Bei der Polizei hatte ich eine Fortbildung, Thema Opfertraumata. Ein Neurowissenschaftler und ein Psychologe haben eine Menge Dinge erzählt, von denen ich damals keine Ahnung hatte.«

»In Ihnen steckt doch mehr, als ich dachte«, sagte Lizzi und schwang ihre Beine ins Auto.

Erik, der sein Eis aufgegessen hatte, stieg auf der Fahrerseite ein. »Es wird immer besser. Letztes Mal sagten Sie nur, dass etwas in mir steckt.«

»Jetzt fahren Sie schon los«, grinste Lizzi.

21

Die kurze Pause und das Gespräch mit Erik hatten Lizzi gutgetan, doch ihre Erinnerung, die die Eisdiele bei ihr ausgelöst hatte, beschäftigte sie weiterhin. Sie wusste jetzt, dass sie als Kind schon einmal in Whitby gewesen war, und wenn sie nicht ein Ziel gehabt hätten, wäre sie gern noch länger in dem Ort geblieben und durch die Straßen gewandelt, in der Hoffnung, weitere Erinnerungen aus ihrem Gedankenkeller holen zu können. Es war schon lange her, dass sie an ihre Mutter gedacht hatte, auch wenn das immer wieder vorkam, meist, wenn es ihr nicht gut ging oder sie sich allein fühlte mit einem Problem. In Lizzis Erinnerungen trug ihre Mutter immer ein Lächeln auf den Lippen. Für ihren Vater war sie die liebenswerteste Person, die er je kennengelernt hatte und die die seltene Eigenschaft besessen hatte, keine einzige schlechte Seite zu besitzen. Lizzi war nur allzu gern bereit, das zu glauben, auch wenn sie in ihrem ganzen Leben keinem anderen Menschen begegnet war, auf den das zutraf.

Sie waren noch keinen halben Tag in England, stellte Lizzi fest, und schon kam ihre Vergangenheit über sie wie die ersten Regentropfen eines drohenden Platzregens. Ein wenig fürchtete sie sich, denn sie konnte nur nass werden dabei – die Episode in der Eisdiele würde bestimmt nicht die letzte gewesen sein. Waren sie zu voreilig gewesen, als sie den Plan gefasst hatten hierherzufahren? Lizzi seufzte, denn sie wusste, zum Umkehren war es zu spät. Nie würde sie es sich verzeihen, wenn sie jetzt aufgeben würde, so kurz vor … ja, vor was eigentlich? Selbst das, spürte sie, würde sie erst hier erfahren.

Sie sah zu Erik hinüber, der mit ruhiger Hand seinen Geländewagen durch die Straßen lenkte. Inzwischen schien er sich daran gewöhnt zu haben, dass sie manchmal schwieg, ohne dass es etwas Schlimmes bedeutete. Ihr Vater hatte dafür sehr viel länger gebraucht.

Draußen zog die Landschaft an ihr vorüber. Nur ein paar Kilometer entfernt musste das Meer liegen, verriet das Navi, denn die Straße, auf der sie fuhren, führte parallel entlang der Küste. Der Gedanke machte sie sehnsüchtig nach dem weiten Blick, dem Wind und dem Geruch der See. Wie ihr Vater liebte auch sie das Meer, und sie stellte sich mit geschlossenen Augen vor, wie sie an der Küste stand und die salzige Luft ihre Atemwege durchzog.

Während sie innerlich der Brandung lauschte, störte sie ein schlurfendes, schleppendes Geräusch, das nicht hierher passte. Sie öffnete die Augen und realisierte, dass es von der äußeren Beifahrerseite kam. Auch Erik hatte es vernommen, wie sie an seiner gerunzelten Stirn erkannte. Vor einer Gabelung, an der ein Landwirtschaftsweg ihre Straße kreuzte, setzte er den Blinker und lenkte den Wagen in die Zufahrt, um auszusteigen und sich den Wagen anzuschauen. Zwei Schafe, die auf der Wiese nebenan weideten, schauten kurz hoch, bevor sie sich wieder dem Gras widmeten.

Lizzi ahnte, dass sie ein Problem hatten, und stieg ebenfalls aus. Erik hockte vor dem rechten Vorderreifen und tastete ihn ab. Auf den ersten Blick sah Lizzi, dass der Reifen nicht prall genug war.

»Das kann doch nicht wahr sein!«

»Ein Loch?«

Statt einer Antwort zeigte Erik ihr seine geöffnete Hand. Auf der Handfläche lag ein spitzer Nagel mit einem flachen Kopf.

»Was für ein Pech«, sagte Lizzi.

»Das ist mehr als Pech. Das war das Reserverad. Ohne Abschleppwagen kommen wir hier nicht mehr weg.«

Erik zückte sein Handy, um Hilfe zu holen. Während er auf das Display starrte, runzelte er die Stirn.

»Trösten Sie sich«, sagte Lizzi aufmunternd. »Es ist weder Nacht, noch sind wir im Wald. Und verfolgt werden wir auch nicht. Könnte alles noch viel schlimmer sein.«

Erik sah von seinem Handy hoch. »Ich habe schlechte Nachrichten aus dem Polizeiticker von Newcastle. Ein Mitarbeiter der Reederei wurde verletzt in einer Putzkammer aufgefunden. Anscheinend haben Koons und Cummings den Mann überwältigt, nachdem er sie befreit hat.«

Fassungslos hörte Lizzi Eriks Worte. »Hätten wir sofort die Polizei verständigt, wäre dem Mann nichts passiert.«

»Vielleicht war es blauäugig hierherzureisen. Wenn Sie umkehren wollen, ist das in Ordnung.«

Eriks forschender Blick irritierte Lizzi. »Umkehren? Nein. Was soll das bringen?«

»Dann suche ich jetzt nach einem Pannenhelfer, der uns schnellstens von der Hauptroute wegbringt. Solange wir hier herumstehen, sind wir für Koons und Cummings leichte Beute.«

Während er über das Display seines Handys scrollte, fuhr

ein dicker Jaguar an ihnen vorbei, blieb stehen und setzte dann schnittig und mit aufheulendem Motor zurück, bis er auf Höhe ihres liegen gebliebenen Wagens stehen blieb. Die Scheibe des Seitenfensters sirrte nach unten. Der Fahrer, ein gut sechzigjähriger Mann mit hoher Stirn unter dichtem weißem Haar und einem modern gestutzten Vollbart, lehnte sich aus seinem Wagen.

»Brauchen Sie Hilfe?«, fragte er freundlich.

»Wir benötigen einen Pannendienst. Der Vorderreifen ist platt, und wir haben das Ersatzrad schon aufgebraucht.«

»Die nächste Werkstätte ist ein paar Meilen von hier: Larry King's. Aber es ist Mittagszeit«, sagte der Mann, nachdem er einen Blick auf seine Armbanduhr geworfen hatte. »Wo wollen Sie hin?«

»Richtung Scarborough. Wir wollten uns eine Unterkunft suchen. Aber das muss jetzt warten.«

»Ich kann Sie mitnehmen. Ich zeige Ihnen die beste Bleibe, die Sie in Scarborough bekommen können.«

»Vielen Dank, wir brauchen nichts Luxuriöses, es soll nur nett und sauber sein«, schaltete sich Lizzi ein.

Der Mann grinste pausbäckig. »Habe ich doch gesagt, *Madam*: die beste Bleibe, die Sie finden können. Kein Touristenhotel, sondern *very British*. Der einzige Haken: Es liegt nicht in der Nähe des Hafens. Also, was ist?«

»Das ist genau das, was wir suchen«, beeilte sich Erik zu sagen. »Wir mögen es gern individuell. Nicht wahr, Schatz?«

Lizzi nickte. Auch ohne Worte verstand sie Eriks Ansinnen, möglichst bald von hier wegzukommen.

»Abgemacht.« Der Mann klopfte mit der Faust auf die Tür, bevor er mit einer erstaunlichen Leichtigkeit, die man ihm weder wegen seines Alters noch seines üppigen Körpergewichts zugetraut hätte, aus dem Wagen stieg und nach hinten lief, um den Kofferraum zu öffnen. »Dann laden wir Ihr Gepäck in meinen Wagen um. Larry können wir von unterwegs anrufen und sagen, wo er Ihren Wagen findet.«

»Er braucht einen Schlüssel.«

»Legen Sie ihn unter die Fußmatte. Larry holt den Wagen ab und bringt ihn repariert zu Ihnen zurück.«

»Sind Sie mit Larry verwandt? Oder bekommen Sie eine Provision, wenn Sie der Werkstatt Kunden zuschanzen?«, fragte Lizzi skeptisch. »Vielleicht ist der Nagel in unserem Reifen ja von Ihnen. Würde nach einem guten Geschäftsmodell klingen.«

Der Mann zog die Augenbrauen zusammen, dann fing er an schallend zu lachen. »Sie sind Deutsche, richtig? Mit Ihrem Humor werden Sie sich hier viele Freunde machen.«

»Mit diesem Plan gehe ich durchs Leben«, antwortete Lizzi.

»Erfolgreiche Frauen sind mir sympathisch. Sie haben einen besonderen Charme.«

Das Hupen eines aus der entgegengesetzten Richtung kommenden Wagens, der an ihnen vorbeifuhr, lenkte sie ab. Der Fahrer winkte ihnen durch die Seitenscheibe zu. Ihr Pannenhelfer winkte entspannt zurück.

»Wie auf dem Dorf«, raunte Lizzi Erik zu.

Der Mann lächelte. »Ich habe mich noch nicht vorgestellt: Anthony Lloyd«, sagte er, als er die Tür zum Kofferraum zuschlug und sie mit einer Geste seiner Hand aufforderte, Platz zu nehmen. »Steig nie zu Fremden ins Auto, hat meine Großmutter gesagt«, erklärte er und blinzelte ihnen zu. »Und Sie sind?«

Lizzis Blick flog zu Erik, sie hatten nicht daran gedacht,

sich Vornamen zurechtzulegen. »Ich bin Lizzi Schmidt, und das ist mein Mann Erik«, sagte sie, während sie hinten einstieg.

»Lizzi und Erik …«, wiederholte Lloyd. »Schöne Namen. Sie passen wunderbar zusammen«, sagte er und ergänzte eilig: »Sorry, ich meine natürlich Ihre Namen.«

»Sehen Sie, das denken wir auch jeden Tag, und dann schauen wir uns liebevoll an und überlegen, ob wir heiraten sollten.« Lizzi zwinkerte Erik zu. »Aber dann fällt uns ein: Hoppla, das haben wir ja schon längst getan. Wie dumm von uns.«

»Ich sehe schon, es war eine gute Entscheidung, Sie mitzunehmen. Das wird eine kurzweilige Fahrt werden«, freute sich Lloyd. Er setzte sich auf den Fahrersitz und wählte auf seinem Handy, das in einer Freisprechanlage steckte, die Nummer der Kfz-Werkstatt. Als alle ihren Platz eingenommen hatten, startete er den Motor, dabei telefonierte er mit dem Mechaniker. Larry sagte sofort zu, den Wagen abzuholen, zu reparieren und anschließend vorbeizubringen. *No problem!*

»Sehen Sie«, sagte Lloyd, nachdem er das Gespräch beendet hatte, »es läuft alles fast von alleine. Sie brauchen sich nur zurückzulehnen.«

Erik nickte. »Dank Ihrer Hilfe.«

»Machen wir die Sache nicht größer, als sie ist. Ich kenne mich hier aus und bringe gern Dinge in Ordnung. Man könnte sagen, Sie haben mir einen Gefallen getan.«

»Wenn das so ist: Was bekommen wir dafür?«, wollte Lizzi wissen. Ihr Ton war forscher ausgefallen, als sie es beabsichtigt hatte. Erik warf ihr einen ungnädigen Seitenblick zu.

»Meine Gesellschaft«, sagte Lloyd, ohne mit der Wimper zu zucken. »Ich hoffe, ich langweile Sie nicht damit.«

»Keine Spur«, beeilte sich Erik zu sagen. »Der Humor meiner Frau ist für Fremde gewöhnungsbedürftig. Sie meint das nicht böse.«

»Das glaube ich Ihnen. Eine alte Freundin von mir hatte denselben trockenen Humor. Immer scharf an der Grenze. Sehr belebend.«

»Und sind Sie es noch – befreundet?«, wollte Lizzi wissen.

»Leider lebt sie nicht mehr«, sagte Lloyd bedauernd. »So ist das Leben. *Life is a journey, not a destination.*«

»Mit diesem Satz rennen Sie offene Türen bei mir ein«, sagte Lizzi.

»Türen, die nicht geschlossen sind, einzurennen …«, wiederholte Lloyd erstaunt. »Das hört sich nicht sehr schwer an.«

»So ist es gemeint. Eine deutsche Redewendung, die besagt, dass wir der gleichen Meinung sind, dasselbe wollen und die Anstrengung daher nicht nötig ist.«

»Jetzt verstehe ich … offene Türen einrennen. Ein schönes Bild. Wieder etwas gelernt.«

»Wohnen Sie in Scarborough?«, fragte Erik.

»Direkt vor den Toren, auf dem Land.«

»Sind Sie Farmer?«

»Nicht ganz«, antwortete Lloyd und lachte. »Ich züchte Pferde, baue weißen Tee an und noch ein bisschen dies und ein bisschen das. Ich liebe es, Unternehmer zu sein.«

Lizzi riss die Augen auf. »Tee? In England? Unglaublich, dass das funktioniert.«

»Die Schotten haben uns vorgemacht, wie es geht – ausnahmsweise. Und Sie? Was verschlägt Sie in unser schönes York?«

»Urlaub«, antwortete Erik.

»Wir wollten immer schon hierherreisen«, ergänzte Lizzi.

Lloyd nickte wohlwollend. »Eine gute Entscheidung. Sie sind das erste Mal in England?«

»Ich war schon in London, aber das zählt nicht«, antwortete Lizzi ausweichend.

Lloyds forschender Blick streifte Lizzi. »Sie sprechen nicht nur wunderbares Englisch, sondern Yorkshire-Dialekt. Den lernt man nicht in einer deutschen Schule.«

Lizzi versuchte, ihre Überraschung zu verbergen. »Ich bin zweisprachig aufgewachsen, meine Nanny kam aus York«, gab sie vor. »Da haben meine Eltern bei der Einstellung ihren Lebenslauf wohl nicht genug studiert. Und mein Mann ... das soll er Ihnen selbst sagen.«

Lizzi war froh, den Ball an Erik weitergeben zu können.

»Ich war bei einem Schüleraustausch in Brighton. Und wenn ich kann, sehe ich mir englische Filme gern im Original an. Da bleibt was hängen.«

»Ich kann leider nur ein paar Brocken Deutsch: Kindergarten, Bier, Bratwurst, Ordnungsdienst, Heckenschere, Schlappschwanz«, grinste Lloyd. »Und Beethoven.«

»Damit kommen Sie in Deutschland ziemlich weit«, witzelte Lizzi.

Statt einer Antwort zeigte Lloyd auf das Ortseingangsschild von Scarborough, an dem sie vorbeifuhren. »Gleich sind wir da.«

Lizzi sah neugierig aus dem Fenster. Die Backsteinfassaden der Häuser waren höher und wirkten mondäner als in Whitby. Auch die Straßen waren breiter. Je näher sie dem Zentrum kamen, desto mehr Menschen sahen sie, vermutlich Urlauber oder tiefenentspannte Bewohner der Stadt, die in aller Ruhe an den Fenstern der Schaufenster vorbeibummelten und alle Zeit der Welt zu haben schienen.

Lloyd verließ die Hauptverkehrsroute und lenkte seinen Wagen durch eine Wohnsiedlung hindurch bis zu einer Straße mit kleinen Backsteinhäuschen und herausgeputzten Vorgärten auf der einen Seite und Stadthäusern auf der anderen Seite. Vor einem schön restaurierten Gebäude, dessen Fassade mit Backstein und Fachwerk ausgekleidet und mit Blumenampeln geschmückt war, stoppte er den Wagen.

»Sie können sich abschnallen. *Here we are.*«

Erik nickte Lizzi kaum merklich zu. Lizzi wusste sofort, warum. Hier, abseits der Touristenunterkünfte, waren sie sicher und besser geschützt davor, von Koons und Cummings gefunden zu werden.

Erik wollte Lloyd seine Hand zum Abschied geben, doch Lloyd winkte ab. »Ich komme mit hinein und sage Hallo.«

Der White Horse Inn, wie das Schild über der Tür verriet, machte schon von außen einen guten Eindruck, selbst Lizzi war angetan. Mit dem Gepäck in der Hand betraten die drei das Hotel, Lloyd ging vorweg, nicht ohne die Tür für die neuen Gäste aufzuhalten.

Sie wurden von einem zweigeteilten Raum mit unverputzten Backsteinwänden und hellen Dielen empfangen. Im vorderen Bereich lag das Restaurant, hinten dominierte eine Bartheke den Raum. Trotz der Pubatmosphäre wirkte das Hotel hell und freundlich.

Eine Frau mit aschblondem Bob und rot geschminkten Lippen stand hinter der Bar und überprüfte Ciderflaschen.

»Hey, Tony, wie geht's?«, fragte sie, kaum dass sie drinnen waren.

»Alles bestens, Rita. Und bei euch?«

»Ebenfalls. Ich darf nicht vergessen, im Garten die Markise einzuholen. Es soll heute noch Gewitter geben.«

»Lass das John machen. Damit er was zu tun hat«, antwortete Lloyd und lachte. »Ich habe dir zwei Gäste aus Deutschland mitgebracht, Lizzi und Erik Schmidt, sie hatten eine Panne, Larry kümmert sich um ihr Auto. Ich habe Ihnen versprochen, Sie bekommen hier das beste Zimmer in ganz Scarborough. Ich hoffe, ich habe nicht übertrieben.«

»Da du noch nie übertrieben hast, muss es wohl stimmen«, antworte Rita und lächelte, während sie zu einem Teil der Bar ging, der um die Ecke führte. Beim Nähertreten sahen Lizzi und Erik, dass es die Rezeption war. Sie lag in einem Seitenarm des Foyers, der zu einer mit einem roten Teppich ausgelegten Treppe führte.

»Dann gehe ich mal«, sagte Lloyd zu Lizzi und Erik gewandt. »Kommen Sie mich morgen besuchen, dann zeige ich Ihnen meine kleine Teeplantage.« Er reichte Lizzi eine Visitenkarte.

»Ist das eine Einladung oder eine Aufforderung?«, fragte Lizzi.

Lloyd legte seine Hand aufs Herz. »Ich bin Brite. Für mich ist das ein und dasselbe. Es wäre äußerst unhöflich, eine Einladung ohne guten Grund auszuschlagen. Also bis morgen.«

Mit diesen Worten verließ Lloyd den Gastraum. Lizzi und Erik sahen ihm hinterher.

»Sie müssen ihn nicht so ernst nehmen«, erklärte Rita amüsiert, während sie ihnen ein Anmeldeformular reichte. »Er kokettiert nur. Wir leben alle im 21. Jahrhundert und haben eine Weile über unseren Tellerrand hinausgeguckt.«

»Kennen sich hier alle so gut, oder ist Mr Lloyd die Ausnahme?«, wollte Erik wissen.

»Zumindest ist er etwas Besonderes, so etwas wie der gute Engel von Scarborough. Er ist sehr wohlhabend und kümmert sich um alle Bürger, auch die, mit denen es das Leben nicht so gut meint. Ohne seine Stiftungen würde hier einiges anders laufen.«

»Ein schönes Hobby«, sagte Lizzi.

Rita lächelte wissend. »Manche verlieren die Bodenhaftung, wenn sie erst mal zu Geld gekommen sind. Aber nicht Mr Lloyd. Sie haben ihn erlebt, er ist Mensch geblieben. Er kommt in unseren Pub, er isst etwas, trinkt ein Bier oder zwei, quatscht mit den Leuten. Es gefällt ihm. Sie können ihn hier täglich antreffen – bis auf unseren Krimiquizabend am Donnerstag, das ist nicht so seins«, fügte sie lachend hinzu.

»Kein Wunder, dass es ihm hier so gut gefällt«, sagte Erik.

»Danke«, freute sich Rita. »Vielleicht kommen Sie ja abends auch vorbei?«

»Sehr gerne, wenn wir es rechtzeitig zurückschaffen.«

»Wie lange wollen Sie bleiben?«

»Ein paar Tage.«

»Ich habe ein schönes Doppelzimmer nach hinten, das wird Ihnen gefallen. Es dürfte jeden Moment bezugsbereit sein.«

»Machen Sie sich keine Mühe, wir nehmen auch zwei Einzelzimmer«, warf Lizzi ein. »Was Sie gerade haben.«

»Das macht keine Mühe, und meine Gäste sollen sich nicht nachts über den Gang schleichen müssen.«

»Meine Frau liebt nächtliche Ausflüge«, sagte Erik.

»Zu zweit sind sie netter«, zwinkerte Rita ihm zu.

Lizzi startete einen neuen Versuch: »Na schön … Die Doppelbetten, die sind doch richtig doppelt, also breit, oder? Ich wollte schon immer in einem echten Kingsize-Bett schlafen. Ist doch so, Schatz?«

»Ja«, versicherte Erik. »Beim Planen unserer Reiseroute stand das ganz oben auf der Wunschliste meiner Frau.«

Rita lächelte verständnisvoll, dann wechselte sie den Schlüssel, den sie bereits in der Hand hatte, gegen einen anderen aus und überreichte ihn Lizzi. »Dann ist die Nummer sieben genau das Richtige für Sie! Das ist auch schon fertig. Sie finden Ihr Zimmer im ersten Stock gleich auf der linken Seite.«

»Danke.« Lizzi hatte sich schon der Treppe zugewandt, dann tat sie, als ob ihr etwas eingefallen wäre. »Kennen Sie die Farm in der Seamer Moor Lane, ein paar Meilen von hier?«

»Sie müssen die Baxter-Farm meinen, die älteste Tierarztpraxis in der Gegend. Sie gehört Dr. Baxter. Haben Sie ein Haustier dabei? Ich habe keines gesehen.«

Erik winkte ab. »Wir wollen uns nur beraten lassen.«

»Wenn Mr Baxter erfährt, dass Sie nur ein paar Tage hier sind, wird er sicher einen Termin möglich machen. Er ist sehr nett. Der Meinung ist auch Silly, unsere Katze.«

»Die muss es wissen«, sagte Lizzi lächelnd, bevor sie zur Treppe ging.

»Ein Tierarzt«, raunte sie Erik zu, als sie mit ihm die Stufen emporstieg. »Was wollte mein Vater dort?«

»Wir sind hier, um das herauszufinden.«

»Sie wissen, dass das eine rhetorische Frage von mir war.«

»Ja. Deswegen habe ich rhetorisch geantwortet.«

»Rhetorische Antworten gibt es nicht«, gab Lizzi zurück, während sie die Tür ihres Zimmers öffnete. »Das schließt sich gegenseitig …« Sie brach den Satz ab, als sie das Bett sah.

»Die englischen Könige müssen klein gewesen sein«, witzelte Erik.

Genervt schob Lizzi ihn aus dem Zimmer und zog die Tür wieder hinter sich zu. »Sie warten hier, ich löse das Problem und bin gleich wieder da.«

»Zu Befehl«, antwortete Erik.

Lizzi war schon auf dem Weg nach unten.

Erstaunt sah Rita ihr entgegen. »Ist etwas nicht in Ordnung mit Ihrem Zimmer?«

»Das Bett ist zu klein.«

»Ja?« Rita wirkte irritiert. »Sie hatten um ein Kingsize gebeten.«

»Genau. Das Bett da oben ist schmal wie eine Sardinenbüchse. Kein König würde in einer Sardinenbüchse übernachten.«

»Vielleicht meinen Sie amerikanisches Kingsize«, fragte Rita unangenehm berührt. »In Großbritannien sind die Maße kleiner.«

Lizzi stöhnte, so freundlich sie konnte. »Ich Dummerchen, Großbritannien ist ja auch viel kleiner als Amerika. Ich habe keine Ahnung, wie viele Inches das Bett oben hat, aber es müssten sehr viel mehr sein, damit ich die Nacht überlebe.« Sie beugte sich zu Rita über den Tresen, als wollte sie ihr ein Geheimnis verraten, und flüsterte: »Da, wo mein Mann sich im Schlaf hindreht, wächst kein Gras mehr. Er ist wie eine Herde Schafe, die alles niederwalzt.«

Lizzi hoffte, eine überzeugende Metapher geliefert zu haben, die grenzüberschreitend verstanden würde. Sie hatte nicht vor, auch nur eine einzige Nacht mit Erik in einer Kuschelkoje zu verbringen. Am Ende würden sie sich die ganze Zeit um die Decke zanken. Und nach diesem anregenden Vorspiel könnte sie unkontrolliert über ihn herfallen, was einem Eingeständnis gleichkäme, dass sie ihn womöglich attraktiv fand. Oder schlimmer noch, dass sie es nötig hatte.

Rita nickte verständnisvoll, anscheinend hatte sie ein großes Herz für die Marotten ihrer Gäste, Lizzi eingeschlossen – trotz ihrer direkten Art. Ohne mit der Wimper zu zucken, tauschte Rita erneut die Schlüssel aus und wünschte Lizzi und ihrem Ehemann einen *lovely* Aufenthalt.

Mit dem neuen Bett war Lizzi zufrieden. Es war riesig und hatte zwei Einzelmatratzen mit einer breiten Ritze dazwischen, genau das Richtige. Eine mittige Trennwand hätte den positiven Gesamteindruck abgerundet, doch mit den plüschigen Paisley-Kissen, die auf den beiden Sesseln am Fenster drapiert waren, würde sie sich zu helfen wissen.

Erik hatte seine Reisetasche auf einem der Betten abgestellt, als hätte er seine Wahl bereits getroffen, stellte Lizzi unwillig fest. Während er das Türschloss inspizierte, schob sie seine Tasche auf das andere Bett.

»Tut mir leid, Lizzi, schon belegt«, sagte Erik, während er zum Fenster ging, um einen Kontrollblick nach draußen zu werfen.

»Wir sind nicht auf Mallorca, und ein Namensschild kann ich auch nicht entdecken«, gab Lizzi zurück und warf sich aufs Bett. Ohne Erik zu beachten, holte sie ihr Handy heraus, öffnete ihre Navigations-App und suchte ihren Standort.

Erik ließ sich nicht beirren. »Sie können sich von mir aus so viel ausstrecken, wie Sie wollen, aber aus diesem Bett werfe ich Sie raus, wenn es sein muss.«

»Für wen halten Sie sich? Für den König von Deutschland?«

»Personenschützer reicht. Und als solcher liege ich zur Tür. Es sei denn, Sie wollen Ihre Verteidigung selbst übernehmen, falls es notwendig sein sollte.«

Lizzi rollte sich erstaunt zu ihm herum. »Glauben Sie allen Ernstes, Koons und Cummings tauchen mitten in der Nacht hier auf?«

»Ich bereite mich nur auf alles vor. Worst-Case-Szenario. Damit fährt man in meinem Beruf am besten.«

Eriks Argument brachte eine neue Perspektive ins Spiel. »Unter diesen Umständen könnte ich mich auch für die Fensterseite des Bettes erwärmen, obwohl der Weg zum Bad dann länger ist.«

Sie wuchtete Eriks Reisetasche zurück und rutschte zur anderen Bettseite, um ihre Beine dort über die Bettkante zu schwingen. Erik sah sie verwundert an. »Kampflose Einsicht? Was ist in Sie gefahren?«

»Gar nichts. Ich bemühe mich, nett zu sein«, antwortete Lizzi, während sie testweise auf der Matratze wippte. »Sie merken es nur nicht.«

»Soll mich das beeindrucken?«

»Mir ist völlig egal, wie beeindruckt Sie von mir sind, manche brauchen halt etwas länger.«

Erik grinste still in sich hinein, was Lizzi dazu brachte, sich wieder zurückzurollen und sich mit ihrer Route zur Farm zu beschäftigen. Sie spürte, dass Eriks Blick noch auf ihr ruhte.

»Wenn Sie fertig sind, können wir aufbrechen«, sagte er schließlich.

»Oh, Inspektion schon beendet?« Lizzi warf einen letzten Blick auf ihr Handydisplay, dann stand sie auf und zog sich die Schuhe wieder an, die sie vorher abgeworfen hatte. »Es ist gar nicht so weit bis zur Farm, nur vier Meilen, das sind umgerechnet um die sechs Kilometer.«

»Wir können Rita fragen, wo wir einen Mietwagen herbekommen. Oder wir gehen zu Fuß.«

»Den ganzen Weg?«

»Man nennt es auch laufen. Unsere Beine haben nach der langen Fahrt etwas Bewegung verdient.«

»Von mir aus.« Wenig begeistert stieß sich Lizzi aus dem Bett und folgte Eriks Blick zu ihren Schuhen. »Was ist?«

»An Ihrer Stelle würde ich passendere Schuhe anziehen.«

»Was ist daran unpassend? Sticht sich das Rot mit dem Grau des Asphalts?«

Erik gab auf. »Ihre Entscheidung. Aber ich trage Sie keinen einzigen Meter, wenn Sie unterwegs schlappmachen.«

»Diese männliche Überheblichkeit muss angeboren sein. Wie kommen Sie darauf, dass ich nicht in der Lage bin, meine Möglichkeiten einzuschätzen? Und außerdem gibt es diese geniale Errungenschaft, die man Handy nennt. Damit kann man selbst in England Taxis anfordern und wird anschließend dorthin gebracht, wo man will.«

»Wir sind auf dem Land. Was machen Sie, wenn Sie unterwegs für Ihr Telefongespräch keinen Kirchturm finden?«, zog Erik sie auf.

Lizzi benötigte keine Rüstung, um Eriks Spitze abzuwehren, sie war bis zu den Zehenspitzen entspannt. »Sie können die Frage morgen bei Ritas Quizrunde einreichen. Auf die ist bestimmt noch keiner gekommen.«

Mit keck erhobenem Kinn öffnete sie die Tür und ging an Erik vorbei nach draußen. Aber im Stillen musste sie zugeben, dass Erik das Problem treffsicher erkannt hatte. Eine Farm war eine Farm war eine Farm. Warum sollte es im britischen Hinterland, mitten auf einer Insel umgeben von Meer, ein besseres Handynetz geben als zu Hause?

22

Nachdem beide bei Rita ein Sandwich gegessen und Eriks Handynummer für Larry hinterlassen hatten, verließen sie wenig später das Haus. Mit einem Stockschirm in der Hand, den sie auf Ritas Drängen hin mitnahmen, folgten sie der Route, die die App für sie berechnet hatte. Sie führte auf direktem Weg aus der Stadt hinaus in eine von Weiden und Feldern gesäumte Straße. Eine Weile sahen sie noch das Meer, doch dann bog die Straße ab ins Landesinnere und schlängelte sich über sanft geschwungene Hügel ihrem Ziel entgegen.

Lizzis Blick strich über das Schachbrett aus hellen Getreidefeldern und grünen Wiesen, das sich vor ihnen ausbreitete. Eigentlich, dachte sie, sollte der Anblick beruhigend wirken, doch sie spürte in sich eine Anspannung, die sie nicht erklären konnte. Lizzi schob ihre Gedanken fort und redete noch mehr als sonst, um sich von der Frage abzulenken, die sie seit ihrer Ankunft in Scarborough quälte. Was würde sie an ihrem Ziel erwarten? Und vor allem: Was würde sie mit der Antwort anstellen, die sie dort fand?

Erik hörte ihr zu, bis es ihm nach der Hälfte des Weges zu viel wurde. »Können Sie kurz innehalten? Nur für ein paar Minuten.«

Irritiert blieb Lizzi stehen. »Habe ich etwas Falsches gesagt?«

»Nein. Zu viel.«

Lizzi kniff die Lider zusammen und fokussierte Erik von der Seite, doch was sie sah, war kein Argwohn, eher Überforderung. »Das ist also Ihre Achillesferse! Hätte ich mir gleich denken können. Schon vom ersten Tag an haben Sie stark geschwächelt, sobald Sie die Ohren spitzen mussten. Ich würde sogar sagen, Sie wurden über das normale Maß aggressiv.«

Erik verzog den Mund. »Ich hätte mein Visier nicht vor Ihnen runterklappen dürfen. Sie werden Ihr Wissen gegen mich verwenden, wann immer Sie können.«

»Sie stellen mich in den schwärzesten Farben dar.«

»Ich wollte Sie nicht verletzen.«

»Tun Sie nicht. In mir schlummerte schon immer eine Batwoman. Gotham City muss sich warm anziehen.«

Erik grinste für einen Moment, dann sah er Lizzi geradewegs an. Farbe bekennen, drückte seine Miene aus. »Ist Ihnen schon einmal der Gedanke gekommen, dass Sie Ihrem Vater auf der Farm begegnen könnten? Vielleicht hat er eine frühere Fähre genommen. Schließlich hat er die Villa in Thüringen schon Tage vor uns verlassen.«

»Natürlich habe ich daran schon gedacht. Er wird sich die Adresse nicht aus Langeweile als Reiseziel ausgesucht haben.«

Erik nickte ernsthaft. »Es ist gut, wenn Sie vorbereitet sind.«

Lizzi zögerte. »Geht das? Sich vorbereiten?«, fragte sie. »In jedem Busch, an dem wir vorbeikommen, suche ich nach versteckten Erinnerungen. Nach einem Aha-Erlebnis oder einer Spur, die mir zeigt, wohin ich gehen soll. Aber es passiert absolut nichts.« Sie atmete tief ein, dachte einen Moment nach. »Das ergibt nur Sinn, wenn ich noch nie hier gewesen bin«, sagte sie schließlich. »Was hilft mir diese Erkenntnis?«

»Ich weiß es nicht.«

»Sie sind wahnsinnig hilfreich. Warum frage ich Sie überhaupt.«

Erik zuckte mit den Schultern. »Wenn ich die Weisheit meiner Mutter geerbt hätte, würde ich sagen: Es geht Ihnen um mehr als die Erinnerung.«

»Aha. Und was soll dieses Mehr sein?«

»Sie haben in England Ihre Kindheit begraben müssen und geben Ihrem Vater die Schuld dafür. Aber haben es ihm nie gesagt. Weil es Ihnen bis heute nicht bewusst war.«

Lizzi blieb stehen, verblüfft starrte sie Erik an. »Das war Psychologie! Magie! Woher nehmen Sie das auf einmal? Solche Worte habe ich noch nie aus Ihrem Mund gehört.«

Auch Erik hielt an. »Weil ich die Weisheit meiner Mutter nicht geerbt habe.«

Seine Augen flatterten kaum merklich, doch der aufmerksamen Lizzi war es nicht entgangen.

»Was ist mit Ihnen?«

»Ich weiß nicht, was Sie meinen.«

»Na eben, als sie über die Weisheit Ihrer Mutter gesprochen haben. Ihre Lider haben nervös gezuckt. Ich habe es ganz deutlich gesehen.«

»Unsinn.« Erik setzte sich wieder in Bewegung und zwang Lizzi so dazu, es ihm gleichzutun, wollte sie mit ihm Schritt halten. Doch sie ließ nicht von ihm ab, im Seithüpfschritt lief sie neben ihm her wie ein Coach, der seinen Schützling beim Training beobachtete.

»England scheint Ihre mütterlichen Gene jedenfalls kolossal in Schwung gebracht zu haben.«

Erik zuckte abwehrend mit den Schultern. »Von mir aus.«

»Hey! Sie können nicht immer, wenn es interessant wird, die Schotten dichtmachen.«

»Ich fühle mich nicht dazu verpflichtet, Sie zu unterhalten. Sie zu schützen ist anstrengend genug.«

»Sie lenken ab. Wenn Sie glauben, mich mit so schwachen Argumenten abwürgen zu können, kennen Sie mich noch nicht genug.«

»Sie sind eine Rede-Klette. Hören Sie denn nie auf?«

»Doch, sobald Sie mir verraten, was Sie mir nicht sagen wollen.«

Erik drehte sich im Gehen zu Lizzi um. »Es gibt nichts, was ich nicht sagen könnte!«

»Warum brausen Sie dann so auf?«

»Weil Sie einem den letzten Nerv rauben. Was mit mir ist, spielt überhaupt keine Rolle. Ich bin für Sie da, nicht umgekehrt. Und hören Sie bitte auf, neben mir herumzuhüpfen.«

Lizzi tat ihm den Gefallen und fiel wieder in einen normalen Schritt. »Das sind reine Ablenkungsmanöver. Die hätten Sie nicht nötig, wenn ich falschgelegen hätte. Sie haben es eben, ohne es zu wissen, zugegeben, dass da etwas dran ist an dem, was ich sage.«

Erik stöhnte. Auch ohne ihn anzusehen, wusste Lizzi, dass er die Augen verdrehte, ein sicheres Zeichen, dass er an der Grenze seiner Konfliktbereitschaft angelangt war, wie ihr reichhaltiger Erfahrungsschatz ihr zuflüsterte.

»Okay, Schonzeit für Bodyguards«, lenkte sie großzügig ein. »Wir greifen das Thema ein anderes Mal wieder auf, wenn Sie zugänglicher sind.«

Noch während Erik ungläubig den Kopf schüttelte, musste er grinsen.

»Warum grinsen Sie?«

»Weil Sie mir manchmal vorkommen wie ein Pitbull. Wenn der sich festgebissen hat, lässt er nicht mehr los. Er kann nicht anders.«

»Das finden Sie komisch?«, wollte Lizzi verwundert wissen.

»Nein«, sagte Erik trocken. »Keineswegs. Eher dramatisch.«

»Drama und Komödie liegen nah beieinander, das wusste schon Shakespeare. Aber Sie haben mich gerade auf eine Idee gebracht: Wer Hunde einfangen will, ködert sie, das funktioniert auch beim Pitbull.«

»Ködern? Wozu? Ich habe Sie sowieso am Hacken.«

Lizzis strafender Blick streifte Erik, während sie einer Batterie von Schafköteln auswich. »Versuchen Sie wenigstens, so zu tun, als ob Sie mit Ernst bei der Sache wären. Es geht nicht um mich, ich rede von Koons und Cummings. Das sind unsere Pitbulls.«

Erik hob seine Augenbrauen. »Okay. Ich verstehe«, sagte er dann. »Sie wollen die beiden aus dem Verkehr ziehen. Das Problem ist: Der einzige Köder, den wir haben, sind Sie.«

Lizzi starrte ihn an wie jemanden, der nicht begriff, dass er gerade die Millionenfrage gelöst hatte. »Und? Was ist daran auszusetzen?«

»Der Plan könnte nach hinten losgehen, und ich bin nicht bereit, dieses Risiko einzugehen. Hier in England sind unsere Karten schlechter gemischt als die unserer Gegner. Wir kennen uns nicht aus und haben keine Kontakte, die wir nutzen können.«

»Sollen wir deswegen nur noch auf der Hut sein und uns vor ihnen verstecken? Das ist wahnsinnig anstrengend.«

»Ja, aber nur halb so gefährlich.«

Lizzis Stimmung verdüsterte sich, sie spürte, dass es Erik ernst war und ihr Spielraum, ihn umzustimmen, mikroskopisch klein.

»Weil das nicht im Sinne Ihres Auftrages ist?«, fragte sie spitz.

»Es geht hier nicht um eine Formsache. Ich kann jemanden, den ich schütze, nicht der Gefahr preisgeben.«

»Jemanden?«

»Sie.«

Nachdenklich spitzte Lizzi den Mund. Sie überlegte, was hinter Eriks Abwehr steckte – professionelles Pflichtgefühl oder die Sorge um sie. Sie kam zu keinem Ergebnis.

»Scheint, wir sind da«, sagte Erik auf einmal.

Überrascht sah Lizzi auf. Sie hatte den letzten Kilometer des Weges kaum wahrgenommen, und auf einmal standen sie direkt vor der Einfahrt ihres Zieles. Das Holzgatter der Baxter-Farm stand sperrangelweit offen und war von den gleichen mannshohen Brombeersträuchern umgeben, die auf beiden Seiten des Weges wuchsen. Ein Blechschild, das sichtlich schon seit Urzeiten Sonne und Regen ausgesetzt war, wies den Weg zur Tierarztpraxis.

»Dann wollen wir mal«, sagte Lizzi locker, um die Nervosität zu kaschieren, die sich in ihr breitmachte. Mit betont forschen Schritten, als könnte sie mit ihnen ihre Angst abschütteln, ging Lizzi durch die Einfahrt hindurch. Sie musste aufpassen, nicht umzuknicken, der festgetretene Boden unter ihren Füßen war durch Spurrillen vieler Reifen gezeichnet. Von irgendwoher wehte ein blumiger Duft heran, der Lizzi bekannt vorkam, doch ihr war jetzt nicht danach, auf Spurensuche zu gehen. Sie war hier, um Antworten zu finden.

Der schlauchförmige Besucherparkplatz gleich hinter dem Tor war erstaunlich leer, nur ein alter Kastenwagen parkte dort. Ein hölzerner Wegweiser war am Rand der Fläche aufgestellt, er wies auf der einen Seite Richtung London, auf der anderen Richtung EU. Auf dem Querbalken saß ein geschnitzter Geier, dessen Augen verbunden waren. Anscheinend war Baxter nicht nur Tierarzt, sondern auch ein Spaßvogel.

Nach ein paar Metern öffnete sich die Zufahrt zu einem größeren Vorplatz, an dem sich ein kleines, zweistöckiges Wohnhaus mit einem blühenden Vorgarten anschloss sowie ein flaches Gebäude, das früher mal ein Stall gewesen sein musste und zur Praxis ausgebaut worden war. Zwischen den beiden Gebäuden hindurch sah man eine Wiese mit Obstbäumen, auf denen ein paar Schafe weideten. Aus der Entfernung sahen sie wie Wollknäuel auf Beinen aus.

Lizzis Blick wurde von einem Schaukasten angezogen, der vor der Tierarztpraxis aufgestellt war. Neben ein paar Informationen wie den Öffnungszeiten beherbergte der Kasten eine Fotowand der Tiere, die hier behandelt wurden. Ganz oben war ein Porträt von Dr. Baxter angepinnt, einem hageren Mann mit kantiger Nase und einem auffallend breiten Mund, mit dem er, den zahlreichen Krähenfüßen um seine Augen herum nach zu urteilen, viel lachte. Was hatte dieser Mann mit ihrem Vater zu tun?

Erik beugte sich zum Schaukasten und betrachtete aufmerksam Baxters Gesicht. Ungewöhnlich aufmerksam, fand Lizzi.

»Wollen Sie ihn malen? Oder warum studieren Sie seine Züge so genau?«

»Ich habe den Mann schon einmal gesehen«, antwortete Erik und sah Lizzi an. »Auf einer Autobahnraststätte.«

Lizzi verstand sofort, was er sagen wollte. »Er war der Mann, der heimlich mit meinem Vater gesprochen hatte?«

»Genau der.«

»Sind Sie sich sicher?«

»Absolut.«

»Das heißt wohl, wir sind auf dem richtigen Weg.«

»Sie sehen nicht so aus, als ob Sie das freut.«

»Oh doch, ich werde nur nervös bei dem Gedanken, wer sich hinter ihm verbirgt. Vielleicht stellt sich heraus, dass er ein unbekannter Onkel ist oder der heimliche Lover meines Vaters, mit dem ich mein Erbe teilen muss.«

»Entspannen Sie sich. Mit Sicherheit wird Baxter Antworten auf ein paar Ihrer Fragen haben.«

Lizzi nickte unruhig. »Hoffen wir, dass Sie recht behalten«, sagte sie und blickte zum Stallgebäude hinüber. Hinter den Fenstern brannte kein Licht, das Gebäude wirkte verlassen. »Sieht so aus, als ob er nicht in seiner Praxis ist. Offenbar nimmt Dr. Baxter es mit den Öffnungszeiten nicht so genau.«

Sie steuerte die Eingangstür an. Jemand hatte einen Zettel an die Tür geklebt mit dem Hinweis, dass die Praxis vorübergehend geschlossen sei. Lizzi las die Worte enttäuscht.

»Falls Sie zu meinem Vater wollen, er ist nicht da«, rief eine Stimme.

Lizzi drehte sich um und sah in die Richtung, aus der die Worte gekommen waren. Ein Mann mit Rockstarmähne und verwaschenem Muskelshirt kippte im Schatten zweier Bäume einen Sack Grünschnitt in einen Holzbehälter. Er musste ungefähr in Lizzis Alter sein.

Lizzi und Erik gingen auf ihn zu. »Wissen Sie, wann Dr. Baxter wieder hier ist?«, fragte Erik, als sie näher kamen.

»Keine Ahnung«, antwortete der Mann und schüttelte den Sack ein letztes Mal. »Wenn es dringend ist, sollten Sie lieber zu Dr. Pence gehen. Der hat seine Praxis ein paar Meilen südlich von hier.«

»Danke, aber wir wollten Ihren Vater sprechen.«

Der junge Mann sah beide an. Er stutzte und musterte Lizzi, dann setzte er den Behälter ab und fuhr sich mit den Händen durch sein dichtes Haar. »Kennen wir uns irgendwoher?«

»Wohl kaum«, antwortete Erik, bevor Lizzi etwas sagen konnte. »Wir sind nur auf der Durchreise. Ich bin Erik, und das ist Lizzi.«

»Hi, ich bin Kyle. Vielleicht kann ich euch weiterhelfen.«

Lizzi bewegte den Kopf skeptisch hin und her. »Sie sind zu jung dafür.«

Als sie Kyles fragenden Blick aufschnappte, fühlte sie sich zu einer Erklärung verpflichtet: »Nicht persönlich nehmen. Normalerweise ist Jungsein kein Problem, im Gegenteil. Ich bin es ja auch, und ich mag Männer in meinem Alter. Eigentlich viel lieber als ältere, die sind manchmal etwas anstrengend«, ergänzte sie mit einem Seitenblick zu Erik. »Aber diesmal brauchen wir jemanden, der hier schon sehr viel länger lebt als Sie. Und das könnte Ihr Vater sein.«

Kyle starrte sie irritiert an.

»Was Lizzi sagen will«, sprang Erik bei, »ist, dass wir alle Schauplätze einer früheren Englandreise von Lizzis Eltern abfahren. Wir haben gehofft, von Ihrem Vater etwas über die Geschichte dieses Ortes zu erfahren.«

»Ja, wir wollen meinen Eltern einen Reisebericht zur silbernen Hochzeit schenken«, ergänzte Lizzi.

Kyles verwirrter Blick hatte sich verflüchtigt, jetzt zuckte er mit den Schultern. »Sorry, dass ich nicht helfen kann. Ich habe keine Ahnung, wo mein Vater steckt.«

Erik zog einen Notizzettel und einen Stift aus der Tasche, schrieb seine Mobilnummer darauf und reichte sie Kyle.

»Können Sie uns Bescheid geben, wenn er zurück ist?«

Kyle warf einen Blick darauf und nickte, dann drehte er den Zettel wie Zigarettenpapier zwischen Daumen und Zeigefinger zu einer Rolle zusammen und steckte sie sich anschließend hinters Ohr. »Kann ich machen«, sagte er und griff nach dem Sack als Zeichen, dass er weiterarbeiten musste.

Erik hatte das Signal verstanden und wandte sich zum Gehen. Doch Lizzi meldete sich noch einmal zu Wort. »Ist das Ihre Maschine?« Sie zeigte auf ein frisch poliertes Motorrad älteren Baujahrs, das vor der Garageneinfahrt stand.

Kyle nickte.

»Eine Triumph Adventurer. Ein Dreizylinder, richtig? Tolle Maschine.«

»Ja, eine 900er«, antwortete Kyle genauso erstaunt wie beeindruckt. »Ich habe sie gebraucht gekauft und selbst restauriert.«

»Großartig! Eine gute Investition. Englands Küstenstraßen sind zwar nicht die Route 66, aber mit diesem Motorrad haben Sie bestimmt auch hier viel Spaß.« Sie lächelte Kyle zu, bevor sie sich zum Gehen wandte.

»Hey, warten Sie«, hielt Kyle sie auf. Er kratzte sich an der Stirn, als würde er überlegen. »Mir ist da gerade noch etwas eingefallen: Unsere Nachbarin, Mrs Barnaby, sie ist hier geboren, garantiert vor Erfindung des Fernsehers. Ist das alt genug für Sie? Sie kann Ihnen bestimmt eine Menge Geschichten aus der Vergangenheit erzählen.«

»Das ist perfekt!«, sagte Lizzi erfreut. »Danke für den Tipp!«

»Immer gerne! Sie wohnt die Straße runter, keine fünf Minuten von hier.«

Lizzi lächelte ihm zu, dann zog sie spontan ihr Handy aus der Tasche und scrollte darauf herum, bevor sie es Kyle vor die Nase hielt. Es zeigte ein Bild ihres Vaters, das er ihr im letzten Jahr aus dem Urlaub auf Amrum geschickt hatte. »Haben Sie diesen Mann schon mal hier gesehen?«

Kyle beugte sich vor, um das Foto ohne die Reflexe des Bildschirmes betrachten zu können. Dann schüttelte er den Kopf, die Stirn leicht gerunzelt.

»Danke, Kyle, das war's, wir sind schon wieder auf dem Weg«, sagte Lizzi und steckte das Telefon weg, bevor sie mit Erik über den Parkplatz zurück zur Einfahrt ging.

Kyle nickte und wandte sich ab, den Rechen in der Hand. Doch Lizzi war sich sicher, dass er ihr nachschaute.

Erik sah sie beeindruckt an.

»Wow, das war genial. Woher wissen Sie so viel über Motorräder?«

»Zufall.«

»Hat er einen Namen?«

»Juristische Gutachten – Methodenlehre, erste juristische Staatsprüfung.«

»Sie haben Motorräder begutachten müssen?«, fragte Erik verdutzt.

»Nur theoretisch, als Übung.«

»Wozu ein Studium gut sein kann.«

»Mmh«, antwortete Lizzi geistesabwesend, eine lichte Stelle im Brombeergestrüpp lenkte sie ab. Die Öffnung gab den Blick auf einen höhlenartig überwucherten Raum frei, darin eine vergessene alte Schaukel, auf der vermutlich Baxters Sohn gesessen hatte. Doch nicht der Anblick fesselte Lizzis Aufmerksamkeit, sondern die Erinnerung, die die Schaukel in diesem Augenblick in ihr auslöste und die plötzlich so lebendig war wie die Szene im Candyshop. Lizzi konnte ganz genau spüren, wie es sich angefühlt hatte, auf der Schaukel durch die Luft zu fliegen, mit dem Fahrtwind im Gesicht und in den Haaren. Ein Funken Erinnerung, der nur so kurz aufflog, dass sie ihn nicht greifen konnte.

Was für eine Geschichte hatte diese Schaukel zu erzählen?

Lizzis Neugier war geweckt, und ohne Erik einzuweihen, wich sie von ihrem Weg ab und schlüpfte durch die Lücke ins Gebüsch. Hier, im Schatten des Brombeerdickichts, mussten sich ihre Augen erst an das Dämmerlicht gewöhnen, bevor sie mehr als nur die Umrisse ihrer Umgebung erkennen konnte. Der Holzsitz der Schaukel war morsch und vermoost, ein trauriger Anblick, wie geschaffen als Requisite für einen Endzeitfilm. Die schmutzig grauen, von Flechten bedeckten Seile waren an einem Metallträger befestigt, der von Rost überzogen war und an einigen Stellen bereits Löcher aufwies.

Lizzi versuchte, sich vorzustellen, wie dieser Ort früher einmal ausgesehen haben musste, bevor die Natur ihn sich wieder zurückerobert hatte. Für einen Augenblick sah sie eine weite Wiese vor sich, darüber das Licht der Sonne, das sie blendete. Langsam strich sie mit den Fingern über den Sitz der Schaukel, spürte unter den Fingerkuppen Unebenheiten, kleine Rillen, die ein Muster zu bilden schienen. Lizzi stutzte. Sie trat zur Seite, und als ihr Schatten nicht länger die Schaukel bedeckte, erkannte sie ins Holz geritzte Zeichen, fünf Buchstaben, grob geschnitzt: ELIZA. Eine Schicht aus Moos zog sich vom Ende des Wortes bis zum Rand des Sitzes und versteckte vermutlich ein Herz unter sich. Gespannt kratzte Lizzi das Moos weg und legte den Rest des Schnitzwerkes frei. Doch statt eines Herzens kamen vier weitere Buchstaben zum Vorschein, zusammen ergaben sie: E-L-I-Z-A-B-E-T-H. Derselbe Name, der in ihrem Personalausweis stand. Als Lizzi das begriff, wurde ihr schwindelig.

23

Es dauerte eine Weile, bis sie Eriks gedämpfte Stimme wie aus weiter Ferne wahrnahm. Sie fühlte sich schwerelos wie unter Wasser. Dann spürte sie zwei kräftige Hände auf ihrer Schulter, die sie sanft in die Wirklichkeit zurückholten. »Lizzi, alles in Ordnung?«

Lizzi sah sich verwundert um. Sie lag auf dem Boden, Erik hatte sich über sie gebeugt und schaute sie betroffen an. Sie ließ es zu, dass er ihr half, sich aufzusetzen.

»Was war los?«

Lizzi zögerte, bevor sie auf die eingeritzten Buchstaben zeigte. Die heftige Reaktion, die sie bei ihr ausgelöst hatten, war ihr peinlich – nicht vor Erik, sondern vor ihr selbst. »Ich habe mich nur erschrocken. Das war alles. Kein Grund, sich Gedanken zu machen.«

»Elizabeth«, las Erik irritiert vor, dann klärten sich seine Züge. »Lizzi ist nur Ihr Spitzname?«

Lizzi nickte. Sie hatte ihre Beine ans Kinn gezogen und brütete vor sich hin.

Erik sah ihr einen Moment zu, dann fragte er: »Haben Sie die Buchstaben ins Holz geritzt?«

»Wenn ich das wüsste.« Hilflos sah sie ihn an. »Der Einzige, der das beantworten könnte, ist mein Vater, aber der glänzt, wie wir wissen, durch Abwesenheit.«

»Entspannen Sie sich. Elizabeths gibt's hier wie Sand am Meer. Vielleicht hat die Queen höchstpersönlich abseits vom Protokoll ihren Namen hier verewigt. Sie wohnt nicht weit weg von hier.«

Eriks Scherz half Lizzi dabei, wieder zu sich zu kommen. Sie rappelte sich vom Boden hoch und klopfte ihre Hose ab, bevor sie aus dem Gebüsch trat. »Komisch nur, dass es nicht die Queen war, sondern mein Vater, der Dr. Baxter heimlich auf einer Raststätte getroffen hat«, gab sie zurück. »Das ist doch kein Zufall.« Sie hielt inne, schüttelte dann mit Nachdruck den Kopf, wie um sich selbst zu bestärken. »So ein Quatsch! Sie haben recht, in England wimmelt es von Elizabeths. So langsam sehe ich Gespenster.«

Ärgerlich auf sich selbst blickte Lizzi ein letztes Mal zurück. Dann verließ sie mit Erik an ihrer Seite das Baxter-Grundstück, um der Straße zur Nachbarin zu folgen, die Baxters Sohn ihnen genannt hatte.

Schweigend gingen sie über den schmalen von Brombeerhecken gefassten Fahrweg. Lizzi schritt entschlossen voran. Doch sosehr sie sich auch bemühte, ihren nüchternen Verstand einzuschalten, auf den sie sich in Krisenzeiten immer hatte verlassen können, kreisten ihre Gedanken dennoch unaufhaltsam weiter um das gerade Erlebte. Fast wäre sie einem entgegenkommenden Auto vor die Kühlerhaube gelaufen, das sie passierte und dann die Einfahrt hinter ihnen beinahe verpasste. In letzter Sekunde bremste der Fahrer ab, um auf das Baxter-Grundstück zu biegen. Erik hielt Lizzi an der Schulter zurück, während er dem Wagen einen Blick hinterherwarf. Baxter schien nicht darin gesessen zu haben, da Erik anschließend kommentarlos den Weg fortsetzte.

Er musterte sie forschend. »Jetzt sagen Sie schon«, sagte er.

»Wie bitte?«

»Mit den Gespenstern sind Sie doch noch nicht durch. Oder irre ich mich?«

Verblüfft sah Lizzi ihn an. War ihr Gesicht mal wieder wie eine Leinwand?

»So würde ich das nicht sagen«, begann Lizzi, »aber ich erinnere mich genau, dass wir damals nicht nur jede Menge Schafe hatten, sondern auch zwei Hunde, sie hießen Jingle und Jungle. Bei so viel Vierbeinern hatten wir sicher engen Kontakt zu einem Tierarzt. Also warum nicht Baxter?«

»Ihr Geburtsort York ist zwar von hier keine Stunde entfernt, aber für einen Tierarzt ist das eine weite Strecke und für ein krankes Tier auch.«

Lizzi seufzte erleichtert. Die Sachlichkeit, mit der Erik die Dinge beurteilte, tat gut, gerade jetzt, wo ihr ganz offensichtlich ihre aufsteigenden Erinnerungsfetzen den falschen Weg wiesen.

Leichteren Schrittes ging sie weiter, dankbar, dass Erik die Gelegenheit ungenutzt verstreichen ließ, einen Kommentar hinterherzuschieben. Sie versuchte, den Moment zu genießen, atmete bewusst die frische, erdige Luft ein, die sie in Frankfurt noch in tausend Jahren vermissen würde. Sorgen bereiteten ihr nur die tiefhängenden dunklen Wolken, die sich wie ein Dach über ihnen zusammenzogen und das Gewitter, das Rita angekündigt hatte, wahrscheinlicher werden ließen. Hoffentlich beließ es der Himmel bei seiner Drohkulisse und ließ es vorüberziehen. Bis zu Baxters Nachbarin waren es zwar nur ein paar Minuten, doch anders als in Frankfurt gab es auf dem Weg nicht fünfzig Häuser, in deren Hauseingängen man zur

Not Unterschlupf finden könnte, dachte Lizzi, sondern nichts als Wald, Wiesen und Felder. Grund genug, einen Schritt zuzulegen.

Fast wären sie an dem kleinen Haus vorbeigelaufen. Es war eine verloren am Straßenrand stehende Mülltonne, die Lizzi und Erik darauf aufmerksam machte, dass hier Baxters Nachbarin wohnte, denn das windschiefe Häuschen aus Naturstein war von der Straße aus erst auf den zweiten Blick zu sehen. Sie duckten sich unter eine imposante Eiche mit tiefhängenden, ausladenden Ästen, die sich wie lange Arme nach allen Seiten streckten und das ohnehin kleine Gebäude darunter noch winziger wirken ließen. Beim Näherkommen erkannten sie auch die niedrige, moosüberwachsene Mauer, wie eine Muschelkette war sie um das kleine Grundstück gelegt und aus demselben Stein gebaut wie das Haus.

Der Anblick hatte etwas Unwirkliches, und Lizzi schien es, als wären sie aus Versehen in eine Märchenwelt hineingeraten. Jeden Moment, dachte sie, konnte etwas Unnatürliches passieren, und der Gedanke ließ ihr einen Schauer über den Rücken laufen. Für Lizzi stand sofort fest, dass dies kein Ort war, an dem sie sich wohlfühlte. Am liebsten wäre sie auf der Stelle umgekehrt, doch da sie sich nicht der Lächerlichkeit preisgeben wollte, überließ sie stattdessen Erik den Vortritt, als sie das Grundstück betraten.

Das Tor in der Mauer war so niedrig, dass es keinen Einbrecher aufhalten würde, der größer als ein Meter zwanzig war, doch als Erik es öffnete, quietschte es laut in seinen Angeln, zuverlässiger als jede Alarmanlage. Solange Mrs Barnaby nicht schwerhörig war, würde sie im selben Moment wissen, dass sich Besuch ankündigte. Höflichkeitshalber klingelte Erik an der Eingangstür. Lizzi blieb im gebührenden Abstand hinter ihm stehen, froh darüber, einen Grund zu haben, nicht weiterzugehen: Der gepflasterte Weg, der durch den Vorgarten zum Eingang führte, war zu schmal für zwei Personen, es sei denn, man war auf Kuscheln aus.

Während sie warteten, sah Lizzi sich um. Der Rasen wuchs im tiefen Schatten des Baumes nur spärlich, dagegen hatte die Hausfassade bereits genau wie die Mauer Moos angesetzt, es zog sich bis hinauf aufs Dach. Die letzte Renovierung musste schon viele Jahre zurückliegen. Auch die Tür benötigte einen neuen Anstrich, die grüne Farbe blätterte stellenweise ab. Erstaunt las Lizzi die Buchstaben, die schon vor langer Zeit in den Türstock gemeißelt worden sein mussten, Schmutz hatte sich in ihnen abgelagert: *Ruhet in Frieden*, stand dort in altertümlichen Lettern, sie hatte Mühe, sie zu entziffern. Lizzi lief erneut ein Schauer über den Rücken. Auf die Idee, täglich unter einer Grabsteininschrift hindurchgehen zu müssen, konnten nur Briten kommen.

»Was für ein einladender Ort«, raunte sie Erik ironisch zu, während sie auf den Türstock wies.

»Vielleicht war hier früher ein Friedhof.«

»Ich glaube, damit sollen ungebetene Gäste abgeschreckt werden. Bei mir funktioniert es jedenfalls. Ich bin mir nicht sicher, ob ich da reinwill.«

»Sie sind doch sonst so cool.«

Von innen ertönte die brüchige Stimme einer alten Frau. »Ich komme gleich! Einen Moment!«

Lizzi meinte, die schleppenden Schritte der alten Dame hören zu können, die sich näherten. Kurz darauf öffnete sich die Tür, und Mrs Barnaby streckte den Kopf heraus, ihre schlohweißen Haare umspielten ihr hageres, faltiges Gesicht wie einen Kranz. Erstaunt sah sie Erik an. Anscheinend hatte sie jemand anders erwartet.

»Ich kaufe nichts«, sagte sie bestimmt und wollte die Tür wieder schließen.

»Wir kommen aus einem anderen Grund, Mrs Barnaby. Wir hoffen, Ihnen ein paar Fragen zur Geschichte dieser Gegend stellen zu dürfen. Ihr Nachbar, Kyle Baxter, hat uns den Tipp gegeben, bei Ihnen zu klingeln, weil Sie schon so lange hier leben. Wir sind extra aus Deutschland gekommen, um ...«

»Sie sind über den Ärmelkanal geschwommen, weil sie sich für unsere Geschichte interessieren?«, unterbrach Mrs Barnaby, die Erik bis dahin stirnrunzelnd zugehört hatte, ungläubig. »Sie sind Historiker?«

»Nein, wir interessieren uns aus persönlichen Gründen für die Geschichte dieses Ortes. Es geht um ein Geschenk zur silbernen Hochzeit meiner Schwiegereltern, die ihre Flitterwochen hier verbracht haben. Ich bin übrigens Erik Schmidt, und das ist meine Frau Lizzi.«

Erik trat einen Schritt zur Seite, damit Mrs Barnaby Lizzi besser sehen konnte. Lizzi quetschte sich lächelnd neben Erik. Doch Mrs Barnaby regierte anders als erhofft: Entgeistert starrte sie Lizzi an, dann verschwand sie ohne ein weiteres Wort hinter der Tür und drückte sie resolut ins Schloss. Lizzi und Erik, die durch das Holz hindurch hören konnten, wie Mrs Barnaby die Tür verriegelte, sahen sich perplex an. Mit einer solchen Reaktion hatte keiner von ihnen gerechnet.

»Verschwinden Sie, sonst rufe ich die Polizei«, rief die offensichtlich aufgeregte Mrs Barnaby von drinnen durch die Tür.

»Das war deutlich.« Lizzi wandte sich zum Gehen um.

Erik zögerte. »Lassen Sie es uns noch einmal versuchen. Vielleicht hat sie etwas falsch verstanden.«

»Das glauben Sie doch wohl selbst nicht. Wahrscheinlich hat sie etwas gegen Deutsche, und das ändert sich auch nicht, wenn Sie ein zweites Mal klingeln. Also lassen Sie uns gehen … Warum sehen Sie mich so an?«

»Ich bin erstaunt«, sagte Erik, während er Lizzi zum Tor folgte. »Sonst sind Sie es, die bohrt weiterzumachen.«

»Der Unterschied ist: Ich bohre nur, wenn ich eine Chance auf Erfolg wittere. Dass Frau Barnaby noch einmal die Tür für uns öffnet, halte ich für aussichtslos, selbst wenn Sie mit einem Tutu bekleidet und einem Schwan im Arm vor ihrer Tür tanzen würden.«

»Das könnte ich ihr nicht übel nehmen«, antwortete Erik launig.

Von ihrer Erleichterung, das dunkle Haus hinter sich lassen zu können, verriet Lizzi nichts. Sie wollte nur eines: so schnell wie möglich weg von hier. Erik würde es nicht verstehen, denn nicht mal sie selbst kannte den Grund dafür. Als sie am Tor stehen blieb, um einen Blick über ihre Schulter zurückzuwerfen, sah sie am Fenster einen Schatten, der sich bewegte, Mrs Barnaby sah ihnen nach. Lizzi glaubte, ihren Blick auf sich spüren zu können. Eilig stieß sie das quietschende Tor auf und atmete befreit aus, als sie aus dem Schatten hinaus auf die Straße traten.

Schweigend gingen sie zurück Richtung Scarborough. Lizzi war bewusst, dass sie jetzt nur noch einen einzigen Pfeil im Köcher besaßen: Tierarzt Baxter. Sie waren wieder auf der Startlinie angelangt, an dem gleichen Punkt, an dem sie bereits bei ihrer Ankunft auf der Insel gestanden hatten. Zwar waren sie Kyle Baxter begegnet, und mit etwas Glück meldete er sich, sobald sein Vater wieder zu Hause war, doch sonst hatten sie nichts erreicht. Lizzi seufzte. Nichts tun zu können, abzuwarten, die Verantwortung abzugeben, das bedeutete für sie, von anderen abhängig zu sein – etwas, das ihr weitaus schwerer fiel, als eine schwierige Entscheidung zu treffen.

Erst jetzt merkte Lizzi, wie sehr die Reise sie erschöpfte. Eine kleine Pause würde beiden guttun, nachdem sie den ganzen Tag unterwegs gewesen waren. Sie beneidete die Schafe auf der gegenüberliegenden Wiese, die entspannt durchs Gras stapften und geruhsam fraßen. Sie schienen alles zu haben, was sie zum Glücklichsein brauchten.

Lizzi hob ihren Kopf und blickte in den Himmel. Es sah nicht danach aus, als würde er seine dunkle Ankündigung zurückziehen. Der Wunsch, hier wegzukommen, wurde immer beherrschender. Als sie von hinten ein Auto herannahen hörte, das in ihre Richtung fuhr, hob Lizzi spontan den Anhalterdaumen. Doch der Fahrer nahm nicht einmal für einen Moment den Fuß vom Gaspedal.

Verwundert sah Erik sie an. »War das Ihr Ernst?«

Lizzi erwiderte seinen Blick. »Ja. Ich warte nicht ab, bis das Gewitter herunterkommt. Ich wette, ohne Sie an meiner Seite hätte der Mann mich mitgenommen.«

»Woher wissen Sie, dass es ein Mann war und keine Frau?«

»Ich habe noch keine Frau mit Bart gesehen.«

»Sie kennen meine Tante nicht …«

Erik sprach nicht weiter, zog sie stattdessen zur Seite, denn erneut fuhr ein Wagen an ihnen vorbei. Eriks Blick folgte ihm. Als sich auch Lizzi umdrehte, sah sie nur noch die sich entfernenden Rücklichter.

Lizzi grinste. »Ich habe Sie angefixt. Ich wette, Sie haben darüber nachgedacht, ob Sie den Daumen heben sollen.«

Lächelnd schüttelte Erik den Kopf. »Bedaure. Kein Bedarf.«

»Ich werde jedenfalls die erstbeste Mitfahrgelegenheit ergreifen, die sich mir bietet.« Sie hielt inne. »Ich präzisiere: solange es kein Leichenwagen mit liegenden Mitfahrern ist. Sie können von mir aus zu Fuß gehen. Ich verspreche, ganz brav bei Rita auf Sie zu warten und nichts zu unternehmen, was unsere Mission oder mich gefährdet.«

Obwohl Erik schwieg, konnte Lizzi seine Ablehnung spüren. Es machte ihr nichts aus, Baxters Farm, an der sie gerade vorbeiliefen, lenkte sie ab. Ihr fiel ein Foto aus ihrer Kindheit ein, das sie schaukelnd zeigte, doch ihre Erinnerung reichte nicht aus, um die auf dem Bild zu sehende Umgebung beschreiben zu können oder die Beschaffenheit der Schaukel, und das Foto lag tausend Kilometer entfernt in ihrem Wohnzimmerschrank, war also keine Hilfe.

Auf einmal signalisierte Erik Lizzi, dass er wegen dringender Angelegenheiten kurz verschwinden müsse. »Gehen Sie weiter, ich hole Sie ein.« Er trat durch eine Lücke im Gebüsch auf eine Weide, während sie der Straße weiter folgte.

Lizzi war keine fünfzig Meter gegangen, als sich ein Wagen näherte, er verlangsamte sein Tempo, um sich Lizzis Schritt anzugleichen. Der Fahrer, ein mittelalter Mann mit hohem Haaransatz und Pilotensonnenbrille, ließ das Seitenfenster herunter und lehnte seinen Ellenbogen auf den Rand der Fensteröffnung.

»So allein auf weiter Flur … Soll ich Sie ein Stück mitnehmen?«

»So allein bin ich gar nicht, aber mein Begleiter hat die

Blase eines Welpen und möchte lieber zu Fuß gehen. Wir wollen zurück nach Scarborough.«

»Es ist nicht meine Sache, aber wollen Sie nicht lieber ein paar Minuten fahren als eine Stunde laufen?«

Lizzi sah sich nach dem immer noch verschwundenen Erik um, dann blickte sie hinauf in die dunklen Wolken und traf eine Entscheidung.

»Wenn es Ihnen nichts ausmacht«, sagte sie und ging um den Wagen herum zur Beifahrerseite. Der Fahrer entriegelte die Tür und drückte sie für Lizzi auf.

Noch bevor sie einsteigen konnte, zerschnitt Eriks messerscharfe Stimme die Luft: »Lizzi!« Es klang wie ein Warnruf.

Überrascht drehte Lizzi sich um. Sie sah Erik in schnellen, kraftvollen Schritten auf sie zusprinten, während der Fahrer eilig die Tür zuzog und mit quietschenden Reifen davonfuhr. Erik, der den Wagen um Sekunden verfehlte, stoppte im vollen Lauf und schlug mit seiner rechten Faust verärgert in seine andere Hand. So wenig, wie er außer Atem war, musste er gut trainiert sein, stellte Lizzi wohlwollend fest, aber das war noch lange kein Grund, ihn mit Kritik zu verschonen.

»Was sollte das?«, fuhr sie ihn an. »Sie führen sich auf, als wären Sie Superman und müssten die Welt retten.«

Eriks Augen wurden schmal, angriffslustig streckte er seinen Kopf vor. »Nein, nicht die Welt. Nur Sie. Die Welt zu retten ist einfacher.«

Lizzi drückte den Zeigefinger auf ihre Brust. »Ich soll das Problem sein? Für mich sieht es so aus: Sie haben den Mann und mich grundlos zu Tode erschreckt!«

»Genau das habe ich beabsichtigt. Sie waren in Gefahr.«

»Ich war auf dem Weg nach Scarborough, wollten Sie sagen,

und da hätte ich in zehn Minuten gemütlich meinen High Tea geschlürft und mit Scones gekrümelt, während Sie verschwitzt von Ihrem Fußmarsch zurückkehren. Für Sie lauert an jeder Ecke Unheil und Gefahr, das ist eine Berufskrankheit. Alles nur, weil zufällig ein Engländer vorbeigekommen ist, der so nett war, mich mitzunehmen.«

»Zufällig?«, gab Erik zurück. »Dieser nette Engländer hat Sie vorher wie eine Hyäne umkreist.«

Lizzi rollte mit den Augen. »Bei Übertreibungen sind Ihre Vergleiche besonders kreativ.«

»Unglaublich! Sie mitbekommen nichts davon mit, was um Sie herum passiert. Derselbe Wagen ist uns schon vor Baxters Grundstück begegnet und ein zweites Mal, nachdem wir Mrs Barnaby verlassen hatten. Da fuhr er merkwürdigerweise in genau die entgegengesetzte Richtung, in die er Sie Minuten später mitnehmen wollte.«

»Tatsächlich?« Lizzi schwankte innerlich. »Könnte auch ein Zufall gewesen sein.«

»Dann war es auch ein Zufall, dass er ganz plötzlich in Baxters Grundstück einbiegt, nachdem er uns gesichtet hat? Dass er sein Gesicht wegdreht, während ich durch das Seitenfenster sehe? Und dann spricht er Sie genau in dem Moment an, in dem ich ausnahmsweise nicht bei Ihnen bin, obwohl er wissen musste, dass wir zu zweit sind. Das sind erstaunlich viele Zufälle auf einmal.«

Beeindruckt zog Lizzi die Augenbrauen hoch. Zu mehr als zehn Worten ließ sich Erik nur hinreißen, wenn es von Bedeutung war, so gut kannte sie ihn bereits. Seine Argumente erschienen einleuchtend, andererseits gab es genügend Gründe, Erik noch ein wenig zu testen. Hauptsächlich persönliche.

»Koons und Cummings haben also die Aufgabe, mir zu folgen, ihrem Cousin mütterlicherseits übergeben, weil sie keine Lust mehr hatten, mir hinterherzulaufen?«

»Nein. Die beiden sind verbraucht. Sie sind in mehreren Anläufen gescheitert, und wir kennen ihre Gesichter. Dass plötzlich jemand anders an ihrer Stelle auftaucht, bedeutet, sie arbeiten nicht auf eigene Rechnung, sondern wurden angeheuert, was die Gefahrenlage für uns erhöht. Wir müssen jedem, dem wir begegnen, mit Vorsicht begegnen.«

»Sie wollen mir sagen, hinter jedem Baum könnte eine Gefahr lauern, egal, wie schön er aussieht?«

»Wenn Ihnen diese Vorstellung dabei hilft, vorsichtig zu sein, bitte.«

Lizzi umrundete eine Hainbuche, die am Wegesrand stand. »Der hier ist sauber«, stellte sie fest.

Für einen Moment kniff Erik seine Augen zusammen.

War sie zu weit gegangen?

»Sie sind eine erwachsene Person und können tun und lassen, was Sie wollen«, sagte Erik, bevor er sie stehen ließ.

Sie war zu weit gegangen.

»Schon gut, ich entschuldige mich«, rief Lizzi, bevor sie ihm hinterhereilte. »Wir sind auf derselben Seite, und wenn Sie es für richtig halten, werde ich künftig vorsichtiger sein.«

Erik dreht sich im Gehen um. »Hätten wir nicht einfacher zu dem Ergebnis kommen können?«

Ein abgrundtiefer Seufzer entfuhr Lizzi, während sie hilflos mit den Händen in der Luft herumruderte. »Das Wörtchen ›einfach‹ kommt in meiner DNA leider nicht vor, ein genetischer Fehler, wenn Sie so wollen. Ich wollte testen, wie es um Ihre Resilienz steht, und ich bin das beste Messgerät, das es gibt. So ruhig, wie Sie geblieben sind, liegen Sie beachtlich über dem Durchschnitt. Das gibt Sicherheit für die nächsten Prüfungen, die auf uns warten.«

Erik blieb kopfschüttelnd stehen. »Für mich sind Sie meine größte Prüfung.«

»Wie schön!« Lizzi freute sich.

War da ein verstecktes Lächeln auf Eriks Gesicht auszumachen?

»Lizzi passt viel besser zu Ihnen«, sagte er, als wäre es die größte Nebensache der Welt.

Erstaunlich, wie sehr sich Lizzi freute, dies aus Eriks Mund zu hören.

24

Die übereinandergestapelten dunklen Wolken verfolgten sie den ganzen Weg zurück, ohne sich zu entladen. Petrus schien es gut mit ihnen zu meinen, und nicht nur er. Als Lizzi und Erik Ritas Unterkunft erreichten, stand Eriks Geländewagen mit neuem Reifen und spiegelblank geputzt vor dem Eingang. Sogar die Beule auf der Motorhaube glänzte. Rita händigte ihnen den Schlüssel aus, als sie das Haus betraten.

»Eine Rechnung hat er nicht für uns dagelassen?«

»Die Reparatur kostet Sie nichts«, antwortete Rita, »Mr Lloyd hatte etwas gut bei Larry, hat er gesagt.«

Lizzi und Erik sahen sich verblüfft an. »Das geht nicht«, sagte Erik dann, »es ist unser Schaden gewesen, also zahlen wir ihn auch. Wo finden wir die Werkstatt?«

»In der Charlton Road.« Rita zögerte. »Wenn Sie mich fragen, können Sie sich die Mühe sparen, dort hinzufahren. Larry wird nichts von Ihnen annehmen, für ihn ist die Sache erledigt.«

Lizzis Augenbrauen schnellten nach oben. »Das ist sehr nett von Mr Lloyd, aber wie kommt er dazu? Hat er bei uns jetzt auch etwas gut?«

Sie spürte einen versteckten Stupser von Erik gegen ihre Seite, den sie ignorierte. Ihrer Meinung nach half es, die Dinge beim Namen zu nennen.

Rita blickte sie erschrocken an. »Sie verstehen das falsch, Mrs Schmidt.« Ihre Zunge verrutschte hörbar am Gaumen, als sie den deutschen Namen aussprach. »Ich kenne Mr Lloyd schon seit Jahren, er ist ein Botschafter für das Gute, für die Nächstenliebe. Wahrscheinlich mag er Sie und wollte nicht, dass Ihr Urlaub so unschön beginnt. Er tut eben das, was er kann. Und Sie müssen auch nicht befürchten, dass es ihn arm macht.«

»Das war meine geringste Sorge.«

Erik versuchte zu retten, was zu retten war. »Lizzi-Darling«, lächelte er sie an, »dein Humor mal wieder.«

»Das war überhaupt k…«

Bevor Lizzi den Satz zu Ende sprechen konnte, drückte Erik ihr einen Kuss auf die Lippen. Überrumpelt riss Lizzi die Augen auf, doch ihr Protest endete in einer Flut erstickter Geräusche.

»Danke, Rita«, sagte Erik freundlich, nachdem er Lizzis Lippen freigegeben hatte. Dann zog er Lizzi am Arm in Richtung Treppe, bevor Rita restlos verwirrt sein würde.

Lizzi ließ es geschehen, doch nur, bis sie um die Ecke gebogen waren und sich Ritas Blick entzogen hatten.

»Das war übergriffig. Freiheitsberaubung!«, zischte sie.

»Könnten Sie leiser zischen? Immerhin sind wir verheiratet. Für die meisten gehört es dazu, sich hin und wieder zu küssen, ohne danach in einen heftigen Ehestreit zu geraten.«

»Wir haben einen mündlichen Vertrag geschlossen. Keine Küsse, steht darin!«

»Sie halten sich ja auch nicht daran, weniger aufzufallen. Irgendwie musste ich Sie stoppen, Sie mögen es doch gern kreativ.«

Lizzi, die schon zum nächsten Konter angesetzt hatte, hielt inne. Gegen dieses Argument konnte sie beim besten Willen nichts einwenden. »Machen Sie das nie wieder!«, drohte sie entschieden.

»Keine Sorge, das hatte ich nicht vor«, erwiderte Erik genauso entschieden. »Obwohl es weniger schlimm war als befürchtet«, sann er dann und verzog seinen Mund zu einem Grinsen.

Verbarg sich in seinem Satz ein versteckter Hinweis? Lizzi beschloss, falls es so sein sollte, ihn zu ignorieren, um Erik nicht das Gefühl zu geben, sie würde ihm auch nur einen Hauch Bedeutung beimessen. »Mir ist das alles egal. Ich werde mich jetzt frisch machen, bevor wir zu Abend essen. Und Mr Lloyd, das verspreche ich, so wahr ich hier stehe, werde ich morgen meine Meinung sagen!«

»Das können Sie schon jetzt tun, wenn es Ihnen recht ist.«

Lizzi und Erik drehten sich überrascht zu Mr Lloyd um, der gerade aus der Herrentoilette in den Flur trat.

»Tut mir leid, ich habe Ihre Ankündigung eben gehört, ich kann ein paar Worte Deutsch«, sagte er. Er sah Lizzi und Erik mit schlechtem Gewissen an. »Ich hoffe, Sie sind mir nicht böse, ich hatte es Ihnen gesagt, ich liebe es, Probleme auf die einfachste Art aus der Welt zu schaffen. Es gibt mir ein gutes Gefühl. *Kill two birds with one stone.* Sagt man nicht auch so in Deutschland?«

»Wir schlagen lieber zwei Fliegen als zwei Vögel. Mit einer Klappe, um genau zu sein. Klingt nicht ganz so grausam.«

»Ich weiß, ich hätte vorher mit Ihnen reden müssen.«

»Richtig«, antwortete Lizzi.

»Wie kann ich es wiedergutmachen?« Reuevoll blickte Lloyd

von Lizzi zu Erik. »Ich könnte Larry anrufen und ihn bitten, doch eine Rechnung für Sie zu schreiben, aber das ist ein bisschen umständlich, finden Sie nicht? Was halten Sie davon, wenn Sie mich stattdessen auf einen Drink einladen? Der beste Gegenwert, den es gibt.«

Zu Lizzis Überraschung legte Erik seine Hand auf ihre Schulter. »Wir laden Sie zum Dinner ein, wenn Sie die Zeit haben. Nicht wahr, Schatz?«

Lizzis Lächeln war so breit, dass ein Kugelschreiber darin Platz gefunden hätte. Man musste schon sehr genau hinsehen, um zu erkennen, dass es aufgesetzt war.

»Wunderbar!«, freute sich Lloyd. »Ich bin sowieso zum Essen hier, wie schön, dass Sie mir Gesellschaft leisten! Ich versuche, einen schönen Tisch am Fenster zu ergattern.«

»Wir machen uns vorher schnell frisch«, sagte Erik, und zu Lizzi gewandt: »Reicht dir eine Viertelstunde, Darling?«

»Ich komme auch mit zehn Minuten aus.« Lizzi lächelte Erik verliebt an, während ihre Augen das Gewitter ankündigten, das ihm gleich drohte.

»Dann bis gleich.« Lloyd verließ sie mit einem freundlichen Lächeln, während Lizzi die Treppenstufen so energisch nahm, als wollte sie eine Burg erobern.

»Sie Feigling!« Sie äffte Erik nach. »Reicht die Zeit, Darling?« Wütend stieß sie ihren Atem aus. »Ich verspreche Ihnen: Sie werden sich Ihr ganzes Leben lang über den Tisch ziehen lassen, wenn Sie nicht lernen, Nein zu sagen.«

»Haben Sie schon mal von der Kunst der Diplomatie gehört? Damit kommt man oft schneller zum Ziel als durch Konterschläge. Als Anwältin müssten Sie das doch wissen. Außerdem sind wir hier in England.«

»Was ist dagegen zu sagen, direkt auszusprechen, was man denkt? Das ist wenigstens ehrlich.«

Erik schloss die Tür ab, als sie in ihrem Zimmer waren. »Wieso regen Sie sich so auf? Es ist mein Wagen, meine Rechnung und mein Geld, um das es geht.«

Lizzi, die sich in den Sessel geworfen hatte, schleuderte ihre Schuhe von sich, hob die Beine in die Luft und ließ Fuß und Zehen kreisen. »Wir sind verheiratet, schon vergessen? Ihr Geld ist auch mein Geld.«

»Jetzt hören Sie doch mal auf damit, Lizzi.«

»Stört Sie meine Zehengymnastik?«

»Sie wissen genau, was ich meine. Was versprechen Sie sich davon, immer gleich auf die Barrikaden zu gehen?«

»Klare Verhältnisse. Respekt. Nachdenken. Ein goldenes Zeitalter. Reicht das fürs Erste? Ich kann die Liste endlos fortführen.«

Erik setzte sich ans Bettende. »Nicht nötig, ich bekomme eine leise Ahnung. Es ist nur so …«

»Ja?« Lizzi setzte aufmerksam ihre Füße wieder auf den Boden.

»Manchmal hilft ein Perspektivwechsel.«

Lizzi stellte sich dumm. »Perspektivwechsel hört sich brillant an … Von wessen Perspektive sprechen Sie noch mal?«

»Versuchen Sie doch einmal, die Position derer einzunehmen, denen Sie so voller Hingabe auf die Zehen treten.«

»Das mache ich die meiste Zeit. Und genauso häufig komme ich zu dem Ergebnis, dass diese Personen es nicht anders verdienen.« Sie überlegte einen Moment. »Oder, um es präzise auszudrücken, es zumindest selbst zu verantworten haben.«

Schwungvoll erhob sie sich. »Wollen Sie die psychologische

Fragestunde fortführen, oder kann ich jetzt ins Bad? Wir wollen Mr Lloyd doch nicht unnötig warten lassen, Darling.«

Matt hob Erik die Hand. Lizzi interpretierte das als Zeichen, dass ihm ein wenig Motivationshilfe nicht schaden könnte. »So schlimm, wie Sie denken, steht es gar nicht um den Grad meiner Zivilisation. Ich kann auch anders«, tröstete sie ihn, bevor sie im Bad verschwand und den Schlüssel im Schloss herumdrehte.

Als sie den Raum fünf Minuten später wieder verließ, hatte sie sich nicht nur von Staub und Schweiß des Tages befreit, sondern sich auch fest vorgenommen, Erik zu beweisen, was sie wenige Minuten zuvor großspurig verkündet hatte: Sie würde während des gemeinsamen Abendessens mit Lloyd ein herausragendes Beispiel einfühlsamer Kommunikation abgeben.

Mr Lloyd erwartete sie bereits. Er saß tatsächlich an einem der Fensterplätze mit Logenblick auf die Gewitterdämmerung und telefonierte. Als er Lizzi und Erik kommen sah, beendete er sein Gespräch und stand auf.

»Bitte, bleiben Sie sitzen.« Lizzi überbrachte die Bitte mit einem derart einnehmenden Lächeln, dass es Erik sichtlich die Sprache verschlug.

»Danke.« Mr Lloyd schob ihnen die Speisekarte hinüber. »Egal, was Sie bestellen, es wird Ihnen schmecken, dafür lege ich meine Hand ins Feuer. Ich esse nicht nur aus Gewohnheit hier.«

Lizzi reichte die Karte sofort an Erik weiter. »Ich habe mich bereits entschieden, ich nehme das Gleiche wie Sie, Mr Lloyd.«

»Dann trage ich heute eine Verantwortung.«

»Übernehmen wir nicht mit jeder Entscheidung, die wir treffen, Verantwortung?«, erwiderte Lizzi kryptisch, sie ließ offen, ob sie sich nur auf die Auswahl des Menüs bezog oder anderes.

»Meine Frau interessiert sich für die großen Fragen des Lebens«, erklärte Erik.

Lloyd spendete Lizzi ein Lächeln, bevor er sich an Erik wandte. »Das war eine Ohrfeige, die ich verstanden und verdient habe. Sie haben nicht nur eine sehr sympathische Frau, sondern auch eine sehr intelligente. Sie können sich glücklich schätzen. Und Ihre Eltern sowieso.«

»Das sage ich meinem Mann auch immer«, sagte Lizzi.

»Ich glaube, er weiß es schon«, sagte Lloyd. »Ihre Eltern auch?«

»Mein Vater ist in dieser Hinsicht resistent, und meine Mutter kann ich leider nicht mehr fragen.«

»Das tut mir leid. Ich hoffe, Ihr Vater wiegt die Lücke auf.«

»Ich glaube nicht, dass das eine Frage des Gleichgewichtes ist.«

»Wie kurzsichtig von mir. Ich wollte Sie nicht verletzen. Nur die Hoffnung aussprechen, dass es Ihrem Vater gut geht und Sie noch lange etwas von ihm haben.«

Lizzi zog lächelnd die Augenbrauen hoch. »Danke. Dessen bin ich mir gewiss, ich muss es nur noch meinem Vater verraten.«

»Auf die Gefahr hin, dass Sie mich der Lobhudelei bezichtigen: Auch Ihre Kollegen können sich glücklich schätzen, eine kluge Frau an ihrer Seite zu wissen. Was, sagten Sie noch, ist Ihr Beruf?«

»Ich habe ihn nie in Ihrem Beisein erwähnt.«

Lloyd sah sie erwartungsvoll an. Irgendetwas in seinem Blick ließ Lizzi spontan von ihrem mit Erik verabredeten Lebenslauf abweichen.

»Journalistin«, sagte sie. »Deswegen stelle lieber ich die Fragen.«

Überrascht sah Erik sie an. Was hatte sie vor? Keine Sorge, antwortete Lizzi ihm ebenfalls wortlos, bevor sie ihren Blick wieder Lloyd zuwandte.

»Nur zu«, antwortete Lloyd.

»Rita hat uns erzählt, dass Sie ein großer Gönner von Scarborough sind, mit einem torgroßen Herz für die Menschen hier. Ich dachte, so etwas gibt es nur in Märchen ...«

Lizzi hatte ihren Gedanken noch nicht beendet, als Rita sich an ihren Tisch stellte. »Was darf ich euch zu essen bringen?« Sie sah von einem zum anderen.

»Die Lady und ich nehmen beide das Tagesgericht. Und Sie, Erik?«

»Ich nehme das Gleiche«, antwortete dieser.

»Das ging ja schnell«, sagte Rita. »Eine gute Wahl.«

Nachdem sie die Getränkewünsche notiert hatte und in der Küche verschwunden war, nahm Lizzi ihre Rede so nahtlos auf, als hätte es nie eine Unterbrechung gegeben. »Ich glaube nicht an Altruismus. Vielleicht ist es purer Neid von mir, weil ich das Bedürfnis, mir völlig fremden Menschen helfen zu wollen, noch nie am eigenen Leib gespürt habe, und das wiederum könnte daran liegen, dass ich manche Menschen nicht mag, andere dagegen sehr, und denen helfe ich, wo ich nur kann. Lange Rede, kurzer Sinn: Warum machen Sie das?«

Lizzi beugte sich im Sitz nach vorne, stützte ihre Ellenbogen auf dem Tisch ab und legte ihr Kinn auf die ineinander verschränkten Hände ab, als Zeichen, dass sie gewillt war, aufmerksam zuzuhören, was Lloyd zu sagen hatte.

Lloyd dachte einen Moment nach. »Wir haben vorhin von Verantwortung gesprochen. Das trifft es ziemlich genau.«

»Es hört sich auf alle Fälle gut an.«

»Wissen Sie, ich lebe schon sehr lange hier, und mir ging es finanziell immer bestens. Ich fühle mich verpflichtet, etwas davon den Menschen hier abzugeben. Im Mittelalter wäre ich wahrscheinlich der Burgherr gewesen, der dafür sorgt, dass alle Bürger ein Dach über dem Kopf haben und für ihr Auskommen gesorgt ist.«

»Damals gab es noch keine Bürger. Nur abhängige Menschen. Und die Burgherren waren nicht immer die Guten.«

Lloyd lachte. »Allerdings. Ich rede es mir schön, weil ich die Geschichte gern zum Guten verändere.«

»Wie praktisch. Dann gibt es keine Notwendigkeit, etwas aus der Geschichte zu lernen. Wie leicht kann das Leben doch sein.«

Lloyd lachte erneut. »Darauf trinken wir«, sagte er, nahm einen der großen Rotweinkelche entgegen, die Rita in diesem Moment an den Tisch brachte, und hielt ihn in die Höhe. »Verraten Sie mir, was Sie heute erlebt haben?«

»Wir haben uns die Umgebung angesehen«, antwortete Erik. »Frische Luft geschnappt.«

»Und die tierärztliche Beratung – hat sie etwas gebracht?«

Erik zog verblüfft die Augenbrauen hoch. »Sie sind gut informiert.«

Lizzi nickte. »Zeitungen sind hier überflüssig.«

»Nein, nein«, beteuerte Lloyd. »Rita hatte es nur beiläufig erwähnt, als ich wissen wollte, ob es Ihnen hier gefällt. Da dachte ich, ich frage mal nach. Dr. Baxter ist der Beste hier, der beste Tierarzt, meine ich. Er braucht Ihr Tier nur anzusehen, dann weiß er, was ihm fehlt. Er behandelt meine Pferde. Konnte er Ihnen mit seiner Expertise helfen?«

»Er war nicht da.«

»Was für ein Pech. Vielleicht ist er in Urlaub.«

Lizzi brannte eine Frage auf den Lippen, so wie sich das Bild der Schaukel in ihrem Gedächtnis eingebrannt hatte. »Hatte der Tierarzt schon immer seine Praxis in der Seamer Moor Lane?«, fragte sie gespielt beiläufig.

Die Frage schien Lloyd zu überraschen. »Woher soll ich das wissen?«

»Sie sagten, Sie kennen ihn schon lange.«

Lloyd legte den Kopf schräg und schaute in die Luft, während er überlegte. »Ja, es könnte sein. Ich denke, ja.«

»Lebte früher noch jemand anders dort?«

Auf Lloyds Stirn war die Ahnung eines Stirnrunzelns zu erkennen. »Wie kommen Sie darauf?«

»Könnte doch sein. Es ist ein großes Grundstück mit zwei Gebäuden.«

»Sorry, da müssen Sie Dr. Baxter fragen.«

»Die Welt dreht sich auch weiter, wenn ich es nicht weiß«, behauptete Lizzi, wohl wissend, dass sie Erik keine Stunde zuvor das Versprechen gegeben hatte, sich zurückzuhalten.

Ihr Blick fiel durch das offene Fenster. Der plötzlich aufkommende Wind, der die Blätter der Bäume draußen zum Rauschen brachte und die Äste zum Wiegen, fesselte Lizzis Aufmerksamkeit. Sie nahm einen Schluck ihres Rotweines und war froh, dass Rita das Essen brachte und somit das Gespräch unterbrach.

Auch wenn Lloyds Art, zu denken und zu reden, bei ihr ein Bedürfnis nach Opposition herauskitzelte, konnte sie ihm eines nicht absprechen: Seine Frage, wie sie darauf gekommen war, dass noch jemand anders neben Baxter gewohnt hatte, traf den Punkt. Nichts sprach dafür, dass Baxters Grundstück früher einmal aus zweien bestanden hatte. Oder dass ihre Eltern irgendwann aus York weggezogen sein könnten und in Scarborough gelebt hatten. Rein gar nichts.

Nur die alte Schaukel.

Es gab Tausende Schaukeln.

Nicht so viele mit dem Namen Elizabeth.

Andererseits: Wenn sie Baxters Sohn gehört hatte, könnte er es gewesen sein, der die Buchstaben ins Holz geritzt hatte. Und sie könnte ihn ganz einfach fragen, ob er eine Elizabeth kannte. Dann hatte der Spuk in ihrem Kopf ein Ende.

»Ich hoffe, ich habe Ihnen nicht den Appetit verdorben?«

Lloyds Frage holte sie aus ihren Gedanken zurück. Beide Männer hatten bereits zu essen begonnen, nur ihr Teller stand noch völlig unberührt da.

»Wie kommen Sie nur darauf? So weit reicht Ihr Einfluss nun auch wieder nicht«, lächelte Lizzi selbstbewusst. »Mein Appetit wächst beim Zuschauen.«

Zum Beweis nahm sie ihr Besteck in die Hand, doch während sie ihre Gabel zum Mund führte, ließ eine Windbö den offenen Fensterflügel neben ihrem Tisch zufallen. Vor Schreck stieß Lizzi mit der Gabel gegen ihr mit Rotwein gefülltes Glas, woraufhin sich der Inhalt schwungvoll und in einer langen Linie erst über den Tisch und dann über Lloyd ergoss. Erschrocken sprang er auf, doch der Rotwein hatte bereits seine Hose und Teile seines Hemdes durchtränkt.

Mühsam versuchte Lloyd, seinen Ärger zu kaschieren, seine unwirschen Bewegungen, mit denen er vergeblich an seiner Kleidung herumrieb, verrieten ihn. Während Erik Lizzis Glas wieder aufstellte, sog Lizzi die Lache auf dem Tisch mit ihrer Serviette auf, bevor die rote Flüssigkeit noch mehr Schaden anrichten konnte.

»Das tut mir schrecklich leid, Mr Lloyd.«

Mr Lloyd schien sich gefangen zu haben. »Schon gut. Machen Sie sich keine Sorgen«, winkte er ab.

Die anderen Gäste hatten ihre Aufmerksamkeit inzwischen wieder auf ihr eigenes Essen gerichtet. Rita, die, angezogen durch den Tumult, zum Tisch geeilt war, sah die Bescherung und kümmerte sich mit geübten Handgriffen darum, den Tisch wieder ansehnlich herzurichten.

»Ich bringe gleich eine neue Portion«, sagte sie mit Blick auf Lloyds Teller, in dem der Reis in einer Rotweinpfütze schwamm.

»Nett von dir, aber ich möchte mich lieber erst zu Hause umziehen. Es klebt doch sehr an entscheidenden Stellen.«

Rita nickte bedauernd.

»Ich würde Ihnen gern mit einer Hose von mir aushelfen«, sagte Erik. »Ich befürchte nur, wir haben nicht die gleiche Statur.«

Lloyd konnte schon wieder lächeln. »Das ist freundlich ausgedrückt. Ich bin deutlich zu kurz und zu dick für Ihr Angebot. Also, vielen Dank für die Einladung.« Er zögerte und sah dabei Lizzi an. »Wir sehen uns morgen. Bis dahin wünsche ich Ihnen noch einen schönen Abend. Lassen Sie sich von mir bitte nicht Ihr Essen verderben.«

Auch Lizzi setzte zum Abschied einen bedauernden Blick

auf, obwohl sie in Wirklichkeit nicht unglücklich war, dass der Abend mit Lloyd eine Abkürzung gefunden hatte. Sein Gutmenschentum, das er wie einen Heiligenschein vor sich hertrug, nervte sie zunehmend. Vorwürfe hatte sie sich keine zu machen, fand sie, außer dass ihr Glas noch voll gewesen war, als es umgekippt war. Und so war sie verwundert, als Erik die Sache anders sah.

»Sie haben sich nicht mal zehn Minuten lang die Mühe gegeben, sich anständig zu verhalten«, raunte Erik ihr ärgerlich zu, als sie alleine weiteraßen.

Eine solche Behauptung konnte Lizzi nicht im Raum stehen lassen. Zügig schluckte sie den Bissen in ihrem Mund hinunter.

»Wissen Sie was?«, antwortetet sie mit gesenkter Stimme. »Ihr Dartpfeil schießt gerade meterweit an der Zielscheibe vorbei. Ich habe mich angestrengt wie noch nie in meinem Leben!« Kurz hielt sie inne, um ihr Gedächtnis zu überprüfen. »Zumindest fast nie.«

»Dann hat es eben nicht gereicht.«

Pikiert sah Lizzi Erik an. »Was ist das hier? Ein Wettbewerb? Warum nehmen Sie meine Bemühungen nicht ernst?«

»Ich dachte, das ist Ihre Spielwiese: niemanden ernst zu nehmen außer sich selbst.«

»Jetzt verrate ich Ihnen etwas: Dieses Ausschlussprinzip funktioniert genau andersherum. Wenn man sich selbst nicht ernst nimmt, kann man das auch nicht von anderen erwarten. Ich habe das Glas nicht mit Absicht umgestoßen, und deswegen lasse ich mir auch kein schlechtes Gewissen einreden. Punkt. Trotzdem tut mir leid, was passiert ist. Mehr um den Wein als um Lloyd, wenn ich ehrlich bin. Aber das spielt keine Rolle. So, und jetzt habe ich tatsächlich keinen Appetit mehr.«

Sie tupfte mit der Serviette ihren Mund ab und legte sie neben sich auf den Tisch.

»Klar, Sie bestimmen, wann die Diskussion zu Ende ist.«

Ohne darauf einzugehen, schob Lizzi ihren Stuhl zurück. »Bis gleich, Darling«, säuselte sie in normaler Lautstärke, dann verließ sie Tisch und Saal, um nach oben in ihr Zimmer zu gehen. Sollte Erik sich doch um die Rechnung kümmern.

Schon nach wenigen Minuten folgte Erik ihr.

»Sie hätten sich ruhig mehr Zeit lassen dürfen«, begrüßte Lizzi ihren Begleiter angriffslustig.

»Beim Abschied eben haben Sie sich anders angehört.«

»Sie wissen genau, das war fürs Publikum.«

»Wenn Sie wollen, können Sie richtig überzeugend sein.«

»Ich gehe zuerst ins Bad«, giftete Lizzi.

Sie schnappte sich ihre Schlafsachen und verschwand hinter der Badezimmertür. Den Schlüssel drehte sie geräuschvoll im Schloss, bevor sie ihre Haare zurücksteckte und sich Wasser ins Gesicht spritzte. Kurt Cobain wäre jetzt eine gute Ablenkung gewesen, doch sie hatte leider ihre Ohrhörer zu Hause vergessen.

Warum ärgerte sie sich so? Es konnte ihr doch egal sein, was Erik von ihr hielt. Er war ihr Personenschützer, er wurde für seine Arbeit bezahlt, und damit hatte es sich. In ein paar Tagen war sie ihn hoffentlich los, dann musste sie sich keine ironischen Kommentare mehr von ihm anhören.

Komischerweise heiterte der Gedanke sie nicht wirklich auf. Womöglich, weil … weil sie mit Erik tatsächlich manchmal Spaß hatte? Ein klitzekleines bisschen?

Lizzi hielt inne, während sie sich das Gesicht wusch. Spaß? Jedenfalls kam mit ihm keine Langeweile auf, etwas, das sie nicht von jedem ihrer Begleiter, mit denen sie bisher unterwegs gewesen war, sagen konnte.

Sie tastete nach der Reinigungsmilch und versuchte, mit ihr die nervtötenden Gedanken wegzuwaschen. Was für ein Unsinn! Das lag nicht an Erik. Sondern an den Umständen. Wie konnte es langweilig sein, wenn sie erstens ein Ziel vor Augen hatte, nämlich ihren Vater zu finden, und zweitens jeden Tag etwas Unvorhergesehenes passierte, weil man von finsteren Typen gejagt wurde? Das war das ganze Geheimnis. Erik machte nur seinen Job.

Entschlossen nickte Lizzi ihrem Spiegelbild zu. Es gab keinen Grund, ihn wichtig zu nehmen. Und in Watte packen brauchte sie ihn erst recht nicht. Schließlich musste sie wegen ihm jetzt die nette Ehefrau spielen, eine Rolle, die ihr nicht besonders zusagte. Sehr wahrscheinlich gefiel es ihm sehr viel besser. Welcher Mann hätte etwas dagegen, mit einer jungen, gut aussehenden Frau das Bett zu teilen? Schade, dass sie nicht ein paar rohe Knoblauchzehen dabeihatte, mit denen sie ihm die Nacht verderben konnte.

Nachdem Lizzi die Zähne geputzt, sich gewaschen und umgezogen hatte, verließ sie das Bad, fest entschlossen, sich nichts gefallen zu lassen.

Erik saß mit übereinandergeschlagenen Beinen auf dem Bett und hatte eine lokale Tageszeitung auf den Knien, in der er las. Er schaute auf, als Lizzi in ihrem Schlafshirt und Shorts ins Zimmer kam. Sie nahm sehr wohl seinen interessierten Blick wahr, der sie unauffällig streifte, bevor er sie ansprach.

»Kyle hat sich noch nicht gemeldet, falls Sie das interessiert.

Wir müssen den Besuch bei seinem Vater auf morgen verschieben«, sagte er. »Aber wie ich sehe, haben Sie sowieso nicht mehr vor, das Haus zu verlassen.«

»Ganz genau, ich gehe jetzt schlafen.«

»Bitte sehr.« Er machte keine Anstalten, mit Lesen aufzuhören. »Das Deckenlicht können Sie ausschalten. Die Nachttischlampe reicht mir.«

Lizzis innerliches Grollen nahm wieder zu. Der Mann verletzte nicht nur ihre Gefühle, sondern er war auch noch rücksichtslos. Zeitung zu lesen, während jemand anders schlafen wollte, war das Allerletzte. Das Rascheln war der ultimative Einschlafkiller.

»Stört es Sie, wenn ich weiter Zeitung lese?«, wollte Erik wissen.

»Nein, überhaupt nicht. Wie kommen Sie darauf?«

»Ich könnte nicht schlafen, wenn jemand neben mir in der Zeitung blättert.«

»Ich bin nicht so empfindlich wie Sie«, behauptete Lizzi so überzeugend, dass sie von sich selbst beeindruckt war.

»Gut«, sagte Erik und wandte sich wieder seiner Zeitung zu.

Unschlüssig stand Lizzi im Raum herum, dann löschte sie das Deckenlicht und ging ums Fußende des Bettes herum. Jetzt musste sie das Bett nicht nur mit einem fremden Mann, sondern auch noch mit einer Zeitung teilen, und das Schlimmste daran war: Sie war selbst schuld.

Sie legte sich an den Rand des Bettes. Die Decke erschien ihr zu warm, doch sie hatte nicht vor, sich ohne sie vor Eriks Augen schlafen zu legen. Nicht weil sie prüde war, sondern weil sie Erik keinen heimlichen Blick gönnte. Das Licht der

Nachttischlampe störte sie nicht im Mindesten, im Gegenteil. Es würde ihr helfen, die Unruhe, die sie den ganzen Tag mit sich herumgeschleppt hatte, zu vertreiben und den Kopf für ein paar Stunden abzuschalten.

Wie oft würde sie noch aufwachen müssen, bis sie ihren Vater wiedersehen würde? Und wie oft würde sie noch aufwachen, bis sie wieder ihr altes Leben führen konnte? Aber wollte sie es überhaupt zurück? Der müde Seufzer, der Lizzi entfuhr, ließ Erik von seiner Zeitung aufblicken.

»Ist etwas?«, wollte er wissen.

»Mmh«, murmelte Lizzi, schon schläfrig. »Wehe, Sie rutschen heute Nacht auf meine Seite.«

Dann war sie weg.

25

Lizzi lief durch einen langen Gang mit großen Schubladen an beiden Seiten, und aus jeder Schublade, auf die sie zeigte, nahm die Frau mit dem Portionierer eine Kugel Eis heraus und setzte sie auf eine Waffel, eine nach der anderen, bis sie den Turm aus verschiedenfarbigen Kugeln kaum noch balancieren konnte. Als die Frau ihr das Gesicht zuwandte und über den Kopf strich, sah sie, dass es ihre Mutter war. Sie reichte ihr die Eiswaffel. Vergeblich versuchte Lizzi, mit der Zunge an die Spitze des Eisturms heranzukommen. Vor ihren Augen begannen die Kugeln zu schmelzen, schneller, immer schneller, bis das Eis an ihrer Hand hinuntertropfte und auch über Ruby floss, den sie unter ihren Arm geklemmt hatte. Auf dem Boden sammelten sich die Bäche zu einem einzigen blutroten Strom, der die Treppen Richtung Meer hinunterfloss. Als Lizzi sah, dass Rubys Fell sich rötlich färbte, ließ sie den Eisbären vor Schreck fallen. Er wurde vom Strom weggetragen. Lizzi musste weinen. »Das geschieht dir recht«, sagte Erik, dann fing er an laut zu lachen, er lachte und lachte. Lizzi konnte es noch durch die Hände hindurch hören, mit denen sie sich weinend beide Ohren zuhielt.

Mit klopfendem Herzen und Wut im Bauch schrak Lizzi auf. Sie fühlte sich elend. Wie lange sie geschlafen hatte, konnte sie nicht sagen. Eriks Nachttischlampe brannte, doch das

Bett neben ihr war leer. Aus dem Bad drangen leise Geräusche zu ihr. Lizzi war bewusst, dass sie nur geträumt hatte, doch ihre Gefühle ließen sich nicht abschütteln. Der Gedanke, gleich neben Erik liegen zu müssen, war ihr so unerträglich, dass sie aus dem Bett krabbelte und sich anzog. Als ihr Handy dabei geräuschvoll auf den Boden fiel, streckte Erik den Kopf aus dem Badezimmer.

»Habe ich Sie geweckt?«

»Nein.«

Verwundert sah Erik, dass Lizzi angezogen war. »Was haben Sie vor?«

»Ich ziehe in ein eigenes Zimmer«, antwortete Lizzi kurz angebunden. »Und versuchen Sie ja nicht, mich umzustimmen!«

Mit diesen Worten verließ Lizzi den Raum und ging nach unten. Sollte Erik doch denken, was er wollte! Hauptsache, sie fand endlich ihre Ruhe und konnte traumlos durchschlafen. Am besten auch gefühllos.

Zu ihrer Überraschung war Rita bereits gegangen, und die junge Aushilfe, die an der Theke noch ein paar Gästen die letzten Biere vor der Sperrstunde ausschenkte, hatte keinen Zugang zum Buchungssystem und zum Kasten mit den Zimmerschlüsseln. Wenn sie die Nacht nicht auf einer Bank im Gastraum verbringen wollte, würde ihr nichts anderes übrigbleiben, als wieder nach oben zurückzukehren.

Unwillig öffnete Lizzi eines der Fenster zur Straße und versuchte, ihren Kopf herunterzukühlen. Die Luft draußen war angefüllt mit dem Duft der weißen Blüten zweier Kastanien. Einem Schneegestöber gleich trieben sie seitwärts, wechselten die Richtung und sanken in den kurzen Momenten der Windstille zu Boden, um wenig später von einem neuen Windstoß erneut hochgewirbelt zu werden. Lizzi sah zu, wie der Wind vor sich hertrieb, was er zu greifen bekam: Plastikmüll, Werbeblätter, Taschentücher, sogar einen aufgeklappten, verbogenen Regenschirm.

Der Himmel hatte inzwischen eine bedrohliche Kulisse aufgebaut, weitaus bedrohlicher als noch am Nachmittag. Unwetter ließen Lizzi auch als Erwachsene nervös werden. Der Gedanke, dass es nicht mehr lange dauern konnte, bis das Gewitter über sie hereinbrechen würde, nachdem es einen so langen Anlauf genommen hatte, ließ sie frösteln. Sie war froh, an einem trockenen, sicheren Ort zu sein, doch ihr Versuch, auf andere Gedanken zu kommen, glückte nur mäßig, stellte sie seufzend fest. Draußen sah sie nichts, was sie ablenken könnte. Die Straßen waren wie leergefegt. Längst hatten die Menschen sich in den Schutz ihrer Häuser zurückgezogen, mit Ausnahme einer mittelalten Frau, die ihrem vom Wind verwehten Halstuch hinterherjagte, und einem Mann, der aus einem parkenden Auto stieg, um ihr zu helfen, da sich das Tuch am Ende seines Irrfluges in seinem Seitenspiegel verfangen hatte.

Lizzi stutzte. Etwas an dem Mann kam ihr bekannt vor. Als der Fremde wieder in seinen Wagen stieg und sie kurz sein Gesicht zu sehen bekam, wusste sie, warum. Es lag an der Pilotensonnenbrille, die er trotz der Dunkelheit auch jetzt noch trug. Es war der Mann, der sie wenige Stunden zuvor im Auto hatte mitnehmen wollen. Ein zweites Mal würde Lizzi nicht so naiv sein, an einen Zufall zu glauben. Sie sollte Erik informieren. Doch auch wenn die Entdeckung ihr half, ihre Wut auf Erik runterzuköcheln – sprechen wollte sie ihn nicht. Sie entschied sich für eine Textnachricht: *Werfen Sie einen*

Blick auf die Straße, rechts vom Eingang. Das Auto. Erik würde wissen, was zu tun war.

Als sie ihr Handy wieder einsteckte, flackerte es weit entfernt am Horizont hell auf. Ein Wetterleuchten, dessen kurze Lichtstöße zwischen den aufgetürmten Wolken dreidimensionale Bilder in den Himmel zeichneten. Sie erinnerten Lizzi daran, wie gern sie früher mit ihrer Mutter im Gras gelegen und mit ihr zusammen den Himmel nach Wolkenbildern abgesucht hatte. Zwar konnte sie ihrer Mutter keine mehr davon zeigen, doch auch jetzt blieb ihr Blick fasziniert am Himmel hängen. Einen Wolf erkannte sie, einen Bären, dann einen Baum.

Lizzi zuckte zusammen. Über ihr formten sich die Wolken zu einer Gestalt, die so real anmutete, dass sie eine alte Frau vor sich zu sehen glaubte. Ein Bild blitzte vor ihrem inneren Auge auf. Die alte Mrs Barnaby. Sie starrte zu ihr herab wie die alte Frau in den Wolken. Lizzi hielt den Atem an, ihr Puls raste. Was war das? Eine Erinnerung? Ein Trickbild aus einer dunklen Region ihres Gehirns? Noch bevor sie den Gedanken greifen konnte, löste sich das Bild der Alten im Nichts der dunklen Wolken auf, doch es war, als hätte es in Lizzi etwas in Bewegung gebracht. Sie musste los. Sofort.

Ohne nachzudenken, lief sie an der Treppe vorbei zum Hinterausgang auf den Hof, griff sich eines der dort abgestellten Fahrräder und steuerte es durch die Hofeinfahrt auf die Nebenstraße abseits des Haupteinganges, um ihren Beobachter vor dem Hotel nicht auf sich aufmerksam zu machen. Wie ferngesteuert radelte sie die Straßen hinunter, gejagt von ihrer Vision. Lizzi stieg in die Pedale, bis sie vor Seitenstechen fast nicht mehr konnte, doch der innere Schmerz, von dem sie nicht wusste, woher er kam, war stärker.

Als sie die Seamer Moor Lane erreichte, setzten die Sturmböen ein, es waren die Vorboten des Gewitters. Ächzend versuchten die Bäume dem Winddruck standzuhalten, doch selbst die dicksten Äste bogen sich unter der Last ihres Laubes. Eine Böe packte Lizzi und drängte sie an den Rand der Straße. Nur mit einem beherzten Sprung vom Fahrrad konnte sie verhindern, mit ihrem Fahrzeug im Straßengraben zu landen. Es war verrückt, bei diesem Wetter einem Phantom am Himmel nachzujagen! Was machte sie hier draußen bloß? Doch jetzt umzudrehen und den ganzen Weg zurückzufahren erschien Lizzi nicht weniger gefährlich, als einfach weiterzumachen. Sie hatte ihr Ziel fast erreicht!

Keuchend zog sie das Fahrrad aus dem Graben und steuerte es durch die Windböen, die sie immer wieder zur Seite abdrängten, als wollten sie sie zur Umkehr zwingen. Sie musste stehend in die Pedale treten, um gegen den Sturm anzukommen.

Als sie Baxters Haus passiert hatte, war das Gewitter bereit. Ein dumpfes, furchteinflößendes Grollen rollte heran, das die Luft zum Vibrieren brachte. Es klang wie eine Stimme aus den Tiefen der Urzeit, die die Menschen daran erinnerte, wer dieses Erdzeitalter überleben würde. Sie machte Lizzi Angst.

Und dann sah sie den ersten Blitz.

Obwohl Lizzi wusste, dass dieser Moment kommen würde, zuckte sie zusammen. Wie ein glühender Feuerdorn durchschnitt der Blitzschlag den Himmel, dann folgte der nächste und der nächste, wie Peitschenhiebe, entsandt im Auftrag des Jüngsten Gerichts, um alle zu bestrafen, die es verdient hatten.

Und Lizzi wurde bestraft wie keine andere. In den Zehntelsekunden, in denen das Blitzgewitter aus den näher kommenden Wolken die Welt der Schatten ausleuchtete, hoben sich Zeit und Raum auf. Auf Lizzis Netzhaut zuckten Bilder aus der Vergangenheit, die sich mit der Gegenwart vermischten: Nacht. Zwei kegelförmige Lichter. Eine dunkle Straße. Ruby. Ein Gesicht am Fenster. Die Eiche.

Ohne es zu sehen, wusste Lizzi, dass sie im Wagen saß und ihre Mutter neben ihr. Sie lächelte. Dann nicht mehr.

Das war kein Tagtraum! Es war die Wirklichkeit! Lizzi schrie auf, sie konnte die Bilder nicht abwehren, auch nicht, als sie schützend die Hand über ihre Augen legte. Sie schwitzte und fror zugleich, ihr Herz raste, während sie vom Rad taumelte und über die Straße stolperte, sich gegen den Sturm stemmte, immer weiter.

Erst als sie vor der Eiche mit den tiefhängenden Ästen angelangt war, blieb sie stehen, noch atemlos von der Anstrengung. Sie sah zu dem Haus, an dessen Tür sie wenige Stunden zuvor geklingelt hatten, ohne zu wissen, was sie hier suchte. Lizzi krümmte sich vor Seitenstechen, sie stützte die Hände auf ihren Knien ab, drehte den Kopf verzweifelt nach allen Seiten, in der Hoffnung, dass etwas passieren würde.

Und dann passierte tatsächlich etwas. Die schweren Wolken hatten sich endgültig über sie geschoben, es fing an zu regnen. Von einer Sekunde zur anderen schüttete es, als hätte jemand einen Wasserhahn aufgedreht, und mit dem Regen brach die Schleuse, die Lizzis Erinnerung zurückgehalten hatte, seit ihre Mutter aus ihrem Leben verschwunden war. So wie die Wassermassen an ihr herabflossen und sie umströmten, spülte ihr Gedächtnis alles, was jahrelang zurückgehalten worden war, an die Oberfläche.

Sie saß wieder im Auto neben ihrer Mutter, mit ihrem Eisbären Ruby auf dem Schoß, und fuhr durch das Gewitter. Lizzi sah es so klar vor ihrem inneren Auge, als wäre sie Teil des Films, in den sie gerade hineingeschlüpft war. Kaum konnte sie über das Armaturenbrett hinausblicken, doch wenn sie sich reckte, sah sie im Licht der Scheinwerferkegel die Regentropfen im Dunkeln tanzen und die Schatten der Bäume vorüberhuschen. Bei jedem Blitz legte sie die Hände über die Augen, bis ihre Mutter anfing laut die Sekunden zwischen Blitz und Donner zu zählen, damit Lizzi immer wusste, wie weit das Gewitter entfernt war. Denn wer die Kontrolle behält, braucht keine Angst zu haben.

Wieder und wieder zählte Lizzi mit, während sie die Scheibenwischer anstarrte, die im Takt über die Windschutzscheibe surrten und die Regentropfen unermüdlich zur Seite schleuderten. Sie schaffte es, keine Angst zu haben, bis Blitz und Donner fast gleichzeitig einschlugen und sie vor Schreck ihre Beine so heftig anzog, dass Ruby in den Fußraum fiel und Lizzi zu weinen anfing.

Ihre Mutter tröstete sie und versuchte vergebens, nach Lizzis Stofftier zu angeln. Dann schnallte sie sich ab, um sich nach unten zu beugen.

»Ich habe ihn!«, rief sie.

Das Letzte, was Lizzi von ihrer Mutter sah, war ihr freudestrahlendes Gesicht, das merkwürdig rot aufleuchtete, dann gab es einen Ruck, begleitet von einem dumpfen Krachen. Lizzi wurde in ihrem Sitz erst nach vorne, dann nach hinten geschleudert. Als sie wieder aufsah, saß ihre Mama nicht mehr neben ihr, auch Ruby war verschwunden, stattdessen klaffte ein riesiges Loch in der Windschutzscheibe. Regentropfen flossen an den Kanten herunter. Ein Licht näherte sich und blendete Lizzi, schützend hielt sie ihre Hand vor die Augen. Nur noch der Scheibenwischer auf der Beifahrerseite bewegte sich in dem Lichtstrahl, quietschend fuhr er hin und zurück, hin und zurück.

Auf einmal stand ein Mann vor dem Wagen, er stellte sich dem Licht in den Weg. Ein Lichtkranz umgab ihn, sein Gesicht lag im Halbdunkeln. Er verschwand nach unten aus Lizzis Blickfeld, dann tauchte er wieder auf. Als er seinen Kopf in Lizzis Richtung drehte, klammerte sie sich an ihren Sitz, während sie gleichzeitig nach unten zu rutschen versuchte, was ihr nicht gelang, da sie angeschnallt war. Ängstlich hielt sie die Luft an, während sie zusah, wie der Regen über das Gesicht des Mannes lief. Wie lange er sie angestarrt hatte, konnte Lizzi nicht sagen, doch sie atmete erst wieder ein, als er sich wegdrehte. Dann ging ein Motor an, und das Licht, das sie eben noch geblendet hatte, drehte ab, verschwand zusammen mit dem Unbekannten.

Der Regen trommelte aufs Dach und spritzte auf den Sitz ihrer Mutter. Lizzi saß im Dunkeln und wusste nicht, was sie tun sollte. Ihre Mutter antwortete nicht auf ihre zaghaften Rufe. Als Lizzi sich endlich traute, sich abzuschnallen und auszusteigen, sah sie vor sich das Haus mit der Eiche. Die tiefhängenden Äste bewegten sich unruhig im Wind, wie die Beine einer Spinne, die das Haus zu fangen und einzuspinnen versuchte. Hinter einem der Fenster bewegte sich etwas, es war eine Frau, sie sah zu ihr herüber, dann zog sich die Gestalt ins Dunkel des Hauses zurück.

Als Lizzi um die Autotür herumging, musste sie ihre Mutter nicht länger suchen. Sie lag mit offenen Augen auf dem Boden und weinte rote Tränen, aus denen ein See geworden war, und mittendrin lag Ruby, der die Farbe des Sees aufgesogen hatte und rot war wie die Tränen ihrer Mutter. Ihre Mum reagierte nicht, als Lizzi ihren Namen rief. Sie stand auch nicht auf, als Lizzi sie zaghaft anstupste. Sie blieb einfach nur liegen. Und Lizzi wartete mit klopfendem Herzen, dass ein Wunder passierte und ihre Bauchschmerzen aufhörten.

26

Noch immer prasselte der Regen, doch er hatte seine Kraft eingebüßt. Lizzi stand allein und durchnässt bis auf die Haut auf der Straße. Ein Kloß steckte in ihrer Kehle. Er verstopfte schmerzhaft ihre Tränen, die ihren Weg tief aus dem Herzen nach oben suchten.

Neben ihr hielt mit quietschenden Reifen ein Geländewagen. Erik sprang heraus und lief auf sie zu. Seine Jacke hatte er beim Aussteigen als schützendes Dach über seinen Kopf gezogen.

»Ich habe Sie überall gesucht. Was ist passiert?«

Lizzi wandte ihm verzweifelt das Gesicht zu.

»Ich bin schuld«, schluchzte sie tränenlos. »Ohne mich würde meine Mutter noch leben.«

»Was reden Sie da?«

»Ich erinnere mich wieder. Wegen mir hat sie nicht auf die Straße achtgegeben, sie hat Ruby für mich aufgehoben. Mein Stofftier.« Ihre Stimme zitterte, sie konnte kaum atmen.

»Sie waren ein Kind, Lizzi! Und Ihre Mutter erwachsen. Sie hätte anhalten können. Sie hat eine falsche Entscheidung getroffen. Und dafür war sie ganz allein verantwortlich.«

Hilflos sah Lizzi zu Erik hoch, unfähig, einen klaren Gedanken zu fassen. Wenn doch nur ihre Kehle nicht so schmerzen würde.

Erik ließ die Jacke trotz des Regens auf seine Schultern zurückrutschen, dann legte er seine Arme tröstend um Lizzi. Die ließ es erst nur geschehen, bevor sie ihre Arme ebenfalls um Erik schlang und sich an ihm festhielt. An Eriks Brust begann der Kloß in ihrem Hals sich aufzulösen. Ihre Tränen sprudelten aus einer versiegt geglaubten Quelle nach oben und spülten ihre lang aufgestaute Trauer aus ihr heraus. Lizzi weinte so hemmungslos wie noch nie. Darüber, dass sie jetzt wusste, warum sie die Erinnerung an den Unfall verdrängt hatte, und darüber, dass sie ihre Mutter eben in ihrer Erinnerung ein zweites Mal verloren hatte. Der Regen lief über ihr Gesicht und vermischte sich mit den Tränen. Stoßwellen gingen durch ihren Körper, während Erik sanft ihren Kopf streichelte. »Es ist alles gut«, flüsterte er und wartete, bis Lizzis Körper nicht mehr bebte und keine Tränen mehr kamen.

»Geht's wieder?«, fragte er sie besorgt.

Lizzi nickte schniefend.

Vorsichtig löste Erik sich von ihr und zog ein Papiertaschentuch aus der Tasche, das Lizzi dankbar an sich nahm. Doch noch bevor sie ihre Nase schnäuzen konnte, war es vom Regen durchweicht und begann sich aufzulösen. Die Situation war so absurd, dass Lizzi nicht anders konnte, als ihren letzten Tränen einen unterdrückten Lacher hinterherzuschicken. Pragmatisch, wie sie war, wischte sie mit den nur wenig trockeneren Ärmeln ihres Shirts quer über Augen und Nase. Dabei verteilte sie die bereits verschmierte Mascara über das halbe Gesicht.

Erik zeigte zurückhaltend darauf. »Die Farbe macht sich selbstständig ...«

Lizzi versuchte, die unangenehme Situation aufzulockern. »Jetzt ist es heraus: Meine Wimpernfarbe ist nicht Natur. Ist es schlimm? So zombiemäßig?«

»Ein sehr nett aussehender Zombie«, beteuerte Erik. »Darf ich?«

Er zog seinen Hemdärmel aus der Jacke heraus und wischte vorsichtig in Lizzis Gesicht herum. »So«, sagte er, als er fertig war und sein Werk kritisch beäugte. »Jetzt sind Sie wieder gesellschaftsfähig.« Dann machte er eine Kopfbewegung Richtung Wagen. »Wollen wir einsteigen? Drinnen ist es weniger nass.«

Lizzi sah an sich runter, schniefte ein letztes Mal, dann schüttelte sie den Kopf. »Jetzt ist es sowieso egal. Außerdem muss ich noch ein paar Fragen klären. Nach meiner Erinnerung war ein Mann dabei.«

»Ein Zeuge? Oder war er an dem Unfall beteiligt?«

»Ich weiß nicht. Es war Nacht, es hat in Strömen geregnet. Ich glaube, er hat kurz nach meiner Mutter gesehen und ist dann weggefahren.«

»Vielleicht wollte er Hilfe holen. Handys waren damals noch nicht so verbreitet. Falls es so war, steht der Name des Mannes in der Polizeiakte.«

»Die brauchen wir vielleicht nicht.« Lizzi zeigte zu Mrs Barnabys Haus. »Sie hat alles gesehen. Ich bin mir sicher.«

Verblüfft zog Erik seine Augenbrauen hoch, erst jetzt begriff er das Ausmaß von Lizzis Erinnerungsschub. »Moment … Wollen Sie damit sagen, Ihre Mutter ist hier gestorben? Vor diesem Haus?«

»Genau hier. Das ist es ja. Wenn mein Vater nach sechsundzwanzig Jahren urplötzlich an den Unfallort zurückkehrt, muss etwas geschehen sein. Ich meine, es ist kein Jahrestag oder so etwas. Nicht mal ansatzweise. Meine Mutter ist im Oktober gestorben.«

Sich mit der Hand am Hinterkopf kratzend dachte Erik nach, setzte die Informationen zusammen, die sie gesammelt hatten. »Was ist mit Dr. Baxter? Könnte er der Mann gewesen sein? Das würde erklären, warum er so schnell am Unfallort war. Und auch, woher Ihr Vater ihn kennt.«

»Ich wäre froh, wenn das die Antwort wäre, aber bei dem Foto, das ich in Baxters Infokasten gesehen habe, hat nichts bei mir geklingelt. Ich habe den Mann noch nie gesehen. Die Frage ist, ob mich meine Erinnerung trügt.«

»Warum sollte Mrs Barnabys Erinnerung besser sein, die einer alten Frau?«

»Das Langzeitgedächtnis von alten Menschen ist besser als das Kurzzeitgedächtnis. Außerdem wird der Unfall für sie nicht so traumatisch gewesen sein wie für mich. Also, warum sollte sie sich nicht an ihren Nachbarn erinnern, falls er beim Unfall dabei gewesen ist? Habe ich eine andere Wahl, als sie zu fragen?«

Lizzi machte sich auf den Weg zum Haus.

»Jetzt?«, fragte Erik ungläubig.

»Klar.«

»Es ist spät. Sie wird uns nicht aufmachen«, rief Erik ihr nach.

»Oh doch.« Lizzi war felsenfest überzeugt. »Diesmal lasse ich mich nicht abwimmeln.«

Entschlossen öffnete sie das quietschende Tor, trat auf das Häuschen zu und klingelte an der Tür. Einmal. Zweimal. Dreimal.

Erik war ihr widerwillig gefolgt. »Lassen Sie uns morgen wiederkommen. Oder wollen Sie der alten Dame Angst einjagen?«

»Ich kann nicht bis morgen warten«, sagte Lizzi, bevor sie den Klingelknopf erneut drückte, diesmal ausdauernd. Sie beugte ihren Mund nah zur Tür. »Ich weiß, dass Sie da sind, Mrs Barnaby«, rief sie durch die Tür. »Wir haben heute Morgen gelogen, wir sind nicht wegen eines Hochzeitsgeschenks da. Ich bin Lizzi Bergmann, Tochter von Ellen und Martin Henderson. Meine Mutter ist vor sechsundzwanzig Jahren genau vor Ihrem Haus gestorben, und mein Leben bricht gerade zusammen. Ich weiß, dass Sie den Unfall von Ihrem Fenster aus beobachtet haben. Ich habe Fragen und verdammt noch mal das Recht, auch Antworten darauf zu bekommen. Und damit Sie es wissen: Ich bleibe so lange vor Ihrer Tür stehen, bis Sie aufmachen, und wenn es die ganze Woche dauern sollte!«

Ohne Vorankündigung öffnete sich die Tür. Mrs Barnaby musste dahinter gestanden und zugehört haben. Jetzt ließ sie die Besucher stehen und schlurfte ins Haus zurück. Lizzi und Erik nahmen es als Aufforderung, ihr in die Küche zu folgen, wo sie sich an den Tisch setzte. Kritisch beäugte sie die Wassertropfen, die ihre Besucher auf dem Boden hinterließen, und entschied sich, noch einmal aufzustehen, um zwei der Holzstühle mit Geschirrhandtüchern auszulegen.

»Danke, dass …«, begann Lizzi, als sie Platz nahm. Sie kam nicht dazu, ihren Satz zu beenden.

»Fragen Sie, was Sie fragen wollen, und ich werde sehen, ob ich Ihnen eine Antwort geben kann.« Mrs Barnaby klang unwirsch, doch an ihren Augen war zu erkennen, dass ihre Härte nur aufgesetzt war.

»Können Sie sagen, was damals bei dem Unfall passiert ist?«

»Sie haben gesagt, Sie haben ein paar Fragen. Nicht dass ich Ihnen Romane erzählen soll.«

»Also gut. Fangen wir damit an: Der Mann, der nach dem Unfall wegfuhr, war das Ihr Nachbar, Dr. Baxter?«

»Nein.« Mrs Barnabys Antwort kam, ohne zu zögern.

»Okay. Aber da war ein Mann. Wissen Sie, ob er den Unfall beobachtet hatte? War er Zeuge?«

»So kann man das nicht sagen.«

»Wie dann?«, fragte Erik. »War er beteiligt?«

Die vorsichtige Kopfbewegung der alten Frau konnte man mit gutem Willen als Nicken auffassen.

»Also ja?«

Mrs Barnabys Mundwinkel hingen, als würden Gewichte daran ziehen. Ihre Lippen bewegten sich stumm dagegen an. Mrs Barnaby schien sich zu einer Antwort erst durchringen zu müssen.

»Er war schuld«, sagte sie schließlich. So wie sie es sagte, klang es wie eine Bagatelle.

Erstaunt sah Lizzi sie an, damit hatte sie nicht gerechnet. »Wie meinen Sie das? Ist er über die Straße gelaufen oder so etwas?«

»Nein. Er hatte den Wagen überholt. Ihre Mutter hat versucht auszuweichen und ist gegen einen Baum gefahren.«

Erschüttert verstummte Lizzi. Sie versuchte, die eben vernommenen Worte mit ihren Erinnerungen in Einklang zu bringen. »Ich verstehe das alles nicht. Dieser Mann … er wirkte nicht aufgeregt. Und geholfen hat er meiner Mutter auch nicht. Er ist einfach weggefahren. Vielleicht würde sie noch leben, wenn er ihr geholfen hätte.« Ihre Stimme bebte bei dem Gedanken.

Mrs Barnaby senkte die Augen. »Vielleicht wollte er einen Arzt holen.«

»Oder er hat sich aus dem Staub gemacht.«

»Ich weiß nur, dass ich die Polizei angerufen habe.«

»Und der Mann? Wurde er nicht gefunden?«

Mrs Barnaby wand sich, sie schien sich die Worte zurecht zulegen, bevor sie antwortete. »Ich habe der Polizei nichts von ihm erzählt, aus Gründen, die Sie nichts angehen. Ich wollte nur den Unfall melden. Und dass sich jemand um das Kind kümmert.«

»Ich bin das Kind, von dem Sie in dritter Person reden. Ich sitze vor Ihnen!«

»Ich weiß. Und deswegen erzähle ich es Ihnen jetzt.«

»Es ist Ihnen schon klar: Man hätte den Fahrer wegen fahrlässiger Tötung mit anschließender Fahrerflucht anklagen können – und wegen unterlassener Hilfeleistung«, hielt Erik Mrs Barnaby vor.

»Es hätte nichts an dem Unfall geändert. Niemanden lebendig gemacht. Mir dafür Probleme. Große Probleme.«

»Weil Sie Zeugin waren?«

Mrs Barnaby schaute zur Seite.

Erik kam ein Gedanke. »Sie kannten den Mann! War es ein Freund, den Sie schützen wollten?«

Unter den gespannten Blicken von Lizzi und Erik senkte Mrs Barnaby die Augen und knetete ihre Hände, dann stand sie auf, um ihre gebrauchte Teetasse, die noch auf dem Tisch gestanden hatte, in die Spüle zu stellen. Als sie sich wieder setzte, atmete sie entschlossen aus.

»Nein, mich wollte ich schützen. Dem Mann gehört das Grundstück, auf dem ich lebe. Ich habe es nur gepachtet, und ich hatte Angst, dass er mir kündigt.«

Verstört schüttelte Lizzi den Kopf. »Deswegen lassen Sie

jemanden davonkommen, der einen Menschen auf dem Gewissen hat?«

Lizzi war lauter geworden, als sie beabsichtigt hatte. Ihre Stimme überschlug sich beinahe.

»Schauen Sie mich nicht an, als wäre ich eine Bestie. Sie können das nicht verstehen, Sie sind nicht von hier.«

»Dann erklären Sie es mir!«

»Er ist nicht irgendwer, sein Wort hat Gewicht.«

Eine dunkle Vorahnung überkam Lizzi. Sie blickte Erik an, dem es ebenso zu gehen schien.

»Reden Sie von Anthony Lloyd?«, fragte sie vorsichtig.

»Sie kennen ihn?« Mrs Barnaby sah erstaunt auf.

Lizzi nickte ungläubig. In ihrem Kopf arbeitete es. Wusste Lloyd am Ende, wer sie war? Sie versuchte, sich die erste Begegnung mit ihm ins Gedächtnis zu rufen. Seine Pannenhilfe. Seine Freundlichkeit, die er an den Tag gelegt hatte.

»Es ist an der Zeit, Anthony Lloyd wie jeden anderen Menschen zu behandeln«, sagte sie, »und ihn zur Verantwortung zu ziehen.«

»Ist die Tat nicht längst verjährt?«, wandte Erik ein.

»Juristisch gesehen«, antwortete Lizzi. »Aber nicht moralisch. Ich ...«

Mrs Barnaby, die den Wortwechsel mit steinernem Gesicht verfolgt hatte, schnitt Lizzi das Wort ab. »Was Sie eben gehört haben, bleibt in diesem Raum! Sollten Sie es jemandem weitererzählen, werde ich Sie der Lüge bezichtigen«, stellte Mrs Barnaby klar. »Ich bin alt. Ich ziehe nur noch einmal um: auf den Friedhof! So, und jetzt wissen Sie alles und können gehen.«

Schwerfällig stand Mrs Barnaby von ihrem Stuhl auf, als

Signal für ihre ungebetenen Gäste, es ihr nachzutun. Dann geleitete sie sie durch den Flur zur Haustür zurück.

Lizzi zögerte. »Danke für Ihre Ehrlichkeit«, sagte sie zum Abschied. »Sie kommt spät, aber besser als nie.«

»Es ist mir nicht leichtgefallen, das Wissen die ganzen Jahre mit mir herumzutragen. Das können Sie mir glauben«, sagte die alte Dame. »Ich habe seit damals an jedem Sonntag in der Kirche eine Kerze für Ihre Mutter angezündet.«

Lizzi kniff die Lippen zusammen, sonst hätte sie Mrs Barnaby an den Kopf geworfen, dass sie sich ihre Kerzen sonst wohin stecken konnte. Sie halfen nicht, ihre Mutter wieder lebendig zu machen, sondern beruhigten lediglich das schlechte Gewissen von Mrs Barnaby.

An der Haustür drehte sie sich einer spontanen Eingebung folgend noch einmal zu Mrs Barnaby um. »War mein Vater eventuell in den letzten Tagen bei Ihnen? Warten Sie, ich habe ein Foto von ihm bei mir.«

»Von Ihrem Vater? Brauche ich nicht. Ich kenne ihn, aber ich habe ihn weder gesehen noch gesprochen, seit er hier weggezogen ist.«

Lizzi, die in ihrer Handtasche herumgewühlt hatte, hielt irritiert inne. »Das kann nicht sein. Meine Eltern haben in York gelebt. Ich bin dort geboren.«

»Wo auch sonst, Kindchen. In York war das einzige Krankenhaus mit Entbindungsstation. Klar sind Sie dort geboren. Aber gelebt haben Ihre Eltern hier. Auf der Farm nebenan. Sie hat Ihrer Mutter gehört, und Ihr Vater hat sie nach ihrem Tod Dr. Baxter übertragen, damit der sich um die Schafe Ihrer Mutter kümmert. Er wollte wohl raus aus England.«

Lizzi hatte mit offenem Mund zugehört, sie versuchte zu

begreifen, was sie gehört hatte. »Dr. Baxter? Wieso das denn?«, stammelte sie.

»Als Tierarzt versteht er etwas von Schafen. Und er war ein Freund der Familie. Vor der Heirat Ihrer Eltern war er lange Zeit mit Ihrer Mutter zusammen. Wussten Sie das nicht?«

In Zeitlupe schüttelte Lizzi den Kopf. »Woher wissen Sie das alles?«

»*Oh my dear*, ich lebe seit fünfzig Jahren hier und habe in meiner Nachbarschaft viele kommen und gehen sehen. Auch Ihren Vater, als er bei Ihrer Mutter eingezogen ist.«

»Dann sind mein Vater und Dr. Baxter nach dem Tod meiner Mutter in Kontakt geblieben?«, fragte Erik.

»Ich weiß, was ich gesehen habe, aber ich bin keine Hellseherin. Fragen Sie Ihren Vater.«

»Das würde ich gern ...«, begann Lizzi, doch Mrs Barnaby war nicht mehr zu Gesprächen bereit. »Gute Nacht«, sagte sie und zog die Haustür hinter den beiden zu.

»Ja, eine gute Nacht«, sagte Lizzi zur Tür. Dann drehte sie sich zu Erik um. »Zwicken Sie mich«, forderte sie ihn auf. »Ich glaube sonst nicht, was ich eben gehört habe.«

»Lieber bringe ich Sie schnell wieder ins Trockene, sonst bekommen Sie einen Schnupfen.«

»Von mir aus auch noch Halsweh, Husten und Fieber. Wenn dafür nur alles andere nicht wäre«, seufzte Lizzi und warf einen Blick zurück auf die Inschrift über der Haustür, bevor sie sich folgsam auf den Weg zum Auto machte. »Ruhet in Frieden«, las sie vor, »nach ihrer Beichte könnte der Wunsch für Mrs Barnabys Seele sogar in Erfüllung gehen.«

Erik war ihrem Blick gefolgt. »Von Lloyd kann man das nicht behaupten.«

Im selben Moment, in dem Erik den Namen aussprach, verdüsterte sich Lizzis Gesicht. »Menschen wie er brauchen keine Beichte. So etwas wie ein schlechtes Gewissen haben sie nicht. Lloyd hält sich für den tollsten Menschen auf Erden. Ich freue mich auf unsere nächste Begegnung!«

Erik, der Lizzi zum Einsteigen die Beifahrertür aufgehalten hatte, warf sie ins Schloss, bevor er auf der anderen Seite einstieg. »Was haben Sie vor, Lizzi?«, fragte er argwöhnisch.

»Das weiß ich noch nicht. Nur dass ich Lloyd nicht davonkommen lassen werde.«

»Ich denke nicht, dass es besonders klug wäre, ihn zur Rede zu stellen. Möglicherweise ist er genau der einflussreiche Mann, der Ihnen gerade das Leben schwer macht.«

»Glauben Sie, darauf bin ich nicht schon selbst gekommen?«

»Dann sind wir doch einer Meinung: Unser Wissen ist unser Vorsprung. Wollen Sie ihn aufgeben, um Ihre Gefühle auszuleben?«

Lizzi biss sich auf die Lippen. Natürlich hatte Erik recht, und würde es nicht um sie selbst gehen, sondern um einen Mandanten, würde sie ihm genau dasselbe raten. Gefühle waren fehl am Platz, wenn man einen klaren Kopf behalten wollte. Sie rechnete es Erik hoch an, dass er sie nicht spüren ließ, wie unprofessionell sie sich verhielt. Gut möglich, dass sie an seiner Stelle anders gehandelt hätte.

»Also gut, keine Gefühle. Aber ab sofort drehen wir den Spieß um. Wir nutzen unseren Vorsprung. Keine Schonbehandlung mehr für Lloyd, von jetzt an nur noch Kochwäsche.«

»Ich liebe Ihre Vergleiche.« Erik lächelte, als er den Motor startete, um sie zurück ins Warme und in ein kuscheliges Bett zu fahren. Erst jetzt bemerkte Lizzi, wie sehr sie in ihren nassen Klamotten fröstelte. Und wie müde sie war. Eine bleierne Schwere, gegen die sie nur mit Mühe ankämpfen konnte. Den Rest der Nacht, wusste sie, würde sie es mit Erik in einem Zimmer aushalten. Wenn nötig sogar in einem gemeinsamen Bett.

27

Vorsichtig hob Lizzi die Augenlider an und blinzelte. Es dauerte ein paar Sekunden, bis sie begriff, wo sie sich befand: in einem kleinen Hotel in England. Es war noch dunkel, und das Bett neben ihr war leer. Erik schien ein Frühaufsteher zu sein. Nachdem sie die schweren Vorhänge vor dem Fenster zurückgezogen hatte, wurde sie eines Besseren belehrt. Geblendet vom einfallenden Tageslicht und überrascht von den vielen Menschen, die auf der Straße unterwegs waren, kam sie zu dem Schluss, dass ihre innere Uhr nachjustiert werden musste. Zwei Straßenkehrer waren dabei, nach dem Gewitter der letzten Nacht die Ordnung wiederherzustellen, indem sie das herabgefallene Laub und den Müll auf den Straßen zusammenkehrten. Ein dritter Mann schaufelte die kleinen Häufchen in eine Karre.

So eine Müllkarre könnte sie auch gut gebrauchen, dachte Lizzi. Die vergangenen Stunden hatten so viele Gefühle in ihr freigeschaufelt, dass sie sich wünschte, sie in ein solches Wägelchen packen zu können und so das Chaos in ihr zu beseitigen, diesen verworrenen, unordentlichen Haufen, der durchgearbeitet werden musste.

Lizzi öffnete das Fenster. Sogleich strömte kühle, glasklare Luft herein, die das Aroma der frisch erwachten Natur zu ihr brachte und sie zum tiefen Atmen einlud. Nach ein paar

Atemzügen begab sich Lizzi ins Bad, um den Schlaf aus ihrem Gesicht zu waschen.

Eine Viertelstunde später erschien sie im Frühstücksraum, wo Erik mit dem Smartphone in der Hand vor einem verkrümelten Teller saß und einen Kaffee trank. Als er Lizzi sah, steckte er sein Handy weg.

»Gerade wollte ich Sie wecken«, begrüßte er sie. »Als ich zum Frühstück gegangen bin, haben Sie geschlafen wie ein Stein.«

»Sie wollten nur in Ruhe essen, geben Sie es zu.«

»Nur halb. Ich habe Ihr Frühstück mit meinem Leben verteidigt. Die anderen Gäste haben sich schon den Bauch vollgeschlagen und sind längst unterwegs.«

»Dann haben Sie heute Morgen schon hart gearbeitet«, zog sie ihn auf, während sie den Stuhl heranzog und sich Erik gegenübersetzte. »Bewundernswert.«

»Das war nur das Aufwärmtraining. Tee?«

»Gerne.«

»Darjeeling?« Er wies auf die Kanne, die auf dem Tisch stand. »Es gibt auch Earl Grey oder English Breakfast, grüner Tee, Früchtetee …«

»Ich fange vorne an: Darjeeling.«

Erik goss aus der Teekanne Lizzis Tasse voll. Lizzi ließ sich dankbar bedienen.

»Soll ich Ihnen ein englisches Frühstück bestellen? Mit gebratener Tomate und gebackenen Bohnen und allem, was dazugehört.«

Lizzi schüttelte den Kopf, während sie hungrig nach einem Scone griff, der zusammen mit ein paar englischen Rolls in einem Metallkörbchen lag. »Das dauert mir zu lange.«

Erik sah Lizzi zu, wie sie sich mit großem Appetit selbstgemachte Marmelade auf den Scone schmierte und erst anschließend die Clotted Cream darüberstrich, was zwar nicht den englischen Regeln entsprach, aber das hatte sie schon als Kind nicht gekümmert.

»Ist es noch zu früh für Neuigkeiten?«, fragte Erik, nachdem sie ein paar Bissen gemacht hatte. »Oder wollen Sie erst einmal den Berg von gestern abtragen?«

»Sie wissen genau, dass Sie im Moment der Frage bereits meine Neugier wachgekitzelt haben.«

»Okay. Wir haben einen Gast zum Frühstück.« Erik schaute auf seine Armbanduhr. »Eigentlich müsste er längst hier sein.«

Lizzi hielt erschrocken inne. »Lloyd? Bitte nicht schon zum Frühstück.«

»Keine Sorge.« Erik grinste. »Er wird bestimmt nicht ein zweites Mal mit Ihnen am Esstisch Platz nehmen. Nein, es ist Kyle. Er will uns etwas zeigen.«

»Kyle? Zeigen? Was kann das sein?«

In diesem Moment kam Kyle in voller Motorradmontur durch die Tür und ging nach kurzem suchendem Blick mit großen Schritten auf sie zu.

»Das wird er uns gleich erzählen.«

»Hi«, begrüßte Kyle sie und setzte sich sofort zu ihnen. Er schien es eilig zu haben, ohne lange Vorrede legte er los: »Ich weiß jetzt, warum Sie mir gestern so bekannt vorgekommen sind.«

Er holte ein gerahmtes Foto aus seinem Rucksack und legte es vor Lizzi auf den Tisch. Es war ein Gruppenbild mit einer jungen Frau, die ein Baby im Arm hielt, inmitten dreier Männer. Sie saßen auf einer Bierbank im Grünen und prosteten lachend der Kamera zu.

Lizzi stockte, als sie das Bild betrachtete. »Das ist meine Mutter! Auf dem Schoß, das muss ich sein. Und daneben sitzt mein Vater, da hat er noch keinen Bart.«

Erik stand auf und setzte sich neben Lizzi, um einen besseren Blickwinkel zu bekommen. »Unglaublich, wie ähnlich Sie Ihrer Mutter sind«, sagte er verblüfft. »Man könnte denken, Sie sind es, die da sitzt.«

Lizzi, die den Anblick ihrer Mutter begierig in sich aufnahm, hatte Erik nur mit einem Ohr zugehört. »Ich habe das Foto noch nie gesehen. Woher haben Sie das, Kyle?«

»Es hängt an der Wand in unserem Wohnzimmer.« Er zeigte auf den Mann, der auf der anderen Seite von Lizzis Mutter saß. »Das da ist mein Vater.«

Lizzi folgte seinem Finger. »Stimmt. Wenn man es weiß, erkennt man ihn. Das gleiche Lachen wie auf dem Foto in der Vitrine. Wer ist der Mann neben meinem Vater?«

»Das ist Anthony Lloyd.«

Lizzi und Erik sahen sich überrascht an. Der Lloyd auf dem Foto war ein dünner, beinahe hagerer Mann, der mit dem Lloyd, wie sie ihn kannten, nichts gemein hatte.

»Echt? Sie machen Witze. Er hat sich sehr verändert.«

»Sie kennen ihn?«

»Ja. Das wird langsam unheimlich«, stellte Lizzi fest. »Gibt es irgendeinen Menschen in diesem Ort, mit dem er nichts zu tun hat?« Sie wusste, die Antwort würde sie nicht befriedigen. Genauso wenig wie die Tatsache, dass ihre Eltern auf dem Foto mit Lloyd so einträchtig zusammensaßen.

»Ich will jedenfalls nichts mit ihm zu tun haben«, stellte

Kyle klar. »Für mich ist er ein Geldsack, der sich alles einverleibt, aber das will kein Mensch hier hören. Wer das Geld hat, hat die Macht. So ist das im Kapitalismus. Ich hätte das Foto schon längst abgenommen, wenn mein Vater nicht so nostalgisch veranlagt wäre.«

Lizzi nickte nachdenklich, dann blickte sie zu Erik. »Wir sollten es ihm sagen.«

»Das hätte ich jetzt auch vorgeschlagen«, antwortete Erik und sah Kyle ernst an. »Wir haben Ihnen gestern nicht die Wahrheit erzählt, weil wir nicht wussten, ob wir Ihnen trauen können. Wir sind nicht verheiratet, und wir wollten Ihren Vater auch nicht wegen eines Reiseberichtes aufsuchen. Die Wahrheit ist: Lizzis Vater ist seit einer Woche verschwunden. Wir werden seitdem von Engländern verfolgt und nehmen an, dass es mit der Vergangenheit von Lizzis Vater in England zusammenhängt. Ihr Vater ist für uns der einzige Anhaltspunkt gewesen. Anscheinend hatte Lizzis Vater vor, sich mit Ihrem Vater zu treffen. Das ist der Grund, weshalb wir hergekommen sind.«

Zu Lizzis und Eriks Erstaunen reagierte Kyle wenig überrascht. Eher aufmerksam. »Dass etwas bei Ihnen nicht stimmt, habe ich mir schon gedacht. Wusste nur nicht, was es ist.«

Jetzt waren es Lizzi und Erik, die überrascht reagierten. »Wie sind Sie darauf gekommen?«

Kyle kramte noch einmal in seinem Rucksack herum und zog kurz darauf ein bedrucktes Blatt Papier hervor. Es war eine Handyverbindungsliste des zurückliegenden Monats. Auf dem weißen Rand oberhalb der Liste war in Handschrift eine Handynummer notiert, zusammen mit Eriks Namen.

»Die Liste ist von meinem Vater, ich habe sie in seinem

Schreibtisch gefunden. Die Handynummer, die Sie mir gestern gegeben hatten, ist dieselbe wie die, die er aufgeschrieben hat. Nur der Name, den Sie mir genannt haben, ist ein anderer. Und da ich nicht glaube, dass sich mein Vater einen falschen Namen notiert, bleibt nur eine Erklärung: Sie haben mich gestern angelogen.«

Erik nickte anerkennend. »Gut kombiniert. Ich habe nie mit Ihrem Vater zu tun gehabt. Woher er meine Nummer hat, kann ich nur vermuten: von Lizzis Vater.«

»Das nehme ich auch an. Mir ist nämlich noch etwas aufgefallen: Mein Vater hat häufig mit Deutschland telefoniert. Immer mit derselben Handynummer.«

Erik nahm die Liste interessiert in die Hand. »Das ist tatsächlich die Handynummer Ihres Vaters«, sagte er zu Lizzi. »Sehen Sie sich mal das Datum des letzten Anrufes an.«

Gespannt nahm Lizzi die Liste. »Das war vor einer Woche.« Sie errechnete im Kopf das Datum. »Am Donnerstag, als er in Thüringen war.«

Sie ließ das Blatt sinken und dachte nach, dann sah sie Kyle neugierig an. »Das ist noch nicht alles, oder? Sie kommen nicht her, nur um meine Familienzugehörigkeit zu klären? Und dass Sie regelmäßig die Verbindungsprotokolle Ihres Vaters kontrollieren, traue ich Ihnen nicht zu. So etwas machen nur eifersüchtige Ehepartner. Also: Was ist passiert?«

»Die Sache ist die: Mein Vater ist auch weg.«

Mit jeder Antwort hätte Lizzi gerechnet, nur nicht mit dieser. »Weg?«, wiederholte sie ungläubig. »Im Sinne von … weg?«

Kyle nickte. »Bis gestern habe ich mir eingeredet, es müsse einen harmlosen Grund geben. Aber dann kamen Sie, und ich habe diese Liste gefunden. Und jetzt das: Er ist seit Montag verschwunden, ohne ein Wort zu sagen. Und der Letzte, mit dem er telefoniert hat, ist Ihr Vater.«

»Wann haben Sie ihn zum letzten Mal gesehen?«, fragte Lizzi.

»Er ist an dem Abend noch einmal weggegangen. Ich habe ihn nicht gefragt, wohin, weil ich mich mit Freunden verabredet hatte und spät dran war. Am nächsten Morgen ist er nicht da gewesen, ich glaube, er hat überhaupt nicht in seinem Bett geschlafen. Ich musste seine Praxis schließen und die Leute mit ihren Tieren nach Hause schicken. Das ist noch nie vorgekommen. Mein Vater ist sehr gewissenhaft.«

»Und es ist Ihnen nichts aufgefallen? Kein Hinweis darauf, wo er gewesen sein könnte?«

»Seine Spiegelreflexkamera war nicht da, er muss sie mitgenommen haben. Er ist Hobbyfotograf. Deswegen habe ich mir anfangs auch nichts gedacht. Es kommt schon mal vor, dass er für seine Aufnahmen länger unterwegs ist. Auch für Nachtaufnahmen. Aber mittlerweile mache ich mir Sorgen, ich kann ihn auf seinem Handy nicht erreichen.«

»Ihr Vater ist doch bekannt in der Gegend. Hat ihn denn niemand gesehen?«

»Leider nein. Hoffentlich ist ihm nichts passiert. Ich will gleich noch zur Polizei und ihn als vermisst melden.«

»Tun Sie das«, sagte Erik, nachdem er einen Blick mit Lizzi gewechselt hatte. »Aber die Telefonate mit Lizzis Vater lassen Sie besser weg.«

»Wieso?«, fragte Kyle überrascht. »Besser, die Polizei erfährt alles, was weiterhelfen könnte.«

»Wie soll ich es sagen … Wir haben den Verdacht, dass die

Fäden zu Lloyd führen. Da er beste Kontakte überallhin hat, warum nicht auch zur Polizei?«

Die Überraschung stand Kyle ins Gesicht geschrieben, als er sich in seinem Sitz aufsetzte und am Kopf kratzte. »Was Sie da sagen, ist der Wahnsinn!«

»Das können Sie sich eintätowieren«, sagte Lizzi. »Wir haben leider keine Beweise. Wir sitzen völlig auf dem Trockenen.«

Sie nahm das Foto noch einmal in die Hand und betrachtete es. »Ihr Vater, ist er mit Lloyd befreundet?«

»Auf keinen Fall. Er hat sich nur um seine Pferde gekümmert.«

»Auf dem Foto sieht es aus, als ob sich ein paar gute Freunde auf ein Bier getroffen hätten.«

»Vielleicht war das mal so«, antwortete Kyle, »aber das Foto ist uralt. Seitdem ist viel Zeit vergangen. Damals war mein Vater noch Junggeselle. Und heute ist er zweimal geschieden.«

»Das spricht doch nicht gegen eine Freundschaft mit Lloyd.«

»Mein Vater hat aber nie von ihm gesprochen. Warum sollte er einen Freund vor mir verheimlichen?«

»Vielleicht weil Sie Lloyd nicht mögen und er keinen Konflikt vom Zaun brechen wollte.«

Kyle lachte auf, als wäre es das Abwegigste, was er sich vorstellen könnte. »Nein. Das wäre kein Grund. Mein Vater und ich halten es gut aus, unterschiedlicher Meinung zu sein. Sonst würde ich nicht mit ihm zusammen unter einem Dach leben.«

»Das bedeutet, hier kommen wir auch nicht weiter.« Enttäuscht legte Lizzi das Foto auf den Tisch.

»Hey, Kopf hoch«, munterte Erik sie auf, »wir sind doch schon ein ganzes Stück weiter. Auch wenn wir die Zusammenhänge noch nicht begreifen, wissen wir, dass es einmal eine Verbindung zwischen Ihren Eltern, Kyles Vater und Lloyd gegeben hat. Und irgendetwas muss kürzlich passiert sein, weswegen Ihre Väter in Kontakt standen. Wenn wir herausfinden, was, dann sind wir der Lösung nah. Da bin ich mir sicher.«

»Sie legen sich mächtig ins Zeug, mich zu überzeugen.«

»Ich spreche nur aus, was Sie selbst wissen.«

»Gut, Kyle«, sagte Lizzi. »Gehen Sie zur Polizei. Und wir werden sehen, ob wir beim Ausgraben der Vergangenheit ein bisschen nachhelfen können. Lloyd hat uns auf seine Farm eingeladen, wir hoffen, uns dort unauffällig umsehen zu können.«

»Sie wollen zu ihm? Obwohl sie ihn verdächtigen?«

»Lloyd weiß sowieso, wo er uns hier findet. Er ahnt aber bisher nichts von unserem Verdacht.«

»Und das soll auch so bleiben«, ergänzte Erik. »Seit wir England betreten haben, hält sich Lloyd auffällig zurück. Entweder wiegt er sich in Sicherheit. Oder er ist vorsichtiger, weil er seinen Ruf nicht schädigen möchte.«

»Ich hoffe, Sie wissen, was Sie tun«, sagte Kyle.

»Sie könnten uns helfen. Als Rückfahrtschein.«

»Wie denn?« Sichtlich überrascht setzte sich Kyle in seinem Stuhl auf.

»Sie brauchen mich nur auf meinem Handy anzurufen, wenn wir bei Lloyd sind. Dann bekommt er mit, dass jemand weiß, wo wir sind.« Erik blickte auf seine Uhr. »In eineinhalb Stunden müssten wir dort sein. Können Sie das tun?«

»Ist das alles?«

»Das ist alles.«

»Okay. Das ist easy.« Kyle stellte den Timer seiner Handyuhr, dann verstaute er das gerahmte Bild wieder in seinem Rucksack, bevor er aufstand und einmal durchatmete. »Dann bis bald. Und wenn Sie etwas herausbekommen, melden Sie sich!«

Kyle verabschiedete sich, dann verließ er das Hotel. Lizzi sah ihm durch das Fenster nach, bis er nicht mehr zu sehen war. Sie meinte, ihm nachfühlen zu können, wie sehr die Sorge um seinen Vater ihn umtrieb.

»Alles klar mit Ihnen?«

Lizzi sah sich außerstande, Eriks Frage mit einem einfachen Ja oder Nein zu beantworten. Verwundert stellte sie fest, dass sie Mitleid mit Kyle empfand. Nicht dass sie gefühllos war, doch normalerweise gelang es ihr gut, die Befindlichkeiten anderer von sich fernzuhalten. Empathie war nichts für Anwälte, die hart austeilen mussten. Warum schwächelte sie auf einmal? Lag es daran, dass Kyle und sie ein ähnliches Schicksal verband? Das wäre eine plausible Antwort. Doch eine innere Stimme flüsterte ihr zu, dass es noch einen anderen Grund geben konnte: Eriks Einfluss, dem sie auf Schritt und Tritt ausgeliefert war. Bedeutete das etwas Gutes für sie oder etwas Schlechtes? Lizzi war sich unschlüssig. Und den Einzigen, der das wissen konnte, wollte sie nicht fragen.

28

»Sind Sie sicher, dass wir das Richtige tun?«

Erik, der den Wagen steuerte, wandte sich erstaunt Lizzi zu. »Bekommen Sie kalte Füße?«

»Ich habe keine Angst vor Lloyd, sondern davor, dass ich es nicht ertrage, ihm das naive Dummchen vorzuspielen – jetzt, nachdem ich weiß, was er getan hat.«

Erik nickte ihr verständnisvoll zu. »Denken Sie an Ihr Ziel. Anders kommen Sie nicht an ihn ran. Ich weiß, Sie schaffen das.«

Ein tiefer Seufzer entfuhr Lizzi. Sie drehte sich um und sah aus dem Heckfenster, rutschte kurz darauf wieder in ihren Sitz zurück. »Wenigstens folgt uns niemand.«

»Hey! Wie ein Profi.«

»Ist nicht schwer zu erkennen bei einer gähnend leeren Straße«, erwiderte Lizzi. »Apropos Profi: Was haben Sie gestern Abend mit dem Mann gemacht? Sie wissen schon, der im Auto vor dem Hotel gewartet hat.«

»Nach Ihrer Nachricht habe ich ihm einen Besuch abgestattet. Er hat sofort den Motor gestartet und ist weg.«

»Das ist alles? Ich dachte, ich hätte etwas verpasst. Einen dramatischen Showdown oder mindestens eine Prügelei.«

»Action ist etwas fürs Kino.«

»Mann, sind Sie langweilig.«

»In der Realität ist es hilfreicher, leise aufzutreten. Und genauso werden wir es bei Lloyd machen: kein Aufsehen. Keinen Verdacht erregen.«

»Ich weiß, *mio capitano*. Sie müssen das nicht immer wiederholen. Ich bin kein Kind mehr.«

»Leider«, sagte Erik und bog dem Navi folgend auf eine Landstraße ab. »Kinder versuchen, es ihren Eltern und Lehrern recht zu machen.«

»Sie sind keines von beidem. Oder habe ich da etwas verpasst?«

»Wir sind gleich da.«

Verwundert verglich Lizzi den Zielpunkt auf dem Navi-Bildschirm, der sich näherte, mit der Umgebung. Seit beeindruckenden zwei Kilometern fuhren sie an einer nicht enden wollenden hohen Backsteinmauer entlang, hinter der Lloyds Besitz liegen musste. Bei der Queen hätten solche Dimensionen sie nicht gewundert, aber bei einem Mann wie Lloyd?

»Hier ist es.«

Erik drosselte das Tempo und bog auf einen kleinen Besucherparkplatz ein, der seitlich des Toreingangs gelegen war.

»Sind Sie bereit?«, fragte er, als er den Motor abgestellt hatte.

Lizzi nickte beherzt, dann stieg sie aus. Gemeinsam gingen sie zum Tor, an dessen Seite eine zusätzliche Tür eingelassen war, und klingelten.

»Wir sind die Schmidts aus Deutschland. Mr Lloyd hat uns eingeladen«, sprach Erik in die Sprechanlage, als eine Lampe aufleuchtete und eine scheppernde Stimme sie fragte, wer sie waren und was sie wollten. Dabei bemerkte Lizzi, wie Erik unauffällig die integrierte Videokamera registrierte, die ihr Bild gerade in die Sicherheitszentrale des Anwesens überspielte.

Ein Klicken, ein Surren, dann öffnete sich die Tür und ließ

Lizzi und Erik hindurch aufs Grundstück. Vor ihnen breitete sich ein Park aus, durch den mittig eine schnurgerade Allee aus Rotkastanien führte. Sie ließ das Herrenhaus am anderen Ende erahnen, dessen gesamte Pracht von ihrer Perspektive aus noch hinter den Blättern der Bäume versteckt war. Lizzi und Erik machten sich zu Fuß auf den Weg, doch bereits nach wenigen Schritten kam ihnen ein Wagen mit offenem Verdeck entgegen, dessen Fahrer sie einzusteigen bat.

Je näher sie kamen, desto mehr zeigte sich das Haus, ein großes Sandsteingebäude, das von einem mit hellem Kies ausgelegten Vorplatz umrundet war. Nach Anzahl der Fenster zu urteilen, würde das Haus problemlos eine fünfzehnköpfige Familie beherbergen, schätzte Lizzi, und dann hatte jedes Familienmitglied mindestens zwei Zimmer. Dass selbst Erik beeindruckt war, erkannte sie darin, dass er nicht den üblichen Kontrollblick im Gesicht trug.

Als der Wagen vor dem Gebäude hielt und sie mitsamt Fahrer ausstiegen, kam ihnen Lloyd lächelnd entgegen.

Lizzi sah ihn prüfend an. Das sollte der Mann sein, der ihre Mutter auf dem Gewissen hatte? Der es nicht für nötig befunden hatte, Hilfe zu holen? Dass sie diese Gedanken zuließ, war ein Fehler, den sie bereute: Sofort schwappten die Bilder des Unfalls zurück in ihren Kopf. Nur ein Damm half dagegen. Der Erik-Damm. Das Ziel war der Weg.

»Schön, dass Sie gekommen sind«, holte Lloyd Lizzis Gedanken zurück in die Gegenwart.

»Den habe ich Ihnen zur Wiedergutmachung mitgebracht«, sagte Lizzi und zog eine Flasche französischen Rotwein aus einem Beutel hervor. »Deutschen Wein gab es hier leider keinen, aber immerhin aus der EU.«

»Danke. Ich werde mich gebührend an Sie erinnern, wenn ich ihn trinke«, sagte Lloyd.

»Hier kann man sich ganz schön verlaufen«, bemerkte Erik.

»Das ist sogar schon passiert, vor ein paar Jahren bei einer Charity-Veranstaltung für das Kinderheim, für das ich eine Patenschaft übernommen habe. Zum Glück ist niemand bei der Suche nach dem Weg zurück verdurstet.« Er grinste.

In diesem Moment klingelte wie verabredet Eriks Handy. Erik machte eine entschuldigende Geste, bevor er Kyles Gespräch annahm. »Hey, was ist? … Nein, wir sind gerade bei Mr Lloyd zu Besuch, aber wir kommen danach gleich vorbei.«

»Sie haben schon Freunde gefunden?«, fragte Lloyd neugierig, nachdem Erik das Handy weggesteckt hatte.

»Die Leute hier sind sehr aufgeschlossen.«

Lloyd wirkte einen Moment unschlüssig. »Kommen Sie«, sagte er dann. »Wenn Sie noch etwas vorhaben, sollten wir keine Zeit verlieren. Ich zeige Ihnen die Außenanlage.«

Lizzi blickte zu dem Haus, das sie viel mehr interessierte. »Hier drin wohnen Sie?«

»Ja.«

»Und hier arbeiten Sie auch? Sie haben doch sicher ein Büro.«

»Wieso interessiert Sie das?«

Lizzi benötigte nicht lange, um sich eine Antwort auszudenken. »Weil das immer mein Traum war: leben und arbeiten unter einem Dach. Sie scheinen sich meinen Wunsch erfüllt zu haben. Ihr Garten ist auch ganz passabel.«

Lloyd lächelte, dabei wies er aufs Auto. »Sie dürfen wieder Platz nehmen.«

»Wir fahren?«, fragte Erik.

Lloyd stieg ein. »Ja. Zu Fuß ist die Tour übers Gelände auf Dauer etwas anstrengend. Es ist hier sehr weitläufig.«

»Das erinnert mich an *Jurassic Park*«, bemerkte Lizzi, während sie sich setzte. »Sie kennen sie bestimmt, die Szene mit der Sightseeing-Tour im Auto, als die Saurier ausbrechen.«

»Hier gibt es nur Pferde und Hunde«, bemerkte Lloyd, während er losfuhr. »Die sind nicht gefährlich.«

»Da bin ich aber froh«, sagte sie, während sie sich umblickte, als würde sie das Grundstück bestaunen. »Wo fahren Sie uns hin?«

»Zu meiner Teeplantage.«

»Wir sind sehr gespannt«, log Lizzi.

»Wie lange bleiben Sie in Scarborough?«, fragte Lloyd, als er den Wagen auf einen schmalen Weg steuerte.

»Drei Wochen«, antwortete Lizzi. Falls Lloyd ungute Pläne mit ihnen hatte, sollte er sich nicht unter Zeitdruck fühlen. Erik nickte. Lizzi wusste, dass es nicht Lloyd galt, sondern ihr. Sie hatte die richtige Antwort gegeben.

»Wie schön. Dann werden Sie noch ausgiebig Zeit haben, die Schönheiten hier kennenzulernen. Und ich hätte die eine oder andere Gelegenheit, mehr über das Leben in Deutschland zu erfahren.«

»Und wir über das in England.«

Nach etwa fünfhundert Metern hielt Lloyd bereits wieder. Auf dem leicht erhabenen Terrain in der Größe eines Fußballfeldes bedeckte eine schwarze Kunststoffmatte den Boden, aus der kleine Teepflanzen herauswuchsen, geschützt von weißen Planen, die den Wind abhielten. Daneben stand ein begehbares Gewächshaus.

»Teeblätter ertragen keine Staunässe oder kalten Wind. Meine Blätter sind alle *single estate*, also höchste Qualität«, referierte Lloyd, nachdem er ausgestiegen war. »Ich beliefere das Luxor Hotel in London. Fünfzehn Pfund wird dort für eine Tasse Tee berechnet. Und jede ist es wert. Meine Abnehmer wissen, dass sie von mir eine gleichbleibend hohe Qualität erwarten können.« Er sah sie an. »Das ist eine Sache des Vertrauens.«

Lizzi hatte nur mit einem Ohr zugehört. Was sie interessierte, war auf keinen Fall die Teeplantage, selbst wenn sie in diesen Breiten etwas Seltenes war. Um keinen Verdacht zu erregen, folgte sie Lloyd ins Treibhaus, wo auf einem Tisch viele Töpfe mit noch jungen Trieben standen. Lizzi fragte sich, was Lloyd mit seiner detailreichen Führung bezweckte. Sie einzulullen, bis sie unaufmerksam waren? Der Wolf im Schafspelz? Diese Rolle spielte er gut.

»Und hier ziehe ich die Pflanzen an, bevor sie nach draußen gesetzt werden«, setzte Lloyd seine Rede fort. »Manche gewöhnen sich so sehr an das gute und sichere Leben, dass sie übermütig werden und sich auf Kosten der anderen auszubreiten versuchen. Doch die Natur bestraft diese Ausreißer. Sie überleben nicht lange.« Dabei legte er den Kopf schief und lächelte Lizzi an. Sein Lächeln hatte etwas Berechnendes, und sein Blick fixierte Lizzi einen Lidschlag länger, als es angebracht gewesen wäre. Etwas Abgründiges lag in seinem Blick, stellte Lizzi fest, etwas, das sie zweifeln ließ, dass es gerade um rein botanische Bedeutsamkeiten ging. Was wollte er ihr mitteilen?

»Sie machen das alles selbst? Das Anzüchten und Umsetzen?«

»Nein«, lachte Lloyd. »Ich verlasse mich auf meine Gärtner. Ich gebe nur meinen Senf dazu.«

»Sie müssen viele Mitarbeiter haben. Bei so einem großen Besitz«, stellte Erik fest.

»Sie haben recht. Ich habe für alles meine Experten und Helfer. Ohne sie könnte ich mein Anwesen nicht unterhalten. Ich erwarte Loyalität, und sie erhalten einen guten Arbeitsplatz – eine Win-win-Situation. Ich gehöre zu den attraktivsten Arbeitgebern in Scarborough. Alleine für den Garten unterhalte ich sechs Gärtner, meine Tee-Experten nicht eingerechnet.«

»Hier ist niemand zu sehen. Verstecken die sich alle?«

»Donnerstags haben sie frei, es sei denn, es ist Erntezeit, oder sie werden wetterbedingt benötigt. Wollen Sie meinen *walled garden* sehen?«

Lizzi verzog das Gesicht. »Zu viel Gemüse und Vitamine sind nicht gesund. Ihre Pferde würden mich mehr interessieren.«

»Die Frau mit Temperament bevorzugt Warmblütler. Das hätte ich mir denken können.«

Lloyd stieg wieder ins Auto und wartete, bis Lizzi und Erik ebenfalls saßen. Dann fuhr er wieder los, vorbei an den Gärten, in denen es blühte und summte und in denen sich Lizzi unter anderen Umständen liebend gern umgesehen hätte. Wenn sie nicht Wichtigeres im Kopf gehabt hätte. Lloyd saß entspannt auf seinem Sitz und erzählte etwas über die Geschichte des Ortes. Er wirkte auf Lizzi wie die Spinne im Netz, die ihre Opfer schon sicher in der Klebefalle wähnt und sich alle Zeit der Welt lässt.

Am Ende eines langen Bogens, auf dessen Weg sie einen schmalen Fluss auf einer Brücke überquerten und durch parkähnliche Landschaften fuhren, lagen die Stallungen. Auf einem weitläufigen Gelände, das von einem Holzgatter umzäunt war und das sich an den Pferdestall anschloss, grasten fünf Pferde mit kastanienbraunem Fell in der Frühlingssonne. Auch ohne Ahnung vom Reiten zu haben, sah Lizzi den hochgewachsenen Tieren an, dass es edle Tiere sein mussten.

Lizzi atmete tief ein. Der Zeitpunkt war gekommen, einen Vorstoß zu wagen.

»Schöne Tiere«, sagte sie. »Dr. Baxter darf sich glücklich schätzen, sie zu behandeln.«

»Kennen Sie sich mit Pferden aus?«

»Aber ja. Vier Beine, eine Mähne, und man kann auf ihnen reiten.«

Lloyd sah sie an. »Sie passen mit Ihrem Humor wirklich gut hierher.«

»Leider dauert unser Urlaub nicht ewig. Irgendwann müssen wir zurück.«

»Man weiß nie, was die Zukunft bringt.«

»Nein. Das weiß man nicht.«

Erik, der sich die letzten Minuten nicht ins Gespräch eingeschaltet hatte, zeigte auf ein Pferd hinter einem Baum, das sein Bein nicht richtig aufsetzte. Anscheinend hatte es Schmerzen. »Apropos Tierarzt. Ich glaube, hier wird einer gebraucht. Der Rappe dort hinkt.«

Lloyd zog unwillig seine Augenbrauen zusammen, als er das Pferd aus der Entfernung fixierte. »Ich habe schon mit Dr. Baxter gesprochen. Machen Sie sich keine Sorgen um das Tier.«

Lizzi und Erik warfen sich einen Blick zu, denn es war klar, dass Lloyd nicht die Wahrheit sagte. Die Frage war: Log er, weil er nichts von Baxters Verschwinden wusste? Oder weil er es verschleiern wollte?

Lizzi drehte sich um und sah Lloyd geradewegs in die Augen. »Sagen Sie, Mr Lloyd. Sie sind so überaus nett zu uns.

Helfen uns. Laden uns auf Ihr Grundstück ein … Wenn Sie zu allen Fremden so zuvorkommend wie zu uns wären, hätten Sie viel zu tun.«

Einen Moment sann Lloyd nach, ein hintergründiges Lächeln umspielte seinen Mund. »Sie erinnern mich an jemanden«, sagte er schließlich.

»Verraten Sie mir, an wen?«

»Jemanden aus der Vergangenheit, den ich mochte.«

»Den?«

»Die.« Er machte eine kleine Pause, bevor er weitersprach. »Ein so bezauberndes Geschöpf wie Sie kommt nicht aus dem Nichts, es muss sehr nette Eltern haben. Ich würde zu gern mal Ihren Vater kennenlernen.«

Jetzt streckt die Spinne ihre Arme aus, dachte Lizzi.

»Ich weiß nicht, ob er mich immer so nett findet. Ich kann ziemlich widerborstig sein. Fragen Sie meinen Mann.«

Lloyd lachte auf, aber es war kein echtes Lachen, seine Augen blieben kalt. Er musterte sie forsch. »Was ist Ihr Vater von Beruf?«

Das weißt du ganz genau, dachte Lizzi.

»Warum fragen Sie?«

»Weil der Beruf etwas über den Menschen aussagt.«

»Jurist.«

»Ein Mann, der für das Recht kämpft.« Lloyd ließ sich jedes einzelne Wort auf der Zunge zergehen. »Einen deutschen Juristen als Berater könnte ich sehr gut gebrauchen. Ich möchte schon lange meine Tee-Exporte in die EU ausweiten, vor allem nach Deutschland. Mir hat bisher nur jemand gefehlt, der mich beraten kann. Jemand wie Ihr Vater. Wenn Sie mir sagen, wo ich ihn erreiche, nehme ich noch heute Kontakt zu ihm auf.«

Das hättest du wohl gern, schoss es Lizzi durch den Kopf, während Lloyds gespannt abwartender Blick auf ihr ruhte. Nur bestimmt aus einem anderen Grund, als sich beraten zu lassen.

»Würde ich gern, aber im Moment geht das nicht.«

»Jeder Urlaub ist irgendwann zu Ende. Auch seiner.«

Lizzi zögerte mit einer Antwort, sie überlegte, wie weit sie den Bogen der Wahrheit spannen sollte, um Lloyd aus der Reserve zu locken.

»Er ist nicht in Urlaub«, warf Erik ein. »Sondern untergetaucht.«

Sein Einwurf hatte eine gewisse Genialität, musste Lizzi zugeben, weil er Lloyd vorgaukelte, dass sie keinerlei Misstrauen gegenüber ihrem Gastgeber hegten.

Lloyd wollte nicht verstehen. »Sie meinen, er hat sich eine Auszeit genommen. Etwa in einem Kloster?«

»Nein, wir wissen nicht, wo er ist.«

Lizzi registrierte, wie Lloyds Augen hin und her flitzten, als sicheres Zeichen, dass Lloyd die Information einzuordnen versuchte.

»Kein Vater verschwindet, ohne seine Tochter zu informieren, wo sie ihn findet.«

»Dann ist er eine unrühmliche Ausnahme«, hielt Lizzi dagegen. »So viel zum Thema nette Väter. Unschöne Geschichte, aber damit will ich Sie nicht behelligen.«

Lloyds scharfer Blick lag auf Lizzi, er versuchte zu ergründen, ob sie ihm die Wahrheit gesagt hatte. Es fiel Lizzi nicht schwer, seinem Blick standzuhalten.

»Warum sind Sie dann gerade hier?«

»Wieso fragen Sie das? Scarborough ist ein schöner Ort, finden Sie nicht?«

Lizzi tat erstaunt, doch innerlich freute sie sich, denn es war das erste Mal, dass Lloyd sich verhaspelt hatte, auch wenn er seinen Fehler Sekunden später selbst bemerkte.

»Ich habe mich unpassend ausgedrückt«, korrigierte er sich eilig. »Was ich sagen will: Urlaub zu machen, wenn es zu Hause Anlass zur Sorge gibt, bringt keine Entspannung. Seine Probleme nimmt man immer mit.«

»Unsere Sorge hält sich in Grenzen. Ich nehme an, mein Vater ist mit einer jungen vollbusigen Blondine durchgebrannt, reist durch die Weltgeschichte und lässt es sich gut gehen«, log Lizzi.

»Verstehe«, erwiderte Lloyd. Seine Augen wurden schmal und wanderten nachdenklich in die Ferne.

»Ich bin eine erwachsene Frau. Mir ist bewusst, dass Väter nicht immer die Helden sind, die sie in der Kindheit für uns waren.«

»Wenn Sie Hilfe bei der Suche benötigen – ich kann Sie unterstützen.«

»Von England aus?«

Lloyd zögerte. »Nein, Sie haben recht.«

Er sah zu den Pferden, dann auf seine Uhr und tat auf einmal eilig. »Mir fällt gerade ein, ich habe einen dringenden Termin vergessen. Es tut mir sehr leid, dass ich die Führung abbrechen muss. Ich fahre Sie zum Eingang zurück.«

Ohne auf eine Reaktion zu warten, stieß er sich vom Gatter ab und stieg zurück ins Auto. Lizzi und Erik warfen sich hinter seinem Rücken einen Blick zu, während sie ihm folgten. Ließ die Spinne von ihren Opfern los, um nach einer neuen List zu sinnen? Wenn es Lloyds Strategie gewesen war, von Lizzi den Aufenthaltsort ihres Vaters zu erfahren, war sie fürs Erste nicht aufgegangen. Doch sein plötzlicher Aufbruch machte Lizzis und Eriks Plan zunichte, etwas herauszubekommen, das sie weiterbrachte.

Während der Rückfahrt war Lloyd weniger gesprächig als sonst, wofür er sich entschuldigte. Lizzi war das nur recht, suchte sie doch fieberhaft nach einer Möglichkeit, in das Haupthaus zu gelangen, bevor sich die Tore wieder hinter ihnen schlossen.

Ein entfernter Aufruhr aus Stimmen und Hundegebell platzte in ihre Gedanken. Sie drehte sich um, sah jedoch nur ein Ensemble aus fensterlosen Schuppen, das etwa zweihundert Meter entfernt hinter ihnen lag, nicht weit entfernt von den Ställen. Auch Lloyd hatte die Unruhe vernommen, für einen kurzen Moment hielt er an.

Plötzlich rannte ein indisch aussehender Mann zwischen den Schuppen hervor. Von ihren Sitzen aus konnten sie beobachten, wie er um sein Leben zu laufen schien. Keine Sekunde später wusste Lizzi, warum. Zwei Hunde waren hinter ihm her, schnell holten sie ihn ein. Wild bellend und zähnefletschend hielten sie ihn in Schach. Auch wenn Lizzi aus der Entfernung das Gesicht des Mannes nicht erkannte, war an seiner Körperhaltung seine Angst abzulesen.

Lloyds Augen hatten sich zu Schlitzen zusammengezogen, er trat ohne Vorankündigung aufs Gaspedal, sodass seine Gäste in ihre Sitze gedrückt wurden. Rasant brachte er seine Besucher weg von dem Ort. Das Bellen der Hunde wurde rasch leiser. Doch als Lizzi und Erik sich während der Fahrt umdrehten, sahen sie, wie ein anderer Mann mit einem Gewehr den Flüchtenden vor sich hertrieb, bis alle hinter den Gebäuden verschwanden.

»Wollen Sie nicht nachschauen, was passiert ist?«, fragte Erik verblüfft.

»Machen Sie sich keine Gedanken«, antwortete Lloyd. »Das Grundstück lockt Kriminelle von überallher an, das passiert nicht zum ersten Mal. Deswegen habe ich inzwischen Wachpersonal und Kameras.«

Er gab sich Mühe, locker zu wirken, doch man merkte ihm an, dass es ihm missfiel, was seine Gäste mitbekommen hatten.

»Was passiert mit dem Mann?«

»Er wird zur Polizei gebracht. Der Rest ist nicht meine Sache.«

»Vielleicht hat er Hunger«, nahm Lizzi den Mann in Schutz.

»Hunger. Oder Appetit. Ist das nicht egal? Wer sich auf fremde Kosten bereichert, ist kriminell. Und bei Kriminellen kennt selbst mein sonst so großes Herz kein Erbarmen. Da kann ich sehr nachtragend sein.« Er sah Lizzi dabei so eindringlich an, als ob er seine Worte bewusst an ihre Person richtete. War er doch nicht so ahnungslos, wie sie dachten?

Lloyds harter Ton ließ Lizzi verstummen. Schweigend fuhren sie weiter. Ohnehin nagte ein dringenderes Problem an ihr: Gleich würden sie das Grundstück verlassen müssen und hätten keine Möglichkeit mehr, irgendetwas Neues herauszufinden. Als sie sich dem Haupthaus näherten, kam Lizzi endlich eine Idee.

»Entschuldigen Sie, Mr Lloyd, ich muss ganz dringend eine Toilette aufsuchen.« Erik sah sie überrascht an. Doch Lizzi ließ sich nicht beirren. »Ich weiß, Sie haben es eilig, Mr Lloyd, aber ich kann es nicht länger aufschieben, fürchte ich.«

Sie spürte an Lloyds Zögern, dass er nach einem Weg suchte, das Unvermeidliche zu verhindern. Doch auch Erik war anzusehen, wie wenig er von ihrer durchsichtigen Idee hielt. Lassen Sie es, drückte sein Blick aus. Was Sie vorhaben, ist riskant!

Lizzi schmetterte seinen stillen Wunsch mit einem Augenaufschlag ab. Vertrauen Sie mir, signalisierte sie ihm mimisch zurück.

Schließlich rang Lloyd sich durch, seine Fahrt vor der Eingangstür des Hauses zu unterbrechen. Er stieg aus, um Lizzi die Haustür zu öffnen. »Die Gästetoilette ist da hinten, den Gang hinunter rechts.«

Lizzi warf ihm ein dankbares Lächeln zu, bevor sie die Halle des Herrenhauses betrat. Mit einem Blick erkannte sie, dass die breite, mit Teppich ausgelegte Treppe im Zentrum der Halle zu den beiden oberen Etagen führte. Zu Lizzis Ärger blieb Lloyd als Aufpasser in der Tür stehen und wartete, während sie sich auf den Weg machte. Wie sollte sie sich so heimlich umsehen können?

Obwohl Erik ihr Vorhaben nicht gebilligt hatte, stand er ihr bei. Von draußen hörte sie ihn nach Lloyd rufen, und was immer er sich ausgedacht hatte, brachte Lloyd dazu, seinen Wachposten aufzugeben und zu ihm zu gehen. Wenigstens für einen Moment war die Luft rein.

Lizzi nutzte die Chance: Eilig lief sie von Tür zu Tür und warf Blicke in die Zimmer dahinter. Die Küche interessierte sie nicht, auch nicht ein Raum mit Schuhen und Regenjacken oder der kleine Raum, in dem Besucher warten konnten, bis der Hausherr sie empfing. Was sie suchte, war Lloyds Arbeitszimmer.

Hinter der vierten Tür, die auf der gegenüberliegenden Seite des Ganges und hinter der Treppe lag, wurde sie fündig. Vorsichtig drückte sie die Klinke herab und stieß die Tür auf. Lizzi staunte über den großen Schreibtisch, das braune Ledersofa, die schweren Möbel an der Wand – der ganze Raum war im britischen Kolonialstil eingerichtet. Der Schreibtisch des Premierministers in der Londoner Downing Street musste ein Leichtgewicht sein im Vergleich zur Wuchtigkeit, die Lloyds Arbeitsplatz ausstrahlte.

Lizzi hatte keine Ahnung, wo sie in so kurzer Zeit mit ihrer Suche anfangen sollte. Sie wusste ja noch nicht einmal, was sie genau suchte, außer einer Verbindung zwischen ihrem Vater, Lloyd und Baxter.

Wie unter Strom lief sie die Wände ab, die dicht mit gerahmten Fotos und Bildern der englischen Geschichte behängt waren – in der Hoffnung, mehr über Lloyd zu erfahren.

Ein Geräusch hinter ihr ließ sie zusammenfahren. Erschrocken drehte sie sich um. Doch es war nicht Lloyd. Eine orangerote Katze starrte sie mit großen Augen an.

»Wie kannst du mich so erschrecken!«, flüsterte Lizzi der Katze zu.

Doch zur Entspannung war keine Zeit, denn im gleichen Moment klingelte Lizzis Handy. Nur ein einziges Mal. Es war Erik, der sie warnte. Mit stockendem Atem hetzte Lizzi zurück in den Flur. In der Eile gelang es ihr nicht, die Tür richtig ins Schloss zuziehen, sodass sie wieder aufsprang. Doch sie hatte keine Zeit mehr zurückzugehen: In dem Moment, in dem Lizzi die Seite des Ganges erreicht hatte, auf der die Gästetoilette lag, öffnete sich bereits die Eingangstür. Lloyd trat herein und sah zu Lizzi, die ihre Aufregung zu überspielen versuchte. Sein Blick war argwöhnisch. »Alles in Ordnung?«, fragte er.

»Oh. Tut mir leid, dass es so lange gedauert hatte. Ich konnte mich nicht losreißen«, antwortete Lizzi und strich sich dabei die Hände an ihrer Hose ab, als ob sie noch feucht wären. »So stilvoll habe ich mir jedenfalls noch nie die Hände gewaschen.«

Noch während sie sprach, bereute sie, dass sie sich ohne Lloyds Zutun in eine Ecke hatte drängen lassen, in der sie angreifbar war. Inständig hoffte sie, dass sie mit ihrer Einschätzung richtiglag: dass ein Mann wie Lloyd, dessen Anwesen in jedem Winkel den Geist des Commonwealth atmete, seinen Gästen kein nüchternes Klo zumutete.

»Da sind Sie aber die Erste, die das behauptet. Die Toilette soll schon seit Jahren renoviert werden«, sagte Lloyd trocken.

Wurde sie gerade leichenblass, oder redete Lizzi sich das nur ein? Ein spontaner Ohnmachtsanfall würde jede weitere Nachfrage auf der Stelle verhindern, doch sie entschied sich für einen Konter. Auf dem Feld war sie geübter.

»Mein Humor passt wohl doch nicht so gut hierher, wie Sie sagen«, entgegnete sie, so frech sie konnte.

Lloyd schien auf ihre Finte hereinzufallen. Doch als er sich abwandte und die offene Tür seines Büros sah, bildete sich eine Furche auf seiner Stirn. Lizzi biss sich vor Ärger auf die Lippe. Sie hatte einen dummen Fehler begangen, der Erik mit Sicherheit nicht passiert wäre.

Noch während sie nach einer Ausrede suchte, sprang ihr das Glück in Gestalt der Katze zur Seite, die sich durch den Spalt zwischen Tür und Rahmen hindurch in den Flur und an Lloyds Bein vorbeischlängelte. Im selben Moment glättete sich Lloyds Stirn wieder.

»Du hast hier nichts zu suchen, Kookie«, ermahnte er die Katze mit erhobenem Zeigefinger.

Miauend verzog sich das Tier in den Tiefen des Hauses.

Wäre Lizzi eine Katze gewesen, hätte sie auch miaut, so erleichtert war sie, als sie kurz darauf wieder draußen bei Erik war. Er sah ihr bereits entgegen. Hinter Lloyds Rücken zog Lizzi eine Grimasse, um ihn zu informieren, dass sie nicht erfolgreich gewesen war.

Lloyd ließ es sich nicht nehmen, Lizzi und Erik bis zum Ausgang zu bringen, vermutlich weniger aus Nettigkeit, als um sicherzugehen, dass sie sein Grundstück auch wirklich verließen.

»Danke für die Zeit, die Sie sich für uns genommen haben«, sagte Erik zum Abschied.

»Gern geschehen. Passen Sie auf Ihre reizende Frau auf.«

Eriks Augenfalten kräuselten sich. »Wie meinen Sie das?«, fragte er erstaunt.

»Wenn Ihre Frau nach ihrem Vater kommt, könnte sie Ihnen irgendwann abhandenkommen.« Er verzog den Mund in die Breite, als ob er einen besonders guten Witz gemacht hätte, dann wurde er schlagartig wieder ernst. »Und wenn Sie doch noch meine Hilfe benötigen, mein Angebot steht. Ich bin gut im Networking. So sagt man doch heute.«

Mit diesen Worten verabschiedete sich Lloyd. Kurz darauf schloss sich das Tor hinter ihnen.

Erik zog Lizzi von der Sprechanlage fort Richtung Parkplatz. Ärgerlich sah er sie an. »Was sollte das gerade?«

Obwohl Lizzi wusste, worauf Erik anspielte, gab sie sich ahnungslos. »Was meinen Sie?«

»Ihre Solo-Einlage. Was wollten Sie in Lloyds Haus?«

»Informationen, wo mein Vater ist.«

»Und Sie meinen, die finden Sie auf der Gästetoilette?«

»Es war einen Versuch wert«, antwortete Lizzi beleidigt.

»Jetzt hat er uns in Verdacht. Das hat sich verdammt noch mal gerade wie eine Drohung angehört. Was haben Sie da drin getan? Hat er Sie erwischt?«

»Nein«, wehrte Lizzi Eriks Kritik ab. »Er hat nur auf Stufe zwei geschaltet. Vom uneigennützigen Großgrundbesitzer zum Hüter seiner Interessen.«

»Haben Sie etwas herausgefunden?«

»Immerhin weiß ich jetzt, wo das Büro liegt«, verkündigte sie stolz.

»Und was bringt uns das?«

Lizzi sah ihn mit hochgezogenen Augenbrauen an, ohne zu antworten, bis Erik begriff.

»Sie wollen in sein Haus einbrechen? Denken Sie nicht einmal daran!«

»Bleiben Sie doch mal sachlich: Weder wir noch Lloyd wissen, wo mein Vater steckt. Aber Lloyd weiß im Gegensatz zu uns, was er von ihm will. Er ist uns immer einen Schritt voraus, und das wird er auch sein, wenn es darum geht, meinen Vater zu finden.«

»Das interessiert die Polizei hier herzlich wenig. Wir könnten im Gefängnis landen. Außerhalb der EU. Das ist verrückt!«

»Jetzt wollen Sie aufgeben? Wo wir direkt vor der Höhle des Löwen stehen? Wir sind die Einzigen, die meinem Vater helfen können, und ich habe vor, ihn zu finden, bevor Lloyd es tut.«

»Und wer sagt Ihnen, dass wir in seinem Büro etwas finden?«

»Niemand. Aber wo sollen wir sonst suchen? Lloyd ist nicht der Typ, der seine Geheimnisse im Schlafzimmerschrank aufbewahrt. Er ist ein Strippenzieher. Ein Taktiker. Ich sage Ihnen:

Wenn wir etwas finden, dann dort. Hätten Sie sein Büro gesehen, wüssten Sie, was ich meine. Er regiert von seinem Schreibtisch aus seine Ländereien. Glauben Sie, diese hohe Mauer rund um sein Anwesen ist aus Versehen gebaut worden? Dort ist sein Reich, von außen bekommt niemand mit, was im Inneren passiert. Wir müssen dort hinein.«

»Ins Innere«, wiederholte Erik trocken. »Wenn es sonst nichts ist.«

»Sie haben doch den Mann gesehen, der weggerannt ist. Der ist auch irgendwie hineingekommen.«

»Gut, dass Sie ihn erwähnen. Er wurde geschnappt. Erinnern Sie sich? Für mich ist es ein Argument, wie groß das Risiko ist.«

»Wir warten, bis es dunkel wird.«

»Glauben Sie, die Kameras schlafen dann?«

Lizzi legte genervt den Kopf zur Seite. »Ich kann Sie nicht zwingen. Dann mache ich es eben alleine.«

»Sie wissen genau, dass Sie es ohne mich nicht schaffen.«

»Und deswegen weiß ich auch, dass Sie am Ende sowieso mitmachen. Können wir die Diskussion nicht einfach abkürzen?«

»Sie rauben einem den letzten Nerv.« Erik stemmte seine Hände in die Seite und schnaubte durch die Nase. »Also gut, ich helfe Ihnen. Unter einer Bedingung: Wir machen einen Plan. Und wenn etwas schiefgeht oder ich zum Rückzug pfeife, kommen Sie mit, ohne Widerrede.«

»Wie kommen Sie darauf, ich würde mich planlos aufmachen? Und das mit dem Rückzug kommt auf die Situation an, das kann man doch nicht …«

Erik unterbrach Lizzi. »Ohne Widerrede habe ich gesagt.«

Lizzi verzog den Mund, während sie überlegte.

»Abgemacht«, sagte sie schließlich, denn sie war zu dem Entschluss gekommen, was als Widerrede galt, war eine Sache der Auslegung. Diese Erkenntnis musste sie Erik allerdings nicht auf die Nase binden. »Und was ist mit dem Plan?«, fragte sie stattdessen.

»Den habe ich bereits.«

Neugierig lauschte Lizzi Eriks Worten. Während sie im Haus herumspioniert hatte, war es ihm gelungen, ein Gespräch Lloyds mit einem seiner Angestellten mit anzuhören. Es war um die Lieferung eines Aufsitzrasenmähers am frühen Abend gegangen. Der Lieferwagen würde ihr trojanisches Pferd werden, erklärte Erik. Im Schatten des Wagens würden sie durch das Tor auf das Grundstück kommen und sich auf dem Parkgelände verstecken, bis es ruhig und dunkel genug wurde, um zum Haus zu gelangen. Dort wollte er durch den seitlichen Dienstboteneingang ins Haus gelangen, den er in der Wartezeit entdeckt hatte.

Eriks Plan war gar nicht mal schlecht, befand Lizzi. Vor allem hatte er den unschätzbaren Vorteil, dass sie nicht über die Mauer klettern musste, zumindest nicht auf dem Hinweg. »Wo ist der Haken?«, fragte Lizzi. »Bei Ihnen gibt es immer einen.«

»Wir müssen herausfinden, wo sich die Einfahrt für Lieferanten befindet.«

»Das ist alles?«

»Nicht ganz. Um später wieder herauszukommen, müssen wir uns etwas Neues überlegen. Da werden ganz sicher keine Lieferanten parat stehen. Aber vielleicht können wir auf Ihre Erfahrungen mit Kirchtürmen und Eingangstoren zurückgreifen«, ergänzte er.

Lizzi nickte ernsthaft, ohne auf seinen Scherz einzugehen. Sie hielt den Plan für machbar trotz der zwei Haken. Erstaunlich nur, dass sich Erik auf ihr Vorhaben einließ, obwohl es gefährlich war. Konnte es sein, dass ihre Abenteuerlust auf ihn abfärbte? Kaum vorstellbar. Hatte er sich seinem Schicksal ergeben? Undenkbar. Doch vielleicht gab es noch einen anderen Grund, der ihr bei näherem Hinsehen viel besser gefiel: Er vertraute ihr.

29

Nach ihrem Besuch bei Lloyd meldeten sich Lizzi und Erik kurz bei Kyle, um ihn darüber zu informieren, dass sie nichts Neues über seinen Vater herausgefunden hatten, sie sich aber am Abend erneut Zutritt zu seinem Anwesen verschaffen würden. Die restliche Zeit nutzten sie, um sich auszuruhen und noch einmal alles durchzusprechen, bevor sie schließlich den Weg zu Lloyds Farm ein zweites Mal zurücklegten. Es war nicht schwer, den Lieferanteneingang zu finden. Er lag etwa sechshundert Meter vom Haupteingang entfernt und musste in Höhe des Stalles und der Baracken liegen. Direkt an der Mauer wuchs ein Dickicht aus Büschen und Bäumen.

Erik parkte seinen Wagen ein Stück entfernt im Schatten eines dichten Busches und schaltete das Scheinwerferlicht aus. Dann suchten sich beide eine Stelle nahe dem Tor, die geeignet war, sich zu verstecken.

Lizzi hatte eine olivgrüne Bluse als Tarnkleidung angezogen, wofür sie von Erik sogar Lob erhalten hatte. Nur das orangefarbene Halstuch, das so gut dazu passte, musste sie auf seinen Wunsch hin weglassen, obwohl Halstücher in allen erdenklichen Situationen hilfreich sein konnten. Aber das verstand Erik nicht.

»Haben Sie Ihr Handy stumm geschaltet?«, wollte er wissen.

»Selbstverständlich!«, sagte Lizzi, während sie heimlich in

ihrer Hosentasche nach dem Handy angelte, um in einem unbeobachteten Moment das Vergessene nachzuholen. »Das war das Erste, was ich gemacht habe.«

Eriks zufriedenes Lächeln bestätigte ihr, dass Flunkern seine guten Seiten hatte. Nichts lag ihr ferner, als von ihm für unfähig gehalten zu werden, noch bevor ihr Vorhaben begonnen hatte.

Auf der Straße fuhren nur wenige Autos, darum ließ sie jedes Geräusch aufhorchen, das nach einem großen Motor klang. Doch immer war es Fehlalarm, sie mussten eine ganze Weile in ihrem Versteck ausharren. Es dämmerte bereits, und Lizzi befürchtete schon, dass die Lieferung des Rasenmähers verschoben worden war, als endlich ein Siebeneinhalbtonner von der Straße abbog und in die Einfahrt fuhr. Ein kräftiger Mann mit deutlichem Bauchansatz unter seinem T-Shirt sprang aus dem Führerhäuschen und klingelte am Tor, das sich kurz darauf öffnete. Im nächsten Moment kletterte der Mann wieder in seine Kabine und startete den Motor.

Erik hatte seine Hand auf Lizzis Arm gelegt und drückte ihn als Zeichen, dass es losging. Überflüssigerweise, fand Lizzi, doch es war nicht der passende Ort und Zeitpunkt, um das jetzt auszudiskutieren. Als das Führerhäuschen bereits auf der anderen Seite des Tores verschwand und sie aus dem Blickfeld des Fahrers gerieten, sprangen sie aus dem Gebüsch und liefen im Schatten des Lieferwagens durch das Tor.

Obwohl alles wie am Schnürchen lief, spürte Lizzi ein Kribbeln im Bauch. Ab jetzt waren sie auf sich allein gestellt. Und obwohl Lizzi sich vorher wenig Sorgen gemacht hatte, war sie nun aufgeregter als Erik. Oder war es gerade deswegen?

Unbemerkt vom Fahrer gelangten sie auf das Grundstück.

Während sich hinter ihnen das Tor surrend wieder schloss und sie gerade den Schutz des Wagens verlassen wollten, passierte etwas, mit dem die beiden nicht gerechnet hatten.

»Stopp!«, rief eine laute Männerstimme. Der Wagen hielt so abrupt, dass Lizzi fast dagegen gelaufen wäre. Ihr Kribbeln verwandelte sich explosionsartig in eine Vorstufe eines Magendurchbruchs. Auch wenn Lizzi eine optimistische Grundeinstellung hatte, war ihr durchaus bewusst, dass es Momente im Leben gab, die nicht gut ausgingen und entweder vor Gericht oder auf dem Friedhof endeten.

Die Stimme des Mannes kam näher. Erik sah zu Lizzi und legte seinen Finger auf die Lippen, für den Fall, dass ihr jetzt in den Sinn kommen sollte, ihre Situation zu besprechen. Für wie dumm hielt er sie? Allerdings hatte sie tatsächlich kurz mit dem Gedanken gespielt, denn der Motor lief laut genug, um das ein oder andere Wort zu überdecken.

Ihr Versuch, ihm das stumm mitzuteilen, scheiterte daran, dass Erik seinen Kopf gerade vorsichtig hinter dem LKW hervorschob, um die Lage zu peilen. Lizzi tat es ihm nach und sah, wie ein Mann auf das Führerhäuschen zuging und mit dem Fahrer durch das offene Fenster sprach. Sie erkannte ihn sofort. Es war derselbe, dem sie schon auf der Landstraße begegnet waren und außerdem in der Nacht vor dem Hotel. Der Mann mit dem Fluchtreflex, den Erik bei ihm anscheinend auslöste. Sie würde ihn fortan nur noch Mr Panic nennen.

Abgelenkt durch ihre Gedanken erkannte Lizzi zu spät, dass Mr Panic etwas gesehen zu haben schien und mit misstrauischem Gesichtsausdruck zur Rückseite des Wagens ging. Alarmiert stieß sie Erik ihren Ellenbogen in die Seite. Erik verstand sofort. Ohne zu zögern, zog er sie mit sich auf den

Boden, wo sie sich mit den Füßen voran unter den LKW schoben. Links und rechts von ihnen ragten die Hinterräder des Lastwagens in die Höhe. Lizzi konnte die warme Abluft des Auspuffs spüren, sie wehte unter den Wagen und hüllte sie ein. Eilig hielt sich Lizzi mit den Fingern die Nase zu, obwohl sie wusste, dass es schädlicher sein würde, die Abgase durch den Mund einzuatmen. Die gesundheitsschädlichen Folgen eines Niesens waren dagegen kaum abzusehen.

Während Lizzi und Erik reglos auf dem Asphalt lagen, sahen sie durch die offene Unterseite hindurch die Beine des Mannes, der um den LKW herumging. Auf der Rückseite blieb er stehen, dann drehte er sich zum LKW um. Lizzi hielt die Luft an. Den klappernden Geräuschen nach zu urteilen, überprüfte Mr Panic jetzt das Schloss der Laderaumtür. Lizzi hätte ihm ans Schienbein greifen können, so nah war er. Sie hoffte inständig, dass er nicht ihr Herz schlagen hörte, das wie ein Presslufthammer arbeitete. An Eriks angespanntem Gesichtsausdruck sah sie, dass auch in seinem Leben als Personenschützer solche Situationen nicht zu seinem täglichen Programm gehörten. Dennoch fühlte sie sich an seiner Seite sicher. Wenn es hart auf hart käme, würde er sie rausboxen. Immerhin hatte er das in seinem Vertrag mit ihrem Vater stehen, und sie würde auf Vertragserfüllung pochen, nahm sie sich vor.

Auf einmal hörte man ein Niesen, kurz darauf fiel direkt vor ihren Augen ein Schlüsselbund mit einem leisen Klirren auf den Boden, dann war ein lautes Schnäuzen zu vernehmen. Anscheinend waren dem Mann die Schlüssel aus der Hose gerutscht, als er sein Taschentuch herausgezogen hatte.

Lizzi starrte die Schlüssel an. Wenn sich der Mann jetzt bückte, um sie aufzuheben, waren sie geliefert.

Doch nichts dergleichen passierte. Nach einer gefühlten Ewigkeit wandte sich der Mann ab und ging zurück zum Fahrerhaus. Ein angedeutetes Nicken von Erik, das sie als Zustimmung las, gab den letzten Anstoß. Ohne lange zu überlegen, griff Lizzi nach dem Schlüsselbund und zog ihn zu sich. Erst jetzt traute sie sich durchzuatmen. Eriks Augen blitzten wohlwollend.

Plötzlich fuhr der Wagen wieder an, anscheinend hatte Mr Panic dem Fahrer nach erfolgreicher Inspektion ein Zeichen gegeben, die Fahrt fortzusetzen.

Erik und Lizzi sahen sich an. Auf dem Asphalt liegen zu bleiben war keine gute Idee. So schnell sie konnten, huschten sie in das angrenzende Gebüsch, kaum dass der Wagen über ihnen fort war, in der Hoffnung, dass sich niemand mehr für die Rückseite des LKWs interessierte. Lizzi stutzte, während sie in ihr Versteck lief. Ihr schien es, als würden durch das Motorengeräusch hindurch ein dumpfes Klopfen zu hören sein. Als würde jemand mit der flachen Hand gegen die Metallwand des verschlossenen Laderaums schlagen, dachte Lizzi.

»Haben Sie das auch gehört?«, flüsterte sie.

Erik nickte nur und lugte durch die Ritzen zwischen den Blättern. Lizzi tat es ihm nach und sah, wie sich der Wagen in Richtung der Schuppen entfernte und dort hielt. Ein weiterer Mann kam um die Ecke, seine roten Haare sahen verdächtig nach Koons aus.

»Jetzt schließt sich der Kreis«, flüsterte Lizzi aufgeregt. »Die beiden arbeiten tatsächlich für Lloyd.«

Erik schwieg.

»Es ist wohl besser, wenn wir warten, bis sie weg sind«, sagte Lizzi leise.

Ihr Personenschützer hielt es immer noch nicht für nötig zu reagieren.

»Schon gut. War nur ein Gesprächsangebot, um nach der ganzen Aufregung runterzukommen und die Wartezeit zu verkürzen.«

»Gesprächsangebot?«, quetschte Erik jetzt unterdrückt zwischen seinen Lippen hervor. »Das hier ist kein Kaffeekränzchen! Würden Sie Ihre Gedanken bitte für sich behalten, solange sie nicht überlebenswichtig sind?«

Das war keine Frage, sondern eine Aufforderung, stellte Lizzi pikiert fest. Dabei war weit und breit niemand da, der sie beide hören konnte. Aber, hey, Erik war nur angespannt, sagte sie sich, er war auch nur ein Mensch.

»Ich hatte Sie gebeten, still zu sein!«, zischte Erik jetzt hörbar verärgert. Lizzi war perplex, sie hatte gar nicht gemerkt, dass ihre Gedanken wie Vögelchen nach draußen geflogen waren.

»Okay, okay«, beruhigte sie ihn. Währenddessen sah sie, wie Mr Panic zurückkam, was der abgelenkte Erik nicht mitbekommen hatte. War diese Information lebenswichtig genug? Sie robbte tiefer in das Gebüsch hinein. Erik sah es irritiert. »Was soll das schon wieder?«, flüsterte er.

Lizzi zog es vor zu schweigen und deutete stattdessen mit ihrem Finger in Richtung des näher kommenden Mannes. Eilig tat Erik es ihr gleich und krabbelte ihr hinterher. Da nicht genug Platz war, wurde es eng in ihrem Versteck, sie mussten sich dicht aneinanderdrängen. Lizzi konnte durch ihre Kleidung hindurch Eriks Körperwärme spüren. Es fiel ihr schwer, sich auf das zu konzentrieren, was sich draußen abspielte.

Mr Panic schritt gerade den Weg ab, sein suchender Blick war Richtung Boden gerichtet. Lizzi umfasste die Schlüssel, die sie in ihre Hosentasche gesteckt hatte. Sollte sie den Bund in seine Nähe werfen, damit er ihn und nicht sie beide fand?

Als sie die Schlüssel herausziehen wollte, hielt Erik sie ab, indem er seine Hand auf ihren Arm legte. Woher wusste er, was sie vorhatte? Ab und zu schien dieser Mann, mit dem sie gerade das Gebüsch teilte, Zugang zu ihrem Gehirn zu haben und ihre Gedanken zu lesen. Irritiert ließ Lizzi von den Schlüsseln ab und zog ihre Hand leer aus der Hosentasche.

Mr Panic schien aufgegeben zu haben. Unverrichteter Dinge wanderte er zurück, eine weit ausholende Bewegung seiner Arme sollte Koons von Weitem sein Bedauern ausdrücken, dass er nicht fündig geworden war. Eine englische Schimpftirade war Koons' Antwort, die Mr Panic stoisch über sich ergehen ließ. Nur einmal rief er zurück, ihn träfe keine Schuld.

Der Fahrer, der vor einem der Schuppen geparkt hatte, war mittlerweile ausgestiegen und hatte Koons eine kleine Papiertüte übergeben. Koons guckte nur kurz hinein und stopfte sie in die Außentasche seiner Jacke. Als der Fahrer zur Rückseite seines LKWs ging, um sie aufzuschließen, hielt Koons ihn davon ab. Eine wilde Diskussion folgte, die Lizzi und Erik aus der Entfernung nicht verstanden. Plötzlich schlug Koons kräftig gegen die Wand des Lieferwagens, rief etwas laut, das sich nach *Stop it* anhörte, dann zog er ein Funkgerät hervor und setzte es ans Ohr. Nachdem er sein Gespräch beendet hatte, zog er gemeinsam mit Mr Panic ab. Der Fahrer trollte sich zurück in die Fahrerkabine und schloss genervt die Tür. Sekunden später schallte Popmusik aus dem Fenster heraus. Nach einer Weile klopfte der Fahrer mit der Hand des heraushängenden Arms den Takt gegen die Wagentür.

Lizzi hatte das Geschehen mit Erstaunen verfolgt. Sie wartete darauf, dass der Fahrer seinen Wagen wegfuhr, auch wenn sie nicht verstand, warum er seine Ware nicht entladen hatte. Die Schlüssel, die sie mitgenommen hatte, sahen nicht nach Autoschlüssel aus, eher nach welchen, die zu Türen oder Garagentoren passten. Ganz abgesehen davon, dass Mr Panic ihn verloren hatte, nicht der LKW-Fahrer.

»Wir versuchen, zum Stall zu kommen«, sagte Erik überraschend. »Dort sind wir besser geschützt.«

War das Erik, der diese Worte sprach?

»Woher kommt plötzlich Ihr Wagemut? Falls Sie es nicht bemerkt haben: Der Fahrer ist immer noch da.«

»Der sitzt im Wagen und hört Musik. Die Gelegenheit, hier zu verschwinden, bevor die anderen zurückkommen.«

»Woher wollen Sie wissen, dass sie zurückkommen?«

»Der Fahrer ist nicht zum Übernachten hier. Sobald die ihr Problem gelöst haben, machen sie weiter. Wer weiß, vielleicht suchen sie dann noch einmal nach dem Schlüssel. Es ist besser, wir sind dann weg.«

»Okay. Aber ich halte fest, Sie verhalten sich ungewöhnlich«, beharrte Lizzi, während sie Erik hinterherkrabbelte und ihr Versteck verließ.

Vorsichtig huschten sie von Gebüsch zu Gebüsch. Erik musterte aufmerksam die Umgebung, während sie sich langsam dem Stallgebäude näherten, ohne dass der Fahrer etwas davon mitbekam. Auf den letzten fünfzig Metern mussten sie eine freie Rasenfläche überwinden, doch die langen Schatten der Dämmerung sorgten dafür, dass sie unentdeckt blieben.

Lizzi war aufgeregt. Doch anders als vorhin zeigte es sich nicht in heftigem Magenkribbeln, sondern in einer anregenden Art von Nervenkitzel, der sie lebendig werden ließ. Lizzi staunte über die Wirkung dieses feinen Unterschiedes, während sie sich zur letzten Etappe aufmachte.

Und sie hatten Glück. Gerade als sie die schützende Seitenwand des Stalles erreicht hatten und sich hinter einem Stapel Bretter verbargen, kamen die beiden Männer zurück. Koons hatte etwas in der Hand, mit dem er demonstrativ in der Luft wedelte, als er am Fahrer vorbeiging. Es musste sich um den Ersatzschlüssel handeln, mit dem er wenig später den Schuppen aufschloss. Während er die Tür weit öffnete, sprang der Fahrer aus seinem Wagen und ging zur Rückseite seines LKWs, um die beiden Flügeltüren des Laderaums zu öffnen.

Von ihrem Versteck aus hatten Lizzi und Erik eine gute Sicht auf die Rückseite des Lieferwagens. Umso erstaunter waren sie, was die geöffneten Türen preisgaben. Keinen Aufsitzrasenmäher. Auch keine anderen Waren oder Paletten mit Gegenständen. Es waren Menschen. Aus unterschiedlichen Nationen, so schien es. Fünfzehn erwachsene Männer zählte Lizzi, die sich erschöpft vom Boden aufrappelten, ihr karges Gepäck einsammelten und mit wackligen Beinen und unsicherem Blick von der Laderampe kletterten. Trotz des geringen Lichts, das die untergehende Sonne aussandte, hielten sie sich geblendet die Hände vor die Augen. Und trotz der Entfernung konnten Lizzi und Erik genug sehen, um zu wissen, dass diese Menschen keine Touristen waren. Was hier stattfand, war Menschenschmuggel. Lizzi konnte es kaum glauben, was sie aus ihrem Versteck beobachtete, und sie wusste, dass es auch Erik so ging.

Koons gab den Männern mit der Hand ein Zeichen, in den Schuppen zu gehen. Mr Panic hatte sich hinter ihnen postiert. Wie Lizzi jetzt bemerkte, hielt er nun ein Gewehr in der

Hand. Nicht im Anschlag, sondern lässig mit nach unten gerichtetem Lauf, wie etwas, von dem man nicht weiß, ob man es braucht, das man aber nutzen wird, wenn es die Situation erfordert.

Lizzis Empörung kannte keine Grenzen. Am liebsten wäre sie aufgesprungen und hätte Lloyd und all seine Helfershelfer sofort auffliegen lassen. Eriks besonnener Blick brachte ihre hochkochenden Gefühle wieder auf ein der Situation angemessenes Maß: Sie hatten sich unerlaubt Zutritt zu Lloyds Grundstück verschafft und könnten am Ende selbst noch diejenigen sein, die angezeigt wurden. Nicht umgekehrt. Falls es ihnen überhaupt gelingen würde, das Anwesen lebend zu verlassen.

Koons und Mr Panic verschwanden mit den Männern im Schuppen, während der Fahrer des Lieferwagens die Türen wieder schloss, in seinen Wagen kletterte und abfuhr.

»Wir müssen etwas tun!«, sagte Lizzi leise.

Erik schüttelte den Kopf und wies zum Schuppen, aus dem Koons und Mr Panic gerade alleine wieder herauskamen.

Als Koons die Tür hinter sich verschloss, bogen zwei weitere Männer um die Ecke. Der eine war unübersehbar und wenig überraschend Cummings, der andere, der eine Schiebermütze trug … Lizzi glaubte ihren Augen nicht zu trauen: Das musste Dr. Baxter sein, Kyles Vater! Er sah müde aus, seine Haare hingen wirr um den Kopf herum. Koons und Cummings wechselten ein paar Worte miteinander, dann zogen Koons und Mr Panic ab, während Cummings mit Baxter weiterging.

»Sie kommen hierher«, flüsterte Erik.

Er zog Lizzi weg von der Hausecke und schob sie noch tiefer hinter den Bretterstapel, hinter den sie sich gekauert hatten. Stumm signalisierte er ihr, dicht hinter ihm zu bleiben. Lizzi missfiel das, weil sie nicht mehr sehen konnte, was passierte, und sich auf Erik und auf ihre Ohren verlassen musste.

Sie hörte das unregelmäßige Knirschen der Schuhsohlen auf dem Sandboden, dann wurde es für einen Moment still, kurz darauf war das leichte Quietschen eines sich öffnenden Tors zu hören. Cummings gab nun Baxter die Anweisung, sich zu beeilen, denn er hätte keine Lust, den ganzen Abend vor dem Stall zu verbringen. Während Baxters Schritte sich im Stall verloren, schloss Cummings das Tor und zerdrückte mit seinen schweren Schuhen etwas auf dem Boden, dann begann er, einen Popsong vor sich hin zu summen, während er vor dem Stall wartete.

Lizzis Ärger war groß. Wie sollten sie an Cummings vorbei zu Baxter kommen? Ungeduldig tippte Lizzi Erik auf die Schulter. Abwarten war nicht ihr Ding. Doch als Erik sich zu ihr umdrehte und verschwörerisch den Finger vor die Lippen hielt, begriff sie, dass er längst einen Plan hatte. Neugierig verfolgte sie, wie er geräuschlos ein Brett von dem Stapel neben sich nahm und sich anschließend bückte, um einen kleinen Stein vom Boden aufzuheben. Mit einer geschickten Bewegung warf er ihn zur gegenüberliegenden Stallseite.

Das Geräusch des aufprallenden Steines ließ Cummings zusammenzucken. Mit gezogener Waffe wandte er sich ab. Ein kurzer Moment, den Erik nutzte, um aus der Deckung zu springen und Cummings mit dem Brett eins überzuziehen. Dumpf stöhnend kippte der Engländer um. Mit einem gezielten Fausthieb brachte Erik ihn vollends außer Gefecht.

»Wow«, flüsterte Lizzi, die aus ihrem Versteck heraustrat und Erik half, den Bewusstlosen zum Stall zu ziehen.

Überrascht schaute Baxter zu ihnen auf, als sie das Stalltor öffneten und ihr ungewöhnliches Gepäck hereintrugen. Der Tierarzt stand in einer der Pferdeboxen und hatte gerade einen Verband um das Hinterbein eines der Tiere gewickelt.

»Muss der so schwer sein?«, keuchte Lizzi und ließ Cummings' Beine zu Boden fallen, um die Stalltür wieder hinter sich zu schließen, nicht ohne den außen steckenden Schlüssel abzuziehen und von innen in das Schloss zu schieben. Dabei sprach sie den Tierarzt an. »Hallo, Mr Baxter! Laufen Sie nicht weg! Wir sind gleich bei Ihnen. Nur einen kleinen Moment noch.«

»Hallo«, antwortete der Tierarzt perplex.

Lizzi drehte den Schlüssel im Schloss und wandte sich um. Inzwischen hatte Erik Cummings in die hinterste Ecke einer ungenutzten Pferdebox gezogen, die von der Tür aus nicht einzusehen war, jetzt drehte er ihn auf den Bauch. Dann griff er sich ein Seil, das aufgerollt an einem Pfeiler hing, und fesselte die Beine des Bewusstlosen, um anschließend auch seine Arme auf dem Rücken zusammenzubinden. Als er fertig war, rollte er den Mann in eine Position, in der er frei atmen konnte, ohne dass die Zunge des Bewusstlosen vor seine Luftröhre rutschte. Jetzt streckte er Lizzi auffordernd seine Hand entgegen. »Ihr Halstuch.«

»Was ist denn jetzt schon wieder damit? Es ist unauffällig grün, wie Sie sehen.«

Verständnislos starrte Erik sie an. »Die Farbe ist mir völlig egal.«

»Sollte sie aber nicht. Grün ist die Farbe der Hoffnung.« Lizzi band sich das Tuch ab und gab es ihm. Erik knüllte es zu einem Ball zusammen und stopfte es Cummings in den Mund.

Angewidert verzog Lizzi das Gesicht. »Hätten Sie mir gesagt, wofür Sie es brauchen, hätte ich es Ihnen nicht gegeben.«

Baxter, der das Geschehen aus der Entfernung verfolgt hatte, war aus der Pferdebox herausgetreten. In seinen erschöpften Gesichtsausdruck war leise Hoffnung getreten. »Sie müssen Lizzi sein.«

Lizzi sah erstaunt auf. »Woher wissen Sie das?«

»Sie sehen aus wie Ihre Mutter. Ich kannte Sie als kleines Mädchen, und später hat Ihr Vater mir Fotos von Ihnen geschickt.«

»Wissen Sie, wo er steckt?«

»Nein«, antwortete Baxter verwirrt. »Wissen Sie das denn nicht?«

Lizzis eben noch hoffnungsvoller Blick erlosch. Enttäuscht schüttelte sie den Kopf.

»Martin ist der Einzige, der Bescheid wusste, dass ich hier bin«, sagte Baxter. »Wenn er Sie nicht geschickt hat, wieso sind Sie dann hier?«

»Weil mein Vater plötzlich von der Erdoberfläche verschwunden ist. Seit fast einer Woche suchen wir nach ihm. Wir hatten gehofft, ihn hier zu finden.«

»Hier?«

»In Scarborough. Bei Ihnen. Bei Lloyd oder bei wem auch immer. Wir hatten den Reiseplan meines Vaters mit Ihrer Adresse gefunden und uns auf den Weg gemacht. Und jetzt sagen Sie mir, dass er nicht hier ist?«

»Sie hatten den richtigen Riecher, Lizzi, aber Ihr Vater wollte in Deutschland bleiben, nachdem er erfahren hatte, dass seine Sekretärin ermordet worden war. Sie wissen doch davon, oder?«

»Es stand in den Zeitungen.« Bestürzt begriff Lizzi, dass ihr

Vater nicht in England war. Bedeutete das, dass ihre ganze Reise umsonst gewesen war?

»Ihr Vater nahm an, dass die Polizei ihn am Ärmelkanal abfangen würde«, fuhr Dr. Baxter fort. »Er dachte, dass er auf deutschem Boden sicherer sein würde.«

»So sicher wie seine Sekretärin.« Lizzis Bissigkeit wich einem bestürzenden Gedanken. »Hat er mit dem Mord etwas zu tun gehabt?«

»Natürlich nicht! Aber für die Polizei hätte es so ausgesehen.«

»Und was hat das alles mit Ihnen zu tun? Wieso hält Lloyd Sie fest? Erklären Sie es uns.«

Baxter seufzte. »Das ist eine lange Geschichte.«

Erik, der sich an einem Fenster postiert hatte, um draußen die Lage zu sondieren, wurde ungeduldig. »Jetzt ist nicht der richtige Zeitpunkt dafür. Wir sollten hier verschwinden, bevor uns jemand findet.«

Es fiel Lizzi schwer, die vielen Fragen, die sich in ihrem Kopf türmten, zurückzuhalten, doch sie protestierte nicht. Erik hatte zwei weitere Seile vom Haken genommen und wartete, bis Lizzi und Baxter bei ihm waren.

»Was wollen Sie mit den Seilen?«, fragte Lizzi.

»Die könnten wir brauchen, um über die Mauer zu kommen.«

Vorsichtig drehte er den Schlüssel und öffnete das Stalltor eine Handbreit. »Verdammt«, fluchte Erik leise, nachdem er durch den Spalt nach draußen gesehen hatte. »Koons kommt zurück.«

»Was macht er?«

»Keine Ahnung. Er kommt direkt hierher.«

Erik zögerte einen winzigen Moment, dann gab er Lizzi ein Zeichen, zum Stallfenster zu gehen, um Koons von dort zu beobachten. Vorsichtig zog er das Tor wieder zu.

So wie zuvor Erik, musste Lizzi auf ein paar Heuballen steigen, um an das hochgelegene Fenster zu kommen. Vom Stallfenster aus konnte sie sehen, dass Koons das Gewehr nahm, das an der Wand lehnte, offenbar hatte Mr Panic es dort vergessen. Koons wandte sich ab, und für einen Augenblick sah es so aus, als würde er zurück zum Haupthaus gehen, als sein Funkgerät klingelte. Anscheinend erhielt er Anweisungen, denn er hörte nur zu, ohne etwas zu erwidern. Nachdem das Gespräch beendet war, kehrte er um, stellte das Gewehr wieder ab, zündete sich eine Zigarette an und setzte sich auf einen großen Stein.

Lizzi machte eine hilflose Geste in Richtung Erik. »Sieht nicht gut aus. Er macht es sich gerade gemütlich.«

Zu allem Überfluss kam ihnen auch noch Cummings in die Quere, stöhnend erwachte er in seiner Pferdebox, im allerfalschesten Moment, den man sich denken konnte. Als Cummings bemerkte, dass er gefesselt war, kämpfte er dagegen an, doch vergeblich, Eriks Knoten hielten. Verärgert schlug ihr Gefangener mit seinen Schuhen gegen die Holzwand, während er gegen seinen Knebel anstöhnte. Sofort war Erik bei ihm und zog dem sich wehrenden Cummings die Schuhe von den Füßen. »Es ist besser für dich, du machst mit«, drohte Erik. Warum, führte er nicht aus. Cummings verstummte.

»Ich könnte ihm zu etwas Schlaf verhelfen.«

Lizzi und Erik drehten sich zu Baxter um, der in der Tür der Box stand.

»Wollen Sie ihm ein Schlaflied singen?«

Baxter hielt eine Spritze hoch, die er aus seiner Tasche geholt hatte. »Ich habe eine bessere Methode.«

Erik verstand, was er vorhatte. »Wenn Sie damit Pferde zum Schlafen bringen können, dann wohl auch einen Menschen.«

»Mehr als einen. Ich muss nur die Dosis reduzieren.«

Baxter öffnete eine Verpackung, die er mitgebracht hatte, und steckte eine sterile Nadel auf die Kanüle. Dann hielt er die Spritze in die Luft, dass auch Cummings sie sehen konnte. Lizzi hielt den Atem an. Die Länge der Nadel war imposant. Behutsam ließ der Tierarzt so viel des Sedativums durch sie herausfließen, dass keine Luftblase im Röhrchen zurückblieb.

Cummings' Augen weiteten sich erschrocken, als Baxter zu ihm trat und sich bückte, um seine Hose über die Pobacke herunterzuziehen. Er zappelte hektisch und wehrte sich.

Erik kam Baxter zu Hilfe. »Soll ich ihn festhalten?«

»Das würde die Sache vereinfachen. Sonst ist das wie mit den Dartpfeilen. Man muss es immer wieder versuchen, denn die meisten Würfe gehen am Ziel vorbei.«

Erik wandte sich an Cummings. »Wollen Sie eine Dartscheibe sein?«

Auf Cummings' Stirn bildeten sich Schweißperlen, während er kräftig den Kopf schüttelte.

»Diese Entscheidung hätte ich an Ihrer Stelle auch getroffen«, sagte Erik.

»Das pikst jetzt ein wenig«, bereitete Baxter Cummings vor. »Ich habe leider nicht so feine Nadeln wie ein normaler Arzt, dafür aber eine sichere Hand. Sie sind nicht mein erster Patient«, beruhigte er ihn.

Cummings wimmerte trotzdem, als Baxter die Nadel mit Schwung in der Haut versenkte.

Wie gut, dachte Lizzi und blickte aus dem Fenster, dass es ihre Aufgabe war, die Lage draußen zu beobachten. Weder wollte sie Cummings' Hintern sehen noch den Moment des Einstichs. Das Livehörspiel reichte, um ihre Fantasie unangenehm anzukurbeln.

Es dauerte nicht lange, dann fielen Cummings die Augen zu. Erik war bereits aufgestanden und wanderte suchend durch den Stall. Mit einer dicken Holzstange kehrte er zum Stalltor zurück. Er prüfte erst am Schlüssel, ob das Schloss verriegelt war, dann führte er die Stange durch die Handgriffe beider Torhälften. Von außen war die Tür jetzt nicht mehr zu öffnen, auch nicht mit einem Ersatzschlüssel oder einem Brecheisen. Man würde schon einen Bulldozer benötigen, um die schweren Türen zu durchbrechen.

Als Erik fertig war, verscheuchte er Lizzi von ihrem Fensterplatz. »Ich übernehme«, sagte er mit schmalen Augen und schrägliegendem Kopf, wie es sonst nur Bruce Willis hinbekam, was Lizzi anerkennend registrierte. »Nutzen Sie die Wartezeit.« Erik machte eine Kopfbewegung in Richtung Tierarzt. »Sie können mit ihm reden, bis unser Freund draußen verschwunden ist.«

Lizzi musste innerlich lächeln über das Geschenk, das Erik ihr machte.

30

Baxter verstaute gerade die Spritze mit dem Betäubungsmittel in seiner Arzttasche, als Lizzi zu ihm trat und sich auf einen Strohballen ihm gegenüber setzte. Erik hatte am Fenster Stellung bezogen, blickte mit konzentriertem Gesichtsausdruck hinaus. Lizzi wusste, solange er dort stand und aufpasste, hatte sie Zeit, mit dem Tierarzt zu reden. Sie war froh, dass Erik bei ihr war.

Baxter folgte ihrem Blick. »Ihr Mann sorgt sich sehr um Sie.«

Lizzi lachte. »Das ist nicht mein Mann. Das ist Erik«, erklärte sie. »Von Beruf Bodyguard. Und manchmal auch nett. Aber es gibt jetzt Wichtigeres zu besprechen«, schloss sie das Thema ab. »Wieso werden Sie hier festgehalten?«

Auch Baxter setzte sich auf einen Strohballen, offen begegnete er Lizzis Blick. »Weil ich Fotos gemacht habe, die beweisen sollen, dass Lloyd Dreck am Stecken hat. Ihr Vater hat mich darum gebeten.«

»Warum? Was hat mein Vater mit Lloyd zu tun?«

»Ihr Vater hat früher für ihn als Jurist gearbeitet. Die beiden hatten ein gutes Verhältnis, fast freundschaftlich. Aber dann hat Ihr Vater herausgefunden, dass Lloyd in illegale Geschäfte verwickelt war, und hat ihn damit konfrontiert.«

»Was für Geschäfte?«

»Immobiliendeals, Warenschmuggel, Subventionsbetrug.

Lloyd war schon immer breit aufgestellt. Er hat sich erst herausgeredet und danach gedroht, dass Martin als Jurist der Erste sei, dem man das Verschleiern der Geschäfte anhängen würde. Er, Lloyd, wüsste nichts davon.«

»So ein Arschloch!«, murmelte Lizzi erbost.

»Ja. Ihr Vater hat daraufhin das Schwarzgeld abgezweigt und auf ein geheimes Konto im Ausland transferiert. Mehrere Millionen Pfund. Er hat Lloyd ins Gesicht gesagt, wenn er von dem Geld nichts wüsste, könnte es ihm auch nicht wehtun, es zu verlieren.«

»Das hat er getan? Mein Vater?« Lizzi hatte die Augen ungläubig aufgerissen, und in ihrer Stimme lag Stolz.

»So war er. Er hat sich nicht einschüchtern lassen. Womit er nicht gerechnet hatte, war Lloyds Zorn. Für Lloyd war Martin ein Verräter. Doch Lloyd wusste nicht, wie er ihn bestrafen konnte. Ihr Vater war charakterlich zu stark für ihn.« Baxter hielt bedrückt inne, während sich Falten auf seine Stirn legten. »Also hat Lloyd Ihrem Vater das genommen, was ihm am meisten bedeutet hat.«

Die Ungeheuerlichkeit seiner Andeutung hing in der Luft, ohne dass Baxter sie aussprechen musste. »Meine Mutter«, flüsterte Lizzi tonlos. »Lloyd hat den Unfall absichtlich herbeigeführt?«

Baxter nickte bedrückt. »Ihr Vater konnte nichts beweisen. Er hat alles hinter sich gelassen und ist zurück nach Deutschland gegangen. Dort hat er seinen früheren Namen wieder angenommen, Bergmann, damit Lloyd ihn nicht findet. Ihr Vater wusste, wie nachtragend sein Chef ist.«

»Und nach sechsundzwanzig Jahren in Deutschland hat Lloyd meinen Vater plötzlich aufgespürt? Wie kann das sein?

Mein Vater hat die Öffentlichkeit immer gemieden. Keine Interviews, kein roter Teppich und auch keine Social Media – zumindest nicht unter seinem Namen. Also: Wer war der Dummkopf, der ihn verpfiffen hat?« Lizzi spürte Zorn in sich und wartete mit geballter Faust auf eine Antwort Baxters, als ob sie sich sofort revanchieren wollte.

»Nun ja.« Baxter zögerte. »Soviel ich weiß, waren Sie es. Sie haben ein Selfie mit ihm veröffentlicht.«

Lizzis Fäuste öffneten sich, und ihr wurde heiß, als ihr einfiel, dass sie im letzten Advent gemeinsam mit ihrem Vater vor dessen Kanzlei ein Foto geschossen und in ihrem *Kuriose-Paragrafen*-Blog verewigt hatte, ohne es ihm zu erzählen. Damals hatte sie offenbar die Spur gelegt, der Lloyd gefolgt war. Unwissentlich, überheblich und dumm zugleich. Wie sollte sie das jemals wiedergutmachen?

Sie holte tief Luft und versuchte, sich zu sammeln: Jetzt war nicht der richtige Ort und auch nicht der richtige Zeitpunkt, um diese Frage zu beantworten. Sie warf einen Blick zu Erik hinüber. Hatten sie noch Zeit? Erik sah hinaus und nickte.

Sie wandte sich wieder dem Tierarzt zu. »Was haben Sie mit der Sache zu tun?«

»Als Martin vor einer Woche gemerkt hat, dass Lloyd seine Klauen nach ihm ausgestreckt hatte, ist er untergetaucht«, setzte Baxter seine Erzählung fort. »Es war höchste Zeit, Lloyd hatte seine Handlanger schon nach Deutschland geschickt. Für mich war sofort klar, dass ich ihm helfe, wir sind Freunde, und unser Kontakt ist in den vielen Jahren nie abgebrochen. Wir sind zu dem Schluss gekommen, dass es nur einen Weg für Martin gibt, aus der Sache herauszukommen: wenn ich ein Druckmittel gegen Lloyd finde, mit dem sich Martin im Austausch freikaufen könnte. Ich habe mich also auf die Lauer gelegt und habe Beweisfotos gemacht. Nur leider habe ich mich dumm angestellt und wurde von Lloyds Männern erwischt.« Er zog entschuldigend die Schultern hoch.

»Das Druckmittel – waren das die geschleusten Männer?«

»Ja«, sagte Baxter erstaunt. »Sie wissen davon?«

»Wir haben es vorhin beobachtet.«

Baxter nickte. »Donnerstag ist Schleuser-Abend.«

»Was passiert mit den Männern?«

»Lloyd schmuggelt sie nach Großbritannien und handelt mit ihnen als billige Arbeitskräfte. Der Markt für einfache Jobs ist leer, seitdem wir nicht mehr in der EU sind und die Grenzen dichtgemacht haben. Es ist wie überall: Die Menschen hoffen hier auf eine bessere Zukunft und werden stattdessen ausgenutzt.« Baxter seufzte schwer. »Meine Aktion hat Ihrem Vater nicht geholfen. Im Gegenteil, jetzt sitzen auch noch Sie beide in der Patsche.«

In einem leisen Anflug von Mitgefühl drückte Lizzi Baxters Hand. »Ich verspreche Ihnen: Lloyd bekommt das, was er verdient.«

Ein leises Lächeln überzog Baxters kantiges Gesicht, während er den Druck ihrer Finger erwiderte. »Haben Sie ein Handy? Meins haben sie mir abgenommen. Mein Sohn macht sich bestimmt Sorgen.«

Lizzi fasste sich an die Stirn, bevor sie ihr Handy einschaltete und es Baxter gab. »Kyle. Da hätte ich selbst dran denken können. Wir sollen Sie übrigens grüßen, falls wir Sie finden.«

»Sie haben mit ihm gesprochen?«

»Er weiß, wo wir sind, und er hat Sie heute als vermisst gemeldet.«

Die Nachricht schien Baxter gutzutun. Doch sein Lächeln verschwand, als er auf das Display des Telefons blickte.

»Hier ist kein Empfang«, sagte er enttäuscht und stand auf, um seine Position zu verandern.

»Wir haben ein größeres Problem«, meldete sich Erik jetzt. Seine Miene war ernst. »Koons sitzt immer noch wie festgewurzelt an seinem Platz. Darüber hinaus bekommen wir Besuch. Es sieht so aus, als würde man Sie und Cummings suchen.«

Beunruhigt beendete Baxter die Suche nach einem Handysignal und gab Lizzi ihr Smartphone zurück.

Lizzi wollte mit eigenen Augen sehen, was sich draußen zusammenbraute, sie kletterte die Strohballen hinauf zu Erik. Durch das Fenster sah sie Lloyd, er kam gerade mit Mr Panic zu Koons, der aufgestanden war. Lloyd wirkte aufgebracht. Es lag etwas in der Luft, spürte Lizzi. Ihre Chance, den Stall unbeobachtet verlassen zu können, wurde immer kleiner. Lizzi sah Eriks Kiefer arbeiten, während er aus dem Fenster blickte und nachdachte. Doch was ihm auch durch den Kopf schoss, es schien ihn nicht zufriedenzustellen. Schließlich schüttelte er den Kopf. »Uns bleibt nichts anderes übrig. Wir müssen die Polizei rufen«, war sein Schluss.

»Haben Sie nicht gehört?« Lizzi hob ihr Smartphone. »Wir haben keinen Empfang. Hier können Sie nicht einfach Ihren Router anknipsen.«

So schnell gab sich Erik nicht geschlagen. Er zückte sein Handy, ging durch den Stall, ließ dabei keinen Winkel aus, den Blick immer aufs Display gerichtet. Als er stehen blieb und sein Smartphone wieder in die Tasche schob, wusste Lizzi, dass auch Erik kein Zauberer war.

»Kopf hoch«, munterte Erik sie auf, »noch ist es zu früh, um aufzugeben.« Er blickte ins Gebälk hoch, als ob er dort oben sein Heil suchen würde.

»Wollen Sie beten?«, fragte Lizzi spitz.

Für besonders gläubig oder gottesfürchtig hatte sie Erik zwar bislang nicht gehalten, aber in der Todesangst, so hatte sie gelesen, offenbarte sich manch unerwarteter Charakterzug.

»Im Moment hilft Physik mehr, würde ich sagen. Sie haben mich auf eine Idee gebracht.«

»Ich? Sie?«

»Ist schon eine Weile her: Manchmal muss man hoch hinauf«, sagte er, während sein Blick suchend durch den Stall wanderte. »Oder: Wenn der Empfang nicht zum Handy kommt, muss das Handy zum Empfang.«

»Das hätte ich Ihnen nicht zugetraut.«

»Dass ich von Ihnen lerne oder dass ich es zugebe?«, fragte er. Sein Blick blieb an einem alten Wagenrad aus Holz hängen, das dekorativ an einem Stützbalken lehnte.

»Beides.«

Erik rollte das schwere Gerät zur Wand des Stallgebäudes und nahm die Sprossen des Rades als Steighilfe, um auf die obere Kante einer der Pferdeboxen zu gelangen. Von dort aus kletterte er weiter zu einem Zwischenbalken, an dem er sich mit erstaunlicher Mühelosigkeit entlanghangelte und an dessen Ende er sich schließlich auf den obersten Balken hochschwang. Das Ganze passierte in einer Geschwindigkeit, dass Lizzi der Mund offen stehen blieb. Und es sah um Längen eleganter aus als ihre Kletterversuche am Kirchturm.

Erik hielt das Display hoch, als Zeichen, dass es diesmal geklappt hatte. »Ich rufe jetzt Kyle an«, sagte er und suchte dessen Nummer heraus, tippte sie an. In wenigen Worten erklärte er Kyle die Lage und gab ihm den Auftrag, die Polizei zu verständigen.

»Ich soll Sie von Kyle daran erinnern, dass Sie zäh wie Leder sind«, sagte er zu Baxter, als er das Telefonat beendet hatte.

Baxter wirkte gerührt. »Oh ja, das bin ich«, sagte er.

»Hoffentlich glaubt die Polizei Ihrem Sohn«, sagte Lizzi. »Lloyd hat in dieser Stadt alle im Griff.«

Die Aussicht, seinen Sohn bald wiederzusehen, hatte Baxter neuen Mut gegeben. »Machen Sie sich keine Sorgen, Lizzi«, sagte er, »auch wenn wir nicht mehr der EU angehören, wir sind deswegen noch lange keine Bananenrepublik. Auf unsere Polizei können wir uns verlassen. Die wird sich bei der Beweisaufnahme bestimmt nicht so dumm anstellen wie ich.«

In diesem Moment rüttelte jemand am Tor. »Cummings! Mach auf!«, rief einer der Männer draußen. Es war nicht Lloyd.

Erschrocken zuckte Lizzi zusammen. Abgelenkt durch Eriks Aktion hatte sie vergessen, das Geschehen draußen weiter zu beobachten. Jetzt sah sie, dass auch Erik erschrocken zusammengezuckt und aus der Balance geraten war, er musste sich festhalten, um nicht zu straucheln. Auch Baxter war zusammengefahren und starrte die Eingangstür an.

Einen Atemzug lang rührte sich keiner von ihnen, bis Lizzi eine Eingebung hatte. Sie gab Erik ein Zeichen, oben zu bleiben. Ohne seine Reaktion abzuwarten, lief sie zum Fenster und öffnete den Flügel, dann schnappte sie sich Baxter und zog ihn hinter einen Stapel Strohballen in der hintersten Ecke des Stalles. Ihr Herz klopfte bis zum Hals. Zumindest hatten sie jetzt eine Chance, dass Lloyds Männer auf ihren Trick hereinfielen und glaubten, sie hätten den Stall durch das Fenster verlassen. Wenn Lizzi eins wusste, dann, dass sie nicht erwischt werden durften.

Lizzi schielte nach oben, wo sich Erik hinter einem der tragenden senkrechten Balken versteckt hatte. Als sich ihre Blicke trafen, zog Erik vor Lizzi einen imaginären Hut. Eriks Lob zauberte ein Lächeln auf ihr Gesicht trotz ihrer Aufregung. Warum er anschließend auf seinen Kopf zeigte, war ihr ein Rätsel – bis er mit seinem Zeigefinger ungeduldig in der Luft stochernd nach unten wies, wo Baxter saß. Erst jetzt begriff sie, dass Erik die ganze Zeit über Baxters Schiebermütze gemeint hatte. Darauf hätte sie gleich kommen können.

»Darf ich?«, fragte sie Baxter leise. »Sie bekommen sie später wieder.« Irritiert nahm Baxter seine Mütze ab und gab sie Lizzi, die damit ein zweites Mal zum Fenster lief. Sie drapierte die Mütze kopfüber an den Rand des Strohballens unterhalb der Fensteröffnung, als wäre sie Baxter bei der Flucht am Fensterrahmen hängen geblieben. In der Eile ihrer Aktion stieß sie gegen einen nicht verschlossenen Sack, aus dem feiner weißer Staub herausgewirbelt wurde. Sie hustete und hoffte inständig, dass niemand sie draußen hörte.

In der Zwischenzeit hatten die Männer vom Eingang abgelassen, nur ihre gedämpften Stimmen waren durch die Wand hindurch zu vernehmen, offenbar umrundeten sie das Gebäude. Plötzlich drangen von der Fensterseite aus Geräusche in den Stall, ein lautes Schaben, Metall schob sich über Holz. Kurz darauf waren schwere Schritte zu hören. Lizzi brauchte einen Moment, um die Geräusche einzuordnen: Konnte es sein, dass die Männer draußen eine Leiter an die Wand des Gebäudes gestellt hatten?

Als Mr Panic erst durch das Fenster in das Innere des Stalls linste und dann wenig später seinen Oberkörper durch die Öffnung zwängte, hatte das Rätseln ein Ende. Eilig duckten sich Lizzi und Baxter tief in ihr Versteck, während sie den Engländer fluchend durch das Fenster hineinkriechen hörten. Mr Panic sprang vom Strohballen hinab auf den Boden, um zum Tor zu laufen und erst die Holzstange, mit der Erik das Tor blockiert hatte, herausziehen und anschließend das Schloss zu entriegeln. Ein paar Sekunden später öffnete sich das Tor, und Lloyd kam mit Koons herein, das Gewehr in der Hand.

Lizzi, die durch einen schmalen Spalt zwischen den Strohballen hindurchlugte, unterdrückte den heftigen Wunsch, sich zu räuspern, denn in ihrem Rachen kratzte es wie Schmirgelpapier und in ihrer Nase kitzelte es gefährlich. Sie beobachtete, wie Koons Baxters Schiebermütze an Lloyd weiterreichte und zum Fenster zeigte, wo er sie gefunden hatte. Lizzi betete, dass der Fund die Männer daran hinderte, den Stall auf den Kopf zu stellen. Denn dann wäre es eine Sache von Sekunden, bis sie auf den verschnürten Cummings stoßen würden. Und auf sie selbst.

Lloyd stand mit gerunzelter Stirn im Stall und sagte zunächst kein Wort. Die scharfen, knapp formulierten Sätze, die er dann ausstieß, konnten seinen Ärger darüber, dass Baxter geflohen war, nicht überdecken.

»Ich will, dass ihr Baxter findet. Und zwar schnell! Durchsucht das ganze Anwesen.«

»Klar, Chef, wird gemacht!« Mr Panics Antwort kam wie aus der Pistole geschossen. Schon war er mit Koons auf dem Weg nach draußen, als Lloyd seine Leute zurückpfiff.

»Habt ihr beiden nicht etwas vergessen?«

Koons und Mr Panic sahen sich fragend an. Genervt hielt

Lloyd Koons die Mütze hin. »Holt die Hunde. Sie sollen die Spur aufnehmen. Wenn Baxter es über die Mauer schafft, seid ihr dran. Nicht nur Cummings. Ihr ALLE!«

»Verstanden.«

Koons und Mr Panic machten sich eilig auf. »Idioten«, murmelte Lloyd. Er schloss das offene Fenster, dann ging er zu dem erkrankten Pferd, wo Baxters offene Tasche noch auf dem Boden stand. Nachdenklich strich Lloyd dem Tier über die Flanke, dann ging er zurück zum Ausgang.

Er hatte sich zu viel Zeit gelassen, zumindest was Lizzi anging. Der Hustenreiz, den sie bisher erfolgreich unterdrücken konnte, verbündete sich mit ihrem Niesreiz zu einer vortrefflichen Mischung und suchte sich einen Weg nach draußen – durch ihre Hände hindurch, die sie vor Mund und Nase gelegt hatte. Die Erleichterung ihrer geplagten Atemwege erfolgte in einer gewaltigen, implosionsartigen Druckwelle, die das Zeug gehabt hätte, einen Elefanten zu synchronisieren.

Erschrocken über den plötzlichen Ausbruch kauerte Lizzi wie erstarrt in ihrem Versteck. Ihr Herz klopfte bis zum Hals. Sie sah durch den Spalt zwischen den Strohballen, wie sich Lloyd langsam in ihre Richtung umdrehte, mit einem siegesgewissen Grinsen auf den Lippen. Und sie sah die Panik, die in Baxters Gesicht aufglimmte.

Ohne zu zögern, trat Lizzi hinter dem Ballen hervor und ging Lloyd entgegen – er hätte sie ohnehin in ihrem Versteck entdeckt, und so konnte sie wenigstens Baxter schützen.

»Gut, dass ich Sie sehe«, sagte sie. »Hier müsste mal jemand saubermachen, es liegt viel Staub herum.« Ihre Keckheit war nur gespielt, ihre Knie weich wie Pudding. Doch nichts in der Welt hätte sie dazu gebracht, demütig vor Lloyd hinzutreten.

»Sie strapazieren meine Gastfreundschaft. Wie sind Sie hier reingekommen?«

»Das tut mir leid. Ich wollte wissen, wie es Ihrem Pferd geht, das hat mir Flügel verliehen. Und jetzt komme ich nicht mehr raus.« Lizzi wusste, dass es gefährlich war, was sie tat, doch sie hatte ihre Zunge wieder einmal nicht unter Kontrolle.

Lloyd sah sie interessiert an. »Wie recht Sie haben, Mrs Schmidt. Oder sollte ich lieber Mrs Bergmann sagen?«

Lizzi biss sich unmerklich auf die Lippe. Es war das erste Mal, dass Lloyd aus seiner Deckung kam. Er gab zu, dass er wusste, wer sie war. Ihr fielen dafür nur Gründe ein, die Schlechtes bedeuteten.

»Von mir aus gerne«, antwortete sie, so gelassen sie konnte, »und wenn wir schon bei der Wahrheit sind: Ich weiß, dass Sie meine Mutter auf dem Gewissen haben. Sie haben den Unfall damals gezielt herbeigeführt, um sie zu töten, das war heimtückisch und damit Mord. Der verjährt nicht. Und ich schwöre Ihnen, dafür kommen Sie sehr lange ins Gefängnis. Statt Ihrem Tee können Sie dann Ihren Fingernägeln beim Wachsen zusehen, denn Scheren gibt es dort nicht für Sie. Genauso wenig wie Respekt.«

»Große Worte und keine Beweise. Wir leben in England. In einem Rechtsstaat. Hier gilt die Unschuldsvermutung.«

»Wenn Sie so unschuldig sind: Warum sind Sie dann hinter meinem Vater her?«

»Ich will mit ihm reden. Von Mann zu Mann.«

»Reden? Nachdem Ihre Männer mit der Sekretärin meines Vaters geredet haben, war sie tot.«

Die Richtung, die das Gespräch nahm, schien Lloyd nicht zu gefallen. »Wo ist Dr. Baxter?«, fragte er.

»Ich weiß nicht, wen Sie meinen, ich kenne den Mann nicht.«

»Sie waren früher ein kleines süßes Mädchen, ich habe Sie gemocht. Aber das hindert mich nicht, Ihnen wehzutun, wenn Sie sich weigern, mir die Wahrheit zu sagen.«

»Sie drohen mir?«

»Ich versuche nur, eine intelligente Frau umfassend zu informieren.« Er sah auf seine Armbanduhr. »Genug jetzt mit dem Gerede. Entweder Sie sagen mir, wo Dr. Baxter ist, oder ich sperre Sie ein, bis Sie es mir verraten.«

»So wie die Männer, die Sie schleusen?«

Mit diesem Satz war Lizzi zu weit gegangen, das spürte sie sofort. Mit ihrem großen Bedürfnis, Lloyd zu provozieren, hatte sie sich wieder einmal selbst in eine Falle gelockt. Vielleicht fühlte sie sich auch nur zu sicher mit Erik im Rücken. Genauer gesagt: über ihrem Kopf.

Lloyds Stirn verdüsterte sich bei ihren Worten augenblicklich. Er griff nach einer ledernen Pferderute und hielt sie Lizzi drohend vor die Augen. »Meine Geduld ist aufgebraucht«, sagte er nur mühsam beherrscht. »Reden Sie.«

Lizzi schüttelte den Kopf. Lloyd sah sie mit einem kalten Blick an, dann hob er seinen Arm, um mit der Rute zuzuschlagen. Lizzi schloss die Augen, erwartete den Hieb.

In diesem Moment ertönte ein lauter Ruf, es war Baxter, der aus seinem Versteck heraustrat. »Halt!«, rief er entschlossen und ängstlich zugleich.

Betrübt sah Lizzi ihm entgegen. Ihr Einsatz hatte nichts gebracht, jetzt hatte Lloyd sie beide. Nur ein Wunder würde sie hier noch herausholen können. Oder Erik, dachte Lizzi, und der Gedanke machte ihr Mut.

Zufrieden nahm Lloyd sein Walkie-Talkie hervor, das in einer Lederhülle an seinem Gürtel befestigt war. »Ihr könnt aufhören zu suchen«, sprach er hinein. »Baxter ist hier im Stall, zusammen mit der Deutschen.«

Er schaltete das Sprechfunkgerät aus und blickte zu Lizzi. Ein zufriedenes Lächeln umspielte seine Mundwinkel. »Jetzt fehlt nur noch Ihr sympathischer Begleiter.«

Lizzi antwortete, ohne mit der Wimper zu zucken. »Keine Angst, der kommt gleich wieder, er holt gerade die Polizei.«

Für eine Sekunde verlor Lloyds Miene seine überhebliche Gelassenheit. »Soll sie kommen. Sie wird Sie nicht finden«, sagte er, nachdem er sich wieder gefangen hatte. Für Lizzi war sein Straucheln ein Beweis, dass er ihre Lüge glaubte und – noch viel wichtiger – nicht nach Erik suchen lassen würde. Während Lloyd das Sprechfunkgerät wieder an den Gürtel steckte, schielte Lizzi nach oben ins Gebälk. Erik war dem Gespräch angespannt gefolgt. Jetzt kletterte er lautlos durch die Streben der Dachkonstruktion und ließ sich behutsam auf eines der unteren Kanthölzer herab, direkt über Lloyd. Der Balken knackte, Staub rieselte hinab. Lloyd stutzte, blickte hinauf. Im gleichen Moment sprang Erik und riss im Fallen Lloyd zu Boden.

Bevor der sich von seiner Überraschung erholt hatte, war Erik schon über ihm und hatte Lloyds Arme nach hinten gebogen. Ohne Rücksicht zog Erik ihn auf die Füße. Lloyd stöhnte mit erstickter Stimme.

»Wenn Sie stillhalten, tut es weniger weh.«

Unwillig befolgte Lloyd Eriks Rat.

Erik blickte zu Lizzi. »Nehmen Sie sich die Waffe.« Er wies mit dem Kopf auf das Gewehr, das Lloyd im Fallen verloren hatte. Lizzi griff es, ohne zu zögern, und richtete es auf ihren Widersacher.

Es war keine Sekunde zu spät: Die Tür des Stalles wurde aufgestoßen, Koons und Mr Panic kamen herein. Erschrocken sahen sie ihren Chef in der Gewalt der Eindringlinge.

»Steckt eure Waffen weg!«, schleuderte Lloyd seinen Männern entgegen, als diese nach ihren Pistolen greifen wollten. »Habt Ihr nicht gehört?« Die beiden folgten zögernd der Aufforderung.

Erik hatte zwischenzeitlich Lloyds Hände auf dem Rücken gefesselt, jetzt nahm er Lizzi das Gewehr ab und rammte es ihm in die Seite, stieß ihn Richtung Ausgang. »Wie wäre es mit einer kleinen Führung über Ihr Anwesen? Aber diesmal sehen wir uns die wirklich interessanten Dinge an.«

Lloyd stolperte voran, verließ unter den unsicheren Blicken seiner Männer den Stall. Erik blieb dicht hinter ihm, das Gewehr im Anschlag.

»Wohin?«, fragte Lloyd.

Erik wies auf das Gebäude, in dem Koons und Cummings die ins Land geschmuggelten Einwanderer eingesperrt hatten. »Zu Ihrem Gästehaus. Oder wie sollen wir Ihr Gefängnis für die illegalen Arbeiter nennen?«

Plötzlich war das Geräusch von Sirenen zu hören, sie kamen von der Rückseite der Mauer, die das Anwesen umgab. Kies knirschte, als die Polizeiwagen in die Einfahrt des Lieferanteneinganges bogen. »Öffnen Sie das Tor«, war eine laute Stimme zu hören, sie kam aus dem Lautsprecher eines der Wagen.

In Lloyds Gesicht kehrte ein Lächeln zurück. »Lasst sie herein«, befahl er seinen Männern. Er drehte sich zu Erik um.

»Oder wollen Sie mich erschießen, während die Polizei dabei ist?«

Lizzi, die in der Tür des Stalls stand, sah den beiden davoneilenden Männern nach. Der Wind hatte sich gedreht. Lizzi wusste nicht, ob es Sturm für sie bedeutete.

31

Mit aufheulenden Motoren fuhren zwei Polizeiwagen auf das Gelände, kaum dass Koons und Mr Panic das Tor geöffnet hatten. Als die Männer sahen, dass Erik ein Gewehr auf den gefesselten Lloyd gerichtet hielt, bremsten sie abrupt. Die Türen der Wagen wurden aufgerissen, die uniformierten Polizisten, drei Männer und eine Frau, gingen in Deckung und legten ihre Dienstpistolen auf Erik an. »Waffe runter!«, brüllte einer der Uniformierten. »Und dann die Hände hoch. Los!«

Erik zögerte, doch nur einen winzigen Moment. Dann hob er langsam eine Hand und legte mit der anderen vorsichtig das Gewehr vor sich auf den Boden, um es anschließend mit seinem Fuß von sich wegzuschieben. Der Officer, der Erik angebrüllt hatte, gab seiner Kollegin ein Zeichen, und während er mit der Waffe Erik in Schach hielt, nahm die Polizistin ihre Handschellen und fesselte mit geschickten Handgriffen Eriks Hände auf seinem Rücken. Danach hob sie das Gewehr auf und sicherte es.

Lizzi, die sich bei der Ankunft der Polizei in den Schatten der Stalltür zurückgezogen hatte, verfolgte mit angehaltenem Atem die Ereignisse. Das hier war kein Fernsehkrimi, bei dem man sich wohlig im Sessel zurücklehnen konnte, im sicheren Wissen, dass am Ende alles gut ausgehen würde. Das hier war die Wirklichkeit.

»Gott sei Dank, Thomas, ihr kommt gerade rechtzeitig.« Lloyd gab sich erleichtert, während er den Uniformierten seine gefesselten Hände entgegenstreckte. »Der Mann hier hat mich überfallen. Er wollte mich gerade zwingen, ins Haus zu gehen und den Safe zu öffnen.«

»Das ist nicht wahr«, unterbrach Erik ihn. »Er hat den Tierarzt Dr. Baxter entführt. Ich bin hier, um ihn zu befreien.«

Der Tierarzt, der im Stall geblieben war, als Erik Lloyd überwältigt und nach draußen gebracht hatte, trat jetzt vor das Gebäude. »Er hat recht, Officer Barkle. Mr Lloyd hat mich auf seinem Gut gefangen gehalten.«

Lloyd lachte schallend auf, als hätte der Tierarzt einen Witz erzählt. »Ich habe Dr. Baxter heute betrunken in der Sattelkammer gefunden. Drei Tage lang hat er seine Praxis nicht aufgemacht, weil er besoffen war. Mit Schnaps aus meinem Weinkeller. Ich habe natürlich den Vertrag mit ihm gekündigt. Und jetzt versucht er, sich mit seiner erfundenen Geschichte an mir zu rächen.«

»Das ist nicht wahr«, verteidigte sich Baxter getroffen.

Doch Lloyds Worte wurden so überzeugend vorgetragen, dass es selbst Lizzi schwergefallen wäre, Lloyd nicht zu glauben, hätte sie es nicht besser gewusst. Aus irgendwelchen Gründen verlor Lloyd kein Wort über ihre, Lizzis Anwesenheit. Hatte er später noch anderes mit ihr vor? Sie mochte den Gedanken nicht weiterspielen, doch so wie es aussah, lag es jetzt an ihr, Erik und Baxter zu helfen. Sie musste sich schnellstens etwas einfallen lassen, wie sie die Polizisten davon überzeugen konnte, Lloyd festzunehmen.

Auch auf den Officer schien sein Schauspiel Eindruck gemacht zu haben. Nachdenklich sah er zum Tierarzt, der, ungewaschen und müde von der Gefangenschaft, tatsächlich erschöpft wirkte, so als hätte er nächtelang getrunken.

»Fest steht«, fuhr Lloyd fort und zeigte auf Erik, »dieser Mann hier ist ein Einbrecher, er hat sich unerlaubt auf mein Grundstück geschlichen. Einer meiner Männer ist fort, wahrscheinlich hat er ihn überwältigt und im Stall versteckt. Meine Angestellten sind meine Zeugen.«

Lizzi konnte kaum an sich halten vor Wut, doch sie unterdrückte ihr Bedürfnis, Lloyd an die Kehle zu springen. Emotionen brachten sie nicht weiter, sie musste ihr Anwaltsgehirn einschalten. Baxters Lügen entlarven. Um Zeit zum Nachdenken zu gewinnen, huschte sie hinter die Strohballen, als zwei der Polizisten auf ein Zeichen des Officers zum Stall liefen.

Die beiden Uniformierten brauchten keine dreißig Sekunden, um den schlafenden Cummings zu finden. »Er sagt die Wahrheit, Sir«, meldete der Polizist ihre Entdeckung, als er wieder vor Officer Barkle stand, seine Kollegin war bei Cummings zurückgeblieben. »Im Stall liegt jemand, gefesselt und betäubt. Sarah kümmert sich um ihn.«

Aus ihrem Versteck heraus konnte Lizzi alles mithören, und sie stellte sich vor, wie Erik unauffällig zum Eingang des Stallgebäudes blickte und sich den Kopf zermarterte, warum die beiden Polizisten Lizzi nicht gesehen hatten.

Fieberhaft dachte sie nach. Lloyd hatte Officer Barkle am Haken. Würde nicht ein Wunder geschehen, würde Erik die Nacht auf der Wache verbringen und Lloyd in aller Seelenruhe seine Spuren verwischen, um weiter als Wolf im Schafspelz seinen bösen Geschäften nachzugehen.

Officer Barkle packte Erik am Oberarm, um ihn zu seinem

Wagen zu führen. »Los, kommen Sie. Wir reden auf der Wache weiter.«

Erik versuchte vergeblich, die Hand des Polizisten abzuschütteln. »Sie machen einen Fehler.«

»*Sie* machen einen Fehler, wenn Sie sich wehren und nicht mit uns mitkommen.«

»Ihr feiner Mr Lloyd ist nicht nur ein Betrüger und Lügner, er ist auch ein Menschenschmuggler. Und er beschäftigt gesuchte Verbrecher.«

»Es reicht jetzt.« Ungeduldig wedelte Lloyd mit seiner Hand in der Luft herum, als wollte er eine lästige Fliege verscheuchen. »Bringt ihn weg. Ich muss mir diese Unverschämtheiten nicht länger anhören.«

Erik stemmte sich gegen den Handgriff des Officers. »Ich kann beweisen, was ich sage. Holen Sie mein Handy hervor. Dort gibt es ein Dokument, das alles bestätigt.« Er reckte dem Polizisten seine Brust entgegen. Nach kurzem Zögern holte Officer Barkle Eriks Handy aus dessen Innentasche. »Es ist eine E-Mail vom hessischen Landeskriminalamt«, fuhr Erik fort. »Einer Polizeibehörde in Deutschland. Darin steht, dass Lloyds Mitarbeiter Mr Cummings über Europol gesucht wird. Wegen des Mordverdachts an einer Sekretärin in Frankfurt. Seine Fingerabdrücke wurden neben ihrer Leiche gefunden.«

Die Nachricht brachte Unruhe unter die Anwesenden. Koons wich unmerklich zurück, und für einen Moment lang wirkte es, als wollte er fliehen. Ein scharfer Blick von Lloyd ließ ihn innehalten.

»So ein Blödsinn.« Lloyd lachte abfällig. »Wenn das die Wahrheit wäre, würde ich das doch wissen. Und dann wäre ich längst mit Mr Cummings zur Polizeistation gekommen. Ich bin ein ehrlicher Mann. Das weißt du, Thomas.«

Officer Barkle traf eine Entscheidung. »Wir nehmen Sie mit auf die Wache«, sagte er zu Erik. »Sie und Ihr Handy. Dann können Sie mir in aller Ruhe erklären, wer Sie sind und was es mit den Beweisen auf sich hat, die sie angeblich vorbringen können.«

Fassungslos blickte Erik den Officer an. »Wenn Sie jetzt gehen, vernichtet Lloyd alle Spuren! In dem Schuppen dort sind fünfzehn Menschen eingesperrt!«

»Los, wir fahren.« Auf ein Zeichen des Officers hin packte einer der Polizisten gemeinsam mit seinem Kollegen Erik, um ihn zum Wagen zu bringen.

Plötzlich ließ ein Ruf sie alle herumfahren. »Hey, ihr Schlafmützen! Muss man hier denn alles selber machen?«

Auch Erik hatte sich umgedreht. Im Dämmerlicht war eine Gestalt zu sehen, es war Lizzi, sie stand vor dem Nachbargebäude und winkte ihnen zu. Sie war noch außer Atem von der Kletteraktion durch das Fenster und weiter die Leiter hinab, über die sie unerkannt den Stall verlassen hatte, bevor sie zum Schuppen hinübergelaufen war, in dem die illegalen Arbeiter gefangen gehalten wurden.

Lloyd reagierte sofort. »Schnappt sie euch! Schnell!« Sein Befehl galt Koons und Mr Panic, die im nächsten Moment losliefen. »Sie ist die Komplizin des Einbrechers«, erklärte er dem Officer.

»Pass auf, Lizzi«, brüllte Erik und schrie sofort danach auf, als Barkle seine gefesselten Arme hochriss, um ihn zum Schweigen zu bringen und auf die Knie zu zwingen.

Lizzi sah die beiden Männer auf sich zulaufen. Eilig rannte

sie zum Eingang des Schuppens, während sie sich selbst verfluchte. Warum hatte sie nicht einfach den Mund halten können, bis sie die Tür des Schuppens aufgeschlossen hatte? Sie holte den Schlüsselbund aus ihrer Hosentasche und starrte entsetzt auf die verschiedenen Schlüssel. Welcher passte in das Schloss? Sie hatte einen Versuch, vielleicht zwei, dann würden Koons und Mr Panic sie erreicht haben.

Der zweite Schlüssel passte. Erleichtert riss Lizzi die Tür auf, starrte in fünfzehn erschrockene Augenpaare. »Los, alle raus hier«, brüllte sie ihnen entgegen und ließ ihren Arm kreisen als Zeichen, sich zu beeilen. In der gleichen Sekunde rissen Koons und Mr Panic sie um und warfen sie zu Boden.

Erik starrte fassungslos auf die Ereignisse am Schuppeneingang. »Jetzt tun Sie doch was!«, rief er Barkle zu. »Die beiden bringen Sie noch um.« Hilflos zerrte er an seinen Fesseln, doch Officer Barkle hielt ihn unerbittlich fest. Immerhin gab er seinem Team ein Zeichen, Koons und Mr Panic zu folgen.

»Ihr könnt jetzt fahren, Thomas«, sagte Lloyd und lächelte bemüht. »Hier ist alles in bester Ordnung.«

Officer Barkle antwortete nicht, starrte überrascht auf das, was am Schuppeneingang geschah: Die illegalen Arbeiter verließen nach und nach das Gebäude und sahen sich überrascht um.

»Brauchen Sie noch mehr Beweise?«, fragte Erik. »Jetzt nehmen Sie ihn endlich fest.«

Lloyd starrte erst die illegalen Arbeiter und dann den Officer entsetzt an, alle Farbe war aus seinem Gesicht gewichen. Barkles Kiefermuskeln mahlten, als er Lloyds Blick begegnete. Er legte die Hand auf seine Waffe, die im Holster steckte. »Mach jetzt keinen Fehler, Anthony.«

Erik riss sich los, lief mit gefesselten Armen zu Lizzi, die noch benommen von dem Sturz am Boden lag. Koons und Mr Panic standen mit erhobenen Armen an der Wand des Schuppens, in Schach gehalten durch die Polizisten. Alle wirkten überfordert, mit dem Umschwung der Ereignisse hatte niemand gerechnet.

»Vorsicht, die beiden sind bewaffnet«, warnte Erik die Uniformierten, bevor er sich Lizzi zuwandte und neben ihr auf die Knie ging. Besorgt beugte er sich über sie, sah erleichtert, dass sie die Augen aufschlug.

Lizzi schaute in das vertraute Gesicht über ihr. Eriks blaue Augen blitzten erleichtert, als sie ihn anlächelte. »Glauben Sie wirklich, es ist eine gute Idee, mit gefesselten Händen zu mir zu kommen, wenn Sie mich retten wollen?«

»Diesmal«, antwortete Erik ernsthaft, »haben Sie uns gerettet.«

Lizzi sparte sich eine Antwort, sondern freute sich einfach. Sie hätte Stunden so daliegen und in diese blauen Augen über ihr blicken können.

Zwischenzeitlich hatten die beiden Polizisten Koons und Mr Panic entwaffnet, jetzt legten sie ihnen Handschellen an. Lizzi rappelte sich auf und wartete ungeduldig, dann bat sie die beiden Uniformierten um den Schlüssel, um Erik von seinen Fesseln zu befreien.

Erleichtert rieb Erik seine Handgelenke, während er Lizzi ansah. »Wie haben Sie es bloß geschafft, unbemerkt hierherzukommen?«

»Ich habe mich beamen lassen«, antwortete Lizzi. »Nie *Star Treck* gesehen?«

»Ich weiß, dass Sie durchs Fenster geklettert sind. Aber wie haben Sie es geschafft, dabei so unauffällig zu sein? Das kenne ich gar nicht von Ihnen.«

»Das Beste hebe ich mir immer für den Schluss auf«, konterte Lizzi und freute sich, dass sie Erik beeindruckt hatte.

Die illegalen Arbeiter hatten sich auf der Wiese zwischen Schuppen und Stallgebäude niedergelassen, erleichtert, endlich im Freien zu sein, und zugleich verunsichert durch die Gegenwart der Polizisten. Officer Barkle, der mit Lloyd dazugekommen war, betrachtete sie fassungslos. Dann blickte er zu Lloyd, der mit gespielter Hilflosigkeit die Arme hob. »Ich sehe die Männer zum ersten Mal. Das müssen meine Leute gewesen sein. Ich habe damit nichts zu tun.«

»So ist das, Mr Koons«, stichelte Lizzi. »Von Ihrem Auftraggeber dürfen Sie keine Loyalität erwarten. Auch wenn Sie die ganze Schmutzarbeit für ihn erledigt haben.«

Koons schluckte schwer, dann schüttelte er sich entschlossen und winkte Barkle zu sich. »Ich packe aus, wenn ich dafür mildernde Umstände bekomme. Sie müssen es mir garantieren. Ich habe nur gemacht, was mein Chef gesagt hat.«

»Sie kommen jetzt erst einmal mit«, antwortete Officer Barkle. »Alle.«

»Nichts von dem, was hier behauptet wird, ist wahr«, beteuerte Lloyd erregt. »Ich habe diesen Männern vertraut und ihnen eine gut bezahlte Arbeit gegeben. Und was ist der Dank? Lügen, nichts als Lügen!«

Auf ein Zeichen von Barkle legten die Polizisten Lloyd ebenfalls Handschellen an. Lloyd protestierte erst, dann verstummte er und starrte wie paralysiert auf die Metallfesseln um seine Handgelenke, als würde er realisieren, dass er in seinem eigenen Minenfeld gelandet war. Zum ersten Mal in seinem Leben gab es niemanden, der die Sprengfallen für ihn wegräumte.

Ohne Genugtuung zu empfinden, betrachtete Lizzi den Mann, der so viel Leid in ihr Leben gebracht hatte. »Bis heute haben Sie geglaubt, Sie würden über dem Gesetz schweben«, sagte sie zu ihm. »Aber es gibt für alles eine Zeit. Dies könnte die der Reue sein.«

Lloyd drehte ihr langsam sein Gesicht zu. Für einen Moment meinte Lizzi in seinem Lächeln den alten Lloyd wiederzuerkennen. »Ich bereue nur eins«, sagte er tonlos. »Dass ich damals Mitleid mit Ihnen hatte. Sonst wären Sie heute nicht hier.«

Lizzi sah ihm nach, als Barkle ihn abführte. Eines musste sie Lloyd lassen: Er hatte eine Begabung darin, hässliche Dinge schön zu verpacken. Der Pfeil, den er als letzten Racheakt verschossen hatte, hatte ihr gegolten, mit dem Ziel, sich für immer in ihr Herz zu bohren. Doch das würde sie nicht zulassen.

32

Die Abendsonne warf ihr warmes Licht auf den Schriftzug und brach sich in den schlichten Buchstaben. Ellen Henderson war in akkuraten Lettern in das Holz geritzt, sonst nichts. Kein Geburts- und auch kein Sterbedatum. Jemand hatte das kleine Holzkreuz in die Erde neben dem Baum gepflockt und daneben eine Vase mit einem frischen Strauß weißer Pfingstrosen gestellt.

Lizzi musste nicht lange nachdenken, um zu wissen, wer das gewesen war. Und sie musste sich auch nicht umsehen, denn sie war sich sicher, dass Mrs Barnaby hinter dem Vorhang am Fenster ihres Hauses stand und zu ihr hinüberschaute.

Sie selbst hatte nicht daran gedacht, Blumen mitzubringen, dabei war sie gekommen, um sich ein letztes Mal von ihrer Mutter zu verabschieden. Oder sollte sie sagen: endlich richtig zu verabschieden? Es fiel ihr weniger schwer, als sie befürchtet hatte. Nur wer die Vergangenheit kennt, kann die Gegenwart verstehen, fuhr es ihr durch den Kopf. Wer auch immer das gesagt hatte, es schien zu stimmen.

Eine Kohlmeise, die auf einem Zweig im Baum zwitscherte, hüpfte mit einem Mal davon. Lizzi blickte ihr nach, bis das Tier im Gewirr der Äste nicht mehr zu sehen war. Wie groß der Baum wohl vor sechsundzwanzig Jahren gewesen war? Jedenfalls war er stark genug gewesen, um einem Wagen in voller Fahrt standzuhalten. Wenn sie genau hinschaute, meinte sie oberhalb ihres Kopfes eine kräftige Kerbe im Baumstamm zu erkennen.

Lizzi warf einen letzten Blick in den Himmel, in dem sich schneeweiße Wattewolken türmten. Sie lächelte, dann hob sie den kleinen Briefumschlag hoch, den sie in ihren Händen hielt, küsste ihn und lehnte ihn an den Baumstamm.

Eine warme Hand legte sich auf ihre Schulter. Es war Eriks. Er hatte im Hintergrund gewartet und trat jetzt neben sie.

»Sind Sie so weit?«

»Geben Sie es ruhig zu. Sie wollen wissen, was in dem Umschlag steckt.«

»Ein paar Zeilen an Ihre Mutter, nehme ich an.«

Lizzi lächelte verschmitzt. »Besser. Ein Wolkenbild.«

Erik war überrascht. »Und was ist darauf zu sehen?«

»Das entscheidet meine Mutter.«

»Muss ich das verstehen?«

Statt einer Antwort zeigte Lizzi mit ihrem ausgestreckten Zeigefinger in den Himmel. »Was sehen Sie dort?«

»Wo?«

»Na da! Wenn Sie den Strommast nach oben verfolgen, stoßen Sie genau drauf. So eine knubbelige Wolke, die sich nach vorne verjüngt.«

»Eine Ente.«

»Eine Ente?«, fragte Lizzi und tat ungläubig. »Sind Sie sicher?«

»Was soll es sonst sein?«

»Für mich sieht das verdächtig nach einem Dinosaurier aus. Tyrannosaurus Rex.«

»Ich bleibe bei der Ente.«

Ein breites Lächeln zog sich quer über Lizzis Gesicht. »Jetzt haben Sie es verstanden. Jeder sieht das, was er sehen will.«

Ihr kam ein Gedanke, der ihr Lächeln verschwinden ließ und einem schief gespitzten Mund Platz machte. »Die Mail Ihres Polizeifreundes vom hessischen Landeskriminalamt war übrigens ein guter Schachzug. Die Nachricht hat uns zwar nicht gerettet, mir aber immerhin Zeit verschafft.«

Erik sondierte ihr Gesicht. »Ihr Blick sagt etwas anderes. Was habe ich falsch gemacht?«

»Warum haben Sie mir nichts von der Mail erzählt?«

»Ich habe sie erst ein paar Minuten vorher bekommen, als ich auf dem Dachbalken stand. Es gab keine Gelegenheit, Ihnen davon zu erzählen.«

Lizzi war erleichtert. »Und ich dachte schon, Sie vertrauen mir nicht.«

»Ihnen vertraue ich. Nur Ihr Mund ist manchmal unberechenbar.« Eriks Lächeln nahm seiner Bemerkung die Schärfe, was Lizzi ein wenig versöhnte. »Vergessen Sie nicht«, ergänzte Erik, »ich bin nur hinaufgeklettert, weil ich mir Sie zum Vorbild genommen habe. Im Grunde gebührt Ihnen das Lob.«

»Das können wir so stehen lassen«, beschloss Lizzi.

Erik blickte in die Richtung, in der Baxter wohnte. »Was meinen Sie, wollen wir?«

Lizzi nickte. Nach den Vorfällen am vergangenen Abend und der späten Zeugenaussage nachts in der Polizeiwache war kaum Zeit geblieben, ein paar persönliche Worte mit Baxter und seinem Sohn zu wechseln. Sie wollten sich wenigstens von den beiden verabschieden.

Ein letztes Mal sah Lizzi zurück zum Baum. Als sie sich zum Gehen wandten, winkte sie dem Haus von Mrs Barnaby zu, und ihr war, als ob sich hinter dem Vorhang eine Hand bewegte. Vielleicht machte sie sich aber auch nur etwas vor, und Mrs Barnaby zog den Vorhang zurecht.

Kurz darauf standen sie vor Baxters Tür. *»It's time to say goodbye«*, sagte Lizzi.

»Es ist wirklich schade, dass Sie nicht noch ein paar Tage bleiben. Wollen Sie nicht hereinkommen und sich umsehen? Sie haben in diesem Haus Ihre Kindheit verbracht.«

Lizzi schüttelte den Kopf. »Ich behalte lieber meine alten Erinnerungen – die wenigen, die ich noch habe. Aber ich komme darauf zurück, wenn ich das nächste Mal hier bin.«

»Versprochen?«

»Versprochen«, antwortete Lizzi und lächelte.

Ein Knattern unterbrach ihr Gespräch, es war ein Motorrad, das sich von der Einfahrt näherte. Kyle hielt vor dem Gartenzaun und stieg ab. Nachdem er seinen Helm abgenommen hatte, holte er ein in eine Papiertüte eingewickeltes Päckchen aus seinem Rucksack.

»Da bin ich gerade noch rechtzeitig gekommen«, freute er sich und reichte Lizzi das Päckchen.

»Was ist das?«, fragte sie, während sie den Verschluss aufzog und ins Innere linste. Sie erkannte einen Stapel Fotos, zog ihn heraus, blätterte die Bilder neugierig durch. Sie zeigten Menschen, die von der Ladefläche eines LKWs stiegen und in einem Gebäude verschwanden, das Lizzi als Lloyds Schuppen erkannte. Man sah, dass die Fotos aus einem Versteck heraus aufgenommen worden waren. Mal herangezoomt, mal im Weitwinkel.

»Die sind für Ihren Vater«, erklärte Baxter. »Er wird sie

nicht mehr brauchen, aber ich habe sie ihm versprochen. Kyle hat den Chip aus meiner Kamera für mich in die Stadt gebracht und die Bilder abziehen lassen.«

Verwundert starrte Lizzi auf den Stapel in ihrer Hand. »Wieso sind Sie eigentlich nicht sauer auf meinen Vater? Wegen ihm sind Sie in Gefahr geraten, und trotzdem werfen Sie ihm nichts vor.«

»Darüber habe ich gar nicht nachgedacht«, antwortete er. »Vielleicht weil Lloyd Ellen auch mir weggenommen hat und es nicht sein darf, dass er damit durchkommt. Ich hätte schon früher etwas tun müssen, aber damals hatte ich mich nicht getraut. Und außerdem wollte ich Ihrem Vater helfen. Martin gehört zu den Menschen, die das Herz auf dem rechten Fleck tragen, ohne damit hausieren zu gehen. Ich konnte ihm nie lange böse sein, selbst als er Ellen geheiratet hat. Und ich hoffe«, schob er nach, »Sie sind es auch nicht.«

Baxters Worte klangen in Lizzis Ohren fremd wie aus einer fernen Welt. Als Tochter hatte sie ihren eigenen Blick auf den Vater und wusste nicht, ob sie ihm jemals verzeihen konnte, was er getan hatte. Doch sie musste zugeben, dass er ein Talent hatte, Menschen für sich einzunehmen.

»Da niemand einschließlich mir eine Ahnung hat, wo mein Vater steckt, müsste ich ihn wie ein Kaninchen aus dem Zylinder hervorzaubern, um ihm die Fotos zu geben«, erwiderte Lizzi diplomatisch. Dennoch steckte sie das Bilderpaket in ihre Tasche.

»Er wird sich melden«, prophezeite Baxter.

»Wieso sind Sie sich so sicher?«

»Ihr Vater ist immer für eine Überraschung gut. Warten Sie es ab.«

»Ganz die Tochter«, grinste Erik, der die ganze Zeit danebengestanden und zugehört hatte.

Baxter nickte wissend. »Auch Ihnen vielen Dank«, sagte er und gab Erik die Hand. »Wenn Sie beide nicht gewesen wären, hätte ich meinen Sohn womöglich nie wiedergesehen.«

»Hätte Kyle die Polizei nicht so schnell geholt, wäre alles anders ausgegangen.«

»War ein Fehler«, witzelte Kyle. »Jetzt muss ich wieder sein Schnarchen ertragen, mit dem er das Haus zum Wackeln bringt.«

Sich lachend zu verabschieden war die angenehmste Art, fand Lizzi. Als sie mit Erik zum Wagen ging und ihr Blick auf den überwucherten Platz neben der Einfahrt fiel, zögerte sie, doch sie verkniff es sich, noch einmal zur Schaukel zu gehen.

Erik hatte ihr Zögern bemerkt. »Wenn Sie den Holzsitz als Andenken mitnehmen wollen, hat Baxter bestimmt nichts dagegen.«

Lizzi schüttelte den Kopf.

»Sie können ihn auch als Deko in ihr Wohnzimmergestrüpp hängen.«

Für einen Moment hatte Lizzi Erik ernst genommen. Erst als sie ihn ansah, wusste sie, dass er sie aufzog. »Das ist eine Birkenfeige und kein Gestrüpp, auch wenn ich nicht weiß, ob sie mir mein langes Wegbleiben übel genommen hat. Und außerdem …«

»Und außerdem?«, half Erik ihr auf die Sprünge.

»Und außerdem muss man die Vergangenheit nicht bei jedem Umzug mit sich herumschleppen, um sie zu bewahren.«

»Sind Sie sicher, dass Sie sie nicht nur hinter sich lassen wollen?«

»Keine Sorge«, antwortete Lizzi. »Meine Vergangenheit gehört zu mir.«

Noch während sie sprach, wurde Lizzi klar, dass auch der jetzige Moment, so wie die vielen, die sie in den vergangenen Tagen mit Erik verbracht hatte, in kürzester Zeit ebenfalls der Vergangenheit angehören würde. Der Gedanke stimmte sie traurig.

Als Erik sie in Frankfurt vor ihrem Haus absetzte, war es Lizzi, als wäre sie auf einer langen Weltreise gewesen, so fremd kam ihr ihr Zuhause vor. Nur an der Baustelle schien die Zeit stehen geblieben zu sein. Wahrscheinlich hatten die Bauarbeiter sie schlicht vergessen.

Zu Lizzis Erstaunen holte Erik Lizzis Gepäck ohne ein Wort der Diskussion aus dem Wagen. »Sind Sie auf einmal ein Gentleman geworden?«

»Ein allerletzter Service. Die Treppen schaffen Sie selbst.«

»Wie großzügig«, brummte Lizzi.

»Ein Scherz. Ich trage den Koffer noch hoch«, beruhigte er sie, während er das Gepäck zum Hauseingang rollte.

»Okay«, sagte Lizzi beiläufig, obwohl sie sich in Wirklichkeit freute, weil sich der Abschied so ein paar Minuten hinauszögerte. »Nicht dass ich das nicht selbst schaffen würde …«

»Weiß ich doch. Die Spuren auf meiner Motorhaube erinnern mich jeden Tag daran.«

»Höre ich da ein leises Wort der Kritik heraus?«, fragte Lizzi, während sie in ihrer Tasche nach den Schlüsseln suchte.

»So empfindlich? Hey, Sie sind Lizzi!«

»Aus Ihrem Mund klingt das wie ›Lizzi, die Schreckliche‹.«

Erik nickte anerkennend. »Sie sollten Ihren Blog umbenennen. Mit diesem Titel bekommt er noch mehr Aufmerksamkeit.«

»Die bekomme ich auch anders.« Lizzi hielt Erik trotzdem die Tür auf. Während er die Stufen hochstieg, holte sie die Post aus dem Briefkasten. In ihrer Abwesenheit hatte sich ein kleiner Stapel angesammelt, den sie unbesehen herausnahm, um Erik zu folgen.

Mit jedem Schritt, den sie weiter emporstieg, rutschte ihr Herz ein Stückchen weiter nach unten. Gleich würden sie oben sein, und sie würden sich nach einem letzten Abschiedsgruß trennen. Warum fiel ihr der Gedanke daran so schwer? Zugegeben, Erik war nett, und er sah nicht schlecht aus. Er hatte Humor, war zupackend und nicht dumm, eine Kombination, die in der Natur nicht so häufig vorkam. Aber er hatte auch eine ganze Menge Eigenschaften, die dafür sorgten, dass zwischen ihnen die Fetzen flogen. Zugegeben, hin und wieder war das durchaus unterhaltsam gewesen. Wahrscheinlich, so Lizzis Schlussfolgerung, hatte sie sich einfach an ihren Begleiter gewöhnt.

Als sie oben ankam, hatte Erik bereits den Koffer vor der Tür ihrer Wohnung abgestellt.

»So«, sagte Erik abwartend. »Hier endet mein Auftrag.«

»Seien Sie froh, jetzt sind Sie mich los. Und ich Sie«, meinte Lizzi. »Freie Menschen. Endlich können Sie wieder Ihre Paprika und Kaninchen züchten. Oder mit dem Dorfpfarrer über Psalmen diskutieren.«

»Freie Menschen«, bestätigte Erik, doch er wirkte verhalten. »Was machen Sie, wenn Sie wieder alleine sind?«

»Keine Sorge, mir wird nicht langweilig«, winkte Lizzi ab. »Ich weiß gar nicht, wo ich anfangen soll, es ist ja so viel liegen geblieben. Die ganzen Mails und die Leute, bei denen ich mich wieder melden muss …«

War das so? Abgesehen von ihrem Chef, den sie tatsächlich unbedingt anrufen musste, wenn sie sich nicht demnächst nach einem anderen Arbeitgeber umsehen wollte, fiel ihr niemand ein. Ihre Freunde, die genauso wie sie bei der Arbeit oder mit ihren Familien eingespannt waren, hatten wahrscheinlich noch gar keine Zeit gehabt, sie zu vermissen.

»Wenn das so ist, dann …«, sagte Erik und streckte Lizzi seine Hand hin, »… dann Auf Wiedersehen. Viel Glück noch!«

Lizzi spürte seine angenehm warme, kräftige Hand in ihrer. »Ja, das wünsche ich Ihnen auch.«

Mit diesen Worten ging er die Stufen nach unten.

Lizzis Augenbrauen zogen sich zusammen. Sie schien Erik völlig egal zu sein, so schnell, wie er sich von ihr verabschiedet hatte. Als ob er es nicht erwarten konnte, sie los zu sein.

Gedankenverloren blätterte sie den Stapel aus dem Briefkasten durch: Werbung, Rechnung, Versicherung, Postkarte, wieder Rechnung … sie blätterte zurück. Postkarte? Aus Amrum? Neugierig drehte sie sie um und las, dabei wurden ihre Augen größer und größer.

Nur mit der Karte in der Hand, rannte Lizzi die Treppe nach unten. Als sie endlich die Haustür erreichte, hatte Erik das Haus schon verlassen. Lizzi zog die Tür eilig auf und rannte ihm hinterher. »Warten Sie, Erik!«

Er drehte sich um und sah sie mit einer Mischung aus Erstaunen und Freude an. Wahrscheinlich machte es ihm Spaß, dass sie ihm nachrannte. Nur ein paar Meter kam er ihr entgegen, und seine Arme waren leicht geöffnet, als würde er gleich ein Paket empfangen. Sonderbar.

Als sie bei ihm war, war sie so aufgeregt, dass sie kein Wort hervorbrachte und nach Luft japsen musste. Mit erwartungsvollem Lächeln sah Erik sie an.

»Was ist, Lizzi?«, fragte er.

»Wir müssen nach Amrum.«

Erik lachte. »Ich liebe Ihre direkte Art. Aber wieso ausgerechnet dorthin? Es gibt viele schöne Nordseeinseln, auf denen man Urlaub machen kann.«

Rätselhafte Fragen, die Erik da stellte.

»Warum wohl? Weil mein Vater dort ist! Hier, sehen Sie. Er hat eine Postkarte geschrieben.«

Erik wirkte irritiert und auch ein bisschen enttäuscht, als Lizzi ihm die Karte hinhielt. Wahrscheinlich wäre eine Spesenfahrt nach Hawaii attraktiver für ihn gewesen.

»Kommen Sie jetzt mit oder nicht?« Sie stemmte die Arme in die Seite und legte den Kopf schräg.

Erik hatte sich wieder im Griff. »Wenn Sie mich so freundlich bitten, kann ich wohl schlecht ablehnen.«

Erfreut hob Lizzi ihren Hausschlüssel hoch. »Wären Sie so nett und tragen mein Gepäck wieder herunter?«

Erik wollte etwas sagen, unterließ es aber und nahm stattdessen den Schlüssel.

»Danke«, strahlte Lizzi ihn an. »Ich warte im Auto.«

33

Die Adresse, die ihr Vater in der Postkarte genannt hatte, war ein mit Reet gedecktes ehemaliges Bauernhaus etwas außerhalb von Norddorf im Norden Amrums, das als Ferienhaus vermietet wurde. Gespannt näherte sich Lizzi der Kate, in der ihr Vater die vergangene Woche verbracht hatte, während sie ihn überall gesucht hatten. Trotz oder vielleicht auch gerade wegen ihrer Anspannung musste Lizzi grinsen: Wenn man sich das Reetdach wegdachte, ebenso die platte Landschaft drumherum und die Dünen, erinnerte sie das Häuschen an Yorkshire. Selbst der weiße Gartenzaun würde gut dorthin passen.

Nachdem Erik nach der langen Fahrt den Fährhafen von Dagebüll erreicht und auf der Fähre den Motor abgestellt hatte, war Lizzi an die Reling getreten, um sich vom Nordseewind durchpusten zu lassen. Sie hatte die halbe Fahrt hinüber zur Insel darüber nachgedacht, was sie ihrem Vater sagen sollte. Bestimmt hatte er gute Gründe für sein Verhalten, und die frische Brise würde hoffentlich helfen, ihre Vorwürfe, die sich in ihr angestaut hatten, so lange zurückzuhalten, bis er ihr eine Erklärung für alles geliefert hatte.

Doch als ihr Vater sie wie ein Gespenst ansah, nachdem er die Tür geöffnet hatte, dabei seine hohe Stirn unter den kurzen grauen Haaren in Falten legte und sie mit dem Vorwurf »Was machst du hier, Lizzi?« begrüßte, gefolgt von »Wo ist

Erik? Du solltest doch mit ihm in Thüringen bleiben!«, da vergaß Lizzi alles, was sie sich vorgenommen hatte. Am liebsten hätte sie ihm die Tür vor der Nase zugeknallt, doch das ging nicht, da sie auf der falschen Seite stand.

»Hast du mir nicht irgendetwas mitzuteilen?«, ging Lizzi auf Gegenangriff.

Ihr Vater zögerte, dann wandelte sich sein Gesichtsausdruck, und er sah sie mit einem Anflug von schlechtem Gewissen an. »Ja. Eine Menge. Aber lass dich erst einmal umarmen, bevor du mir die Hölle heißmachst. Ich bin so froh, dass es dir gut geht!«

Lizzi erwiderte die innige Umarmung ihres Vaters, doch sie konnte sich nicht von ihren Gefühlen frei machen. Wie eine Sperre lagen sie zwischen ihr und ihm. Sein prüfender Blick, als er sich von ihr löste, zeigte ihr, dass er ihre Distanz spürte.

Das Gartentor quietschte, Erik kam den Weg von der Straße zum Haus herunter. Lizzis Vater wirkte sichtlich erleichtert, als er ihn sah.

»Erik! Ich wusste doch, dass ich mich auf Sie verlassen kann«, sagte er und trat einen Schritt zur Seite, um beide einzulassen.

Lizzi spürte, wie die Wut in ihr hochkochte. Doch irgendwo schien sie ein inneres Ventil zu besitzen, das gerade genug Luft abließ, damit sie nicht durch die Decke ging. »Ist das dein einziges Problem, Papa?«

Ihr Vater sah sie an mit dem Blick eines Mannes, der wusste, wann es besser war, seine Tochter nicht zu reizen.

»Wir reden drinnen. In der Küche ist es gemütlicher.« Er winkte auffordernd mit der Hand, und als Lizzi nicht reagierte, ging er voran ins Haus.

»Ich will es mir nicht gemütlich machen!«

»Du bist sauer auf mich.«

»Wundert dich das? Seit einer Woche mache ich mir Sorgen, weil ich nicht weiß, wo du steckst. Und was machst du? Genießt in aller Seelenruhe deinen Urlaub.«

Verblüfft sah ihr Vater sie an. »Ich habe dir eine Nachricht geschickt.«

Lizzi zog ihr Smartphone aus der Tasche und hielt es ihrem Vater vor die Nase.

»Eine Nachricht? Dann muss die wohl dreifach verschlüsselt gewesen sein oder hat sich auf geheimnisvolle Weise während der Übertragung in Luft aufgelöst. Bei mir ist jedenfalls nichts angekommen.«

Ihr Vater sah sie verständnislos an. »Ich meine die Postkarten, die ich nach Frankfurt und nach Thüringen geschickt habe. Wenigstens eine musst du doch bekommen haben. Deswegen seid ihr doch hier.«

»Postkarte?« Lizzi schnappte hörbar nach Luft. »Wir leben im digitalen Zeitalter, und du wählst die Postkutsche, um deiner Tochter eine dringende Nachricht zukommen zu lassen?«

»Es war das Sicherste. Glaub mir.«

Lizzi blickte zu Erik, der im Türrahmen der Küche stand und dem Gespräch stumm folgte. »Erik, Sie sind mein Zeuge, sonst glaubt mir das niemand. Die Karte habe ich erst vor ein paar Stunden gefunden.« Sie wandte sich wieder ihrem Vater zu und musterte ihn wütend. »Davor sind wir einmal quer durch Deutschland gefahren und dann sogar mit der Fähre bis nach England, aber auch da warst du nicht, nur dein alter Freund Baxter, der dir helfen wollte, einen Mann namens Lloyd zur Strecke zu bringen, den Erik und ich dort kennen-

und nicht unbedingt lieben gelernt haben. Bei der Gelegenheit, und das nur zur Erinnerung: Es gibt tragbare Telefone, man nennt sie Handys. Man kann damit von überall anrufen, und in der Regel bin ich damit sogar zu erreichen, selbst wenn ich mich auf der anderen Seite des Ärmelkanals befinde. Aber wenn du nicht telefonieren wolltest, aus welchem Grund auch immer, dann hättest du wenigstens eine Mail schreiben können oder eine Textnachricht.«

Lizzis Vater war der Rede seiner Tochter mit wachsender Unruhe gefolgt. »Ihr wart in Scarborough und habt Lloyd getroffen?«, fragte er mit zittriger Stimme. »Woher wusstest du von ihm? Hast du meinen Brief denn nicht gelesen?«

»Doch. Aber du hast einen Ausdruck mit deiner Reiseroute im Drucker übersehen.«

»Ein Ausdruck? In meinem Drucker?« Die Erkenntnis seines folgenreichen Fehlers ließ Lizzis Vater erschrocken den Kopf schütteln. »Warum hast du nicht gemacht, worum ich dich gebeten habe? Wenigstens einmal. Es ging um deine Sicherheit!«

»Lass das, Papa, lenk nicht ab. Du hast meine Frage immer noch nicht beantwortet!«

»Es tut mir leid, Lizzi. Aber sich bei dir zu melden wäre viel zu gefährlich gewesen. Ich hatte die Sorge, ich könnte angezapft oder per GPS verfolgt werden.«

Der um Verständnis heischende Blick ihres Vaters wirkte auf Lizzi wie ein Booster, der ihre Wut weiter hochkochen ließ. »Hast du schon mal davon gehört, dass es mehr als dein Handy auf dieser Welt gibt? Man kann sich sogar eins kaufen, samt neuer Nummer. Wie soll dich jemand anzapfen können, wenn er deine neue Nummer nicht kennt?«

»Er könnte dich abhören! Versteh doch: Ich wollte dich nicht in Gefahr bringen.«

»Das ist dir wunderbar gelungen.«

»Du glaubst gar nicht, wie glücklich ich bin, dass dir nichts passiert ist«, sagte ihr Vater, ohne auf ihre Ironie einzugehen. »Ich wusste, dass auf Erik Verlass ist.« Er klopfte ihm dankbar auf die Schulter, was Lizzi endgültig explodieren ließ.

»Auf dich leider nicht, Papa, du hast dich verhalten wie ein …« Lizzi beendete den Satz nicht, aber auch so ahnte ihr Vater sicher, was sie ihm sagen wollte.

Bestürzt schüttelte er den Kopf. »Du hast ein falsches Bild von mir.«

»Welches meinst du? Den Vorzeigedaddy? Den rechtschaffenen Vollblutanwalt? Den Lügner, der mir seit meiner Kindheit Märchen erzählt? Ich weiß nicht mehr, was ich glauben soll. Du besitzt eine Villa, von der du nie ein Wort erzählt hast, machst mit einem Personenschützer hinter meinem Rücken Deals und wirst von Kriminellen gesucht. Und warum? Du hast Geld veruntreut. Und das, obwohl du Jurist bist!«

»Davon weißt du auch schon?«

Lizzi zog einen Schlüssel aus ihrer Tasche heraus und knallte ihn vor ihrem Vater auf den Tisch.

»Ja, inzwischen weiß ich eine ganze Menge. Sogar, wo du deinen Zweitschlüssel zu deiner Villa vergraben hast. Das wolltest du ja so, sonst hättest du dir nicht all die Rätselspiele ausgedacht. Als ob ich noch ein Kind wäre. Dabei hättest du einfach mit mir reden können. Ich bin erwachsen, Papa!«

Tränen der Wut stiegen in ihr hoch. Bevor es jemand mitbekommen konnte, stürzte Lizzi durch die Tür nach draußen und lief zu Eriks Wagen. Wütend zerrte sie ihr Gepäck heraus, dann stürmte sie damit die Straße hinunter, die sie gekommen waren, ohne sich umzudrehen oder auf die besorgten Rufe zu reagieren.

Sie konnte es nicht fassen, dass ihr Vater überhaupt keine Reue zeigte. Er schien es völlig normal zu finden, dass er das Leben seiner Tochter mal eben auf den Kopf stellte.

Ein Auto näherte sich von hinten. Lizzi brauchte sich nicht umzudrehen, um zu wissen, dass es Erik war, der sie eingeholt hatte und neben ihr herfuhr.

»Was wollen Sie?«, fragte sie durch das offene Beifahrerfenster, ohne ihren Schritt zu verlangsamen. »Mich überreden zurückzukommen?«

»Sie mitnehmen. Wo auch immer Sie hinwollen.«

»Ist das so schwer zu erraten? Zurück nach Hause.«

»Dann sollten Sie einsteigen. Mit dem Wagen sind Sie definitiv schneller. Auch wenn ich zugeben muss, dass Sie in der kurzen Zeit schon ganz schön weit gekommen sind.«

Lizzi machte keine Anstalten, stehen zu bleiben, obwohl eine Taxifahrt zur Fähre tatsächlich äußerst verlockend klang.

»Sie sind die einzige Frau, die ich kenne, die gern Autos zu Fuß begleitet.«

»Dann kennen Sie nicht genug Frauen«, behauptete Lizzi, alleine um zu kontern.

»Dafür kenne ich Sie gut genug, um zu wissen, dass Sie verletzt sind. Sonst würden Sie nicht wegrennen.«

Überrascht blieb Lizzi stehen. Eriks Kurzanalyse traf sie ins Mark. Eine Woche mit ihm hatte gereicht, dass sie für ihn wie ein offenes Buch war.

»Natürlich bin ich verletzt! Was erwarten Sie? Mein Vater

nimmt mich nicht ernst. Wahrscheinlich ist er noch stolz auf das, was er sich geleistet hat.«

Auch Erik war stehen geblieben. »Wenn ich so einen Vater hätte wie Sie, wäre das mein geringstes Problem.«

»Und welches wäre das größte?«

»Dass wir nicht mehr miteinander reden.«

Die Ernsthaftigkeit, mit der Erik sie ansah, ließ Lizzi für einen Moment innehalten. »Ich habe versucht, mit ihm zu reden«, sagte sie schließlich.

»Sie haben ihm nicht zugehört. Er hatte keine Chance, sich zu erklären. Geben Sie ihm eine.«

Lizzi kämpfte mit sich. »Eine Chance, gut. Die gebe ich ihm noch.«

Erik freute sich sichtlich. »Wollen Sie mich zu Fuß zurückbegleiten? Oder soll ich Sie mitnehmen?«

Ohne ein Wort stieg Lizzi zu Erik in den Wagen und stellte ihr Gepäck in den Fußraum. »Was ist? Auf wen oder was warten Sie?«

»Bin schon unterwegs!« Schnittig setzte Erik auf der Straße zurück und wendete. Zwei Minuten später betraten sie ein zweites Mal das Reethaus. Ihr Vater freute sich sichtlich, dass Lizzi zurückgekommen war, ein dankbarer Ausdruck lag in seinen Augen.

Lizzi räusperte sich. »Erik meinte, ich hätte dich überrollt. Lass uns einfach da weitermachen, wo wir aufgehört haben. Es gibt viele Dinge, die ich nicht verstehe und gerne wissen will.«

Ihr Vater nickte und zog einen Stuhl vom Küchentisch zurück. »Setz dich bitte.«

»Dann muss es ja schlimm sein.«

Ihr Vater schüttelte den Kopf und zog dann auch für Erik

einen Stuhl heran, bevor er selbst Platz nahm. »Nein, wenn wir sitzen, bringt es Ruhe ins Gespräch.«

Erik zögerte. »Ich denke, ich warte besser draußen.«

Sowohl Lizzi als auch ihr Vater wollten davon nichts wissen. »Ich brauche Sie zu meinem Schutz«, sagte Lizzis Vater. »Falls Lizzi mir den Kopf abreißen will.«

»Und ich, damit Sie hinterher alles bezeugen können.«

Wortlos setzte Erik sich.

»Das Haus in Thüringen gehörte meinen Eltern«, begann Lizzis Vater. »Sie sind vor dem Fall der Mauer in den Westen geflohen und haben es einem Bekannten verkauft, der es später mir überlassen hat, als ich mit dir zurück nach Deutschland gekommen bin. Ich dachte damals, es wäre gut, über einen sicheren Rückzugsort zu verfügen.«

»Ich wusste noch nicht einmal, dass deine Eltern überhaupt noch leben«, sagte Lizzi spitz. »Warum hast du mir das verheimlicht?«

»Immer der Reihe nach. Ich will dir das mit meinen Eltern erklären. Für mich war es tatsächlich so, als wären sie gestorben. Als ich studiert habe, sind sie auf Weltreise gegangen und danach nicht mehr wiedergekommen. Alle paar Jahre haben sie eine nichtssagende Karte von irgendwoher geschickt. Das war alles, was ich von ihnen gehört habe. Als deine Mutter umkam und wir zurück nach Deutschland mussten, hätte ich die Hilfe meiner Eltern gebraucht. Aber da waren sie gerade in Australien. Wie soll ich einem kleinen Kind, das gerade seine Mutter verloren hat, erklären, dass seinen Großeltern das egal ist?«

»Bist du sicher, es ging dir da nur um mich?«

Ihr Vater wog nachdenklich den Kopf. »Du hast recht, ich war auch selbst sehr verletzt.«

Lizzi seufzte tief. »Und weil es in eurer Familie normal ist, sich nichts zu erzählen, dachtest du, das kannst du auch bei mir so machen?«

»Das war keine gute Idee, das weiß ich jetzt. Ich wollte dich nicht mit meiner Vergangenheit belasten. Ich habe damals einige falsche Entscheidungen getroffen.« Ihr Vater schürzte den Mund. »Und außerdem, Lizzi ...«, er suchte nach den richtigen Worten.

»Sag schon.«

»Was Lloyd betrifft: Ich wollte nicht, dass du dauernd aufpassen musst, wem du was sagst. Du bist manchmal nicht zu stoppen, wenn du in Fahrt kommst. Was du nicht weißt, kannst du auch nicht verraten. Ich wusste, wie nachtragend Lloyd ist und dass er immer nach mir suchen würde, egal, wie viele Jahre ins Land gegangen sind. Deswegen habe ich meinen alten Namen wieder angenommen, als wir zurück nach Deutschland gefahren sind.«

Auf Lizzis Stirn zogen düstere Falten auf, während sie sich auf die Lippen biss. »Auf den Punkt gebracht: Du vertraust mir nicht.«

»Das stimmt nicht, Lizzi.« Ihr Vater schüttelte mit Nachdruck den Kopf. »Ich wollte nicht, dass du mit derselben Angst leben musst wie ich. Ich wollte dich aus allem raushalten.«

In Lizzi wirbelten die Gefühle durcheinander. Alles, was ihr Vater sagte, war verständlich, doch die eine große Frage, die sich seit ihrem Gespräch mit Dr. Baxters Nachbarin in ihr Herz gebohrt hatte, ließ sie nicht los. »Warum hast du mir nie gesagt, wie Mama wirklich gestorben ist? Ich hätte die Wahrheit gerne von dir erfahren.«

Ihr Vater legte schuldbewusst sein Gesicht in die Hände, bevor er wieder aufsah. »Von wem weißt du es?«

»Von Mrs Barnaby.«

Begleitet von einem tiefen Seufzer legte ihr Vater seine Hand auf die seiner Tochter. »Ich hatte mir vorgenommen, es dir zu sagen, wenn du alt genug bist, um alles zu verstehen. Aber mit jedem Tag, den ich gewartet hatte, fiel es mir schwerer.«

»Klar. Weil du dann hättest zugeben müssen, dass du schuld an Mamas Tod bist. Hättest du Lloyd nicht sein Geld genommen oder es ihm wenigstens zurückgegeben, wäre Mama noch am Leben.«

Lizzis unerbittliche Analyse verfehlte ihre Wirkung nicht, getroffen sah ihr Vater sie an. »Ich weiß, dass ich die Schuld trage, und ich werde mir das mein ganzes Leben nicht verzeihen können. Aber in einem irrst du dich: Wenn ich Lloyd das Geld zurückgegeben hätte, hätte sich nichts geändert. Er hätte mich immer verfolgt. Es ist ein Wunder, dass es so lange gedauert hat, bis er mich aufgespürt hatte.«

In Lizzi arbeitete es. Sie musste an Baxters Worte denken und spürte, wie ein schlechtes Gewissen in ihr aufzog. Das Selfie mit ihrem Vater für ihren Blog war der Startschuss von allem gewesen. »Ich muss dir etwas beichten«, gab sie zu. »Ich habe vor Monaten ein Foto von dir ins Netz gestellt, gegen deinen Wunsch.«

»Das mit dem Foto weiß ich, Lizzi. Ich habe deinen Blog abonniert.«

»Abonniert«, wiederholte Lizzi, die nicht wusste, was sie mehr aus der Fassung brachte: dass sich ihr Vater für ihren Blog interessierte oder dass er so ruhig reagierte. »Und du hast nichts gesagt? Ich habe dich dadurch in Gefahr gebracht.«

»Hätte ich dir erzählt, warum ich das Internet meide, wäre das nie passiert. Außerdem hatte ich keine Angst um mich. Als ich wusste, zu was Lloyd in der Lage ist, war es mir wichtig, ihm zu zeigen, dass er keine Macht über mich hat. Aber es gab seitdem keinen Tag, an dem ich mich nicht davor gefürchtet habe, dass er mir das Wichtigste in meinem Leben nimmt. Und das bist du, Lizzi!«

Überrascht schüttelte Lizzi den Kopf, während sie versuchte, ihre durcheinanderwirbelnden Gedanken zu ordnen. »Wenn das so ist, warum hast du mich dann damals ins Internat abgeschoben? Ich wollte dort nicht hin, aber das war dir egal.«

»Nein, das war mir nicht egal! Im Gegenteil: Ich wusste, du bist dort sicherer als bei mir zu Hause. Glaub mir, Lizzi: Du bist das Wichtigste in meinem Leben! Der Gedanke, ich könnte dich verlieren, war nicht zu ertragen.«

Lizzi stiegen Tränen in die Augen. Die ganzen Jahre war sie mit dem Gefühl aufgewachsen, dass sie ihrem Vater lästig war oder zu anstrengend, und jetzt stellte sich heraus, dass er sie aus Sorge zurückgewiesen hatte. Aus Liebe. So viel vertane Zeit. War das nicht absurd?

»Ich wollte etwas gegen Lloyd unternehmen, und stattdessen habe ich alle Menschen, die mir wichtig sind, in Gefahr gebracht«, sinnierte ihr Vater. »Deine Mutter, dich und selbst Henry Baxter. Und dass Frau Nellen gestorben ist, nur weil sie meine Sekretärin war, werde ich niemals wiedergutmachen können. Es tut mir alles so unfassbar leid, Lizzi!«

Eingesunken von der Last auf seinen Schultern, saß ihr Vater auf seinem Stuhl. Dann stand er auf und nahm seine Tochter fest in den Arm. Lizzi erwiderte die Umarmung, legte ihren Kopf an seine Schulter. Sie schloss dabei die Augen, dennoch konnte sie nicht verhindern, dass ein paar Tränen zwischen ihren geschlossenen Lidern hervorkullerten. Noch vor wenigen Minuten hätte sie ihren Vater auf den Mond schießen können, und jetzt presste sie ihn so fest an sich, als wollte sie ihn nie wieder loslassen. Wenn sie sich nicht täuschte, war die feuchte Stelle, die sie eben auf ihrer Schulter spürte, eine Träne ihres Vaters.

Ob Erik angesichts so vieler Emotionen betreten wegschaute? Lizzi linste zwischen ihren Ellenbogen hindurch und war erstaunt, dass er ihnen im Gegenteil still zulächelte. Irgendwie wissend. Oder war es ein Ausdruck der Zufriedenheit?

Als Lizzi sich wieder von ihrem Vater löste, zeigte Erik auf Lizzis Handtasche. »Wollen Sie Ihren Vater noch länger mit der guten Nachricht warten lassen?«

Irritiert schaute Lizzis Vater erst Erik an, dann seine Tochter. »Ihr seid doch nicht etwa zusammen? Ihr habt mir etwas vorgespielt, und ich habe nichts gemerkt.«

»Wie kommst du darauf?«, antwortete Lizzi. Ihre Stimme klang entrüstet. »Wir sind nur ... ein Team auf Zeit. Erik hat den Vertrag erfüllt, den er mit dir geschlossen hat, und ich habe ihm dabei geholfen, dass er sein Honorar auch wert ist.«

Erik machte eine hilflose Geste. »Ich habe mich missverständlich ausgedrückt. Lizzi hat etwas für Sie, das Sie interessieren dürfte.«

»Schade«, brummelte ihr Vater. »Meinen Segen hättet ihr gehabt.«

»Das interessiert hier keinen, Papa!«

Unter den neugierigen Blicken ihres Vaters holte Lizzi Baxters Päckchen hervor. Entgeistert blätterte ihr Vater die Fotos durch. »Das ist unglaublich!« Dankbar drückte er seiner Tochter und zu Eriks Erstaunen auch ihm einen Kuss auf die Stirn, dann ergriff er Lizzis Hand und zog sie mit sich aus der Küche in das angrenzende Wohnzimmer. »Ich muss euch auch etwas zeigen!«

Verblüfft traten die beiden in einen Raum, in dem sich auf dem Tisch und auf dem Boden Akten stapelten. Nach Urlaub sah es hier nicht aus, eher nach einem Taskforce-Büro. Ein Clipboard listete akribisch die Inhalte aller Akten auf, und an einer Wäscheleine, die quer durch das Zimmer gespannt war, hingen Fotos von Lloyds Anwesen, die die Außenansicht aus verschiedenen Perspektiven zeigten. Auf einigen sah man Momentaufnahmen von LKWs, die durch die Einfahrt fuhren und hinter denen sich das Tor wieder schloss.

»Wisst ihr, wie viele Monate ich damit verbracht habe, nach Beweisen zu suchen, die Lloyd hinter Schloss und Riegel bringen?«, fragte Lizzis Vater. »Und ihr bringt es in ein paar Tagen fertig, das entscheidende Puzzleteil zu beschaffen.«

»Die Fotos sind von deinem Freund Henry. Wir haben ihm nur geholfen, Lloyds Anwesen wieder lebend zu verlassen.«

»Es geht ihm doch gut?«

»Fragen Sie ihn selbst«, antwortete Erik. »Sie können Ihr Handy wieder aktivieren. Die Polizei hat Lloyd kassiert. Sie hat sich mit eigenen Augen davon überzeugt, dass er Menschen illegal ins Land geschleust hat.«

»Nicht nur Menschenhandel, auch Freiheitsberaubung und Anstiftung zum Mord werden ihm vorgeworfen. Vielleicht kommt noch etwas dazu, wenn die englische Polizei tiefer gräbt«, ergänzte Lizzi.

Ihrem Vater fehlten offensichtlich die Worte. Und Lizzi war ohnehin noch nicht fertig mit ihrer Rede. »Du kannst von

Glück reden, dass deine Veruntreuung verjährt ist. Kein Gericht der Welt hätte dich freigesprochen, egal, was für einen Grund du damals hattest, das Schwarzgeld abzuzweigen. Immerhin bist du Anwalt und wusstest, was du tust … Entschuldige, ich vergaß: Du bist ja nur Jurist«, hielt Lizzi ihm vor. »Was ist aus dem Geld geworden? Hast du es ausgegeben?«

»Nein! Ich habe ein Konto für dich angelegt. Auf deinen Namen. Rund zweieinhalb Millionen Euro.«

Lizzi lachte laut auf. »Was meinst du, wie Herr Möcklenberg gucken würde, wenn ich ihm bei meiner Kündigung den Kontoauszug unter die Nase halte«, freute sie sich. Doch als sie den Blick ihres Vaters sah, blieb ihr das Lachen im Hals stecken. »Das war kein Spaß? Du meinst das ernst?«

»Ja, natürlich.«

»Wie kommst du darauf, dass ich dieses Geld will? Dass ich es jemals auch nur anrühren könnte?«

»Ich habe befürchtet, dass du so reagierst. Du musst es nicht für dich nehmen. Aber du könntest damit etwas Gutes bewirken. Eine Stiftung gründen, oder …« Er machte eine kurze Pause, als müsste er all seinen Mut sammeln für seine Frage. »… hättest du Lust, mit mir zusammenarbeiten?«

Überrascht hob Lizzi den Kopf. »Das hast du mich noch nie gefragt. Wieso jetzt auf einmal?«

»Weil die Zeit der Heimlichkeiten endlich vorbei ist – es sei denn, ich verliebe mich in eine Frau, die dir nicht gefällt.« Ihr Vater musste lächeln bei dem Gedanken. »Und zweitens, und das ist viel wichtiger: Du bist eine sehr gute Anwältin.«

So wenig wie Lizzi damit gerechnet hatte, so sehr beglückte sie die Frage ihres Vaters. War es nicht das, was sie sich immer gewünscht hatte: mit ihrem Vater gemeinsam zu arbeiten? Von ihm anerkannt zu werden?

»Was für eine Kanzlei schwebt dir denn vor? Wirtschaftsrecht? Oder lieber Strafprozesse? Scheidungsrecht?« Lizzi konnte sich ihren Vater in keinem der Bereiche vorstellen.

»Keine herkömmliche Kanzlei, sondern eine für Fälle, die nie vor Gericht landen. Solche wie die gegen Lloyd. Vor wenigen Wochen wäre eine Anklage noch aussichtslos gewesen.«

»Und wie sollen wir das finanzieren? Willst du Charity-Veranstaltungen organisieren?« Lizzi gab sich selbst die Antwort: aus dem üppigen Konto, das ihr Vater für sie angelegt hatte. »Dir ist doch sicher klar: Aussichtslose Fälle kann man nicht einfach durch Aktenstudium gewinnen. Woher sollen die Beweise kommen? Das benötigt detektivische Vorarbeit. Die Nase von Spürhunden.«

»Wie recht du hast, mein Schatz«, begann ihr Vater. »Deshalb schwebt mir etwas Besonderes vor. Du, Erik und ich – zusammen könnten wir ein unschlagbares Team bilden. Ihr habt bewiesen, was ihr alles könnt.«

Zusammen mit Erik? Getroffen sah Lizzi zur Seite. War sie für ihren Vater alleine nicht gut genug? Das war es also, was sie vorhin in Eriks Blick gelesen hatte.

»Unlösbarer Fall, Recherche, Beweissuche, ein bisschen Detektivarbeit, und daraus schnüren wir eine Anklage«, fasste Lizzi zusammen, nachdem sie sich wieder gefangen hatte. »Ist es das, was du meinst?«

»Genau! Wir nehmen uns die Kriminellen dieses Planeten vor, die glauben, mit ihrem Geld und ihrer Macht die Regeln bestimmen zu können.« So begeistert hatte sie ihren Vater noch nie erlebt.

Lizzi lächelte verhalten. Unter normalen Umständen hätte sie sich sofort von seiner Freude anstecken lassen. Wie sollte sie ihrem Vater erklären, warum sie zögerte, ohne ihn vor den Kopf zu stoßen?

Mit den feinen Antennen, die ein Vater für seine Tochter seit den ersten Laufschritten bildet, hatte er ihre unausgesprochenen Zweifel längst aufgefangen. »Es ist nicht das, was du dir für deine Zukunft wünschst«, fasste er ein wenig enttäuscht zusammen.

»Gib mir etwas Zeit, um darüber nachzudenken.«

Ihr Vater nickte, was hätte er auch anderes tun sollen. »Wie kann ich von dir erwarten, dass du gleich Feuer und Flamme bist«, entschuldigte er sich. »Du hast noch nicht einmal Zeit gehabt, die letzten Ereignisse zu verdauen. Es ist unsensibel von mir, dich so zu überrumpeln.«

Lizzi ließ seine Antwort unkommentiert stehen, obwohl ihnen beiden klar war, dass Spontanität noch nie ihr Problem gewesen war. Doch ihr entging nicht Eriks sonderbarer Blick. Es war, als versuchte er zu ergründen, was in Lizzi vorging.

34

Der Tag neigte sich dem Ende entgegen, doch noch hatte sich die Sonne nicht entschieden, im Meer unterzugehen, wacker hielt sie sich am Horizont. Lizzi fühlte sich in der dämmrigen Atmosphäre des fast menschenleeren Strandes wohl, hier fand sie die Ruhe, sich zu sortieren. Sie saß im warmen Sand, in den sie die Füße eingegraben hatte, nur ihre Zehen guckten heraus. Der Wind war abgeflaut und strich behutsam über das Wasser.

Aus ihrem Augenwinkel sah sie jemanden auf sich zukommen. Es war Erik. Gleichmäßig stapfte er durch den Sand, die Schuhe in seiner Hand.

»Hallo. War nicht schwer, Sie zu finden.«

»Ist ja auch eine kleine Insel«, begrüßte Lizzi ihn. »Warum haben Sie mich gesucht? Geben Sie es zu: Sie vermissen mich schon jetzt.«

»Leider. Ich habe mich so an Ihre Widerborstigkeit gewöhnt.«

»Ja, so eine Sucht kommt schneller, als sie geht«, stellte Lizzi fest. Sie spielte mit ihren Zehen, die im Sand wackelten.

»Kennen Sie den Film *Dune*?«, fragte er, während er sich ungefragt neben sie setzte. Auf Lizzis Kopfschütteln hin zeigte er zu ihren Zehen. »Ihre Zehen sehen aus wie die Sandwürmer in klein.«

»Ich nehme an, das sind supergefährliche Wesen.«

»Kommt auf die Perspektive an. Sie beschützen die Welt, in der sie leben, vor feindlichen Eindringlingen. Also würde ich sagen: gut für die Welt, die sie schützen, schlecht für die, die von außen kommen und nichts Böses wollen.«

»Als Philosoph habe ich Sie noch gar nicht kennengelernt.«

»Es freut mich, dass Sie neue Seiten an mir entdecken.«

»Ich nehme an, Sie wollen mich mit Ihren weisen Worten vor einer Fehleinschätzung bewahren, aber Sie liegen falsch. Ich habe keine Angst vor Außerirdischen. Erst recht nicht vor solchen, die so irdisch daherkommen wie Sie.«

»Wenn nicht ich das Problem bin, was ist es dann? Ihr Vater? Fühlen Sie sich von ihm zu wenig anerkannt?«

Ertappt zuckte Lizzi zusammen. »Was für ein Blödsinn!«, platzte sie heraus, dann besann sie sich und ließ ihre Schulter hängen. »Bin ich so durchschaubar?«

»Wäre das schlimm?«

»Ja, und ungerecht. Von Ihnen weiß ich fast gar nichts.«

»Doch. Sie wissen, warum ich Polizist geworden bin, dass ich mit Kaninchen auf dem Land lebe, gern werkele und zum Schlafen kein Licht brauche.

»Ich sage doch: fast gar nichts.«

»Und dass ich sehr geduldig bin.«

»Sie überschätzen sich.«

»Sonst hätte ich die Woche mit Ihnen wohl kaum ausgehalten.«

»Das beruht auf Gegenseitigkeit. Übrigens bin ich der Meinung, dass Sie es nicht wollen, dass man Ihnen zu nahe kommt. Sie sind stumm wie ein Fisch, sobald es persönlich wird.«

»Ich halte nur nichts davon, Überflüssiges von mir zu erzählen.«

»Nach Ihrer Definition ist alles überflüssig.«

Für einen Moment sann Lizzi vor sich hin, dann zog sie ihre Füße aus dem Sand und setzte sich mit wiedererwachter Energie kerzengerade auf. »Wir machen ein Spiel. Jeder von uns gibt abwechselnd ein Geheimnis von sich preis, Zug um Zug. Dann fällt es Ihnen nicht so schwer, etwas über sich zu verraten.«

»Es fällt mir nicht schwer. Schießen Sie los.«

»Ich habe Ihnen eben verraten, dass ich gerne Geheimnisse aufdecke. Sie sind dran.«

»Sie schummeln schon, bevor wir angefangen haben. Aber gut. Ich koche gern.«

»Das soll ein Geheimnis sein?«

»Ja, Sie sollen es für sich behalten. Also ist es ein Geheimnis.«

Lizzi zog eine Grimasse. »Gut, wir tasten uns heran. Wenn mein Vater mit mir geschimpft hat, habe ich mich als Kind anschließend immer vor den Spiegel gestellt und so getan, als würde ich ihm meine Meinung sagen.«

»Geben Sie es zu, das machen Sie heute noch so.«

»Dafür brauche ich keinen Spiegel mehr«, antwortete Lizzi entrüstet.

»Sie haben recht.« Erik legte den Kopf in den Nacken und dachte nach. »Es gab eine Zeit, da war ich so wütend über das, was mein Vater meiner Mutter angetan hat, dass ich ihn am liebsten umgebracht hätte.«

»Wirklich?«

»Glücklicherweise habe ich es nicht getan. Sonst würde ich jetzt nicht hier sitzen.«

Lizzi legte den Kopf auf die Knie und sah Erik von der Seite an. »Das wäre schade.«

Erik lächelte. »So viel nette Worte auf einmal bin ich von Ihnen gar nicht gewohnt.«

Lizzi lächelte nur.

»Bitte sehr, Sie sind dran«, forderte Erik sie auf.

»Wieso, ich habe Ihnen zuletzt etwas verraten.«

»Was denn?«

»Dass ich es schade finde, wenn Sie hier nicht sitzen würden. Ich hätte gedacht, dass dieses Bekenntnis größeren Eindruck auf Sie macht.«

»Sie sind gewieft«, gab Erik zu.

»Und Sie verzögern gerade.«

»Okay«, sagte Erik. »Die Woche mit Ihnen hat mir Spaß gemacht.«

»Spaß?«

»Ja, wenn ich vergesse, was für eine Nervensäge Sie sein können und dass Sie immer mit dem Kopf durch die Wand wollen, könnte man es Spaß nennen.«

»Ich soll eine Nervensäge sein?« Lizzi grinste. »Na gut, ich gebe es zu, aber ich kann nichts dafür. Das liegt bei mir in den Genen. Die Kinderärzte haben sich nicht gerade um meine Untersuchungen gerissen.«

»Ich nehme an, das zählt auch als Geheimnis.«

»Klar.«

»Dann bin ich ja schon wieder dran. Sehen Sie, schon gehen mir die Geheimnisse aus.«

»Das glaube ich Ihnen nicht«, sagte Lizzi. »Aber gut, weil Sie es sind, ich gehe ausnahmsweise in Vorlage. Man kann wunderbar mit Ihnen streiten.« Dass sie außerdem Eriks trockene

Art mochte und dass er nett anzusehen war, unterschlug sie lieber. Beim Lüften von Geheimnissen kam es immer auf die Dosis an.

»Ein zweifelhaftes Lob.«

»Überhaupt nicht, das kann man nicht mit jedem. Aber jetzt haben Sie genug Zeit gehabt nachzudenken.«

»Ja, und mir ist etwas eingefallen.« Er machte eine Pause. »Ich würde sehr gern mit Ihnen und Ihrem Vater zusammenarbeiten.«

Lizzi zögerte, bevor sie antwortete. »Ich auch«, gab sie zu.

Lächelnd nahm Erik eine Handvoll Sand auf und ließ ihn in die andere Hand rieseln, bevor er beide Hände abklopfte. Dann sah er Lizzi geradewegs an. »Ich habe noch nie so eine Frau wie Sie kennengelernt, Lizzi.«

»Das haben Sie so oder so ähnlich schon öfter gesagt.«

»Da habe ich es aber anders gemeint.«

Lizzi antwortete nicht sofort. Eriks intensiver Blick und die Ernsthaftigkeit, mit der er seine Worte gesprochen hatte, ließ die Luft vibrieren, als würden Tausende kleine Fliegen um sie herumsurren und in ihr Ohr flüstern: Küss ihn! Und sie war sich sicher, dass Erik es genauso sehr wollte. Er hatte selbst auf diesen Moment zugesteuert.

Es war ein kurzer, heftiger Gedanke, der die flirrende Atmosphäre störte und alle Fliegen auseinanderstieben ließ. Denn im nächsten Moment wurde Lizzi bewusst, dass ihr Vater nie etwas dem Zufall überließ oder der Laune seiner Tochter. War es am Ende seine Absicht gewesen, sie mit Erik zu verkuppeln? Weil seine Tochter seiner Meinung nach immer die falschen Männer aussuchte? Zuzutrauen wäre es ihm. Diesen Plan würde sie ihm versalzen. Auf die Lizzi-Art.

»Wieso hat mein Vater vorhin eigentlich nur mich gefragt, ob ich mitmachen will, und nicht Sie?«, fragte sie argwöhnisch.

Verwundert über Lizzis plötzlich forsche Nachfrage, zuckte Erik zurück. »Vermutlich weil Sie seine Tochter sind. Ohne Sie im Boot hätte es keinen Sinn, mich zu fragen.«

»Und jetzt hat er Sie geschickt, um mich zu überreden.«

»Er hat mich darum gebeten, ja, aber ich wollte es aus eigenem Antrieb.«

Lizzi nickte wissend. »Unter diesen Umständen muss ich noch einmal gründlich über das Angebot nachdenken.«

»Heißt das, Sie lehnen es ab?«, fragte Erik.

»Nein, wieso? Im Gegenteil!« Mit breitem Lächeln streckte sie Erik die Hand entgegen. »Auf eine gute Zusammenarbeit!«

Zögernd nahm Erik ihre Hand in die seine. »Manchmal machen Sie mich fertig, Lizzi.«

»Das ist erst der Anfang«, versprach Lizzi grinsend.